LIEFDE OP DE SAVANNE

Ook verschenen van Anne Jacobs bij Xander Uitgevers

Het weesmeisje (2019)
De moed van het weesmeisje (2019)
De erfenis van het weesmeisje (2020)
De terugkeer van het weesmeisje (2021)
De belofte van het weesmeisje (2022)

Het landhuis (2020)
Storm rond het landhuis (2021)
Hoop voor het landhuis (2022)

ANNE JACOBS

Liefde op de savanne

Uitgegeven door Xander Uitgevers
www.xanderuitgevers.nl

Oorspronkelijke titel: *Der Himmel über dem Kilimandscharo*
Oorspronkelijke uitgever: Blanvalet Verlag, a division of Verlagsgruppe
Random House GmbH, München, Germany
Vertaling: Trieke Scholtens
Omslagontwerp: zero-media.net, Munich
Omslagbeeld: GettyImages © Antony Robinson en FinePic®
Auteursfoto: Marlies GbR
Zetwerk: Michiel Niesen, ZetProducties

Eerste druk 2022

ISBN 978 94 0161 863 2 | NUR 302

I

Mei 1880

Nog jaren later kon Charlotte zich elk detail van die ochtend herinneren. De geuren van het oude huis, de gesprekken en ruzietjes, het kelderstof op het jampotje. Ook de appelbomen waarvan de bloesem als rozewitte sneeuwvlokken naar beneden dwarrelde bleven in haar herinnering, net als het uit steen gehouwen gezicht van haar grootvader in de schemerige, stille kamer. Op die dag gebeurde er iets onbegrijpelijks wat het leven van de tienjarige voor altijd zou veranderen.

Charlotte trok een punt van de donsdeken over haar gezicht en nestelde zich dichter tegen Klara aan die warm en rozig naast haar doezelde. Klara was haar lievelingsnichtje, twee jaar jonger dan Charlotte. Altijd als ze bij haar grootouders logeerden, sliep ze bij Klara in bed. Dat was het allerfijnste van die bezoekjes. Dan ging Charlotte graag vroeg naar bed om met Klara te kunnen fluisteren, dwaze grapjes te maken en verhalen te vertellen. De twee andere bedden in de kleine slaapkamer waren van haar oudere nicht Ettje en tante Fanny. Charlotte wilde in geen geval bij hen in bed slapen. Ettje knarste met haar tanden in haar slaap en soms sloeg ze met haar armen en benen om zich heen. Bovendien menstrueerde ze al en ze jammerde vreselijk als het zover was, waarmee ze iedereen bang maakte. Om met tante Fanny het bed te delen zou nog erger zijn geweest. Die ging 's avonds stijf op haar rug liggen met haar handen op haar buik gevouwen en werd 's ochtends in dezelfde houding weer wakker. Wanneer tante Fanny naar bed ging, mocht er in de kamer niet meer gefluisterd worden. Giechelen, laat staan lachen was ten strengste verboden. Eén keer was tante opgestaan en met de kaars in haar hand als een wit spook naar hen toe gekomen om Klara een klap te geven. Die straf had Charlotte net zo goed verdiend, alleen durfde tante het niet aan om Charlotte te slaan, dat had haar papa niet goed gevonden. Dus was Klara de pineut, tante Fanny's eigen dochter.

Charlotte deed haar ogen dicht en probeerde net als Klara regelmatig adem te halen om weer in slaap te vallen, maar het wilde niet lukken. Waarschijnlijk kwam het door het ochtendlicht dat door de spleet in de gordijnen viel en het verbleekte groen een zilveren randje gaf. Zuchtend draaide ze zich weer op haar rug, voorzichtig om Klara niet wakker te maken. Misschien was het maar beter dat ze al wakker was. Ze zou de zeilboot op de oneindig uitgestrekte oceaan toch niet opnieuw gezien hebben. Je droomde een droom nooit twee keer. En daarbij was de droom wel mooi, maar ook zo verdrietig geweest dat ze er bijna van moest huilen. De trotse driemaster die met volle zeilen door de golven sneed bracht haar ouders en broertje steeds verder van haar vandaan. Elk uur werd de afstand tussen hen groter. Ze waren op weg naar Indië, waar haar moeders ouders woonden. Dat land vol zon en donkere mensen, waar de planten geheimzinnig geurden en parelmoerkleurige waterlelies op de vijvers dreven, lachend en mooi als mensengezichten. Wat had ze gebedeld en gesmeekt om haar mee te nemen, maar haar moeder had zich niet laten overhalen. Charlotte zou naar haar grootouders in Leer gaan. Een vrachtschip was geen plek voor een tienjarig meisje, zelfs niet als haar vader de kapitein was. Haar zevenjarige broertje Jonny mocht wel mee omdat hij nu eenmaal een jongen was.

Mama had erg gehuild toen grootvader Charlotte in Emden kwam ophalen. Ook Jonny moest huilen bij het afscheid. De kleine domkop was veel liever mee naar Leer gegaan, waar hij met Paul kon spelen. Papa had Charlotte hoog opgetild en lachend met haar in de rondte gezwaaid zodat ze als een vogel in de lucht zweefde.

De volgende keer mocht ze mee, dat was vast en zeker beloofd. In het bed aan de andere kant van de kamer rekte Ettje zich uit. Ze geeuwde slaperig en balde daarbij haar vuisten. 'Slapen jullie nog?' vroeg ze schor. 'Denk maar niet dat je lui kunt zijn nu er geen school is. Morgen is het Pinksteren en moet alles schoon zijn.'

'Ik ben allang wakker, langer dan jij,' snoefde Charlotte terwijl Klara naast haar de deken een beetje van zich af schoof en zachtjes gaapte. Alles wat Klara deed, deed ze zachtjes als een muis. Zelfs als ze liep maakte ze nauwelijks geluid. En dat was opvallend want Klara's linkerbeen was te kort. Ook haar voet was niet normaal, hij was dik en had een rare vorm.

Charlotte stapte uit bed en tilde de waskom van het dressoir en zette hem op de grond om het water uit de kruik er gemakkelijker in te kunnen gieten. Ze hielp Klara met opstaan. De dikke donsdeken lag zwaar op haar benen omdat 's nachts alle veren naar beneden gezakt waren. Haar nichtje had er een beetje moeite mee om op de grond te knielen, maar ze klaagde niet en doopte net als Charlotte een doek in het water om de slaap uit haar gezicht te wrijven. Ook handen en armen werden gewassen en dan het bovenlijf. Daarvoor moest je je nachthemd openknopen en omlaagtrekken, alleen niet helemaal over je buik, dat zou niet netjes zijn. Alles wat zich beneden het middel bevond was verboden gebied. Daar moest je zo min mogelijk aankomen. Vervolgens waren voeten en benen aan de beurt, niet hoger dan de knie. De kinderen gingen één keer in de week in de tobbe. Eerst de meisjes, dan de jongens, zodat het badwater ten volle benut werd. Alleen de heel kleine kinderen waren daarbij bloot. De ouderen, ook Charlotte, hielden hun hemd aan.

Klara had een heel lichte huid. Haar borst en armen leken Charlotte haast doorzichtig en waren erg mager. Gelukkig waren ze helemaal normaal, niet misvormd zoals haar been. Ze had een smal gezicht, een beetje te grote neus en rond haar blauwe ogen lagen donkere kringen. Dat kwam vermoedelijk doordat Klara vroeger zo vaak ziek was geweest.

'Ik wilde dat ik net zulk haar had als jij,' fluisterde Klara. 'Zo dik en krullerig.'

Ze had de doek uitgewrongen en over de rand van de kom gehangen. Nu pakte ze Charlottes lange vlecht. Een bandje of speld was niet nodig. Je kon gewoon het uiteinde om je vinger wikkelen en dan ontstond er een natuurlijk ringetje dat de vlecht bij elkaar hield.

'Wens dat maar niet. Het klit en dat doet pijn bij het kammen.'

'Het voelt zo zacht aan en het glanst blauw.'

'Blauw?' vroeg Charlotte giechelend.

'Niet echt blauw. Een klein beetje als het licht erop schijnt. Zwartblauw, zilverblauw.'

Charlotte bekeek het uiteinde van haar vlecht met een kritische blik en schudde met haar hoofd. Toen hield ze het in de hoogte om het licht van de zonnestraal te vangen die steeds feller en breder werd.

Ondertussen kwam Ettje uit bed, wierp een blik in de doffe spiegel en trok een gezicht. Mopperend tilde ze de waskom weer op het dressoir en keek jaloers toe hoe Charlotte het houten deksel van haar kist openklapte.

'Kijk, Klara, dit zou jou kunnen passen,' fluisterde Charlotte.

'Dat is veel te mooi voor mij.'

'Morgen is het een feestdag en gaan we naar de kerk, daarvoor is het heel geschikt. Mama heeft de jurk gemaakt. De stof komt uit Indië, voel maar hoe glad die is.'

Klara was al bij de trap en Charlotte wrong zich langs haar heen om langzaam voor haar uit naar beneden te kunnen lopen.

'Dat moet je niet doen, Lotte. Loop gauw naar de keuken, ik kom je wel achterna,' fluisterde Klara een beetje beschaamd.

'Ik ga toch langzaam, want ik heb mijn teen aan het bed gestoten.'

Klara gleed vaak uit op de trap en viel dan naar beneden, iets waar niemand in huis zich erg druk over maakte, ze waren het gewend. Alleen Lotte wilde niet dat Klara zich pijn deed en daarom liep ze op de trap altijd vlak voor haar zodat Klara zich aan haar vast kon houden als ze struikelde.

Beneden zat Paul aan de keukentafel en propte een boterham in zijn mond die hij met warme melk wegspoelde. Tante Fanny drukte een brood tegen haar borst en sneed dunne sneden af. Er was ook boter en zwartbruine perenmoes die met water gekookt en aangelengd was. Grootmoeder maakte het ontbijt van grootvader klaar dat hij zoals altijd in zijn kleine studeerkamer zou opeten. Op het blad stond een grote beker koffie met melk en op het bordje lagen twee sneden brood, dik besmeerd met boter en moes. Alle anderen kregen alleen koffie op feestdagen en wanneer er bezoek was.

'Opschieten nou,' zei grootmoeder Grete. 'Ettje moet naar de slager en de markt. Paul kan helpen dragen. Klara blijft hier om sokken te wassen en Charlotte helpt met schoonmaken.'

Charlotte hield niet erg van schoonmaken. Thuis in Emden hadden ze daarvoor een meid en ook de was werd door een vrouw opgehaald, alleen kleine dingen waste mama zelf.

'Is het niet beter als ik mee naar de markt ga, grootmoeder? U weet toch dat ik laatst de eieren goedkoper heb meegekregen en ook de boter.'

Grootmoeder zweeg en liep de provisiekamer in om een zij spek van de haak te pakken. Ze zweeg nog steeds terwijl ze er een stuk vanaf sneed en in dobbelsteentjes verdeelde.

'We hebben toen vier pfennig bespaard omdat ik zo goed kan afdingen,' drong Charlotte aan en ze nam een grote slok melk uit haar beker. 'Als ik vandaag weer onderhandel, besparen we misschien weer vier of vijf pfennig.'

Ettjes klompen roffelden door de gang. Ze kwam de keuken binnen en hoorde nog net wat Charlotte zei.

'Met haar ga ik niet naar de markt, grootmoeder. Je schaamt je gewoon voor de andere mensen zoals zij loopt te sjacheren.'

'O en jij hebt geld om uit te delen, zeker?' beet grootmoeder haar toe zonder van haar werk op te kijken. Ze had er moeite mee om haar eerder gegeven opdrachten in te trekken, maar vier pfennig was vier pfennig en geld was er weinig.

'De hemel mag weten waar je dat talent vandaan hebt,' mopperde ze tegen Charlotte. 'In elk geval niet van je vader. Vooruit, ga maar mee naar de markt en probeer je geluk uit.'

Ettje kauwde mokkend op haar boterham. Ze kreeg niet eens de kans om haar irritatie op Charlotte te botvieren want ze moest de boodschappen voor haar grootmoeder goed in het hoofd prenten. Het braadstuk bij de slager ophalen, dat was al besteld en dan nog drie leverworsten en twee kleine bloedworsten. Op de markt een pond boter, uien, eieren, drie verse broden en een pakje tabak. Deze laatste boodschap werd met een zucht gegeven omdat grootvader maar niet met het pijproken wilde stoppen. Het geld werd afgepast op haar hand uitgeteld en ze stopte het omslachtig in een zakdoek zodat ze het in geen geval zou verliezen. Paul had snel een grote boodschappentas uit de provisiekamer gehaald en ging gedienstig naast zijn oudere zus staan om niet het risico te lopen alsnog thuis te moeten blijven omdat Charlotte er was om te helpen dragen. Hij wist dat hij dan in haar plaats moest vegen, een werkje dat hij haatte. Hij had geluk. Grootmoeder Grete had altijd al een zwak gehad voor smekende jongensogen en zei alleen dat hij zijn jas moest dichtknopen en zijn sokken optrekken. Dat was alles.

De Ulrichstraat bevond zich op een flinke afstand van de markt en Ettje, die totaal geen oog had voor de mooie lente, drong aan om haast te maken. Buurvrouwen kwamen hun met volle boodschappentassen tegemoet, sommigen trokken een kar achter zich aan waarin tussen de pakjes, flessen en manden de kleintjes zaten die nog niet zo ver konden lopen. Charlotte had allang geleerd dat je in Leer vriendelijk moest groeten. Het was hier anders dan in

Emden, in Leer kende iedereen elkaar. Dominee Henrich Dirksen stond overal in hoog aanzien, ook bij de hervormden hoewel die niet het enige juiste, christelijke geloof hadden. Steeds weer bleef een van de vrouwen staan om een praatje te maken. Was dat de kleindochter uit Emden? De dochter van Ernst? En waar was dan haar kleine broertje? Dan legde Charlotte uit dat haar ouders en broertje onderweg naar Indië waren en voelde zich onbehaaglijk onder de opdringerige blikken. Soms had ze het gevoel dat de vrouwen alles allang wisten en haar alleen maar wilden aanstaren en uithoren. Misschien wilden ze er ook achter komen of ze wel goed Duits sprak en niet iets als Engels of Indisch.

'Dus je blijft de hele zomer bij je grootmoeder? Daar zal ze blij om zijn, je bent toch een flinke meid?'

De draaiende wieken van de windmolens knarsten als vliegende gedrochten. Een geluid dat Charlotte vreemd genoeg bang maakte terwijl ze het bij vroegere bezoeken aan Leer juist zo vrolijk had gevonden. Misschien maakte de stad nu zo'n akelige indruk op haar omdat de rozen die rond de voordeuren van de huizen groeiden, nog niet bloeiden. Maar misschien was de oorzaak ook gewoon dat Charlotte zo vreselijk graag op het schip met Jonny en haar ouders had willen zijn. Tot het eind van de zomer, dat duurde nog zo lang dat het zelfs geen zin had de dagen af te strepen. Een heel leven. Een eeuwigheid.

Ze sloegen vanaf de Osterstraat links af de Norderstraat in, waar ze het geluid van de markt al konden horen. Ook in de kleine winkels en werkplaatsen was het druk en Paul botste met zijn grote mand bijna tegen een paard-en-wagen vol biervaten op. Ettje kon hem nog net op tijd opzijtrekken en greep haar kans om haar kleine broertje een paar fikse klappen te geven.

'Stomkop! Grootmoeder zal me slaan als je onder de paardenhoeven komt.'

Charlotte was al doorgelopen en hoorde Pauls gehuil, vermengd met het lawaai van de markt, maar half. In de Pfefferstraat die uitkwam op het plein voor het gemeentehuis bevond zich de winkel van Julius Ohlsen met twee hoge, smalle etalages. Hier werden allerlei goederen uit de koloniën verkocht. Zo'n zaak was er niet eens in Emden. Er was zelfs de opgezette kop van een echte leeuw te bewonderen. Hij hing achter de uitgestalde waren aan een houten afscheidingswand, reusachtig met zijn indrukwekkende bruinzwarte manen en opengesperde muil zodat je zijn gele tanden kon zien. Er zaten al wat mottengaten in de pels en ook de neus was beschadigd, toch stonden er altijd mensen voor de etalage, vooral kinderen.

Ettje wachtte bij de marktkramen. Ze was al naar de slager geweest met Paul en was woedend dat Charlotte vooruitgelopen was.

'Dat zal ik thuis vertellen. Ik heb geen zin om op mijn kop te krijgen wanneer we te laat thuiskomen.'

Charlotte zei niets terug en vond Ettje nogal dom. Waarom had ze zo'n haast om naar huis te gaan? Daar moest ze alleen maar de hele dag schoonmaken en opruimen.

'Nou, kom op. We moeten nog boter, uien en brood halen.'

Gevolgd door Ettje en Paul wrong Charlotte zich tussen de mensen door, bekeek de uitgestalde waren en wat ze kostten. Ze bedacht dat het nu moeilijk zou zijn om af te dingen, de zaken gingen nog te goed. Zolang de kopers zich verdrongen voor de kramen zou geen enkele boer iets van de prijs af doen.

'We moeten wachten,' zei ze, 'het is nog te vroeg.'

'Waar moeten we op wachten?' mopperde Ettje. 'Tot er niets meer over is? Er is al niet veel brood meer en grootmoeder wil zeker geen ranzige boter.'

'We gaan eerst de tabak kopen.'

Ze persten zich met moeite door het drukke markverkeer. Ettje hield de mand met het vlees en de worsten dicht tegen zich aan gedrukt uit angst dat een dief een worst onder de doek vandaan zou stelen. Voor de winkel van Ohlsen bleef ze staan en verklaarde buiten te zullen wachten.

'Geef me dan het geld.'

De doek werd opgetild en Ettje telde de munten uit in Charlottes hand.

Paul was het trapje al op gelopen en drukte de koperen klink van de deur naar beneden. De winkeldeur met zijn glas-in-loodramen opende met een belletje. Ondanks de etalageramen was het binnen schemerig, wat waarschijnlijk aan de hoge donkerbruine schappen lag die rondom de wanden tot aan het plafond bedekten, volgestopt met allerlei potjes, kistjes en merkwaardige snuisterijen. Charlotte snoof de lucht op. Het rook opwindend naar vreemde kruiden. Ze kon met zekerheid nootmuskaat, kurkuma en peper onderscheiden, daar kruidde haar moeder thuis de Indische sauzen mee, die zo lekker en pittig smaakten.

'Christian,' riep eigenaar Ohlsen over zijn schouder. 'Er zijn klanten die bediend moeten worden.'

'Christian,' riep Ohlsen nog een keer, nu harder en hij lachte de dames innemend toe om zich vervolgens tot een oudere heer te richten en te vragen waarmee hij hem van dienst kon zijn.

'Mijn tabak!'

'Onmiddellijk, beste meneer Jansson. Het is een stralend lenteweertje buiten, nietwaar?'

'Als het morgen en overmorgen ook maar zo blijft.'

Meneer Ohlsen pakte zonder te kijken een pakje tabak uit het schap. Klaarblijkelijk wist hij precies waar alles lag. Tegelijk met het rinkelen van de kassa ging er achter Ohlsen een deur open. Er kwam een jongen tevoorschijn, gekleed in een dichtgeknoopt jasje en een lange donkere broek. Hij had een dunne nek en zijn mouwen waren te kort voor zijn armen.

'Vraag of ik de leeuw mag aaien,' fluisterde Paul die zich verlegen achter Charlotte verstopte.

'Vraag het zelf maar.'

De jongen keek Charlotte aan. Hij had groenige ogen met donkere wimpers die hem een doordringende blik gaven.

'Wat kan ik voor jullie doen?' vroeg hij en hij bloosde omdat zijn stem oversloeg.

'Ik wil graag de leeuw aaien,' zei Paul.

De jongen grijnsde en zag er daardoor wat leuker uit, vond Charlotte. Vermoedelijk was dit niet de eerste keer dat hij dat verzoek kreeg.

'Mag hij dat, vader?'

Ohlsen keek Paul streng aan, de glimlach op zijn gezicht verdween en in plaats daarvan ontstond op zijn voorhoofd een rij rimpels, net zo regelmatig als golven op het strand aanrolden.

'We hebben tabak nodig,' zei Charlotte snel. 'Voor dominee Dirksen.'

'Ach, is dat niet de kleine van kapitein Dirksen?' bemoeide mevrouw Harmsen zich ermee. 'Zijn jullie weer bij de grootouders op bezoek?'

'Alleen ik,' antwoordde Charlotte en ze zag hoe de rimpels op het voorhoofd van Ohlsen zich weer gladstreken.

Tegelijk hoorde ze Ella Harmsen fluisteren: 'Kijk hoe ze eruitziet, nou ja, haar moeder is dan ook een indiaanse.'

De jongen die Christian heette, had het gefluister ook gehoord, zijn ogen flitsten heen en weer tussen Charlotte en Ella Harmsen en hij beet op zijn onderlip.

'Je mag de leeuw aanraken, maar voorzichtig,' zei hij tegen Paul en hij knikte uitnodigend. Daarop keek hij Charlotte weer aan. 'Wil jij de leeuw ook een keer aaien?'

Eigenlijk had ze dat heel graag gewild. Een keer over die ruige bruine manen strijken en gewaarworden hoe dat leeuwenhaar aanvoelde. Heel voorzichtig met haar vinger over het zandkleurige vel van zijn voorhoofd glijden. Teder en met een kleine rilling. Alleen had ze het gevoel dat de jongen haar daarmee wilde troosten omdat er zo over haar gefluisterd werd en dat vond ze vervelend.

'Nee, dank je wel. Ik wil graag een pakje tabak kopen.'

'Wat voor soort?'

'Gewoon, pijptabak.'

'We hebben verschillende merken. Hoe ziet het pakje eruit dat je grootvader altijd koopt?'

Ze probeerde het zich te herinneren, wat niet eenvoudig was omdat grootvader de tabak altijd direct in een geborduurd zakje stopte.

'Er staat een wapen op,' viel haar in. 'Paul, weet jij hoe dat pakje tabak eruitziet?'

'Met draken en zwaarden en zo...'

'Is het een van deze pakjes?' vroeg Christian en hij legde vier bruine zakjes voor haar neer, allemaal vrolijk bedrukt.

'Nee, die niet. Heb je nog andere?'

'Misschien in het magazijn...'

Hij keek snel naar zijn vader die net met een buiginkje afscheid nam van moeder en dochter Harmsen en tegelijk de kassa bediende.

'Wil je meekomen?' vroeg Christian zachtjes. 'Het magazijn is hiernaast. Daar bewaren we ook kokosnoten en een stuk van een olifantstand.'

Als hij dacht daarmee indruk op haar te maken, vergiste hij zich. Dergelijke dingen had haar vader ook meegebracht, grote schelpen en mooi houtsnijwerk van zwart hout.

'Als het sneller gaat kom ik wel mee.'

Ze moesten door de deur achter de toonbank en hij hield hem voor haar open en deed hem daarna snel weer achter hen dicht. De gang was koud en donker met grof gekalkte en nogal beschadigde muren. Wat raar dat het achter de mooie façade van de winkel zo vies en lelijk was.

Christian schoof de hendel van een bekraste houten deur terug en ze keek in een ruimte vol houten planken. Jutezakken met een zwart opschrift lagen op de vloer, sommige open, andere nog dichtgenaaid. Veel sterker nog dan in de winkel vermengden zich hier de verschillende geuren tot een opwindende, betoverende geur. Het vreemd zoetige van kaneel, de zware lucht van thee, viooltjes en rozenzeep, de aroma's van koffie en sandelhout...

Hij wees naar een van de zakken. 'Dat is rijst, het komt uit West-Indië.'

Ze staarde naar de jutezak en probeerde het opschrift te lezen, alleen dat lukte niet, de letters zwommen voor haar ogen. Indië. Waar die zak vandaan kwam, waren nu haar ouders en broertje.

Christian maakte geen aanstalten om naar de tabak te gaan zoeken. In plaats daarvan ging hij op de zak rijst zitten en schraapte zijn keel. Zijn stem sloeg weer over toen hij verder praatte.

'Ik heb je woensdag gezien. Je kwam uit school en liep langs de lutherse kerk.'

'Waar is nou die tabak?'

Hij keek zoekend naar de planken en dan weer naar haar, glimlachend en met blozende wangen. Charlotte begon zich een beetje ongemakkelijk te voelen. Christian streek onhandig het haar van zijn voorhoofd tot het als een kam op zijn hoofd stond. 'Is... Is je moeder echt een indiaanse?'

Hij zag er zo grappig uit met het rechtopstaande haar dat ze het onvriendelijke antwoord dat haar op de lippen lag weer inslikte.

'Mijn moeder komt uit Indië,' zette ze het misverstand recht. 'Haar vader is een Engelsman die met een vrouw uit Indië getrouwd is.'

'Aha...'

'En nu wil ik die tabak, anders ga ik weg.'

'Direct, wacht.'

Hij sprong op en doorzocht een plank om vervolgens een papieren zak open te scheuren. Meerdere pakjes tabak vielen op de grond. Terwijl hij ze haastig opraapte stootte hij zijn knie en op zijn donkere broek verscheen een witte stofvlek. Hij merkte het niet want hij keek alweer op naar Charlotte en zei snel, alsof hij het beslist kwijt moest voor het te laat was: 'Je bent heel knap, Charlotte. Knapper dan alle andere meisjes in Leer. Ik heb je eerder ook gezien toen je voor de etalage stond. Je vindt de leeuw leuk, hè? Wanneer hij op een dag van mij is, geef ik je hem cadeau.'

Ongelovig staarde ze hem aan. Wat kletste hij nou voor onzin? Ze vond hem toch al raar met zijn hanenkam, rode gezicht en dunne nek.

'Laat me die pakjes zien,' beval ze onvriendelijk. 'Nee, dat zijn de verkeerde. Ik ben weg.'

Hij was niet eens verbaasd. Waarschijnlijk had hij van tevoren al geweten dat het niet de goede tabak was, toch keek hij ongelukkig.

'Ik geef je er eentje gratis.'

'Je bent niet goed wijs.'

Ze was al in de gang. Wat verbeeldde hij zich wel, dat ze cadeautjes van hem zou aannemen? Alsof ze een armeluiskind was.

'Het is een welkomstcadeautje,' hield hij vol en hij liep achter haar aan. 'Het eerste pakje is gratis. Als het je grootvader bevalt, kan hij het altijd hier kopen.'

Dat klonk haar vreemd in de oren maar in elk geval was het dan geen cadeau, alleen iets op proef. Net zoals de boeren op de markt hun klanten een stuk appel of een pruim aanboden om te proeven.

'Nou, goed dan, ik neem het mee.'

Haastig stopte hij het pakje in haar hand en deed de deur open die in de winkel uitkwam.

Van Paul was geen spoor te bekennen en ook Ettje leek niet meer buiten te wachten. Ze waren vast al samen terug naar de markt gegaan.

'Als we elkaar morgen tegenkomen bij de kerk, zul je me dan goedendag zeggen?'

'Aju, ik moet weg.'

Ze liet hem staan en wrong zich tussen de klanten door naar de winkeldeur.

Charlotte moest even zoeken voordat ze Ettje bij een kraam aan het begin van de Peperstraat zag. Ze had de mand voor zich op de grond gezet en Charlotte kon al van verre zien dat hij voller geworden was. Gelukkig, Ettje had alleen de drie broden gekocht. Het was nog steeds druk op de markt, al was de beste tijd voorbij. De huisvrouwen die vroeg hun inkopen deden omdat ze voor de feestdagen nog veel te doen hadden, waren alweer thuis. Nu waren de laatkomers onderweg, waaronder jongelui en kinderen die vooral keken omdat ze weinig geld te besteden hadden. Charlotte kende de boer achter de groentekraam, een potige kerel met een gerimpeld gezicht en kleine felblauwe varkensoogjes. Hij deed altijd erg nors, alleen als zijn vrouw er niet was, viel er met hem te onderhandelen.

'Ik ga kijken waar Paul is,' zei Ettje, die zich altijd ongemakkelijk voelde bij het gemarchandeer van Charlotte. 'Pas goed op de mand.'

'Geef me het geld.'

Net voordat de boerin terugkwam van een andere kraam was Charlotte klaar met haar inkopen en aan het grijnzende gezicht van de boer te zien waren ze er beiden goed uit gekomen. Ze had boter, uien, aardappelen en een dozijn eieren gekocht en toch tien pfennig overgehouden. En daarbij kwam nog het geld van de tabak, de enorme som van één mark en twintig pfennig.

Onder de afkeurende blikken van de boerin maakte ze zich met haar zware mand uit de voeten tot ze Ettje zag om haar te helpen dragen. Bij de kade, waar de kooplui al bezig waren hun kisten en houten kratten in de bootjes te laden, moesten ze opnieuw naar Paul zoeken. Uiteindelijk ontdekten ze hem te midden van een groep leeftijdsgenoten die zich bij het water ophield en de eenden en meeuwen met kiezelsteentjes bekogelde.

'Het is al na twaalven,' jammerde Ettje. 'Het is jouw schuld als ik klappen krijg en met Pinksteren binnen moet blijven.'

Dat leek Charlotte net goed, alleen wist ze zeker dat haar grootmoeder van gedachten zou veranderen als ze het uitgespaarde geld zag. Tijdens de terugweg zei ze er geen woord over tegen haar nicht, vooral wat de tabak betrof was het verstandiger het alleen aan haar grootmoeder te vertellen. Zeker niet aan Ettje of tante

Fanny, die zouden alleen grote ogen opzetten en tuttutgeluiden maken waarbij ze hun hand voor hun mond sloegen, zoals altijd wanneer iemand iets verbodens of ongepasts had gedaan.

De hemel was prachtig blauw, alleen in het noorden dreven wat sluierwolkjes voorbij, draderig als spinnenwebben. De wind had een tapijt van afgevallen bloesemblaadjes voor de deur van grootvaders huis geweven. Ze bleven aan Charlottes schoenen plakken toen ze eroverheen liep en de voordeur opendeed.

In de keuken was niemand te bekennen behalve de kater die opgerold in zijn mandje lag. Op het fornuis borrelde het in een grote ijzeren pan en het deksel klepperde. Peen en uien met spek, dat was goed te ruiken.

'Ze hebben al gegeten en zijn nu met de schoonmaak begonnen,' gokte Ettje somber.

'De pan is nog helemaal vol,' zei Paul praktisch, anders zou het niet borrelen.

'Dan moet er bezoek zijn.'

Gewoonlijk kwam er op de dag voor een feestdag geen visite of hoogstens een buurvrouw die een paar eieren of een kopje meel kwam lenen en even bleef kletsen. Maar die had dan met tante Fanny in de keuken gezeten.

Voor Ettje en Paul betekende visite goed nieuws want dan zou de straf voor het te laat komen worden uitgesteld. Charlotte daarentegen, die barstte van trots om het bespaarde geld en haast had ermee te pronken bij haar grootmoeder, ergerde zich.

De kinderen liepen op hun tenen terug de hal in en bleven voor de woonkamerdeur staan luisteren. Inderdaad, daarbinnen werd gepraat. Ze hoorden een diepe mannenstem die Charlotte bekend voorkwam.

'Dat is hoofdtoezichthouder Doden,' fluisterde Ettje. 'Wat moet die nou hier?'

Paul hield zijn oor tegen de deur gedrukt. 'Iemand lacht, of nee, ik geloof eerder dat er iemand huilt.'

'Dat is mama.'

Ze schrokken op want ze hadden Klara niet gezien op de donkere trap. Ze had op de onderste trede gezeten en stond nu op om naar hen toe te strompelen.

'Ik mocht niet mee naar binnen,' zei ze zachtjes. 'Daarom ben ik hier gaan zitten om te wachten.'

'Maar wat is er dan aan de hand?' vroeg Ettje. 'Mama is toch niet ziek?'

Op dat moment ging de deur open en Paul, die zijn oor bij het sleutelgat hield, sprong snel achteruit. Er was niets ongewoons te zien aan dominee Dirksen, behalve misschien de gesprongen adertjes in zijn ogen en zijn baard die plotseling trilde.

'Charlotte,' zei hij zonder op de anderen te letten, 'kom met mij mee naar boven, naar mijn studeerkamer.'

Schuw keken de anderen naar Charlotte. Ze moest wel iets heel ergs hebben gedaan dat grootvader er zich persoonlijk mee bemoeide.

Grootvader liep langzaam, stap voor stap naar boven, zijn linkerhand gleed over de houten leuning. Charlotte kon zijn puffende ademhaling horen, maar hij bleef niet staan om uit te rusten. Boven in de kleine studeerkamer was Pauls bed nog niet opgemaakt. Zijn nachthemd, een schoen en twee sokken lagen op de grond.

De dag eindigde in deze kleine schemerige kamer voor het eikenhouten bureau, want alles wat daarna gebeurde verdween voor eeuwig uit Charlottes geheugen. Alleen het verstarde gezicht van haar grootvader bleef ze zich herinneren, de kleur van zijn huid die bijna net zo wit leek als zijn haar en baard, en zijn blauwige smalle lippen.

'Je zult van nu af aan bij ons blijven, mijn kind.'

'Tot het eind van de zomer, dat weet ik toch, grootvader.'

'Nee, Charlotte. Voor altijd.'

Ze wilde het niet geloven. Jonny en haar ouders bevonden zich op een schip, ver weg op de grote oceaan. Daar kon toch niemand hen zien? Al helemaal niet de rederij in Bremen, van wie iemand een brief aan hoofdtoezichthouder Doden had geschreven. Ze wisten helemaal niets. Zelfs niet het adres van haar grootvader, anders hadden ze de brief toch direct naar hem gestuurd?

'De storm woedde in de buurt van de kust vlak bij Bombay,' snikte tante Fanny in gezelschap van de in het zwart geklede gasten in de mooie kamer. 'Ze konden de kust al zien, maar door de storm is de driemaster weer naar open zee geblazen. Dagen later spoelden de wrakstukken aan land. Niemand heeft het overleefd. Ze liggen allemaal op de bodem van de oceaan.'

Tante Fanny huilde heel veel, vooral als er rouwbezoek was om haar aan te horen.

'Wie de Heer het meest liefheeft, roept hij vroeg tot hem.'

'De zee neemt zijn offers wanneer je dat het minst verwacht.'

'Nu is het arme wicht helemaal alleen op de wereld.'

Charlotte moest zwarte kleren dragen en soms trok tante Fanny haar mee in de mooie kamer, waar de rouwende gasten van koffie en koekjes genoten. Dan sprak men troostende woorden tegen haar en riep God de Heer aan als haar beschermer. Het afschuwelijkste was het moment dat een van de vrouwen Charlotte moederlijk aan haar boezem en daardoor bijna dood drukte terwijl ze snikkend over haar haren streek.

'Het is toch helemaal niet waar,' fluisterde ze tegen Klara, 's avonds in bed. 'Als de zomer afgelopen is, komen ze me ophalen. En de volgende keer mag ik mee, dat heeft papa me vast en zeker beloofd.'

'Je hebt gelijk,' fluisterde Klara terug. 'Ze zullen zeker komen. Ik zal heel verdrietig zijn wanneer je weer in Emden bent, Charlotte.'

'Je moet niet verdrietig zijn, Klara. Ik vraag mama of je bij ons mag komen wonen. Dan blijven we voor altijd bij elkaar.'

'En nou stil,' zei tante Fanny met sissende stem vanuit haar bed aan de andere kant van de kamer. 'Het is om wanhopig van te worden met jullie. De hele dag moeten we werken en nog wel met een bloedend hart en dan krijgen we niet eens onze nachtrust.'

Op de zondag na Pinksteren werd er een rouwdienst gehouden voor haar ouders en Jonny, waar veel familie op af kwam. Voor in de kerk bij het altaar zag het er kleurig uit door de bloemen en kransen. De ruimte die anders muf naar vochtig steen en hout rook, geurde nu zoet naar de lentebloemen. Charlotte moest op de voorste rij stoelen tussen haar grootouders zitten. Ze kon tante Fanny en Ettje horen snikken en ook tante Edine uit Aurich en haar dochters Marie en Menna huilden de hele tijd. De grootouders zaten erbij met starre gezichten en huilden niet, alleen aan het glinsteren van grootmoeders ogen was te zien hoe hoog haar tranen zaten.

Toen het orgel het slotlied speelde, stonden haar grootouders op en Charlotte moest met hen door het middenpad naar de uitgang lopen, gevolgd door de twee broers van haar vader, Willem en Gerhard, tante Fanny met Ettje, Klara en Paul. Daarna kwam tante Edine met haar echtgenoot dominee Harm Kramer en hun twee dochters. Alle anderen waren in de banken blijven zitten en staarden hen aan terwijl ze voorbijkwamen. Charlotte kreeg het er benauwd van hoe iedereen er zo van overtuigd leek te zijn dat haar ouders en Jonny dood waren. Wanneer iemand stierf dan was er toch een kist waar het lijk in gelegd werd en een graf op het kerkhof met bloemen en een ijzeren kruis of een steen? Dan pas was iemand dood, niet als hij gewoon op de oceaan verdwenen was. Misschien waren ze op een eiland gestrand. In Afrika aan land gekomen. Of het schip zwierf nog ergens op de zee en zou op een dag de haven van Bombay binnenvaren.

Grootvader ging nu vaak naar Emden, soms nam hij grootmoeder mee en bleven de kinderen met tante Fanny achter. Als ze dan thuiskwamen van school aten ze in de keuken.

'Jij bent rijk,' zei Ettje jaloers. 'Je krijgt alles wat jouw ouders bezaten.'

24

Charlotte staarde in haar soepbord en trok haar lepel langzaam door de bruingele brij. Bonen, wortels, stukjes aardappel, peterselie. Waarom kon ze haar oren niet dichtstoppen? Waarom zei iedereen van die stomme dingen die toch niet waar konden zijn?

'Ik wil niets.'

'Je kunt het altijd aan mij geven.'

'Helemaal niets krijg je. Niemand krijgt wat!'

'Wel waar! Jij! Grootmoeder heeft gezegd dat ze jullie huis in Emden gaan verkopen met alle meubels en wat er verder nog is. Alles. En daarvoor krijgen ze veel geld. En dat is dan van jou.'

Charlotte liet haar lepel vallen, sprong op en greep woedend naar het pluizige haar van haar nicht.

'Dat lieg je!' gilde ze en ze trok hard aan Ettjes haren. 'Ze kunnen ons huis niet verkopen, het is niet van hen. Het is van papa!'

Ettje jammerde en probeerde zich te bevrijden. Daarbij stootte ze met haar neus tegen het hete soepbord en als Klara niet heel snel ingegrepen had, was de soep met bord en al op de grond gevallen. Zonder omhaal pakte tante Fanny Charlotte bij haar armen, duwde haar terug op de stoel en gaf haar nichtje twee draaien om de oren. Vervolgens boog ze zich over de tafel heen om de huilende Ettje ook een klap te geven.

'Ik heb niets gedaan,' klaagde Ettje.

'Dat is voor je brutale mond.'

'Ik heb alleen maar de waarheid gezegd.'

'Stil en eten. Jij doet straks de afwas, Klara en Charlotte drogen af.'

Charlotte huilde niet. Stil zat ze voor haar bord en merkte nauwelijks hoe haar wangen gloeiden van de klappen. Vanbinnen voelde ze hoe een duistere pijn opwelde die zich onhoudbaar door haar hele lichaam verspreidde. Papa en mama waren er niet meer. De warmte, steun en bescherming die haar ouders haar hadden gegeven waren met hen verdwenen. Ongestraft kon men haar ouderlijk huis verkopen, mama's meubels, papa's boeken en verzamelingen, haar speelgoed en ook Jonny's kasteel met de ridders en de paarden. Ongestraft kon tante Fanny haar nu slaan want ze hoefde zich geen zorgen meer te maken dat papa haar op de kop zou geven. 'Jullie zullen nog raar opkijken als ze terugkomen!' riep ze uitdagend.

Pas 's avonds toen Charlotte met Klara in bed lag en Ettje en tante Fanny nog in de keuken waren, huilde ze. Klara hield haar in haar armen en Charlotte snikte in haar nichtjes nachtpon tot die doorweekt was van haar tranen.

'Dat geeft niets,' fluisterde Klara toen Charlotte weer een beetje tot rust gekomen was en ze dicht tegen elkaar aan lagen om samen naar het land van dromen en vergetelheid te reizen. 'Het belangrijkste is dat je eens goed hebt uitgehuild.'

Het voorjaar ging over in de zomer. Boven de bank in de woonkamer hing nu een ingelijste foto die Charlottes moeder vlak voor hun reis in een fotozaak in Emden had laten maken. Mama zat in een van haar mooie jurken in een stoel, papa stond achter haar in zijn kapiteinsuniform, maar zonder pet zodat je zijn blonde krullen zag. De fotograaf had Charlotte en Jonny rechts van hun moeder gezet. Jonny had een jasje aan, een kniebroek en laarzen. De laarzen waren eigenlijk te klein en mama had erg moeten aandringen voor hij bereid was geweest ze aan te trekken. Papa steunde met zijn rechterhand op de stoelleuning van mama, de linker lag op Charlottes schouder. Nu en dan had hij haar zachtjes met zijn vingers gekieteld, waardoor ze moest giechelen. Het was vreselijk moeilijk geweest om zo lang stil te staan en in de grote zwarte mond van de camera te kijken. Jonny was erg onrustig geworden en mama had hem allerlei zoetigheden moeten beloven voordat hij eindelijk stil bleef staan.

Boven de ingelijste foto was een zwart doorzichtig lint gedrapeerd dat er een beetje overheen hing. En er was nog iets veranderd in de kamer. Tante Fanny en grootmoeder hadden het dressoir onder het raam geschoven en op de vrijgekomen plek stond nu de piano van haar moeder. Er was een heftige woordenwisseling over geweest want noch grootmoeder, noch tante Fanny had de piano willen hebben. Volgens hen maakte die de kamer veel te vol. Tot Charlottes grote verrassing had dit keer haar grootvader het laatste woord.

'Het is een mooi instrument en als Gerhard eens in wat betere toestand is, kan hij het komen halen.'

Oom Gerhard was de jongste broer van haar vader. Hij woonde in Hamburg en men had haar verteld dat hij daar muziekles gaf. Alleen was ze er niet helemaal zeker van of dat wel waar was want haar grootmoeder zuchtte altijd als ze over hem praatten.

'Wat er toch van die jongen moet worden.'

Omdat oom Gerhard al dertig jaar was, had er eigenlijk al iets van hem geworden moeten zijn. Charlotte mocht hem graag, ook al had ze hem nog maar twee keer in haar leven gezien. Hij was een keer in Emden op bezoek geweest en had met mama muziek gemaakt. Zij had pianogespeeld, hij viool. De tweede keer was op de rouwdienst. Hij was na de kerk met hen meegegaan en had bij hen gegeten. Door al het familiegedoe had Charlotte geen kans gezien om met hem te praten. Van haar mocht hij de piano best hebben, ze had toch geen zin erop te oefenen, alleen was de piano wel van mama en waar moest ze dan op spelen wanneer ze terugkwam?

De terugweg van school naar huis was een oefening in geduld. Charlotte liep naast Klara, die slechts langzaam vooruitkwam en soms even bleef staan omdat haar been pijn deed. Charlotte dacht er niet aan om vooruit te lopen, maar als ze dan eindelijk de Ulrichstraat in liepen bonsde haar hart van opwinding en ze strekte haar nek om te kunnen zien of er misschien een koets voor het huis van haar grootouders stond. Eén keer, het was al eind augustus, zag ze een paard-en-wagen staan en voelde hoe de hoop heftig in haar opsteeg. Het bleek een kennis van haar grootvader die in Emden was geweest en vandaar wat kisten meegenomen had.

Daarbij was ook een klein kistje, van zwart hout gemaakt, met een tekening op het deksel die door een glasplaatje beschermd werd.

'Die is van jou,' zei grootmoeder toen Klara en zij binnenkwamen. 'Neem het straks mee naar boven en zet het onder je bed.'

Charlotte schudde haar hoofd. De teleurstelling had haar keel zo dichtgesnoerd dat ze niet kon praten. Nee, ze wilde dit kistje niet hebben. Het hoorde in haar slaapkamer in Emden. Dáár hoorde het thuis.

's Avonds werd nu al de grote lamp aangedaan in de woonkamer omdat tante Fanny en Ettje veel te naaien hadden. Ze vermaakten ondergoed, rokken en jasjes, een pak voor grootvader en een broek voor Paul. Ook Klara kreeg een rok en een jurk, ook al wilde zij die eigenlijk niet hebben want ze waren van de kleren van Charlottes ouders gemaakt. De stoffen waren van goede kwaliteit, er hoefde niet al te veel aan veranderd te worden en zo bespaarden ze veel geld.

Kort voor Kerstmis stormde het zo erg dat de haarden niet meer wilden trekken en mensen zich zorgen maakten dat bij vloed de rivier de Leda buiten zijn oevers zou treden.

's Nachts kon Charlotte niet slapen. De wind liet het huis rammelen en kraken, huilde buiten rond de huizen als een wild dier dat in de stad ronddoolde en niet veel goeds in de zin had. Ze ging zachtjes rechtop in bed zitten en probeerde in de donkere kamer te onderscheiden of tante Fanny en Ettje sliepen. Er was geen beweging en vanuit tantes bed kwam een zacht gesnurk.

'Wat is er?' fluisterde Klara naast haar. 'Moet je eruit?'

'Nee, ga weer slapen.'

Ze glipte onder het dekbed uit en vond de deur op de tast. Slechts gekleed in haar nachthemd en sokken was het vreselijk koud, de slaapkamer was echter te donker om haar blauwe sjaal te kunnen vinden, die ergens op de grond naast het bed moest liggen. Pas toen ze in de hal stond merkte ze dat Klara haar gevolgd was.

'Ga weer naar bed.'

'Ik ben niet moe. Als het stormt, kan ik toch niet slapen.'

Op een kruk in de hal stond een lantaarn met ernaast lucifers zodat je zo nodig snel licht kon maken. Doordat Charlottes vingers verstijfd waren van de kou en het erg tochtte door de kieren van de ramen, lukte het haar pas met de derde lucifer om de kleine kaars aan te steken.

'Ga jij maar voor, Klara,' zei Charlotte en ze wees naar de zoldertrap. 'Als je valt, kan ik je tegenhouden.'

'Wat wil je daarboven?'

'Dat zul je wel zien.'

De trap was erg smal en steil en bovendien was er geen leuning, zodat Charlotte bang was dat Klara zou struikelen en zich bezeren. Het ging goed tot aan de zolderdeur. Pas toen ze de roestige grendel terugschoof moest Charlotte haar vasthouden. Het maakte een akelig knarsend geluid dat beide meisjes deed ineenkrimpen. Roerloos bleven ze staan.

'Laat mij maar voorgaan,' fluisterde Charlotte na een poosje en ze hield de lantaarn omhoog. 'Daar is het.'

Men had een doek over het zwarte kistje gelegd en het onder het dakraam geschoven. Charlotte haalde de lap weg en het lichtschijnsel viel op het deksel waardoor de twee meisjes de tekening onder het glas konden zien: een indrukwekkende berg met drie toppen. Een ervan was met sneeuw bedekt en aan de voet bevond zich het groene oerwoud. De hemel boven de besneeuwde top was donkerblauw en onbeschrijfelijk helder.

Papa had haar het kistje voor haar negende verjaardag gegeven en ze had er al haar schatten in bewaard. Een klein blikken aapje dat rammelend kon rondhuppelen als je het opwond. Papieren aankleedpoppen die ze zorgvuldig uitgeknipt had met de bijbehorende kleren, hoeden en schoenen. Een ivoren knikker waarop figuren waren uitgesneden en waarin zich nog een knikker bevond en daarna nog één, heel klein maar volmaakt en ook met versieringen bedekt. Een schelp in de vorm van een gewelfde hand, vanbuiten roze en vanbinnen glanzend zilver. Als je hem tegen je oor hield, kon je de zee horen ruisen.

'Hou de lantaarn eens vast, Klara.' In het bewegende licht spreidde Charlotte haar schatten uit op de stoffige vloer. Klara kreeg een lamme arm, kon de lantaarn niet langer stilhouden en wisselde steeds van hand.

'Vind je ze mooi? De aap kan ook huppen, alleen kan ik hem nu niet opwinden, dat maakt te veel lawaai.'

'Ik vind de schelp het mooist.'

Zorgvuldig legde Charlotte elk voorwerp terug in de kist, langzaam, voorzichtig zodat er niets zou beschadigen.

'Ik denk dat ze toch niet terugkomen,' zei ze zachtjes en ze deed het deksel dicht. 'Mama, papa en Jonny zijn ver weg op de oceaan en zijn mij vergeten.'

Het licht van de lantaarn bewoog, viel opzij en Klara zette de lamp op de grond. Ze knielde moeizaam en sloeg vervolgens haar armen om Charlotte heen.

'Ze zijn je zeker niet vergeten,' fluisterde ze met haar mond dicht tegen Charlottes oor. 'Ze denken aan jou zolang als je leeft. Dat weet ik heel zeker.'

De volgende ochtend werd Charlotte wakker met razende hoofdpijn. De dokter moest erbij komen want de koorts steeg zo hoog dat ze begon te ijlen. Tante Fanny zuchtte. 'God verhoede dat het een longontsteking is. Ze moest zo nodig midden in de nacht naar de koude zolder gaan. Die eigenzinnige fratsen moeten we haar beslist afleren.'

December 1880

Op kerstavond zat Charlotte gewikkeld in een dekbed in de woonkamer. Op het dressoir prijkten enkele takken dennengroen, versierd met kleurige ballen en suikerbeestjes. Thuis hadden ze altijd een kerstboom gehad en mama speelde kerstliederen op de piano, Engelse carols, niet de liederen die ze hier zongen. Charlotte was echter te zwak om zelfs maar verdriet te voelen.

Toen twee dagen later de eerste familieleden op bezoek kwamen, was ze in staat om aangekleed en met een warme deken om in een stoel te zitten. Ze moest een dapper meisje zijn, zeiden ze, haar grootouders hielden veel van haar. En natuurlijk moest ze ijverig en gehoorzaam zijn, maar het belangrijkste was dat ze snel weer helemaal gezond werd. Ze wilde haar grootouders toch geen verdriet doen?

Charlotte knikte verlegen en antwoordde elke keer alleen met 'Ja, natuurlijk'. Deze keer vond ze de bezoekjes prettig. Het vrolijke geklets bij het koffiedrinken bracht weer een beetje leven in de sombere woonkamer en liet zelfs grootmoeder weer glimlachen, zij het ingehouden. Cadeautjes werden uitgedeeld en vooral Charlotte kreeg veel. Vreemd genoeg vond ze het nu fijn als haar tantes en nichtjes haar in hun armen namen. Het deed haar goed om te voelen dat ze leefde. Niemand kon zo hartelijk en dwaas lachen als haar nicht Marie, die al bijna volwassen was en toch nog vaak gekheid maakte met haar zusje Menna. Marie had dik goudblond haar dat ze soms opstak als een volwassen vrouw. Ze hoefde geen krulspelden te gebruiken zoals Ettje onlangs geprobeerd had, want haar haar krulde van nature. Ook haar gezicht was mooi, vooral de kleine mond met de hartvormige lippen en de manier waarop ze glimlachte.

Na de feestdagen werd het weer stil in huis. De stad was net zo grijs en saai als daarvoor en de mist vermengde zich met de rook die uit de schoorstenen van de huizen opsteeg. Het was heel erg koud, ijsschotsen dreven op de rivier en het gras en de bosjes op het eilandje dat in een lus van de Leda lag waren witbevroren.

Charlotte was weer beter. Haar krachten keerden terug en het leven ging door. Ze had geen moeite met school, was snel van begrip en hoefde niet zoals haar klasgenoten alles in haar hoofd te stampen. Als ze goed oplette, wat ze niet altijd deed, hoorde ze bij de besten van de klas. Meer moeite had ze met vriendschappen sluiten. Klara bleef haar enige vertrouwelinge, want Charlotte Dirksen was niet gemakkelijk en behoorlijk eigenwijs.

Eind maart begon tante Fanny vaker dan anders te zuchten, waar niemand aandacht aan besteedde. Wel was het vreemd dat ze lange twistgesprekken met grootmoeder in de keuken had. Ze waagde het zelfs haar tegen te spreken en als ze niet meer wist wat ze moest zeggen, barstte ze in tranen uit.

'Moet het met hem net zo aflopen als met mijn arme man, Peter? Zich doodwerken voor een hongerloontje waar we nauwelijks van konden leven? Ik zal nooit vergeten hoe hij stervend in mijn armen lag en me op het hart drukte om voor de kinderen te zorgen.'

'Hou op met zeuren, het kan nu eenmaal niet.'

'Het zou best kunnen als u het maar wilde.'

Charlotte had al snel door dat je beter niet in de keuken kon komen als die twee aan het bekvechten waren. Het enige wat dat opleverde was weggestuurd worden voor een akelig klusje want de kinderen mochten geen getuige zijn van de taaie strijd tussen beide vrouwen.

Begin april, vlak voor de paasdagen, was de ruzie opeens voorbij. Paul wist te vertellen dat de grootouders 's avonds in hun slaapkamer lange gesprekken voerden. Hij sliep op de bank in de studeerkamer van grootvader en de slaapkamer van de grootouders lag daar direct naast, alleen gescheiden door een dunne houtwand, dus hij kon het weten.

'Grootmoeder wil dat ik naar het gymnasium ga,' vertelde hij somber. 'Mama heeft haar overgehaald.'

'Nou, dat is toch geweldig?'

'Helemaal niet. Die lui van het Ubbo Emmius zijn arrogant en proberen ons altijd te slaan. Als ik daarheen ga, raak ik al mijn vrienden kwijt.'

'Ja, en?'

Charlotte begreep hem niet. Op het gymnasium leerde je Latijn en daarmee kon je later dokter of scheepskapitein worden. Stiekem was ze zelf heel graag naar het gymnasium gegaan, dat was echter niet mogelijk, er werden alleen jongens toegelaten.

'En Paul is toch veel te dom voor de Latijnse school,' voegde Ettje eraan toe en ze trok geringschattend haar bovenlip op. 'Je kunt dat geld net zo goed uit het raam gooien.'

Drie dagen na Pasen, de school was nog niet begonnen, riep grootvader Charlotte na het ontbijt bij zich in zijn studeerkamer.

'Kom binnen en ga op de bank zitten.'

De bank was dit keer opgeruimd. Het beddengoed van Paul was netjes opgerold en onder een kleedje gelegd. De twee ronde gehaakte kussens stonden stijf opgeschud elk in hun eigen hoek. Charlotte ging ertussen zitten en wachtte af. Ze kon aanvoelen dat het om iets ernstigs ging, want grootvader staarde met een strak gezicht naar een vel papier dat voor hem op het bureau lag.

'Ik ben niet gelukkig met deze beslissing,' begon hij zonder haar aan te kijken. 'Toch heb ik hem na lang nadenken genomen omdat dit het welzijn van ons allemaal dient. Ik heb een tekst opgesteld, Charlotte, zodat je later in je recht staat.'

Hij las haar het geschrevene voor, langzaam en met zachte stem alsof hijzelf goed moest kijken of er geen fouten in stonden. Twee keer stopte hij, nam zijn pen uit de houder en verbeterde iets. Dan las hij verder en keek haar steeds even aan om te controleren of ze wel goed luisterde.

Charlotte begreep al snel waar het om draaide. Het gymnasium kostte geld, ook de boeken waren duur en Paul had nette kleren nodig, geen verstelde jasjes en broeken. Dat geld wilde grootvader van haar lenen. Hij zou een deel van het bedrag gebruiken dat ze van haar ouders had geërfd en dat voor haar bruidsschat bestemd was. Hij deed dat liever niet en met veel gewetensbezwaren en alleen op voorwaarde dat Paul haar later alles zou terugbetalen.

'Er is geen andere mogelijkheid, Charlotte. We leven al zo zuinig mogelijk en ik ben niet bereid een hypotheek te nemen op het huis dat mijn kinderen later zullen erven. Jouw geld is er en jij hebt het nog niet nodig. Ik heb een deel in aandelen belegd, daar komen we niet aan. De rest wil ik voor Pauls opleiding gebruiken, daar kunnen we later de vruchten van plukken.'

Dominee Dirksen had twee zoons laten studeren en dat was moeilijk geweest, ze hadden er zelfs minder om gegeten. Een goede opleiding was nu eenmaal belangrijk voor een man, alleen dan kon hij een goede baan krijgen en zijn familie onderhouden. De bruidsschatten voor de beide dochters waren daardoor mager uitgevallen. Edine was met een dominee getrouwd en dus goedverzorgd. Helaas hadden ze voor Fanny slechts een boekbinder kunnen vinden.

De opgestelde tekst moest door tante Fanny en de grootouders ondertekend worden. Hoofdtoezichthouder Doden zou als getuige optreden en ook zijn handtekening zetten. Grootvader zou het goed bewaren en aan Charlotte overdragen als ze meerderjarig was, dus over tien jaar.

'Ik wil dat je weet, Charlotte, dat ik aan je welzijn denk en dat ik nooit zou toelaten dat je onrecht wordt aangedaan.'

Charlotte luisterde kalm naar hem. Ze had allang door dat hij een slecht geweten had, ook al was dat helemaal niet nodig, ze gaf niet om het geld. Laat het naar Paul gaan, dan kon Ettje haar ook niet meer voor de voeten gooien dat ze rijk was.

'Ga nu naar beneden, Charlotte, en hou je mond over dit alles. Vooral dat moet je me beloven.'

Ze stond op en knikte met een ernstig gezicht, maar maakte geen aanstalten de kamer te verlaten.

'Ik wil pianoles, grootvader.'

Hij had zich alweer over het papier gebogen en keek nu verbluft op. Hij had gevreesd dat Charlotte zou protesteren of huilen, daar had ze alle reden toe gehad. In plaats daarvan stelde ze een voorwaarde.

'Pianoles? Maar... maar je hebt de piano nog niet één keer aangeraakt sinds die hier in huis is.'

'Vanaf nu zal ik vlijtig oefenen. Papa heeft altijd gewild dat ik zou leren pianospelen en mama heeft me lesgegeven.'

Pianoles kostte geld, zoveel wist ze wel, maar als ze dan niet naar het gymnasium kon, dan wilde ze in elk geval dát.

'We zullen zien,' mompelde dominee Dirksen. 'Je kunt om te beginnen voor jezelf gaan oefenen. Ergens in een van de kisten moet zich nog bladmuziek van je moeder bevinden. Ik zal eens kijken.'

Paul wachtte al voor de deur van de studeerkamer. Ook hij was naar grootvader gestuurd. Het was duidelijk dat hij de blijde boodschap zou ontvangen aangaande zijn toekomstige gymnasiumbezoek en daarbovenop nog een heel scala aan vermaningen en bevelen te horen zou krijgen. Toen hij na een hele poos weer beneden in de keuken opdook, straalde tante Fanny van geluk. Paul trok echter een gezicht alsof hij tot levenslange gevangenschap was veroordeeld.

Grootvader hield zich aan zijn woord. Al de volgende morgen vond Charlotte een stapel bladmuziek op de piano. Sommige bladen waren stoffig en hadden ezelsoren maar dat maakte haar niet uit. Ze kende al deze schriften. Ze hadden op een plank gelegen en mama had er vaak voor gestaan en ze doorgebladerd om er dan een uit te kiezen om te spelen. Er hadden ook twee notenschriften bij gezeten met daarin saaie stukken voor beginners en stompzinnige vingeroefeningen die je nauwelijks muziek kon noemen. Eigenlijk was ze blij dat die zich niet in de stapel bevonden. Aarzelend raakte ze een toets aan en vertrok haar gezicht. De toon klonk heel anders dan ze gewend was en heel raar. Ze probeerde een toonladder van C grote terts, dan een paar akkoorden, en huiverde. De toetsen gehoorzaamden niet meer, er klonken vreemde tonen als je ze indrukte. Niets was meer zoals in het huis van haar ouders, zelfs de piano was veranderd. Het was hem net zo vergaan als de kleren van haar moeder die nu door tante Fanny en Ettje gedragen werden en in niets meer herinnerden aan haar moeders sierlijke gewaden.

'Oma, ik denk dat de piano kapot is. Het geluid is heel anders dan vroeger.'

'Dat verbeeld je je maar.'

'Nee, hij moet gerepareerd worden.'

'Dat ontbrak er nog maar aan. Terwijl niemand dat gevaarte nodig heeft.'

Koppig volhoudend ging Charlotte elke middag achter de veranderde piano zitten en probeerde in elk geval haar vingers te laten gehoorzamen. De klanken deden haar zo zeer dat de tranen soms over haar wangen rolden en toch gaf ze niet op. Voor niets in de wereld wilde ze op haar grootvader overkomen als een oppervlakkige praatjesmaakster, zo een die eerst met grote woorden spreekt en vervolgens niets tot stand brengt.

'Ik weet niet waar dat getingel goed voor is,' merkte grootmoeder wrevelig op bij het avondeten. 'En dat komt alleen maar doordat jij zo nodig die piano in onze woonkamer wilde hebben, Henrich.'

'Waarschijnlijk wil ze een chique dame worden die in deftige salons verkeert en op bals danst,' zei tante Fanny.

'Dansen kun je al helemaal niet als Charlotte speelt,' meende Paul, 'je kunt beter weglopen.'

Klara zei bijna nooit iets tijdens het eten, ze was nu echter zo verontwaardigd dat ze een opmerking waagde. 'Pianospelen is heel moeilijk en ik vind dat Charlotte het al heel goed kan.'

Ze bloosde omdat iedereen naar haar keek, maar sloeg haar ogen niet neer zoals ze vaak deed als iemand haar afkeurend aankeek, ze hield stand.

'Goed genoeg om de ratten en de muizen het huis uit te jagen,' smaalde Paul.

'En nu stil,' kwam grootmoeder ertussen. 'Bemoei je liever met jezelf, Paul.'

Paul vond het vooral leuk om Charlotte af te kraken omdat hij het zelf moeilijk had. De lessen op het gymnasium gingen door tot in de late middag en dan was er het huiswerk dat hij elke avond onder de strenge blik van zijn grootvader moest maken en laten nakijken.

'Ik heb gisteren met organist Pfeiffer gesproken,' zei grootvader nu. 'We hebben afgesproken dat je vrijdagmiddag om vier uur bij hem langsgaat om voor te spelen. Als je talent voor muziek hebt, wil hij je lesgeven.'

'Pianoles?' riep tante Fanny verontwaardigd. 'Dat is ook wat moois. Over vier of vijf jaar kan Ettje al trouwen en voor haar bruidsschat is geen geld meer. En dan krijgt Charlotte pianoles?'

'Jij hebt al genoeg gekregen, Fanny,' reageerde dominee Derksen kortaf.

Charlotte had eigenlijk blij moeten zijn dat haar grootvader het voor het oog van de hele familie voor haar opgenomen had, alleen was ze allesbehalve enthousiast. Organist Pfeiffer was een mager mannetje met verward grijs haar en een onverzorgde baard. Iemand die zelfs op zondag een uitgezakte broek droeg en van wie de mensen zeiden dat hij een vreemde vogel was.

Met tegenzin trok ze die vrijdagmiddag haar jas aan en stopte de opgerolde bladmuziek eronder, zodat niet iedereen kon zien wat ze bij zich had. Meneer Pfeiffer woonde in de Suderkreuzstraat, direct achter de lutherse kerk waar zich ook een school en een armenhuis bevonden. In de Norderstraat knalde plotseling een klein projectiel op haar arm en ze bleef woedend staan.

'Wie met modder gooit, besmeurt zichzelf,' gilde ze door een openstaande deur naar binnen. Al kon ze niet zien wie er stonden, ze wist zeker dat het om Pauls voormalige klasgenoten ging, die nu de doodsvijanden van de ongelukkige gymnasiast waren.

'Zwarte heks!' werd er teruggeroepen.

'Heks met gele ogen!'

'Negerin!'

Nog twee knikkers vlogen haar tegemoet die ze handig ontweek. In plaats daarvan trof eentje cafébaas Zindler, die net zijn huis uit gekomen was met zijn muts diep over zijn ogen getrokken.

'Vervloekte rotjongens! Als ik jullie in mijn handen krijg...'

Charlotte liep weg zonder nog om te kijken en hoopte van harte dat de cafébaas ten minste één van de jongens te pakken kreeg. Al was dat maar de vraag want hij had een dikke buik en de kwajongens konden hard rennen.

Ze probeerde zichzelf te troosten met de gedachte dat de vijandelijkheden eerder voor Paul dan voor haar bedoeld waren. Ze hadden zich op haar gericht omdat ze zijn nicht was. Ze kende de scheldwoorden echter maar al te goed, ze kreeg ze steeds opnieuw te horen. Indiaanse, negerin, heks, kat met gele ogen. Ook Paul noemde haar zo als hij kwaad op haar was.

Ze was een vreemde in Leer. Ze hoorde hier niet en ze wilde hier ook niet horen. De stad was somber, lag ineengedoken op de oever van de grijze rivier en het was er koud, zelfs in de zomer. Waarom had haar grootvader haar niet naar Indië laten gaan, waar de zon altijd scheen en de mensen aardig waren? De ouders van haar moeder hadden een brief in het Engels geschreven waarin ze smeekten om Charlotte bij hen op te mogen nemen, maar grootmoeder had gezegd nog eerder haar rechterhand af te hakken dan het kind van haar gestorven zoon in den vreemde te sturen.

De bel naast de voordeur van meneer Pfeiffer was afgebroken, een deurklopper was er ook niet en op Charlottes aarzelende kloppen deed niemand open. Kleumend stond ze daar en ze vroeg zich af of ze te vroeg was en beter eerst naaigaren en haakjes kon gaan kopen. Nee, ze wilde dit liever achter de rug hebben en dus drukte ze de klink naar beneden.

De gang was smal, het rook er naar vochtig hout en schimmelige kleden en ook een beetje naar havermout.

'Hallo, is er iemand thuis?'

Rechts ging een deur open en de gebogen gestalte van meneer Pfeiffer kwam tevoorschijn.

'De kleine van Dirksen,' zei hij en hij knikte meerdere keren alsof hij zichzelf van dat feit moest overtuigen. 'Charlotte, nietwaar? Kom binnen, mijn kind. Mijn zuster is er niet, anders had zij wel opengedaan.'

Hij woonde met zijn zus samen. Had hij dan geen vrouw? Misschien was ze gestorven, hijzelf was ook al behoorlijk oud.

'Laat maar eens zien wat je kunt, Charlotte. Heb je muziek meegenomen? Je grootvader zei tegen me dat je goed wilde oefenen. Wacht, ik zal eerst de kruk op de goede hoogte draaien.'

Er klonk een vreselijk geknars toen de organist aan het ronde zitvlak van de kruk draaide. Charlotte was ondertussen in gevecht met haar opgerolde muziekschrift dat zich haast niet meer glad liet strijken.

'Aha,' zei hij na een korte blik en hij knikte weer drie keer. Verder zei hij niets, hij scheen het stuk te kennen.

Ze klom op de kruk, schoof een beetje heen en weer en wreef in haar koude handen. Ze kon op zijn minst haar best doen nu grootvader een pianoleraar voor haar gevonden had, zelfs als het een vreemde vogel was.

De opgaande tonen van haar rechterhand weerklonken. Verbaasd hield Charlotte op. Ongelovig sloeg ze nog een toets aan, luisterde en eindelijk begreep ze het. Natuurlijk, deze piano was goed. De klanken zaten op de juiste plek.

'De aanslag is heel licht,' zei meneer Pfeiffer die haar gedrag op zijn eigen manier verklaarde. 'De toetsen van jullie piano thuis laten zich waarschijnlijker moeilijker indrukken.'

Ze luisterde nauwelijks naar hem en begon het stuk van voren af aan te spelen. Het klonk vreemd na wekenlang met het veranderde instrument geworsteld te hebben. Tegelijk was het prachtig, bedwelmend. Zo had het ook bij mama geklonken. Dit waren de melodieën, de akkoorden die ze zich herinnerde. Met de klanken zag ze ook weer de mooie woonkamer van haar ouderlijk huis voor zich, met de lichte gele gordijnen en de donkere koloniale meubelen uit Indië. De houding van haar moeder zoals ze aan de piano zat, sierlijk met opgestoken glanzend haar, haar kin een beetje opgetild, de ogen gesloten, luisterend naar de muziek. Wat een betovering er toch in deze klanken lag. Ze kon niet meer ophouden met spelen en het maakte haar niet uit dat ze vreselijk veel fouten maakte. In haar innerlijk hoorde ze nu weer de echte, zuivere muziek, vol kracht en warmte die de deur naar een verloren geluk voor haar opende.

Pfeiffer bleef lange tijd stil en liet haar aan de piano zitten. Toen ze zich naar hem omdraaide, zag ze dat hij theedronk. Een schaal koekjes stond tussen de stapels boeken, daarnaast een tweede kop.

'Beethoven,' zei hij uiteindelijk op slepende toon. 'Sonate Opus 2, een vroeg werk. Grootse muziek.'

Ja, natuurlijk, het was van de componist Beethoven. Nu zag ze het ook, zijn naam stond heel klein rechts boven de muziek.

'Nog veel te moeilijk voor jou, Charlotte. We zullen met Mozart beginnen, een kleine sonate. En dan Bach, de grote Johann Sebastian Bach, ongeëvenaard in zijn meesterschap. Om te beginnen een stuk uit het muziekboekje van Anna Magdalena Bach, zijn vrouw.'

'U... u wilt me dus lesgeven?'

'Laten we het samen proberen, Charlotte. Je moet thuis langzaam en grondig oefenen. Elke hand apart, dat is belangrijk want elke hand heeft zijn eigen melodie.'

'Ik kan niet goed oefenen. Mama's piano is kapot. De klanken zitten niet meer waar ze horen.'

'Je bedoelt... dat hij ontstemd is?'

'Ontstemd, ja. De klanken zijn ontstemd. Ze zijn lager dan voorheen, sommige heel veel lager, andere een klein beetje.'

'Dat is waarschijnlijk door het transport gekomen. Zo mag je er in geen geval op oefenen. Zeg tegen je grootvader dat ik morgen langskom om het instrument te stemmen.'

Hij kon het repareren! Zou hij daarvoor veel geld vragen?

'Ga zitten en probeer nog eens de rechterhand.'

Dat was makkelijk, ook al had hij nog veel aan te merken. Hij schreef met een pen de vingerzetting boven de muziek en eiste van haar de klanken nooit uit elkaar te trekken, maar ze zo dicht mogelijk met elkaar te verbinden. Daarna moest ze hetzelfde met de linkerhand doen, die was helaas minder soepel dan de rechter en dat kostte veel meer inspanning.

'Aanstaande vrijdag, Charlotte,' zei hij toen ze vertrok. 'En beloof me dat je geen toon oefent voordat ik je piano gestemd heb. De bladmuziek mag je meenemen, maar rol ze niet op, daar kunnen ze slecht tegen.'

De volgende middag verscheen meneer Pfeiffer in huize Dirksen en hij droeg tante Fanny op de lamp en snuisterijen weg te halen zodat hij de deksel kon openen. Hij verlangde geen geld voor het stemmen. Wel wilde hij dat Charlotte hem hielp. Ze moest elke toets apart aanslaan en hij draaide net zolang met de stemsleutel aan de schroeven tot de toon goed klonk.

'Is het zo goed?' vroeg hij elke keer.

'Te hoog. U moet hem weer naar beneden draaien, zo'n beetje.'

Ze liet het hem zien met haar duim en wijsvinger en zag dat hij begon te grijnzen. Zijn mond bleef dicht, alleen de rimpels in zijn gezicht werden langer en dieper. Hij was nog steeds een vogel, maar tegelijk een vos want ze verdacht hem ervan dat hij alleen vroeg of het goed was om erachter te komen of ze de klanken goed kon onderscheiden.

Augustus 1885

'Charlotte! Charlotteeee, grote god, waar is ze nu weer?'
'Ik kom al.'

Wrevelig liep ze naar het moestuinbed waar groene kolen, wortels en een paar kleine witte koolkopjes keurig in het gelid stonden, en bekeek de peterselie. Veel was er niet van over. Hoewel ze de planten water had gegeven, hingen de tere blaadjes slap en veel waren ook geel van de hitte. Zuchtend koos ze de beste eruit en sneed ze af waarbij haar zware vlecht steeds in de weg zat, die naar voren viel zo gauw ze zich bukte.

In de keuken heerste een opgewonden drukte. Tante Fanny stond over de tafel gebogen en sneed het pekelvlees in flinterdunne plakjes zodat ze er bijna uitzagen alsof ze van perkament gemaakt waren.

'Was de peterselie en hak die fijn. Dat gaat over de aardappels,' beval grootmoeder die twee dampende pannen op het fornuis in de gaten hield. 'En maak de sla aan, in twee schalen.'

Charlotte begreep niet waarom er op een gewone zondag zo luxueus uitgepakt werd. Zelfs op feestdagen werd de familie uit Aurich niet zo rijkelijk onthaald. Het zou wel te maken hebben met de gast die tante Edine deze keer had meegenomen. Charlotte had de jonge man die ochtend in de lutherse kerk alleen maar van achteren kunnen zien omdat ze samen met Klara was gegaan en ze net voor het begin van de kerkdienst waren binnengekomen.

George Johanssen zat drie rijen voor hen tussen Paul en grootvader in op de bank. Hij was groot met een lange hals en smalle schouders en droeg een donkergrijs jasje. Zijn blonde haar viel tot op de kraag, iets wat Paul hier in Leer niet was toegestaan. George Johanssen woonde echter in Engeland en bovendien was hij student medicijnen.

'Denk eraan dat jullie je bord niet te vol scheppen,' waarschuwde tante Fanny nu. 'Twee plakjes vlees is genoeg, verder eet je maar sla en aardappels en daarna pannenkoekjes. Het vlees is voor de gasten, vooral voor de jonge Engelsman.'

Alsof Charlotte nog trek zou hebben na al dit gedoe. Gisteren hadden ze het hele huis van onder tot boven gepoetst, de kleden uitgeklopt, de trappen geboend, zelfs de gordijnen gewassen. Aansluitend hadden ze cake en taarten gebakken, hun kleren nagekeken, het haar gekruld... Grote goedheid, het leek wel of de keizer op bezoek kwam.

'Ze moeten er zo zijn,' hoorde ze grootmoeder zeggen. 'Kijk of Edine eruit komt met de tafellakens en stoelen, Fanny. Waar zijn Marie en Menna? Zij kunnen helpen opdienen.'

'Die zijn aan de overkant bij Hilke Hansen om glazen te lenen. Edine wil niet hebben dat er limonade uit wijnglazen gedronken wordt.' Grootmoeder, die helemaal niet hield van dergelijk eigenmachtig optreden, zweeg ontstemd. Makkelijk voor de gasten, maar als er een glas kapotging, moest zij het de Hansens vergoeden.

Klara draaide Charlottes dikke vlecht in een krans en stak het op haar achterhoofd vast. Ze werkte zo handig dat Charlotte de haarspelden amper voelde.

'Kijk eens in de spiegel, Charlotte. Als je het mooi vindt, steek ik je haar elke dag zo op, dan zie je eruit als een jongedame.'

'Toch maar niet.'

In de kleine wandspiegel was een bleek gezicht te zien, de neus klein, de mond te groot, smalle wangen, bijna mager. Er was niets zachts aan deze trekken. Ze waren nog niet uitgesproken, hoekig, vol tegenstellingen. Ze toonden allang niet meer de zachte lijnen van een kindergezicht, maar wilden zich ook nog niet tot het gezicht van een jonge vrouw voegen. Allesoverheersend waren de donkere, een beetje beschaduwde ogen waarvan de uitwerking door de zwarte wimpers en de volle gewelfde wenkbrauwen nog sterker werd. Het dikke vlechtwerk op haar hoofd kwam Charlotte belachelijk voor en ze had het graag weer losgemaakt, ware het niet dat Klara zo enthousiast was over haar werk.

'Daar komen ze aan!' hoorde ze Menna's heldere stem roepen in de hal. 'Lieve hemel, ze zijn helemaal verhit. Wat een lol om bij dit weer door de stad te lopen en oude huizen te bekijken.'

Eindelijk, dacht Charlotte. Was deze dag maar voorbij. Morgen moeten we weer opruimen en schoonmaken. God weet wanneer ik weer piano kan spelen.

Charlotte en Marie brachten de schalen binnen en grootvader wachtte tot iedereen op zijn plek zat voor hij het tafelgebed uitsprak en de gast nogmaals in de kring van zijn familie verwelkomde. Nu had Charlotte eindelijk de kans om de oorzaak van al deze familieopwinding van voren te kunnen bekijken.

Eigenlijk was er niets bijzonders aan George Johanssen te zien, ook geen aanwijzingen van een hoog adellijke afkomst die tante Fanny zo opgehemeld had. Hij had grijze ogen en heel lichte borstelige wenkbrauwen. Zijn neus was klein en recht, zijn blonde haar aan de zijkant gescheiden en boven zijn oren was het korter geknipt dan in de nek. Wat Charlotte nog het meest aan George opviel was de manier waarop hij mensen of voorwerpen even kort en scherp opnam, alsof hij probeerde achter de uiterlijke schijn iets anders, geheims te onderscheiden. Hij deed dat wanneer een familielid aan hem voorgesteld werd, plotseling tijdens een gesprek of als hij in de kamer om zich heen keek en hem een snuisterij, potplant of schilderij opviel. Verder was hij spraakzaam, stelde veel vragen en had het talent iedereen, zelfs Klara, in een ongedwongen gesprek te betrekken. Hij won het hart van grootmoeder stormenderhand door haar kookkunst te loven en ging zelfs zover te beweren dat hij in Engeland nog nooit zulke lekkere gerechten gegeten had. Tante Fanny kreeg rode vlekken op haar gezicht van trots doordat hij zich drie keer bereidwillig van het aangeboden vlees bediende en hij maakte Ettje aan het lachen door zijn kennis van het Friese Platduits te demonstreren.

Twee keer keek hij haar op die speciale manier aan. De eerste keer was toen Marie hem aan haar voorstelde en de tweede keer toen Klara hem vertelde dat Charlotte heel goed piano kon spelen. Ze zat echter te ver van hem vandaan om een gesprek te kunnen voeren. Dat vond Charlotte prima. Ze praatte toch liever met Marie en Heinrich, de jongere broer van de twee nichtjes. Heinrich was een vriendelijke, onschuldige jongen die op het moment voor zijn eindexamen blokte en zoals zijn vader wenste, later theologie zou gaan studeren.

'Charlotte, wil je vanavond pianospelen zodat we kunnen dansen?' riep Menna vanaf de andere kant van de tafel. 'We ruimen de kamer leeg, dan is er plaats genoeg.'

'Ik heb geen muziek voor zoiets.'

'Marie heeft wat uitgezocht en meegenomen.'

'Grootvader vindt het vast niet goed dat er hier in huis gedanst wordt,' bleef Charlotte zich hardnekkig verzetten.

'Ach, we zijn toch gewoon onder ons hier in de kamer,' suste Marie en ze wierp haar hoofd naar achteren. Ze zag er heel mooi uit, haar ogen schitterden, haar haar glansde. Het scheen Charlotte haast toe alsof Marie een innerlijk licht uitstraalde. Na het eten kwam er zelfgemaakte aalbessenlikeur op tafel en jonge jenever die natuurlijk alleen voor grootvader bestemd was. Hij was nu opgewonden in discussie met George over het conflict op Zanzibar en schold op de sultan die het de Duitsers wilde verbieden om het kustgebied onder de bescherming van het rijk te plaatsen. Hij moest op zijn eiland blijven, die Arabier, wat had hij met de kust te maken, daar had hij niets over te zeggen. In zijn geestdrift en onder invloed van de jonge klare ging grootvader zelfs zover dat hij beweerde dat het natuurlijk weer de Engelsen waren die de sultan steunden om Duitsland op het Afrikaanse continent een hak te zetten.

Tante Fanny trok wit weg en grootmoeder probeerde tevergeefs het gesprek op de lange droogte en de te verwachten slechte oogst te brengen, maar George leek de aanval op zijn geboorteland niet erg te vinden. In plaats daarvan wierp hij tot verbijstering van grootvader de vraag op of het sowieso gerechtvaardigd was om volkeren onder het gezag van een Europees land te plaatsen, beter gezegd: koloniën te stichten. Nu volgde ook Charlotte geboeid het gesprek en voor de eerste keer was ze onder de indruk van de jonge Engelsman die dingen zei waarover ze veel had nagedacht.

'Is er een verschil tussen de verovering van een land en het grondvesten van een kolonie?' vroeg hij provocerend, fijntjes glimlachend.

'Maar natuurlijk en een heel belangrijke, jonge opstandeling,' reageerde grootvader en hij schonk zich nog een glaasje in. 'Juist een Brit moet daarvan op de hoogte zijn. Het gaat er vooral om de inheemse bevolking tot het christelijke geloof te bekeren, dat is onze belangrijkste plicht.'

'Zeker, maar daar heb je geen koloniën voor nodig, alleen missieposten.'

'Maar beste jongen! U weet toch net zo goed als ik dat het werk van de missionarissen helaas te vaak mislukt door het verzet van de onwetende zwarte en dat heeft al veel moedige christenen het leven gekost. Als we de zielen van deze arme mensen redden en ze aan de zegeningen van onze cultuur laten deelnemen, dan heeft dat werk de militaire bescherming van onze natie nodig.'

'Misschien hebben ze de zegeningen van onze cultuur helemaal niet nodig. Wat weet u over de inheemse bevolking in hartje Afrika? Zo goed als niets, we kennen niet eens hun taal.'

Nu mengde Paul zich in het gesprek. Aan het eind van de tafel hadden de meisjes het over de nieuwste manieren om het haar op te steken. Een onderwerp dat hem totaal niet interesseerde. Hij grijnsde. 'Dat koeterwaals van die zwarten hoef je toch niet te verstaan, die kletsen toch maar wat.'

George sprak hem lachend tegen. 'Daar vergis je je in. Ik heb in Engeland het werk van een Duitse Afrikaonderzoeker bestudeerd die zich met de talen van de inheemsen bezig heeft gehouden. Die talen zijn volstrekt niet simpel, juist heel complex en beschikken over een veelvoud aan uitdrukkingen.'

'Je hebt het over Heinrich Barth, nietwaar?' viel Charlotte hem in de rede. 'Ik heb over hem gelezen.'

Grootvaders ogen richtten zich vol verbazing op zijn kleindochter. Ook grootmoeder en tante Fanny staarden haar aan. Hun gezichten weerspiegelden hun ontzetting: een jong meisje bemoeide zich niet met een gesprek onder mannen wanneer het over politiek ging.

'Ja, dat klopt,' zei George verrast. 'Heb je zijn boek *Reisen und entdeckungen in Nord- und Zentralafrika* gelezen? Of zijn werk over de Centraal-Afrikaanse woordenschat?'

Charlotte voelde dat ze bloosde, want voor de derde keer namen die indringende ogen van de Engelsman haar op, deze keer met uitgesproken nieuwsgierigheid.

'Jammer genoeg niet, ik las over hem in een tijdschriftartikel. Daarin werd vermeld dat hij de talen van de Afrikanen had onderzocht, alleen vond men dat eerder belachelijk. Hem werd verweten dat hij slaven had gemaakt en ze mee naar Europa had genomen.'

'Daar heb ik ook over gehoord,' reageerde George zonder zijn blik van Charlotte af te wenden. 'Ik zie dat eerder als een kwaadwillende poging om hem zwart te maken. Hoe dan ook, Heinrich Barths poging om de Afrikaanse talen te documenteren is een geweldig begin waar men mee verder zou moeten gaan.'

'Dat vind ik ook. Hoe kunnen we over iets oordelen als we er niets van afweten? Hetzelfde geldt voor de Afrikaanse zeden en gebruiken en ook voor hun geloof.'

Nu had grootvader er genoeg van. Dergelijke onchristelijke taal kon hij in zijn huis in geen geval toestaan.

'Waar ter wereld heb je dat artikel gelezen?' wilde hij van Charlotte weten.

Ze beet op haar lip. Nu had ze in het vuur van het debat dingen verraden die ze beter voor zich had kunnen houden. 'Organist Pfeiffer is op twee kranten geabonneerd en ik lees er af en toe in.'

'Aha,' liet grootmoeder zich horen, die van mening was dat het lezen van romans en kranten voor een jong meisje alleen maar verderfelijk kon zijn.

'Charlotte, je moet ons komen helpen in de keuken,' beval tante Fanny.

Tot Charlottes verrassing bood Marie vrijwillig aan om mee te helpen afwassen. Misschien verveelde ze zich in de kamer, waar de drie jonge mannen, Paul, George en Maries broer Heinrich, intussen enthousiast over de jacht met speurhonden begonnen te discussiëren en welke geweren je daarbij nodig had, iets waar noch Menna, noch Marie, noch Klara veel aan bij te dragen had.

'Zeg, grootmoeder,' merkte Marie luchtig op terwijl ze de schone, gestreken theedoek ontvouwde. 'Niemand heeft er toch iets op tegen als we vanavond een beetje muziek maken? George houdt van muziek en als student kent hij een paar dansen die in Londen in de mode zijn.'

'Jullie willen dansen? Daar is de kamer toch veel te klein voor,' zei grootmoeder en ze reikte haar de net afgespoelde, kletsnatte braadpan aan om af te drogen.

'Niet echt dansen, grootmoeder, alleen de passen oefenen en een beetje plezier maken. George moet toch goede herinneringen aan ons hebben als hij weer naar zijn ouders gaat?'

'Goed dan, maar na het koffiedrinken,' besliste grootmoeder na een korte overweging, 'en kijk uit dat er in de kamer niets kapotgaat.'

Kort daarna werd het onrustig in de hal. Blijkbaar begon de rest van het gezelschap in de kamer zich te vervelen. Je kon Ettje de trap op horen stampen. Grootvader had een keer gezegd dat ze liep als een boerenpaard. Ze haalde vast haar lichte zomerhoed van boven om zich tegen de zon te beschermen. Even daarna opende Paul de keukendeur op een kier en stak zijn hoofd naar binnen.

'We laten George de Plytenberg zien, heeft een van jullie zin om mee te gaan?'

Hij keek daarbij naar Marie en Charlotte, al bedoelde hij natuurlijk iedereen in de keuken. Grootmoeder zei hoofdschuddend dat ze bij dergelijke temperaturen graag afzag van zo'n afstand en bovendien had ze in huis nog van alles te doen. Ook tante Fanny en tante Edine bedankten ervoor en drongen erop aan dat ze op zijn laatst om vier uur terug zouden zijn voor het koffiedrinken in de tuin.

'We zullen stipt op tijd zijn. George heeft een horloge dat op de minuut nauwkeurig is en zelfs de fasen van de maan aangeeft. Wat doen jullie twee?'

Marie legde het bestek dat ze net afgedroogd had en de theedoek op tafel en pakte Charlotte bij de arm.

'Natuurlijk gaan we mee. We pakken alleen even onze hoed, zodat we niet verbranden.'

Charlotte liet zich zonder veel enthousiasme meetrekken. Nu zou grootmoeder Klara voor het keukenwerk inzetten want zij kon in geen geval mee naar de Plytenberg. Misschien had ze de afstand wel gehaald, echter alleen als de anderen steeds op haar wachtten omdat ze zo langzaam vooruitkwam en dat wilde Klara per se niet.

'Wat willen jullie dan op de Plytenberg?' mopperde Charlotte in de hal. 'Daar is toch niets te zien, behalve een paar oude stenen.'

Marie had haar strooien hoed al opgezet en bond hem met een strik onder haar kin vast.

'Het is altijd beter dan een beetje in de tuin zitten. Het wordt vast leuk en we komen zeker veel mensen tegen.'

Juist dat vond Charlotte helemaal niet leuk. Ze haatte de zondagsuitstapjes waarbij je de hele tijd kennissen moest begroeten en stilhouden om over allerlei onbelangrijke dingen te praten. Helaas was dit toch al een verloren dag. Bij het enige interessante gesprek had men haar afgekapt en ook aan Marie had ze zich geërgerd. Nu grootmoeder het dansen had toegestaan, bleef haar niets anders over dan vanavond die domme stukken uit Maries geleende muziek te spelen.

'Doe je niets op je hoofd?' vroeg Marie verbaasd.

'Waarom zou ik?' zei Charlotte kattig terug.

Haar nichtje haalde haar schouders op en liep naar de voordeur. De anderen wachtten al buiten op straat. Toen ze de deur opentrok, scheen de zon de schemerige hal in en Charlotte zag de contouren van Maries gestalte als een sierlijk silhouet tegen de lichte achtergrond. Voor een moment was ze jaloers op het bijna volmaakte figuur van haar nicht. De smalle, ingesnoerde taille, de mooi gevormde borsten, het zachte zwaaien van haar donkergroene, met fluweel afgezette rok. Alles paste bij elkaar alsof het uit een modetijdschrift kwam. En toch maakte Marie nooit een stijve indruk zoals Ettje in haar nauwe korset, maar bewoog ze zich natuurlijk en gracieus.

Paul was de aanvoerder, hij wist het beste de weg. Vaardig zocht hij zich een weg door de velden naar de Plytenberg, die aan de andere kant van de plaats lag, want niemand had zin om door de stad te gaan. Marie en Menna liepen ieder aan een kant van George. Ettje, die vreselijk zweette in haar nieuwe korset, moest zich met Heinrich tevredenstellen en Charlotte kwam als een eenzame hekkensluiter achteraan. Af en toe kwamen ze een smalle sloot tegen, dan gingen Paul en George met een been aan elke kant van de greppel staan om de meisjes te helpen bij het overspringen.

'Zo, en dat is dus de Plytenberg,' zei George en Charlotte dacht een lichte spot in zijn stem te horen.

'Wat een raar ding. Is het misschien een kunstmatig opgeworpen heuvel?'

'Dat weet niemand precies,' legde Ettje uit en ze veegde met haar arm het zweet van haar voorhoofd. 'Op school hebben ze ons verteld dat het een uitkijkpost voor de mensen uit de vesting van Leer is geweest. Misschien heeft er ooit een toren gestaan.'

'En boven in de torenkamer zat een prinses gevangen, dat verhaal ken ik. Was het degene die haar lange haar naar beneden liet hangen zodat de ridders omhoog konden klimmen?' schertste George en de meisjes lachten.

'Dat zou hoogstens bij Charlotte lukken,' giechelde Menna. 'Zij heeft een vlecht zo dik en sterk dat een heel regiment zich eraan op zou kunnen trekken.'

George richtte zijn grijze ogen op Charlotte. Hij leek er niets op tegen te hebben haar een beetje te plagen. Bij het zien van de spinnijdige uitdrukking op haar gezicht keek hij echter gauw weer de andere kant op.

'Laten we naar boven lopen,' stelde hij voor. 'Kun je vandaar af de rivier zien?'

'Zeker, als je je best doet kun je Engeland zien.'

Charlotte bleef achter. Ze was hier al ontelbare keren op zondag met haar familie geweest.

Niemand stoorde zich eraan dat Charlotte niet meeging en ze benutte de gelegenheid om een eindje verwijderd van de dagjesmensen in de schaduw van een jonge eik op het gras te gaan zitten. Diep ademhalend leunde ze met haar rug tegen de stam, trok een knie op en streek haar rok glad. Hoe heerlijk om een paar minuten voor zichzelf te hebben voordat de hinderlijke meute terugkwam. Ze kneep haar ogen tot spleetjes om beter tegen de zon in te kunnen kijken en volgde met een spottende blik hoe een paar van de anderen juist de laatste meters aflegden. Paul was al boven. Menna had zich van Heinrichs hand bevrijd en kroop lachwekkend op handen en voeten omhoog. George en Ettje waren nog maar halverwege de heuvel waar ze op Marie wachtten die ongedwongen met een vriendin kletste. Charlotte stelde vast dat George weliswaar mager maar ook behoorlijk pezig was. Zijn bewegingen hadden een verende lichtheid die Paul of Heinrich waarschijnlijk nooit zouden bereiken.

De warmte deed haar goed, liet de spanning uit haar lichaam verdwijnen en een aangename vermoeidheid opkomen. Ze leunde met haar hoofd naar achteren en het kon haar niet schelen dat de door Klara zo kunstig opgestoken vlecht in de barsten van de eikenschors verward raakte. Met gesloten ogen gaf ze zich over aan de geluiden van de zomer.

Iets donkers bewoog voor haar oogleden. Ze kromp in elkaar en sloeg haar ogen op. George had met zijn hand voor haar gezicht gewapperd om te kijken of ze sliep.

'Alweer afgedaald?' vroeg ze terwijl ze de vlecht op haar achterhoofd probeerde te bevrijden die in de bast van de eik vastzat.

'Waarom ben je niet meegegaan?'

Ze draaide zich opzij en deed alsof ze met haar haar bezig was. Ze hield er niet van als hij haar zo indringend aankeek.

'Heeft iemand me gemist?'

'Ik bijvoorbeeld.'

Een geringschattend lachje was haar antwoord. Hoezo zou hij haar gemist hebben? De hele weg lang had hij niet naar haar omgekeken.

George liet zich niet uit het veld slaan en ging ongevraagd naast haar in het gras zitten.

Charlotte vocht met een voor haar ongewone verlegenheid. Ze had graag tegen hem gezegd dat zijn opvattingen indruk op haar gemaakt hadden, dat ze het helemaal met hem eens was, alleen was ze opeens bang dat hem dat onverschillig liet. Wie was zij nou eenmaal? Een kleine, onervaren vijftienjarige, niet erg mooi en een vreselijke wijsneus zoals haar grootmoeder altijd zei. Het was beter haar mond te houden, anders zou hij haar uiteindelijk nog uitlachen.

'Waar zijn de anderen? Waarom ben je helemaal alleen?' vroeg ze daarom.

'Ze hebben me aan een heleboel kennissen voorgesteld en nu zitten ze daarboven in het gras met een buurvrouw limonade te drinken.'

Hij glimlachte vermoeid en ze kon hem ineens goed begrijpen. Sinds hij in Duitsland was werd hij overal naartoe gesleept en als zoon van een vooraanstaande familie bij allerlei mensen geïntroduceerd. Mensen ontvingen hem gastvrij, zetten een hoge borst op en schoven hun huwbare dochters naar hem toe. Waarschijnlijk was hij blij even rust te hebben.

'Klopt het dat je moeder een Indische was?'

Charlotte haatte de vraag die haar al zo vaak gesteld was. In elk geval klonk hij anders uit zijn mond, niet sensatiebelust zoals bij de meesten maar gewoon geïnteresseerd.

'Nee, mijn grootmoeder was Indische,' zei ze daarom bondig.

Hij zweeg even en toen hij verder sprak vermeed hij het haar aan te kijken, in plaats daarvan leek het of hij tegen de meeuwen praatte die boven hen in de lucht vlogen.

'Ik heb ogen zoals die van jou in Londen gezien. Daar zijn veel mensen uit vreemde landen. Er zijn er echter maar weinig die goud in hun ogen hebben zoals jij.'

Goud? Wat kletste hij nou voor onzin. Ze had gele ogen als van een kat, een heks. Enge ogen die mensen angst aanjoegen.

'Ze zijn mooi en mysterieus,' ging hij verder. 'Zoals die edelsteen die op het eerste gezicht bruin lijkt en dan in het licht opeens een gouden glans heeft. Hoe heet hij toch in het Duits, ik kan er niet opkomen.'

'Tijgeroog.'

Hij vertrok zijn gezicht in een grimas, pas toen Charlotte begon te giechelen hief hij zijn hoofd op en opgelucht bij het zien van haar vrolijkheid begon hij ook te lachen.

'Ik praat wartaal, hè?'

'Nogal, ja.'

'Ik wilde je niet kwetsen, Charlotte. Weet je, soms ben ik een irritante dromer.'

'Zo klinkt het wel.'

Hij ging met een ruk overeind zitten, haalde beide handen door zijn haar en keek haar van opzij ondeugend aan.

'Ja, een dromer,' praatte hij verder. 'Als kind hoorde ik mijn vader over Indië vertellen en stelde ik me oosterse paleizen voor, Indische maharadja's met goud geborduurde tulbanden en witte olifanten. Later verdiepte ik me in allerlei boeken en kaarten en als student zwierf ik rond in de wijken van Londen waar Indiërs, Afrikanen of Arabieren wonen.'

Ze was verbaasd en tegelijk voelde ze iets van jaloezie. Hij had rondgezworven, had toegegeven aan zijn nieuwsgierigheid, had vreemde mensen en plaatsen gezien die hem aantrokken. Hoe makkelijk was het toch voor een man om zulke oorden op te zoeken die voor vrouwen van goeden huize totaal gesloten bleven.

'Je kunt het je niet voorstellen, Charlotte, hoe somber het in Londen kan zijn wanneer de mist wekenlang blijft hangen. Straten en gebouwen zwemmen in een bruine damp, lichten worden fletse vlekken en zwaarmoedigheid daalt als donkere, vochtige vleugels op de mensen neer.'

'Dat kan ik me heel goed voorstellen,' zei ze zachtjes.

Ze wisselden een korte blik. Een soort saamhorigheid flitste tussen hen op en hij voelde zich aangemoedigd verder te praten. Hij draaide grashalmen om zijn vingers en staarde langs haar heen naar de stad waarboven nu de middagzon stond.

'Mijn ouders verwachten van me dat ik de dokterspraktijk van mijn vader in Londen overneem. Daar heb ik in principe niets op tegen, het bevalt me om arts te zijn, ik zie het als goed en zinvol werk. En toch weet ik dat ik eerst mijn dromen moet volgen. Als ik dat niet doe, zal ik er mijn hele leven spijt van hebben.'

'Je dromen volgen? Wat bedoel je daarmee?'

'Ik ga uit Engeland weg.'

Vol ontzag keek Charlotte hem aan. De wil van ouders, van grootouders was ijzeren wet, zoals ze had geleerd. Om zich daartegen te verzetten en zijn eigen dromen te verwezenlijken zou in de ogen van haar grootouders hoogmoed zijn en dus een zware zonde. En toch wilde George juist dat doen. Wat was hij dapper.

'Waar wil je heen reizen?'

Hij glimlachte naar haar en de geestdrift in zijn ogen was betoverend.

'Het klinkt misschien krankzinnig maar ik voel een groot verlangen naar de woestijn,' zei hij zacht als verraadde hij een geheim. 'Ik heb veel boeken en reisverslagen gelezen en krijg die beelden niet meer uit mijn hoofd. Ik wil de heldere sterren aan de zwarte nachthemel boven de Sahara zien. Op de schommelende rug van een kameel door zandduinen rijden die als verstarde rode zeegolven in elkaar overlopen. In de gloeiende zon op pad gaan langs rare zwarte rotsen, om me heen een oneindig weids, stil landschap, vreemd, vol dodelijke gevaren en tegelijk een spiegel van mijzelf...'

Hij stopte en wreef met een hand over zijn gezicht als wilde hij zijn gedachten uitwissen. Toen ging hij verder. 'Ik praat zo maar wat voor me uit, waarschijnlijk vind je het allemaal behoorlijk onbenullig.'

'Nee,' mompelde ze. 'Je... je kunt het allemaal zo mooi beschrijven. Ik zie het voor me alsof ik er zelf bij ben.'

Een muur in haar binnenste verbrokkelde. Voor het eerst in haar leven ontmoette ze iemand die hetzelfde voelde als zij. Haperend begon ze over haar fantasieën te vertellen. Over de wolken waarmee ze wilde reizen, over de verre landschappen die in haar hoofd opdoken, vol kleuren en klanken, vol warmte en leven.

'Als ik mijn ogen dichtdoe, zie ik blauwgroene golven komen aanrollen op een strand waar ze tot schuimende tapijten uitlopen die aan je voeten kriebelen als je over het zand loopt. Ik zie hoge rotsen vol spleten, begroeid met vreemde planten en daarboven is de hemel, helder, donkerblauw en zo diep alsof hij nergens ophoudt.'

Nee, ze wist niet waar ze die dromen vandaan haalde. In de kranten van meneer Pfeiffer waren foto's afgebeeld, soms ook kleurige tekeningen, alleen geen enkele ervan bezat het sterke licht van haar fantasieën.

'Het is zo krachtig dat ik vaak geloof dat ik alleen maar mijn vleugels hoef uit te slaan om daar te komen. En dan weet ik opeens weer dat ik helemaal geen vleugels heb, ja, ik heb zelfs geen voeten.' Haar hart bonsde, haar adem stokte en ze kon niet verder praten. Het was alsof een lang opgekropte stortvloed vrijkwam met een geweld waar ze zelf van schrok. Tegelijk wist ze dat haar woorden vreselijk simpel, zelfs kitscherig klonken en dat ze datgene wat ze diep vanbinnen voelde nog niet bij benadering uitdrukten. Hulpzoekend keek ze naar George en was opgelucht te zien dat hij nog steeds serieus was.

'Ik wist het,' zei hij. 'Toen ik je vandaag voor het eerst zag, wist ik gelijk dat jij het ook hebt. Maar ik had niet door hoe sterk het in je leeft, Charlotte.'

Hij boog zich naar haar toe en legde zacht zijn hand op haar arm. De aanraking was fijn en troostvol, in zijn grijze ogen was medeleven te lezen.

'Weet je wat? Wanneer ik eenmaal overzee ben en mijn plek gevonden heb, dan zal ik je...'

'George?' riep een vrolijke stem. 'Hé, George, waar heb je je verstopt?'

Hij hief zijn hoofd zonder zijn zin af te maken en keek naar Marie die over het veld op hen af kwam lopen. Ineens was alle ernst uit zijn gezicht verdwenen. De ongedwongen, charmante glimlach van de Engelse student speelde weer rond zijn mond en zijn ogen waren lichter dan daarvoor nu hij naar Marie keek.

Ze zuchtte dramatisch. 'Ach, jij zielenpoot, wij zijn wel heel slechte gastvrouwen en -heren. Maken plezier en hebben niet eens door dat we onze gast zijn kwijtgeraakt. Ik hoop dat je ons kunt vergeven, George.'

'Daar moet ik eerst eens over nadenken, juffrouw Marie.'

Ze giechelde en zei toen dat het al half vier was en dat ze op weg naar huis moesten. Grootmoeder was buitengewoon streng als het om etenstijden ging, de koffie was vast al gezet en de taart aangesneden.

Op de terugweg bemoeide George zich niet meer met Charlotte. In plaats daarvan maakte hij lol met Ettje en Menna en discussieerde hij ijverig met Heinrich over de zin van theologiestudie. Wat had hij tegen haar willen zeggen voor Marie hen vond? Ze had het gevoel dat het iets heel belangrijks was. Iets wat haar hele leven had kunnen veranderen. Ze had echter niet de moed hem ernaar te vragen. Niet zolang de anderen erbij waren. Niet zolang hij dat uitgelaten gedrag vertoonde dat de andere George, de George die haar verlangen begreep en invoelde, zo volkomen verborg.

Het koffiedrinken in de tuin kwam stijf en gedwongen op haar over. George zat naast haar grootvader. Charlotte kon niet horen waar ze het over hadden, maar soms, heel soms dwaalden die grijze ogen naar haar toe, bleven even op haar gericht en dan dacht ze een klein, samenzweerderig lachje op zijn gezicht te herkennen. Meer niet, al leek het voor haar heel veel en kreeg ze er hete wangen van.

En toen, toen grootmoeder eindelijk haar toestemming gaf, stormden neven en nichten de woonkamer binnen. Snuisterijen en lampen, vazen en allerlei rommel werden in veiligheid gebracht. Meubels werden opzijgeschoven, het dressoir op de bank, de piano bij het raam gezet. Eindelijk was alles in gereedheid en Charlottes lot voor die avond bezegeld.

Het was nog moeilijker dan ze gevreesd had. Ze kon niet gewoon erop los tingelen, nee, ze moest wachten tot George de danspassen had uitgelegd en die moesten geoefend worden. Vervolgens wilden ze haar ook nog voorschrijven in welk tempo ze speelde.

'Niet zo snel, ik raak in de war.'

'Niet zo hard.'

'Stop maar, we beginnen nog eens van voren af aan.'

De muziek was swingend en tegelijk oppervlakkig en banaal, zodat Charlotte algauw zelfverzonnen tussenstukjes begon in te voegen om dan weer naar de oorspronkelijke melodie terug te keren.

Klara, die niet mee kon dansen en een stoel naast Charlotte had geschoven om voor haar de bladzijden om te slaan, raakte algauw helemaal in de war.

'Wat speel je daar? Waar ben je nu?'

'Maakt toch niet uit,' bromde Charlotte.

Het was moeilijk de stem van George in het lawaai te onderscheiden. Hij praatte veel, gaf aanwijzingen, prees en moedigde aan, vaak lachte hij en soms klonk zijn stem vreemd zacht en kneep Charlotte, pijnlijk geraakt, haar ogen dicht.

Eén keer voelde ze een hand op haar schouder en raakte volledig uit de maat toen ze zijn stem vlak bij haar oor hoorde fluisteren.

'Je speelt geweldig, kleine Indische prinses met de tijgerogen.'

Er kwam geen gelegenheid meer om met hem alleen te zijn en de vraag te stellen. Toen grootmoeder ten slotte een eind maakte aan het dolle gedoe en daarmee Charlotte van haar bezoeking bevrijdde, moesten de meubels en alle andere spullen weer op hun oorspronkelijke plaats gezet en gelegd worden. Voor het huis stond de koets al klaar, want ook al was het nog licht, tante Edine wilde vertrekken. Het was goed twee uur rijden naar Aurich en het zou geen beste indruk maken wanneer de domineesfamilie pas tegen middernacht thuiskwam.

George zei slechts enkele woorden tegen haar, die van geen belang waren en die ze zich later ook niet meer kon herinneren. Hij was verhit en uitgelaten en zat in de koets tussen Marie en Menna in. Toen hij zich nog eens omdraaide om te zwaaien, was zijn groet niet voor iemand afzonderlijk bestemd maar voor iedereen die voor het huis was blijven staan.

Drie weken later dwarrelde een brief het huis binnen, waarin tante Edine de familie meedeelde dat George Johanssen zich met haar oudste dochter Marie had verloofd.

Tante Fanny zonk in haar stoel en stootte rare geluiden uit die dan weer als lachen, dan weer als snikken klonken. Toen ze naar lucht begon te snakken en ze bang werden dat ze erin zou stikken, liepen Ettje en Charlotte naar de keuken om koud water en vlugzout te halen. Al hun inspanningen hielpen echter weinig. Pas op het moment dat grootmoeder haar beval direct met dat hysterische gedoe te stoppen, kwam de ongelukkige Fanny weer een beetje tot rust.

'Wat een achterbaks mens… Gedroeg zich alsof ze geen vlieg kwaad kon doen.'

'Waarom wind je je zo op? Marie is vier jaar ouder dan Ettje, het is de hoogste tijd voor haar om te trouwen.'

'Marie was al verloofd!'

Ook grootvader vond dit gegeven bedenkelijk. Een verloving was toch een verplichting die met goedkeuring van ouders en familie werd aangegaan en waar je niet zomaar onderuit kon. De jonge ambtenaar met wie Marie verloofd was had haar geen enkele reden gegeven om de verloving te verbreken. Hij had zich voorbeeldig gedragen, was ijverig in zijn werk en had zelfs al een verlovingsring gekocht. Hoe stond hij er nu voor?

'Een verloving is een proeftijd,' zei grootmoeder met nadruk op elk woord.

Drum prüfe, wer sich ewig bindet, ob sich nicht noch was besseres findet, citeerde gymnasiast Paul met onderdrukte spot. 'Onderzoek, voor zich eeuwig te binden, of er niet nog iets beters te vinden is.'

'Friedrich Schiller is een rebel en onruststoker die jonge mensen het hoofd op hol brengt,' reageerde grootvader geïrriteerd. 'Bovendien is het citaat uit zijn verband gerukt en helemaal fout.'

Dat wist Paul natuurlijk ook wel. Hij had leuk uit de hoek willen komen, wat echter jammerlijk was mislukt. Grootmoeder, niet gehinderd door enige literaire scholing en vooral praktisch denkend, vond dat Paul niet helemaal ongelijk had.

'Bij een huwelijk komt het eropaan aan de toekomst te denken. En George is voor Marie in elk geval een betere partij.'

Dat viel niet te ontkennen. Voor grootmoeder maakte het niet uit of George Marie of Ettje uitkoos, het belangrijkste was dat hij een meisje in de familie trouwde.

De zaak was hiermee besproken en ondanks het lichte voorbehoud van grootvader in orde bevonden, wat betekende dat tante Fanny het met haar in de grond geboorde verwachtingen zelf maar uit moest zoeken.

Ettje nam het nieuws met verbazingwekkende gelatenheid op. Pas 's avonds in bed toen Klara haar wilde troosten door te zeggen dat George toch niet bij haar gepast had, kwam het verdriet naar buiten en snauwde ze tegen haar zusje:

'Zie zelf maar dat je iemand krijgt. Jij met je manke poot.'

Charlotte wilde zich al op Ettje storten, maar Klara zei sussend: 'Laat haar maar, ze bedoelt het niet zo.'

'Ben je verdrietig?' fluisterde Klara later.

'Het is zo warm, ik kan er niet van slapen.'

Voor de eerste keer sinds ze in het huis van haar grootouders woonde, wenste Charlotte dat ze een eigen bed had zodat ze niet tegen Klara hoefde te liegen. Klara voelde het als ze ongelukkig was. Ze merkte het aan haar bewegingen, haar adem, haar hartslag. Charlotte had haar nichtje wel over het gesprek met George verteld, alleen was ze tegen haar gewoonte in terughoudend geweest. Ze had alleen gezegd dat George van verre landen hield en later de oceaan wilde oversteken. Niets over de gebroken dam van haar gevoelens, van haar blijdschap een zielsverwant gevonden te hebben. Ook de beslissende zin die George niet afgemaakt had hield ze voor zich. Ze wilde niet getroost worden. De pijn die haar ziel beklemde was alleen van haar, niemand mocht daarvan weten, zelfs Klara niet. Er was geen begrijpelijke reden voor dit diepe verdriet en bovendien, waarom zou George niet met Marie trouwen? Ze was mooi, had een betoverende glimlach en een figuur als een fotomodel. Ze was levendig en vrolijk, helemaal een meisje op wie een jongeman verliefd kon worden. Marie had al heel wat aanbidders afgewezen, alleen omdat haar ouders zo aandrongen was ze de verloving met de jonge ambtenaar uit Aurich aangegaan. En nu, net voordat het te laat was, had ze de liefde van haar leven ontmoet. Charlotte begreep Marie maar al te goed, in haar plaats had ze hetzelfde gedaan.

Waarom dan deze pijn die zo zwaar op haar hart drukte? Was het de gedachte dat het gesprek dat zo oneindig veel voor haar betekend had, voor George slechts een onbetekenend praatje was geweest? Zo onbeduidend en bijkomstig dat hij het gelijk weer vergeten was? Ja, daar had het mee te maken. Ze had haar innerlijk voor hem geopend, en gevoelens prijsgegeven die alleen Klara kende en verder niemand. Dat wat zij voor oprechte belangstelling, voor een soort zielsverwantschap had aangezien, was niets anders dan oppervlakkige praat geweest en vergeten zo gauw Marie opdook. Knap, betoverend en met een koket lachje op haar gezicht. In werkelijkheid had hij zich over haar, de kleine prinses met de tijgerogen vrolijk gemaakt. Tante Fanny hoestte en ging rechtop in bed zitten om snuivend naar een mug te slaan die haar kwelde. Charlotte bewoog zich niet. Opeens had ze medelijden met haar tante die ook bitter teleurgesteld was in haar hoopvolle verwachtingen. Had George niet ook met Ettje gekheid gemaakt en haar de indruk gegeven dat ze hem beviel? Ja, hij had hun iets voorgespiegeld, hen misleid in wat zijn ware bedoelingen waren. Hopelijk meende hij het serieus met Marie en kwam hij niet een paar maanden later op het idee de verloving voor een ander te verbreken.

De zomer ging over in de herfst. Een kille wind rukte aan de dorre bladeren, stortbuien lieten brede stromen en glibberige plassen achter op de straten. Elke minuut die niet met school of huishoudelijk werk was gevuld, zat Charlotte achter de piano, studeerde verbeten nieuwe stukken in en raakte helemaal in vervoering, elke keer als het spelen echt lukte, als het benaderde wat de componist had willen uitdrukken. Steeds opnieuw waren er heftige scènes wanneer grootmoeder haar het spelen wilde verbieden, want Charlotte was niet bereid om zonder tegenspraak te gehoorzamen zoals alle anderen in huis. Ze argumenteerde, bedelde en kon behoorlijk brutaal en recalcitrant zijn. Het laatste woord was steeds aan grootmoeder, die zulke kuren niet tolereerde en haar kleindochter tot nuttig werk commandeerde. In het komende voorjaar zou Charlotte haar school voltooien en aangezien ze een behoorlijke bruidsschat bezat, konden ze op een spoedige bruiloft hopen. Ook daarop wilde grootmoeder haar voorbereiden. Pianospelen mocht een leuk extraatje zijn, waar haar toekomstige echtgenoot veel plezier aan kon beleven, maar het belangrijkste was om het meisje tot een verstandige huisvrouw op te leiden, iets waarvoor juist Charlotte bijzondere talenten had. Ze was flink en handig. Koken leerde ze met gemak. Niemand kon de tafel zo mooi decoreren als zij en als ze op de markt boodschappen deed, onderhandelde ze net zolang tot de gewenste prijs bereikt was. Grootmoeder zou trots op haar kunnen zijn, Charlotte leek erg op haar, als ze maar niet zo eigenzinnig was geweest. Al te graag had ze de pianolessen verboden, alleen nam organist Pfeiffer geen geld meer aan voor die uren. Hij musiceerde met Charlotte louter uit liefde voor de muziek en grootvader was van mening dat je een oude man zo'n vreugde niet mocht ontnemen.

Dus kon Charlotte nog steeds genieten van de gezinskranten waar Pfeiffer voor zijn zuster op geabonneerd was en die hij op volgorde van jaargang op een plank bewaarde. Vooral de reisverslagen fascineerden Charlotte en de foto's waarop inwoners van exotische landen te zien waren. Donkere mensen met spits afgevijlde tanden en bizarre tatoeages. Toearegkrijgers die hun gezicht met doeken bedekten zodat je alleen de donkere, indringende ogen zag. Chinezen in korte kielen of met bloemen versierde vrouwen in de Zuidzee die hun blote borsten lieten zien, iets wat Charlotte diep verlegen maakte.

Begin november kondigden tante Edine en haar echtgenoot Peter aan op bezoek te zullen komen. Ook Menna en de beide verloofden zouden erbij zijn. George had intussen zijn eindexamens in Londen met uitstekende resultaten afgerond zodat de trouwdatum in het voorjaar, nog vóór Pasen, vastgesteld was. Het feest zou in Emden plaatsvinden, dominee Peter Kramer wilde zijn dochter en haar bruidegom zelf in de echt verbinden en hun de zegen Gods op hun levensweg meegeven.

Behalve de grootouders was niemand erg blij met dit bezoek. Paul was teleurgesteld dat Heinrich niet mee zou komen, die voor zijn eindexamen moest blokken, en tante Fanny had sinds de zomer al ruzie met haar zus Edine, ze haalden elkaar het bloed onder de nagels vandaan.

'Dus nog vóór Pasen,' zei ze honend. 'Je moet het ijzer smeden als het heet is.'

Charlotte hulde zich in stilzwijgen. De pijn die haar in het begin volledig in beslag had genomen was tijdens de laatste weken afgezwakt en nu en dan helemaal verdwenen, zodat ze er zeker van was hem overwonnen te hebben. Deze keer wist ze wat ze kon verwachten van deze jonge man. Hij zou geen gelegenheid krijgen haar opnieuw teleur te stellen, hij zou haar gewoon onverschillig laten, meer verdiende hij niet.

Op het moment dat ze George voor het huis uit de koets zag stappen besefte ze echter dat dit voornemen haar veel moeilijker zou vallen dan ze had gedacht. Wat een verschil was er toch tussen het beeld in haar herinnering en deze reële, levende George, die met een enkele blik uit zijn grijze ogen, een snelle lichaamsbeweging, een verheffing van zijn stem het oude litteken moeiteloos weer openreet.

Met een strakke glimlach nam ze het cadeau aan dat hij voor haar mee uit England genomen had, een klein pakje, gewikkeld in geel vloeipapier.

'Wil je het niet uitpakken?'

Hij keek haar met een verwachtingsvolle glimlach aan, er blijkbaar helemaal van overtuigd haar een groot plezier te doen. Ze trok het papier weg en zag een boek, gebonden in bruin linnen. Op de voorkant was een afbeelding gestanst, die haar onder andere omstandigheden nieuwsgierig gemaakt zou hebben. Hoge, oosters aandoende, aantrekkelijke gebouwen, daarvoor meerdere mannen in lange gewaden en tulbanden, het silhouet van een vrouw die van top tot teen in het zwart gehuld was. Aan de rechterkant van de afbeelding reed een Arabier op een kameel door wat duidde op een woestijnlandschap, alles glansde als goud alsof de zon erop scheen.

'Dank je wel, heel aardig van je.'

'Het is een reisverslag: A Thousand Miles up the Nile van Amelia Edwards. Ze heeft in 1873 door Egypte gereisd door stroomopwaarts de Nijl te bevaren. Een buitengewone, moedige vrouw.'

'Aha,' zei Charlotte en ze genoot van de teleurstelling die deze overduidelijke onverschilligheid teweegbracht. Marie moest lachen toen ze het cadeau zag en plaagde George ermee dat hij Charlotte een Engels boek had gegeven. Hoe zou ze dat kunnen lezen?

De middag ging aan Charlotte voorbij alsof ze achter een raam stond en door het glas het gebeuren observeerde. De koffietafel in de voorkamer waar iedereen zoals altijd dicht bij elkaar zat en elkaar tegen de ellebogen stootte. George en Marie die naast elkaar en onder tafel stiekem hand in hand zaten. Menna en Ettjes domme gegiechel. Paul die koffie morste. Tante Fanny's strakke gezicht toen haar zuster vroeg hoe het met haar ging. Charlotte was blij af en toe naar de keuken te kunnen lopen om melk, koffie of thee te halen. George gedroeg zich ongedwongen en opgewekt zoals zijn gewoonte was. Zonder al te veel inspanning had hij Ettje weer mild gestemd en zelfs tante Fanny's ijzige gezichtsuitdrukking verdween door zijn grappenmakerij. Nu en dan boog hij zich over de tafel om iets tegen Charlotte te zeggen of een vraag te stellen. Ze antwoordde dan kort en beleefd en vermeed hem aan te kijken.

Had hij misschien een slecht geweten? Maar waarom? Iedereen hield van hem. Hij was in de schoot van de familie opgenomen en warmde zich aan de algehele hartelijkheid.

Na de afwas keerde ze met Klara terug in de woonkamer, waar de wijn en zelfgemaakte likeur al op tafel was gezet. Grootvader was met zijn schoonzoon Peter in een gesprek over theologie verwikkeld terwijl Paul, Menna en Ettje zich met het vlooienspel amuseerden. George zat bij Marie en tante Edine, maar stond nu op en wenkte Charlotte.

'Ik heb muziek meegenomen, Charlotte. Zullen we een paar vierhandige stukken proberen te spelen samen?'

Als hij gedacht had haar daarmee een plezier te doen, had hij het helemaal mis. Nu wist ze dat hij ook pianospeelde, iets wat hij eerder handig had verzwegen. De reden was duidelijk. Hij had met Marie willen dansen in plaats van met haar aan de piano te zitten.

'Een andere keer,' reageerde ze koel. 'Ik heb een ingescheurde vingernagel, dat is lastig bij het spelen.'

George keek haar op zijn indringende manier aan en het lachje op zijn gezicht verdween. Blijkbaar had hij de boodschap begrepen. Van een slecht geweten sprak de uitdrukking op zijn gezicht nu allerminst, hij leek eerder ontstemd.

'Dan niet.'

Hij draaide zich schouderophalend om en bemoeide zich de resterende tijd van het bezoek niet meer met haar.

Charlotte voelde iets van triomf. Ze had hem laten zien wat ze van hem vond, dat zou hij onthouden. Pas 's avonds, toen George in zijn jas en met een hoed op buiten bij de koets stond om de vrouwen te helpen instappen, begon ze zich bedrukt te voelen. Nu ging hij weg, eerst naar Emden en dan naar zijn ouders in Engeland om pas weer in het voorjaar terug te komen. Was ze onrechtvaardig geweest? Hij had toch ook een boek voor haar gekocht waarvan hij dacht dat ze het mooi zou vinden. Even overwoog ze om snel naar hem toe te gaan en te zeggen hoe goed hij haar smaak geraden had.

Toen ze echter aanstalten maakte om naar de koets te rennen was hij al ingestapt. Dat kon niemand hem kwalijk nemen, het regende en het was ijzig koud. De koetsier spoorde de paarden aan en het rammelende rijtuig versmolt al snel met de schemering en de mist, begeleid door het flakkerende schijnsel van de koetslantaarns.

Oktober 1892

Christian Ohlsen stond met zijn armen op zijn rug en keek door het winkelraam naar het gekrioel in de Pfefferstraat.

Hij was sinds drie jaar de enige eigenaar van Ohlsens warenhuis in koloniale goederen. Dat was niet vrijwillig gegaan. Veel liever had hij nog een tijdje van het prettige studentenleven in Hamburg genoten dat zijn ouders financierden in de hoop hun enige zoon op een goede dag als vooraanstaand jurist in een overheidspositie te zien. Daar was niets van gekomen. Op het moment dat zijn vader plotseling overleed was Christian nog net zo ver verwijderd van een afsluitend examen als aan het begin van zijn studie. Dus keerde hij terug naar Leer om de zaak van zijn vader over te nemen.

Hij deed het op zijn eigen manier. Een leven zoals dat van zijn ouders, die alleen maar geploeterd hadden, wilde Christian Ohlsen niet leiden. Wat had zijn vader nou aan het geld op de bank gehad? Hij had zijn leven tussen goederen en getallen doorgebracht, had de hele dag achter de toonbank gestaan, 's avonds over de boekhouding gezeten en alle gesprekken thuis draaiden om in- en verkoop. Een week voor Kerstmis, terwijl het in de winkel op zijn drukst was, werd zijn vader liggend op zijn rug in het magazijn gevonden. De dokter die er ijlings bij gehaald was, kon niets meer voor hem doen. Zijn vader had al jaren met een hartkwaal rondgelopen, het werk ging echter voor en hij had altijd beweerd kerngezond te zijn. Zijn moeder overleefde haar man slechts twee maanden. Begin februari kreeg ze een longontsteking te pakken en dat was dat.

Christian investeerde het spaargeld van zijn ouders grootscheeps. Hij kocht het buurhuis erbij, liet de wanden doorbreken en verdubbelde zo zowel het oppervlak van het huis als de winkel. Ook het winkelaanbod werd aanzienlijk uitgebreid, waarmee hij intussen wat voorzichtiger was geworden omdat te veel mooie en ongewone dingen die hij in zijn eerste geestdrift had ingekocht op de schappen in het magazijn onder het stof raakten of bedierven. In de verwachting van een hogere winst nam hij twee jonge vrouwen aan voor de verkoop en een leerling die alleen wat zakgeld verdiende. Vooral de vrouwen had Christian goed opgeleid, ze zagen er altijd picobello uit en spraken de klanten met naam en titel aan.

Hij liet ze nu de schappen bijvullen, de twee etalages zou hij later zelf opnieuw inrichten, dat vond hij leuk om te doen. Hij had het ebbenhouten beeld en de olifantstand al uitgekozen en stond nu op het punt om in het magazijn de bijpassende artikelen en decoratiemateriaal bij elkaar te zoeken toen iets op straat zijn aandacht trok. Was zij dat? Natuurlijk! Midden in het gewoel liep die kleine van Dirksen met haar nichtje. Hoe heette ze ook alweer? Klara, een klein, onopvallend meisje. Je zag haar niet zo vaak in de stad want ze had moeite met lopen, het arme kind was geboren met een ongelukkig been. De twee vrouwen kwamen slechts langzaam vooruit en vormden een vaak aangestoten hindernis in de stroom van de vrolijk voortsnellende menigte.

Christian ging nog wat dichter bij het raam staan en keek ingespannen naar buiten. Al die jaren was de kleine Dirksen niet uit zijn gedachten verdwenen, het was bijna belachelijk hoe hij door haar geobsedeerd was. Christian was bijna dertig en een zeer gewilde vrijgezel in de stad. Men nodigde hem uit, maakte een praatje met hem op zondag na de kerk en veel moeders kwamen in gezelschap van hun huwbare dochters naar de winkel. Hij had allang een goede partij uit kunnen kiezen, maar hij hoefde niet voor geld te trouwen en hij zocht iets anders, iets bijzonders, een meisje zoals Charlotte Dirksen.

Sinds die dag, nu meer dan tien jaar geleden, was ze slechts een paar keer in de winkel geweest, meestal in gezelschap van haar grootmoeder, die zo gierig als je weet niet wat was en alleen de goedkoopste koffie kocht. Soms kwam ze met haar tante, een praatzieke vogelverschrikker, met wie hij desondanks geanimeerd kletste, alleen om Charlotte wat langer in de winkel te houden. Ze zei bijna nooit iets en bekeek alle dingen met grote belangstelling. Ze rook aan de kruiden, ademde de geuren van de dure zeepjes diep in, pakte het een of andere snuisterijtje op en bekeek de kleurige doosjes in de schappen. Hij had haar zijn halve winkel gegeven voor een vriendelijke blik of een paar onbelangrijke woorden, Charlotte Dirksen was echter ongenaakbaar. Complimentjes bejegende ze met spot, een veelzeggend glimlachje kon ervoor zorgen dat ze zich omdraaide en zwijgend wegging. Dat had niet alleen hij zo ervaren, ook anderen, degenen die het om haar aanzienlijke bruidsschat te doen was, liet ze koeltjes een blauwtje lopen.

Hij staarde de twee vrouwen na. Hoe verder ze zich verwijderen, hoe vaker werd hem het zicht op hen ontnomen door de andere kermisgangers en hij moest zijn nek uitsteken om nog net haar strooien hoed met de witte linten te kunnen zien. Charlotte Dirksen was lang, ze stak een halve kop boven haar nichtje uit en ze was slank, bijna mager. Als de vrouwenkenner die hij was – hij had zich in zijn studententijd behoorlijk met de meisjes beziggehouden – kon hij toch vaststellen dat zich onder de jas en de jurk vage, maar daardoor des te verleidelijker, vrouwelijke vormen verborgen.

Het was het exotische dat hem altijd aan Charlotte gefascineerd had. Haar licht gebruinde huid in de zomer. Het volle pikzwarte haar dat hij zo graag een keer loshangend zou willen zien. De verwarrende kleur van haar ogen die hem aan barnsteen deed denken. Ze was een juweel, een luxeschepsel, die kleine Dirksen. Zo'n meisje vond je niet elke dag, vooral niet hier op het platteland in een grijs stadje zoals Leer.

'We zijn klaar, meneer Ohlsen,' zei achter hem een van de meisjes. 'Het is nog vroeg, we kunnen die nieuwe levering uit Bremen nog wel uitpakken.'

'Het is wel goed,' reageerde hij onvriendelijk. 'Jullie kunnen gaan. Jullie willen vast ook wel even op de kermis kijken.'

Ze bedankten hem en hij merkte geamuseerd op dat ze teleurgesteld waren. Dat beviel hem. Het verhoogde zijn zelfvertrouwen dat bij de gedachte aan Charlotte Dirksen steeds begon te wankelen. Terwijl hij verdomme toch echt wel wat voorstelde. De vrouwen liepen hem achterna, wilden zelfs voor niets voor hem werken. Waarom lukte het hem niet indruk op die kleine Dirksen te maken? Was ze soms een prinses? De dochter van de burgemeester? Een hoge ambtenaar? Haar grootvader was dominee geweest en zijzelf was een wees. Charlotte Dirksen had geen reden om zo hoogmoedig te zijn.

Geen enkele reden, behalve het feit dat ze een juweel was dat Christian Ohlsen vurig begeerde.

Die etalages kon hij morgen of maandag ook nog wel veranderen, hij had er nu geen rust meer voor.

Hij nam de achterdeur die ook het personeel moest gebruiken en ging tussen de huizen en tuinen door naar de kermis omdat hij geen zin had zich door de drukke Pfefferstraat te persen. Met moeite dwong hij zichzelf langzaam te lopen, ze was vast nog bij de kermistenten. Zo snel kon ze niet alweer weg zijn, vooral met dat moeizaam lopende nichtje. Weifelend ging hij verder. Hij kwam wat kennissen tegen die hij vriendelijk groette, liet zich aan een – natuurlijk huwbare – nicht en haar vriendin voorstellen en ergerde zich aan het hinderlijke oponthoud.

'Zien we u komende week, beste meneer Ohlsen? U komt toch zeker naar het verenigingsfeest van De Liedertafel?' Hij nam beleefd zijn hoed af en verzekerde alles in het werk te zullen stellen om deze gelegenheid niet te missen, maar zijn bedrijf vroeg natuurlijk wel zijn volledige inzet.

Op dat moment ontdekte hij Charlottes strooien hoed met de witte linten en nam zo snel mogelijk afscheid. Direct daarop stelde hij geërgerd vast dat Charlotte en Klara niet meer met z'n tweeën waren. Een jonge vrouw en een man met een stijve zwarte hoed hadden zich bij hen gevoegd. Hij kon hun gezichten niet zien, ze stonden met hun rug naar hen toe. De man praatte dringend op Charlotte in, die lachend haar hoofd schudde en daarop vragend haar nichtje aankeek. Christian ging wat dichter bij hen staan en deed of hij een vuurspuwer wilde bewonderen terwijl hij intussen de gesprekspartner van Charlotte van opzij bekeek en hem opgelucht herkende als Peter Hansen, de man die twee jaar geleden met haar nicht Ettje was getrouwd. Er werd gezegd dat hij daarvoor achter Charlotte aan gezeten had, maar was afgewezen zoals zoveel anderen voor en na hem.

'Ik geloof niet dat ik dat wil zien,' hoorde hij haar nu zeggen.

'Toe nou, Peter nodigt ons allemaal uit, dat sla je je toch niet af? Wil je Klara's plezier bederven? Zonder jou gaat ze sowieso niet.'

Dat was Ettje Hansen, Peter had dus zijn vrouw meegenomen. Waar ging het eigenlijk om? Wat was het dat ze niet wilde zien?

'Het is heel leerzaam, Charlotte, ook de leerlingen van het gymnasium zijn er gisteren met hun leraren naartoe geweest. Je gelooft niet wat voor vreemde wezens op Gods aardbodem rondlopen. Kijk maar naar de reclame!'

Peter Hansen wees met uitgestrekte arm naar een van de grotere tenten, een rond gevaarte van smoezelige lappen waaraan men rondom kleurige reclameposters bevestigd had.

Christian moest zijn ogen toeknijpen om tenminste de vetgedrukte woorden te kunnen lezen.

KOMT DAT ZIEN! ZEER ZELDZAME EN ZONDERLINGE NATUURVERSCHIJNSELEN!

Hij kende deze kermisreiziger, een kleine schrale man met een grijs sikje, in het gezelschap van zijn vrouw en twee jonge helpers, mogelijk zijn zoons. Ze kwamen al jaren op de Gallimarkt en verdienden behoorlijk goed, de plaatsen in de tent waren niet goedkoop. In de afgelopen jaren hadden ze een albino tentoongesteld, een zwaarlijvig blond mens die stom voor zich uit keek en een huid had die leek op wittige kaas. Toen een jonge inheemse vrouw uit Nieuw-Holland met wild haar, een tenger ding dat een oorlogsdans uitvoerde en die ze het vlees van zwarte kippen te eten gaven. Volwassen mannen die een beetje extra betaalden, mochten haar na de officiële voorstelling kort in haar nationale klederdracht bewonderen, dat wil zeggen, met niets aan behalve een smalle gevlochten leren riem om haar heupen.

Christian had de voorstelling bezocht, twee keer zelfs, want het meisje was verrukkelijk, al had hij er wel een vervelend gevoel aan overgehouden. Hij kon zich heel goed indenken dat Charlotte zo'n vertoning niet wilde zien.

Ze leken haar toch te hebben overgehaald en bewogen zich nu gevieren in de richting van de ronde tent. Christian twijfelde even en besloot achter hen aan te gaan. Misschien was er na de voorstelling gelegenheid om ongedwongen over het gebodene na te praten, misschien met Charlotte en anders met de Hansens.

Christian was een van de laatsten die nog een zitplaats kon bemachtigen, al was het dan achterin waar je niet veel kon zien. Dat was altijd nog beter dan een staanplaats tussen de boeren en knechten die naar koeienmest stonken. Hij ontdekte Charlotte op de voorste rij tussen haar twee nichten in. Peter Hansen had behoorlijk wat geld uitgegeven voor deze uitnodiging. Als hij zich vooroverboog kon hij Charlottes profiel zien. Ze had een sierlijke neus en volle lippen. Haar mond was aan de brede kant, ook dat vond hij mooi. De warmte in de tent had haar wangen rozig getint en ze wapperde zich met een folder koelte toe. Peter Hansen had zijn zakdoek tevoorschijn gehaald om het zweet uit zijn nek te vegen.

Er luidde een bel en het geroezemoes stierf weg. In de achterste banken draaiden de toeschouwers met hun hoofd en staken hun nek uit om voorbij de voor hen zittende mensen de piste te kunnen zien.

De rode gordijnen werden opzijgeschoven en de man met de sik kwam met een veelbelovende glimlach naar voren. Christian stelde vast dat zowel het glimlachje als het blauwe met gouddraad bestikte pak met de pofbroek niet veranderd waren. Ook de gaten in zijn gebit rechtsboven herinnerde hij zich van zijn vorige bezoeken. Terwijl de man met de sik met een verbazingwekkend krachtige, diepe stem allerlei overbodigs uitkraamde, observeerde Christian ingespannen het gezicht van Charlotte. Ze fronste haar zwarte wenkbrauwen en hield haar neus een beetje in de lucht. Klaarblijkelijk vond ze het kereltje nogal smakeloos.

Nu keerde ze zich naar Klara, legde een arm om haar schouders en wisselde glimlachend een paar woorden met haar. Christian had haar nog nooit op deze manier zien glimlachen, zo open en vol tederheid. Iets warms schoot door hem heen en hij voelde zich een beetje duizelig. Het moest door de bedompte lucht komen of door het gewauwel van die goud bestikte geitenbok daar vooraan. Het kon echter ook liggen aan het plotselinge besef dat dit kostbare juweel, dat hij zo graag de zijne zou willen noemen, meer in zich had dan wat hij tot dusverre geloofd had. Ze kon zorgzaam zijn, liefdevol, zich teder ten opzichte van iemand gedragen. Dergelijke eigenschappen had Charlotte Dirksen tot nu toe zorgvuldig voor de buitenwereld verborgen gehouden. Hij sloot een moment zijn ogen en gaf zich over aan zijn fantasieën tot hij van rechts een harde stomp kreeg doordat zijn buurman opsprong om het gebodene beter te kunnen zien. Voor allerlei rommel, die aan het begin van de voorstelling met veel Latijnse uitdrukkingen die bijna niemand van de toeschouwers begreep, aangeprezen en tentoongesteld was, werden nu de bijpassende griezelverhalen verteld. Er was bijvoorbeeld een bruine gerimpelde kop met dichtgenaaide mond uit het verre Polynesië. Het gebeente van een Engelsman die ten prooi gevallen was aan een Indische tijger. Er was zelfs een opgezette krokodil met in zijn wijd open muil een slang bij. Naar men zei had hij hem juist op willen eten toen de kogel van een jager hem trof. Charlottes nichtje Klara staarde met grote ogen naar de huiveringwekkende verzameling. Peter Hansen wapperde zich met zijn hoed koelte toe, zijn vrouw Ettje was vuurrood. Je zou bijna geloven dat ze elk moment aan hitte en ontzetting kon bezwijken, alleen het glinsteren van haar ogen verraadde dat ze erg van de voorstelling genoot. Charlotte had haar wenkbrauwen weer gefronst en haar gezicht drukte afschuw uit.

'En nu een zwarte met kroeshaar uit het oerwoud bij de Kilimanjaro,' verkondigde de man met de sik met een groots gebaar aan het publiek. 'Zijn stam heeft de gewoonte mensenvlees te eten, zowel rauw als gekookt. Dit exemplaar werd een jaar geleden bij een expeditie in het hart van Zwart-Afrika door Lord Stanhope gevangengenomen en in een getraliede kooi naar Europa gebracht.'

Degenen die de rode gordijnen bedienden deden hun werk goed. Als op commando openden zich de rode stofbanen weer en kon het publiek de imposante gestalte van de zwarte ontwaren. Zijn bovenlijf was naakt en om zijn heupen had hij een huid gewikkeld die waarschijnlijk van een gevlekt veulen afkomstig was. Hij wankelde een paar passen naar voren, vertrok zijn gezicht en liet zijn witte tanden zien die spits afgevijld waren en op een roofdiergebit leken. Het effect was buitengewoon. Een vrouw krijste paniekerig en de man met de sik haastte zich om te verzekeren dat de zwarte volkomen ongevaarlijk en tam was, wat je ook kon zien aan de ring die door zijn neus getrokken was. Bovendien had men hem het mensenvlees eten allang afgeleerd. Hij at nu levend gevogelte en havermout vond hij ook lekker.

De dikke vrouw van de man met de sik verscheen in een saffraangeel met glinsterend borduurwerk en glazen pareltjes bezet gewaad waarin ze eruitzag als een enorme pudding. Ze hield in elke hand een bruine kip zonder kop en toonde het dode pluimvee aan het publiek alsof het iets buitengewoons was.

'U maakt nu het voederen van de Afrikaanse menseneter mee, wat elke dag op dit tijdstip en op dezelfde manier plaatsvindt. Uit consideratie met de vrouwelijke toeschouwers zal de zwarte de kippen niet levend opeten zoals zijn gewoonte is maar in plaats daarvan rauw en nog warm. Na het voeren zal hij een krijgsdans van zijn volk demonstreren die de start van een mensenjacht symboliseert.'

Christian staarde nog naar de koploze kippen die de saffraangele kermisvrouw voor het publiek heen en weer zwaaide toen hij plotseling een heldere, boze kreet hoorde waardoor hij geschrokken in elkaar kromp. Op de voorste rij was beroering ontstaan, sommige toeschouwers waren opgesprongen, hij hoorde geïrriteerde uitroepen, kinderen schreeuwden, vrouwen scholden en dan was er de harde stem van de kermisman.

'Kalm maar, beste mevrouw. Blijf op uw plaatsen zitten, geëerde dames en heren, er is geen gevaar. Als u het niet wilt zien, doet u gewoon uw ogen dicht.'

'Dit is afschuwelijk! U bent een monster!'

God in de hemel, het is Charlotte, dacht Christian ontzet en hij ging staan. Ze maakt zich ten overstaan van iedereen belachelijk.

Charlotte zag geen kans om tussen de volgepakte banken door bij de uitgang te komen, hij zag haar nijdig heen en weer lopen. Uiteindelijk probeerde ze zich door de massa staande toeschouwers te dringen, achtervolgd door geschreeuw en gelach. Nieuwe opschudding ontstond toen sommige mensen haar niet door wilden laten.

'Blijf thuis als je zulke zwakke zenuwen hebt.'

'Wil je de voorstelling voor ons bederven? Ik heb betaald en ga niet opzij.'

'Stel je niet zo aan, heb je nog nooit een dooie kip gezien?'

Christian was van nature geen vechter, toch stapte hij haastig over de benen van de naast hem zittende mensen, trapte meerdere op de voeten, struikelde, oogstte vloeken en beschimpingen tot hij de staanplaatsruimte bereikte.

'Weg daar, maak plaats!'

Zijn woedende vastberadenheid maakte indruk. Mensen gingen opzij, protesteerden halfhartig en het lukte hem tot aan het gele tentdoek door te breken. De afzonderlijke banen waren met leren riemen en gespen aan dunne ijzeren palen bevestigd. Daar waar twee banen bij elkaar kwamen, moest het mogelijk zijn een doorgang te maken.

'Hierheen, juffrouw Dirksen,' schreeuwde hij. 'Hier kunnen we naar buiten.'

Hij frunnikte aan een kleine gesp, brak bijna een vingernagel, maar tot zijn geluk begreep een jonge knaap wat hij van plan was en begon ook gespen los te maken.

Christian speurde naar Charlotte, ontdekte haar strooien hoed met de witte linten, duwde de mensen ruw opzij en stak zijn arm naar haar uit.

'Hierheen, naar mij, ik breng u naar buiten.'

Het zeil gaf mee, door de spleet drong fel zonlicht naar binnen en tegelijkertijd lukte het hem om Charlottes hand te pakken. Hij handelde impulsief, vroeg haar niet om toestemming, trok haar tegen zich aan en legde beschermend een arm om haar heen. Ze stribbelde niet tegen, begreep zijn voornemen en liet zich, achtervolgd door beschimpingen en lachsalvo's, naar de geïmproviseerde uitgang leiden. 'Voorzichtig, aan de onderkant zit het nog vast.'

Na elkaar klommen ze door de opening en vonden zichzelf terug op de lawaaierige kermis. Vlak bij hen werd brandewijn geschonken, een vrouw zong hard en hees, een jonge kerel met een pet op waggelde rond en Christian ging beschermend voor Charlotte staan.

Ze ademde snel. Overweldigd door woede en afschuw verborg ze haar gezicht in haar handen. Hij zag dat haar schouders trilden en de verleiding was groot haar in zijn armen te nemen, maar hij beheerste zich, dat zou niet netjes zijn geweest. Dus bleef hij dicht bij haar staan en terwijl hij wachtte tot ze weer gekalmeerd was, zorgde hij ervoor dat geen van de dronken kerels te dicht bij haar kwam.

'Ik moet u om vergeving vragen, juffrouw Dirksen.'

Charlotte had haar handen van haar gezicht gehaald en probeerde haar haar te fatsoeneren. Ze had niet gehuild zoals hij eerst dacht, het was alleen de opwinding geweest die haar deed trillen. Haar gezicht was weer kalm, alleen de toegeknepen ogen verraadden haar innerlijke beroering.

'U? Maar waarom dan?'

'Ik ben bang dat ik me in de opschudding niet respectvol gedragen heb. Ik... ik wilde u niet te na komen.'

Pas nu leek ze te beseffen dat hij eerder een arm om haar heen geslagen had. Het liefst had hij zijn tong afgebeten, nu had hij haar schrik aangejaagd. Wat stom van hem.

'U hebt zich indrukwekkend gedragen, meneer Ohlsen. Ik ben u veel dank verschuldigd.'

'Maar nee,' riep hij opgelucht. 'Het ging helemaal spontaan, ik weet zelf niet wat me bezielde, maar nu ben ik er blij om.'

Achter hen begon de vrouw weer te schreeuwen, ze eiste brandewijn. Een rauwe stem zei haar dat ze nu wel genoeg had gehad en moest maken dat ze wegkwam. Christian nam alle geluiden slechts zijdelings waar, want Charlottes donkere ogen namen hem indringend op.

'Het was zo afschuwelijk, ik heb nog nooit in mijn leven iets zo beschamends, zo weerzinwekkends gezien.'

'Kom,' zei hij, 'laten we een beetje opzijgaan, hier is te veel lawaai.'

Hij bood haar zijn arm en zonder te aarzelen haakte ze bij hem in. Langzaam liepen ze een paar passen tot hij een antwoord bedacht had.

'Ik moet bekennen dat ik het net zo ervaren heb, alleen had ik niet de moed op te staan en weg te gaan zoals u, mejuffrouw Dirksen. Ik heb veel bewondering voor u.'

De blik die ze hem van opzij gaf, was weifelend, misschien zelfs een beetje spottend. Ze leek hem niet helemaal te geloven.

Toch sprak ze verder.

'Die man daarbinnen, dat is toch een mens net zoals wij. Wat geeft hun het recht hem zo tentoon te stellen? Hem publiekelijk te voederen als was hij een wild dier? Hoe is het mogelijk dat al die mensen zoveel geld betalen om iets zo gemeens te bekijken. Hebben ze geen hart? Geen gevoel? Geen waardigheid?'

'Ik weet het niet. Ik denk dat we vaak dingen doen waarvoor we ons later diep schamen. Zo is het mij vandaag vergaan.'

'Mij ook,' stemde ze bitter met hem in.

Besluiteloos bleef hij staan en bedacht of hij de kans zou grijpen die zich aanbood.

'Wilt u mij toestaan u naar huis te begeleiden, mejuffrouw Dirksen?'

'Dat is heel vriendelijk van u, maar ik zal op mijn nichtje wachten. Klara is nog daarbinnen en ik wil samen met haar naar huis gaan.'

Natuurlijk, hoe had hij het kunnen vergeten? Hij dacht weer aan die tedere glimlach, ze leek erg op haar nichtje gesteld te zijn. Hij zou wel kunnen beargumenteren dat Klara samen met de Hansens naar huis kon gaan, dat leek hem echter niet slim. Ze had zijn voorstel afgewezen, hij zou zich niet opdringen.

'Dan sta mij toe u zolang gezelschap te houden tot de voorstelling voorbij is.'

Dat werd geaccepteerd, waarschijnlijk alleen omdat het geen pas gaf voor een jonge vrouw alleen op een kermis rond te hangen. Ze liepen heen en weer en hij deed moeite haar te vermaken. Hij vertelde over zijn studententijd in Hamburg, over de schoonheid van die grote stad, het oude centrum, de haven, en tot zijn genoegen begon zij ook te praten. Ze kende Hamburg, ze was er als kind met haar ouders geweest, ook in Bremen en zelfs een keer in Rotterdam. Vervolgens bracht hij het gesprek op het bedrijf dat hem zo weinig tijd gaf zich te vermaken.

'Is de leeuw er nog?'

Dat kon ze zich dus nog herinneren. Hij beloofde de leeuwenkop uit zijn kist te halen en een beetje op te knappen en was verrukt toen ze daarom moest lachen.

De tijd begon te dringen, de klok van de gereformeerde kerk sloeg zes uur. De voorstelling zou zo voorbij zijn. Voor de ingang van de tent waren al weer nieuwe kijklustigen verschenen die de volgende vertoning niet wilden missen.

'Vrijdag is het verenigingsfeest van De Liedertafel. Komen u en Klara ook?'

'Ik heb eraan gedacht, alleen Klara wil niet, ze voelt zich niet op haar gemak in gezelschap.'

'Dat is heel jammer. Uw nicht is een aardig, leuk meisje, ze moet zich niet voor de wereld verstoppen. Misschien kunt u haar een beetje helpen zodat ze geen kluizenaarster wordt.'

De eerste toeschouwers kwamen naar buiten. Sommigen keken nog een beetje glazig uit hun ogen, maar de meesten lachten en kletsten enthousiast over wat ze gezien hadden.

'Ik zal erover nadenken,' zei Charlotte terwijl ze een lok haar waar de wind mee speelde onder haar strooien hoed stopte. Voor ze op Klara af liep bedankte ze hem nog eens en deze keer lachte ze erbij. Vriendelijk en met een beetje ironie. Blijkbaar had ze zijn strategie heel goed doorzien.

De hoge arpeggio's van de rechterhand vielen als fonkelende druppels naar beneden en vormden een web van oneindige teerheid, glanzend als een tapijt van zonneschijn. Zachtjes ging de melodie over in diepere tonen, zweefde, donker en mooi, vibreerde in het glinsterende gordijn van de hoge klanken, versmolt ermee, veranderde het in een nieuwe toonsoort...

'Wil je nu eindelijk eens ophouden met dat getingel?'

Charlotte brak haar spel niet direct af. Ze liet de trillers uitlopen, bracht de melodie tot een zelfverzonnen einde en sloeg langzaam en aandachtig een paar slotakkoorden aan. Grootmoeder slaakte een diepe zucht. Of het van vermoeidheid of nijd was viel moeilijk uit te maken. Ze liep naar de bank en schudde een van de kussens op, zette het weer op zijn plaats en sloeg toen met haar hand in het midden zodat de punten netjes omhoogstaken.

'Wat heb je nu besloten?' vroeg ze aan Charlotte.

'Ik weet het niet.'

Het gezicht van grootmoeder was met de jaren kleiner geworden en gerimpelder. Ze droeg haar haar nog steeds strak naar achteren en bedekte de knot met een met kant afgezet kapje. Nu werden de groeven rond haar mond dieper, zoals altijd wanneer ze de strijd met haar eigenzinnige kleindochter moest aanbinden.

'Je weet het niet? Jezus christus in de hemel, waar wil je dan op wachten? Dat de keizer van China aan je voeten valt? Een Afrikaanse prins?'

'Ik hou niet van hem.'

Nu had grootmoeder er helemaal genoeg van. Geen van haar dochters en ook geen van haar kleindochters had zo'n opstandige geest als Charlotte. Het was het 'kwade' bloed van haar moeder, dat vreemde mens met wie haar zoon zich had ingelaten en die, daar was ze vast van overtuigd, schuld droeg aan haar zoons vroegtijdige dood.

'Wat zijn dat voor hersenschimmen? Je teert met je tweeëntwintig jaar nog op de zak van je grootouders en droomt van de grote liefde. Hoe kom je aan die moderne opvattingen?'

Charlotte zweeg. Ze kende deze verwijten al jaren. Een jong meisje moest bij de keuze van een bruidegom allereerst aan de familie denken. Het was belangrijk een echtgenoot met een goede positie en een toereikend inkomen te trouwen. Hij moest vanzelfsprekend van het juiste geloof zijn en een goede reputatie hebben.

Wanneer zo'n gegadigde zich aandiende en een verbintenis leek te willen, dan hoorde je 'ja' te zeggen.

'Echte liefde is een zaadje dat in de voedingsbodem van het huwelijk gelegd wordt, zodat het in de loop van de jaren kan ontspruiten en tot een prachtige boom kan uitgroeien. Die andere liefde, die romantische onzin die in veel hoofden van de jeugd rondspookt, is niets anders dan een strovuurtje. Een huwelijk dat gebaseerd is op die zondige hartstocht is gedoemd te eindigen in ongeluk want van het vuur blijft alleen de as over.'

Grootmoeder onderdrukte een opmerking over de pulpromannetjes waarin jonge meisjes over die verkeerde hartstocht lazen en in hun verhitte gemoed meenden dat hun aanstaande echtgenoot op de daarin beschreven helden moest lijken.

'Om vier uur staat hij voor de deur,' kapte grootmoeder het gesprek af. 'Hopelijk kom je in de tussentijd tot bezinning.'

Ze wierp een keurende blik door de woonkamer, bevond alles in orde voor ontvangst van de gast en keerde zich naar de deur. Het was even na drieën, ze moest naar boven om grootvader uit zijn middagslaapje te wekken en hem bij het aankleden te helpen. Zijn aanwezigheid was absoluut noodzakelijk bij het aanstaande bezoek.

Sinds enige maanden sukkelde dominee Dirksen met zijn gezondheid. Zijn rug wilde niet meer, soms kon hij van de pijn niet meer zitten of lopen. Ook zijn maag was niet best. De dokter had medicijnen en een streng dieet voorgeschreven. Grootmoeder weet al dit lijden aan het voortdurende gerook.

Zuchtend legde Charlotte de toetsenbeschermer weer op zijn plek. Het was nog steeds dezelfde die haar moeder jaren geleden geborduurd had, het zijden bloemmotief was nauwelijks verbleekt.

Nog een uur, dan moest ze een beslissing nemen. Christian Ohlsen had haar twee weken geleden gevraagd zijn vrouw te worden toen hij na een bezoek afscheid nam en ze even zonder getuigen in de deuropening stonden. Charlotte had bedenktijd gevraagd en

Christian had dat verzoek ingewilligd. Hij wilde geen druk op haar uitoefenen maar hij zou de gelukkigste man op aarde zijn als ze tot een gezamenlijk leven zou besluiten.

Christian Ohlsen had niets weg van een held uit een roman. Hij was geen vooraanstaande heer, bezat geen duister geheim en heel knap was hij ook niet. Maar zelfs Charlotte wist dat zulke helden in het echte leven niet bestonden. In Leer had ze er in elk geval nog geen ontdekt. Er waren onsympathieke mannen en enkele die aanvaardbaar waren en van deze was Christian duidelijk de aanvaardbaarste. Je kon ongedwongen met hem praten, hij was royaal, hield van muziek en deelde haar hartstocht voor verre landen. Hij was gevoelig, soms zelf wat overdreven, hij gaf haar bloemen en had voor grootmoeder geurige rozenzeep meegenomen. Hij kleedde zich met smaak en als hij haar complimenten maakte, zei hij niet zomaar wat, hij meende het echt. Alles wees erop dat Christian Ohlsen verliefd op haar was.

Wat eigenaardig, dacht ze. Een meisje heeft niet het recht haar hart te volgen, een man zeer zeker wel.

Nadenkend staarde ze naar de zijden bloemen die de handen van haar gestorven moeder geborduurd hadden. Een paar jaar geleden had grootvader haar verteld dat haar ouders pas een jaar voor de geboorte van Jonny getrouwd waren. Het was een schok voor Charlotte geweest want het betekende dat zijzelf buitenechtelijk geboren was. De mooie Emily Lindley had zich aan kapitein Dirksen gegeven zonder trouwakte, uit hartstochtelijke liefde. En hij? Was hij niet teruggegaan om met haar te trouwen? Welke soort liefde had haar ouders met elkaar verbonden? De echte of de verkeerde? Het leek haar dat ze heel gelukkig geweest waren samen, ze hadden elkaar vaak omarmd en gekust.

Ze moest aan Marie denken die al vier jaar met haar man George in Egypte woonde. Marie was verliefd op George geworden en had voor hem haar verloving verbroken. Het kon dus, in zeldzame gevallen, voorkomen dat een meisje de man kreeg van wie ze hield.

Het was Marie gelukt en had ze zichzelf daarmee in het ongeluk gestort? In geen geval. Ze klaagde over de hitte en het ongedierte in Egypte, maar over George zei ze niets dan goeds, vooral dat hij een enthousiaste vader was.

De kamerdeur ging zachtjes open, Klara spiedde door de kier en toen Charlotte naar haar glimlachte deed ze de deur helemaal open. Terwijl ze de kamer binnenstrompelde hoorden ze tante Fanny in de keuken met grootmoeder praten en Charlotte keek geschrokken naar de kleine pendule die tussen de snuisterijen op het dressoir stond. De wijzers waren al naar half vier opgerukt.

'We hebben ons mee uit laten nemen. Ze heeft met hem gedanst op het bal van De Liedertafel, meerdere keren achter elkaar, ik heb het zelf gezien. Hij is drie keer op bezoek geweest en dan wil ze hem afwijzen? Wie denkt ze wel dat ze is? Op haar leeftijd mag ze blij zijn nog een man te vinden, ze is geen achttien meer.'

Klara haastte zich om de deur dicht te doen. Tante Fanny's verontwaardigde stem was nu nog slechts gedempt te horen.

'Ze is niet eerlijk, Charlotte. Niemand kan je tot een huwelijk dwingen dat je niet wilt.'

'Ik weet het.'

Klara liep moeizaam naar haar toe, bleef achter de pianokruk staan en legde haar handen op Charlottes schouders.

'Ik wil vooral niet dat je het voor mij doet,' zei ze dringend. 'Ik red me wel, helemaal nu ik met naaien geld verdien en ook mama's klanten heb overgenomen.'

Tante Fanny kon eigenlijk niet meer voor klanten naaien, zo erg waren haar ogen achteruitgegaan. Gelukkig was Klara er heel goed in en wat ze naaide beviel de mensen. Het loon voor het vele werk en de lange avonden bij het licht van de gaslamp was echter bijzonder laag. Christian had Charlotte voorgesteld dat Klara bij hen zou komen wonen zodat ze niet van elkaar gescheiden zouden zijn.

'Als jij pianoles geeft en ik voor mijn klanten naai, kunnen we ook bij elkaar blijven,' droomde Klara verder. 'Ook wanneer onze grootouders er niet meer zijn. We kunnen in dit huis wonen, de tuin bewerken en dan is er ook nog jouw bruidsschat.'

Charlotte pakte Klara's handen die weer ijskoud waren. Ze had geen idee hoeveel er nog over was van haar bruidsschat nu ook Pauls rechtenstudie in Hamburg voor het grootste deel daarvan betaald werd. En dat zou ook nog wel een tijdje duren, een maand geleden was hij weer voor een tentamen gezakt.

'We blijven in elk geval bij elkaar, Klara. Maar als ik met Christian trouw wonen we in een mooi huis, hebben de winkels en de markt vlak voor onze deur en dan hoef jij niet meer te naaien.'

Klara's handen begonnen te trillen. Ze haalde ze van Charlottes schouders en ging in de hoge leunstoel van grootvader zitten, waar ze bijna in verdween. Haar smalle gezicht weerspiegelde een innerlijk gevecht alsof ze zichzelf moest overwinnen om iets uit te spreken wat eigenlijk onbehoorlijk was.

'Het moet niet erg aangenaam zijn. Het doet ook pijn zeggen ze. Ettje beweerde dat het echt verschrikkelijk was. Maar het hoort erbij als je trouwt.'

'O, je bedoelt de huwelijksnacht?'

Klara knikte blozend. Noch haar moeder, noch haar grootmoeder had ooit iets over deze pijnlijke dingen gezegd, over zoiets praatte je niet. Ettje had vroeger eens een flinke klap gekregen toen ze een nieuwsgierige vraag stelde. Dat hadden de anderen goed onthouden.

'Het speelt zich daarbeneden af, daar waar we niet aan mogen komen...' fluisterde ze.

Charlotte wiep haar een geïrriteerde blik toe. Zoveel wist zij intussen ook wel, al was het nog maar vier of vijf jaar geleden dat ze geloofde dat kinderen ontstonden bij het kussen. Dat lag voor de hand want alle romannetjes eindigden ermee dat het liefdespaar trouwde, hij haar kuste en ze kinderen kregen. Zo'n kus was haar altijd als onbeschrijfelijk lichtzinnig voorgekomen en ze had de regels steeds opnieuw gelezen om de zoete rilling van het verbodene te voelen. Ondertussen was het Charlotte duidelijk geworden dat behalve de kus nog iets anders moest gebeuren, iets wat noch in de romannetjes, noch in het echte leven ooit uitgelegd werd. Het had met de huwelijksnacht van doen waarover altijd een vreselijke drukte werd gemaakt. En dat was toch raar. De huwelijksdag moest de mooiste dag in het leven van een vrouw zijn. Aan de bijbehorende nacht daarentegen kleefde een verschrikking alsof de arme bruid in een liederlijke, griezelige folterkamer werd gevoerd.

'Lieve goedheid, zo erg kan het toch niet zijn, Klara. Alle getrouwde vrouwen die ik ken hebben het overleefd.'

'Natuurlijk, ik wilde je ook niet bang maken.'

Klara zweeg beschaamd, bang te ver te zijn gegaan.

'Je moet het gewoon over je heen laten komen en je niet aanstellen, dan wen je er wel aan,' zei Charlotte flink.

Op school werd soms over deze dingen gefluisterd. Een paar meisjes leken er meer van te weten en hadden er lol in indruk op de onwetenden te maken. Het was verwarrende praat geweest, totaal onvoorstelbare dingen die met 'het deel' verband hielden dat een man wel maar een vrouw niet bezat. Charlotte kon zich herinneren dat ze een keer naast het kindermeisje stond toen deze haar kleine broertje in bad deed. Ze was zelf ook nog klein geweest, net drie jaar ouder dan Jonny en ze had gezien dat hij een soort staartje bezat waarmee hij tot ontsteltenis van het kindermeisje in het water plaste. Achter het staartje zat nog iets anders, iets rozigs wat leek op een gezwel, een beetje rimpelig en helemaal niet mooi. Ze had het toen zielig voor de arme Jonny gevonden dat hij zoiets met zich mee moest dragen.

Het geheim zou zich in dit eigenaardige deel bevinden. Nou kon ze zich niet voorstellen dat een man zijn vrouw met zo'n slap gevoelig staartje pijn kon doen. 'Misschien is het ook wel helemaal anders,' zei Klara. 'Vooral als je oprecht van elkaar houdt. Misschien is het dan wel heel mooi.'

'Wanneer je oprecht van elkaar houdt...' herhaalde Charlotte nadenkend. Om welk soort liefde ging het hier? De hevige hartstocht of het kleine plantje dat eerst nog groeien moest?

'Je mag hem wel toch, ergens?'

'Ergens, natuurlijk.'

De kleine pendule begon te ratelen en het lukte haar om vier schrille slagen voort te brengen, net als de schellen op het postkantoor klonken. Charlotte klapte het deksel van de piano over de zijden gebloemde toetsenloper en stond op om naar het raam te gaan. Hij stond al voor het huis. Hij hield van haar. Twee weken lang had hij gewacht en zich zorgen gemaakt. Nu kwam hij om uit haar mond zijn vonnis te horen. Ontroerd keek ze toe hoe hij met de grote paraplu vocht en het monster uiteindelijk ingevouwen tegen de huismuur plaatste. Hij hield van haar. Waarom zou ze hem ongelukkig maken?

Januari 1894

Christian Ohlsen zette zijn kroontjespen terug in de inktpot en wreef zijn door de kou verstijfde vingers. Het vuur in het kleine kolenkacheltje was allang uitgegaan en eigenlijk loonde het de moeite niet nog een blik kolen te halen. Hij zou toch al snel ophouden met dit lastige rekenwerk. Wrevelig keek hij naar het opengeslagen kasregister. Daar stonden de uitgaven van de afgelopen twee maanden genoteerd, alleen had hij zoals zo vaak niet alles regelmatig opgeschreven. Er lagen her en der nog wat rekeningen die hij niet netjes gearchiveerd had en vervolgens vergeten was en bovendien misten de kerstcadeautjes voor het personeel nog. Het maakte niet veel uit wat hij nog toevoegen moest, het was al overduidelijk dat de uitgaven de inkomsten aanzienlijk overstegen. En dat ondanks de echt goede kerstomzet. Het lag aan de klanten, die beknibbelden waar ze konden en al de mooie spullen die hij van ver liet komen lieten ze verkommeren in de schappen. Ja, als hij nou een winkel in Bremen of Hamburg had gehad. Daar had je de rijke reders, de welgestelde burgerij, die hadden wat te besteden. In Leer draaiden de mensen elke pfennig drie keer om voor ze hem uitgaven en zelfs dan kochten ze slechts een beetje koffie, een beetje thee, goedkope tabak. Misschien ook nog pommade of huidcrème en dat was al een luxe. Veel mensen konden zich dat niet eens veroorloven, zaten zonder werk en hadden schulden bovendien, verkochten huis en haard om naar overzee te emigreren. Daar in den vreemde hoopten ze op geluk en welstand, dat kwam echter zoals ze wel vernamen slechts zelden voor. Van de meesten hoorde je nooit meer iets.

Hij trok zijn horloge uit zijn vestzak en stelde vast dat het al na negenen was. Hoogste tijd om naar boven te gaan. Daar zou het aangenaam warm zijn, Charlotte liet altijd goed stoken. Hij zou nog een beetje met haar praten en daarbij een of twee glazen wijn drinken, de balans kon ook wel tot morgen wachten.

Hij deed de boeken dicht, ontdekte nog een onbetaalde rekening die zich onder de archiefkast had verstopt en voegde hem bij de andere. Hij zou ze voorlopig toch niet kunnen betalen, morgen zou hij de leveranciers in Bremen schrijven en om uitstel van betaling vragen, liefst tot Pasen. Zorgvuldig doofde hij de lamp en sloot het kleine kantoor af dat hij sinds zijn huwelijk beneden in de winkel had ingericht. Vroeger, toen hij nog vrijgezel was, had hij de boekhouding boven in huis gedaan, maar daar was nu geen plaats meer voor, alles was nieuw ingericht en hij wilde Charlotte de aanblik van de akelige en rommelige zakendocumenten besparen.

Het trappenhuis baadde in een zacht licht dat door het glazen paneel van de huisdeur drong en zijn stemming verbeterde. Hij had veel te lang in het kantoortje over de boekhouding gezeten, dat was niet goed voor hem, bedierf zijn humeur en veroorzaakte sombere gedachten. Sowieso was hij sinds enige tijd veel liever boven in zijn mooie huis dan beneden in de winkel, waar hij zich voortdurend aan de tekortkomingen van het personeel en de krenterigheid van zijn klantenkring liep te ergeren.

'Charlotte?'

'We zijn in de salon.'

Hij deed zijn wollen sjaal af en wisselde van jasje om de bedompte lucht van het vochtige winkelkantoortje niet mee het huis in te nemen. In zijn huisjasje liep hij de salon in en vond daar Charlotte die met Klara op de bank zat, gebogen over een van de vele boeken die hij haar had gegeven.

Haar figuur in de lichte jurk fascineerde hem steeds opnieuw. Hij hield van het dikke zwarte haar dat ze gevlochten en opgestoken droeg, hoewel steeds kleine lokjes ontsnapten. Ze krulden op haar slapen, boven haar oren en in haar nek en verleenden haar trekken een betoverende, speelse uitdrukking.

Ze keek op van haar boek. 'Je hebt het lang volgehouden. Ben je er klaar mee?'

'Voor het moment. Jammer genoeg houdt het werk nooit op als je een winkel hebt.'

Zuchtend leunde ze naar achteren en geeuwde. Ze trok haar omslagdoek dichter om haar schouders en legde het boek weg. Ze was bleker dan gewoonlijk, het zware donkere haar maakte het contrast nog scherper, en ze had kringen onder haar ogen. Het ontroerde hem want hij had bijgedragen aan deze toestand, Charlotte was sinds enige maanden zwanger.

'Ik geloof dat het mijn bedtijd is,' zei Klara. 'Ik wens jullie goedenacht.'

'Goedenacht, Klara, zoete dromen.'

'Hoe is het nu met je, mijn lief?'

'Best goed, nog een beetje misselijk, gelukkig niet meer zo erg als in het begin.'

Hij trok haar dichter naar zich toe en kuste haar wang. Haar huid was zacht en koel. Hij snoof de geur van haar haar op en probeerde zijn lippen op haar mond te drukken, maar ze ontweek hem.

'Ik ben je echtgenoot, liefste, geen kwaadwillige verleider,' schertste hij. 'Je mag me niet onthouden wat van mij is.'

'Niet nu. Ik voel me niet lekker en het kan schadelijk zijn voor het kind.'

'Het zal zeker niet schadelijk zijn voor het kind als ik je kus.'

Ze gaf toe, liet hem een tijdje begaan, verdroeg zijn tederheden, reageerde zelfs zoals hij haar geleerd had, alleen toen hij de haakjes van haar jurk wilde openmaken, verzette ze zich. Hij deed nog een paar zwakke pogingen haar te verleiden, wist echter al dat het niet zou baten en gaf het uiteindelijk op.

Het was jammer. Hij had zoveel meer verwacht van de nachten

met haar. Natuurlijk niet direct in de huwelijksnacht, dan waren fatsoenlijke vrouwen nog onwetend en stelden zich aan alsof je ze wilde vermoorden. Ze had echter ook op zijn latere inspanningen nauwelijks gereageerd, geen vuur of hartstocht laten zien en wanneer ze op zijn wensen inging deed ze dat alleen om hem een plezier te doen. Stiekem vervloekte hij de preutse opvoeding van de protestantse grootmoeder die Charlotte overduidelijk bedorven had. Nog geen enkele keer had ze zich naakt aan hem laten zien. Ze kleedde zich aan en uit achter het kamerscherm en 's nachts droeg ze lange, met kant afgezette gewaden. Hij kon de begeerte om deze exotische schoonheid helemaal ongekleed en met loshangend haar voor zich te zien amper beheersen.

'Laat me eens zien waar jullie beiden naar gekeken hebben. Heb ik dit boek niet uit Bremen meegebracht?'

Ze leek opgelucht dat hij haar haar afwijzing niet al te kwalijk nam en tilde haastig het boek op haar schoot. Inderdaad, hij wist het weer, een werk over de ontwikkeling van de scheepvaart vanaf het begin tot aan de moderne stoomboten.

'Als je wilt koop ik zo'n mooi houten modelschip voor je dat we in Bremen hebben gezien. Zou je dat fijn vinden?'

Ze leunde achterover en haalde een paar keer diep adem. De over het boek gebogen lichaamshouding deed haar geen goed.

'Wanneer je mij een plezier wilt doen, ondersteun dan Paul een beetje. Hij heeft snel weer een examen en heeft wat juridische boeken nodig.'

'Paul,' bromde hij ontevreden. 'Geloof je nu echt dat hij zijn eindexamen zal halen?'

'Hij doet zijn best, Christian.'

Hij twijfelde. Enerzijds wilde hij haar wens inwilligen, anderzijds was hij er boos over dat ze Charlottes bruidsschat hadden aangetast om Paul te laten studeren. Deze misstand had hij direct na hun trouwen rechtgezet. Hij beheerde nu het vermogen van zijn vrouw en het geld was dringend nodig in het bedrijf. Paul was geen domme jongen. Hij had een goed vakman kunnen worden, misschien zelfs een zakenman, voor jurist was hij echter niet in de wieg gelegd, was Christian van mening. Dat idee was alleen aan de vervloekte eerzucht van zijn moeder toe te schrijven.

'We zullen zien, Charlotte. Op het moment staan weer wat orders open en ik moet ook weer naar Bremen om goederen in te kopen. Ik moet zuinig zijn met ons geld.'

'Neem je me mee als je naar Bremen gaat?'

'Liefje, in jouw toestand kun je beter thuisblijven.'

'Het gaat toch goed met me,' protesteerde ze nadrukkelijk. 'Het is de verveling die me ziek maakt. Ik kan toch niet de hele dag lezen en pianospelen?'

Dat ontbrak er nog maar aan, dat ze mee naar Bremen ging. Een paar weken na hun huwelijk had hij haar heel onbezonnen meegenomen, eigenlijk alleen om indruk op haar te kunnen maken met zijn handelsrelaties, zijn flair en zijn kennis. Hij kreeg er algauw spijt van. Ze begon hem adviezen te geven, beoordeelde een aantal goederen als te duur en een keer – hij had snel moeten ingrijpen – was ze daadwerkelijk als een echt marktwijf beginnen te onderhandelen met de Indische koopman. Deze 'tweede natuur' was overduidelijk een erfenis van haar grootmoeder Dirksen die van gierigheid amper uit haar ogen kon kijken en de familie doordeweeks niet eens een kop koffie gunde.

'Ik voel me zo nutteloos, Christian. Natuurlijk zorg ik ervoor dat het huishouden goed loopt, maar in de keuken is de kokkin de baas, het meisje maakt de kamers schoon en voor de was komt een vrouw. Mocht ik nou maar beneden in de winkel meehelpen, daar zou ik plezier in hebben.'

'De winkel kun je maar beter aan mij overlaten, Charlotte.'

Hij zei het kort en afgemeten aangezien ze hier al eerder ruzie over hadden gemaakt. Zeker, zijn moeder had klanten bediend, maar zijn vrouw zou dat niet doen. Dat wilde hij nu eenmaal niet.

'Ik zou je kunnen helpen met de boekhouding,' stelde ze eigenzinnig voor. 'Ik was in rekenen altijd een van de besten en als ik mijn best doe schrijf ik de getallen zo netjes alsof ze gedrukt zijn.'

'Je hebt geen verstand van boekhouden.'

Ze kon toch zo vasthoudend zijn. Zijn strenge toon leek ook al geen indruk op haar te maken, in plaats daarvan straalden haar ogen van opwinding.

'Ik kan het toch leren. We zetten een bureau in de salon, dan hoef je ook niet meer urenlang 's avonds beneden in dat kleine kamertje te zitten waar je vingers bevriezen van de kou. Jij legt me uit hoe de boekhouding werkt en controleert wat ik opgeschreven heb zodat er geen fouten in sluipen. Op die manier kan ik nuttig voor je zijn zonder achter de toonbank te staan, wat jij niet wilt.'

'We zullen zien,' zei hij gepijnigd. Hij drukte haar nog een keer tegen zich aan voor hij opstond van de bank. 'Misschien vind je het leuk om met waterverf te schilderen? Ik kan me zo voorstellen dat je heel begaafd bent, mijn schat. Ik zal in elk geval een tekenblok, penselen en waterverf meenemen.'

'En wat betreft de boeken?' hield ze stug vol.

'De boeken voor Paul? Hij moet me de titels noemen.'

Nu fonkelden haar ogen van ingehouden woede en haar zwarte wenkbrauwen raakten elkaar bijna boven de neuswortel.

'Je weet heel goed welke boeken ik bedoel, Christian.'

Hij haatte het wanneer hij zo streng tegen haar moest zijn. Waarom was ze zo ontevreden? Anderen zouden op een leven zoals het hare gloeiend jaloers zijn. Behandelde hij haar niet als een prinses? Maar zij wilde zijn kasboeken bijhouden. Grote god.

'Voor eens en altijd, Charlotte. Die boeken hou ik bij en niemand anders. Daar steekt geen wantrouwen achter ten opzichte van jou, alleen de gewoonte van een zakenman. Mijn vader heeft de boekhouding ook altijd zelf gedaan.'

De teleurgestelde uitdrukking op haar gezicht deed hem pijn, alleen wilde hij voet bij stuk houden. Als ze hem zover zou krijgen dat hij toegaf, zou hij al snel niets meer in te brengen hebben.

'Laten we gaan slapen,' stelde hij voor met zachte stem en hij stak beide handen naar haar uit om haar van de bank te helpen. 'Moet ik nog iets uit de keuken halen voor je? Een klein hapje? Een beker melk? De kokkin slaapt al, maar dat lukt me wel.'

'Nee, dank je.'

Ze stond op zonder zijn hulp en keek hem ook niet aan terwijl ze naar de deur liep. Hij hoorde haar in de badkamer, ze draaide de kraan open en leek haar tanden te poetsen.

In de slaapkamer sloeg hij de dekens terug en vond op beide matrassen een tinnen warme kruik die ze uit voorzorg in het bed had laten leggen. Alsof een liefhebbend echtpaar die stomme kruiken nodig had.

Hij nam zich voor algauw met de trein naar Bremen te gaan en daar 's nachts te blijven. Hij hield van Charlotte, maar daar in het Bremer havengebied was een etablissement waar hij sinds zijn huwelijk al twee keer geweest was. Een van de meisjes was rank als een jongen en haar huid had de kleur van koffie met melk.

Hij pakte toch niets van Charlotte af? Ten eerste deed hij het slechts af en toe en ten tweede was ze zwanger.

Het was donker in de slaapkamer, buiten blies de storm om het huis, rukte aan de dakpannen en loeide in het traliewerk voor de winkeldeur. Charlotte ging kreunend rechtop in bed zitten en wreef over haar rug. Wat was dit? Bij het naar bed gaan leek deze trekkende pijn onschuldig genoeg, nu trok hij echter door haar buik als een heftige kramp, af en aan, en wilde niet ophouden. Het leek op de pijn die ze vroeger tijdens haar menstruaties gehad had, alleen als je zwanger was, had je geen menstruaties. Het uitblijven daarvan was juist het teken dat je een kind in je droeg, zoveel wist ze inmiddels wel. Grootmoeder had haar schat aan ervaring met haar gedeeld.

'Klara?' fluisterde ze.

Ze was blij dat Christian in Bremen overnachtte zodat Klara

deze nacht bij haar sliep. Christian was in dergelijke gevallen bepaald geen hulp, hij had een panische angst voor ziekte en raakte al van slag als ze een beetje verkouden was.

'Voel je je niet lekker? Zal ik kamillethee voor je zetten?' vroeg haar nichtje zachtjes.

'Ga maar weer slapen, ik geloof dat het al beter gaat.'

'Het is geen moeite, Charlotte, de haard is vast nog warm, ik ben zo weer terug.'

Onverwacht heftig kwam de pijn weer terug, snoerde haar lichaam samen, trok in haar rug. Kreunend drukte ze beide handen op haar buik en voelde ondanks de pijnigende krampen dat er warm vocht tussen haar benen naar buiten sijpelde.

Het kind!

Een ijzige angst sloeg door haar heen. Het was toch nog veel te vroeg, het mocht nog niet geboren worden. Haastig sloeg ze de dekens terug, vergat voor even zelfs de krimpende pijn toen ze de langwerpige, felrode vlek op haar witte nachthemd zag. Dat was bloed. Bloedde een vrouw als ze een kind kreeg?

Ze mocht in geen geval in bed blijven liggen, anders zouden ook de onderlakens en het matras doorweekt raken.

'Klara, ik heb verband nodig! Ik ben ongesteld, geloof ik.'

Ze trok het nachthemd omhoog en stopte de bij elkaar gepropte stof tussen haar benen. Het hemd was toch al bloederig en moest in azijn gewassen worden. Ook op het onderlaken zat al een vurige rode vlek. Ze moest het bed afhalen, het onderlaken uitwassen...

Ze stond snel op en voelde zich meteen niet goed, ze dacht de tollende wieken van een molen voor zich te zien. De pijn nam weer bezit van haar, nog erger dan daarvoor, omsloot haar lijf als een gloeiende ring en snoerde haar in. Ze kromp in elkaar en wilde zich aan een nachtkastje vasthouden, vond echter geen houvast. Een stapel boeken die erop gelegen had viel met veel lawaai op de grond, tegelijk leek het of een loodzware hand op haar neerdaalde die haar onverbiddelijk naar de grond drukte.

'Charlotte, alsjeblieft, kom tot jezelf. Zeg iets. Ik ben toch bij je.'

'Het… het doet zo'n zeer.'

Ze lag vlak naast het bed, haar lichaam gehoorzaamde haar niet meer. Zo gauw ze haar hoofd ophief begon de hele kamer te draaien. Tussen haar benen voelde ze iets slijmerigs, warms, iets vreemds wat toch van haar afkomstig was.

'Ik maak de meid wakker,' fluisterde Klara die naast haar knielde.

'Ze moet dokter Holzmann halen. Blijf stil liggen.'

Charlotte sloot haar ogen en probeerde het beven onder controle te krijgen dat haar lichaam deed schudden. De pijn was weg, kwam ook niet terug, wat overbleef was het bonzen van haar hart en een overweldigende uitputting.

'Klara? Klara?'

Ze was weg. Was ze er nou zelf op uitgegaan om de dokter te halen? Alleen met een doek over haar nachtpon? Wat een dwaasheid, het was voorbij. Geen pijn meer en ook de duizeligheid was weggetrokken, alleen het trillen wilde niet ophouden. Voorzichtig ging ze rechtop zitten, deed de knoopjes van haar nachthemd open, schoof het naar beneden en veegde het bloed tussen haar benen ermee weg. Ze wilde niet weten wat er tussen de plooien verborgen was, liet het op de grond liggen en liep naakt naar de kast om een schoon nachthemd te pakken.

Toen dokter Holzmann na meer dan een uur samen met de volledig verkleumde Klara in de woning verscheen, lag Charlotte in een schoon opgemaakt bed op de kant van Christian. Haar matras was schoongemaakt, met schone witte doeken erover uitgespreid. Ook het bebloede hemd was verdwenen, ze had het in een emmer gestopt en naar beneden, naar de binnenplaats gebracht.

'Een miskraam,' bromde de arts, die zijn ergernis over de blijkbaar onnodige verstoring van zijn nachtrust slechts met moeite in kon houden. 'Hebt u gedanst? Zich heftig bewogen?'

'Nee.'

'U weet toch dat een zwangere vrouw rustig en ingetogen moet leven? Geen zwaar eten, geen koffie en al helemaal geen alcohol. Vroeg naar bed, geen opwinding.'

'Ja.'

Hij zag er vanaf om haar te onderzoeken, schreef bedrust voor, versterkend eten, af en toe een glaasje rode wijn voor het bloed. Vervolgens incasseerde hij zijn honorarium dat natuurlijk hoger uitviel vanwege het nachtelijk uur. Klara moest ervoor naar de winkel lopen, zoveel contant geld hadden ze niet in huis.

Charlotte hoorde niet meer dat hij het huis verliet om door weer en wind naar zijn nog slaapwarme bed terug te keren. Ze voelde alleen een onmetelijk diepe vermoeidheid en een vreemde leegte, alsof alles wat er gebeurd was niets met haar te maken had. Het enige wat ze wilde was slapen, diep in de bron van het vergeten zinken, daar waar je in het koele donker wegdreef, droomloos, zonder herinnering.

De vertwijfeling waarmee Christian de volgende dag op het nieuws reageerde ontroerde haar. Hij liet de winkel aan het personeel over en zat de hele middag aan haar bed, hield haar hand vast, huilde en smeekte haar snel weer gezond te worden.

'Het is niet jouw schuld, Charlotte, jij hebt niets fout gedaan... Het was het noodlot.'

Hij stuurde Klara en de meid op pad om allerlei dingen voor haar te kopen, maakte ruzie met de kokkin en 's avonds verraste hij zijn vrouw met een gouden ring in de vorm van een verstrengelde slang.

'Die heb ik in Bremen voor je gekocht, mijn hartje. Kijk, hij past je als gegoten, heb ik goed gekozen?'

Ze deed of ze er blij mee was om hem niet te kwetsen. Stiekem vond ze een dergelijk cadeau zwaar overdreven. Ook zijn onmatige verdriet en zijn inspanningen om haar het ziekbed zo aangenaam mogelijk te maken bezwaarden haar eerder dan dat het hielp. Ze vond alleen troost in de ogenblikken dat ze met Klara samen was.

'Het heeft me verlaten voor ik het kon leren kennen, voor ik het in mijn armen kon houden.'

'Het heeft je liefde gevoeld, Charlotte, en dat zal het altijd bij-blijven. Waarom het weggaan moest, weet niemand. God heeft het geroepen en het moest daaraan gehoor geven.'

'Heb ik je niet gewaarschuwd?' oordeelde grootmoeder. 'Jij moest zo nodig voortdurend achter de piano zitten. Ieder normaal mens kan toch zien dat dat geen gezonde lichaamshouding voor een zwangere vrouw is.'

Tot Christians ontsteltenis hield Charlotte zich slechts één dag aan de voorgeschreven bedrust, daarna stond ze erop weer haar normale leven te leiden. Er mankeerde haar niets, ze was ook niet ziek en ze kon heel goed zonder de deelnemende bezoekjes van haar familie. Wrevelig zat ze in de salon, deed dan dit, dan dat boek open om het gelijk weer opzij te leggen, sloeg lusteloos een paar akkoorden op de piano aan. Gewikkeld in een wollen om-slagdoek stond ze voor het raam en keek huiverend naar de natte straat beneden.

Was dit het leven? Zich aanpassen en het beste ervan maken? Daar waar God iemand neergezet had, trouw zijn plicht vervul-len? Zo had grootvader het altijd geformuleerd en het klonk heel verstandig. Alleen had Charlotte het gevoel op de verkeerde plek neergezet te zijn.

'De vrouw hoort thuis te blijven, daar is zij de meesteres, be-stuurt getrouw het bezit en zorgt voor de opvoeding van de kinde-ren. Buiten dat echter heeft de man het voor het zeggen, zij heeft zich te schikken in zijn beslissingen want hij is verantwoordelijk voor de familie.'

Christian was vaak onderweg, ook 's nachts als hij klanten moest bezoeken om het een en ander te regelen, spullen in te kopen of zich om invoerrechten te bekommeren. Als hij thuiskwam maakte hij een gespannen indruk op Charlotte en kreeg ze last van haar geweten omdat ze nauwelijks meer de moeite nam om op zijn wensen in te gaan.. Ze was niet het mooi aangeklede poppetje dat hij van haar wilde maken en ook niet de gewillige geliefde, dat al helemaal niet. Wanneer ze zichzelf ertoe kon brengen bezorgd naar zijn gezondheid te informeren, lachte hij haar uit.

Een paar keer was ze tijdens zijn afwezigheid naar de winkel beneden gelopen, iets wat haar eigenlijk verboden was. Ze had de voorraad bekeken en het gedrag van het personeel in de winkel geobserveerd, wat haar niet aanstond. De twee jonge vrouwen waren keurig gekleed en vriendelijk, alleen bij het bedienen van de klanten vreselijk fantasieloos. Ze droegen alleen datgene aan waarnaar gevraagd werd en als iets niet op voorraad was, haalden ze alleen spijtig hun schouders op. Charlotte wist zeker dat zij het beter zou kunnen. Je moest met de klanten kletsen, een aangename sfeer creëren, erachter komen wat ze gebruiken konden en hun dan al die mooie spullen aanbieden die nog in het magazijn lagen. Waarom waren er geen aanbiedingen zoals in andere winkels? Dat trok klanten naar de zaak. En hoezo hing de leerjongen lui rond in het magazijn en kauwde op dropstaven? Ze had al verschillende klusjes voor hem gevonden: de etalageramen moesten gelapt worden, de winkeldeur knarste en kon wel een lik olie gebruiken en boven in de schappen lag stof. Het personeel dacht er echter niet aan om haar aanwijzingen op te volgen, in plaats daarvan verklaarden ze boosaardig dat ze meneer Ohlsen zouden vragen of deze taken wel nodig waren. Ze wisten heel goed dat de jonge mevrouw Ohlsen hierbeneden in de winkel niets te zoeken en al helemaal niets te zeggen had.

'Waarom ga je niet bij het zangkoor?' vroeg Christian geïrriteerd nadat Charlottes bezoek aan de winkel aan hem verraden was. 'Ze zoeken iemand om hen op de piano te begeleiden. Dat zou toch een bezigheid zijn.'

'Ik wil zo graag iets nuttigs doen.'

Hij zuchtte diep en keek omhoog naar het plafond alsof daar iemand was die zijn zorgen begreep.

'In de vrouwenkring van de lutherse kerk breien ze sokken en mutsen voor de weeskinderen in het armenhuis. Voor zover ik weet worden kleine cadeautjes voor Kerstmis ingepakt en tijdens een vrolijk samenzijn onder de kinderen verdeeld.'

'Ik weet het.'

'Waarom kleed je je niet eens mooi aan, Charlotte? Steeds diezelfde jurk en die wollen omslagdoek om je schouders.'

'Ik heb het koud.'

Het was al eind maart, maar de winter hield hardnekkig stand tegen de aandringende lente. IJsschotsen dreven op de Leda en de bevroren velden van de uiterwaarden glinsterden in de schuin invallende ochtendzon. Als om de spot met hen te drijven kwamen talrijke slechte berichten binnen. Organist Pfeiffer, Charlottes innig geliefde en enige muzikale vertrouweling, bezweek aan een longontsteking en werd ten grave gedragen. Hij had bepaald dat Charlotte zijn instrumenten en bladmuziek moest krijgen, zijn zuster verdedigde dit bezit echter met hand en tand en dus deed Charlotte er afstand van. Hij had de liefde voor muziek in haar hart geplant, dus waarvoor had ze instrumenten en bladmuziek nodig? Alle gelukkige uren waarin ze met elkaar gemusiceerd hadden waren in haar herinnering gegrift, geen klank, geen van zijn woorden zou ze ooit vergeten. Ook zijn geestdrift en zijn levenslange toewijding aan de grote meesters die hij zo diep vereerd had niet.

Grootvader zorgde voor ongerustheid, met zijn gezondheid ging het snel bergafwaarts. Nu eens had hij veel last van zijn hart, dan van zijn rug en dan weer kreeg hij nauwelijks lucht zodat ze het ergste vreesden.

Toen het nieuws kwam dat Paul voor zijn eindexamen gezakt was, liep Christian op en neer door de salon met zijn handen tegen zijn hoofd.

'Zoveel geld voor niets uitgegeven! Ik had het zo goed voor de zaak kunnen gebruiken.'

'Maar het is je zo toch ook gelukt, Christian? Het bedrijf loopt toch goed, of niet?'

Hij bleef staan, liet zijn handen zakken en staarde haar aan. Daarop glimlachte hij en streek zijn verwarde haar glad. 'Natuurlijk, alles gaat goed. Het was alleen gemakkelijker geweest met dat geld.'

Op een sombere aprilochtend stond ze bij het raam en staarde in de grijze damp die vanaf de rivier over de stad waaide.

'Kijk,' zei Klara, 'ik heb het voor jou gemaakt. Vind je het mooi?' Charlotte zuchtte. Klara's tekeningen waren bijna altijd aan haar gewijd, toonden haar van voren of en profil. Christian en zij hadden een kleine tafel en stoel voor haar nichtje in de salon gezet zodat ze de mooie kussens niet met zwarte inkt zou bekliederen, vooral omdat ze in de roes van kunstzinnige inspiratie het flesje al een keer omgegooid had.

'Laat zien, weer een portret van mij? Ik ben bang dat het me zoals altijd zal vergaan: ik herken mezelf niet in jouw tekeningen.'

'Nee, deze keer is het een landschap.'

Er waren heuvels te zien, slechts met enkele pennenstreken op papier gezet, daarachter de scherpe hoeken van een piramide, een palm gebogen onder de wind, lieflijk en taai in haar soepelheid. Ruiters, nauwelijks aangegeven en toch duidelijk te herkennen, een karavaan die langzaam tussen hoge zandduinen door trok.

'Ik moest aan Marie denken,' verklaarde Klara, terwijl Charlotte nog naar het tekenblok staarde. 'En aan George.'

'Aan George...'

Hoelang was het geleden? Negen jaar nog maar en toch een eeuwigheid. Toen ze elkaar op de Plytenberg hun dromen hadden toevertrouwd, had ze zo gehoopt dat hij die ene zin, die als een bezwering, een belofte had geklonken, die alles voor haar had kunnen veranderen, af zou maken, maar hij had het niet gedaan. En nu was het allang te laat.

'Waarom schrijf je niet een keer aan Marie? Haar laatste brief ligt al weken bij grootmoeder en die komt er niet toe hem te beantwoorden.'

'Ik?'

Klara keek haar vol tederheid aan en glimlachte wetend. Er was niets tussen hen veranderd.

'In Egypte is het zo warm dat je zelfs in de schaduw zweet.' George had nog nooit een lange brief aan de familie in Leer geschreven. Hij krabbelde hoogstens een paar woorden onder Maries uitvoerige brieven, soms alleen een groet en zijn naam. Charlotte kreeg toestemming van haar grootmoeder, die blij was de lastige schrijverij uit handen te kunnen geven, en bracht drie middagen door met het opstellen van haar eerste brief aan Egypte. Ze schreef uit naam van de familie, somde alle gebeurtenissen van de afgelopen weken op, vertelde over het nieuwe gemeentehuis dat in Leer gebouwd werd, over alles wat de lutherse kerk organiseerde en voegde een paar hilarische voorvallen toe om Marie te amuseren.

Aan het eind van de brief bracht ze groeten over aan de kinderen en George. Ze had het boek dat hij haar jaren geleden gegeven had met plezier gelezen, niet één keer maar zelfs meerdere malen. Het Engels was geen bezwaar geweest, ze had die taal tenslotte als kind al gesproken.

Meer wilde ze daar niet aan toevoegen, ook al had ze graag over het boek geschreven om van haar enthousiasme over de levendige beschrijvingen, de tekeningen en de fantastische reis over de Nijl verslag te doen. Hoezeer bewonderde ze deze vrouw die het aangedurfd had zich in mannenkleding onder Egyptische en Soedanese schippers te begeven om het land van de farao's te ontdekken.

Wekenlang wachtte ze, koesterde een sprankje hoop in haar hart waarover ze zelfs niets tegen Klara zei. Toch was die kleine vonk genoeg om de kou in haar binnenste te overwinnen en haar levenslust opnieuw te wekken. Opeens vond ze weer plezier in het pianospelen, bood zichzelf aan als begeleider van het zangkoor en speelde geduldig koralen en zeemansliederen, het ontroerende avondlied van Friedrich Silcher of vereenvoudigde de koorzang in de oratoren van Bach.

'Zie je nu wel, mijn hartje,' merkte Christian tevreden op. 'Het gaat erom je volledig aan iets te wijden. Overal zingt men de lof over je en in het krantenartikel over het meifeest van de zangvereniging word je zelfs met naam genoemd.'

Ze glimlachte, blij dat ze hem een plezier had gedaan, hoewel de lof en de vermelding in de krant haar totaal onverschillig lieten. Soms vroeg ze zich af wat ze eigenlijk van haar brief verwachtte. Als George haar brief al las, zou hij er in het beste geval verheugd kennis van nemen. In het slechtste geval zou hij zich het voorval van negen jaar geleden herinneren en de irritatie opnieuw opwellen. Hoe hij haar woorden ook opnam, hij had geen reden haar terug te schrijven.

Eind juni kwam in het huis van de grootouders een brief uit het Britse protectoraat Egypte aan. Het bevatte een lang schrijven van Marie, een foto en een opgevouwen vel papier dat grootmoeder aan Charlotte doorgaf.

'Wat een handschrift,' zei ze hoofdschuddend. 'En dan is George nog wel een academicus. Ik ben blij dat Marie zo mooi en leesbaar schrijft.'

'Wil je ons jouw brief niet voorlezen, Charlotte?' drong tante Fanny aan.

'O, die moet ik eerst in alle rust ontcijferen. Bij het volgende bezoek...'

Terug in de Pfefferstraat trok Klara zich terug op haar kamer, ze was moe van het lange stuk lopen en wilde een beetje uitrusten. Christian was beneden in de winkel, hij zou vandaag langer in de zaak blijven, want hij wilde morgen weer voor twee dagen naar Bremen gaan.

Mijn lieve, kleine Charlotte,

Wat heeft het mij een plezier gedaan dat je mijn cadeau toch mooi vond. Aanvankelijk dacht ik er helemaal naast te hebben gezeten. Amelia Edwards was niet alleen een moedige vrouw, ze was ook een begaafd schrijfster en juist daarom had ik dit werk voor je uitgekozen. Dus je leest reisverslagen? Ook andere auteurs? Schrijf me erover, ik ben benieuwd naar je mening. Schrijf me ook over wat je de hele dag doet, of je nog pianospeelt, levendige beelden voor ogen hebt en met de wolken weg wilt reizen. Ter compensatie zal ik je over mijzelf vertellen. Herinner je ons gesprek nog toen die dromer over rode zandduinen en de grootste eenzaamheid van de woestijn dweepte? Ja, ik heb het intussen aan den lijve ondervonden. De woestijn, het grote niets, de oneindige leegte, de plekken van de doden. Met al hun verschrikkingen en in al hun grootsheid heb ik ze ervaren. Ik heb gevoeld hoe de hitte mijn ogen uit hun kassen wilde drijven, mijn tong liet opzwellen tot een klomp en mijn hersenen deed koken. Maar ik heb ook het zilveren schijnsel van de maan op de duinen gezien en het fonkelende netwerk van de sterren op het zwarte fluweel van de hemel. Twee keer heb ik de dood in de ogen gekeken en voelde daarbij het leven in me als nooit tevoren.

Wat schrijf ik je voor verwarde onzin, kleine vriendin. Ik wilde je niet aan het schrikken maken, ik ben alleen zo vol van alles wat ik heb meegemaakt en stelde me voor dat je er plezier in zou hebben mijn ontboezemingen te lezen.

Ik zal nu afsluiten. Het is al nacht in Caïro en overal op de dakterrassen zie je lichtjes, de mensen zitten bij elkaar, kletsen en eten en proberen een beetje verkoeling te vinden na de verlammende hitte overdag.

George.

PS. Ik wacht op post.

Dit was meer dan ze in haar stoutste dromen had verwacht. De jaren leken opgelost te zijn, alsof ze na alles wat er gebeurd was, gewoon de draad weer op konden nemen en verder spinnen. Steeds opnieuw las ze de brief, woog elk woord, piekerde over elke wending, probeerde deze man te begrijpen voor wie schoonheid en gruwelen, leven en dood zo met elkaar vervlochten waren. Was hij een dromer? Zeker weten. Maar hij zette dromen in daden om. Waar zij alleen mooie beelden voor zich zag, had hij het leven met al zijn zintuigen gevoeld, ook de ellende, de doodsangst, de verschrikkingen. George Johanssen was iemand die zonder erbij na te denken naar de beker van de goden greep en hem tot op de bodem leegdronk.

Wat was ze jaloers op zijn moed. Zij, die in een gouden kooitje opgesloten zat, van wie men de vleugels had gekortwiekt, die haar verlangen naar weidsheid alleen met boeken en muziek verdoven kon. Niet eens het excuus dat ze een vrouw was kon ze naar voren brengen. Er was een Amelia Edwards geweest, een Alexandrine Tinne.

Charlotte liet de brief aan niemand zien, zelfs niet aan Klara, die er ook niet naar vroeg. Nog voor Christian thuiskwam had ze een antwoord geschreven en naar de post gebracht. Ze had haar woorden zorgvuldig gekozen want ze wilde in geen geval dat George zou gewaarworden hoe eenzaam en ongelukkig ze zich in haar huwelijk voelde. Ze sloot af met de opmerking dat ze veel plezier beleefd had aan zijn verslag en ongeduldig wachtte op verdere beschrijvingen.

Voor de vorm sloot ze een brief bij voor Marie en een van Klara's tekeningen. Natuurlijk geen van de portretten, maar een schildering die het uitzicht vanuit het raam toonde: spitse daken, schoorstenen met daarboven de grijs gearceerde hemel. De opengebleven stukken stelden wolken voor.

Ze bloeide op, vroeg Christian om boeken over Egypte voor haar te kopen, verdiepte zich in de geheimen van de farao's, las over

Jean-François Champollion en de steen van Rosetta die de ontcijfering van de Egyptische hiërogliefen mogelijk had gemaakt.

Op een avond begin augustus, toen ze bijna gek werd van ongeduld en overwoog om nog even snel naar haar grootouders aan de Ulrichstraat te lopen, gooide Christian nonchalant een envelop op de tafel. George had zijn brief aan haar adres in de Pfefferstraat gestuurd. Het schrijven had tussen de brieven gezeten die de postbode elke morgen in de winkel bracht.

'Marie heeft je zeker geschreven,' zei Christian.

'Ach ja,' zei ze vlug en ze probeerde haar opwinding te verbergen. 'Grootmoeder heeft me gevraagd de briefwisseling voort te zetten.'

Ze legde de brief schijnbaar achteloos opzij en begon over een vreemde bezoeker te vertellen die die ochtend geprobeerd had zich toegang tot het huis te verschaffen. Hij had naar Christian gevraagd en toen ze hem verzekerde dat haar man beneden in de winkel was, wilde hij haar niet geloven.

'Wat was het voor een man? Hoe zag hij eruit?'

'Hij droeg een groen vest en had een imposante snor. Ik geloof dat het een handelaar uit Bremen was, ik ben zijn naam helaas vergeten.'

De afleiding lukte geweldig. Christian raakte buiten zichzelf, schold over de brutaliteit van een man die in een vreemd huis wilde binnendringen en dat terwijl de man des huizes niet thuis was.

'Was hij dan niet beneden bij je in de zaak?'

'Zeker niet.'

'Was het beter geweest als ik de meid naar het politiebureau had gestuurd?'

'Nee… nee… dat niet. Het is alleen onbehoorlijk en daar erger ik me aan.'

Ze deed haar best hem te kalmeren en schoof de brief onopvallend onder een van de kussens om hem later ongestoord te kunnen lezen. Moest ze hierom een slecht geweten hebben? Het was zeker niet juist om geheimen voor je eigen echtgenoot te hebben, maar wat deed ze voor kwaad. Het was tenslotte geen liefdesbrief, gewoon een vriendschappelijke uitwisseling en George hoorde bij de familie. Daarbij kwam haar opgewekte humeur ook Christian ten goede. Ze deed moeite voor hem, kleedde zich zoals hij het altijd al gewild had, stak haar haar op een nieuwe manier op en gedroeg zich teder als hij haar begeerde. Wat de laatste tijd echter maar zelden voorkwam.

Pas de volgende ochtend had ze gelegenheid om George' envelop te openen. Hij was dik. Naast een uitvoerige brief vond ze twee dichtbeschreven vellen, op de achterkant had hij met potlood schetsen gemaakt: planten, vervallen muren van een nederzetting in een oase, een boot met roeispanen en kleine zeilen op een rustig stromende rivier.

Mijn lieve vriendin,

Ik heb je brief met zoveel vreugde gelezen. Ik wist wel dat jij je dromen trouw gebleven bent, dat kon ook niet anders, ze zijn een deel van jou. Je bent een verstandig meisje geworden, lieve Charlotte. Je mening over de verschillende reisverslagen komt geheel overeen met de mijne.

Hij schreef niets over Marie, ook geen woord over de kinderen, wel iets over zijn werk in de kliniek, wat weliswaar een Britse instelling was, maar waar ook inheemse mensen werden behandeld. Het maakte hem kwaad dat men ook van de armsten geld verlangde, dat ze niet op konden brengen. Hij had deze mensen een paar keer gratis behandeld en zich daarmee het misnoegen van zijn collega's op de hals gehaald.

Tijdens de avonden, wanneer ik op het dakterras de koelte van de nacht zoek, wenste ik vaak dat je bij me kon komen zitten en bij het schrijven over mijn schouders mee zou kijken. Ik heb het

plan opgevat mijn ervaringen schriftelijk vast te leggen, alleen ik
ben onzeker en bang niet de juiste toon te treffen. Mag ik van je
vragen deze eerste en ongetwijfeld zeer onhandige pogingen door
te kijken? Serieus, Charlotte, jij bent de enige die ik deze vellen
durf toe te vertrouwen...

Charlotte moest het lezen onderbreken om de gevoelens die in
haar opwelden op een rijtje te zetten. Het was vooral voldoening,
wat ze voelde, maar meer nog: het was triomf. Hij vertrouwde
haar deze papieren toe, niet Marie, zijn vrouw die toch met hem
in Egypte woonde en deze taak gemakkelijk op zich had kunnen
nemen. Tegelijk steeg ook bitterheid in haar op. Hij had toen maar
één woord hoeven zeggen, haar een beetje hoop hoeven geven.
Waarom had hij haar nooit uitgenodigd om naar Egypte te reizen,
in zijn huis te komen wonen, Marie een handje te helpen en haar
gezelschap te houden? Drie jaar geleden was ze meerderjarig geworden en had over haar bruidsschat kunnen beschikken. Maar
hij had negen jaar lang de stilte bewaard en nu jammerde hij hoe
mooi het zou zijn als zij bij hem zou zitten.

Een nare gedachte kwam in haar op. Misschien had hij inderdaad wel overwogen om haar uit te nodigen en was het Marie geweest die daar niet mee akkoord ging? Haar nicht Marie die zo
slim kon zijn en altijd kreeg wat ze wilde.

Meteen schaamde ze zich voor deze verdenking en verdiepte
zich in George' reisverslag. Hij bracht haar in zijn ban nog voor
ze twee zinnen gelezen had. Ze dacht het rode stof op haar tong
te proeven, de geur van de kamelen te ruiken, het geschreeuw van
ruziënde bedoeïenen te horen. Met bevend hart las ze de beschrijving van de zandstorm die hem en zijn reisgenoot bijna het leven
had gekost. Ze was naast hem, knielde te midden van het helse
inferno aan zijn zijde en voelde hoe hij probeerde haar met zijn
lichaam tegen de aanstuivende zandkorrels en steentjes te beschermen.

Met geweld rukte ze zich los van de tekst en steunde met haar hoofd in haar handen. Nee, dat was allang voorbij. Als vijftienjarige was ze verliefd geweest op George, een domme kinderlijke dweperij waar ze verdriet van had gehad en die intussen allang vergeten was. Wat hen nu met elkaar verbond was een soort zielsverwantschap. Ze deelden hetzelfde verlangen, wisselden van gedachten en begrepen elkaar.

Ze las de rest van het verslag, bekeek uitvoerig de tekeningen die, anders dan die van Klara, heel precies en zeer gedetailleerd waren. Vervolgens pakte ze haar kroontjespen en begon de tekst te bewerken. Ze deed op een apart vel voorstellen om enkele details wat eenvoudiger te formuleren, onderstreepte overdrijvingen en onnauwkeurigheden en stelde inhoudelijke vragen. Ze had twee dagen nodig voor dit werk en voegde een brief toe waarin ze George loofde en hem aanmoedigde om met zijn verslagen door te gaan en besloot met de vrolijke opmerking dat het haar ook speet dat ze niet bij elkaar konden zitten, want dan hadden ze zich de portokosten kunnen besparen.

Terwijl ze de brief de volgende ochtend naar het postkantoor bracht, kwam de vreemde gedachte in haar op dat die nu op reis mocht en zij achterbleef. Er waren dromen die geleefd konden worden, dat had George bewezen. Er bestonden echter ook dromen die voor eeuwig verloren waren.

November 1895

Ze sliep nog toen de deurbel ging, één keer, twee keer en vervolgens sloeg iemand met zijn vuist tegen de deur. Klara, die naast haar lag, kwam geschrokken overeind uit de kussens.

'O god,' kreunde ze. 'Er zal toch niets in de Ulrichstraat gebeurd zijn?'

Het was al na achten. Door de spleet tussen de gordijnen viel het grauwe ochtendlicht van een sombere novembermorgen naar binnen. Somber ook omdat de brief van George al weken op zich liet wachten.

'Laat de meid de deur opendoen.'

Charlotte pakte haar ochtendjas en trok hem over haar nachthemd aan. Bij het opentrekken van de gordijnen vulde de kamer zich met loodgrijs licht. De regen kwam in stromen naar beneden en toch stonden er beneden al een heleboel mensen die er duidelijk op wachtten dat de winkel openging.

De bel ging steeds opnieuw, kort achter elkaar. Ze hoorde de meid door de gang lopen en zachtjes vloeken.

'Wat is dat voor manier om mensen 's ochtends vroeg te overvallen? Ik kom al.'

Charlotte hielp Klara in haar ochtendjas, stak haastig haar haar op en praatte kalmerend op haar trillende nichtje in.

'Er moet iets vreselijks zijn gebeurd, Charlotte.'

In de gang waren mannenstemmen te horen, de meid fluisterde onderdanig, liet iemand binnen in de salon. Direct daarop klopte ze op de slaapkamerdeur en deed die open zonder antwoord af te wachten. Haar brede, onknappe gezicht zag er bang uit, zoals altijd wanneer iets onvoorziens het normale verloop van een dag doorbrak.

'Het zijn officiële ambtenaren. Ik heb gezegd dat meneer Ohlsen in Bremen is, ze staan er echter op om u te spreken. De zaak duldt geen uitstel...'

'Het is al goed, Anni, zeg tegen de heren dat ik eraan kom.'

Charlotte schoot haar pantoffels aan en trok de ceintuur van haar ochtendjas nog wat strakker om haar middel. Als de heren haar zo nodig in alle vroegte moesten storen, moesten ze haar ochtendjas ook maar voor lief nemen. Het was irritant, vermoedelijk ging het om mensen aan wie Christian geld schuldig was, dat kwam de laatste tijd steeds vaker voor en ze had zich al afgevraagd of Christian de zaak niet al te luchthartig voerde. Een paar verhelderende woorden zouden genoeg zijn om de schuldeisers af te wimpelen. Ze wist niets van de zaken van haar man en kon hen helaas niet verder helpen.

Haar veronderstelling klopte niet. De drie heren die met ernstige gezichten en natte broekspijpen naast de meubels stonden, waren geen kooplui. Een van hen was Klaus Sundermann, de echtgenoot van een dame van het zangkoor die Charlotte gisteravond nog met tranen in haar ogen had verzekerd dat ze speelde als een engel. De andere twee kende ze alleen van gezicht, maar ze werkten bij het kantongerecht, waar Paul intussen ook een baan gevonden had.

'Goedemorgen, mijne heren.'

Haar vriendelijke groet werd beantwoord, op hun gezichten was duidelijk onbehagen te zien. Ze kreeg plotseling een beklemmend gevoel in haar borst. Waarom van die grafgezichten, die vreemde manier waarop ze haar aanstaarden alsof iedereen wel diep medelijden met haar moest hebben?

'Het spijt ons zeer u op zo'n vroeg uur te moeten storen, mevrouw Ohlsen, de meid zei echter dat uw man afwezig is...'

'Mijn man is voor zaken in Bremen, meneer Sundermann. Hij zal morgen rond de middag weer in Leer zijn. Neemt u plaats alstublieft, misschien kan ik u in de tussentijd behulpzaam zijn?'

Geen van de mannen maakte aanstalten haar suggestie op te volgen, in plaats daarvan wisselden ze betekenisvolle blikken. Charlotte vermoedde dat Sundermanns begeleiders hoogstens gerechtsdienaars of klerken waren. Paul had verteld dat deze mensen graag gewichtig deden, al hadden ze uiteindelijk niets te vertellen.

'In Bremen, voor zaken...'

'Zoals ik net zei.'

Ze moest opstijgende paniek onderdrukken. Waarom dit merkwaardige gedrag? Die grafgezichten? Ze herinnerde zich opeens weer het gezicht van haar grootvader, twaalf jaar geleden, toen ze in zijn studeerkamer stond.

'Is mijn man iets overkomen? U hoeft me niet te sparen, ik wil het weten.'

'Dat willen we toch niet hopen, mevrouw Ohlsen.' Sundermann legde nadruk op elk woord van deze zin. Nu was er lawaai op straat te horen, iemand rammelde aan het traliehek voor de winkeldeur, het geluid van boze kreten steeg naar boven. Charlotte liep langs de bezoekers naar het raam en schoof de gordijnen opzij.

'Wat is er aan de hand?' riep ze gespannen. 'Wat willen al die mensen? Waarom staan ze voor de winkel?'

'U weet het dus niet, mevrouw Ohlsen?'

Er klonk een heel klein beetje medelijden in Sundermanns stem door, hij perste zijn smalle lippen op elkaar en streek met zijn hand over zijn snor.

'Ik heb geen flauw idee, mijne heren. Wilt u me alstublieft op de hoogte brengen?'

'Ik vind het heel vervelend, mevrouw Ohlsen, maar we zijn hier om het gebouw te verzegelen. Uw man is twee maanden geleden failliet verklaard en mijn persoontje is als curator aangesteld.'

Ze begreep er niets van en voelde hoe haar benen begonnen te trillen. Faillissement was iets heel ergs. Ze had altijd al gedacht dat Christian te kwistig inkocht, veel te onrealistisch was in zijn plannen.

'U hebt een half uur om wat persoonlijke spullen te pakken.

Waardevolle voorwerpen die van de middelen van uw echtgenoot zijn gekocht, behoren tot de failliete boedel. Ik moet u erop wijzen dat u zich strafbaar maakt als u juwelen of andere kostbaarheden achterhoudt.'

Met een bruuske beweging keerde ze zich van het venster af en keek de mannen aan. Was dat een kwaadaardige grap? Wilden ze haar intimideren om geld van Christian af te persen? 'Maar... dat is toch belachelijk!'

Sundermann gebaarde naar een van de gerechtsdienaars die een papier uit zijn aktetas trok en het Charlotte aanreikte. De woorden gerechtelijk besluit, faillietverklaring, overdracht van failliete boedel dansten voor haar ogen. Het was geen grap, officiële stukken maakten geen grappen, het was bittere ernst.

'U kunt eventueel aanspraak maken op persoonlijke bezittingen die u aantoonbaar in het huwelijk hebt gebracht, daarover beslist de rechtbank. Voorlopig blijft alles in de woning tot de waarde bepaald is en het geveild kan worden.'

Pas nu werd ze zich ten volle bewust van de omvang van de ramp. Alles namen ze haar af, het huis, de meubels, haar boeken, haar muziek. Ze zouden als bedelaars op straat gezet worden, als voer voor de leeuwen, want die mensen beneden waren zeker gekomen om zich in hun schande te verlustigen.

'Ga zitten, mevrouw Ohlsen, we zijn geen onmensen, het recht moet echter zijn loop hebben. Uw man heeft talloze kooplieden misleid, de precieze omvang van zijn schulden is nog niet vast te stellen, vooral omdat hij de boeken niet goed bijgehouden heeft.'

Als verdoofd liet ze zich naar een stoel leiden, merkte nauwelijks dat Klara, die zich inmiddels aangekleed had, de salon binnenkwam en snikkend een arm om haar heen legde. Alleen aan de rand van haar bewustzijn merkte ze op dat de begeleiders van Sundermann begonnen waren met de meubels op een lijst te noteren en laden open te trekken om deze schaamteloos te doorzoeken. Ze drongen zelfs Klara's kamer binnen.

Hoe had ze alle aanwijzingen voor deze verschrikkelijke ramp over het hoofd kunnen zien? Waar was ze geweest? In haar dromen van het verre Egypte, in de briefwisseling met George?

'Hebt u het dan niet in de *Leerer Anzeiger* gelezen? Het is onder de officiële berichten bekendgemaakt.'

Nee, ze had niets gelezen. Christian liet de krant 's ochtends voor haar naar boven brengen, had hij het officiële gedeelte eruit gehaald? Maar ook als hij dat niet gedaan had. Officiële berichten hadden haar altijd onverschillig gelaten. O god, iedereen wist het, haar kennissen, de leden van het zangkoor, de gemeenteleden van de lutherse kerk, waarschijnlijk ook Paul en Ettje, tante Fanny, grootmoeder... Niemand had ook maar iets tegen haar gezegd.

'Kalmeer, rust even uit, daarna moet ik u helaas verzoeken u aan te kleden en de noodzakelijke spullen in te pakken.'

Klara was gestopt met huilen en ging nu op de armleuning van de stoel zitten en streelde Charlottes schouder.

'Hoe kon hij gewoon naar Bremen gaan?' vroeg ze boos. 'Hij kon toch weten wat hier gebeuren zou? Wat laf van hem om ons met dit alles alleen te laten.'

'Hij ging goederen inkopen, rekeningen betalen,' mompelde Charlotte.

'Uw man kan sinds de dag van zijn faillietverklaring geen zaken meer doen, mevrouw Ohlsen. Zijn boekhouding is gesloten. Wat er daarna nog verkocht is, heb ik zelf bijgehouden. Het is helaas te vrezen dat uw man bewust uit Leer vertrokken is.'

Charlotte vocht tegen de vertwijfeling die haar dreigde te verlammen. Christian was ervandoor gegaan omdat hij de schande niet kon verdragen. Het was nu aan haar om te redden wat er nog te redden viel.

Opeens besefte ze dat de gerechtsdienaars alle kamers zouden doorzoeken, nu waren ze nog in Klara's kamer bezig, maar ze zouden al snel naar de slaapkamer gaan en het dressoir openmaken...

'Ik voel me al beter, meneer Sundermann. Ik zal me nu gaan

aankleden, tenminste als de heren die mijn woning doorzoeken mij die gelegenheid geven.'

'Maar natuurlijk, we zullen zolang de huishoudelijke ruimtes controleren. Schrikt u alstublieft niet, beneden in de winkel vindt al een openbare verkoping plaats, dat betreft voorlopig alleen de bedrijfsruimtes.'

'Blijf bij de deur staan, Klara,' beval ze zo gauw ze in de slaapkamer alleen waren. 'Waarschuw me als er iemand aankomt.'

'Wat ben je van plan? Heb je niet gehoord dat je daarvoor in de gevangenis kunt komen?'

'Dat maakt nu niet meer uit.'

Trillend bleef Klara stil bij de deur staan. Ze hoorden de meid huilen, waarschijnlijk waren de gerechtslui nu in de keuken. Ook bij de kokkin was het nieuws aangekomen, ze schold luidkeels en eiste van Sundermann het loon dat ze nog tegoed had. Wat was dat voor gerechtigheid? De rijke handelaren haalden hun geld terug, dienstbodes konden echter naar hun loon fluiten.

Nu, nu haar ongeluk bezegeld was, handelde Charlotte ineens helder en doelbewust. Wat Christian ook gedaan had, ze zou niet toestaan dat hen alles afgepakt werd. In het met inlegwerk versierde dressoir dat Christian ooit voor haar in Hamburg had gekocht bevonden zich al haar juwelen, alle waardevolle kettingen, ringen en armbanden waar ze tot nu toe zo weinig om gegeven had. Ze leegde de inhoud van haar sieradenkistje in een katoenen kous, gooide Christians gouden manchetknopen erbij, wat goudstukken, een horloge met ketting. Ze knoopte de kous dicht en bond de kleine bundel onder haar rok aan haar wijde, met kant afgezette onderbroek. Daar moest Sundermann eens durven zoeken!

Christian had wat kleingeld voor haar achtergelaten. Het waren maar een paar marken en ze kon er maar beter niet over nadenken waar het geld vandaan kwam. Voor zover ze het begrepen had kon hij niet meer over de opbrengsten van de winkel beschikken. Het zou echter genoeg zijn om de meid te betalen en een paard-en-wagen te huren. De kokkin zou het nakijken hebben, ze had de luidruchtige, eigenwijze vrouw toch al niet gemogen. De overijverige curator kon voor haar loon opdraaien.

Vervolgens haalde ze de twee stoffige koffers van zolder die ze voor de huwelijksreis naar Berlijn gekocht en daarna nooit meer gebruikt hadden.

'Pak verstandige dingen in, Klara. Ondergoed en warme kleren, een mantel, schoenen en kousen.'

'Ik heb geen koffer nodig, Charlotte, een tas is voldoende.'

Klara's altijd bleke gezicht gloeide nu van opwinding en net als Charlotte werkte ze snel en praktisch. Het was goed iets te doen te hebben, tenminste iets van hun bezittingen te redden zodat ze niet helemaal berooid zouden zijn.

'Dan neem ik de andere koffer voor Christians spullen.'

Ze legde pakken, ondergoed en schoenen in de koffer en liet alle dure kleren waar Christian zo van hield achter in de kast. Voor zichzelf koos ze een eenvoudige jurk van Engelse wol, een mantelpakje met lange jas en bontkraag en een wijnrode hoed met donkere strikjes. Ze had de koffer al dichtgemaakt en wilde de bagage de hal in dragen toen haar iets te binnen schoot. Ze liep terug naar de klerenkast waar helemaal onderin en bijna vergeten in al die jaren een kleine kist stond met daarin de herinneringen aan haar kinderjaren. Die zouden de hebzuchtige schuldeisers niet krijgen.

Ze riep de meid bij zich en kreeg te horen dat de heren het zich in de keuken met een hapje en een kop koffie gemakkelijk hadden gemaakt. De arme Anni zag er vreselijk ongelukkig uit, alsof men haar eigen ouders berooid de deur uitgezet had.

'Ik kan het niet geloven, mevrouw Ohlsen,' snikte ze. 'U was altijd zo goed voor me.'

'Je zult vast en zeker een andere betrekking vinden, Anni. Hier, neem dit geld, meer heb ik niet. Zeg er niets over en laat het aan niemand zien, begrijp je me? En haal een paard-en-wagen voor ons, hij moet op het marktplein wachten.'

De meid wreef de tranen uit haar ogen en verzekerde Charlotte dat ze het geld in geen geval kon aannemen, alleen toen er voetstappen dichterbij kwamen, liet ze de marken gauw in de zak van haar rok verdwijnen.

'Een paard-en-wagen, natuurlijk, mevrouw Ohlsen.'

De drie heren verschenen voldaan en opgewekt door de koffie in de gang, bij een van de heren zat de honing nog in zijn snor. Hun gezichtsuitdrukking die net nog vrolijk was, veranderde bij het zien van de koffers in gepaste, ambtelijke ernst.

'Ik moet u helaas verzoeken de bagage open te maken.' Ze doorzochten haar kleding, voelden in alle zakken van Christians pakken, woelden door haar ondergoed, openden het kleine kistje en inspecteerden nauwkeurig elk object om vast te stellen of het eventueel van zeldzame waarde was.

Charlotte voelde zich hulpeloos aan hen overgeleverd, net zoals de keer dat tante Fanny haar geslagen had en er niemand meer was die het haar kon verbieden.

'Wilt u mij soms ook fouilleren?' vroeg ze provocerend.

Sundermann richtte zich weer op en wees een van zijn hulpjes aan om de koffers weer te sluiten. Zijn gezicht was rood aangelopen, niet uit zoiets als schaamte, enkel omdat hij zich zo diep over de bagage gebogen had.

'U moet niet denken dat ik dit graag doe, mevrouw Ohlsen.'

'Waarom doet u het dan? Heeft iemand u ertoe gedwongen?'

'Ik voer dit werk uit omdat ik het als mijn plicht zie het algemeen belang te dienen. Uw man heeft de goede naam en reputatie van zijn gestorven ouders gebruikt om talloze zakenpartners gewetenloos op te lichten. Er zijn meer dan vijftig schuldeisers, tot aan Bremen en Hamburg aan toe.'

Zonder gewetensbezwaren voelde ze de zware kous onder haar rok. Christian had haar ook bedrogen, haar bruidsschat was weg en of ze van Paul ooit nog een mark terug zou krijgen stond in de sterren geschreven.

'De piano is van mij en mag niet geveild worden. Het is een erfstuk van mijn ouders, dat kunnen al mijn familieleden bevestigen.' Ze hadden het al in de lijst opgenomen, Sundermann zette nu een kruisje in de kantlijn, wat dat ook te betekenen mocht hebben. 'Hetzelfde geldt voor mijn boeken en bladmuziek,' eiste ze. Ze mocht enkele muziekschriften die al veelvuldig gebruikt waren, meenemen, de boeken werden haar geweigerd. Christiaan had vaak tegen Sundermann opgeschept over de interessante en dure boeken die hij voor zijn vrouw had verworven omdat ze zo'n geestdriftige lezer was. Het kistje met haar jeugdherinneringen mocht ze na hardnekkige strijd behouden. De inhoud was nauwelijks iets waard, alleen het kistje zelf was erg mooi bewerkt.

'De voorwerpen die zich als onverkoopbaar bewijzen, kunt u op zeker moment laten afhalen.'

Charlotte droeg de koffers, Klara deed haar best met haar eigen tas en wilde zich onder geen beding laten helpen. Nu weg, ogen dicht en niet omkijken. Niet naar het lawaai luisteren dat tot hen doordrong vanuit de winkel, waar de veiling al in volle gang was. Anni had haar opdracht getrouw uitgevoerd. Direct aan het begin van de Königstraat wachtte een paard-en-wagen op hen. Hij was van een boer die groene kool en varkensvlees aan Gasthof Voogd geleverd had en blij was met een kleine bijverdienste. Zwijgend telde hij het geld na –het laatste geld dat Charlotte bezat – besteeg zijn wagen en spoorde de knol aan.

Voor het huis van de grootouders zette de boer hun koffers en tas op straat en hobbelde weg.

Tante Fanny opende de deur op hun bellen en precies zoals Charlotte verwacht had brak ze ter plekke in tranen uit.

'De schande! De schande! Dat het zover moest komen. Ik heb toch gelijk gezegd dat deze man niet geschikt voor je was, Charlotte.'

Ze hadden dus van het faillissement geweten.

'Steeds opnieuw heeft hij ons verzekerd dat alles weer in orde zou komen. Nu weten we wat zijn woord waard is. Niets, helemaal niets. De schande! Onze goede naam is geruïneerd. We kunnen ons nergens meer vertonen.'

Charlotte had geen zin om het gejammer nog langer aan te horen. Klara en zij waren nat tot op hun huid en verstijfd van de kou. Wat ze nodig hadden waren droge kleren en een warme kachel. Vlot schoof ze de bagage de gang in en wilde de deur naar de woonkamer opendoen.

'Niet daarheen, nat als jullie zijn,' riep tante Fanny ontzet. 'Wil je de meubels en het tapijt bederven? Kom alsjeblieft naar de keuken.'

Even later verscheen ook grootmoeder, die nu bijna de hele tijd aan het ziekbed van haar man zat. Dominee Dirksen was sinds enige dagen niet meer bij bewustzijn. Ze zei niet veel, stond een tijdje voor de twee vrouwen bij haar warme kachel en nam hen aandachtig op.

'Moge God hem vergeven, ik kan het niet.' Direct daarop draaide ze zich om, goot dampende kamillethee in een pot en verliet daarmee de keuken. Voor ze de deur achter zich dichtdeed gaf ze Fanny nog streng een opdracht: 'Maak de bedden in de slaapkamer op. Zolang ik leef zal geen van mijn kinderen of kleinkinderen op straat hoeven slapen.'

Bitter bedacht Charlotte dat ze nog niet zo lang geleden gewenst had weer in het huis van haar grootouders te zijn. Nu was ze hier, alleen had het huis niets gezelligs. Het was slechts een toevluchtsoord en binnen zijn muren heerste neerslachtigheid. Tante Fanny die de slaapkamer voor zich alleen in beslag had genomen, moest weer de van vroeger bekende beperktheid voor lief nemen. Ook Paul woonde weer bij de grootouders want het kleine beetje loon dat hij bij de rechtbank verdiende was niet genoeg om van te leven. Hij moest zich helemaal van onderen af aan opwerken, de niet voltooide studie was niets dan verloren tijd geweest.

'Natuurlijk was ik op de hoogte van de faillietverklaring,' gaf hij toe. 'Maar Christian beweerde steeds dat het slechts een misverstand was. De zaak zou al snel worden geseponeerd en ik mocht jullie daar in geen geval ongerust mee maken.'

'Wat zal er met hem gebeuren als hij terugkomt?' vroeg Charlotte met een bang hart.

'Hij zou een idioot zijn om naar Leer terug te komen. Ze kunnen hem in de gevangenis stoppen of zelfs in het tuchthuis.'

'In... het tuchthuis?'

Paul zette een gewichtig gezicht op. Bij zijn leidinggevenden stelde hij niets voor, hier thuis kon hij met zijn kennis pronken.

'Duidelijke zaak. Frauduleuze opzet, slordige boekhouding. In zijn plaats zou ik me ophangen of voor altijd verdwijnen. Heeft hij geen afscheidsbrief achtergelaten? Dat doen zelfmoordenaars vaak.'

'Alsof ik tijd had om naar zoiets te zoeken,' mompelde Charlotte bedrukt.

Uitgerekend Ettje, met wie Charlotte vroeger zoveel ruzies had uitgevochten, was degene die haar troost en hoop gaf.

'Dit heb je niet verdiend, Lotte,' zei ze en ze nam haar in de armen. 'En Klara ook niet. We zullen er voor jullie zijn, dat heeft Peter ook gezegd. Het komt goed. Als grootvader er niet meer is, zal het krap worden met geld. Peter heeft gezegd dat wij moeder in huis nemen. Klara en jij kunnen dan voor grootmoeder zorgen.'

Ettje had alles al uitgedacht. Charlotte kon pianoles geven, Klara kon weer gaan naaien, op die manier konden ze in hun levensonderhoud voorzien. En wanneer dat niet genoeg was, verdiende Peter niet slecht en de schoonouders hielpen ook mee. Ze zouden hen niet laten verhongeren.

'Wacht eerst eens tot het stof is neergedaald, Charlotte, misschien zul je hertrouwen, je bent mooi, ook zonder een bruidsschat vind je wel een nieuwe echtgenoot.'

'Maar ik ben toch met Christian getrouwd.'

Ettje zuchtte diep en keek haar hoofdschuddend aan.

'Je gelooft toch zelf niet dat je hem nog terug zult zien? Heb je niet naar Paul geluisterd? Na een aantal jaar kun je hem dood laten verklaren.'

'Zoiets doe je niet, Ettje.'

'Grote god! Wil je tot aan je dood pianoles geven? Als je hertrouwt ben je verzorgd en wij zorgen wel voor Klara.'

Stiekem was Charlotte vastbesloten zich nooit weer aan een echtgenoot toe te vertrouwen. Ze had de kous met haar juwelen en andere waardevolle spullen helemaal onder in haar schatkistje gelegd. De zwarte goden uit Afrika konden erover waken. Als de tijd rijp was, zou ze alles verkopen en met Klara weggaan, naar Emden of Aurich, misschien naar Jever. Ze zou bedrijfsruimte huren en een zaak beginnen. Waarom niet? Het zou haar wel lukken. Ze wilde in geen geval in Leer blijven.

Een week later stond er een vreemdeling voor de deur. Een magere, bebaarde man zonder jas en colbert, het vest gescheurd, vol donkere vlekken. Het duurde even voordat Charlotte haar man herkende, daarop deed ze de deur open en liet hem binnen.

Ze zette hem aan de keukentafel, waar hij brood en worst naar binnen schrokte, warme melk dronk en een verward verhaal vertelde. Hij had alles nog willen afwenden, in Bremen was men hem nog geld schuldig, daarmee had hij zijn bedrijf kunnen redden. Maar de man was niet te vinden en toen was het allemaal te laat geweest en had hij geen geld meer voor de terugreis naar Leer. Charlotte moest de moed niet verliezen, hij zou opnieuw beginnen, dat had hij zichzelf gezworen. Hij hield van haar, ze was alles wat hij nog had. Hij zou voor haar werken, het maakte niet uit wat hij moest doen. Voor haar zou hij met kisten slepen of mest ruimen, zolang het haar maar goed ging.

Charlotte en tante Fanny kregen hem met moeite op de bank in de woonkamer, dekten hem toe met een sprei en lieten hem slapen.

'Dat ontbrak er nog maar aan,' klaagde tante Fanny. 'Wat stelt hij zich voor? Na alles wat hij ons heeft aangedaan denkt hij nog dat we hem onderdak en te eten zullen geven?'

'Had je liever gehad dat hij zich van het leven had beroofd?' vroeg Klara verontwaardigd.

'Ach wat, het is lomp hier zomaar binnen te vallen.'

Charlotte stond in tweestrijd. Ze was oneindig opgelucht dat Christian in leven was, tegelijk was ze zich ervan bewust dat deze doodvermoeide en verwarde man niet de echtgenoot was aan wie ze zich twee jaar geleden had toevertrouwd. Ze had slechts een deel van hem gekend, de royale, tedere, af en toe stijfkoppige man die zich zo graag met mooie spullen omgaf en zijn vrouw in een gouden kooi opsloot. Nu kende ze ook Christians andere kant. Hij was een verkwister en een bedrieger, een lafaard en een ondeugdelijke zakenman.

Christian sliep als een blok tot de volgende ochtend en verscheen toen in de keuken bij tante Fanny en verlangde warm water om zich te scheren. Tante Fanny vluchtte boos en ontzet naar Charlotte, die boven met Klara bij grootmoeder was om het beddengoed van de zieke te verschonen.

'Dit kan niemand van mij vragen. Zorg voor je echtgenoot, Charlotte, jij bent tenslotte met hem getrouwd.'

Charlotte bracht schoon ondergoed en kleding naar beneden, gaf hem de scheerspullen van grootvader en keek toe hoe hij zich waste. Hij had gevochten, er zaten blauwe plekken op zijn hele lichaam en nadat hij zich geschoren had zag ze dat over zijn rechterwang een diepe snee liep.

'Hoe is dat gebeurd?'

Hij was verlegen, schaamde zich om zo overgeleverd te zijn aan haar ogen, maar ze trok zich er niets van aan.

'Had ik vermeld dat ik een schuld wilde innen? Een vuile Indiër die niet wilde betalen.'

Hij haperde en sloeg zijn ogen neer.

'Vergeef me, er zijn overal goede en slechte mensen.'

'Zeker.'

Er was al heel lang geen contact meer met de grootouders in Indië, ze wist niet eens of ze nog leefden.

Hij deed ondergoed en sokken aan, trok het hemd over zijn hoofd, stapte in de broek waarvan de boord nu te wijd was. Ook vest en jasje pasten niet meer goed. Eenmaal aangekleed glimlachte hij schuchter naar haar.

'Kom bij me, mijn schat. Ik ben zo blij dat je bij me bent in dit uur van nood. Ik hou van je, Charlotte.'

Ze maakte geen aanstalten van haar stoel op te staan. Zijn mondhoeken trokken naar beneden, het lachje stierf weg.

'Ik wil een verklaring, Christian.'

'Natuurlijk, schatje. Daar heb je recht op. Niemand heeft daar meer recht op dan jij. Ik heb eerder toch gezegd dat ik alles nog had kunnen voorkomen...'

Boos sloeg ze met haar vuist op de keukentafel. Servies rinkelde, een theekopje viel op de stenen vloer. Haar man kromp geschrokken in elkaar.

'Ik wil de waarheid weten, Christian,' voer ze uit. 'Geen uitvluchten en geen leugens. Hoe heeft het zover kunnen komen? Waarom heb je onze situatie voor mij verzwegen? Waar ben je de hele tijd geweest?'

Hij had haar nog nooit zo woedend gezien. Zijn gezicht nam een asgrauwe tint aan. Hij deed een paar keer zijn mond open om te beginnen met zijn verklaring, deed hem dan weer dicht en zweeg verward.

'Is het zo moeilijk? Dan zal ik je helpen. Kan het zijn dat het bedrijf al in de rode cijfers zat toen je om mijn hand vroeg?'

'Nee, Charlotte,' riep hij geschrokken. 'Dat is het niet. Ik ben niet om je bruidsschat met je getrouwd. Geloof dat alsjeblieft niet. Ik hou van je, ik hou meer van je dan van mijn eigen leven. Alleen voor jou ben ik teruggekomen en ik zweer je, ik was liever weggelopen.'

'Dat geloof ik graag.'

Een stortvloed aan woorden volgde, alsof er een dam doorgebroken was. Waarheden en verzinsels. Bekentenissen en mooipraterij. Vertwijfeld berouw, beloftes, geloofwaardige en overduidelijke leugens. Ze onderbrak hem meerdere keren, wat niet eenvoudig was, want het scheen hem oneindig op te luchten zijn hart bij haar uit te storten. Al kon ze niet helemaal wijs worden uit deze woordenstroom, één ding was haar algauw duidelijk: Christian was geen doortrapte oplichter. Hij was een fantast, een man die steeds een paar meter boven de aardbodem zweefde en een dodelijke afgrond voor een lieflijke vallei aanzag. Hij was leningen aangegaan die hij met nieuwe leningen had betaald, had het ene gat met het andere gevuld, had schuldeisers aan het lijntje gehouden terwijl hij ergens anders weer nieuwe schulden maakte. En als de omzet een keer goed was, had hij het geld aan mooie dingen uitgegeven, zich pakken laten aanmeten en zijn vrouw royaal bedacht met cadeaus.

'We beginnen helemaal opnieuw, Charlotte,' kletste hij en zijn ogen glansden koortsachtig. 'Dit alles is een les voor me geweest, ik zal van nu af aan een ander mens zijn. Een kleine zaak in een zijstraatje, alleen tabak en koffie. En jij zult bij me in de winkel staan, klanten bedienen. Dat heb je toch altijd gewild, liefste.'

Ze liet hem praten en bracht ondertussen de vieze kleren naar de bijkeuken, goot het waswater in de gootsteen, stookte het vuur in de haard op en zette een pan met melk op. Dacht hij er werkelijk aan hier in Leer weer een zaak te openen? Grote god, was hij echt zo naïef of had de wanhoop zijn verstand aangetast?

Nog voor het ontbijt klaar was, verschenen er twee politieagenten bij het huis om Christian te arresteren. Paul had direct 's ochtends vroeg, nog voor hij naar zijn werk was gegaan, bij de politie gemeld dat Christian Ohlsen naar Leer teruggekeerd was. Daarmee had hij enkel zijn plicht gedaan. Had hij het nagelaten, dan zou dat een negatieve uitwerking op zijn carrière kunnen hebben.

Christian leek verdoofd, beantwoordde alle vragen, liet zich zonder verzet te bieden de handboeien omdoen. Toen ze hem afvoerden liep hij als een slaapwandelaar tussen de twee agenten mee, pas buiten voor de koets keerde hij zich om naar Charlotte en zocht met een hulpeloze blik haar ogen. Daarop duwden ze hem in de koets en de deur sloeg dicht.

'Zo moest het wel gaan,' zei tante Fanny. 'Deze man is een misdadiger, maar jij moest zo nodig met hem trouwen. Ik wist toen al dat hij een crimineel was.'

'Hou je mond!' viel Charlotte uit.

Tante Fanny week geschrokken achteruit en verschool zich al scheldend in de keuken. Slechts ongeluk en schande had dit meisje in huis gebracht. Dat was geen wonder. De ellende was al begonnen toen die arme Ernst zich met een Indische inliet. Het slechte bloed...

'Ondanks alles heb ik toch met Christian te doen,' zei Klara. 'We kunnen hem echter niet helpen.'

'Dat zullen we nog weleens zien.'

Wat hij ook gedaan had, Christiaan was geen misdadiger. Hij was lichtvaardig, ondoordacht, zeker ook laf, maar hij had niemand vermoord. Nee, ze zou niet toestaan dat ze hem in het tuchthuis opsloten. Hij was haar echtgenoot, ze had beloofd hem bij te staan in goede en in slechte tijden. Ze zou voor hem vechten.

Grootmoeder was het met haar eens. Ook al had Christian Ohlsen zwaar gezondigd, hij hoorde nog steeds bij de familie. Een tuchthuisstraf zou het aanzien van dominee Henrich Dirksen en zijn familie definitief ruïneren.

'Let op de zieke, ik ga naar ouderling Claasen. De lutherse kerk moet zich voor ons inzetten, dat is hun christenplicht.'

Ze was opgewonden toen ze verkleumd en met een druipende paraplu van haar missie terugkwam.

'Je man heeft mensen op rekening laten kopen en het geld nooit opgeëist. Dat is grootmoedigheid te ver doordrijven. Iedere arme sloeber kreeg krediet bij hem, kon zich voorzien van rijst, koffie en schoenpoets zonder ooit te hoeven betalen.'

Desondanks was ouderling Claasen van mening dat Christian Ohlsen geen slecht mens kon zijn. Hij had een hart voor de armen gehad, ook al was het eerder uit slordigheid dan christelijke naastenliefde.

Charlotte worstelde met zichzelf om uiteindelijk haar tegenzin te overwinnen en een ochtendbezoek te brengen aan mevrouw Sundermann in de Königstraat. Zij had altijd al een zwak voor Charlotte gehad, misschien kon ze invloed op haar man uitoefenen.

Het dienstmeisje staarde haar in de deuropening aan. Op Charlottes vraag of mevrouw Sundermann tijd had om haar te ontvangen, fluisterde ze: 'Ik weet het niet.'

Nog maar een paar weken geleden zou mevrouw Sundermann haar met uitbundig enthousiasme tegemoet zijn gelopen, thee en koekjes hebben laten aanrukken en haar hebben gesmeekt om wat stukken op de piano te spelen. Nu nam ze de tijd. De bezoekster stond in de regen voor de huisdeur en wachtte met een bang hart. Uiteindelijk verkondigde de meid dat mevrouw Sundermann haar verwachtte, ze had echter weinig tijd. De meid nam de paraplu van Charlotte aan, maar niet de natte mantel en ging haar voor naar de eerste verdieping waar zich de woonruimtes van de familie bevonden.

'Mijn beste, wat ben ik blij om u te zien. Ach, het noodlot heeft het vaak niet goed met ons voor. Kom binnen, ik heb jammer genoeg haast, al is voor een praatje altijd tijd.'

'Wat vervelend dat ik ongelegen kom, ik wil u niet ophouden.'

Charlotte lachte ongedwongen. Ze kwam niet als een onderdanige bedelares, ze zou er niet op staan om aangehoord te worden. De vrouw tegenover haar aarzelde en toen overwon haar gevoelige ziel alle reserves.

'Ga toch zitten, lieve vriendin. Geef me uw mantel, och, hemel, hij is doornat. Grete, waarom heb je mevrouws mantel niet aangenomen?'

Ze gingen zitten. Mevrouw Sundermann liet thee en gebak brengen en er was geen sprake meer van een dringende verplichting. 'Ik heb uw hulp nodig, beste mevrouw Sundermann,' zei ze. 'U weet misschien wel hoe mijn man ervoor staat.' Ze was op de hoogte, waarschijnlijk had ze juist om die reden geaarzeld om Charlotte binnen te laten.

'Ik richt me tot u omdat ik weet dat u me zult begrijpen. Ik kan mijn man in zijn ongeluk niet in de steek laten.'

'Dat begrijp ik. U hebt een groot hart, mijn beste vriendin. O, ik begrijp u zo goed, ik zou hetzelfde doen...' Ze beloofde zich voor Christian in te zetten. Wie kon er belang bij hebben dat hij veroordeeld werd? Niemand, want de schulden zouden daardoor niet minder worden. Meneer Sundermann was een verstandig denkend en wijs man, hij zou dat zeker inzien.

Charlotte moest vijf koppen thee drinken en talloze koekjes naar binnen proppen en aansluitend beloven de beide dochters Sundermann pianoles te geven. Mevrouw Sundermann vond dat ze hiermee een goede daad deed. In haar huidige situatie kon Charlotte elke pfennig gebruiken en de muziekleraar vroeg schaamteloos veel geld.

Toen Charlotte eindelijk het huis kon verlaten, moest ze een paar keer diep ademhalen. Ze had het gevoel gehad te zullen stikken onder mevrouw Sundermanns goedheid.

Kleumend trok Charlotte haar jas dichter om zich heen en maakte haast om de drukke straten zo snel mogelijk achter zich te kunnen laten. Wat had ze toch een hekel aan deze stad. Hij was grijs en benauwd, vol zelfingenomen mensen, zonder zon, zonder warmte. Hoe had ze het hier zo lang uitgehouden?

Bij binnenkomst in het huis van de grootouders lag er een brief voor haar op de keukentafel. George had haar al weken geleden geschreven, het postkantoor had echter sinds de faillietverklaring alle post achtergehouden en aan meneer Sundermann overgedragen. Niemand had gerespecteerd dat Charlottes naam op de envelop stond, men had hem opengemaakt en gelezen, tenslotte kon het om een zakelijke aangelegenheid gaan die George listig via zijn vrouw afwikkelde.

Zonder er een blik in te werpen legde Charlotte de brief opzij. Ze wilde niet weten wat erin stond, de tijd voor mooie dromen was voorbij. Misschien zou ze George later terugschrijven, veel later, wanneer ze besloten had hoe ze verder wilde met haar leven. Nu kon ze alleen maar afwachten.

's Avonds ging ze op haar knieën liggen in de slaapkamer en trok de kleine kist waarin zich al haar schatten bevonden onder het bed vandaan. Hoeveel zouden haar juwelen waard zijn? Ze had geen idee. Christian had altijd een originele, dure smaak gehad, met goedkope dingen hield hij zich niet bezig. Ze wist echter ook dat je van een sieraad maar een klein deel van de werkelijke waarde overhield als je het doorverkocht. Ze zou marchanderen en afdingen, daar had ze geen moeite mee, het zat haar in het bloed.

Het lamplicht liet het glas op het deksel weerspiegelen zodat ze het kistje een beetje moest optillen om de kleurige tekening te kunnen bekijken die haar als kind al zo gefascineerd had. Eenzaam verhieven de toppen van de Kilimanjaro zich in de hemel, trokken de observeerder naar zich toe, lokten hem om zich met hun kracht en verten te meten, het onmogelijke te riskeren, het onbedwingbare uit te dagen. Ze huiverde en dacht de frisheid van de toppen te voelen, de wind in te ademen die vandaar kwam aanwaaien en de geur van vrijheid met zich meedroeg. Afrika, het land van warmte, de geuren, het licht.

Drie weken later werd Christian vrijgelaten. Men had genade voor recht laten gelden. Eén aanklacht werd op voorspraak van de lutherse kerk ingetrokken. Andere gedupeerden waren praktisch: van iemand in het tuchthuis was in geen geval geld te verwachten.

Christians toestand was zorgwekkend. Hij praatte niet, at nauwelijks, zat urenlang ineengedoken op een stoel in de keuken en staarde naar de geveegde vloer. Als je hem een vraag stelde, deed hij zijn hoofd omhoog alsof hij uit een diepe trance ontwaakte en op een antwoord moest je lang wachten.

'Het is nu pas echt tot hem doorgedrongen,' zei Klara zachtjes tegen Charlotte wanneer ze 's avonds in hun bedden lagen. 'We kunnen alleen maar hopen dat hij niet ernstig ziek wordt.'

De veiling had slechts een deel van de schulden gedekt, de rest zou Christian moeten afbetalen. Wat hij ook deed, waar hij ook geld verdiende, hij zou er altijd maar een klein beetje van mogen houden, de rest ging naar de schuldeisers. En aangezien de som aanzienlijk was, kon hij erop rekenen tot aan zijn dood op een houtje te moeten bijten.

De dood van grootvader, vlak voor Kerstmis, kwam niet onverwacht en was ondanks alle verdriet ook een opluchting. Niet alleen voor hemzelf, ook voor grootmoeder, die al wekenlang nauwelijks van zijn zijde geweken was. Nog een keer maakte Charlotte deel uit van het samenkomen van een omvangrijke familie. Ditmaal naar aanleiding van een trieste gebeurtenis waar evenwel passend met koffie en cake in het huis van grootmoeder bij stilgestaan moest worden.

Voor de eerste keer in haar leven zou Charlotte haar toekomst in eigen hand nemen. En niet alleen die van haarzelf, ook het geluk van twee andere mensen hing af van het welslagen van haar plannen. Ze beefde voor deze onderneming en tegelijk raakte ze ervan in vervoering. De weg naar de droomlandschappen die altijd voor haar ogen gezweefd hadden, lag voor haar open. George had gelijk, het was mogelijk je dromen te verwezenlijken. Er kwam alleen een hoop handigheid en intelligentie bij kijken om de deur naar de vrijheid ongeschonden door te komen.

's Avonds laat, nadat de gasten vertrokken waren en het keukenwerk gedaan was, ging ze naar de woonkamer waar Christian op de bank sliep. Hij had zich de hele dag niet laten zien, was niet mee naar het kerkhof gegaan en tijdens het koffiedrinken had hij zich op de slaapkamer verstopt. Ze had hem met rust gelaten, het was duidelijk dat hij zich voor de familie schaamde.

'Christian.'

Hij lag ineengekropen met zijn gezicht naar de rugleuning. Toen ze zachtjes aan zijn schouder schudde, bewoog hij zich niet. Toch wist ze dat hij niet sliep.

'We moeten praten, Christian.'

Ze voelde hoe zijn lichaam verstijfde. Hij dacht waarschijnlijk aan de boze woordenwisseling van vier weken geleden, vlak voor zijn arrestatie. O ja, hij was een lafaard. Hij was nergens zo bang voor als om zijn falen en hopeloosheid onder ogen te moeten zien.

'We gaan emigreren,' zei ze kort en bondig. 'Jij, ik en Klara.'

Hij slaakte een diepe zucht, of het van opluchting of tegenzin was, viel niet op te maken. Verder gaf hij geen teken van leven.

'Heb je me gehoord, Christian? Over twee maanden gaan we weg, ik heb alles precies gepland.'

Eindelijk wrong hij een antwoord naar buiten, zijn stem schor en heel zacht. 'Dat is onmogelijk, Charlotte.'

Ook al had ze met hem te doen in al zijn vertwijfeling, ze kon zichzelf er niet toe brengen om zijn schouder te strelen. Hij was haar echtgenoot. Ze had beloofd bij hem te blijven en deze belofte wilde ze houden. Respect of achting voelde ze niet meer voor hem. Hij was een hulpeloos kind waar ze voor zorgen moest, ze mocht hem niet ten onder laten gaan in zijn ongeluk.

'Luister,' zei ze en ze ging op de rand van een stoel zitten. 'Ik heb met oom Gerhard gepraat, hij zal me schrijven wanneer eind februari of begin maart een rijksstoomboot in Hamburg aankomt. Tot dan vertellen we ons plan aan niemand. Je weet wel waarom.'

Hij draaide zich op zijn rug en staarde haar met wijd opengesperde ogen aan alsof ze gek was geworden. Hoe vreemd kwam hij op haar over met het verwarde haar en de onverzorgde baard die hij uit onverschilligheid had laten staan.

'Wat heb je je nu in je hoofd gehaald, Charlotte? Ze zullen me gevangennemen als ik probeer het land te verlaten.'

'Niemand zal het merken. We stappen 's morgens vroeg in de trein naar Emden, vandaaruit gaan we per schip naar Hamburg. We kunnen natuurlijk maar weinig bagage meenemen.'

Ze zou haar piano moeten achterlaten, de piano van haar moeder die ze al die jaren bij zich gehouden had en die haar zoveel gelukkige momenten had gegeven. En toch was ook haar geliefde muziek een vorm van verdoving geweest die haar verhinderde het leven, het echte leven met beide handen te grijpen.

De vastbesloten uitdrukking op haar gezicht miste zijn uitwerking niet. Christian ging overeind zitten, hij keek nu onrustig, alsof hij tussen hoop en berusting heen en weer schommelde.

'Met de rijksstoomboot? Waar wil je het geld vandaan halen? Waar wil je eigenlijk heen?'

'Naar Afrika.'

'Naar Afrika?' herhaalde hij ongelovig. 'Niet naar Egypte waar je nicht woont?'

'O nee.'

Hoezeer ze er ook naar verlangde dicht bij George te zijn, die droom was voor altijd uit. Ze had geen geld, ze moest voor haar gehandicapte nichtje Klara en de hulpeloze Christian zorgen. In Egypte zou ze op George' hulp aangewezen zijn, daar was ze veel te trots voor.

'Ik wil naar Zanzibar. Misschien ook naar Dar es Salaam.'

'Naar de nieuwe kolonie? Naar Duits Oost-Afrika? En wat moeten we daar doen? Zonder een cent te makken?'

'Hetzelfde als we hier in Duitsland zouden doen. Alleen zal het makkelijker zijn. Ik wil een winkel openen en handeldrijven.'

Hij giechelde. Het zag er raar uit. Er kwam geen geluid over zijn lippen, alleen zijn borst en schouders trilden.

'Jij?'

Uit medelijden slikte ze de hatelijke woorden in die haar voor in de mond lagen.

'Ja, ik. En ik weet zeker dat het me zal lukken.'

Daar was ze natuurlijk helemaal niet zo zeker van, maar ze zou er alles aan doen om dit doel te bereiken. In elk geval maakte de vastberadenheid waarmee ze deze zin uitsprak diepe indruk op Christian. Hij haalde zijn handen door zijn rechtopstaande haar en leek langzaam warm te lopen voor haar plan.

'Wel, dan zullen wij tweeën dat doen, Charlotte. Ik heb er verstand van en jij weet nog niet eens hoe je een boekhouding moet voeren.'

Weer hield ze zich in. Het was belangrijk dat hij eindelijk weer moed kreeg en op krachten kwam. Wat later zou gebeuren stond in de sterren. In het fel schitterende gesternte van de Afrikaanse nachtelijke hemel.

'Geen woord aan wie dan ook, Christian,' benadrukte ze. 'Noch grootmoeder, noch tante Fanny, niemand uit de familie mag ervan afweten. Alleen Klara is op de hoogte en oom Gerhard, en die heeft beloofd zijn mond te houden.'

'Het is een krankzinnig plan, Charlotte.'

'Het is de enige mogelijkheid.'

Hij beloofde haar over het plan te zwijgen, eerst nog een beetje halfslachtig, later met meer en meer overtuiging. De volgende morgen verscheen hij netjes gekleed en geschoren in de keuken voor het ontbijt. De hele dag loerde hij op een gelegenheid met Charlotte alleen te zijn om vragen te stellen. Waarom juist Oost-Afrika? Waarom niet Amerika? Daar was het klimaat aangenaam, er werd land verdeeld onder de emigranten, je kon er zelfs goud vinden...

Had ze niet over de Buschuri-opstand in de krant gelezen? De Arabieren waren aan de Oost-Afrikaanse kust tegen de Duitsers in opstand gekomen, er waren gevechten geweest en doden gevallen. Dar es Salaam zou volledig in de as gelegd zijn. Alleen met behulp van de Duitse marine was het gelukt die ellendige slavenhandelaren op hun nummer te zetten.

'Dat is zeven jaar geleden, Christian. Nu heerst er vrede. De Duitse Oost-Afrikaanse maatschappij wil plantages gaan aanleggen, dat kan alleen wanneer er geen opstanden zijn.' Haar energie sleepte hem mee. Na Kerstmis begon hij over geld te praten dat hij in Bremen nog tegoed had en hij wilde naar de kosten voor de overtocht informeren. 'Als je dat doet komt alles uit! Blijf in huis en praat met niemand. Zweer het me, Christian.' Hij schikte zich met tegenzin. Een hevige rusteloosheid had bezit van hem genomen. Charlotte gaf pianoles bij verschillende families en was hele middagen van huis. Klara had opdrachten aangenomen en naaide tot diep in de nacht. In haar zeldzame vrije tijd tekende ze portretten van grootmoeder en tante Fanny, van Ettje en Peter Hansen en hun drie zonen. Ze tekende het huis met de tuin die nu onder de sneeuw lag, de voordeur met het lege zwaluwennest, de straat, de mensen die voorbijkwamen.

'Overdrijf het niet, Klara,' waarschuwde Charlotte zachtjes terwijl ze over haar schouder keek.

'Ik wil dat we alles hier niet vergeten. De tekeningen zullen ons helpen ook in den vreemde ons vaderland te herinneren.'

Het grootste deel van het geld dat ze verdienden gaven ze uit aan levensmiddelen. Ze konden niet van grootmoeder verwachten hen te onderhouden. Een klein deel hield ze achter, het was niet veel, net genoeg om de reis naar Hamburg te kunnen betalen. Charlotte had ondertussen bericht van oom Gerhard gehad en wist nu de prijs van de overtocht. Bij het zien van de getallen werd ze duizelig. Zelfs als ze derde klas reisden kostte het tegen de zeshonderd mark.

'Waar wil je het geld vandaan halen?' vroeg Christian gespannen. 'Wil je het stelen?'

'Ik zal eraan komen!'

Ze vertrouwde hem niet en zweeg over de juwelen in haar houten kistje. Ach, ook dat geliefde kistje moest ze achterlaten. Het

133

paste niet in de koffer die helemaal met kleding en ondergoed gevuld moest worden. Twee dagen later besloot Christian op de markt kratten te gaan verslepen. Hij veegde voor de winkels, waste ramen en verkocht zijn goede pak met hoed aan een uitdragerij.

'Ik wil niet luieren terwijl jullie tweeën werken,' zei hij beschaamd en hij gaf Charlotte het geld dat hij verdiend had.

'Ach, Christian.'

Wat een zelfoverwinning moest hem dat gekost hebben. Hier in Leer, waar iedereen hem kende. Hoeveel spot, hoeveel boosaardige blikken moesten hem wel geraakt hebben. Nee, hij was toch geen lafaard. Opeens was de ontroering er weer, ze legde een arm om zijn schouders en was blij dat ze hem niet in de steek had gelaten.

In de nacht voor hun vertrek schreef ze een liefdevolle brief aan haar grootmoeder. Ze bedankte haar voor alle goede zorgen, smeekte om vergeving en beloofde zo snel mogelijk bericht te sturen. Alle kleine dingen die van de veiling overgebleven waren en intussen bij de huishouding hoorden, gaf ze aan Ettje. Alleen de piano was voor Gerhard bestemd, net zoals grootvader dat ooit gewenst had.

Ze konden niet slapen die nacht. Alle drie draaiden en keerden ze op hun matras en ze stonden op nog voor het eerste ochtendlicht, zachtjes, bevend van kou en opwinding. De straatlantaarns hielpen om de korte weg naar het station te vinden. Daar wachtte slechts een handjevol mensen op de trein naar Emden, grijze kleumende gedaantes die geen notitie van hen namen.

Niemand belette hun de stad te verlaten. Leer gleed als een zwarte schaduw aan het treinraampje voorbij. Voor hen lag het avontuur van een nieuw begin.

II

Maart 1896

De zon weerkaatste op de golven van de zee, liet ze felblauw en turquoise oplichten en bestrooide ze met glinsterende vonken. Charlotte hield haar handen boven haar ogen om ze tegen het weerkaatsende licht te beschermen, want ze kon zich er niet toe zetten
weg te kijken. Sinds ze in Hamburg de zee op waren gegaan, greep
ze elke gelegenheid aan om op het voordek van de stoomboot te
staan, over de zee uit te kijken, te voelen hoe de wind aan haar
haren trok en de zeelucht, die haar zo vreemd vertrouwd was, in
zich op te nemen.

'Vandaag is het aangenaam,' zei een mannenstem naast haar.
'Niet zoals afgelopen week toen de storm u bijna weggeblazen had,
jongedame.'

Het was een van de stokers, een sterke jonge kerel uit Bremen,
die net als zijn kameraden af en toe op het voordek opdook om
een beetje bij te komen van het zweterige werk. Hij had toegekeken
hoe de matrozen Charlotte, tijdens een storm op de Atlantische
Oceaan, streng naar beneden stuurden terwijl zij niets liever wilde
dan zich stevig aan de reling vasthouden en het overweldigende
natuurgebeuren aanschouwen.

Ze protesteerde gnuivend. 'Die had mij niet weggeblazen, ik heb
goede zeebenen.'

'In elk geval is het zo beter,' antwoordde de stoker gemoedelijk.
'De golven kwamen behoorlijk hoog.'

Ze was niet bang. Ook toen het stormde en de zee het schip hoog
op en neer wierp, had ze geen seconde gevreesd dat die natte na-
tuurkracht haar zou verslinden. In plaats daarvan had ze gefasci-

neerd het ritmische getril gevoeld dat vanuit de diepte omhoogkwam, de golven opzweepte en over de oceaan joeg, en ze had
begrepen dat daar diep beneden op de bodem onder het water het
hart van de zee sloeg.

'Waar zijn we nu?'

'Daar verderop ligt Marokko, het is nog te ver om het te kunnen zien. De komende dagen zijn we op open zee, dan doen we
hoogstens een paar eilanden aan, alleen in Napels blijven we een
paar dagen liggen om kolen en proviand in te slaan en de post op
te halen. Daar moet je aan land gaan en rondkijken.'

Napels! Daar had ze zoveel over gelezen. De vruchtbare hellingen waarop olijven en wijnstokken groeiden. De geweldige, vuur-
spuwende Vesuvius. De staalblauwe zee die in de baaien over de
witte rotsen spoelde. Misschien konden ze een ommetje in de haven maken, meer kon Klara niet aan. Om een wagen te huren en
de stad en omgeving te verkennen had je geld nodig.

'Nou, dan ga ik maar weer aan de slag,' zei de stoker en hij liet de
reling los. 'Kijk uit dat u niet overboord valt, jongedame, dat zou
zonde zijn.'

Ze lachte en deed de hoofddoek waarmee ze haar haar tegen de
wind beschermde, beter vast.

'Dat komt wel goed. Zorgt u er maar voor dat we vooruitkomen.'

'Doen we.'

Hij bewoog zich wijdbeens over het dek waar enkele passagiers
van de derde klas op de scheepsplanken zaten te zonnen. Onder
in de stookruimte moest het echt de hel zijn. Hij had dat niet met
zoveel woorden gezegd, maar Charlotte had het uit zijn spaarzame
toespelingen kunnen opmaken. Zonder pauze moest de gloeiende
drakenmuil van de machine gevoed worden. De mannen werkten
in ploegen in benauwde lucht en brandende hitte, schepten kolen
totdat uitputting erop volgde.

Ze nam nog één keer de aanblik van de glinsterende zee in zich
op, zoog de koele zeelucht diep in haar longen en zette zich af van

de reling om naar het luik te gaan dat, omgeven door een houten leuning, toegang gaf tot het tussendek. Ze moest kijken hoe het met Klara en Christian ging, die ondanks het mooie zonnige weer nog niet aan dek waren geweest.

De opleving van haar genegenheid, haar ontroering over zijn inspanningen om over zijn eigen schaduw heen te springen en geld voor de reis te verdienen, had niet lang standgehouden. Al snel na hun aankomst in Hamburg, waar oom Gerhard hen naar zijn kleine tweekamerwoning had gebracht, waren heftige ruzies uitgebroken. Christian was boos geworden toen hij de juwelen zag, hij nam het haar kwalijk dat ze deze schat voor hem verborgen had gehouden. Het werd nog erger toen ze erop stond de kostbaarheden alleen en zonder zijn begeleiding te verkopen want hij was ervan overtuigd dat ze in haar onervarenheid bedrogen zou worden. De opbrengst die ze uiteindelijk na veel mislukte pogingen en standvastige onderhandelingen binnenhaalde, beoordeelde hij als lachwekkend, ze had nog geen fractie van de werkelijke waarde gekregen en zich het vel over de oren laten halen. Als Klara er niet was geweest, die steeds opnieuw de gemoederen tot bedaren bracht en bemiddelde, had Charlotte haar tong niet in bedwang kunnen houden en dingen gezegd waar ze later spijt van zou hebben gekregen. Ook oom Gerhard, die zich aandoenlijk om hen bekommerde, kon geen genade vinden in Christians ogen. Wat dreef deze man? Hoe kon hij in zo'n vervallen onderkomen in het havengebied leven? En dan al die vreemde voorwerpen in huis.

Charlotte had tot nu toe geen idee gehad waarmee oom Gerhard in zijn levensonderhoud voorzag en ze twijfelde eraan of er wel iemand in de familie was die het fijne ervan wist, ook de grootouders hadden altijd alleen maar vage toespelingen gemaakt. Oom Gerhard was musicus. Er bevonden zich enkele violen, trompetten, meerdere fluiten, een luit en een trommel in huis. Christian verdacht hem ervan straatmuzikant te zijn. Misschien had hij gelijk want tijdens de paar dagen dat ze daar verbleven pakte Gerhard elke middag allerlei instrumenten en kleding in en verdween daarmee om meestal pas diep in de nacht terug te komen.

Toch was hij een goedhartig mens. Zonder zijn hulp hadden ze nooit aan deze reis kunnen beginnen. Hij had drie kaartjes voor de rijksstoomboot besteld en aanbetaald, kocht eten voor hen en deelde zijn krappe onderkomen. Hij wilde de aanbetaling ook niet terug hebben, tenslotte had Charlotte hem de piano gegeven. Ze beloofde hem de schuld af te zullen betalen zo gauw ze in hun nieuwe vaderland gesetteld waren. Het overgebleven bedrag was niet groot, hopelijk net genoeg om er een bescheiden bestaan mee op te bouwen.

'Waarom ga je niet aan dek?' vroeg ze Christian. 'De zon en de frisse lucht zouden je goeddoen.'

'Ik kan dat verdomde water niet meer zien.'

'Dan zal ik met Klara naar boven gaan.'

Hij gaf geen antwoord, waarschijnlijk had hij weinig zin het nichtje van zijn vrouw de trap op te helpen en op het schommelende dek te ondersteunen. Deze zorg liet hij graag aan Charlotte over. In elk geval ging het een stuk beter met hem nu de zee rustiger was. De euforie van de eerste dagen op zee, toen hij dolgelukkig was niet op het laatste moment voor de afvaart uit Hamburg opgespoord en gearresteerd te zijn, had algauw plaatsgemaakt voor diepe wanhoop. In tegenstelling tot Charlotte en Klara leed Christian aan zeeziekte, zo gauw de zee onrustig werd lag hij doodziek in zijn kooi over te geven. Charlotte had hem liefdevol verzorgd, wat bij zware deining niet gemakkelijk was. Alleen de tafel was aan de vloer vastgeschroefd, stoelen, kommen, schalen en andere voorwerpen roetsjten gevaarlijk snel van de ene kant van het tussendek naar de andere en de mannen in de bovenste kooien moesten oppassen dat ze er niet uit geslingerd werden.

Men had het achterste deel van het tussendek met een beweegbare houten wand afgescheiden, daar bevonden zich de kooien van de vrouwen. Het vrouwenverblijf was zo klein dat er niet eens een tafeltje in paste. Ook hier waren stapelbedden, uit hardhout vervaardigd en zonder matras, daarvoor werden iedere reiziger twee dekens ter beschikking gesteld. Klara en Charlotte deelden een kooi, de andere waren door hun medereizigster bezet, die op het bovenste bed haar kleren had uitgespreid. Sarah William bezat ettelijke kledingstukken die ze steeds weer anders met elkaar combineerde. Daarbij een keur aan opvallende hoeden die qua kleur en vorm nooit bij haar kleren wilden passen. Ze vertoonde zich graag in steeds nieuwe uitdossingen aan dek, wat Charlotte en Klara enigszins verbaasde omdat Sarah naar haar verloofde in Dar es Salaam onderweg was, die bij de Hamburgse maatschappij voor landbouw en plantageaanleg werkte. Afgezien van dit merkwaardige gedrag had Sarah zich al als een hulpvaardige en daadkrachtige persoonlijkheid bewezen en ze was vooral weg van de schuchtere Klara. Sarah had zich door haar laten portretteren en was zo dankbaar voor het resultaat dat ze Klara geld voor de tekening bood. Tot Charlottes ergernis sloeg Klara dit af en gaf Sarah het portret cadeau, waarop deze Klara met een van haar hoeden vereerde.

Charlotte vond haar nu op de rand van haar kooi zittend, waar ze in het schemerige licht van de kleine patrijspoort een van Christians jasjes verstelde.

'Zo bederf je je ogen nog. Naar boven en in de zon met jou.'

Het kostte enige overredingskracht want Klara schrok ervoor terug zich aan dek te begeven, ook al had Charlotte haar meerdere keren uitgelegd dat men haar handicap daarboven nauwelijks zou opmerken. Ze zou niet de enige zijn die door het voortdurende geschommel van het schip onzeker op de benen stond.

'Kom op, er is amper deining, het zal je niet moeilijk vallen.'

Charlotte legde een van de dekens over haar arm en haakte bij Klara in, terwijl ze door het mannenverblijf liepen. Waarom deed ze zo moeilijk? Je merkte haast niets van Klara's ongelijkmatige tred, pas op de trap begon ze te struikelen en boven aan dek moest Charlotte haar stevig vasthouden omdat ze vervaarlijk begon te zwaaien.

'Mijn god, wat een licht,' fluisterde Klara en ze deed haar ogen dicht. 'Het is zo ongelooflijk fel, het verblindt je ogen.'

'Wacht maar tot we in Napels zijn, daar zul je kleuren zien die nog mooier zijn dan aan de Portugese en Spaanse kust. En straks in Afrika...' dweepte Charlotte. Als ik eenmaal weet waarvan we kunnen leven, bedacht ze bij zichzelf, zal ik waterverf voor haar kopen, dat zal haar gelukkig maken.

De weinige ligstoelen waren allemaal bezet, maar Klara had toch niet in zo'n wankel ding kunnen zitten. Charlotte vond een windstil plekje, spreidde de deken uit over de planken en hielp Klara erop te gaan zitten.

Toen Christian eindelijk aan dek verscheen, was de hemel alweer bewolkt geraakt. Een frisse wind stuwde de golven van de zee op, die er plotseling grijs en vijandig uitzag.

'Kijk hem eens, de hooggeboren heer daarboven,' smaalde hij en hij wees ongegeneerd met zijn vinger naar boven. 'Al dagen staat hij aan de reling en kijkt met grote ogen op ons neer alsof we een horde apen in het dierenpark zijn.'

Ook Charlotte had deze man al vaak opgemerkt. Hij droeg een licht tropenpak zoals zoveel passagiers die eerste en tweede klas reisden, alleen droeg hij nooit een hoed. Zijn gezicht was zongebruind en hij had een kleine snor, zijn golvende blonde haar waaide alle kanten op door de wind. Het enige vreemde aan hem was dat hij daarboven altijd alleen stond. Vermoedelijk was hij iemand die zich niet zo snel bij andere reizigers aansloot.

'Hoe kom je erbij dat hij ons observeert? Hij kijkt over de zee uit, dat is alles.'

Christian hoorde haar opmerking niet eens, hij had het veel te druk met zich te beklagen over hun achtergestelde positie.

'Een hut met wastafel en raam, rookkamer, eetzaal, salon met banken en gemakkelijke stoelen. Wat een luxe. Sommigen van hen slepen hele wapenuitrustingen met zich mee. Ze willen op leeuwenjacht, op olifanten en neushoorns schieten, verwaande nietsnutten. Zelfs hun bedienden hebben hutten in de tweede klas.'

Charlotte liet hem praten. Ook zij had de rijke inrichting van de eerste klas in de brochure bewonderd, maar ze miste de luxe niet. Ze had jarenlang een kleine slaapkamer met Klara, Ettje en tante Fanny gedeeld, ze was gewend aan inschikken.

'Nog maar een paar weken, dan wordt alles anders.'

De golven leken nu van alle kanten tegen het schip te slaan, het slingerde zorgwekkend en je hoorde de machine steunen en stampen. Christians gezicht werd asgrijs.

'Geweldig wordt het,' zei hij cynisch. 'Wanneer we ooit in Dar es Salaam aankomen, zullen de Duitse autoriteiten me gevangennemen en terug naar het rijk sturen. Zo zal het aflopen.'

'Waarom zouden ze dat doen? Niemand daar weet iets van je schulden af. En bovendien moeten ze dan je terugreis betalen.'

Hij maakte een geringschattende beweging met zijn hand en stond onhandig op om maar zo snel mogelijk weer in zijn kooi te komen. Klara wilde ook liever weer naar beneden, ze had het koud en moest Christians jasje nog afmaken.

'Ik ben nu eenmaal niet geschikt voor een zeereis, Charlotte. Je kunt me maar beter beneden laten, dan bezorg ik je ook geen last.'

'Je bezorgt me geen last,' reageerde Charlotte geïrriteerd en ze maakte aanstalten om Klara overeind te helpen.

Zorgde ze niet de hele tijd voor die twee? Deed ze niet haar uiterste best om ze op te vrolijken, moed in te spreken? Lieve deugd, ze deed alles wat in haar macht lag om Klara en Christian een nieuw, vrij, gelukkig leven te geven, maar in plaats van dat ze haar dankbaar waren, maakten ze haar het leven zuur met hun voortdurende gezeur.

Het kanaal trok een kaarsrechte, smalle blauwe streep door het woestijnzand, begrensd door vlakke roodgele oevers. Slechts hier en daar kon je je oog laten rusten op wat groen. Er groeiden palmen en struiken op de stoffige aarde, geiten graasden, grijze kamelen met samengebonden voorpoten knaagden aan het doornige kreupelhout. Verderop bevond zich een oase met lage witte gebouwen, vrouwen in lange, donkere gewaden droegen lasten op hun hoofden. Op een zandheuvel stonden drie jongens met een zwarte huid die jaloers naar de langzaam voorbijvarende stoomboot keken en uit alle macht zwaaiden.

'Dat iemand bij deze gloeiende hitte zo rondspringen kan,' zei Christian, die naast Charlotte aan de reling stond en met zijn zakdoek het zweet van zijn gezicht veegde.

'Ze zijn het gewend,' antwoordde ze moe.

Christian sloeg zijn arm om Charlotte heen. Sinds de stormen van de Middellandse Zee achter hen lagen, was zijn humeur aanzienlijk verbeterd. Hij behandelde Charlotte met tederheid en had zelfs zijn excuses aangeboden voor de domme, onnodige ruzies. Ook greep hij elke gelegenheid aan om haar aan te raken, want na de lange onthouding was het verlangen naar haar lichaam weer in hem ontwaakt.

'Alsjeblieft niet, Christian, het is zo warm.'

In feite voelde zijn arm als een zwaar gewicht op haar schouders en zijn aanraking vond ze onaangenaam.

Christian trok zuchtend zijn arm terug, kon het echter niet laten daarbij speels met zijn hand over haar blote nek te glijden. Een klein krulletje bleef aan zijn vinger hangen en Charlotte kromp ineen toen hij er onhandig aan trok.

'Sorry, liefje, dat ging per ongeluk.'

'Het is al goed.'

'Het is echt heel warm en het landschap is ook niet erg afwisselend. Geen wonder dat je zo bedrukt bent, lieveling.'

'Ik ben alleen maar een beetje moe.'

'Weet je, ik heb eens nagedacht. Volgens mij is het pure waanzin om ons in een plaats als Dar es Salaam te vestigen. Aan de kust heersen tropische temperaturen en waarschijnlijk is de omgeving zelfs moerassig, dan loop je algauw koorts op.' Ze zweeg, zoals altijd wanneer hij haar zijn plannen voorlegde. Misschien had hij wel gelijk, er waren al veel Europeanen aan tropenkoorts gestorven en iedereen wist dat de natte gebieden de oorzaak waren. Het werd daarom aanbevolen regelmatig een kleine dosis kinine in te nemen. Ze zou het medicijn kopen zo gauw ze voor anker waren gegaan, ook als het duur was. Deze voorzorg leek haar belangrijker dan al het andere.

'We moeten de bergen in trekken, Charlotte. Naar Usambara waar de Duitse Oost-Afrikaanse maatschappij al plantages laat aanleggen. Of naar de Kilimanjaro.'

'Naar de Kilimanjaro, hoe kom je daarbij?'

'Daar moeten plantages zijn. Ze verbouwen bananen, of koffie, ik weet het niet precies. In elk geval is het klimaat in de bergen veel aangenamer en gezonder dan aan de kust.'

De Kilimanjaro! Het klonk zo verleidelijk dat ze voor even haar stille zorgen vergat. Die machtige berg die uit de steppe omhoogrees en met zijn sneeuw bedekte top tot in de wolken reikte. Zou hij er in werkelijkheid net zo imposant uitzien als op de tekening die ze inclusief het kistje in Leer had achtergelaten? Direct daarop schudde ze de gedachten van zich af. De tijd van dromen was voorbij. Misschien zou ze de mysterieuze berg ooit met haar eigen ogen te zien krijgen. Later. De stad Caïro zou ze zeker nooit onder ogen krijgen. Ze kon het niet, ze wilde het niet. Ze zou George schrijven. Later.

'Een plantage aanleggen kost veel geld, Christian.'

'Ach, onzin, Charlotte. Wat is er mis met je? Ik ken je haast niet terug. In Hamburg was je nog vol vertrouwen en nu praat je alleen nog maar over het geld dat we niet hebben.'

'Maar zo is het,' hield ze vol in een poging ook zijn dromen vroegtijdig de nek om te draaien. 'Je hebt minstens een paar duizend mark nodig en dat alleen maar voor het begin.'

Hij wilde er niets van weten, argumenteerde hardnekkig dat de Oost-Afrikaanse maatschappij zeker blij was met iedere Duitser die zich in de kolonie wilde vestigen en hun het land bijna voor niets zou geven.

'Het gaat niet alleen om land, Christian. We moeten de arbeiders betalen die de bomen rooien en de grond voor beplanting voorbereiden. We moeten de planten kopen, voor irrigatie zorgen, onderkomens bouwen en weet ik wat nog meer.'

'Ach wat, die inheemse arbeiders werken voor een paar pfennig per dag. En water is er overal in de bergen. Je ziet het allemaal veel te somber in, mijn schat. Wanneer de eerste oogst verkocht is, zijn we rijk en kunnen we alle schulden afbetalen.'

'Misschien.'

Ze geloofde er niets van. Zelfs als de maatschappij bereid zou zijn hun wat geld voor te schieten, was hij nog steeds niet de man die een plantage van de grond af zou kunnen opbouwen. Waarschijnlijk stelde hij zich voor op een gemakkelijke stoel in de schaduw te zitten en koele drankjes te slurpen terwijl de zwarten het werk met de planten verrichtten. Ze wisten toch allebei niets van landbouw af, ze waren kooplui.

'Je zult het zien, Charlotte,' zei hij glimlachend en hij sloeg zijn arm rond haar taille om haar dichter naar zich toe te trekken. 'Het zal allemaal veel makkelijker zijn dan je denkt. We beginnen helemaal opnieuw, wij samen, zij aan zij. En deze keer zal ik je niet teleurstellen.'

Ze verdroeg zijn toenadering, wilde hem niet nog eens afwijzen. Het was mogelijk dat het hem ernst was. Ja, zeker weten was het hem ernst, maar net zo zeker was het dat ze niet op hem kon vertrouwen. Met het weinige geld dat ze gered had, zou ze doen wat haar goed leek.

Half april hadden ze de haven van Aden verlaten, een woest oord omgeven door grauwzwarte velden waar maar een paar gelige huisjes in de brandende hitte overeind bleven. Geen boom, geen struik, niets dan kale bergen vol spleten, zwart, omspoeld door staalblauwe golven, imposant als een landschap voor het begin der tijden en tegelijk beangstigend en vijandig.

Dagen later, toen de stoomboot langs de Afrikaanse oostkust voer, waren al haar zorgen vervlogen. Er heerste geestdrift aan boord. Ze stond met Christian en Klara aan de reling, ingeklemd tussen kletsende, gebarende, lachende passagiers met alle mogelijke huidskleuren, en staarde verrukt naar de voorbijglijdende oever. Palmen en acacia's staken af tegen de diepblauwe hemel, de ranke twijgen bewogen zacht in de wind en vormden dichte groene bosjes die spraken van de betovering van een vruchtbaar kustgebied. Richting het strand liep het land steil naar beneden in een talud over en ook deze helling toonde slechts af en toe donker rotsgesteente, veel vaker was die begroeid met dichte groene vegetatie. Zachtjes likten de golven van de zee aan het witte strand, waar kleine vissersbootjes op het strand lagen en zwarte kinderen in het ondiepe water speelden. Af en toe waren volwassen mannen in lange, lichte gewaden met merkwaardige hoofdbedekking te zien die iets van de grond opraapten.

Ook op het bovendek hadden de reizigers zich aan de reling verzameld. Je kon zien dat ze wijnglazen in hun hand hadden en met elkaar proostten. Wat voor toost ze uitbrachten was door het dreunen van de machine niet te verstaan, al was het niet moeilijk te raden.

'Tanga, Tanga.'

De naam van de kustplaats zoemde over het voordek. Ook als je geen woord van de gesprekken tussen de gekleurde medereizigers verstond, was duidelijk dat daar bij de ver in de turquoisekleurige zee uitlopende landtong, bijna verborgen in de welig woekerende tropische planten, de haven van Tanga moest liggen. Ze hadden de kust van de Duitse kolonie bereikt. Daarom werd op het bovendek een toost uitgebracht op keizer Wilhelm, op de Duitse kolonie Oost-Afrika en op de heer Von Wissmann die de Arabische opstand van enkele jaren geleden zo glorierijk had neergeslagen.

'Kijk nou,' riep Christian die, aangestoken door het algemene enthousiasme, met zijn hoed zwaaide. 'Je kunt het Usambaragebergte zien. Daar zullen we binnenkort een plantage hebben, schat.'

Ze lachte om zijn geestdrift die zo onzinnig was, maar in haar gelukkige stemming negeerde ze het. Misschien zouden ze inderdaad ooit in die bergen hun vaderland vinden, die je vanaf hier alleen als blauwige heuvels ver het binnenland in zag liggen. Voorlopig trok de kust haar veel meer aan. De glanzende blauwgroene zee, de kleine schepen met de witte en gekleurde zeilen die als grote druppels in de wind opbolden en die men dhows noemde. Was het niet dat gindse land waar ze altijd van gedroomd had?

Lachend gooide ze haar hoofd naar achteren en op dat moment registreerde haar blik de in het wit geklede man, die afzijdig van de overige passagiers op het bovendek stond. Net als de anderen had hij een glas in zijn hand, nu hield hij het uitgelaten in de lucht en lachte naar haar alsof hij haar toedronk. In haar blijdschap zwaaide ze naar hem om toen snel haar hoofd af te wenden en de doek die ze over haar hoofd had vaster te trekken.

'Je hebt het juiste gedaan, mijn schat,' hoorde ze Christian vlak naast haar zeggen en ze voelde hoe zijn arm om haar taille schoof. 'Ik ben met een prachtige, slimme vrouw getrouwd. Jij hebt ons naar dit paradijs geleid, Charlotte, daar ben ik je heel dankbaar voor.'

Hij kuste haar zacht op haar slaap, een tederheid die geen lichamelijke begeerte in zich droeg en die haar daarom diep ontroerde. Hij was trots op haar en hij hield van haar. Wat kon een echtgenote meer wensen dan de liefde en erkenning van haar man?

Een dag later hadden de kleine wolkjes zich samengetrokken tot een dreigende donkere onweershemel en de kust verborg zich in de nevel van de neerstortende regenmassa's.

'Het is regentijd, mijn beste,' zei Sarah William hoofdschuddend

toen Charlotte teleurgesteld in het vrouwenvertrek van het tussendek terugkeerde. 'Dan hang je niet buiten rond. Het is maar goed
dat het hier zo warm is, je kleren zullen snel drogen.'

Regentijd, natuurlijk. Het zou nog tot eind mei duren, dan begon
de droge periode. Dat had ze ergens gelezen en was ze ook weer
snel vergeten. Het regende. Wat een gezegend land in vergelijking
met het gloeiend hete woestijnlandschap van Egypte of zelfs met
de woestenij van Aden.

Bij het binnenvaren van de ingang tot de haven van Dar es Salaam was de hemel boven hen donker, schitterende bliksemflitsen
schoten door de wolken. De doortocht door het brede natuurlijke
kanaal was door de koraalriffen niet ongevaarlijk. Meerdere malen stopte de machine, ze hoorden de luide bevelen van de kapitein en het leek voor de ongeduldige reizigers een eeuwigheid te
duren voordat eindelijk de wijde havenmonding zich voor hen
opende. Hij was reusachtig, aan alle kanten omgeven door rijke
vegetatie en door de daarvoor gelegen riffen tegen stormen beschermd.

'Dar es Salaam, de haven van de vrede,' zei een van de jonge
mannen met wie Christian sinds hun vertrek uit Hamburg zo
graag omgegaan was.

Rustig voer de stoomboot op de stad toe die zich rechts van de
havenmonding op de kust uitstrekte. Ze zagen de palmen schudden in het onweer, daartussen enkele lichte nieuwe gebouwen,
lang niet zo imposant als het paleis van de gouverneur dat al vanaf
zee zichtbaar was geweest, maar wel stevig in vergelijking met de
andere huisjes die eerder een verwaarloosde indruk maakten. Dat
kon echter ook aan de dichte regen liggen die het zicht en ook de
kleuren vertroebelde.

'Daar is een aanlegsteiger,' riep Christian. 'Ik denk dat we daar
op afgaan.'

'Godzijdank,' mompelde Charlotte.

Ze werden in hun hoop teleurgesteld. De boot voer wel richting de aanlegsteiger, legde echter niet aan maar stopte de machine en ging op enige afstand voor anker. Het zag ernaar uit dat de passagiers met bootjes naar de steiger gebracht zouden worden. Klara zei niets, alleen Charlotte zag de opkomende paniek. Hoe moest haar nichtje dat al moeilijkheden had met een gewone trap, over de smalle, met slechts twee handleuningen beveiligde loopplank beneden in het deinende bootje belanden?

'We gaan samen, Klara. Je houdt je aan mij vast en met je andere hand pak je de leuning.'

'Kijk, het water in de haven is heel rustig,' zei Christian.

Charlotte keek naar beneden op het weerkaatsende wateroppervlak, dat nu in de zon lichtblauw was, kleine golfjes schitterden als fonkelende glasscherven. Vanaf het land naderden rubberboten waarin zich uitsluitend zwarte mannen bevonden die hard aan de riemen trokken alsof het een roeiwedstrijd was. Toen het eerste bootje bij de intussen uitgelegde en vastgemaakte loopplank aankwam, vond Charlotte dat het behoorlijk op en neer schommelde.

'Zullen we nog even wachten?' smeekte Klara bang op het moment dat Charlotte haar tas pakte en zich bij de reizigers wilde aansluiten die op de loopplank af gingen.

'Het moet een keer gebeuren, Klara,' reageerde Christian geïrriteerd. 'We kunnen tenslotte niet eeuwig op het schip blijven, toch?'

'Kan ik u helpen?'

Charlotte keerde zich om naar de man die achter haar verschenen was, in de veronderstelling dat het een van de matrozen was. Tot haar verrassing was het de blonde reiziger die met zijn wijnglas naar haar geproost had. Wat had hem opgehouden? De andere passagiers van de hogere klassen waren ondertussen al van het schip af.

'Heel vriendelijk van u, ik denk dat we het wel redden.'

Zijn glimlach beviel haar, niet opdringerig of pijnlijk, wel getuigend van een onwankelbaar zelfvertrouwen.

'Ik draag uw nichtje naar beneden. Dat duurt nog geen minuut en bespaart haar het geklauter.'

Klara was niet in staat te antwoorden. Het was voor haar ondenkbaar dat een totaal vreemde man haar zou aanraken, laat staan dragen.

'Durft u zich aan mij toe te vertrouwen, jongedame?' riep hij vrolijk en hij maakte een kleine buiging. 'U bent in mijn armen net zo veilig als in Abrahams schoot.'

Hij leek haar stilzwijgen als toestemming op te vatten. Met een snelle zwaai tilde hij de volledig verstarde Klara op als was ze een licht vogeltje en droeg haar richting de rubberboot.

'Dat is toch... Wie is hij eigenlijk? Hoe komt hij erbij?' stotterde Christian overrompeld.

Charlotte antwoordde niet, zij was ook niet echt blij met deze impulsieve actie. Ze moest wel toegeven dat de vreemdeling niets te veel beloofd had. Klara zat al ongedeerd en veilig beneden in de boot terwijl haar helper het schommelende gevaarte met zijn lichaamsgewicht tot rust bracht en er klaarblijkelijk op wachtte verdere hulp te verlenen.

Hij pakte Christians koffer aan die als volgende naar beneden ging, zodat hij gemakkelijker in de boot kon klimmen, daarop knipperde hij met zijn ogen tegen de zon in naar de scheepswand boven. Charlotte had nu ook het onderste gedeelte van de loopplank bereikt, zag af van de hulp van de onbekende man en greep in plaats daarvan de uitgestrekte hand van haar echtgenoot.

Terwijl de zwarte roeiers de korte afstand naar de aanlegsteiger aflegden, zat de blonde helper tegenover haar met zijn ellebogen op zijn knieën geleund. Hij leek zich te realiseren dat zijn hulpvaardigheid een beetje overhaast was geweest en probeerde de schade te herstellen.

'Vergeef me, ik heb me nog niet eens voorgesteld. Maximilian von Roden, uit Brandenburg.'

Christian herstelde zich snel en stelde zijn vrouw en het nichtje van zijn vrouw voor. Hij legde uit dat hij in het Usambaragebergte een plantage wilde beginnen en vertelde een groot bedrijf in Oost-Friesland geleid te hebben. Klara overwon haar schrik en sprak haar dank uit. Charlotte knikte hem slechts kort toe en staarde daarna opnieuw ingespannen naar de stad die ze steeds dichter naderden. Bij het afmeren aan de aanlegsteiger stonden er direct meerdere helpers voor Klara klaar, ook de zwarte roeiers hielpen mee om hen op de vlonder te helpen. Charlotte moest zelfs om haar koffer vechten die een overijverige roeier aan land wilde dragen. Pas toen ze boos werd liet hij de last staan en keek de nijdige witte vrouw niet-begrijpend aan, waardoor ze meteen spijt had van haar harde woorden.

Langzaam liep ze met Klara over de houten steiger. Onder hen klotsten de golven over het vlakke zand, sporadisch was door het water gladgeslepen zwart gesteente te zien en schelpen en zeewier. Aan het einde van de steiger zetten ze aarzelend hun voeten op de zanderige grond van hun nieuwe vaderland.

Onder een eenzame palm bleven ze staan. Christian zette de koffer neer en ze keken onzeker naar het Duitse havengebouw, dat te bereiken was met een stenen trap.

'Daar zijn we dan,' zei Christian hijgend en hij leunde met zijn rug tegen de stam van de palm. 'En wat nu?'

De vraag was gerechtvaardigd. De passagiers van de Bundesrath waren allang in de stad verdwenen, ook Maximilian von Roden was nergens meer te zien.

'Kan ik u misschien verder helpen?'

Het klonk niet eens vriendelijk, de toon was eerder formeel en enigszins verstoord. Een in het wit geklede man was uit een van de boten gestapt en kwam op hen af. Een officier? Kleurige epauletten met de rijksadelaar versierden zijn schouders en hij droeg een witte pet met een zwarte klep. Een ambtenaar? Het maakte niet uit, hij was een witte inwoner van deze stad en hij sprak Duits.

'Dat zou heel vriendelijk van u zijn,' reageerde Christian. 'We zijn net aangekomen en weten de weg niet.'

De ander nam hen met een taxerende blik op die wat langer op Charlotte bleef rusten. Zijn gezicht was zongebruind met volle wangen, zijn mond onder de donkerblonde snor een smalle streep.

'U bent Duits?'

'Inderdaad, uit Hamburg. Mijn naam is Ohlsen, de dames hier naast mij zijn mijn vrouw en haar nichtje.'

'Welkom. Ik ben Erwin Kunert, districtsambtenaar bij de keizerlijke Duitse posterijen. Als u onderdak zoekt kan ik u het Afrika Hotel aanbevelen. Ik kan voor een riksja zorgen, dat is het gemakkelijkste vervoermiddel hier.'

'Dat klinkt heel aantrekkelijk...' begon Christian opgelucht, maar Charlotte onderbrak hem.

'Neemt u me niet kwalijk, we zoeken eigenlijk geen hotel, liever een meer eenvoudig onderkomen. Onze middelen zijn helaas beperkt.'

De postbeambte ging gauw aan de kant om een zwarte drager een paar woorden in een onbegrijpelijke taal toe te roepen, daarop deed hij heel even zijn pet af. Eronder was hij bijna kaal, alleen een dunne, kortgeknipte krans haar omgaf zijn schedel.

'Ik begrijp het. Dat zal niet makkelijk worden. Ook hier kost het leven geld, mevrouw Ohlsen. Men krijgt zelden iets cadeau.'

'Het komt wel goed met ons,' zei Charlotte vol vertrouwen. 'We moeten alleen in het begin niet meteen in een hotel gaan wonen. Is er nog een andere mogelijkheid?'

Erwin Kunert slaakte een diepe zucht en was een moment besluiteloos stil. En daarop besliste de hemel over hun lot door tussen donder en bliksem door een hevige stortregen op hen neer te laten.

'Komt u mee. Ik breng u voorlopig onder in het postkantoor. Dat kan hoogstens voor één of twee dagen. Ik kan u toch moeilijk in de regen laten ronddolen.'

Charlotte haalde diep adem en voelde hoe deze vochtige warmte haar deed opleven als was het iets waarmee ze sinds lang vertrouwd was en nu had teruggevonden. De reuk van de aarde zat erin, vaag, zoet en vol vreemde smaken, een opwekkende geur van ontspruitende planten en opengaande bloemen.

'Wat een weer,' steunde Christian terwijl hij zijn hoed uitschudde.

'Daar moet u maar snel aan wennen, anders is dit oord geen plek voor u,' merkte Kunert op. 'Mijn vrouw en ik zullen binnen enkele dagen Dar es Salaam verlaten en met de Bundesrath naar Duitsland terugkeren.'

'O ja?' vroeg Christian bedremmeld.

Ze zwegen een poosje. In een van de kantoren van het havengebouw waar ze even schuilden voor de regen ontstond een woordenwisseling en ze konden de norse stem van een Duitse ambtenaar onderscheiden en de zachte manier van spreken van een Aziaat, die duidelijk de smekeling was. Begrijpen deden ze er niets van.

De regen hield op. De vier verlieten het beschermende havengebouw en liepen de stad in. De straten waren breed, rechts en links stroomde het regenwater in gelige borrelende beekjes naar beneden, naar de haven. De grond was glibberig en Klara moest oppassen niet uit te glijden.

Het postkantoor van Dar es Salaam kwam hun intimiderend groot voor. De ramen op de begane grond waren met luiken afgesloten, rondom de eerste verdieping liep een houten balkon, het platte dak werd ondersteund door merkwaardig puntig wit houtsnijwerk waardoor het gebouw uit de verte op een vierkante slagroomtaart leek. Boven de voordeur prijkte het embleem van de Duitse post.

Ze werden door koelte ontvangen toen ze naar binnen gingen. Een zwarte bediende in een lichte, halflange broek en wit overhemd veegde de vloer. Het rook naar hout, steen en Duitse properheid. Kunert bracht ze naar een hoge, niet al te grote kamer die hij als zijn kantoor aanduidde en alleen overdag gebruikte aangezien de post iedere ambtenaar een woning ter beschikking stelde. 'Dit hier is voor de dames. Voor u, meneer Ohlsen, zal ik een veldbed in een zijkamer laten opmaken. Het is wat provisorisch, dat spreekt voor zich. U zult vast snel een ander onderkomen vinden.'

'We zijn u echt heel dankbaar.'

Het bed was achter een kamerscherm verborgen, met eroverheen een constructie uit metalen stangen dat een fijnmazig net droeg. 'Tegen die vervloekte muggen,' legde Kunert uit. 'U moet 's avonds controleren of er geen enkel klein beestje onder zit en nooit 's nachts het net omhoogdoen.'

Christian keek bezorgd. 'Zijn er veel muggen hier in de buurt?' Hij liet zijn blik zoekend over de witgekalkte muren glijden.

'Ten noorden en westen van de stad zijn moerassen, een geweldige broedplaats voor deze bloedzuigers. Hebt u kinine gekocht? Het is het enige middel tegen de koorts. Het maakt je alleen wel duizelig en je voelt je uitgeput.'

Charlotte kreeg er langzamerhand genoeg van. Er moesten toch ook Europeanen zijn die aan dit land gewend waren en zich hier prettig voelden?

'U moet zich bovendien zo snel mogelijk bij het gouverneurskantoor melden,' ging Kunert verder, terwijl hij wat papieren op zijn bureau verzamelde en in een la schoof. 'U kunt het beste naar het stadhuis gaan, daar helpen ze u verder. En in het geval u daadwerkelijk van plan bent een plantage te beginnen, beveel ik u de Oost-Afrikaanse maatschappij aan. Ze hebben hier een kantoor en ondersteunen planters die zich hier willen vestigen.'

'En wat moet je doen als je een winkel wilt openen?' informeerde Charlotte.

De postbeambte schudde zijn hoofd en zuchtte over zoveel onwetendheid.

'Dat plan kunt u maar beter zo snel mogelijk vergeten, mevrouw Ohlsen. De handel in Dar es Salaam is stevig in handen van de Indiërs en Arabieren. Zij verkrijgen hun goederen via geheime kanalen uit Zanzibar en Indië of verslepen hun handel over de karavaanroutes vanuit het binnenland naar de kust. Tot nu toe is het nog geen Duitser gelukt op dit gebied voet aan de grond te krijgen.'

Daarmee nam hij afscheid want hij had boven in de telegraafruimte dingen te doen en liep de hal in waar ze hem instructies hoorden geven. Daarbij sprak hij Duits, maar ook woorden die vreemd klonken en die Charlotte eerder al op het schip gehoord had.

'Swahili, we moeten het leren om ons verstaanbaar te kunnen maken.'

'Ach wat,' bromde Christian humeurig. 'We bevinden ons in een Duitse kolonie, de arbeiders op onze plantage spreken Duits, daar zal ik wel voor zorgen.'

'Je gelooft echt dat ze ons het geld zullen lenen om een plantage aan te leggen?'

'Natuurlijk. Met de handel wordt het toch niets, Charlotte, dat heb je net gehoord.'

'Ik geloof niet alles wat deze man ons wil wijsmaken.'

Christian liet een diepe geïrriteerde zucht horen en wilde iets terugzeggen, maar Klara verhinderde de op handen zijnde ruzie door hem zacht bij de arm te pakken.

'Laten we eerst droge kleren aantrekken. Het is onaangenaam in deze vochtige troep.'

Ze bezaten niet veel kledingstukken en die hadden toch al onder de reis geleden. Op het schip hadden ze alleen hun ondergoed kunnen wassen. Aan strijken en persen hoefde je niet te denken. Vooral Christian stoorde zich hieraan. Hij had graag een licht tropenpak gehad met een strooien hoed, witte leren schoenen en een mooie das.

Er werd op de deur geklopt en een zwarte jonge man kwam binnen. Hij droeg een witte pet op zijn kroezende kortgeknipte haar en zijn lichte lange gewaad was zo schoon dat het leek of het net uit de was kwam. Met een ernstig gezicht zette hij een dienblad op het bureau om vervolgens zijn gezicht tot een glimlach te vertrekken die zijn prachtige sneeuwwitte tanden onthulde, en hij maakte een buiging.

'*Jambo, bwana, jambo, bibi*,' zei hij. 'Welkom.'

Ook al deed hij zijn best zich op de stijve manier van een bediende te gedragen, toch was er een onbevangenheid in zijn manier van doen, een warmte die Charlotte ongelooflijk goeddeed en iets wat ze bij de Duitse ambtenaar ondanks al zijn inspanningen zo gemist had.

'Dank u wel,' zei ze glimlachend. 'Wat brengt u ons daar? Hoe heet het?'

Hij verstond haar niet en was duidelijk bang een fout gemaakt te hebben, maar toen ze met haar vingers op een van de schotels wees, begreep hij het.

'*Kuku*,' verklaarde hij grijnzend en hij bewoog zijn gekromde ellebogen als fladderende vleugels. Daarop wees hij naar de karaf, kreeg een uitdrukking van vervoering op zijn gezicht en wreef over zijn buik.

'*Scherbet.*'

Kuku was dus gekookte kip. Scherbet bewees zich als een aromatische vruchtenlimonade.

Nu bleek dat ze tevreden waren met wat hij had gebracht, maakte hij weer een lichte buiging en verdween.

'Heel geschikt,' zei Christian. 'Niet zo goed als de leerling die ik vroeger gehad heb, maar hij leek niet dom.'

'Hij werkt vast alleen in huis,' bedacht Klara. 'Hij gedraagt zich bijna als een bediende die voor een voorname familie werkt. Zo waardig. Ik denk dat hij trots is op zijn mooie gewaad en witte pet.'

Het was hun eerste maaltijd op Afrikaanse bodem en het smaakte een beetje ongewoon naar een zoet aromatische specerij die aan nootmuskaat deed denken en niet scherp was. Bij de kip was er rijst en gekookte rode bonen.

'Heerlijk.'

Christian bette zijn lippen met een zakdoek en zijn tevreden gezicht zei Charlotte dat hij nu weer vol zelfvertrouwen was. Hij barstte inderdaad van ondernemingslust, overtuigde Charlotte en Klara dat ze na een korte rustpauze dadelijk naar het stadhuis moesten gaan en daarna direct de vestiging van de Oost-Afrikaanse maatschappij moesten opzoeken. Klara had zich net vijf minuten op het bed uitgestrekt toen hij al aandrong om op te breken. Je kon zulke formaliteiten maar het beste gelijk afhandelen. De Duitse overheidsinstanties waren in de koloniën vast ook nauwkeurig en ze wilden tenslotte niet dat men hen voor illegale immigranten hield. Hij had zich hierover al op het schip laten informeren.

Onderweg was hij nog bang geweest direct bij aankomst te worden gearresteerd en teruggestuurd naar Duitsland, nu zag hij zichzelf als de trotse bezitter van een plantage in de Afrikaanse bergen.

Buiten scheen de zon. Het regenwater was verbazingwekkend snel weggelopen, de modder had een dunne korst gekregen, alleen hier en daar glom nog een plas waar de muggen boven zwermden. Er waren nu ook mensen op straat, weinig witte, des te meer gekleurde, vooral jonge knapen, net zo gekleed als de dienstbode in het postkantoor, blijkbaar op weg om de een of andere taak te vervullen.

Het stadhuis was nog niet klaar. Het was een van de weinige gebouwen die Charlotte bevielen. Misschien kwam dat door de vele witte arcadebogen die de begane grond omgaven en met hun sierlijke vormen aan een sultanspaleis deden denken. Op de bovenste verdieping werd nog gewerkt. Balkonhekken werden geplaatst, muren geverfd, een witte man in jas en kniebroek stond op het nog niet voltooide balkon en rookte een sigaret.

Achter de schilderachtige arcadebogen bevonden zich de gebruikelijke rechthoekige ramen. Boven de toegangspoort met dubbele deuren had men een reliëf van de Duitse rijksadelaar aangebracht, wat hier een beetje vreemd en toch indrukwekkend overkwam. In de hal stonden enkele stoelen en een kleine tafel waarop een grote schelp lag die duidelijk als asbak werd gebruikt. Twee Afrikanen, een witharige oudere man in een gescheurde kiel en een jongeman met getatoeëerde wangen, hurkten gemoedelijk op de geveegde vloer en leken ergens op te wachten. Op een van de stoelen zat een man met een grijze baard en op zijn hoofd een ingewikkeld gedraaide tulband, daarbij droeg hij een geel jasje met knopen en een halflange bollende broek. Hij glimlachte naar hen toen ze voorbijliepen. Op het moment dat Charlotte zijn blik ontmoette, schrok ze: in de amandelvormige bruine ogen fonkelde even een gouden gloed.

Christian had intussen op een deur geklopt en het verzoek gekregen om binnen te komen. Hoe wonderlijk, Duitse kantoren leken overal op elkaar als eieren, of ze zich nou in Duitsland of in een Afrikaanse kolonie bevonden. Er waren de sombere dossierkasten, bureaus met gedraaide poten, stapels documenten en papieren en het ingelijste portret van de keizer aan de muur. Een paar vuistgrote bruin-wit gespikkelde schelpen op de vensterbank en een stuk roze koraal op het bureau leken in deze omgeving op souvenirs die de ambtenaar van een reis had meegebracht.

'Ik verwachtte u al, meneer Ohlsen is het toch? Hartelijk welkom. Mijne dames, ik verheug me bijzonder over uw komst. Gottfried Ebert, tot uw dienst. De lieftallige vrouwelijkheid is hier nog zwak vertegenwoordigd. Voorlopig, dat zal natuurlijk veranderen.'

De Duitse beambte was breed gebouwd en had een stierennek. Hij leek een gevoelsmens te zijn, zijn vreugde om drie landgenoten in den vreemde te kunnen begroeten kwam hartelijk en oprecht over.

'U... u verwachtte ons al?'

Hij lachte fijntjes. 'Jazeker, een goede kennis, de heer Von Roden, was zojuist hier om wat formaliteiten te regelen en hij heeft de

159

gelegenheid aangegrepen om u warm bij mij aan te bevelen.'
'Echt?' stamelde Christian verbluft. 'Wel, dat was… heel vriendelijk van hem.'
'Kom, neem toch plaats, mijne dames en heer. Mtumi! Mtumi! Waar zit die luilak? Mtumi!'
Hij klapte in zijn handen. Direct daarop verscheen een zwarte bediende met een dienblad waarop vier glazen en twee flessen stonden, de ene van bruin glas, de andere wit.
'Voor mij liever niet,' liet Klara zich geschrokken horen. Ook Charlotte bedankte.
'Nou, mijne dames, u zult er zonder twijfel snel aan gewend raken. Whisky of een goede brandewijn zijn geen alcohol maar medicijn. We nemen dit medicijn dagelijks in om het klimaat en de Afrikaanse mentaliteit het hoofd te kunnen bieden. Een piepklein slokje om elkaar te begroeten mag u mij niet weigeren.'
Charlotte gaf toe en nipte aan het scherpe drankje dat verreweg veel lekkerder rook dan het smaakte. Klara maakte alleen haar lippen nat. Christian daarentegen liet het zich smaken, dronk genietend en loofde het merk uitbundig.
'Ja, baron Max von Roden,' kletste Ebert verder, die zijn glas in lange teugen leegde en zich een tweede keer liet inschenken. 'Zijn voorouders moeten onder de oude Fritz tot eer en glorie gekomen zijn. Grootgrondbezit in Brandenburg, een kasteel, een echt juweel. Hij heeft op de een of andere manier ruzie met zijn familie, de domoor. De duivel weet waarom. Hij is ook wel een eigenzinnige kerel. Nu heeft hij bij de Kilimanjaro een plantage van een Arabier gekocht en wil sisal gaan verbouwen.'
'Kijk aan,' merkte Christian op. 'Bij de Kilimanjaro.'
'In de buurt van Moshi. Goede grond en wordt al sinds jaren bewerkt. Hij zal zijn uiterste best moesten doen, volgend jaar wil hij zijn verloofde laten overkomen zodat ze kunnen trouwen.'
Zwijgend luisterde Charlotte naar Ebert die nu uitweidde over hoe de kolonie gedijde, de vruchtbare grond loofde waarop behal-

ve inheemse planten ook uitstekend aardappelen, kool, radijsjes of sla verbouwd konden worden. De aanleg van plantages nam een hoge vlucht, vooral in de buurt van de Kilimanjaro en intussen ook in het Usambaragebergte, waar men de eerste proefplantages aanlegde.

'Over een paar jaar zullen de eeuwige bromberen en kleingeestige denkers in het rijk voorgoed hun mond houden. Dan zal Duits Oost-Afrika aan de welvaart van het rijk bijdragen met ivoor, koffie, tabak, hars en tropisch hout. En wanneer we eenmaal katoen gaan exporteren, moeten de Engelsen echt op hun tellen gaan passen...'

Op het moment was de handelsbalans helaas nog negatief. Men moest meer goederen invoeren dan uitgevoerd konden worden, vooral ijzerwaren voor de bouw en op een verstandige manier levensmiddelen want rundvlees, boter en kaas waren in Afrika nagenoeg onbekend. Ook sterkedrank, bier en wijn moest men laten aanvoeren. Het spul dat de Afrikanen brouwden, kon geen Europeaan drinken zonder ziek te worden.

Christian, beneveld door de whisky, begon nu vol enthousiasme over zijn eigen plannen te praten. Een plantage in Usambara, zo groot mogelijk, arbeidskrachten waren klaarblijkelijk royaal beschikbaar. Hij wilde koffie verbouwen of katoen, dat maakte niet uit.

'Wel, we verheugen ons natuurlijk over iedere Duitser die zich hier in de kolonie wil vestigen,' zei Ebert uiteindelijk, toen Christians spraakwaterval opdroogde. 'U hebt dus een bedrijf geleid. U hebt niet toevallig een ambacht geleerd? Ik vraag het omdat we een groot gebrek aan Duitse vakmensen hebben.'

'Een ambacht? Nee, ik ben zakenman, mijn winkel in koloniale waren was de grootste in de hele regio, ik bood goederen aan die verder nergens te koop waren...'

'We zullen nog even vlug het officiële gedeelte afhandelen, meneer Ohlsen. Wilt u alstublieft al deze formulieren ondertekenen...

En dan heb ik nog een aantal documenten van u nodig.'

'Documenten? Van welke aard?'

'Wel, uw paspoorten natuurlijk en het officiële bewijs van afmelding uit uw geboorteplaats.'

'We hebben die papieren in onze bagage,' zei Christian snel. 'We zullen ze morgen langsbrengen.'

'Het heeft geen haast. Ergens in de komende dagen, zodat alles in orde is.'

Hij was niet dom, deze Ebert, dacht Charlotte, helemaal niet. Hij trok steeds vaker zijn wenkbrauwen op en de welwillende vrolijkheid in zijn bezwete rode gezicht had iets spottends gekregen. Hij had Christian Ohlsen ingeschat naar wat hij was: een fantast. Kon ze daarom boos op Ebert zijn? In principe niet, want zoals alle ambtenaren deed hij slechts zijn plicht. Toch voelde ze duidelijk dat ze deze persoon niet mocht.

'Beschikt u over middelen?' vroeg hij Christian terloops.

'We kunnen een zeker bedrag besteden.'

'Dat is goed. Wie hier volledig onbemiddeld aankomt, heeft het in het begin heel zwaar. Nu, ik stel voor dat u eerst eens wat gaat wennen hier bij ons. En dames, om uw veiligheid hoeft u zich geen zorgen te maken. De tiende compagnie is in Dar es Salaam gestationeerd en bovendien hebben we sinds enige jaren een politiemacht die overal in het land de orde handhaaft. U kunt zich bij elke stap door ons beschermd voelen.'

Voor het stadhuis ademde Charlotte diep de vochtige, warme zeelucht in. Ze voelde hoe de spanning en weerzin in haar binnenste oplosten en een vrolijk, waarschijnlijk ongegrond vertrouwen opwelde. Het hart van dit land sloeg niet in de kantoren van de Duitse ambtenaren. Het sloeg hierbuiten, je voelde het kloppen in elke ademteug, in elk geluid en in alle poriën van je lichaam als het oeroude, overgankelijke ritme van het leven.

'Wat een aardige man,' zei Christian aangeschoten. 'Ik denk dat we die futiele moeilijkheden elegant omzeild hebben.'

De whisky had Christians enthousiasme weliswaar gestimuleerd, maar eenmaal aangekomen in het postkantoor gaf hij aan een beetje uit te willen rusten. Ze waren tenslotte al sinds de vroege ochtend op de been en nu, tegen het middaguur, had het weinig zin bij de Oost-Afrikaanse maatschappij aan te kloppen. Charlotte voelde geen vermoeidheid, integendeel, ze beefde van nieuwsgierigheid naar het leven in deze stad dat zich aan de andere kant van de Duitse administratieve gebouwen, de hekken en hagen van de parken afspeelde. Maar waar? Bij binnenkomst in de haven had ze de indruk gekregen dat de nieuwe lichte gebouwen vooral in het midden en oosten van de stad stonden. In het westen, richting het binnenland, leken andere kleuren te overheersen. Lichtgrijs, bruin, zand en oker. Ook waren veel huizen te midden van de welige vegetatie meer een vermoeden dan duidelijk te herkennen. Daar lagen vermoedelijk de wijken van de Afrikanen en de winkels van de Indiërs en de Arabieren.

Ze zei niets tegen Christian over waar ze aan dacht en trok zich met Klara terug in hun provisorische onderkomen.

'Ik wil een beetje gaan rondkijken, Klara. Blijf rustig liggen en slaap een beetje, ik ben er zo weer.'

Met ontzetting in haar ogen keek Klara toe hoe Charlotte zich klaarmaakte om naar buiten te gaan.

'Je kunt toch niet helemaal alleen...'

'Je hebt toch gehoord dat ze ons bij elke stap beschermen?'

'En wat moet ik tegen Christian zeggen?'

'Dat ik de stad aan het verkennen ben.'

Ze voelde zich zo vrij als een vogel, een toestand die haar in vervoering bracht. Wanneer was ze ooit helemaal alleen onderweg geweest? In Duitsland was het niet gebruikelijk dat een jonge vrouw zonder begeleiding door vreemde straten liep. Alleen in Hamburg, toen ze haar sieraden verkocht, had ze Christians gezelschap vastbesloten afgewezen. Ze was toen in een bedrukte stemming en met een slecht geweten van winkel naar winkel gegaan. Bij thuiskomst had ze een lading verwijten over zich heen gekregen. Nu voelde ze geen gewetenswroeging meer. Wat ze deed was misschien onverstandig, het was echter haar eigen beslissing, niemand was verantwoordelijk voor haar. Zelfs Christian niet, die eerder in het stadhuis allerlei onzin uitgekraamd had. Het was stil in het postkantoor, alleen in één kamer hoorde je het zachte gezoem en klikken van de telegraafmachine. Buiten werd ze door de schitterende Afrikaanse zon begroet, die intussen bijna alle plassen in de roodgele grond had laten opdrogen. Opbollende witte wolken trokken langs de hemel, ze zagen er niet uit alsof het zou gaan regenen, misschien waren de stortbuien voor vandaag voorbij.

Ze liep de kaarsrechte straat af naar beneden richting de haven om van daaruit meer naar het westen te gaan. Een groep zwarte vrouwen kwam haar tegemoet met manden wasgoed op hun hoofd en ze bewonderde hun zekere, soepele manier van lopen waarbij alleen hun heupen licht bewogen. Sommigen ondersteunden hun last met een hand, anderen balanceerden die los op hun hoofd, kletsten en giechelden en leken zich geen zorgen te maken dat de was uit de manden kon vallen. Charlotte voelde hun verwonderde blikken en ze werd een beetje onzeker. Blijkbaar was het ook hier niet de gewoonte dat een witte vrouw zonder begeleiding rondliep. Vlak voor het havengebouw ontdekte ze een straatnaambordje dat door een grote schermacacia beschaduwd werd. Kaiserstraat was erop te lezen. Algauw zag ze het Afrika Hotel, een enigszins verbleekt, ouderwets gebouw met slanke pilaren en kleurige raamgordijnen. Daarna versmalden de straten en kwamen er stille hoekjes en scherpe bochten. Er waren half vervallen huizen te zien, uit sommigen had men stenen gehakt en op karren geladen, ze leken als bouwmateriaal te dienen. Een riksja rolde haar voorbij. Een houten kist op twee wielen die leek op een kleine koets met het verschil dat het niet door een dier maar door een Afrikaan werd voortgetrokken. Onder de rieten baldakijn zat een bebaarde Europeaan die, o, wonder, een zwart colbertje en zelfs een hoge hoed droeg. Een missionaris. Ze had gehoord dat er hier een evangelische en ook een katholieke post was.

Hij was de enige witte die ze tot nu toe was tegengekomen. Raar. Waar waren ze allemaal? Zaten ze in hun kantoren, in hun woningen of in het Afrika Hotel bij een overvloedig middagmaal? En waar waren hun vrouwen? Er moesten er toch een paar zijn, al leken die hun huizen niet te verlaten. Misschien lieten ze alles bezorgen door zwarte bediendes.

De warme kustwind blies een geur in haar richting die haar vertrouwd en tegelijk vreemd voorkwam. Een mix van opwindende kruidige aroma's en verrotte groente, van sinaasappels en niet meer helemaal vers kippenvlees. Ook petroleum zat erin en de reuk van bittere kruiden waarvan ze de namen niet zou kunnen noemen. Er moest hier ergens een markt zijn. Al snel hoorde ze de typische geluiden die niet veel verschilden van die ze van thuis kende. Het geroezemoes klonk sneller en leek vrolijker, het was niet de rustige, uitvoerige manier van spreken van de Oost-Friezen, maar ook hier werd duidelijk koopwaar aangeprezen, gelachen, gemarchandeerd, met hart en ziel handel gedreven.

De markt bevond zich onder een rieten dak, omgeven door palmen, struikgewas en een paar kleine huizen die vast niet door de Duitse kolonialisten waren gebouwd. Verrukt bleef ze staan om het kleurige, beweeglijke beeld in zich op te nemen. Hier leefde het, hier was Afrika en het was schitterend in zijn kleurenpracht. Wat voor vruchten konden dat zijn die daar op de grond uitgestald lagen? Ze glansden vlammend rood en oranje, andere waren een soort matblauw, grasgroen, nootbruin. Ze herkende kokosnoten en heel kleine okergele bananen, zag vreemd gevormde witte en bruinige specerijen, ovale felgroene vruchten die verbazingwekkend groot waren. Meloenen? Pompoenen?

Wat had ze graag een paar van de lekkere vruchten gekocht. Ze droeg haar geld in een leren buideltje om haar nek, maar het was Duits geld, waaronder veel bankbiljetten, en ze vermoedde dat de marktvrouwen peseta's of roepia's wilden hebben. En buiten dat leek het haar niet erg slim om haar schat in alle openheid tevoorschijn te halen want markten trokken allerlei dievengespuis aan, dat zou in Afrika niet anders zijn dan in Oost-Friesland.

Uiteindelijk kwam ze weer in beweging en zette haar tocht over de markt voort, bekeek huiverend het op houten planken uitgespreide vlees waar de vliegen in krioelden, liep langs manden vol snaterende eenden en kippen en voelde dat ze een beetje duizelig werd.

Geen wonder, dacht ze. De Afrikaanse vrouwen hadden allemaal doeken om hun hoofd gewikkeld en ik loop zonder enige hoofdbedekking rond.

Ze volgde een pad dat tussen een paar huizen door op een bredere straat uitkwam. Hier waren winkels, de ene naast de andere. Donkere, kleine holen, ook grotere bedrijfjes waar in het ene ambachtslieden aan het werk waren en in het andere handel werd gedreven.

Als betoverd boog ze zich over de kleine manden waarin zich geurende graankorrels en zaden, bessen, wortelen en knollen bevonden. Alleen de harsachtig ruikende roodbruine muskaatnoten die vreemd gevormde patronen vertoonden en de zwarte verschrompelde peperkorrels kwamen haar bekend voor. De inhoud van de meeste manden was haar volkomen vreemd en vol geheimen. Er waren kleine bruine sterren die net als anijs roken, zwarte kruimels met een zwaar, gronderig aroma, bitter ruikende gele wortels, gedroogde bladeren die naar citroen roken, lange bruine peulen die eruitzagen als gedroogde stokbonen alleen een vreemd frisse, zurige lucht verspreidden...

'Tamarinde. Ze worden in water gelegd zodat de zurige scherpte zich kan ontplooien en dan wordt er donker tamarindesap van gemaakt.'

De koopman, leunend tegen zijn deurpost, handen op de rug, moest haar al een tijdje hebben gadegeslagen terwijl zij in vervoering de geur van de specerijen opsnoof. Charlotte keek hem verbluft aan, niet alleen omdat hij vloeiend Duits sprak, maar ook omdat ze hem herkende.

'U was eerder in het stadhuis, toch?'

'Dat klopt. We hebben elkaar daar gezien.'

Het was de man met de gouden glans in zijn ogen. Schuw nam ze hem op, ze durfde echter nauwelijks naar zijn gezicht te kijken. Hij was een Indiër, geen Arabier, of vergiste ze zich?

Hij leek haar verlegenheid aan te voelen en begon haar over de specerijen te vertellen, legde uit waar ze vandaan kwamen en waarvoor ze werden gebruikt. Hij liet haar zien dat er vier soorten peper waren, de witte, zwarte, rode en groene, en liet haar op een stukje Indisch laurierblad kauwen dat naar kaneel of kruidnagel smaakte.

Het aroma was zo scherp dat het haar opnieuw duizelig maakte.

'Ik heb een hoofddoek nodig.'

'Ik heb mooie stoffen, komt u maar mee.'

Eigenlijk had ze niets willen kopen, toch volgde ze hem zijn winkel in, waar het aangenaam koel was. Stofbalen lagen opgeslagen in gammele schappen, kleurige, witte, groene. Daartussen stonden kisten met allerlei glinsterende prullaria, vazen en kannen. Aan de muur hingen riemen met zilveren gespen.

Hij had een behendige manier om de opgevouwen lappen met een enkele beweging over een kleine tafel uit te spreiden. Warm geel, zachtroze, turquoise dat schitterde als een door de zon beschenen zee. Er waren er ook met een dessin dat aan een ineengerold slakkenhuis of rank gebladerte deed denken.

'Hoe duur is deze?' vroeg ze en ze wees op een doek in een warme goudtint.

'Vijf roepia voor u. Het is van Indische zijde gemaakt. Een mooie doek voor een mooie vrouw.'

'Ik heb alleen maar Duits geld bij me.'

'Dan neem ik zes mark van u aan.'

Charlotte schrok. Zes mark? Zoveel kon ze nooit ofte nimmer voor een hoofddoek uitgeven, ook niet als het Indische zijde was. Ze nam de stof in haar hand en voelde hoe licht die was. Zacht en glad gleed de stof door haar vingers en bleef aan elk ruw huidplekje hangen. Dergelijke stoffen had ze vroeger goed gekend, haar moeder had kleren daarvan gedragen die later tot rokken voor Ettje en tante Fanny vermaakt waren.

'Dat is te duur.'

'U zult deze kwaliteit nergens goedkoper krijgen.'

Ze probeerde niet eens af te dingen. Zelfs wanneer ze de prijs van de doek een of twee mark omlaag kon krijgen, was het totale waanzin om zo'n duur kledingstuk aan te schaffen.

'Ik moet erover nadenken.'

Ze glimlachte verontschuldigend en kon uit zijn ernstige gezichtsuitdrukking opmaken dat hij de reden voor haar terughoudendheid had begrepen. Hij boog voor haar toen ze naar buiten ging, wat heel vreemd op haar overkwam.

Haastig liep ze de straat door, pas toen ze een eindje van de winkel verwijderd was, begon ze weer te slenteren om naar de bedrijfjes te kijken. Er waren veel handwerkslieden die half op straat zaten en op metaal hamerden, sieraden aan elkaar regen of achter naaimachines zaten en lange witte gewaden maakten.

Naaien kan Klara ook, dacht ze. Ze moesten een van deze huisjes huren, goederen inkopen en aanbieden. Kleren naaien, mooie sieraden fabriceren, waarom zou dat niet mogelijk zijn?

Ze kon alleen nergens een lege winkel ontdekken. Zelfs het kleinste krot lag vol met manden met koopwaar, een ambachtsman zat ergens op te kloppen, Arabieren dronken koffie en inhaleerden rook uit lange slangen die aan een slank glasreservoir bevestigd waren. Het rook zoetig en ze voelde de grond onder haar voeten weer bewegen. Doeken wapperden aan een standaard, purperen, bloedrode, saffraankleurige, daartussen één die oplichtte als donker goud. Indië, het land van haar moeder.

Ze draaide zich om en ging vastbesloten terug.

De Indische handelaar had clientèle in de winkel, twee gekleurde vrouwen kochten specerijen en rijst die hij afwoog en in de door hen meegebrachte manden deed.

Toen ze de winkel hadden verlaten, keerde hij zich naar Charlotte.

'U hebt erover nagedacht?'

'Ik zou de doek graag nog eens zien.'

'Doe hem maar om, hier is een spiegel.'

Hij had de lappen stof alweer op het schap gelegd, de zijden doek lag bovenop en toen hij hem openvouwde, spreidde die zich voor Charlotte uit als een golvende gouden vlag. Het voelde aan als een luchtige ademtocht, een verre, tedere herinnering, zo fijn als een spinnenweb en toch een zekere bescherming, koel en verwarmend tegelijk. De Indiër hield haar een ronde, in zilver gevatte handspiegel voor.

'Het is uw kleur, de kleur van uw ogen.'

Dus hij had het ook opgemerkt. Ze drapeerde de doek op een andere manier, kruiste de uiteinden onder haar kin en sloeg ze naar achteren in haar nek.

'Ik heb een vraag.'

Hij scheen zoiets vermoed te hebben want zijn ogen trokken zich een beetje samen en om zijn mond verscheen een ironisch trekje.

'Vraagt u maar.'

'Ik wil winkelruimte huren om een bedrijf te beginnen.'

Wat hij ook verwacht had, dit was het zeker niet geweest.

'Hier? Wat wilt u verkopen?'

'Alle mogelijke spullen. Potten en pannen, kleden, stoffen, specerijen. Mijn nichtje kan goed naaien, we zouden kleren kunnen maken of repareren.'

Ze vertelde dat ze als kind op de markt onderhandeld had, dat ze een winkel in koloniale waren had gehad, dat het handeldrijven haar in het bloed zat en ze het vaste voornemen had om hier opnieuw te beginnen.

Hij luisterde geduldig naar haar en zei toen spijtig dat alle winkels bezet waren. Het was niet gemakkelijk hier in de buurt een huis te huren. 'Het hoeft maar een kleine ruimte te zijn om te beginnen. Kent u niemand die hier weg wil? Of iemand die stopt met zijn bedrijf?' Hij observeerde haar nog steeds met toegeknepen ogen, nu leek er ook wantrouwen in te liggen en de moed zonk haar in de schoenen.

'U bent een Duitse?' wilde hij weten.

'Ja.'

Hij zweeg en keek toe hoe ze de doek losmaakte en die op een andere manier omsloeg. Hij ging achter haar staan en keek over haar schouder in de handspiegel die haar gezicht toonde, omsloten door gouden zijde. De vraag die haar zo vaak gesteld was, zweefde onuitgesproken in de lucht, maar deze keer stonden de zaken er anders voor. Wat in de kleine stad Leer een schandvlek was geweest kon hier misschien een deur openen.

'Mijn grootmoeder was een Indische. Helaas ken ik niet eens haar naam. Ik was nog heel jong toen mijn ouders en broertje stierven.'

'Uw grootmoeder is in u teruggekomen.'

Ze zou de betekenis van deze zin pas veel later begrijpen toen ze hem beter kende. Nu, op dit moment, vond ze de opmerking nogal bespottelijk.

'De man die de winkel hiernaast heeft, vertrekt over een paar weken naar Usambara,' zei hij kalm. 'De plantages die de Oost-Afrikaanse maatschappij wil aanleggen trekken veel mensen aan. De Duitsers zijn goede klanten, ze hebben veel dingen nodig en daarnaast betalen ze hun werknemers stipt. De Afrikanen zijn net kinderen, als ze een beetje geld hebben verdiend, kopen ze meteen goedkope messen en mooie gewaden, sieraden, zilveren knopen en alcohol.'

De manier waarop hij over de Afrikanen praatte, beviel haar niet, er lag oneindig veel minachting in. Toch greep ze de kans die hij haar bood.

'Dan kan ik die winkel misschien huren? Van wie is hij? Tot wie moet ik me wenden?'

'Hij is van mij, ik kan u alleen niet de hele ruimte verhuren, een deel ervan heb ik nodig als magazijn.'

'Dat is niet erg. Ik wil toch klein beginnen,' zei ze enthousiast. 'Hoe hoog is de huur?'

'Het is niet alleen de winkel, ik verhuur ook de woning erboven.'

De woning had drie kamers, er was een waterleiding en een eenvoudige kookplaats, waarbij ze zich niet veel kon voorstellen. Hij kon het haar morgenvroeg laten zien, nu had hij niemand die op de winkel kon passen.

'Waar koopt u de goederen in?'

Hij glimlachte een beetje uit de hoogte en ook met medelijden. Ze was nog nooit iemand tegengekomen die zo moeilijk in te schatten was. Bood hij haar de winkel en woning aan omdat ze een Indische grootmoeder had? Of gewoon omdat hij haar mocht?

'Ik zal u bij het inkopen helpen.'

Kon ze hem vertrouwen? Haar gevoel vertelde haar dat hij nog een andere reden moest hebben om haar dit aanbod te doen. Misschien wilde hij haar alleen haar spaargeld aftroggelen. En toch geloofde ze niet een doortrapte oplichter voor zich te hebben, al kon ze zich natuurlijk vergissen.

'Ik kom morgenvroeg langs om het huis te bekijken. Geeft u het alstublieft niet aan iemand anders tot die tijd.'

'Natuurlijk niet.'

Ze trok de doek van haar haren en hield hem in haar handen. Hij wierp zachte schaduwen en leek op een gouden stroom die door haar vingers gleed.

'Voor vier mark neem ik hem,' zei ze gedurfd.

Eerst zag ze alleen zijn schouders schudden, toen hoorde ze hem giechelen en uiteindelijk lachte hij. Niet hard, bijna stil, maar hij leek zich kostelijk te vermaken.

'Neem hem maar mee, het is een geschenk van Kamal Singh. Ik wacht morgenvroeg op u.'

Het huis was naar Europese maatstaven meer dan primitief. Twee kleine ramen keken uit op de straat en ook aan de noordkant waar een steeg op uitkwam drong door een vierkante opening in de muur wat licht naar binnen, al diende deze opening meer voor rookafvoer van de kookplaats. Verder was het donker, in de kleine slaapkamers kon je niet eens rechtop staan omdat het platte dak naar de straatkant schuin afliep zodat het regenwater weg kon lopen. De vele plekken waar het pleisterwerk van de muren afbrokkelde hadden de huidige bewoners met kleurige tapijten bedekt. De vloer was gedeeltelijk betegeld, de meeste tegels waren echter losgeraakt of gebroken.

Christian slikte zijn verontwaardiging in tot ze weer buiten op straat stonden en daar deelde hij Kamal Singh vriendelijk maar vastbesloten mee dat hij niet van plan was dit huis te huren. Daarop verwijderde hij zich met energieke tred in de volle overtuiging dat Charlotte en Klara hem zouden volgen. Hij vergiste zich. Toen hij zich na een poosje omdraaide, stonden de twee vrouwen nog steeds voor de zaak van de Indiër en was hij gedwongen om te keren.

'Wat is er aan de hand? Je wilt toch niet in dat krot gaan wonen?' Charlotte was vastberaden. 'Ik wil de winkel zien.'

Hoofdschuddend dwong hij zichzelf geduld te hebben. De winkel was niet meer dan een kale ruimte met smoezelige muren die ooit wit waren geweest. De vorige huurder wilde wel een wrakkig schap voor hen achterlaten, waarschijnlijk omdat het de reis naar de bergen niet zou overleven, al het andere zou hij meenemen. Een gordijn scheidde het achterste gedeelte af, daar waren kisten opgeslagen en in witte stof genaaide goederenbalen die van Kamal Singh waren. Wanneer er genoeg plaats was konden zij daar ook spullen bewaren, wanneer hij de ruimte nodig had moesten ze hem leeghalen.

'Je bent niet goed wijs,' schold Christian, toen de vrouwen bij hem terugkwamen. 'Die vent heeft het alleen op ons geld voorzien. Kijk toch naar hem.'

Charlotte werd boos want hij had zo hard gepraat dat Kamal Singh, die weer naar zijn winkel was gegaan, het had kunnen horen.

'Ik wil dit huis en deze winkel huren, Christian.'

'Niet met mijn instemming. Ik ben je echtgenoot, zonder mijn toestemming kun je geen contract ondertekenen. Voor het geval je het vergeten bent, we leven hier volgens de Duitse wet.'

'Alsjeblieft,' zei Klara vertwijfeld. 'Geen ruzie maken en al helemaal niet midden op straat.'

'En waarmee denk je in ons levensonderhoud te voorzien?' vroeg Charlotte woedend zonder zich iets van Klara's smeekbeden aan te trekken. 'Van je droom eens een koffieplantage te bezitten? Wanneer? Over een jaar? Over tien jaar? En moeten we tot die tijd verhongeren?'

Christian was in een heel slecht humeur. Zijn hoop een krediet te verkrijgen was de vorige dag de grond in geboord. Hij had op de kliekjeseconomie gescholden, de hoge heren die elkaar geld en land toeschoven en anderen buitensloten. Ebert, bij wie hij zijn beklag had gedaan, had alleen zijn schouders opgehaald en hem een positie als klerk bij het Duitse overheidskantoor aangeboden. Niet heel goedbetaald, maar het zou een begin zijn.

'Ik zal in Usambara heus wel een baan kunnen vinden,' mopperde hij uiteindelijk. 'Op de plantages zullen ze blij zijn een Duitser te kunnen aanstellen. Dan kan ik kennis opdoen en geld sparen.'

'Dat kun je doen, alleen zonder mij.'

Hij gaf toe dat hij haar en Klara in dit geval niet mee zou kunnen nemen. Het zou echter waanzin zijn om deze Indiër te vertrouwen, hij was een Aziaat en kleurde dus buiten de lijntjes. Hij had bij Kunert informatie ingewonnen. Kamal Singh bezat meerdere winkels met huizen in de Inderstraat, zijn twee zoons waren ook kooplui en woonden op Zanzibar, daarbij had hij nog drie schoonzonen, van wie er een in Bagamoyo en de beide anderen ergens in Arabië woonden. De clan werkte goed samen en handelde zeker niet alleen in waterketels en zijden doeken. Kunert wist ook nog te vertellen dat de Indiër met de Duitse overheid in onmin verkeerde. Men had geprobeerd hem over te halen een huis te verkopen om het vervolgens te kunnen afbreken. De zich gestaag uitbreidende Indische buurt was de Duitsers een doorn in het oog. Waarschijnlijk ging het om het gebouw dat hij nu aan Charlotte wilde verhuren. Een slimme zet. Wanneer daar een Duitse familie woonde, zouden de Duitse instanties hem voor het eerst met rust laten.

'En als dat zo is, een reden te meer voor hem om mij niet te bedriegen.'

Ze had intussen al naar de wisselkoers geïnformeerd. Een roepie was één mark drieëndertig waard, een peseta twee pfennig. Er gingen vierenzestig peseta's in een roepie. Wanneer Kamal Singh voor de hoofddoek vijf roepies wilde hebben en daarna zes mark van haar vroeg, had hij heel gunstig voor haar omgerekend.

Het vijandige zwijgen midden in een knetterend onweer deed Charlotte pijn. Ze was te hard geweest. Ze wist toch hoe Christian onder zijn ontgoocheling leed. Het was beter als ze probeerde hem met zachtheid te overreden.

'Als je daadwerkelijk naar Usambara wilt gaan, moeten Klara en ik toch ergens wonen?' zei ze op verzoenende toon. 'Tenslotte kunnen we niet weken tot maanden in het postkantoor logeren en het hotel is veel te duur. Dan komt dit huis goed uit. Vooral omdat je ons vast snel geld zult sturen.'

De laatste zin hielp. Ze geloofde in hem, vertrouwde erop dat hij succes zou hebben. Als zij dat deed, kon ook hij in zichzelf geloven. Zijn sombere, verkrampte gezicht ontspande.

'De woning, goed, niet de winkel.'

'Hij verhuurt ze alleen samen.'

Ze had een poosje nodig om hem te overtuigen, maar uiteindelijk capituleerde hij vanwege haar vasthoudendheid. Goed, hij zou naar de huur informeren. Ze mocht in zijn afwezigheid in geen geval dure waren inkopen waarmee ze dan zou blijven zitten. En zich niet laten meeslepen om bij deze Indiër schulden te maken. Hij zou haar zeker tot op het hemd uitkleden.

Charlotte verbeet met moeite de hatelijke opmerkingen die op het puntje van haar tong lagen en gedrieën gingen ze terug naar Kamal Singhs winkel om de onderhandelingen te voeren. De Indiër scheen Christians beledigende woorden niet gehoord te hebben, hij behandelde hem vriendelijk, hoewel zijn glimlach moeilijk te duiden was. De huur moest ze wekelijks voldoen en gelukkig was deze verbazingwekkend laag. Er werd een huurcontract opgesteld dat de woning en een deel van de daaronder gelegen winkelruimte betrof. Charlotte stond erop haar handtekening naast die van haar man te zetten.

Christians reis naar Usambara sloeg een gat in hun spaargeld. Hij zou met de kuststomer naar Tanga varen om zich daar bij een reisgezelschap aan te sluiten dat het Usambaragebergte in wilde trekken. Daar wilde hij een muildier huren of kopen en daarnaast had hij geld nodig voor kost en onderkomen. Verder zou de Oost-Afrikaanse maatschappij hem ondersteunen: Duitse arbeidskrachten waren nodig, wie wilde werken om iets te bereiken was altijd van harte welkom.

Op het moment dat ze bij de haven afscheid van elkaar namen, voelde Charlotte bittere gewetenswroeging. Hoe kon ze hem helemaal alleen laten gaan? Ze was toch zijn vrouw en had beloofd altijd aan zijn zijde te blijven? Ach, hoe moest zo'n wereldvreemde dromer als hij alleen in de wildernis overleven?

'Schrijf je me zo snel mogelijk?' smeekte ze hem.

De kleine poststoomboot had bij de aanlegsteiger aangemeerd, de bel luidde, het was tijd. Toen Christian haar omarmde voelde ze het trillen van zijn borst, hij snikte en ook zij kon haar tranen niet meer inhouden.

'Vergeef me, Charlotte. Wanneer we weer samen zijn, zal alles anders worden. We zullen nooit meer ruziemaken. Ik hou van je, liefste. Ik hou zoveel van je.'

Hij moest zich met geweld van haar losrukken, anders had hij de boot niet meer gehaald. Vanaf het dek zwaaide hij naar haar en op het moment dat de stoomboot het smalle kanaal in voer dat de haven met de oceaan verbond, zag ze nog steeds zijn witte zakdoek in de wind wapperen. Toen verdween het schip achter de dichte palmenbosjes van de evangelische missiepost.

Charlotte bracht de volgende dagen op verschillende ambtelijke kantoren door om de benodigde papieren voor de opening van haar winkel te verkrijgen. Een week later stuurde Kamal Singh haar een boodschap op het postkantoor: huis en winkel waren nu beschikbaar. Het was een bevrijdend bericht voor de twee vrouwen, die zich intussen rustverstoorders voelden.

In de Inderstraat wachtte hun een verrassing. Kamal Singh had de muren van de woning opnieuw laten witten, in de grotere kamer lagen kleden op de vloer. Aan het plafond hingen olielampen, onder het raam stond een kleine dekenkist van donkerbruin hout, een ledikant met beddengoed in een van de slaapkamers. In de keuken vonden ze allerlei kookgereedschap, servies, emmers, zelfs een stoffer en blik en daarbij een bos hout om vuur mee te maken. Bovenal had hij een fornuis geplaatst dat weliswaar vreselijk gebutst was, maar een pijp bezat die de rook door het venster naar buiten liet gaan. Al deze dingen hoorden zogenaamd bij het huis en stonden tot hun beschikking.

Charlotte stond erop de huur voor de eerste twee weken vooruit te betalen, waarbij Kamal lachend zijn hoofd schudde en toen het geld toch aannam. Dat ze in het stadhuis Duits geld had ingewisseld voor roepies en peseta's beviel hem ook niet. Waarom was ze niet naar hem toe gekomen? Hij zou haar een gunstiger koers hebben gegeven.

Ze liet het aan Klara over om de weinige bezittingen die ze in hun koffers meegenomen hadden, in te ruimen en zat urenlang in Kamals winkel, hielp met klanten bedienen en probeerde Swahili te leren. Toen hij opmerkte dat ze zinnen en uitdrukkingen op een vel papier schreef, verdween hij in het achterste gedeelte van de zaak en kwam terug met een klein beduimeld boekje.

Woordenboek van het Swahili met grammatica, ontcijferde ze verrast. 'Waar hebt u dat vandaan?'

Hij haalde zijn schouders op, wat zoveel betekende dat hij het zich niet meer kon herinneren, maar ze mocht het boekje met plezier gebruiken. Het was bij het oosterse seminarie in Berlijn gedrukt en duidelijk voor gebruik in een evangelische missiepost bedoeld.

'Slimme lui, ze hebben daarboven bij de haveningang hun missiegebouw, verbouwen groente en fruit en hebben ook kokospalmen. Er is een school en een ziekenpost. Ze behandelen iedereen zonder uitzondering.'

'U zou me helpen waren in te kopen.'

'Zeg maar wat u hebben wilt.'

Ze was voorzichtig. Rijst en thee verkochten altijd, dan mooi serviesgoed, niet te duur, wat huishoudelijke artikelen en stoffen.

Hij luisterde zonder iets te zeggen en knikte af en toe. Blijkbaar had deze keuze zijn instemming. Hij voegde eraan toe dat een paar glanzende dingen erbij nooit verkeerd waren, wat sieraden, flitsende windgongen, voorwerpen die aandacht trokken.

'Specerijen, alleen de gangbare. En een naaimachine.'

'Een naaimachine?'

'Voor mijn nichtje, ze kan heel goed naaien.'

Hij schudde zijn hoofd en zei dat zo'n machine erg duur zou zijn en niet makkelijk te vinden. Hij zou ernaar uitkijken. Hij noemde haar de inkoopprijzen, stelde voor hoeveel ze zou inkopen en wat ze eraan kon verdienen. Charlotte rekende alles uit in haar hoofd en slikte, van haar spaargeld zou weinig overblijven. De winstmarges liepen uiteen. De levensmiddelen brachten nog het minste op, de andere spullen.wat meer. Alleen moest je ze wel eerst verkopen. 'Het komt wel goed,' sprak hij haar moed in. 'In elk geval om te beginnen, later kun je betere zaken doen.'

De bestelde goederen werden nog dezelfde middag in haar winkel afgeleverd. Afrikanen torsten zakken en balen op hun rug, zetten de goederen gehoorzaam daar neer waar Charlotte ze wilde hebben en waren de koning te rijk met hun fooi van een paar peseta's. Algauw verschenen er ook twee jonge Indiërs met tafeltjes, een stoel en meerdere kisten en legden uit dat Sahib Kamal Singh zich afvroeg of ze deze helaas wat stoffige en beschadigde voorwerpen kon gebruiken. Niets paste echt bij elkaar. De tafels waren gemaakt van glad hout met gedraaide poten. De stoel, waarvan de zijleuningen waren versierd met houtsnijwerk en die bekleed was met rood gedessineerd fluweel, leek wel uit een Indisch paleis te komen, ook al was hij wat versleten. Charlotte besloot zich vooralsnog geen zorgen te maken over het gulle gebaar van de Indiër, riep Klara naar beneden en bracht de rest van de middag door met het inruimen van de koopwaar. Doordat ze de houten panelen van de poort daarbij openliet, verschenen ook de eerste klanten en had ze tegen de avond drie roepies en vierentwintig peseta's verdiend.

Op het moment dat ze kort voor het donker werd worstelden met de houten poortdelen om de winkel voor de nacht tegen inbrekers te beveiligen, verscheen Kamal Singh hoofdpersoonlijk om een handje te helpen en de vrouwen te waarschuwen.

'Ga 's nachts nooit alleen naar buiten. En wanneer het toch moet, schaf een revolver aan.'

'Een revolver?' vroeg Charlotte die het een beetje benauwd kreeg.

'Voor een vrouw is dat beter dan een geweer,' zei hij gelijkmoedig. 'Het allerbeste is je 's nachts door een gewapende knecht te laten begeleiden.'

'Veel dank voor het advies. We zullen geen stap buiten de deur zetten zolang het donker is.'

Hun avondmaaltijd bestond uit gekookte rijst, gekruid met zout en kurkuma en daarbij een mango die Charlotte van een straatverkoopster gekocht had en die heerlijk naar rijpe perziken smaakte. Bij gebrek aan een tafel en stoelen zaten ze naast elkaar op de dekenkist met het bord op schoot en luisterden naar de regen die hard op het dak roffelde. Het was een geweldig gevoel in je eigen huis te zijn en je bij niemand voor je aanwezigheid te moeten verontschuldigen.

'Wanneer we eenmaal een naaimachine hebben, kun je uit de stoffen mooie kleren maken,' mompelde Charlotte toen ze naast Klara in bed lag.

'Maar ik heb nog nooit op een naaimachine genaaid, Charlotte.'

Grootmoeder had de nieuwe techniek altijd gewantrouwd, dergelijke dure onzin had je niet nodig zolang er genoeg vrouwen in huis waren die met naald en draad overweg konden.

'Dat leer je snel genoeg. Zelfs de mannen kunnen het hier. Heb je niet gezien hoe ze voor hun winkels zitten en de naden dichtsnorren?'

Ze hadden het raam in de grote kamer opengelaten. Het was opgehouden met regenen en de frisse lucht voelde prettig aan. Een raar geluid drong van buiten tot hen door, een gekrabbel en gekras, toen een doffe klap.

'Wat was dat?' fluisterde Klara angstig. 'Toch geen dief die in onze winkel wil inbreken?'

'Het was niet hier, verder weg.'

Hout versplinterde, ze hoorden een gesnuif, gevolgd door een diep reutelend gegrom dat hen het bloed in de aderen deed bevriezen. Charlotte sprong op van het bed en liep naar het raam. Beneden op straat was nu lawaai. Fakkels bewogen, mannen zwaaiden met knuppels en vloekten en schreeuwden in allerlei talen.

'*Simba, simba.*'

In het halfdonker zag Charlotte de heen en weer bewegende schaduw van een groot dier, een dof gegrom weerklonk, gevolgd door een diep, dreigend gebrul. De mannen weken terug en een van hen wierp zijn brandende fakkel naar het beest en in het licht daarvan herkende Charlotte de opengesperde muil en de wilde, glinsterende ogen van een leeuwin. Ze snoof boos om zich daarna om te draaien en weg te lopen over de straat tot ze in de duisternis verdween. Dat was natuurlijk de reden waarom ze 's nachts niet naar buiten mochten. Leeuwen drongen als het donker was de stad binnen en probeerden in woningen en bedrijfjes iets eetbaars te stelen.

Dezelfde dag dat Kamal Singh de naaimachine liet brengen, dook Schammi op. Charlotte was vlug even naar de markt gelopen om groente en fruit te kopen toen ze de jongen opmerkte. Hij hurkte ineengedoken bij een van de houten palen van het langgerekte strooien dak waaronder het marktgebeuren zich afspeelde. Charlotte voelde zijn indringende blik terwijl de koopvrouw twee handen vol pinda's in haar mand gooide. In een opwelling hurkte ze voor hem en hield hem een paar pinda's voor.

Aanvankelijk maakte hij geen beweging. Zijn ogen weerspiegelden twijfel en wantrouwen. De grote donkerbruine ogen leken enorm in zijn smalle gezicht. Misschien was het dat wat Charlotte zo ontroerde aan dit kind. Het duurde een poosje voor hij zijn hand uitstak en de noten een voor een uit haar hand pakte. Ze knikte hem glimlachend toe en haastte zich toen terug naar de winkel waar Klara met de naaimachine worstelde.

Ze merkte pas later dat hij haar gevolgd was. Eerst vocht ze nijdig met de nukken van het weerbarstige apparaat en tegelijk tegen Klara's zachte berusting dat ze direct geweten had dat dit een zinloze aanschaf was.

'Het is te vermoeiend voor mij, Charlotte, mijn voet...'

'Je hebt twee voeten, Klara. Met je gezonde voet kun je de machine heel goed op gang brengen.'

'Het gaat te zwaar. En als er dan eindelijk beweging in komt, breekt de draad af.'

De naaimachine was een fabricaat van de firma Seidel & Naumann uit Dresden, wat in gouden letters op het zwarte ijzeren frame te lezen was. Kamal Singh was er via geheimzinnige wegen aan gekomen. Het apparaat was zogenaamd afkomstig van een Nederlandse emigrant uit Zuid-Afrika.

'Als de Duitsers haar gemaakt hebben, moet ze wel degelijk zijn,' beweerde hij.

Degelijk was ze zeker. Ze wankelde of trilde niet, ze liep alleen buitengewoon zwaar. Charlotte vroeg de Indiër om olie en ging de ijzeren dame met een kannetje te lijf. Ze goot in elk gaatje, op elke schroef en uit voorzorg ook over het grote vliegwiel een portie van de doorzichtige, vreemd ruikende vloeistof.

Steeds meer mensen vormden een kring van toeschouwers en keken nieuwsgierig naar haar inspanningen. Na veel vergeefse pogingen lukte het Charlotte eindelijk een rechte naad te stikken zonder dat ze zich in haar vinger prikte of de weerbarstige draad liet knappen. Het geheim zat hem erin dat je regelmatig moest trappen, als je uit het ritme raakte, naaide de machine achteruit.

'Het is helemaal niet zo moeilijk, Klara. Over een paar dagen heb je het onder de knie en wil je niet meer met de hand naaien.'

Ze kreeg een klein applausje toen ze de lap stof met de genaaide naad triomfantelijk in de lucht hield. Ze begreep weinig van de kwinkslagen, maar ze leek vooral de zwarte vrouwen een groot genoegen te hebben gedaan. Klara, die bij zoveel aandacht het liefst door de grond wilde zakken, haalde opgelucht adem toen de mensen zich eindelijk weer verspreidden. Alleen een zwarte jongen bleef over, een magere knaap van misschien tien of elf jaar, slechts gekleed in een korte juten kiel. Hij was dicht bij de winkel op de grond gaan zitten, vlak naast de tafel waar Charlotte haar specerijen, een paar doeken en gekleurde kopjes had uitgestald. Ze herkende hem direct.

'Jambo, wil je meer pinda's?'

'Nee.'

Vragend keek ze Klara aan, die haar schouders ophaalde en medelijdend naar de jongen keek.

'Hij heeft vast honger, Charlotte, kijk maar hoe dun hij is.'

De jongen zei iets in het Swahili, dat ze niet direct begrepen. Daarop praatte hij langzamer, wees naar de tafel met specerijen, kwam overeind en zette een hoge borst op.

'Ik geloof dat hij op onze waren wil passen.'

'Dat gaat niet,' zei Charlotte. 'We kunnen hem niet betalen.'

'Geen geld, alleen *chakula*. Schammi eet niet veel.'

Het leek erop dat hij alleen voor wat eten wilde werken.

'We hebben niemand nodig.'

'Witte bibi heeft een boy nodig. Bibi kan niet weg, Schammi haalt wat ze hebben wil. Schammi vangt dieven. Schammi sjouwt met kisten. Schammi gaat overal heen waar ze maar wil.'

Hij begeleidde deze woorden met gebaren, sprong heen en weer, deed alsof hij een denkbeeldig straatschoffie vasthield, sleepte met kromme rug een niet-bestaande last. Hij was in elk geval een getalenteerd pantomimespeler.

'Ga er niet op in,' adviseerde Kamal Singh, die naar hen toe kwam om hun glazen zoete thee en wat gebak op een dienblad te brengen. Sinds ze de winkel naast hem geopend hadden deed hij dat elke ochtend en vroeg in de middag.

'Hij is een gewiekste dief,' zei hij met zijn gebruikelijke bedaardheid, 'en bovenal draagt hij de kiem des doods bij zich.'

'De kiem des doods? Wat bedoelt u daarmee?'

Charlotte ontdekte in de ogen van Kamal Singh een uitdrukking die haar nog niet eerder opgevallen was. In het goud flitsende donker van zijn iris lag kilte.

'Er zijn altijd weer ziekten die niemand bij name noemt of kan genezen. Zijn familie stierf aan zo'n koorts, hij is de enige die het overleefd heeft. Niemand weet waarom hij uitverkoren werd om te blijven leven, zeker is dat hij de ziekte bij zich draagt.'

Schammi was weer naast de tafel met koopwaar gaan zitten en

leek tot een donker standbeeld te zijn verstard zolang Kamal Singh met Charlotte en Klara praatte. Pas toen de Indiër terug naar zijn eigen zaak was gegaan, verroerde hij zich weer.

'Geen geld, alleen een beetje chakula.'

'Het is onze christenplicht, Charlotte,' zei Klara. 'Kamal Singh mag ons dan welgezind zijn, hij is ook een hardvochtig mens.'

'En als hij gelijk heeft?'

'God zal ons beschermen en tegen de koorts is er kinine.'

Ze hadden allebei af en toe met koortsaanvallen en diarree te kampen gehad, al duurde het nooit langer dan een paar dagen. Charlotte besloot het met Schammi te proberen. Ze konden hem als loopjongen gebruiken, als oppasser voor de winkel, hij kon kleine klusjes en op de markt inkopen doen. Ze zouden vooral Swahili met hem praten en daardoor de taal leren.

De eerste nacht bracht Schammi door in de winkel. 's Ochtends vonden ze hem achterin tussen de balen stof terug, trillend van angst. Ook al zat de houten poort op slot, hij was doodsbang voor de leeuwen. Van het boodschappen doen bracht hij niet veel te- recht. Hij nam steeds de verkeerde dingen mee en probeerde zich eruit te kletsen door te beweren dat de vruchten die hij had moe- ten kopen, verrot waren en dus had hij andere gekocht. Rekenen lag hem al helemaal niet. Wanneer hij terugkwam van de markt kon hij nooit zeggen hoeveel hij had betaald voor een bepaald pro- duct. In plaats daarvan toonde hij andere talenten. Hij leerde in hoog tempo Duitse woorden, kon al snel allerlei voorwerpen en feiten benoemen en Charlotte moest behoorlijk haar best doen om hem met haar Swahili bij te kunnen benen. Klara, die hem bijzon- der toegenegen was, verheugde zich de hele dag over zijn oplet- tendheid. Met kritische blik keek hij toe hoe ze op de naaimachine werkte en raadde, zonder dat ze het hoefde te vragen, wat hij voor haar moest halen.

Sinds de eerste nacht waarin Schammi bijna van angst was ge- storven, woonde hij bij hen in huis. In het nog lege slaapkamertje lag hij opgekruld als een baby op een kleedje en leek met zijn harde bed heel tevreden te zijn.

Charlotte besloot een eerste brief naar huis te sturen. Het was geen uitvoerig epistel. Ze schreef dat ze gezond waren, een kleine winkel bestierden in Dar es Salaam en goed gesetteld waren. Ze zei niets over de reis van Christian naar het Usambaragebergte. Sedert zijn vertrek met de boot drie weken geleden, hadden ze niets meer van hem gehoord en ze begon zich serieus zorgen te maken. Erger dan de zorgen om Christian was de buitengewoon boosaardige zondige gedachte die ze vol schaamte afwees, alleen niet helemaal onderdrukken kon: het leven zonder hem was prettig.

Kamal Singh wist dat Charlottes echtgenoot naar Usambara vertrokken was, hij vroeg echter nooit naar hem. Het kwam Charlotte voor dat de Indiër niet verwachtte dat Christian ooit nog terugkwam. Nog minder scheen hij er rekening mee te houden dat Charlotte en Klara op een dag ook naar Usambara zouden gaan om zich daar bij Christian te voegen. Kamal Singh bleef moeite doen om Charlotte te helpen bij het leiden van haar bedrijfje. Hij bezorgde Klara opdrachten uit zijn uitgebreide vriendenkring, verschafte Charlotte allerlei koopwaar met een gunstige inkoopsprijs en die goed verkocht en wanneer hij hun thee bracht praatte hij steeds opener over al zijn zaken.

Zo nauw verbonden als ze eerder met Klara was, toch begonnen er scheurtjes in hun hechte relatie te ontstaan. Steeds vaker hield ze haar gedachten voor zich en ze wist dat ook Klara veel verzweeg. Haar nichtje had zichzelf er met veel moeite toe gebracht buiten voor de winkel achter haar naaimachine te zitten, ze deed haar werk echter zonder naar links of rechts te kijken en als ze al praatte dan deed ze dat alleen met Charlotte en Schammi. De levendige, vrolijke manier waarop Charlotte intussen haar klanten bediende en adviseerde, met hen in het Swahili, Arabisch of Duits discussieerde en vooral over de prijzen onderhandelde, lag haar totaal niet.

De eerste ruzie brak uit toen Sarah William op een dag in de Inderstraat verscheen.

'Kijk eens wie daar aankomt,' riep ze naar Klara. 'Sarah William, ik heb me al eens afgevraagd wat er van haar geworden is.'

Sarah was opvallender gekleed dan ooit en baarde zelfs hier, waar veel Afrikaanse vrouwen de voorkeur gaven aan felle bonte kleuren, enig opzien. Charlotte zwaaide naar haar en ze bleef verrast staan en knipperde tegen de zon. Uiteindelijk herkende ze haar voormalige reisgenoten en liep verrukt met uitgespreide armen op Charlotte af. Twee zwarte boys met witte mutsjes en in lange gewaden moesten zelfs hollen om hun bibi bij te houden.

'Charlotte Ohlsen en mijn kleine Klara! Wat een genoegen. Ik was al bang dat jullie spoorloos verdwenen waren in het Usambaragebergte.'

Ze sloeg haar armen om Charlotte heen en Klara moest haar werk onderbreken want ook zij kreeg een hartelijke omhelzing en een kus op elke wang.

'Ik heb die mooie tekening nog steeds, kleintje. Ze heeft een ereplaats op de muur boven mijn bed en iedereen die haar ziet wil weten wie haar heeft gemaakt...'

Charlotte stuurde Schammi naar boven om koffie te zetten, iets wat hij heel goed kon. Vervolgens bood ze haar gast de stoel aan die ze van Kamal Singh had gekregen en Sarah ging met een aanstellerige en tegelijk prikkelende beweging zitten.

'Dit is toch niet jullie eigen winkel? Mijn hemel, wat een werk en dat bij deze hitte. Laat me die oorringen met die groene steentjes eens zien. Nee, niet die, die andere die ernaast hangen. Is dat jade? Echt? Of gekleurd glas? Laten we eens kijken hoe ze me staan. Heb je een spiegel?'

Ze kletste aan een stuk door, vertelde openhartig dat het met haar huwelijk niets was geworden, haar verloofde bleek een vreselijk vervelende man en sowieso was ze niet voor het huwelijk gemaakt. Ze had een mooi huis in het westen van de stad gehuurd waar het aangenaam rustig was en de huizen in goede staat waren, en over gebrek aan gezelschap had ze ook niet te klagen.

'Jullie moeten alle twee beslist bij mij op bezoek komen. En dat mijn kleine Klara zo goed kan naaien! Nou ja, op de boot zat je ook altijd te priegelen. Waar is je man, Charlotte? Ben je hem kwijtgeraakt?'

Ze lachte hard om haar eigen grapje dat noch Charlotte, noch Klara erg leuk vond. Daarop gaf ze toe gehoord te hebben dat Christian Ohlsen naar het Usambaragebergte getrokken was om daar op een plantage te gaan werken.

Charlotte vroeg haar van wie ze dat gehoord had.

'Ach, liefje, ik ken zoveel mensen. Officieren, inspecteurs, artsen, ambtenaars, iedereen die zich hier zo'n beetje gevestigd heeft, loopt bij mij in en uit. Heb je gehoord dat we binnenkort ook een Duitse brouwerij krijgen? Een zekere Wilhelm Schmidt gaat witbier produceren, vreselijk spul, al doet het wel aangenaam denken aan het vaderland.'

Witbier dronk je uit hoge glazen, zoveel wist Charlotte. Misschien wilde deze Schmidt ook wel bierkroezen met de naam van zijn brouwerij erop? Ze was er nog over aan het nadenken hoe ze daaraan kon komen toen Sarah alweer bij het volgende onderwerp was.

'Klara, schatje. Ik heb beslist een goede naaister nodig. Kun je ook korsetten maken? Ondergoed? Die Indiërs kunnen geen behoorlijke kleren naaien, om over hun smaak nog maar te zwijgen, alles is wijd en desondanks gaan de naden los.'

Ze kocht een paar zilveren oorbellen, een rode zijden doek en een paar van de geurzakjes die Charlotte had bedacht. Ze vulde ze met restjes stof waartussen ze citroengras, kruidnagels of vanillestokjes stopte en ze vonden gretig aftrek. Sarah onderhandelde niet, betaalde zonder aarzelen de gevraagde prijs en de leren buidel die ze onder haar jas droeg leek nog lang niet leeg te zijn.

Het afscheid was hartelijk, tenminste van Sarahs kant. Charlotte gedroeg zich vriendelijk, maar een beetje terughoudend. Alleen

Klara, die Sarahs manier van doen en de hele toestand als uiterst pijnlijk had ervaren, moest zich sterk vermannen om tenminste goedendag te zeggen.

'Bibi is een luidruchtige vrouw. Ze praat veel,' stelde Schammi onbevangen vast, terwijl Charlotte en Klara nog beduusd zwegen. 'Ze heeft Afrikaanse meisjes in dienst, dat heet *mgumditemi*. Ze moeten kleren wassen en eten koken, alleen de witte bibi is nooit tevreden. 's Avonds komt er veel bezoek in huis. Veel gelach en drinken. Er komen veel witte mannen naar witte bibi en...'

'Hou je mond,' onderbrak Klara hem op ongewoon scherpe toon. 'Dit is verschrikkelijk, Charlotte. We hadden het direct op het schip al moeten merken. O god, ze is een... een...'

Ze kon het woord niet uitbrengen, in plaats daarvan ging ze weer achter haar naaimachine zitten, die nu in de droge tijd erg stoffig was en vaak geolied moest worden. In haar opwinding trapte ze te hard op het pedaal, de machine begon te ratelen, de draad brak.

'Ik ga niet voor die vrouw naaien, Charlotte!'

Charlotte dacht even dat ze het niet goed gehoord had. Sarah zou goed betalen voor bestelde kledingstukken, wat maakte het haar uit hoe ze de kost verdiende? Ze waren zakenmensen, geen moraalridders.

'Hoe kom je erbij die vrouw te veroordelen? Juist jij, op wie Sarah zo gesteld is?'

Klara probeerde het gebroken naaigaren weer in de naald te doen, wat niet wilde lukken omdat haar vingers zo trilden.

'Ik veroordeel haar niet, Charlotte. Daar heb ik geen recht toe. Jezus zegt: wie zonder zonde is, werpe de eerste steen. Maar ik ga haar handelwijze niet ondersteunen door korsetten en ondergoed voor haar te naaien.'

Het was duidelijk dat Klara veel te veel tijd op de missiepost doorbracht.

'Ze zal haar activiteiten ook zonder korsetten en ondergoed voortzetten,' hoonde Charlotte.

Klara boog zich over haar naaiwerk. Ook al droeg ze een strooien hoed met een brede rand om haar tegen de zon te beschermen, Charlotte kon toch zien dat ze een dieprode kleur had gekregen. Ze had de woorden niet eens zo bedoeld als Klara ze klaarblijkelijk had opgevat.

'Onze Heer Jezus Christus is ook voor haar gestorven, daarom zal God haar deze zonde eens vergeven. Maar ik wil haar niet in haar slechte daden bevestigen. Ik zal niets voor haar naaien.'

Klara bleef standvastig bij haar besluit. Toen Sarah drie dagen later opnieuw in de winkel verscheen, verklaarde Klara zo overbelast te zijn met werk dat ze de komende tijd geen nieuwe opdrachten kon aannemen. Tot Charlottes opluchting nam Sarah haar deze afwijzing niet kwalijk. Ze had voorlopig nog genoeg om aan te trekken, vooral ook omdat een goede kennis heel fijn ondergoed voor haar uit Frankrijk had meegenomen. Ze kocht wat kleine kopjes en een theepot van Charlotte, liet meerdere meters Indische zijde afmeten en betaalde gul zonder afdingen.

'Als je weer iets mooi binnenkrijgt, stuur dan een boy, dan kom ik langs om te kijken.'

Charlotte had enkele Duitse vrouwen leren kennen, die in Dar es Salaam getrouwd waren met Duitse officieren van de hier gestationeerde tiende compagnie van de veiligheidstroepen of overheidsambtenaren. De meeste van deze vrouwen waren nog heel jong, slechts een paar hadden kinderen. Toch nam Charlotte de uitnodigingen voor koffie-uurtjes in de middag slechts zelden aan, omdat ze de winkel niet graag overliet aan Klara en Schammi. Daarbij kwam dat het haar hier net zo verging als in Leer. Ze kon niet veel beginnen met de brave huisvrouwen en bezorgde moeders. Toch leken de Duitse echtgenotes haar te waarderen. Ze lieten bij mevrouw Ohlsen inkopen, stuurden haar kleine cadeautjes en vroegen of ze niet bij deze of gene gelegenheid de muziek wilde verzorgen. Er was een piano in het gouvernementspaleis en mevrouw Von Liebert, de echtgenote van de gouverneur, had al meerdere malen naar een goede pianiste geïnformeerd. Charlotte had er weinig zin in en wimpelde dergelijke verzoeken meestal af.

In juli bracht Schammi eindelijk een brief mee van het postkantoor. Onuitsprekelijke opluchting ging door Charlotte heen toen ze Christians handschrift herkende. De brief was lang en optimistisch. Christian had na aanvankelijke moeilijkheden een baan als voorman op een nieuw aan te leggen koffieplantage gekregen. Hij schreef over ontginningswerk diep in het oerwoud, het voorbereiden van de grond, het in de grond zetten van de jonge planten die nog voor het begin van de regentijd op hun plek moesten staan.

Hij was vol vertrouwen binnenkort een eigen huis te bezitten, weliswaar niet van steen, maar toch stevig van leem en hout gebouwd. Zo gauw dat het geval was, zou hij hun geld sturen voor de reis en konden ze naar hem toe komen.

Als jij, mijn liefste, het handeldrijven niet kunt laten, dan kun je ook hier een winkel beginnen. Ik zal in elk geval de gelukkigste man op aarde zijn wanneer jij weer bij me bent. Tot dat moment zal ik dag en nacht aan je denken en naar je verlangen. Laat me je vanuit de verte omhelzen, mijn dappere, kleine Charlotte, en vergeet me niet tot we elkaar terugzien.

Je liefhebbende echtgenoot.

'Zie je nu wel,' zei Klara met een gelukkige glimlach nadat ze de brief had gelezen. 'Heb ik je niet gezegd dat hij pas iets van zich zou laten horen als hij goed nieuws te vertellen had? O, wat verheug ik me erop in dat huis te trekken. We kunnen een kleine tuin aanleggen, Charlotte. En misschien kunnen we ook meubels kopen. Een kast, tafel en stoelen. Het is toch een beetje donker en klein hier.'

Charlotte stemde met haar in. Natuurlijk was het huis klein, tenslotte was het ook alleen als tijdelijke oplossing bedoeld. Intussen had ze wel een tweede bed aangeschaft en in het geval dat Klara een tafel en stoelen wilde, zou ze daarvoor zorgen. Charlotte sliep sedert enige tijd in een eigen bed dat ze in de tweede slaapkamer had gezet en Schammi was zonder morren naar het kleed in de woonkamer verhuisd.

'Ach, maar waarom zouden we nu nog meubels kopen? Als Christian ons naar Usambara laat komen, heeft hij het huis vast al voor ons ingericht.'

Charlotte wilde Klara's gelukkige stemming niet bederven en gaf haar in alles gelijk. Natuurlijk was het gezonder om in de bergen te wonen, al was het alleen maar vanwege de hinderlijke muggen. En als ze flink spaarden zouden ze vast en zeker algauw een eigen plantage bezitten. Zo goed dat Christian nu ervaring opdeed als planter, dat zou hem later van pas komen.

Stiekem voelde Charlotte zich echter innerlijk verscheurd en ongelukkig. Ze hield van deze kleine winkel, die ze met behulp van Kamal Singh had opgezet en die intussen genoeg geld opbracht om van te leven. Ze hield ook van het huis erboven, dat weliswaar klein was en de achterste kamers waren donker, maar het lag in het centrum van de Inderstraat, daar waar de handel plaatsvond, waar kooplui en klanten elkaar tegenkwamen, waar het bruiste van het leven. Al vaak had Kamal Singh goederen uit het achterste gedeelte van de zaak laten halen en weer nieuwe op laten slaan. Dat was koopwaar die meer opbracht dan de verkoop van een theepot of een zijden doek en de Indiër scheen er niets op tegen te hebben dat zij daar ook van profiteerde.

En dat alles zou ze op moeten geven om met Klara en Christian in een houten hut in het Usambaragebergte te trekken. Zelfs als ze daar een kleine winkel kon openen, moest ze toch weer helemaal opnieuw beginnen.

De hele maand augustus kwam er geen brief meer van haar man.

Ook in september, toen de regentijd zich al aankondigde, wachtten ze vergeefs op bericht.

Het land was verdroogd. Er ontstonden scheuren in de aarde, gras en struikgewas waren met stof bedekt en verdord. Steeds vaker keken mensen omhoog naar de hemel, die 's ochtends zwaarbewolkt en bedompt was, bekeken onderzoekend de wolken en hoopten op regen. Charlotte kwam te weten dat de regentijd een onzekere zaak was. In veel jaren kwam ze laat en duurde slechts kort, soms kwam de regen helemaal niet.

De eerste druppels vielen afzonderlijk, schilderden kleine donkere vlekjes in het gele stof die snel weer verdwenen om plaats te maken voor nieuwe stippen. En toen opeens viel de regen met hevig geweld over de kust, sloeg kletterend op de daken, boog de hoge palmen krom die als verstard op deze aanval gewacht hadden en de watervloed stroomde schuimend en gorgelend door de straten.

Charlotte stond in de open deuren en genoot van het schouwspel dat deze eerste, machtige stortbui bood. Ze ademde de vochtige lucht met volle teugen in, waarin hemel en aarde, zee en wolken zich met elkaar verenigden. Schammi was de straat op gelopen waar hij samen met een paar andere zwarte kinderen in de gele beekjes rondsprong. Hij liet de regen in zijn wijd open mond lopen en gaf er niets om dat zijn hemd en broek kletsnat werden. Lachend keek Charlotte toe en het speet haar dat ze zelf niet zo'n regendans kon uitvoeren, al had ze er erg veel zin in.

De man die dicht langs de huizen door de regen liep, was haar helemaal niet opgevallen. Toen hij in de winkel kwam schuilen voor de neerstortende regenmassa's zag ze naast zich alleen maar een ingepakte, druipende gestalte.

'Salam aleikum,' zei hij, 'of beter gezegd, jambo.'

Er ging een hevige schok door Charlotte heen. Nee, dat kon niet waar zijn. En toch was het zijn stem, zijn manier van praten die ze door al die jaren heen niet was vergeten.

Hij deed de lange witte jas, die hij als bescherming tegen de regen over zijn hoofd had getrokken, naar beneden en streek het haar van zijn voorhoofd. Zijn gezicht was smaller geworden, onder zijn ogen en in zijn mondhoeken tekenden zich kleine rimpeltjes af in zijn gebruinde huid. In zijn grijze ogen was niets te zien van de rusteloosheid die ze ooit op een foto herkend meende te hebben. Ze waren rustig en tegelijk volledig op Charlotte gericht.

'George? Ben je het echt?' stamelde ze.

'Ben ik zo veranderd?'

Hij wreef met een hand over zijn gezicht en keek om zich heen. Bovenkleding en broek kleefden aan zijn lichaam en waren op sommige plaatsen met gele straatmodder bespat. Hij kwam ongelooflijk mager op haar over, nog dunner dan vroeger. Misschien kwam het doordat hij er zoveel serieuzer en ook veel mannelijker uitzag.

'Je bent... volwassener geworden.'

Ze zocht naar woorden. Als uit het niets was hij opgedoken, als een geest uit het neerstortende water, ontstegen aan de omhoogwolkende nevel, een deel van al haar dwaze dromerijen, waar ze zich lang geleden aan overgegeven had en waar ze geloofde allang overheen te zijn.

'Volwassener,' herhaalde hij en hij glimlachte. 'Nou, dank je wel. Jij daarentegen bent een schoonheid geworden, Charlotte.'

Zijn glimlach was anders dan vroeger. Hij kon daarmee betoveren, uitdagen, meetrekken, in vervoering brengen, en soms had het hem er als een dromerige jongen uit laten zien. Nu leek er een ongewone verbittering in te liggen en het compliment dat hij haar gemaakt had, beviel haar niet.

'Wel, ik ben niet meer het schuchtere kleine meisje met wie je lange gesprekken voerde op de Plytenberg en die later heeft gespeeld zodat jullie konden dansen.'

'Dat is duidelijk.'

Hij wendde zijn blik af en keek rond in haar winkel. Grijnzend knikte hij naar de drijfnatte Schammi, die nieuwsgierig naar binnen was gelopen en in een hoek op de grond hurkte.

'Jullie hebben dus een winkel. Natuurlijk, je echtgenoot is koopman van beroep.'

Ze had tijd gehad om zich bij elkaar te pakken en haar gedachten op een rijtje te zetten. Wat het ook was dat George hierheen had gebracht, het was een familiebezoekje, het was gepast hem boven uit te nodigen om koffie te drinken, hem gastvrij te onthalen.

'Dit is mijn eigen winkel. Ik leid hem sinds een half jaar en de zaken gaan goed. Je kunt hier alles kopen wat je hartje begeert. Nou ja, bijna alles.'

'En wat doet je man? Heeft hij ook een winkel?'

'Hij heeft een baan op een plantage in het Usambaragebergte.'

George zei niets en ook Charlotte viel stil. Er hing een vreemde spanning tussen hen die beiden belette ongedwongen met elkaar te praten zoals familie dat doet wanneer ze elkaar lang niet gezien hebben. Verstrooid pakte hij een van de amuletten die gemaakt waren van besneden fruitpitten, bekeek hem en legde hem weer neer. Vervolgens pakte hij een klein doosje uit het schap, opende het en rook aan de inhoud.

'Wat is dat?'

Ze bloosde. Zelfs Klara wist niet van het bestaan van dit doosje en hij pakte het gelijk.

'Niets wat jij nodig hebt.'

Zwijgend deed hij het doosje weer dicht, zijn gezichtsuitdrukking verraadde dat hij geraden had wat het was.

'Je lijkt inderdaad goed zaken te doen. Dit poeder wordt op Zanzibar voor een hoge prijs aangeboden.'

'Ben je op Zanzibar geweest?'

'Ik woon daar op het moment.'

Ze werd weer onrustig. Hij woonde op Zanzibar, dat geheimzinnige eiland dat slechts twintig kilometer uit de kust lag en waar ze nog nooit geweest was. De kuststomer voer er in een paar uur naartoe, de kleine bootjes van de Arabieren en de Afrikanen deden er een paar dagen over. Toch leek Zanzibar ongelooflijk dichtbij, zo dichtbij dat ze er bijna duizelig van werd.

'Op Zanzibar,' zei ze verward. 'Ik dacht dat je in Caïro was.'

'Het leven deelt rare streken uit,' antwoordde hij een beetje ironisch. 'Ik geloofde dat jij in Leer was en wachtte ongeduldig op je brief. Het duurde een poosje tot ze me vertelden dat jij met Klara en je man midden in de nacht de stad verlaten had.'

Ze beet op heer lippen, hij had gelijk. Ze moest toegeven dat ze tot op de dag van vandaag niet de moed had kunnen opbrengen om hem te schrijven.

'De omstandigheden waren heel moeilijk, George. Het was allemaal een complete verrassing en...'

Hij liet haar niet uitspreken. Impulsief draaide hij zich naar haar toe en pakte haar beide handen. Alle ironie was uit zijn gezicht verdwenen, hij sprak nu opgewonden en vol deelneming.

'Ik weet het, Charlotte. Vergeef me mijn domme verwijt. Ettje heeft ons geschreven wat in Leer is voorgevallen en ik moet toegeven dat ik erg boos werd toen ik de brief las. Hoe kon je man het zover laten komen?'

Haar hart bonsde. O god, waarom deed hij dit? Waarom liet hij haar handen niet los?

Slechts eenmaal eerder had hij haar hand aangeraakt, heel licht, nauwelijks voelbaar en toen had ze nachtenlang... Ze vermande zich.

'Het was mijn eigen schuld, George. Ik had het moeten zien aankomen, maar ik heb mijn kop in het zand gestoken, pianogespeeld, me in dromerijen verloren, terwijl alles om me heen in elkaar stortte.'

Hij schudde zijn hoofd en slaakte een boze kreet.

'En waarom heb je dat alles voor me verzwegen? Ik had jullie toch kunnen helpen? Twee weken na jullie vertrek zijn Marie, de kinderen en ik naar Engeland teruggekeerd, dat had ik in mijn brief al aangekondigd, al heb je die waarschijnlijk niet eens meer gelezen. Mijn hemel, we hadden jullie het geld voor een nieuw bestaan geleend.'

'Dat is heel gul van je, George, het had echter weinig uitgemaakt. En ik zou het ook niet gewild hebben, het is goed zoals het gegaan is.'

Hij staarde haar aan, leek met zijn grijze ogen bij haar naar binnen te willen kijken, haar gedachten te lezen, haar gevoelens te begrijpen. Hij liet haar handen los, deed een stap achteruit en lachte. 'Ik vergat dat je altijd al verre landen wilde zien. Van het begin af aan bezat jij hetzelfde verlangen dat ook mij naar verre oorden drijft. We lijken erg op elkaar, Charlotte.'

Ze schudde afwerend haar hoofd. De tijd van dromen en verlangen was voorbij, ze had een winkel, ze dreef handel en stond met beide benen op de grond. En daarnaast was ze niet vrijwillig naar het buitenland gegaan, het was bittere noodzaak geweest, al had ze er totaal geen spijt van. Hij luisterde naar haar en keek nadenkend naar de stromende regen.

'Als je in de handel zit, moet je Zanzibar leren kennen,' zei hij nadat ze even hadden gezwegen. 'Ik werk daar als arts bij een Britse kliniek en kan je als gids behulpzaam zijn.'

Ze maakte een afwijzend gebaar, niet erg overtuigend. Het voorstel was meer dan verleidelijk en juist daarom schrok ze ervoor terug.

'Dank je wel. Ik kan mijn winkel alleen niet in de steek laten.'

'Het is een fascinerende plek, Charlotte,' zei hij met volharding. 'Daar ontmoeten Afrika en Arabië elkaar. Britse levensstijl en oosterse pracht. Schitterend, wemelend leven in de bazaars botst op bittere armoede in de donkere sloppen. De Arabieren waren daar al in de tiende eeuw en trokken de specerijenhandel naar zich toe. Later, in de zestiende eeuw, zetten de Portugezen voet op het rijke eiland, om al heel snel door de imams van Muskat aangevallen en verdreven te worden. Het is niet te vergelijken met Dar es Salaam,

195

waar het voormalige paleis van de sultan in verval is en als steen-groeve wordt gebruikt. Op Zanzibar leeft het Oosten. Als je daar door de stad loopt lijkt het alsof de wereld van Sjeherazade en de kalief Haroen ar-Rashid weer tot leven is gekomen.'

Het was een vlammend betoog en ze voelde hoe de gloed van zijn beschrijvingen op haar oversprong. 'Laten we naar boven gaan,' zei ze daarom snel, 'dan kun je Klara ook begroeten. Schammi zal koffie voor ons zetten. We vinden zeker droge kleren voor je, Klara maakt die lange gewaden voor de Afrikanen.'

Hij leek een ogenblik geneigd haar uitnodiging aan te nemen en sloeg die toen af. Hij was voor zijn werk onderweg, moest een serum naar de regeringskliniek brengen en naar een collega in de evangelische missiepost kijken die koorts had.

'Ik ben aanstaande vrijdag weer in Dar es Salaam,' zei hij en hij stak zijn hand uit ten afscheid. 'Als je wilt varen we samen aan het begin van de middag met de kuststomer naar Zanzibar. Je kunt de nacht bij mij thuis doorbrengen, er is plaats genoeg en zaterdag kun je terugvaren.'

'Ach, je bent niet goed wijs,' weerde ze af. 'Alsof ik mijn winkel twee dagen alleen kan laten.'

'Denk er goed over na, Charlotte. Misschien komt een gelegenheid als deze niet nog een keer.'

De kuststomer moest het opnemen tegen de woelige golven van de Indische Oceaan. Toch bleef hij kalm en bestendig zijn koers vervolgen, een dunne rookpluim achter zich aan trekkend. De hemel was bewolkt en weerkaatste grijsgroen in het water, dempte ook de kleuren van de kust, zonder de kracht van het licht helemaal weg te kunnen nemen. De kleine koraaleilanden die bij de ingang van de haven van Dar es Salaam lagen, gleden langzaam aan hen voorbij. In de nevel zagen ze eruit alsof ze met zachtgroene en kaneelkleurige sluiers bedekt waren.

George had er niet op gerekend dat Charlotte op zijn voorstel in zou gaan. Hij had eigenlijk stiekem gehoopt dat ze het van de hand zou wijzen, omdat, hoezeer hij zich ook tot haar aangetrokken voelde, hij haar nabijheid vreesde. Daarom was het met aarzelende tred en beladen met cadeautjes voor haar, Klara en de kleine boy dat hij op weg ging naar de Inderstraat, die afgesproken vrijdagmorgen. Charlotte stond al op hem te wachten, uitgerust met paraplu en tas.

'Je hebt gelijk, George,' zei ze en ze hief haar hoofd om hem aan te kijken. 'Zo'n gelegenheid komt maar één keer, ik wil Zanzibar zien.' Ook al beschaduwde de rand van de strooien hoed haar voorhoofd en ogen, toch voelde hij haar onderzoekende blik en deed zijn best zijn schrik te verbergen die zich tegelijkertijd met onbedwingbare voorpret mengde.

'Daar ben ik blij om, Charlotte. Ik was al bang dat je er niet toe wilde besluiten.'

En nu stond ze naast hem aan de reling van de kuststomer. Ze had haar hoed afgedaan, die de wind anders van haar hoofd gerukt zou hebben, en keek naar het oosten waar tot dusver niets anders te zien was dan de oneindige weidsheid van de oceaan.

'Heb je het koud?'

Hij had gezien dat ze huiverde in de koele ochtendlucht. Even wendde ze haar gezicht naar hem toe, de donkere wenkbrauwen gefronst, haar lippen stijf op elkaar. Hij had haar niet mee moeten nemen, had haar helemaal niet uit moeten nodigen, maar nu was het te laat. 'Ik heb het niet koud, dank je.'

Hij had zijn jasje om haar heen kunnen leggen, voelde echter haar reserve en respecteerde die. Zorgelijk dacht hij erover na hoe hij de tijd met haar tot morgenvroeg moest doorbrengen, wat hij wel en niet kon zeggen, wat hij haar kon bekennen en wat hij beter kon verzwijgen. Het zou een soort koorddansen worden en hij wist nu al dat hij fouten zou maken.

De eerste fout was al gemaakt zonder dat hij kans had gezien hem te voorkomen. Charlotte was ervan uitgegaan dat hij met Marie en de kinderen op Zanzibar woonde, hij was echter alleen. Zijn vrouw was in Engeland gebleven, niet alleen voor de kinderen die daar naar school gingen, ook omdat Marie uitdrukkelijk geweigerd had nog één keer naar het buitenland te gaan. Het ging slecht met zijn vader, het was tijd dat hij de artsenpraktijk in Londen overnam.

'Ik blijf maar een paar maanden op Zanzibar,' had hij Charlotte uitgelegd. 'Het was een aanbod dat me via een collega bereikte en ik heb het aangenomen.'

Wat hij er niet bij vertelde was dat hij het aanbod had aangenomen omdat hij intussen wist waar Charlotte terechtgekomen was. Sinds hun briefwisseling voelde hij zich tot haar aangetrokken. Hij zag in haar een gelijkgezinde die een grotere rol in zijn leven speelde dan hij zich eerder had gerealiseerd. Ook daar kon hij beter niets over zeggen.

'Hoe kon je me dan zo gewoon bij je thuis uitnodigen? Woon je daar helemaal alleen?'

'Nee hoor, ik heb bedienden en er zijn meerdere kamers waar gasten kunnen overnachten. Je reputatie is niet in gevaar, Charlotte Ohlsen.'

Ze was nog steeds het brave, protestants opgevoede, kleinburgerlijke meisje. Dat had hij moeten bedenken voor hij haar uitnodigde, alleen was hij daar bij hun ontmoeting een paar dagen eerder niet toe in staat geweest. Ofschoon gepland, had het weerzien met Charlotte hem volledig overweldigd en het had hem een paar dagen en nachten gekost om uit de chaos van zijn gevoelens wijs te worden.

Het was niet de romantische zielsverwante die hij had teruggevonden, dat schuwe kleine meisje met de oosterse ogen dat hem ooit zo ontroerd had. Charlotte was een volledig tot bloei gekomen schoonheid, een opwindende mengeling van oost en west, slank en toch buitengewoon vrouwelijk. Haar gezicht, waarin vooral de donkere goud flitsende ogen opvielen, was nog steeds smal, maar het hoekige, het nog niet harmoniërende van de vijftienjarige was daaruit verdwenen. Meer nog dan haar uiterlijk was hij gefascineerd door haar levendigheid, haar wilskracht die hij van de dromerige, kleine Charlotte nooit verwacht had. Ze runde haar winkel helemaal alleen en ze deed het overduidelijk goed. Toch had hij, ondanks haar verzekering dat ze met beide benen op de grond stond, gemerkt dat ze noch haar dromen, noch haar nieuwsgierigheid verloren had.

Hij had uiteindelijk aan zichzelf moeten bekennen dat deze nieuwe Charlotte gevoelens in hem opwekte die voor hen allebei niet goed waren. Beter gezegd: hij begeerde haar. Niet alleen haar lichaam, het was vooral haar bruisende levenslust, de tederheid, het enthousiasme dat hij nog altijd bij haar kon oproepen. Hij probeerde zich een tijdje aan te praten dat hij haar alleen uitgenodigd had om haar advies te geven, contacten op te doen, uitleg te geven over tropenziekten en van medicijnen te voorzien. Ten slotte moest hij toegeven dat dat slechts voorwendsels waren en zich voorgenomen de uitnodiging voor de betreffende vrijdag in te trekken.

Hij had zichzelf er niet toe kunnen brengen.

'Luister eens, George.'

Ze had zich weer naar hem toe gewend, een lange lok haar in haar hand die uit de opgestoken vlecht ontsnapt was en voor haar neus heen en weer wapperde. De strooien hoed hing aan een lint om haar hals en danste op haar rug.

'Het spijt me dat ik me zo onnozel gedroeg. Natuurlijk zal ik in jouw huis overnachten, uiteindelijk zijn we volwassen mensen, toch?'

'Ik ben blij dat je er zo over denkt,' zei hij opgelucht. 'Mocht je nog van gedachten veranderen, ik kan je altijd in een hotel of bij de familie van een Engelse collega onderbrengen.'

'Ach, onzin. Ik verheug me er vreselijk op. Is dat daar al het eiland?'

'Nog niet, mevrouwtje ongeduld. Het duurt nog even.'

'Het is raar, George. Sinds ik jou weer ontmoet heb, lijken er zoveel dingen mogelijk waaraan ik eerder niet eens durfde te denken. Ik kan de savanne leren kennen met al zijn vreemde, wonderbaarlijke wezens, net als de Masai, die trotse krijgers die nooit tot slaaf gemaakt kunnen worden omdat ze sterven in gevangenschap, en zelfs die geweldige berg, de Kilimanjaro, waar ik als kind al van droomde.'

Haar stralende ogen gingen hem aan het hart. Het was nog maar de vraag of ze al deze dingen ooit kon zien. Ze was een vrouw en zoals hij haar man inschatte, scheen hij niet van zins samen met Charlotte de wilde schoonheid van de Afrikaanse savanne te gaan ontdekken. Hij was in Usambara op een plantage. Waarom daar en niet in Dar es Salaam aan haar zijde? Het ging hem allemaal niet aan en hij paste er wel voor op haar ernaar te vragen, alhoewel het hem heel erg interesseerde. De details in Ettjes brief hadden hem boos gemaakt. Waarom was ze met zo'n mislukkeling getrouwd? Ze verdiende echt een betere echtgenoot.

Hij had verwacht dat Charlotte verrukte kreten zou slaken bij het zien van het hoofdeiland Unguja met de ervoor gelegen koraaleilanden. Ze gaf echter geen geluid en staarde met wijdopen ogen naar de witte zandstranden en de vriendelijke donkerblauwe baaien met hun mangrovebos en verwrongen bomen. Daarachter lagen weidse grasvlakten, struiken en veelkleurige aanplant waaruit de hoge palmen oprezen als uitgestoken, groetende handen. Door het donkere groen van de planten lichtten hier en daar de witte huizen van de Arabieren op.

'Zo heb ik het in mijn dromen gezien.'

Hij moest zich naar haar toe buigen om haar zacht uitgesproken woorden door het lawaai van de ratelende en tuffende stomer te kunnen verstaan.

'De blauwige golven die steeds lichter en ondoorzichtiger worden als ze aan het zand likken. Het dichte gebladerte van de planten dat zich als een groene wolk over het witte koraaleiland legt.

Daar in de schaduw sluimeren vijvers waarop roze en gele bloem-knoppen drijven.'

Ze had haar mond een beetje geopend alsof ze de aanblik niet alleen met haar ogen in zich op wilde nemen maar die ook wilde inademen als een opwindende geur. George was ontroerd. Vaag herinnerde hij zich dat ze in het verleden inderdaad over beelden gesproken had die ze in haar dromen voor zich zag. Dat had hij fijn gevonden. De kleine Charlotte met de exotische ogen en het zwarte haar was hem toen als een belichaming van zijn eigen ver-langen voorgekomen. Pas nu begreep hij hoe serieus en diep ze het ervoer en voelde iets van spijt in zich opkomen dat hij haar destijds zo snel weer vergeten was.

'Zayn z'al barr,' zei hij in haar oor. 'Dat hebben de Arabische zee-lui ooit uitgeroepen toen ze dit eiland voor de eerste keer zagen. In het Duits betekent het zoiets als: mooi is dit land.'

George probeerde Charlotte de indeling van de stad uit te leg-gen. Het terrein rondom het sultanspaleis. De bazaars van de Indi-ers en hun huizen met meerdere verdiepingen waarvan de venster-luiken altijd grijsblauw en groen geschilderd waren. De Afrikaanse wijk waar kleine lemen hutten dicht naast elkaar stonden. Hij wees haar ook de kliniek aan waar hij werkte, een wit gebouw met twee getrapte tinnen torentjes. Ze lag in de wijk van de buitenlanders, direct aan zee. Luisterde ze eigenlijk wel naar hem?

'Het paleis van de sultan, zeg je? Maar dat is een ruïne, hele mu-ren zijn omgevallen, de daken ingestort.'

'Ze zijn niet ingestort, Charlotte, ze zijn door de kanonnen van de Engelse oorlogsschepen beschoten. Hebben jullie daar in Dar es Salaam niets over gehoord?'

Ze dacht even na en knikte toen. De Duitse vrouwen die ze af en toe bezocht, hadden het over een kunststukje gehad dat op Zanzi-bar was uitgevoerd. De Arabieren ter plaatse hadden zich enkele uren geprobeerd te verzetten, de Britse marine had ze echter al snel weer tot rede gebracht.

De beschrijving irriteerde hem, ook al was hij allang bekend met de arrogantie van de Britse en Duitse officieren.

'Dat is keurig gezegd. De Britse beschermende mogendheid was niet gelukkig met de opvolger van de gestorven sultan en wilde een andere kandidaat op de troon. Eind augustus hebben vijf Britse oorlogsschepen de stad en het sultanspaleis beschoten om deze aanspraak erdoor te krijgen. Er vielen meer dan vijfhonderd doden en nog meer gewonden. Aan de zijde van Zanzibar natuurlijk, de Britten hebben niet één man verloren.'

Hij had geprobeerd een ironische toon aan te slaan, alleen haar beduusde zwijgen wees erop dat ze zijn verbittering had opgepikt. 'De toestand is intussen weer rustig,' zei hij en hij deed moeite om te glimlachen. 'De mensen hier hebben al zoveel veroveraars zien komen en gaan. Zanzibar blijft.'

Ze keek hem weifelend aan en hij voelde dat ze hem niet echt geloofde. Misschien moest hij het onderwerp later nog eens aansnijden.

Charlotte had helemaal geen haast om het havengebied te verlaten. Steeds weer bleef ze staan om over de zee uit te kijken en nieuwsgierig de grote zeil- en stoomboten aandachtig te observeren. Ze keek bewonderend naar de zwarte dragers die goederenbalen uit de langgerekte douaneschuren over wankele houten planken in de ruimen van de schepen sleepten. Op het moment dat hij haar eindelijk in een van de nauwe, met stromatten en doeken overdekte stegen van de handelaars geloodst had veranderde ze ogenblikkelijk in de daadkrachtige jonge vrouw die hij in haar winkel in Dar es Salaam bewonderd had. Geen zaakje was haar te klein, geen krot te donker. Ze moest alles verbaasd bekijken, betasten en naar de herkomst, kwaliteit en prijzen vragen. Het bleek algauw dat ze over behoorlijk wat kennis beschikte en zich niets wijsmaken liet. Ze rekende bliksemsnel met roepies en peseta's en redde zich ook met de Engelse pond en de Amerikaanse dollar.

Hij keek geamuseerd naar het schouwspel en moest aan Marie

denken die uitdrukkelijk geweigerd had ooit nog een Arabisch woord in de mond te nemen. Charlotte kletste Swahili vermengd met brokjes Arabisch en Indisch, ging moeiteloos over in het Engels en als ze er echt niet meer uitkwam gaf ze met mimiek en gebaren aan waar ze op uit was. Terwijl ze met een Arabische handelaar discussieerde, bemachtigde hij een paar dure zilveren oorringen die prachtig zouden staan bij haar zwarte haar. Hij stopte ze in zijn jaszak, onzeker of ze zo'n cadeau van hem zou aannemen. Hij keek op zijn horloge en zag dat het al tegen tweeën liep.

'Ze hebben me in de kliniek nodig,' liet hij haar weten. 'Het zal een paar uur duren, dus ik breng je eerst naar mijn huis, dan kun je een beetje uitrusten.'

Charlotte dacht helemaal niet aan uitrusten en wilde met hem mee, ook omdat ze graag wilde zien hoe en waar hij werkte. George weerde haar voorstel af. Hij moest zich met zijn patiënten bezighouden, beweerde hij, ze kon daar alleen maar een beetje zitten en zich vervelen. De echte reden was dat er onenigheid heerste tussen hem en zijn Franse collega's. Die deelden veel van zijn opvattingen aangaande de zwarte bevolking niet en hij wilde voorkomen dat Charlotte de gespannen sfeer in de kliniek zou opmerken.

'Ik moet toegeven dat ik ook een boosaardige bijbedoeling heb,' zei hij daarom grijzend. 'Ik ben intussen verdergegaan met mijn boek en ik hoopte dat je de tijd zou willen vullen met behaaglijk een beetje in mijn manuscript te lezen.'

Haar teleurstelling verdween, ze lachte en vroeg zich ondeugend af of zijn huis ook een dakterras bezat. En of hij een rood potlood had want als ze dan moest lezen, wilde ze ook haar mening laten weten.

'Daar hoop ik op! Jouw correcties hebben me altijd erg geholpen, Charlotte.'

Deze lof kwam recht uit zijn hart en toch was dat niet alles. Niet alleen haar opmerkingen, die ze tot nu toe niet met een rood, maar met een gewoon potlood had toegevoegd, waren belangrijk voor hem. Hun schriftelijke uitwisselingen vormden een schakel tussen hen, een onschuldige manier om met de ander gedachten en ervaringen te delen en hij wilde deze mogelijkheid behouden. Haar echtgenoot zou een persoonlijke briefwisseling zeker niet toestaan. Als ze echter manuscripten corrigeerde, waar hij haar graag voor zou betalen, was er geen reden voor Christian Ohlsen om jaloers te zijn.

'De stadsgedeelten waar de heren kolonisten zich vestigen, lijken allemaal op elkaar, ongeacht waar je bent. Je vindt ze altijd in de meest prettige omgeving. Er is een postkantoor, een hotel en meerdere bars die alleen door Europeanen bezocht worden. En je herkent de officiële gebouwen al uit de verte aan de wapperende vlaggen. In de nabije toekomst komt hier ook een grote kathedraal. De Franse missionarissen hebben in juli, kort voor het uitbreken van de opstand, de eerste steen gelegd.'

'Het doet inderdaad een beetje denken aan de Duitse wijk in Dar es Salaam,' stelde Charlotte vast. 'Ik denk dat je hier vast wel prettig kunt leven, maar ik vind de krioelende bedrijvigheid in de bazaars beneden in het centrum veel spannender.'

Hij lachte fijntjes. Ze scheen er geen idee van te hebben hoe gevaarlijk het was voor een Europeaan om in die donkere steegjes te verdwalen. Charlotte kon zich waarschijnlijk geen voorstelling maken van het geweld dat 's nachts in die buurten de overhand had. Hij zou er nu niets over zeggen omdat hij wilde dat ze aan dit verblijf alleen mooie herinneringen overhield.

Het één verdieping tellende gebouw dat men hem als onderkomen toegewezen had, was een eenvoudig, snel opgetrokken huis met een puntdak dat net zo goed in Zwitserland of Duitsland had kunnen staan. Alleen de begroeiing rondom en de palmen die schaduw gaven aan de woning waren aangenaam, en natuurlijk de directe nabijheid van de zee.

'Ik ben ongeveer tot vijf uur bezig. Als je wilt kun je me bij de kliniek op komen halen. Je kunt het niet missen. Je hoeft alleen maar naar de zee te lopen, de kliniek ligt ten zuiden van hier direct aan het strand. Je kunt je ook de weg laten wijzen door Jim.'

Het voorstel leek haar te bevallen, zoals hij al vermoed had. Beetje bij beetje verdween zijn ongerustheid. De balans tussen afstand en nabijheid was lang niet zo moeilijk vol te houden als hij gevreesd had. Hij zou een van zijn manuscripten voor haar opzoeken, natuurlijk maar een klein stukje zodat hij genoeg overhield voor later. 's Avonds zouden ze samen eten, een glas wijn drinken en praten. Als hij zichzelf stevig in de hand hield, was de kans om een fout te maken relatief klein.

Dan zou hij haar morgen naar de haven brengen en haar vanaf de kade uitzwaaien. Geen liefdesaffaire. Niet met Charlotte. Het zou alles bederven wat er tussen hen bestond. Ze zouden met elkaar in contact blijven, manuscripten heen en weer sturen en ook later, als hij weer in Engeland was, zou hij brieven ontvangen met haar handschrift: de letters netjes naast elkaar, alleen hier en daar een uitlopende krul, een versiering, een energieke streep onder een woord dat belangrijk voor haar was.

Hij zou deze brieven bitter nodig hebben, want eigenlijk wist hij niet hoe hij verder moest.

Charlotte kon vanuit het raam van de studeerkamer zien hoe George tussen de huizen verdween en ze verbaasde zich erover hoe vertrouwd zijn lange, slanke figuur haar was. Als ze op haar tenen ging staan, kon ze tussen de huizen door een klein stukje zee onderscheiden. Die was diepblauw, de middagzon weerspiegelde glinsterend in het water, alsof iemand er vloeibaar zilver over uitgegoten had. In de verte hing matte, nevelige mist.

Achter haar was de boy de studeerkamer binnengekomen met thee, een schaal vruchten en wat gebak. George had hem Jim genoemd, dat kon niet zijn echte naam zijn.

'M'se wil melk in de thee? Of limoensap?'

'Melk is goed, dank je, Jim. Hoe heet je in het Afrikaans?'

'Mtitima,' antwoordde hij lichtelijk verbaasd. 'Hier op Zanzibar ben ik Jim.'

Hij had haar een kop thee ingeschonken en zich vervolgens teruggetrokken. Ze ging ermee op een stoel zitten om de hete geurende drank met kleine slokjes te drinken. Het zou helpen om tot rust te komen en haar chaotische gedachten op een rijtje te zetten. Hoe lichtzinnig van haar om te besluiten George' uitnodiging aan te nemen. Lieve hemel, wat zou Klara wel niet van haar denken als ze hoorde dat Marie en de kinderen helemaal niet op Zanzibar maar in Engeland waren. Wat had ze anders moeten doen? Een hotel kon ze niet betalen en bij vreemden logeren leek haar erg ongemakkelijk.

Ze zette de lege kop neer en leunde achterover. George had een huis om jaloers op te worden, ruim en licht. Behalve de keukens waren op de begane grond twee logeerkamers. Op de bovenetage bevonden zich een studeerkamer, slaapkamer en een mooi ingerichte zitkamer. Het meubilair en de weelderig golvende gordijnen, een mengeling van Britse, Indische en Afrikaanse invloeden, waren niet van hem maar de nalatenschappen van zijn voorganger. Toch ademden de kamers George' aanwezigheid. Stapels boeken waar bladwijzers uitstaken lagen op het bureau en de vensterbank. Op een tafeltje naast een leunstoel stond een vergeten glas waar nog een restje vloeistof in zat. Aan de muren hingen kleurige tekeningen, vast van George' hand, ze leken op de tekeningen in zijn brieven.

Haar gedachten zwierven een andere kant op. Nee, ze wilde nu niet aan George denken, eerder aan de ongelooflijk veel opwindende indrukken die ze vandaag had opgedaan. Aan de betovering van dit eiland dat haar bij de eerste aanblik een mooie droom geleken had. De bazaars met hun oneindige veelvoud aan spullen, waar je de geur van sinaasappels en rijpe mango's inademde. Het aroma van de exotische specerijen en ook de stank van olie, vuilnis en rottende vis. Wat een gewemel van mensen van allerlei nationaliteiten: Indiërs, Somaliërs, Arabieren, Abessijnen, Europeanen, Aziaten, daar kon Dar es Salaam niet aan tippen. Vooral de vrouwen waren anders. Je zag ze in schreeuwend bonte gewaden en merkwaardige haardrachten. Ze wiegden met hun heupen bij het lopen en keken de mannen open in de ogen. Waterverkopers en zwarte dragers persten zich door de menigte. Arabieren dreven hun pezige roodgekleurde ezels meedogenloos door de nauwe steegjes. Koeien stonden bedaard kauwend in de weg.

Ze boog zich naar voren om zich een tweede kop thee in te schenken, dronk een paar slokken en constateerde dat ze een lichte hoofdpijn had. Was het een goed idee zich in deze toestand aan George' manuscripten te wijden die op het bureau op haar wachtten? Ze vond meerdere potloden en een vlakgum naast de papieren, maar geen rood potlood, ook al had George er in beide bureauladen naar gezocht voor hij naar de kliniek ging.

Eerder hadden ze gelachen om zijn uitbundige brieven, zijn romantische idee dat Charlotte als zijn muze naast hem kon zitten en zijn gedachten en fantasieën stimuleren. Nee, ze was geen muze, veel meer een grondige en ijverige lezer die voorzichtig uitdrukkingen corrigeerde en een opmerking of vraag toevoegde. Hij had haar tegengesproken en beweerd dat hij zonder haar bemoedigende brieven nooit deze vele pagina's zou hebben geschreven.

'Je hebt er geen idee van hoe onzeker ik eigenlijk ben en hoezeer ik je hulp nodig heb.'

Ze had niet kunnen antwoorden want ze moest een vreemd, warm, trillend geluksgevoel zien te bedwingen, hetzelfde dat haar de afgelopen week steeds weer had overvallen. Het was een buitengewoon zoete gewaarwording die haar daarom verdacht voorkwam en die ze in geen geval wilde toelaten. Ja, ze zou doen wat ze beloofd had. Ze zou zijn manuscript redigeren, grondig en precies met een helder hoofd, zonder al te veel in de tekst op te gaan.

Ze was nog maar net met haar werk begonnen toen het haar duidelijk werd dat ze zichzelf iets had wijsgemaakt. Al na de eerste regels voelde ze de aantrekkingskracht van zijn woorden en gaf zich eraan over. Daar was hij weer, deze raadselachtige mens die zich zo argeloos en beminnelijk kon geven en tegelijk zoveel afgronden in zich meedroeg. De man die zijn grenzen opzocht en steeds weer nieuwe uitdagingen aanging, die de dood niet schuwde en tegelijk met heel zijn wezen aan het leven hing. George schreef over zijn werk in de Engelse kliniek in Caïro, beschreef het lot van zijn patiënten en hun families. Mensen die zo arm waren dat ze amper genoeg voedsel konden kopen om te overleven, om maar niet te spreken over medicijnen voor de zieken. Het was beklemmende lectuur, heen en weer bewegend tussen bittere berusting en boos protest. George had zich ertegen verzet dat er onderscheid werd gemaakt tussen patiënten, dat middelen zoals kinine, het ontstekingsremmende antipyrine en zelfs ethernarcose bij operaties alleen beschikbaar waren voor Europeanen. Ook weerde men gevallen van tuberculose of lepra uit de kliniek om niet aan besmettingsgevaar bloot te staan. Malaria, dat daar als 'vloek van de Nijl' bekendstond, werd bij Europeanen, bij wijze van proef, behandeld met methyleenblauw en dat had resultaten opgeleverd. Voor de inheemse Egyptische bevolking was zo'n behandeling ondenkbaar. Iedere Europeaan, hoe arm ook, kreeg een betere medische behandeling dan een eenvoudige Egyptenaar. Weliswaar spanden de missionarissen zich vol overgave in om de inheemse bevolking te genezen, maar ook hier werd onderscheid gemaakt. Op Zanzibar was men met de bekering tot het christelijke geloof niet erg opgeschoten en veel missionarissen waren naar het Afrikaanse vasteland overgestoken en hadden hun ziekenhuisposten op Zanzibar gesloten.

Wie zich niet wilde laten bekeren mocht ook niet delen in de zegeningen van de Europese geneeskunde.

Charlotte moest de papieren voor een tweede keer doornemen om haar opmerkingen te plaatsen, bij de eerste keer was ze te verontwaardigd geweest. Hoe had ze kunnen vergeten dat hij het zelfs destijds in Leer al niet eens was geweest met de gebruikelijke opstelling van de Europeanen. Hij had toen met grootvader over de taal van de Afrikanen van mening verschild en, als ze zich het goed herinnerde, over het nut en het doel van een kolonie. Een 'wereldverbeteraar' was deze man, had Henrich Dirksen ooit hoofdschuddend gezegd. Wat een bekrompen mensen waren ze toch allemaal geweest. Charlotte voelde veel bewondering voor George, zijn verontwaardiging was terecht en ze was zonder enige twijfel bereid hem terzijde te staan.

Ze schoof de papieren weer bij elkaar, ervoor wakend dat de nummering niet door elkaar raakte, en legde het potlood ernaast. Ze zou er later met hem over praten, hem uitdagen, vragen stellen, zich laten leiden door zijn ideeën, hem volgen en tegelijk voorhouden dat hij niet alleen stond in zijn overtuigingen. Als het hem lukte dit boek af te schrijven en te laten publiceren, zou hij gelijkgestemden vinden en zo mogelijk dingen in beweging kunnen brengen. Ja, hij moest schrijven en zij zou hem daarbij zoveel als ze kon ondersteunen.

Ze had geen idee hoeveel tijd er was verstreken, maar ze kon het binnen niet langer uithouden. Ze zou naar de zee afdalen, langzaam naar de kliniek toe gaan en in het geval ze te vroeg was, ergens op het strand op hem wachten.

Zo gauw ze de kamerdeur opendeed, rende Jim haar tegemoet. Hij had duidelijk de opdracht haar naar de kliniek te begeleiden.

'M'se in geen geval te ver lopen,' vermaande hij haar bezorgd, nadat ze te kennen had gegeven zonder hem te willen gaan. 'Alleen hier waar de Europeanen wonen, niet naar andere plekken. Het is beter als Jim meegaat, het is niet goed als de witte m'se zonder gezelschap is.'

'Ik ga alleen maar naar de kliniek, Jim. Daar ontmoet ik dokter Johanssen en ben ik niet meer alleen.'

'Beter Jim gaat mee.'

Ze glimlachte om zijn bedremmelde gezicht en wilde al langs

hem naar de trap lopen toen hij een gordijn opzijschoof en ze een blik in George' zitkamer kon werpen. Toen hij haar de kamer eerder had laten zien, was er niemand geweest. Nu zag ze een jonge vrouw. Ze had in een van de rieten stoelen gezeten en stond op om met Jim een paar woorden in een vreemde taal te wisselen. Charlotte bleef staan, niet zozeer uit verrassing maar eerder omdat de aanblik haar fascineerde. De vrouw moest Abessijnse wortels hebben en toch was haar huid lichter dan die van de Abessijnse vrouwen die ze gezien had. Haar gezicht was regelmatig en ook naar Europese maatstaven erg mooi. Charlotte bedacht dat George het over meerdere bedienden had gehad en knikte de vrouw vriendelijk toe voor ze de trap af ging.

De zee was kalm en helder, kleine zeilboten lagen verspreid als witte vlinders die zich met gevouwen vleugels op het saffierblauwe wateroppervlak hadden neergelaten. Charlotte liep vlak langs de golven en uiteindelijk kon ze de verleiding niet weerstaan ten minste haar schoenen uit te trekken om met haar voeten het vochtige zand en het koele water te voelen. Het was een geweldig gevoel dat haar aan haar kindertijd herinnerde, die ze had gedacht vergeten te zijn. De tijd toen haar ouders en Jonny nog leefden en ze ergens – waar was het toch geweest? – op een strand ronddartelde, zich met water besproeide en met haar voeten in het zachte modderige slik wegzonk. Na een tijdje zag ze het witte gebouw van de kliniek met de twee getrapte torentjes, dat inderdaad dicht bij de zee gebouwd was en slechts door een lage muur tegen de golven werd beschermd. Charlotte besloot tussen een paar jonge kokospalmen te gaan zitten en op George te wachten.

Bij de kliniek waren nu een paar donkere kinderen te zien die op het strand iets in een mand verzamelden wat ze niet herkende. Op zee voer de kuststomer voorbij die 's avonds vlak voordat het donker werd in Dar es Salaam zou aanleggen.

George kwam naar buiten en toen hij haar zag zwaaide hij en zette een drafje in, holde naar haar toe als een onbezorgde jongen.

Was dat werkelijk dezelfde man als degene wiens controversiële teksten haar zo aangegrepen hadden? Hij bewoog zich met grote, moeiteloze sprongen over het zand, kreeg nog net zijn strooien hoed te pakken voor die van zijn hoofd zou waaien en lachte dapper om zichzelf. Charlotte bedacht dat ze blootsvoets was en haastte zich om haar schoenen aan te trekken.

'Kom,' zei hij en hij stak zijn hand naar haar uit. 'Laten we een eindje langs de zee lopen.'

De uitnodiging had iets onweerstaanbaars en dus aarzelde ze niet zijn hand te grijpen en zich overeind te laten trekken. Zijn grip was stevig en hij hield haar hand nog even vast toen ze al voor hem stond.

'Ik kan morgenochtend vrij nemen en dan gaan we naar het binnenland van het eiland. Ik laat je de specerijenplantages zien en het oerwoud. Op veel plaatsen bevinden zich nog vervallen paleizen, half door planten overwoekerd. Daar leeft de herinnering aan de tijden toen het eiland nog alleen aan Oman toebehoorde en de handel in Afrikaanse slaven de sultan nog rijker maakte dan de specerijenhandel.'

'Dat was in elk geval een goede beslissing van de Engelsen,' zei ze. 'Ook de Duitsers hebben de slavenhandel verboden en de opstand van de Buschuri een paar jaar geleden neergeslagen.'

'Je hebt gelijk,' zei hij na een aarzeling. 'En toch slagen de Zanzibari's erin om het verbod te ontlopen. De handel is te winstgevend. Nog dagelijks worden overwegend 's nachts zwarte Afrikanen van het vasteland naar Zanzibar en van daaruit verder in de slavernij weggevoerd.'

Ze had daarover gehoord maar het niet willen geloven. De wind droeg de geur van de kruidnagelbloesem met zich mee, rijpe zoetheid en kruidige bitterheid. Een aroma dat de zinnen gevangennam, net als dit eiland met haar onschuldige schoonheid dat toch van geweld en ellende doordrongen was.

'Het paradijs is tegelijk de plek waar de zonde begon,' zei George luchtig. 'Op aarde bestaat het een niet zonder het ander. Misschien is het goed zoals het is, wie weet?'

'Wat moet daar goed aan zijn?' vroeg ze hoofdschuddend.

'Wel, het leven is nu eenmaal zo geregeld, Charlotte. We zijn allemaal zoals dit eiland, onschuldig en in staat tot goede daden en gelijktijdig ook zondig, laf, egoïstisch. We moeten noch onszelf, noch dit eiland haten maar het ondanks de onvolkomenheden liefhebben.'

Terwijl ze nog nadacht over hoe ze zou reageren was zijn ernst abrupt omgeslagen in baldadigheid. Als een kleine jongen pakte hij haar hand en begon te rennen, trok haar mee, tot ze zich lostrok en hij zich lachend naar haar omdraaide.

'Kom op, Charlotte, trek je schoenen weer uit. Ik doe het ook.'

'Mijn schoenen?'

Nog helemaal buiten adem van het plotselinge hollen, probeerde ze haar verschoven hoed weer recht te zetten.

'Je schoenen,' hield hij grijnzend vol. 'Je hebt ze eerder ook uit gehad, ik heb het heus wel gezien.'

Met ongeduldige bewegingen trok hij zijn eigen schoenen uit, klemde ze onder zijn arm en knikte haar bemoedigend toe.

'Maar ik...' stamelde ze radeloos.

'Durf het maar, niemand zal je ervoor stenigen.'

Er was iets ondeugends in de blik waarmee hij haar van onder tot boven opnam, een uitdaging waarbij ze zich onbehaaglijk voelde. Dit was niet de George die met zijn teksten zoveel indruk op haar maakte en toch was hij het. Alleen nu was hij fysiek aanwezig, ze voelde zijn aantrekkingskracht, hoorde hem lachen, had de stevige grip van zijn hand gevoeld.

Hij was ongeduldig en hurkte al voor haar in het zand om zich met haar voeten bezig te houden. Met vaardige handen bevrijdde hij haar van het beschermende leer, richtte zich met een triomfantelijke grijns weer op en overhandigde haar de lage bruine schoenen.

'Hou ze goed vast, als je ze verliest zie je ze nooit meer terug.'

'Wat… wat moet dat?'

Hij gaf geen antwoord, nam haar opnieuw bij de hand en trok haar met zich mee. De kabbelende golven doordrenkten de zoom van haar jurk. 'George!' riep ze vertwijfeld. 'Laat me… mijn jurk…' Hij trok zich niets aan van haar protest. Met grote sprongen holde ze met hem door de koele schuimende branding, voelde hoe het zand onder haar voeten wegtrok, hoe het zoute water rondom hen opborrelde en ineens had ze er plezier in. De natte zoom van haar jurk wikkelde zich om haar benen, haar hoed gleed van haar hoofd, de opgestoken vlecht kwam los. Het maakte haar allemaal niet uit. Ze was zo vrij als een vogel, zo vrij als ze als kind geweest was.

Hij keek haar met stralende grijze ogen aan. 'Zo vind ik je nog veel leuker, Charlotte Dirksen.'

'Mijn jurk is nat,' klaagde ze.

'Dat droogt wel weer.'

Ze bukte zich bliksemsnel en spetterde een plens water over hem heen. Verrast sprong hij achteruit, keek toen schijnbaar verontwaardigd om zich heen en dreigde bij haar hetzelfde te doen. Waar waren de jaren gebleven? Ze was weer een kind, liep joelend en giechelend bij hem weg, pakte met een hand haar natte rok om sneller vooruit te komen terwijl ze wist dat hij haar makkelijk zou inhalen. Haar lange vlecht vloog achter haar aan, de strengen gingen los.

Hij kwam hijgend voor haar staan, zweeg even om vervolgens iets heel raars te zeggen.

'Ben je gelukkig?'

Hij had met zachte stem gesproken en ze begreep dat er iets achter deze vraag school waar ze niet op in moest gaan.

'Net was ik zo gelukkig als een kind. En heel dwaas.'

'Dat waren we allebei, Charlotte. Geluk is iets vreemds, geluk is vluchtig. Je moet het grijpen als het zich aandient, anders is het zo weer weg.'

De wind speelde met haar losse haar. Zacht streek hij een lok uit haar gezicht en liet zijn hand even op haar wang rusten.

'Geluk,' mompelde ze. 'Komt het daarop aan in het leven? Het is veel belangrijker om op de jou toegewezen plaats je plicht te doen.' Waar had ze dat gehoord? Waarom verkocht ze dergelijke onzin? 'En wat als je de verkeerde plaats toegewezen hebt gekregen? Wat als er een plek is waar je je plicht kunt vervullen en tegelijk gelukkig zijn?'

Het was grootvader die altijd gezegd had dat God de mensen hun plaats gaf, maar eigenlijk had ze dat nooit echt geloofd.

George legde zijn hand op haar schouder en ze voelde zijn vingers, onrustig, nerveus, trillend alsof hij onder grote druk stond.

'Wat bedoel je?' vroeg ze angstig.

Hij draaide zijn hoofd naar de zee. Ze hoorde zijn gespannen, snelle ademhaling.

'Jij bent niet gelukkig met die man, Charlotte,' stootte hij ten slotte uit. 'Jouw plaats is niet aan zijn zijde. Als je de moed had...'

Ontzet week ze terug, zijn hand gleed van haar schouder, zijn arm viel omlaag.

'Hoe durf je zoiets te zeggen?' schreeuwde ze nijdig. 'Wat gaat het jou aan, George Johanssen? Ik hou van Christian en mijn plaats is aan zijn zijde.'

'Je houdt niet van hem,' hield hij hardnekkig vol. 'Je kunt niet van hem houden, anders was je niet met mij hierheen gegaan.'

Schaamte en woede stroomden door haar heen. O, wat gemeen om haar van dergelijke bedoelingen te verdenken. Hoe oneindig diep moest hij haar verachten dat hij zo over haar dacht. Ze was hiernaartoe gegaan om de gelegenheid te grijpen Zanzibar te leren kennen, samen met hem, zijn vrouw, haar nicht Marie, en de kinderen. Hij was degene die haar misleid had.

'Waag het niet me ooit nog aan te raken!' gilde ze. 'Ga weg, verdwijn! Ik wil je nooit meer zien!'

Zelfs in haar woede wist ze dat ze hem onzinnige dingen naar het hoofd slingerde, maar het kon haar niet schelen. Ze hoorde niet eens wat hij terug zei en ze wilde het ook niet weten. In haar oren klonk nog steeds de zin: 'Je kunt niet van hem houden, anders was je niet met mij hierheen gegaan.' Het was een belediging zo verschrikkelijk, juist omdat er een korreltje waarheid in school.

'Charlotte!'

Ze trok haar rok op tot aan haar knieën en rende weg. Ze voelde het zand onder haar voeten, bemerkte dat ze haar schoenen had laten vallen, stopte niet. Ze rende verder en verder, weg van het strand, over smalle wegen en door nauwe steegjes. Waar was ze? Plotseling was ze omringd door half vervallen grijze huizen, struikgewas, de omgevallen stam van een verdroogde palm. Ze glipte tussen de gebouwen door, voelde een stekende pijn in haar linkervoet, maar stopte niet.

'Charlotte, verdomme,' klonk het boos achter haar.

Wat haar tot stilstaan moest brengen, zette haar juist aan om verder te vluchten. Opschieten nou. Naar beneden naar de haven, ergens zou ze wel een boot vinden die haar naar het vasteland kon brengen. De stomer zou er pas morgenvroeg weer zijn, maar er waren de kleine zeilbootjes, de handelsbootjes.

'Charlotte, in hemelsnaam, Charlotte!'

Waar was de haven? Ze moest links aanhouden, alleen er was nergens een doorgang. Daar, daar was een steegje, nauw en een beetje griezelig. Het maakte haar niet uit, het leidde vast naar de haven.

Het was schemerig tussen de dicht op elkaar staande barakken. De lucht van brandewijn en braaksel sloeg haar tegemoet en direct daarna zag ze dat de steeg doodliep. Een halfnaakte man wankelde op haar af en staarde haar met wijdopen, felle ogen aan, mompelde iets wat ze niet verstond. Geschrokken draaide ze zich om, struikelde over het been van iemand die dicht tegen een huismuur op de grond zat en viel bijna. Ze had nog nooit zoiets afgrijselijks gezien als het gezicht dat haar aankeek. Neus en lippen van de ongelukkige waren door een ziekte weggevreten.

Vol paniek keerde ze weer om, op zoek naar de weg die ze gekomen was, en ze botste tegen een lichaam aan. 'Rustig,' hoorde ze een stem vlak bij haar oor. 'Hou op met schreeuwen. Hou je stil.'

Ze verzette zich vertwijfeld, spartelde, draaide, probeerde zelfs met haar blote voet te schoppen, maar George hield haar onverbiddelijk vast.

'Alsjeblieft, Charlotte,' fluisterde hij. 'Ik kan je niet beschermen als je zo'n ophef maakt.'

Hij trok haar een stuk met zich mee, duwde haar toen zacht met haar rug tegen een muur en leunde tegen haar aan. Onuitsprekelijke uitputting overviel haar. Er was geen mogelijkheid aan hem te ontsnappen, hij was sterker dan zij en vastbesloten haar niet meer te laten gaan. Ze boog haar hoofd naar achteren en sloot haar ogen, voelde zijn gespannen lichaam dat dicht tegen haar aan drukte en zo volledig anders was dan Christians zwaardere, zachtere lijf.

'Ik wilde dat niet zeggen, Charlotte,' zei hij zacht. 'Ik weet zelf niet wat over me kwam.' Zijn hete adem beroerde haar slaap en het verlangen dat ze zo lang verloochend had sloeg met ongekende kracht door haar heen. Nooit eerder had ze een man begeerd, nooit had ze hartstocht ervaren, behalve in haar muziek en in haar dromen. Ze draaide haar gezicht naar hem toe en keek in zijn samengeknepen, glanzende ogen.

Hij kuste haar. Eerst ingehouden alsof hij zelf niet kon geloven wat hij deed, toen steeds heftiger, raakte in vervoering, liet haar zijn tong voelen, groef zijn vingers in haar haar en fluisterde steeds opnieuw haar naam. Zonder te weten wat ze deed beantwoordde ze zijn liefkozingen met een vertwijfelde gejaagdheid en pas toen ze langzaam weer tot bezinning kwam begon ze tegen te stribbelen.

'Dit zullen we nooit meer doen.'

Zwijgend hield hij haar in zijn armen, hield haar tegen zich aan gedrukt en liet zijn voorhoofd op haar schouder rusten.

'Nooit,' mompelde hij. 'Ik beloof het je.'

In de ochtendmist leek de Afrikaanse kust net zo onwerkelijk als een droomlandschap.

Charlotte leunde tegen de reling van de drukbezette kuststomer, blij een plekje gevonden te hebben waar men haar met rust liet. Achter haar op het dek hurkten de passagiers dicht op elkaar tussen goederenbalen, kisten en kratten met uiteenlopende inhoud. Door het tuffen van de machine heen waren Arabische woorden te horen, Swahili en ook Indische, Engelse en Duitse uitdrukkingen. Sommige mannen hadden een gedroogde flespompoen voor zich die ze als waterpijp gebruikten. Wanneer de wind draaide werd de rook over het dek geblazen en rook je de zoetige geur van hasj.

Ze voelde zich moe en ziek. Haar voeten deden zeer, haar slapen bonsden. Al tijdens de nacht had ze zware hoofdpijn gekregen die in de loop van de morgen alleen maar toenam. Erger dan dat was de chaos van haar gevoelens waar ze tot nu toe nog niet wijs uit had kunnen worden. Schaamte en verlangen wisselden elkaar af, woede en wanhoop. Dacht ze eindelijk een keer een vaste, rechte weg voor zich te zien, stortte het volgende moment alles weer in elkaar. Er ontstonden spleten, afgronden openden zich, heel in de verte lokte een glanzende witte top, alleen de weg ernaartoe verdween in de warboel.

George had haar wens gerespecteerd en het niet gewaagd haar nog eens te kussen. In plaats daarvan had hij haar helemaal naar het strand gedragen, want bij haar wilde vlucht had ze diepe snijwonden in haar voeten opgelopen. Meedogenloos wreef hij haar voeten met het zoute water in en wilde haar in zijn armen nemen toen de brandende pijn inzette, maar ze wees hem af, beet haar tanden op elkaar en gaf geen kik. Hij liet een riksja komen waarmee ze in de avondschemering naar zijn huis reden. Daar had ze zich in een van de gastenkamers teruggetrokken en de deur gebarricadeerd.

Ze had zich belachelijk gedragen. Waarom was ze niet op zijn voorstel ingegaan om met elkaar te praten, het misverstand, zoals hij het noemde, op te helderen? Hij was een man van eer en had haar zeker niet aangeraakt. Hij had haar met zorgen omringd en verdiende de kans om zich te rechtvaardigen. Maar haar angst was te groot geweest, niet zozeer voor hem, maar voor zichzelf.

Later, toen ze door schaamte en spijt geplaagd in bed lag, had die vrouw op de deur geklopt, een blad met eten en drinken binnengebracht en daarbij een kleine verbandtrommel en een paar kleurig versierde gevlochten sandalen. De mooie Abessijnse zei niets en trok zich direct weer terug. Haar glimlach kon zowel medeleven als spot uitdrukken. Charlotte was op de rand van het bed gaan zitten om haar voeten te verzorgen en weer gleed er een schaduw over haar gedachten. Was George inderdaad een fatsoenlijke echtgenoot? Had hij haar niet aangemoedigd om van haar man te scheiden? Waarom? Voor wie moest ze vrij zijn? Voor hem misschien? De man van haar nicht, de vader van drie onschuldige kinderen?

George mocht dan een interessante en slimme man zijn, ze deelde veel van zijn overtuigingen en in sommige dingen bewonderde ze hem zelfs, maar ze zou zich in de toekomst verre van hem houden en ook zijn manuscripten niet meer lezen. Vooral dat niet, want het was vooral zijn schrijven waardoor ze in zijn ban was geraakt.

Ze had nauwelijks geslapen en het leek erop dat ook George, boven in zijn kamer, niet tot rust gekomen was. Meer dan eens had ze zijn voetstappen gehoord, gehoord hoe hij zijn stoel verschoof en een keer was een glas omgevallen en gebroken. Ze verbood zichzelf erover te piekeren of hij daarboven alleen was of dat er misschien nog iemand was die op lichte touwschoenen bijna geruisloos over de vloer liep. De schoenen die hij had laten brengen waren zeker niet van hem, vermoedelijk waren ze het bezit van de trotse Abessijnse.

Nog voor zonsopgang, in het eerste vale ochtendlicht, was ze met paraplu, hoed en tas het huis uit gerend alsof ze op de vlucht was. Pas na een tijdje had ze zich omgedraaid. De ramen van zijn studeerkamer weerkaatsten de eerste oranjerode stralen van de opkomende zon. Ze dacht erachter een schaduw te kunnen onderscheiden. Als hij haar overhaaste vertrek al had gadegeslagen, dan was hij haar niet achterna gekomen. Charlotte was even stil blijven staan waarna ze zich langzaam had omgedraaid en verder richting de haven was gelopen.

Nog voor de stoomboot Dar es Salaam bereikte was de lucht dichtgetrokken met zware onweerswolken en zou de volgende tropische bui over het kustgebied losbarsten. Slechts een paar dagen geleden had ze verlangend op de regen gewacht, de eerste heftige wolkbreuk met enthousiasme begroet, was in vervoering geraakt door de geur van de natte aarde en groeiende planten. Nu had ze het alleen maar koud. In Dar es Salaam moest ze waarschijnlijk haar weg vinden door modder en diepe plassen waar de gekke touwschoenen zeker niet tegen bestand waren. Ze had zich niet vergist. Het enige lichtpuntje was dat de kleine kuststomer direct aan de aanlegsteiger kon afmeren zodat de passagiers de tocht in de zwalkende bootjes bespaard bleef. Ook al was ze slechts één nacht weggeweest, ze verlangde als nooit tevoren naar Klara's tedere zorg, naar droge kleren en schoenen en hete geurende thee. Haar winkel, haar kleine huis, Klara, haar nauwste vertrouwelinge, de vrolijke Schammi, dat alles was het geluk dat voor haar bestemd was. Geen stralend lichte planeet, eerder een zwak sterretje aan de nachthemel. Maar het was van haar, ze had het zelf gecreëerd.

De winkel was dicht. Verbijsterd rammelde ze aan de houten deuren en stelde vast dat ze aan de binnenkant vergrendeld waren. Goed, het regende, maar dat was toch geen reden om de zaak in de steek te laten? De winkels rondom hadden de stoffen luifels uitgerold, sommige hadden de deuren tegen het opspattende water dichtgeklapt, ze waren echter wel open en zo gauw de onweersregens ophielden zouden de klanten komen.

'Klara, Schammi!'

Binnen werd de sleutel in het hangslot gestoken, knarsend bewoog metaal op metaal en vervolgens opende zich een spleet tussen de deurdelen en Schammi's smalle gezicht kwam tevoorschijn. Hij keek haar zo verrukt aan alsof zijn eigen moeder bij hem was teruggekeerd.

'Wat is er aan de hand? Waarom is de winkel niet open? Wat denken jullie wel, hoe moeten we geld verdienen als jullie...'

'Charlotte!'

Klara perste zich tussen de naaimachine en de schappen door en stootte in het zwakke licht tegen een tafel vol theepotten en bierkroezen. Het rinkelde, een schaal viel naar beneden.

'Mijn god, wat ben ik blij dat je er weer bent, kom binnen, je bent doornat. Wees voorzichtig met die paraplu. Schammi, doe de deuren dicht en sluit af. Jezus christus in de hemel, kom snel, Charlotte.'

Klara praatte nooit zoveel, er moest wel iets heel ergs gebeurd zijn. Charlotte vergat haar vermoeidheid en volgde haar door de donkere winkel naar de trap.

'Ga jij maar eerst,' fluisterde Klara. 'Je weet dat ik niet zo snel ben. Schrik niet, hij is ziek. Gisteravond is hij thuisgekomen, hij kon nauwelijks op zijn benen staan. Schammi heeft hem water om te wassen en te scheren gebracht en hij moest hem erbij helpen en hem aankleden als was hij een kind. Hij kon niets eten, Charlotte. We moeten hem naar het gouvernementsziekenhuis brengen, anders sterft hij nog onder onze handen.'

Ellende en niets goeds vermoedend ging Charlotte naar boven. De stromende regen maakte het donker in de woonruimte zodat Klara een petroleumlamp aangestoken had. In het licht daarvan leken Christians wangen schrikwekkend ingevallen, zijn ogen waren ontstoken, zijn lippen gesprongen en bloederig. Hij zat op de vloer met zijn rug tegen de wand geleund en keek voor zich uit, een doffe hopeloosheid in zijn blik.

Ze moest zichzelf ertoe dwingen om die paar passen naar hem toe te zetten, maar toen hurkte ze naast hem op de mat en haar medelijden was sterker dan al het andere.

Schuchter deed hij zijn arm omhoog, bewoog ermee heen en weer alsof hij de beweging niet goed kon sturen om vervolgens zijn hand op haar knie te leggen.

'Het is fijn om weer bij je te zijn,' hoorde ze hem zacht mompelen.

Hij had koorts en rilde. Ze stelde geen vragen, hij zou er nu toch niet op antwoorden en afgezien daarvan was het niet moeilijk te raden wat er gebeurd was. Zijn verwachtingen waren niet uitgekomen, hij zou van nu af aan bij haar blijven en een extra last zijn.

'Heb je hem kinine gegeven?'

Klara knikte, ze had al het mogelijke gedaan. Maar de besmeurde en gescheurde kleren had ze hem niet durven uittrekken, dat verbood de zedigheid. Wel had ze Schammi geholpen Christian te wassen zolang hij zijn onderbroek nog aanhad. Daarnaast had ze de zweren op zijn armen, benen en bovenlijf met zalf behandeld. Klara was echt tot aan haar grenzen gegaan. 's Nachts had ze veel voor hem gebeden.

Charlotte besloot eerst de werking van de kinine af te wachten. Hij was waarschijnlijk lopend naar Dar es Salaam teruggegaan, had nauwelijks iets gegeten en vervuild water gedronken. In de moerassen had hij muggenbeten opgelopen die waren gaan ontsteken en de koorts opgewekt hadden.

'We zullen hem oplappen en dan kijken we verder.'

Klara was oneindig opgelucht dat ze de verantwoording aan Charlotte kon overdragen. Met z'n drieën spanden ze zich in om de zieke naar Charlottes bed te vervoeren. Schammi kreeg de opdracht om de bwana van thee en limonade te voorzien en het hun ogenblikkelijk te laten weten als zijn toestand verslechterde. Daarop liet Charlotte haar niet weten dat ze de winkel nu direct weer wilde openen.

'Je man ligt op sterven en het enige waar jij aan denkt is je zaak.' Charlottes hoofd deed nog steeds pijn, ze was doodop en elke stap deed zeer. Ze had weinig zin om Klara's verwijten aan te horen.

'Ik denk aan ons allemaal. Waar moeten we van leven als we niets verkopen? Waar moeten we medicijnen voor Christian van betalen? Dat lukt echt niet met bidden alleen.'

Geïrriteerd trok ze aan de klapdeuren die door het vochtige weer waren uitgezet en zich moeilijk lieten openen. Klara had zich in stilzwijgen gehuld en Charlotte wist dat ze haar nichtje had gekwetst. Dat speet haar, ze was echter niet bereid zich te verontschuldigen. Het bleef stil en na een poosje begon de naaimachine zachtjes te snorren, de regen was opgehouden zodat er genoeg licht was om bij te naaien.

Geluk, dacht Charlotte bedrukt, en ze keek uit over de straat die langzaam weer levendig werd. Geluk was iets waar je niet over na moest denken. Je moest het leven nemen zoals het kwam en uiteindelijk had ze het zelf zo gewild.

'Was het mooi op Zanzibar?' vroeg Klara zonder van haar naaiwerk op te kijken.

'Ja, prachtig. George werkt in een grote kliniek. Met Marie en de kinderen gaat het goed.'

Charlotte voelde zich schuldig, maar meer verwijten van Klara kon ze niet verdragen. En eigenlijk was het ook geen leugen, het ging vast goed met Marie in Engeland.

Klara was bezig met de schaar, zoals altijd langzaam en heel voorzichtig uit angst de stof te verknippen.

'Wat is er met je voeten gebeurd? En waar zijn je schoenen?'

Ze had het dus toch opgemerkt. Charlotte had nog vlug haar

schoenen verwisseld voor ze naar beneden ging. Dat was dus te laat geweest, nu zou ze toch moeten liegen.

'Ik heb ze helaas bij Marie laten staan, stom. 's Avonds toen ik naar bed wilde is een fles omgevallen en ben ik in de scherven getrapt. Marie heeft me toen die touwschoenen geleend. Ze waren ook gemakkelijker met dat dikke verband.'

Ze maakte geen schijn van kans. Niet bij Klara die haar zo goed kende dat ze haar gedachten kon lezen. Misschien had het nichtje bij een andere gelegenheid de leugen laten lopen, nu was ze daar helaas niet toe geneigd.

'Wat een pech. Ben je met beide voeten in de scherven getrapt? Was het zo donker in de kamer?'

'Ja, ja, het was donker. Ik heb nog naar lucifers gezocht om de lamp aan te steken.'

'Ach.'

Weer was het stil. Charlotte besloot de tafel voor de winkel te zetten om haar waren uit te stallen. Al was de hemel nog zwaarbewolkt, het regende niet meer.

'Charlotte?'

Ze antwoordde niet. Het was moeilijk de tafel te verschuiven zonder iets breekbaars om te stoten.

'Ik weet dat Marie niet op Zanzibar is, Charlotte. Ze is met de kinderen in Engeland.'

Charlotte verstijfde. Klara praatte zacht zoals haar gewoonte was. Haar woorden klonken niet verwijtend, alleen oneindig triest.

'Gistermiddag kwam er een brief uit Leer, van Ettje. Mijn moeder is gestorven.'

'Je moeder? Tante Fanny? Ze was toch helemaal gezond?'

'Ze heeft nergens over geklaagd. Ze vonden haar 's ochtends dood in haar bed.'

'O, mijn god, het… het spijt me zo, Klara.'

Charlotte liet de tafel staan, liep naar Klara toe en omarmde haar. Nu kwamen eindelijk de tranen, ze snikte, streelde Klara's smalle schouders, huilde om de domme ruzie en haar leugens, om haar ontgoocheling, haar lafheid en een klein beetje om tante Fanny. Klara hield haar handen vast en ook haar verdriet loste in tranen op.

'Het is alleen zo erg dat ik niet eens bij de begrafenis kon zijn. Iedereen was er, zelfs Marie is uit Engeland gekomen...'

'Ooit zullen we ons de reis naar Duitsland kunnen veroorloven, dan zullen we haar graf bezoeken, Klara. Dat beloof ik je.'

's Middags kwam Kamal Singh in haar winkel opdagen om de gebruikelijke thee te brengen. Hij wist al dat Charlottes echtgenoot was teruggekeerd, iets wat hem niet leek te verbazen. Hij bracht een doosje met grijs poeder mee dat de zweren zou genezen. Waar het uit bestond kon hij niet zeggen.

'U moet niet verdrietig zijn,' zei hij tegen Klara. 'De ziel van uw moeder is nu bevrijd en als ze een deugdzaam leven heeft geleid zal ze zich met God verenigen.'

Hij glimlachte toen Klara weifelend haar voorhoofd fronste, blijkbaar hing hij een heel ander geloof aan dan zij. Toch bedankte ze hem vriendelijk en beweerde dat ze ervan overtuigd was dat de ziel van haar moeder in de hemel was.

's Nachts sliep Charlotte op een deken naast Christians ziek-bed. Hij had koorts en mompelde allerlei onzin. Hij riep mensen bij hun naam, gaf bevelen, jammerde, smeekte, vloekte, af en toe huilde hij. Ze gaf hem te drinken en hoopte uit alle macht dat hij eindelijk in slaap zou vallen. Ze was aan het einde van haar krach-ten. Maar terwijl ze hem ondersteunde zodat hij uit de beker kon drinken, pakte hij haar schouder en klemde zich aan haar vast.

'Je gaat toch niet weg, hè? Het is zo verdomde donker, ik kan je niet zien.'

'Nee hoor, de lamp brandt. Ik ben bij je en ik pas op je. Drink nu. Nog een slok. Zo is het goed.'

'De geesten uit de hel,' ijlde hij. 'Duizendstemmig in de nacht. Ze omsingelen je, cirkelen op zachte zolen om je heen. Je hoort ze

ademen. Je kunt ze ruiken, voelen hoe ze dichterbij komen.'
'Je bent in Dar es Salaam in ons huis, Christian. Je bent in veiligheid. Je bent bij mij.'

'Bij jou.'

Hij ontspande en strekte zich weer uit op het bed, lag daar met wijdopen ogen en staarde naar de insecten die om de lamp zoemden. Hij moest iets vreselijks meegemaakt hebben. Vermoedelijk had hij in de vrije natuur overnacht en gevreesd door roofdieren aangevallen te worden. Uitgeput liet ze zich weer op haar deken zakken en luisterde naar de geluiden van de nacht. Ze had dit lawaai al vaker gehoord. Een dof stampen dat je zelfs lichamelijk kon voelen als je de grond aanraakte. Het kwam uit het noordwesten waar zich de wijk van de zwarten bevond. Men had haar verteld dat ze hun *ngoma* vierden. Een geheime bijeenkomst, een feest waar naar oeroud gebruik dansen werden uitgevoerd. Geen witte werd erbij toegelaten en niemand kon zeggen wat voor soort dansen het waren en waar ze voor dienden. Maar in de trage, bedaarde kracht van de trommelslagen voelde Charlotte de hartslag van de Afrikaanse aarde. Het vreemde land deelde royaal zijn kalmte uit en schonk haar verlossende slaap.

Christian wilde zich in geen geval in het ziekenhuis laten behandelen, koppig stond hij erop zonder arts te genezen. Het kostte hem weken om weer op de been te komen. Steeds nieuwe koortsaanvallen stuurden hem terug naar bed en ook de zweren heelden heel langzaam. Toen hij zich beter voelde, ging hij beneden in de winkel in de mooie stoel zitten die Charlotte van Kamal Singh had gekregen om toe te kijken wat de vrouwen aan het doen waren, dronk thee en zweeg. Hij greep elke gelegenheid aan om Schammi te roepen en zich door hem te laten bedienen en werd boos als de jongen zijn opdrachten niet naar tevredenheid uitvoerde. Schammi verzon al snel allerlei listen om zich aan de bevelen van bwana

Christian te kunnen onttrekken. Overdag verstopte hij zich achter Klara's naaimachine of trok zich terug in het magazijn. Vaak bood hij ijverig aan om naar de markt of het postkantoor te lopen en bleef dan langer weg dan nodig was. De zachte Klara was geen steun voor hem, Charlotte des te meer door streng tegen Christian te benadrukken dat Schammi er voor alles voor de belangen van de winkel was.

Toen Christian begin december eindelijk koortsvrij was, haalde Charlotte stilletjes opgelucht adem. Ze had zich tot op het laatst ernstige verwijten gemaakt dat ze zijn plannen niet met meer overtuiging had gesteund.

Ze praatten er niet over. Christian zocht haar nabijheid alsof hij zich aan haar moest vasthouden, volgde haar met zijn blik als ze de klanten bediende en zat 's avonds naast haar als ze de administratie bijhield. Ofschoon ze nooit geleerd had een boekhouding te voeren had ze toch een heel precies overzicht van de inkomsten en uitgaven. Ze wist welke goederen ze moest inkopen en hoeveel ze ermee zou verdienen. Het geld bewaarde ze in een blikken doosje dat ze in de muur achter een losse steen verstopte.

Af en toe bracht ze een klein bedrag naar de post om haar schuld aan Gerhard af te betalen. De rest moest voor de winkel en levensonderhoud voldoende zijn.

Christian bracht de dagen in volkomen passiviteit door. Hij probeerde zich niet nuttig te maken in de winkel. Hij was er een gast, een zwijgende toeschouwer. Vaak viel hij in de stoel in slaap en moesten ze hem wekken wanneer de winkel 's avonds gesloten werd. Kamal Singh had hem met passende vriendelijkheid begroet en Christian speelde het zelfs klaar om de Indiër voor het helende poeder te bedanken, ook al was zijn afkeer van hem alleen maar groter geworden. Ook de Indiër koesterde geen sympathie voor Christian. Hij staakte zijn middagbezoekjes aan Charlottes winkel en verscheen alleen 's morgens vroeg als Christian nog niet was opgestaan. Dan praatte Kamal Singh met Charlotte over zaken en legde een deel van zijn gecompliceerde handelsbetrekkingen uit. Ze was gefascineerd door de mogelijkheden die hij haar voorlegde. 'Ik heb maar weinig geld,' wierp ze tegen. 'U geeft me dat wat u hebt en ik verdubbel het.' 'Nee, ik maak geen schulden.' Hij drong niet aan, al liet hij wel duidelijk blijken dat hij haar voorzichtigheid niet verstandig vond. Kleine investeringen brachten een kleine winst op. Wie meer wilde moest risico's nemen.

Kerstfeest, hun eerste op het Afrikaanse continent, vierden ze allemaal samen op de evangelische missiepost. De beide verpleegsters en de jonge dominee Peter Siegel hadden het altaar met palmtakken en witbloeiende schermacacia's versierd. Klara huilde van ontroering bij de voorlezing van het Lucasevangelie, dat ook thuis in Leer op dit uur in de evangelische kerk voorgedragen zou worden. Schammi volgende de kerstdienst met veel belangstelling. Ook al verstond hij niet alles, hij deed braaf zijn best om de Duitse kerstliederen mee te zingen. Charlotte zat naast Christian, die de hele tijd haar hand vasthield. Ze kon niet delen in de sentimentele stemming van de anderen. Ze had een slecht gevoel over zichzelf, onwaardig om aan dit christelijke feest deel te nemen want ze was niet eens in staat haar man lief te hebben en te respecteren zoals het een echtgenote betaamde. In plaats daarvan moest ze steeds opnieuw tegen het opwellende verlangen vechten, die zoete en tegelijk bittere gevoelens die haar naar een andere man toe trokken.

Een kerstbrief die een paar dagen eerder was aangekomen, had die verboden sentimenten weer doen opleven. Ettje had hun een gezegend kerstfeest gewenst en allerlei nieuwtjes gebracht. Menna had een gezonde dochter ter wereld gebracht, grootmoeder had griep doorstaan en Marie had vanuit Engeland geschreven. George was eerder dan verwacht uit Zanzibar teruggekeerd, dus ze konden het kerstfeest allemaal samen met de schoonouders vieren. De enige wanklank in Maries blijdschap was de slechte gezondheid van haar schoonvader. George had intussen de artsenpraktijk van zijn vader overgenomen, hij had plezier in zijn werk en het zag ernaar uit dat de familie na de lange jaren in het buitenland eindelijk tot rust zou komen.

George had Charlotte sinds haar bezoek aan Zanzibar niet meer geschreven. Hij was dus weer in Engeland. Dat was goed, daar wachtte een taak op hem en niet in de laatste plaats zijn vrouw en kinderen. Charlotte wenste Marie alle geluk van de wereld, ze was George' echtgenote, ze hield van hem en ze verdiende het dat hij nu eindelijk deed wat ze zich altijd gewenst had. Hij had zich gevestigd en rust gevonden. De steek die dit bericht haar toediende, de onrust en de slapeloze nachten waren haar deel, ze had het verdiend en ze zou eruit komen. Als om zichzelf te straffen had ze zich naar Christians wensen gevoegd, die met het verbeteren van zijn gezondheid ook weer zijn rechten als echtgenoot opeiste. Ze had zich met gesloten ogen en haar tanden op elkaar aan hem overgegeven, ongeduldig wachtend tot zijn begeerte bevredigd was om toen zwijgend weer in haar eigen bed te gaan liggen dat ze intussen naast dat van Christian in de slaapkamer hadden gezet. Ook vroeger had ze nooit enig plezier beleefd aan hun nachtelijk samenzijn en nu voelde ze enkel afkeer.

In de hete, winderige moessontijd – het was al februari – veranderde het gedrag van Christian. Het leek of hij uit een verdoving ontwaakt was. Helaas was het geen vrolijk ontwaken, eerder een ziekelijke rusteloosheid die Charlotte nog niet eerder bij hem gezien had. Al vroeg in de ochtend ging hij in de winkel bezig en begon de koopwaar anders te organiseren. Hij was twistziek en maakte iedereen het leven moeilijk. Elke kleinigheid stoorde hem. Het huis was te klein, de winkel werd slecht gerund, Klara werkte te goedkoop en Schammi was een luilak.

Zijn belangstelling voor de winkel was van korte duur. Algauw verloor hij zijn interesse en nam zijn plaats in de mooie stoel weer in. Daar zat hij onverschillig, staarde voor zich uit of sliep en liet Charlotte de vrije hand om te doen wat haar goeddunkte. 's Avonds pakte hij geld uit de winkelkas om naar de brouwerij van Wilhelm Schmidt te gaan. Als hij laat in de nacht thuiskwam was hij dronken. Dan wierp hij zich luidruchtig op zijn bed om direct in slaap te vallen.

Charlotte liet hem begaan en zette zich over de missende bedragen van de kassa heen. Die zorgden er tenminste voor dat ze rustige avonden had en ook 's nachts niet meer lastiggevallen werd. Ze raadde hem alleen aan een pistool mee te nemen zodat hij zich in geval van nood tegen de leeuwen kon verdedigen als hij 's nachts terug naar de Inderstraat wankelde. Hij lachte haar uit, snoefde dat hij niet bang was voor die laffe beesten en ze zo nodig met zijn vuisten in toom zou houden. Vreemd, want had hij niet in zijn koortsdromen over beesten gepraat die hem omsingelden en zich in panische angst aan haar schouder vastgeklampt?

'Daar moet je geen grapjes over maken, Christian,' zei ze daarom. 'Net verleden week zijn twee Afrikanen door een leeuwin aangevallen. Ze hebben geluk gehad dat een Duitse officier erbij kwam die het beest met een geweerschot verdreven heeft.'

'O, en dat bevalt je wel, hè,' hoonde Christian. 'Een potige officier in een wit uniform met onderscheidingen op zijn borst. Eén die zijn munitie verspilt om twee dronken zwarten van een leeuw te redden.'

Het werd Charlotte al snel duidelijk dat hij ziek moest zijn. Misschien had de wekenlang durende hoge koorts deze verandering in zijn karakter bewerkstelligd. Of misschien was het de hopeloosheid die ze na zijn terugkeer in zijn ogen gezien had.

De kleine regentijd die eigenlijk in maart had moeten beginnen, liet op zich wachten. Het bleef heet en vochtig. 's Nachts konden ze niet slapen en over de muggenzwermen verheugden zich alleen de zwaluwen die hun nesten boven de ingang van de winkel tegen de muur hadden geplakt. Klara kreeg koorts en moest kinine innemen. Ze stond erop om door te werken en zat met veertig gaden koorts achter haar naaimachine om de hemden en onderjurken voor een jonge echtgenote van een Duitse officier af te maken. 's Avonds was ze zo slap dat Christian haar de trap op moest dragen.

Christian schrok oprecht van Klara's zwakte en leek 's avonds zelfs bereid van zijn gebruikelijke bezoek aan de brouwerij af te zien. Met een bedrukt gezicht kwam hij in de woonkamer zitten en keek toe hoe Charlotte de inkomsten en uitgaven van die dag noteerde. Voor de winkel was het een goede dag geweest. De Duitse klant had nog die avond haar ondergoed op laten halen en betalen want ze zou overmorgen samen met haar man naar het binnenland, naar Iringa vertrekken.

'Dit land zal ons nooit accepteren, Charlotte.'

'Wanneer we achteroverleunen en klagen, zeker niet,' antwoordde ze een beetje geïrriteerd. 'Luister, Christian, ik heb een idee dat ik met je wil bespreken. Het gaat om een zakelijke investering die Kamal Singh me voorgesteld heeft.'

'De Indiër?'

Wrevelig trok Christian zijn hand terug van Charlottes arm. Hij had op troost en begrip van haar gehoopt, zakelijke plannen interesseerden hem niet.

'Kamal Singh wil samen met zijn zonen en andere zakenpartners een karavaan uitrusten en hij heeft mij aangeboden daaraan deel te nemen...'

'Een... karavaan? Waarvoor?'

Ze legde het hem uit. Het moest van Pagani naar Klein-Arusha bij de Kilimanjaro gaan, van daaruit verder naar Nguruman en dan via Groot-Arusha terug naar Dar es Salaam. Op de heenweg zouden kleurige katoenen stoffen, kralen, geel messingdraad, koper en ijzer, buskruit, geweren en brandewijn meegenomen worden die bij de inheemse bevolking vooral tegen ivoor, maar ook dierenhoorns, hars en andere dingen geruild worden. Dat zou men dan aan Europa of Zanzibar doorverkopen. Ook na aftrek van de kosten zou een grote winst overblijven.

'Dat beweert de Indiër?' vroeg Christian misnoegd. 'En daar wil jij je mee inlaten? Wat als de karavaan niets terugbrengt? Wanneer hij door vijandelijke stammen overvallen en beroofd wordt?'

'Kamal Singh vergoedt alle spullen die door diefstal kwijtraken of op een andere manier verloren gaan. Ook materialen die door water beschadigd zijn. Alleen bij brand of oorlog neemt hij het verlies niet op zich.'

Nijdig onderbrak hij haar. 'Waarom vertrouw je die Indiër toch steeds weer? Hoe kun je weten dat hij eerlijk is? Hij zal je geld aanpakken en later verklaren dat er helaas geen winst is gemaakt, dat de karavaan meer kostte dan hij opgeleverd heeft.'

Charlotte was teleurgesteld. Ze had gehoopt hem bij dit project te kunnen betrekken, was bereid geweest naar zijn advies te luisteren, maar hij keurde haar plannen bij voorbaat af en alleen omdat ze met Kamal Singh te maken hadden. Ze was steeds voorzichtig geweest, alleen nu Christian zo opgewonden met zijn handen in de lucht heen en weer zwaaide en haar uitlegde dat ze een naïef meisje was dat de trucjes van deze Indiër niet doorzag, was ze vastbesloten het risico aan te gaan.

'Je kunt zeggen wat je wilt, ik ga een deel van het spaargeld in deze karavaan investeren. Niet alles, we moeten wat achterhouden voor noodgevallen, maar ik ga het proberen.'

Hij begon te lachen. Zijn gezicht kwam in het licht van de lamp vertrokken en vol schaduwen op haar over. Al kon dat ook komen doordat hij laks was geworden en zich niet meer grondig scheerde.

'Jij,' riep hij en hij greep de tafelrand met beide handen vast om beter naar voren te kunnen leunen. 'Jij wilt het proberen? Wat maak je jezelf wijs? Ben je vergeten dat deze winkel op mijn naam staat?'

'Ik heb het huurcontract medeondertekend.'

'Wie kan dat wat schelen? Ik ben je echtgenoot en beheer ons gezamenlijke geld, zo staat het in de wet. Jij, mijn liefje, kunt zonder mijn toestemming geen zaken doen en geen contracten ondertekenen.'

Triomfantelijk keek hij haar aan. Hoon vertrok zijn mondhoeken alsof hij zojuist een machtige vijand ten val had gebracht. Opeens werd Charlotte door een onbedwingbare woede gegrepen.

'Maar geld verdienen dat mag ik, nietwaar? Daar heeft de wet niets op tegen.'

'Wat wil je daarmee zeggen?' blafte hij terug.

Ze wist dat de ruzie nu zou escaleren, ze kon echter niet langer zwijgen.

'Wat ik daarmee wil zeggen? Ik wil daarmee zeggen dat ík het ben die dit geld verdiend heeft. Ik heb een bestaan voor ons opgebouwd en ik bepaal wat er met het spaargeld gebeurt.'

Hij viel op zijn stoel terug en ze had al spijt van haar woorden nog voor ze ze helemaal uitgesproken had. Christian was doodsbleek geworden, hield zijn handen om de tafelrand geklemd en ze zag dat zijn vingernagels blauwig verkleurd waren.

'Zo staat het er dus voor.'

De woorden kwamen sissend uit zijn mond, alsof hij geen kracht meer had om zijn stem te gebruiken.

'Denk je dat ik niet heb gemerkt hoezeer je me veracht?' ging hij verder. 'Je berispt me in het bijzijn van Klara en die zwarte blaag alsof ik een leerjongen ben. Je koketteert met iedere Afrikaan, Arabier en Indiër die in deze armzalige winkel komt om een flesje lampenolie te kopen. En 's nachts lig je naast me als een dode, roerloos en onverschillig. Beviel het je op Zanzibar? Een man zoals George Johanssen, een succesvolle arts en rijke erfgenaam. Dat is beter dan een mislukkeling zoals ik. Zou je graag zijn vrouw willen zijn? Dan heb je pech, liefje, daarvoor kom je te laat.'

Ze kromp ineen onder zijn beledigingen als waren het klappen. Het was kwaadaardig, het was onterecht. En toch zat er een klein stukje waarheid in.

'Hou je mond,' steunde ze. 'Wil je Klara wakker maken? Het gaat al slecht genoeg met haar, ze heeft haar slaap nodig.'

Hij had haar ontsteltenis opgemerkt en genoot nu van zijn overwinning. Met een ruk stond hij op van zijn stoel, deed een greep over de tafel en veegde de opgestapelde munten naar zich toe.

'Je zult het niet leuk vinden, schatje,' zei hij neerbuigend, 'maar ik ben degene die over dit geld beslist. En ook over dat wat je daar in de muur hebt verstopt. Van nu af aan zal ik ons vermogen beheren, zoals het hoort.'

Helemaal verstijfd keek ze toe hoe hij de munten in de zak van zijn jasje liet glijden en pas toen hij voor de muur knielde om de losse steen weg te halen, begreep ze dat het hem ernst was.

'Nee, daar heb je het recht niet toe.'

'Alle recht van de wereld. Ik zal niet toestaan dat jij ons spaargeld verkwist.'

Ze stormde op hem af en greep hem bij zijn schouder om hem tegen te houden. Hij draaide zich bliksemsnel om, waanzin in zijn ogen, en stompte haar tegen de borst. De stomp was zo hard dat ze geen lucht meer kreeg. Ze viel ruggelings tegen de kast en sloeg met haar achterhoofd tegen het hout. Even voelde ze niets dan een doffe schok, alsof haar hersens in haar schedel losgekomen waren, toen zag ze door een waas Christians gezicht. Hij boog zich over haar heen, bleek, zijn ogen groot van ontzetting.

'Charlotte... Charlotte...'

Een golf misselijkheid welde in haar op, ze kon niet antwoorden, maakte alleen een afwerend gebaar met haar handen. Zijn gezicht verdween en ze hoorde de deur slaan. Het klonk vreemd hol en dreigend en ze dacht haar hele lichaam te voelen beven. Pas na een tijdje was ze in staat zich te bewegen. Ze kroop moeizaam op handen en knieën naar de muur, trok de baksteen eruit en stelde vast dat haar spaargeld nog in het blik zat. Maar was dat nu nog belangrijk?

De hele nacht werd ze geplaagd door misselijkheid en hoofdpijn. Pas toen 's morgens een onweer losbarstte en de langverwachte regen eindelijk viel begon ze zich beter te voelen. Christians bed naast haar was leeg gebleven, wat ze als een opluchting ervoer. Ze wilde hem niet zien, hij kon blijven waar hij zich ook bevond. Hij was niet meer de man met wie ze ooit getrouwd was. Hij had haar bedreigd, zijn hand tegen haar opgeheven en was er toen laf vandoor gegaan in plaats van haar te helpen.

Schammi hurkte in elkaar gedoken als een kleine schaduw in de keuken en keek haar met grote bezorgde ogen aan. Ze glimlachte naar hem en haastte zich om vuur te maken.

'Harde donder, bibi Charlotte. Boze donder. Nu is het voorbij. Schammi zal bibi Klara thee brengen. Bibi Klara zal gauw weer beter zijn.'

Hij had de nachtelijke ruzie gehoord, had het echter niet aangedurfd de woonkamer binnen te gaan. Nu leek hij zielsblij dat de altijd betrouwbare bibi Charlotte de dingen weer in de hand had.

'Natuurlijk, Schammi, alles komt goed. Pas alleen op dat je niet weer een kopje breekt, ja?'

Tot haar opluchting voelde Klara zich beter, de koorts was gezakt. Toch wilde Charlotte niet dat ze direct weer met haar naaiwerk begon.

'Het regent, Klara. Dan is het licht slecht en kun je sowieso niet naaien. Blijf liever boven in huis, ik red me hier wel.'

'Waar is Christian? Hebben jullie weer ruziegemaakt? Je bent vreselijk bleek, Charlotte.'

'Ik voel me prima.'

Dat was een leugen en Klara wist het, Charlotte had alleen geen zin haar in vertrouwen te nemen.

In een slecht humeur en met nog steeds een zeer hoofd zat ze beneden in de winkel en was bij wijze van uitzondering blij dat het door de regen niet druk was. Tegen de middag was Christian nog steeds niet opgedoken en ze moest vechten tegen haar opkomende bezorgdheid. Tenslotte had ze hem niet weggestuurd, hij was uit eigen beweging weggegaan. Hij was een volwassen man en wist wat hij deed. Het hielp echter weinig want ze wist maar al te goed dat Christian zo hulpeloos was als een kind.

Aan het begin van de middag verscheen Kamal Singh, gevolgd door een reeks zwarte dragers die een berg kisten en goederenbalen meesleepten. Een poosje was er drukke bedrijvigheid in de winkel. Allerlei spullen werden vanuit het achtergedeelte naar buiten gedragen, de nieuwe weer opgeslagen. Je hoorde Kamal Singh, die dergelijke activiteiten altijd zelf controleerde, korte strenge aanwijzingen geven. Toen alles klaar was liet hij voor zichzelf en Charlotte thee brengen en informeerde naar Klara's gezondheid. Christians afwezigheid leek hem niet op te vallen. Hij had een zesde zintuig voor zaken die ongemakkelijk voor zijn gesprekspartner konden zijn en zei er niets over.

'Ik neem een aandeel in de karavaan,' zei Charlotte vastbesloten, 'maar alleen het deel dat ik zelf kan opbrengen.'

Zijn blik dwaalde nadenkend over de lege stoel, toen stak hij zijn hand uit naar haar om de afspraak te bezegelen.

'U bent een verstandige vrouw, Charlotte. Ik weet zeker dat we nog heel vaak zaken met elkaar zullen doen. Goede zaken.'

De regen hield op, de hemel brak open, het werd levendig op straat en nog steeds was er geen spoor van Christian. Schammi kwam naar beneden en vertelde dat bibi Klara had gegeten en gedronken en nu een beetje sliep. Daarop hurkte hij naast de ingang en keek naar de voorbijgangers. Hij zei niets, al wist Charlotte heel goed op wie hij wachtte.

Het was nu onmogelijk geworden zich voor haar zorgen af te sluiten. Nee, hij was zeker niet door een leeuw aangevallen, zulke gebeurtenissen gingen altijd als een lopend vuurtje door de buurt, dat zou ze gehoord hebben. Waar kon hij dan zijn? Hij had de inkomsten van een hele dag bij zich gestoken en dat was niet weinig geweest. Had hij uiteindelijk de kuststomer genomen? Maar waarheen dan? Terug naar Europa? Ver zou hij niet komen, daarvoor was het geld niet toereikend.

Een jonge man kwam haar winkel binnen en begroette haar vriendelijk in het Duits. Ze had hem bijna niet herkend want missionaris Peter Siegel droeg niet het lichte jasje dat hij op de missiepost meestal aanhad. Hij had nu een donker pak aan en een zwarte hoed op.

'Wat aardig om ons een bezoek te brengen,' zei ze beleefd.

Ze liet Schammi koffiezetten en bood dominee Siegel de mooie stoel aan, die hij graag accepteerde. Hij was onderweg om enkele gemeenteleden te bezoeken en had al veel over haar wilskracht en de mooie winkel gehoord.

Het moest wel aan haar hoofdpijn liggen dat deze toch zo beminnelijke man haar zo vreselijk op de zenuwen werkte.

Charlotte stelde hem op de hoogte van Klara's ziekte en verontschuldigde haar nichtje omdat ze niet in staat was zich bij hen te voegen.

'Dat spijt me erg,' zei Peter Siegel bezorgd. 'Ik had graag mijn opwachting gemaakt bij uw nicht. Moeten we ons zorgen om haar maken? Is er iets wat we voor haar kunnen doen?'

'Op het moment niet, het lijkt al wat beter met haar te gaan.'

Eindelijk gaf de missionaris zijn lege koffiekopje aan Schammi en Charlotte hoopte dat hij nu afscheid zou nemen. Hij aarzelde echter en vroeg toen: 'Denkt u dat het mogelijk is uw nicht een ogenblik te kunnen spreken? Ik wil me in geen geval opdringen maar misschien kunt u vragen of ze me wil ontvangen?'

'Natuurlijk.'

Schammi droeg het blad met de koffiekopjes naar boven, ze hoorden hoe een kopje van de trap af rolde. Daarna verscheen hij weer onschuldig glimlachend in de winkel en liet weten dat bibi Klara heel blij zou zijn met zijn bezoek. Missionaris Siegel zette zijn zwarte hoed, die hij uit beleefdheid had afgezet, weer op, bewoog zich behendig langs de volle schappen en volgde Schammi de trap op.

Nog geen twintig minuten later kwam de missionaris weer te-voorschijn. Nu zag hij er nadenkend en een beetje bezorgd uit. Hij nam afscheid met een lange handdruk en wenste hun van ganser harte Gods zegen, vooral haar nichtje Klara, die toch zo'n voor-treffelijke jonge vrouw was, en dat ze maar snel mocht genezen. Vervolgens ging hij naar buiten, de weer beginnende regen in en liep met opgetrokken schouders weg.

Abrupt zei Schammi: 'Bwana Christian is ons vergeten. Hij is weggelopen en komt niet meer terug. We zullen zonder hem leven.'

'Klets niet zo'n onzin,' viel Charlotte uit. 'Ga naar de brouwerij van Schmidt en vraag naar hem. Kijk of je iets te weten kunt ko-men. Heb je me begrepen?'

'Ja, bibi Charlotte.'

Al na korte tijd kwam hij terug en spreidde hulpeloos zijn ar-men.

'Bwana Christian is daar niet. Drinkt geen *pombe*. Vandaag niet. Gisteren niet.'

Het was al na vijven. Tegen zes uur werd het donker. De weinige klanten die ze nog kon verwachten zouden haar ook niet rijk ma-ken. Charlotte droeg Schammi op de winkel te sluiten en het hang-slot te bevestigen. Ze bracht de inkomsten van die dag naar boven om ze op haar geheime plek te verstoppen. Er waren 's nachts niet alleen leeuwen in de straten, je hoorde ook steeds weer over in-braken en overvallen. En ook al was dat haar tot nu toe bespaard gebleven, je mocht niet onvoorzichtig worden.

Klara's gezicht gloeide, haar temperatuur was weer gestegen. Ze beweerde echter bij hoog en laag dat ze zich prima voelde. Ze had goed gegeten en ook veel gedronken. Charlotte twijfelde daaraan, Klara's ogen waren rood en hadden een vreemde glans die alleen maar van de koorts kon komen.

'Is Christian teruggekomen?'

Charlotte schudde haar hoofd. Ze voelde zich nu machteloos ten opzichte van de schrikbeelden die ze voor zich zag. Was hij het

moeras in gelopen? Had hij zich in zee gestort? Het was mogelijk dat hij ruzie had gezocht en nu gewond ergens in een donkere
hoek lag. Hulpeloos en bloedend.

'We moeten iets doen, Charlotte.'

Ze moest zichzelf overwinnen om de beslissing te nemen. Men
zou haar waarschijnlijk uitlachen, misschien ook geringschattend
bekijken. 'Wel, wel, haar man is bij haar weggelopen. Nou ja, hij zal
er wel zijn redenen voor hebben gehad.'

'Ik ga naar het stadhuis. Misschien kan de politie of het bescher-
mingsregiment ons helpen.'

Ze liet Schammi bij Klara achter en haastte zich door de zacht
geworden straten terwijl ze zich verwijten maakte zo lang gewacht
te hebben. Het was mogelijk dat op dit tijdstip niemand meer
dienst had in het stadhuis. Toen ze de moskee ten zuiden van de
Inderstraat achter zich gelaten had, hoorde ze hoe iemand luid
haar naam riep. Het was Sarah William, de kennis van hun boot-
reis, die ondanks Klara's weigering om voor haar te naaien nog
steeds inkopen in Charlottes winkel deed.

'Ik heb haast.'

Sarah stond midden op de weg tussen twee grote plassen water en had ter begroeting haar ingeklapte grasgroene paraplu om-
hooggestoken.

'In het geval dat je naar je man op zoek bent, liefje, kan ik je een
hint geven.'

Charlotte verstijfde. De straat was nog steeds vol mensen, maar
Sarah had Duits gesproken, een taal die slechts weinig Afrikanen
verstonden.

'Kijk me niet zo aan, meisje, hij is niet bij mij of zo. Maar vanmiddag kwam een kennis bij me op bezoek en die vertelde dat er
gedoe was geweest.'

'Ik weet niet waar je het over hebt.'

Sarah boorde de punt van haar paraplu in de modder en zuchtte.
Ogenschijnlijk viel het haar moeilijk een vrouw die zo traag van be-

grip was als Charlotte zulke eenvoudige dingen te moeten uitleggen. 'Luister, liefje,' zei ze uiteindelijk, 'we zijn tenslotte reisgenoten en moeten ons allebei zelf zien te redden. Ik zal je dus het huis aanwijzen, alleen ik ga in geen geval mee naar binnen, dat zou mijn reputatie schaden, begrijp je?' Charlotte knikte, ook al begreep ze er helemaal niets van. Wel zei een slecht voorgevoel haar dat ze dingen zou zien en te weten komen die beter voor haar verborgen hadden kunnen blijven. Toch sloot ze zich bij Sarah aan die met wiegende heupen vooruitliep, handig de ergste modderkuilen ontweek en er daarbij nog aan dacht een zich voorbijhaastende postbode met een stralende glimlach goedenavond te wensen. De weg voerde terug. Ze kruisten de Inderstraat en liepen aan het verlaten marktplein voorbij in westelijke richting.

'Je wilt toch zeker niet de zwarte wijk in?'

De Afrikaanse wijk lag aan de westelijke kant van Dar es Salaam. Charlotte had hem alleen uit de verte gezien, men had haar aangeraden deze buurt te vermijden. Er stonden eenvoudige lemen hutten met strogedekte daken in nette rijen, daartussen wemelde het van de vrouwen en kinderen, kippen, geiten en ezels. Voor de hutten werd gekookt, gedronken, feestgevierd, soms, zo had men haar verteld, kwam het ook tot ernstige vechtpartijen. De Duitsers controleerden de wijk veelvuldig, want het was een onuitputtelijke bron van onaangenaamheden.

'Alleen aan de rand. Kom hierboven bij me staan, van hieruit kun je het zien.'

Sarah was op een van de steenhopen gaan staan en wees met haar arm naar een langgerekt plat gebouw dat met golfplaten bedekt was. Een lage muur omgaf het huis en erf, in een hoek van de omheining lag allerlei oude rommel, waaronder houten kisten, lege blikken en flessen. Vanaf de achterkant van het gebouw steeg een dunne rooksliert op, daar werd waarschijnlijk op open vuur gekookt.

'Wat is het?'

Sarah zuchtte opnieuw en dwong zichzelf tot een uitleg. 'Luister, je moet dit niet aan de grote klok hangen en er vooral de arme kleine Klara niet mee lastigvallen. Beloof me dat. Meisjes zoals Klara kunnen maar beter niets van deze dingen weten.'

'Zeg het nou maar.'

'Daar houden ze hun zwarte vrouwen,' zei Sarah op minachtende toon. 'Ze willen niet de zwarte wijk in, dat vinden ze te vies en gevaarlijk, dus hebben ze de meisjes hier opeengepakt, geven ze alles wat ze nodig hebben en een beetje geld. Ze moeten zich van tevoren goed wassen, daar hechten ze waarde aan en als er eentje ziek wordt, sturen ze haar terug naar haar familie.'

Charlotte staarde haar met wijd opengesperde ogen aan. Kon dat waar zijn? Ze had van dergelijke huizen gehoord, daar verbleven aan lagerwal geraakte figuren, vuile schurken, het schuim der aarde. Ondertussen kletste Sarah verder. 'Ik begrijp ze wel, het zijn meest jonge kerels die hiernaartoe komen, de meesten blijven niet al te lang en er zijn er maar weinig getrouwd. Overdag lopen ze rond in hun schone witte uniform en poetsen hun onderscheidingstekens en zilveren knopen op. Maar 's nachts overvalt hen de eenzaamheid. Er zijn nu eenmaal mannen die het niet lang uithouden wanneer ze niet af en toe... nou ja, je weet wel. En met een zwarte is het voor veel mannen helemaal bijzonder, opwindend, dat hebben ze thuis in Duitsland niet.'

'Hou op,' riep Charlotte ontzet en ze hield haar handen voor haar oren.

Sarah keek fronsend naar haar, kwam van de steenhoop af en maakte aanstalten naar de stad terug te gaan.

'Ze zijn hun vrijers niet erg trouw, de zwarte vrouwen, als ze iets extra's kunnen verdienen. Ze doen het omdat ze het geld voor hun familie nodig hebben. Ik heb gehoord dat je man gisteren ruzie met een officier heeft gehad die hem met zijn zwarte liefje betrapte.'

Sarah had al een paar passen gedaan en was bijna achter een

muur verdwenen toen Charlotte zich weer in de hand kreeg.

'Sarah, loop nou niet weg. Alsjeblieft. Ik kan daar toch onmogelijk helemaal alleen naar binnen gaan.'

Ze bleef niet staan, keerde alleen haar hoofd om.

'Er is daar nu niemand, meisje. Ze komen pas als het donker is.' En toen was ze weg, Charlotte in hopeloze vertwijfeling achterlatend. Misschien was het allemaal niet waar. Misschien had dat boosaardige mens haar een sprookje verteld. Duitse officieren en ambtenaren van de gouvernementsregering zouden 's nachts naar dit huis sluipen om met zwarte meisjes ontucht te bedrijven? Dat kon toch alleen maar een leugen zijn. En Christian, wat je ook over hem kon zeggen, hij zou toch nooit…

Of toch wel? Zat de wereld anders in elkaar dan ze tot nu toe gedacht had? Was ze een naïef blauwogig kippetje zoals Christian zo graag beweerde?

Het avondrood was alleen nog een zwak oranjeachtig schijnsel dat langzaam oploste. De hemel werd loodgrijs en liet het dichte bos van acacia's en mammoetbomen achter de plek er donker uitzien. Er was niet veel tijd meer.

Ze moest om de muur heen lopen om bij het houten poortje te komen dat de omheining afsloot. Er waren nu meer kleine vuurtjes te zien, flakkerende geelrode lichtjes in de invallende schemering. Jonge Afrikaanse vrouwen hurkten op de grond en kookten mais en groente. Ze waren vrolijk, lachten en praatten, de kleurige doeken om hun hoofd lichtten op in het schijnsel van de vuren, oorringen en halskettingen glinsterden. Toen Charlotte het poortje opentrok, verstomden ze en keken haar vol verbazing aan. Als Sarah de waarheid had gesproken, was ze waarschijnlijk de eerste witte vrouw die deze omheinde ruimte betrad.

'Jambo,' groette ze en ze deed moeite zo ongedwongen mogelijk over te komen terwijl haar handen trilden van de spanning.

'Jambo, kook rustig verder.'

'Wat wil je?'

Ze wist niet wie de vraag had gesteld. Het was nu zo donker dat ze de donkere gezichten van de vrouwen nauwelijks kon onderscheiden, alleen het wit van hun ogen lichtte op en hun tanden als ze lachten of praatten.

'Ik ben op zoek naar een witte man, Christian Ohlsen.'

Een van de vrouwen stond op en trok de doek die ze om haar lichaam gewikkeld had, vaster aan. Pas toen zag Charlotte dat ze een piepkleine zuigeling tegen haar borst hield. Ze gaf de baby aan een ander en een klaaglijk gehuil klonk op. De moeder trok echter onbekommerd een brandende stok uit het vuur om daarmee een petroleumlamp aan te steken. Ze hield de lamp in de lucht en kwam op Charlotte af.

'Je man?' vroeg ze met een rauwe stem.

De vrouw was zeker nog geen twintig, vermoedelijk veel jonger, al vond Charlotte het moeilijk de leeftijd van Afrikaanse vrouwen in te schatten. Haar huid glansde als brons, de brede neus en volle lippen maakten haar in Charlottes ogen niet erg mooi, maar in haar blik lag een uitdrukking van begrip.

'Ja, hij is mijn man,' gaf Charlotte toe. 'Is hij… is hij hier?'

Zonder antwoord te geven maakte de vrouw rechtsomkeert, haastte zich met de lamp naar de huisdeur en deed hem open. Daarop draaide ze zich naar Charlotte om.

'Hij is hier, alleen je moet heel sterk zijn, bibi.'

Een smerige lucht van etensresten, urine en alcohol sloeg haar tegemoet, vaag onderscheidde ze de omtrek van houten kisten, een kapotte leunstoel, op de vloer lagen stromatten. Meer naar achteren was een smalle gang waar van beide zijden deuren op uitkwamen, sommige stonden open, daarachter was het donker.

De vrouw liep naar het einde van de gang en trok daar een grote houten deur open. In de piepkleine ruimte stonden houten planken en zakken. Muizen schoten weg toen het licht naar binnen viel en het rook er zo weerzinwekkend dat Charlottes maag zich omdraaide. Christian lag op zijn rug, zijn armen over zijn borst gekruist. Ze hadden zijn knieën gebogen om de deur dicht te kunnen doen.

'Wil niet weg, alleen drinken. Wij halen de brandy weg, hij haalt het terug. Wordt boos, drinkt en drinkt.'

Charlotte staarde huiverend neer op de in elkaar gepropte bundel mens. Was dat werkelijk Christian, haar echtgenoot? Zijn haar zat in de war, zijn bovenlip was gezwollen, een opgedroogde streep bloed verdween in de twee dagen oude baardstoppels. Jasje en broek waren gescheurd en besmeurd met braaksel.

'Neem hem mee. Wij helpen je. Nu direct. Vlug. Voor andere mannen komen.'

Hij deed niet één keer zijn ogen open terwijl ze hem uit het hok sleurden. Willoos liet hij toe dat ze hem aan zijn voeten door de gang en in de woonkamer over de drempel trokken. Voor het gebouw kwamen er nog een aantal vrouwen bij om hen te helpen. Ze brachten het slappe lichaam tot aan de poort, keerden vervolgens terug naar hun vuren en lieten alles verder aan Charlotte over.

Vol afschuw hurkte ze naast haar man. Ze trok hem het stinkende jasje uit en probeerde hem bij te brengen. Ze schudde hem door elkaar, riep zijn naam, smeekte hem zich bij elkaar te rapen. Pas toen ze hem meerdere klappen in zijn gezicht had gegeven, verroerde hij zich.

'Sta op, verdomme. Wil je dat we door de leeuwen opgegeten worden?'

Hij werkte zich daadwerkelijk langzaam omhoog tot hij op handen en knieën zat, kroop door de modder en kwam uiteindelijk op zijn voeten te staan. Wankelend sleepte hij zich een stuk vooruit, struikelde en zakte weer in elkaar. Ze had al haar kracht nodig om hem te ondersteunen. In haar innerlijk heerste een ijzige leegte, zelfs de angst voor rondsluipende leeuwen was verdwenen. Toen ze dodelijk vermoeid met haar last in de Inderstraat aankwam, liet ze Christian beneden in de winkel liggen, strompelde de trap op en liet zich op haar bed vallen. Lange tijd lag ze volkomen roerloos op haar buik, wachtte op de tranen, de woede, de vertwijfeling, maar die bleven uit.

'Hoe kun je zo wreed zijn, Charlotte?' vroeg Klara zachtjes. 'Hij heeft berouw getoond en zijn zonden aan de Heer opgebiecht. Christus' bloed heeft ook jouw man verlost, God heeft hem vergeven.'

Het was juni en de droge tijd was begonnen. Een koele zuidoostenwind waaide over de kust, liet de hoog opgeschoten grassen buigen en droeg de geur van bloeiende acacia's en tamarindebomen door de stad.

'Ik kan hem niet vergeven.'

Christian had wekenlang als een vreemde in het huis geleefd. Charlotte sprak geen woord met hem, keek door hem heen alsof hij niet bestond, zijn vertwijfelde smeekbeden en zelfverwijten lieten haar onverschillig. Overdag liep ze hem zwijgend voorbij, bekommerde zich om haar winkel, zorgde voor Klara en Schammi en 's nachts sliep ze bij haar nichtje. Christian had dagen voor zich uit zitten broeden om vervolgens te proberen zich in de winkel nuttig te maken. Hij deed boodschappen die eigenlijk Schammi's taak waren en probeerde zelfs het ondergoed te wassen. Het was allemaal voor niets, de angel zat te diep. Nooit had Charlotte het voor mogelijk gehouden dat haar man haar met een ander bedroog. Dat hij er plezier aan kon beleven met een hoer – want wat waren die zwarte vrouwen anders? – het bed te delen. De schellen waren van haar ogen gevallen: de vele nachten die hij vroeger zogenaamd voor zijn werk in Hamburg of Bremen had doorgebracht, zijn lange afwezigheid toen het bedrijf failliet ging. O, hij had vanaf het begin tegen haar gelogen en haar bedrogen. Ze was met een monster getrouwd. Ze kon het niet verdragen hem zelfs maar aan te kijken. Als hij haar met een vinger had aangeraakt, zou ze het uit pure weerzin hebben uitgegild.

'Ik wil scheiden.'

Hij had geen antwoord gegeven, zich alleen bleek en stil terug-getrokken. Het was Klara die zich, zelf amper van haar koorts ge-nezen, liefdevol om Christian bekommerde, lange gesprekken met hem voerde en hem 's zondags meenam naar de missiepost. Hij was nooit erg vroom geweest, maar in zijn vertwijfeling zocht hij houvast in het protestantse geloof. Dominee Peter Siegel nodigde hem uit zijn hart te luchten, werkte op zijn gemoed, verlangde dat hij zich afkeerde van de zonde en als Christian dat uit het diepst van zijn hart zou beloven, legde de missionaris hem uit, zou God de Heer de berouwvolle zondaar op de rechte weg begeleiden. Hij moest geduld tonen en bewijzen dat het hem ernst was, dan zou ook zijn vrouw hem vergeven. Om Charlotte ervan te overtuigen dat zijn ommekeer serieus was vestigde Christian zich in april in de missiepost. Hij hielp bij de uitbreiding van de gebouwen, het bewerken van de tuinen en, zoals Klara vol enthousiasme berichtte, gaf les aan de missiescholieren en leerde hun rekenen en Duits.

Klara bezocht Christian vaak, beschreef Charlotte zijn inzet, loofde zijn geduld, de liefdevolle manier waarop hij met de zwarte kinderen en de volwassen scholieren omging. Hij had alle ruste-loosheid en slechte gewoontes van eerder afgezworen en was een nieuw mens geworden. Klara keerde steeds met stralende ogen van haar bezoeken terug en vergat nooit Charlotte er aan te herin-neren dat ze voor Gods altaar had beloofd haar man trouw te zijn in goede en in slechte tijden.

'Waarom zeg je dat tegen mij? Was ik het die de trouw gebroken heeft?'

'Een vrouw moet kunnen vergeven, Charlotte. Het was niet juist van je om die vreselijke brief te schrijven.'

Charlotte had Christian schriftelijk gemaand in een scheiding toe te stemmen en haar redenen daarvoor aangevoerd. Klara had haar zijn antwoord overgebracht. Hij hield de eed die hij voor God gezworen had voor onverbrekelijk en zou er nooit vrijwillig toe bereid zijn zich van zijn vrouw te scheiden.

'Ik heb hem al veel te vaak vergeven.'

'Ben je zelf nooit in de verleiding geweest?'

'Wat bedoel je daarmee?'

Er waren al twee brieven van George uit Engeland gekomen die Charlotte ongeopend in de dekenkist had gegooid. Ze wilde zich in geen geval aan deze lectuur overgeven, ze kende de verraderlijke uitwerking. Was ze stom geweest toen ze zich tegen George' tederheden verzette? Slechts één enkele kus had ze hem toegestaan, een klein, veel te kort moment van gelukzaligheid geproefd. Waarom had ze zich niet aan hem gegeven? Voor een hele nacht, voor vele nachten waarin ze elkaar hadden kunnen ontmoeten, stiekem, onder een of ander voorwendsel. Had Christian niet iets dergelijks gedaan? Het geluk grijpen als het zich voordeed? Misschien kwam het nooit meer, een heel leven niet.

Nee, dacht ze toen. Ik wil geen gelukzaligheid die ten koste van een ander mens gaat. Ook als George geen scrupules had om zijn vrouw te bedriegen, zij wilde Marie nooit een dergelijk verdriet bezorgen.

Toen Kamal Singh begin juni de dragers voor de karavaan begon in te huren, ging ze naar hem toe en voor de eerste keer sinds het begin van hun vriendschap zag ze de Indiër totaal van zijn stuk gebracht.

'Dat is onmogelijk.'

'Mijn besluit staat vast.'

Hij bracht zijn handen naar zijn hoofd alsof hij zijn haren wilde uittrekken.

'Het zal uw dood worden, Charlotte, er zijn oorlogszuchtige stammen die de vrouwen van zwarte dragers stelen. Hebt u enig idee wat er met een witte vrouw kan gebeuren die in handen valt van de Dschagga of de Masai?'

'Ik weet dat u gewapende mannen inhuurt om de karavaan te beschermen.'

'Het is complete waanzin.'

Ze liet zich niet van de wijs brengen. Er werd overeengekomen dat hij twee jonge mensen zou aanstellen om Klara bij het runnen van de winkel te helpen. In ruil daarvoor zou hij een deel van de inkomsten ontvangen. Eind juni zou hij alle dragers ingehuurd hebben, daarbij de karavaanaanvoerder, de escortes, de kok, de boys, een tolk en alle anderen die nodig waren.

Charlotte wilde met de karavaan naar het westen reizen. Ze wilde de Kilimanjaro zien, die majestueuze, door nevels omringde berg die altijd al de kern van haar verlangen gevormd had. Daarna zou ze beslissen hoe ze haar leven verder wilde leiden.

III

Juli 1897

Rood oplichtende vuren in het diepe duister, de prikkelende rook, zwarte gestalten in het schijnsel van de vlammen, roepend, ruziend, de vuisten uitgestoken. Ongeveer zo hadden ze haar de hel beschreven toen ze nog een kind was. Charlotte knielde voor haar tent in het dauwnatte gras en kon haar blik niet van het fascinerende schouwspel afwenden. Een hoofd getooid met veren dook op, de punt van een speer, golvende antilopemanen, een voorbijwaaiende rode cape. Daartussen geschreeuw, gejammer, schrille kreten, het rammelen van servies, kakelende kippen. Iemand sleepte een houten leunstoel voorbij. Ergens in het tumult kraaide een haan, bozig, volhardend als wilde hij de mensen tot grotere haast aanzetten.

De slapers in de buurtent leken geen last van het lawaai te hebben. Daar overnachtten twee Duitsers, een bioloog en een kunstschilder die ook met de karavaan mee zouden reizen. Ze hadden gisterenmiddag met elkaar kennisgemaakt nadat Charlotte met de kuststomer in Pangani aangekomen was. De heren waren al sinds enige dagen hier, hadden zich in hun tent gesetteld en Charlotte voor het gezamenlijke avondeten uitgenodigd. Verbaasd had ze gezien dat deze ervaren reizigers een tafel en stoelen, zelfs twee leunstoelen en talrijke koffers met allerlei spullen bij zich hadden. Zonder dat, zo beweerden de twee, was een safari nauwelijks te doen. Ze hadden haar laten weten dat tegen vijf uur in de vroegte, een uur voor zonsopgang, het gebruikelijke geruzie tussen de dragers zou uitbarsten, die allemaal graag de lichtste last te pakken wilden krijgen. Bovendien had iedere drager op zijn beurt een eigen vrachtdrager ingehuurd die door hem betaald werd. Je moest bedenken dat de Afrikanen voor zichzelf zorgden en daarom kookgerei, rieten matten en levensmiddelen voor enkele dagen met zich meevoerden en dat niet alleen voor zichzelf maar ook voor hun vrouwen en kinderen. Je had er niets aan om op dit tijdstip al op te staan want een witte had in dit gedoe niets te zoeken. Het was veel slimmer te wachten tot de kok het ontbijt klaar had, daarna kon je je in alle rust reisvaardig maken.

Bij een van de vuren ontdekte ze enkele, in lichte gewaden geklede Arabieren die in alle rust zaten te kletsen en te roken en het aan de dragers overlieten hun strijd onderling uit te vechten. Deze mannen waren de echte leiders van de karavaan en droegen in opdracht van Kamal Singh de verantwoordelijkheid voor het welslagen van de onderneming. Zoals het ernaar uitzag, kwamen ze alleen tussenbeide wanneer ze vonden dat het tijd was.

In de stekende rook mengde zich nu ook de geur van koffie en hete pindaolie. Naast haar werd het tentdoek opzijgeslagen en in het licht van de petroleumlamp was het scherpe profiel van de jonge kunstschilder Anton Dobner te onderscheiden. Hij geeuwde uitgebreid, streek over zijn rode baard van drie dagen en ging met zijn vingers door zijn warrige blonde haar tot het rechtovereind stond. Hij zag Charlotte en grijnsde.

'En, heb ik te veel gezegd?'

'Helemaal niet. Ik ben alleen bang dat we niet voor de avond kunnen vertrekken.'

'Onzin, het duurt even, maar gewoonlijk worden ze het sneller eens dan je voor mogelijk houdt.'

Hij trok zijn hoofd weer terug en ze hoorde hoe hij in de tent zacht met dr. Meyerwald praatte. Benauwd constateerde ze dat je de silhouetten van de mannen door het tentdoek heen kon zien als de tent van binnenuit verlicht werd. Dus hadden die twee haar gisteren ook kunnen gadeslaan toen ze haar jurk uittrok om de door Klara onder veel protest genaaide broek aan te doen. Ook al viel deze ruim, ze had lang moeten sjorren en trekken voordat haar halflange onderbroek er goed onder zat. Van het korset had ze ondanks al haar bezwaren geen afstand mogen doen. Wel was het minder strak aangesnoerd en ze droeg er een wijd katoenen hemd met lange mouwen overheen dat ze met een riem in de taille bij elkaar hield. De duurste onderdelen van haar uitrusting waren het veldbed, de tropenhelm en de schoenen geweest.

Humadi, de boy die Kamal Singh voor haar had aangenomen, kwam tevoorschijn uit de schemering met een beker en een bord vol kleine platte koeken in zijn handen. Hij was een leuke jongen met een rond gezicht en een kaalgeschoren hoofd. Hij droeg het lange gewaad en mutsje waaraan de bedienden van de witten de voorkeur gaven en zijn glimlach was een mengeling van verbazing en hartelijkheid.

'Jambo, goedemorgen. Humadi brengt ontbijt. M'se alles opeten. Weg is lang, veel moeizaam lopen.'

Hij sprak Swahili gemixt met Duitse en Arabische uitdrukkingen. Er zaten ook woorden uit een vreemde taal tussen, waarschijnlijk van de Wanjamuesi, de stam waartoe hij behoorde.

'Jambo, Humadi. Ben je al eens eerder met een karavaan mee geweest?'

'Heel vaak,' antwoordde hij trots. 'Als klein kind, ik ging met de karavaan naar Tabora. Daar heeft bwana Singh me boy gemaakt. Nu wij allemaal met karavaan naar Kilimanjaro. Berg van Dschagga en boze geest.'

Charlotte lachte en begon aan haar ontbijt. De dunne koffie had een gronderige smaak en de in pindaolie gebakken gierstkoekjes waren zo taai als schoenzolen. Gelukkig maakte de acaciahoning waarmee ze bestreken waren veel goed. Eindelijk was er aan de oostelijke hemel een grauw licht te zien dat steeds hoger steeg en zich in meerdere smalle banen vertakte. De nacht verdween van minuut tot minuut. Nu kon je de vele tenten onderscheiden, de vierkante, grote en kleine goederenbalen waarover de dragers nog

steeds druk aan het bekvechten waren en ook bomen en struikgewas. Alleen de boomtoppen bevonden zich nog in een wittige
laag mist die slechts langzaam optrok. Verderop vloekte de bioloog Meyerwald over die verdomde harde koekjes waar je je tanden bijna op stukbeet terwijl enkele zwarte bedienden al met zijn
tent aan de gang waren, de veldbedden lawaaierig inklapten, kisten
dichtgooiden en stoelen versleepten. Nu waren ze ook aan Charlottes tent toe om alles in te pakken en ze was blij dat ze haar koffer al had dichtgedaan, ze had het pijnlijk gevonden als de zwarte
bedienden haar ondergoed hadden gezien.

Dr. Meyerwald dook voor zijn tent op, koffiebeker in de ene
hand, een gierstkoekje in de andere, om met volle mond bevelen
in het Swahili te blaffen. Vermoedelijk maakte hij zich zorgen over
zijn uitrusting die juist weggesleept werd. Hij begroette Charlotte
met een hoffelijke buiging en merkte op dat het heel verstandig
van haar was om voor de reis geschikte kleding aan te hebben gedaan. Door zijn volle zwarte baard was het moeilijk te zien of hij
daarbij grijnsde, al klonk hij niet spottend. De beide heren hadden
gezamenlijk al heel wat reizen ondernomen, waarschijnlijk was
voor hen de aanblik van een Europese vrouw in broek helemaal
niet vreemd.

Ze ergerde zich aan haar eigen geremdheid, trok haar lange
hemd recht en pakte een tweede gierstkoekje. Terwijl de bedienden achter haar de tent afbraken en de kleden oprolden, observeerde ze nieuwsgierig hoe de voorbereidingen voor de reis, nu het
licht werd, verdergingen.

'De dragers hebben hun leiders,' verklaarde dr. Meyerwald, die
ook de vorige avond al zijn best had gedaan om haar kennis uit te
breiden. Hij sprak heel wijdlopig en enigszins monotoon, ze kon
zich goed voorstellen hoe hij voor een volle aula colleges gaf over
Afrikaanse insecten. Maar het geweer dat over zijn rug hing en de
patroongordel pasten niet bij dit beeld.

'De afzonderlijke groepen zijn steeds van dezelfde stam en kamperen 's avonds bij elkaar. Kijk ook maar eens naar de goederenbalen. Ze hebben de stoffen gisteren op elkaar gelegd en in rieten matten gewikkeld, daarna hebben ze deze met kokostouwen vastgesnoerd en met hun vuisten en stokken platgeslagen tot de bundel klein en keihard was. Nu maken ze er stangen aan vast, steeds drie voor elke baal, dan hoeft de drager die de last op zijn rug heeft zich maar een beetje naar achteren te buigen als hij de baal neerzet en staat het spul op de stangen. Hij kan het zo ook gemakkelijker weer oppakken en hoeft niet te bukken.'

De balen waren van een verschillend gewicht, sommige wogen maar twintig, andere tot wel vijftig kilo en ze begreep waarom de dragers er ruzie over hadden gemaakt. Het was niet de eerste keer dat ze een karavaan zag, zoals dr. Meyerwald duidelijk aannam. In Dar es Salaam kwamen vaak goederen uit het binnenland aan, vooral de lange slagtanden van de olifanten. Ze had alleen tot nu toe niet beseft welke onvoorstelbare zware lasten deze mannen moesten dragen.

De haan kraaide nog steeds, maar zijn gekraai werd nu overstemd door getrommel en vreemd jengelende hoornklanken.

'Ze blazen op de *bargumu*, dat is de hoorn van een antilope,' doceerde dr. Meyerwald. 'En helemaal zonder mondstuk, de tonen ontstaan enkel door lippenspanning.'

Talloze geweerschoten weerklonken, begeleid door een vreselijk gekrijs en de lichte trillende keelklanken van de vrouwen. Charlotte trok haar hoofd in om niet door een verdwaalde kogel geraakt te worden.

'De aanvoerder heeft het sein tot vertrek gegeven. Het gaat beginnen, jongedame! Langzaamaan, *pole pole*. Wie nu al gaat haasten zal al snel uitvallen.'

Het avontuur begon en ze trad het koortsachtig tegemoet. Vooraan, waar een pad tussen de bomen door westwaarts voerde, had zich een groep bewapende mannen verzameld, wild uitziende jonge kerels met karabijnen en speren die ten teken van hun krijgswaarde kleurige capes om hun schouders droegen. Daar stevenden haar twee reisgenoten op af en ze sloot zich bij hen aan. In haar ongewone kleren voelde ze zich vreemd vrij en tegelijk verlegen. Ze was er nu blij om de zachte leren schoenen met stevige platte zolen te hebben gekocht. Ze zou zich in geen geval laten dragen, ook al was ze een vrouw. Ze was sterk en volhardend en als een drager met vijftig kilo op zijn rug dit kon, dan moest zij, die totaal geen bagage droeg, het ook kunnen.

De drie Europeanen werden door gewapende krijgers in hun midden genomen. Twee Arabieren, ook uitgerust met lange geweren, begeleidden hen en namen Charlotte met afkeurende blikken op. Vermoedelijk stond het ze niet aan dat een witte vrouw met de karavaan meereisde, om welke reden dan ook.

'Wij gaan met de voorhoede mee,' schreeuwde de onvermoeibare dr. Meyerwald in haar oor, terwijl ze zich langzaam in beweging zetten. 'Op die manier zijn we het beste bewaakt. Verbaast u zich er niet over als het in het begin niet zo snel gaat. De jonge mannen zijn er nog niet aan gewend om dergelijke lasten te dragen, ze hebben zich aan de kust goed vermaakt en moeten het ritme te pakken krijgen.'

'En de vrouwen en kinderen?'

'Die lopen ergens achteraan mee. Helemaal aan het eind loopt altijd de groep van de *wanjampara*, dat zijn de zwarte hoofdmannen en hun raadslieden. Dat is belangrijk omdat de karavaan vaak mijlenver uit elkaar raakt en men bang is dat de dragers met de goederen verloren gaan. Er vinden af en toe overvallen plaats. Roofzuchtige bendes vallen in het midden van de rijen dragers aan, slaan de zwarten dood en nemen mee wat ze te pakken kunnen krijgen.'

'Komt dat vaak voor?' vroeg Charlotte een beetje benauwd. Kamal Singh had het ook al over dergelijke overvallen gehad.

'Helaas nog veel te vaak,' antwoordde Meyerwald spijtig.

Ze zweeg. Misschien was het in het leven zo geregeld dat je voor het geluk dat je voor jezelf bevocht, moest betalen. Met schuldgevoel, ziekte, misschien zelfs met de dood. Ze had het zo gewild, er was geen weg meer terug.

De zwarte dragers leken niet geplaagd te worden door bange gedachten, integendeel. Bruisend van enthousiasme gingen ze op weg, maakten grapjes naar elkaar, lachten, trommelden, liederen werden ingezet en talloze stemmen vielen in. De melodieën waren vreemd eentonig en werden vaak herhaald. Daartussen klonken steeds afzonderlijke kreten op en lichte trillende geluiden die Charlotte aan oorlogsgehuil deden denken. De opgetogen vertrekstemming werkte aanstekelijk. Het had iets indrukwekkends zich te midden van deze vrolijke, lawaaierige mensen te bevinden, die luid aan iedereen verkondigden: hier zijn wij, we zijn moedig, we zijn sterk, we zijn met velen. Al snel voelde ze dezelfde geestdrift, volgde het smalle pad tussen de palmen en het dichte struikgewas door en vond dat kunstschilder Dobner die vooropging, best een beetje sneller mocht lopen. Het pad liep langs de brede Panganirivier, wel op eerbiedige afstand van de krokodillen en nijlpaarden die de oever voor zichzelf opeisten.

'Kijk naar al die vlinders!' riep dr. Meyerwald enthousiast. 'Er zijn hier honderden soorten en de meeste zijn nog niet wetenschappelijk geregistreerd. Daar verderop is de *Amphicallia thelwalli*, geelzwart met de aanzienlijke vleugelwijdte van zeven centimeter. En daar op die witte winde, kijk toch! Glinsterend blauw met robijnrode vlekjes, *Arniocera zambesia*, klein maar met een grote kleurenpracht. En daar, dat zacht groengele opgewonden standje, dat is *Taeda prasina*.'

Inderdaad waren er ontelbaar veel prachtige kleurige vlinders, alleen vond Charlotte het bijzonder akelig dat de ijverige bioloog de ene na de andere vlinder in het voorbijgaan ving, met twee vingers de vleugels bij elkaar hield en het object der wetenschap voorzichtig in een van de meegebrachte perkamenten zakjes stopte. Daarbij schepte hij erover op al dertien nieuwe soorten gedocu-

257

menteerd te hebben, die hij mooie namen zoals bananenvlinder, maansikkelvlinder en nachtblauwtje gegeven had. Charlotte besloot zijn doorlopende voordrachten gewoon zonder commentaar aan zich voorbij te laten gaan. Omdat hij achter haar liep, kon hij haar gezicht sowieso niet zien. Als kunstschilder Anton Dobner zich een moment naar haar omdraaide leek hij geamuseerd, waarschijnlijk was hij blij even niet het slachtoffer van zijn praatgrage vriend te zijn.

Ze waren nu meer dan drie uur onderweg en Charlotte kreeg langzamerhand vermoeide voeten. Ze vroeg zich af hoe een mens urenlang blootsvoets met zo'n zware last door het bos kon lopen. Waarom stortten deze mannen zich zo geestdriftig in een avontuur dat zo zwaar was en mogelijk slecht af kon lopen? Het loon dat ze ervoor kregen was laag en werd ook maar voor een deel in cash geld uitbetaald. Kamal Singh gaf hun vooral rode doeken, zwart kruit, slechte geweren en goedkope brandewijn.

Op een open plek niet ver van de rivier werd een rustpauze ingelast. Met getrommel, gestamp en geschreeuw werden mogelijke buurtbewoners zoals slangen en een verdwaalde krokodil verdreven. Daarop gingen de wanjampara op de grond zitten en de lange rijen dragers, waartussen zich enkele gewapende krijgers bevonden, vulden geleidelijk de rustplek. Verbaasd stelde Charlotte vast dat de vrouwen en kinderen er nauwelijks uitgeput uitzagen terwijl de jongens en meisjes niet ouder dan zes tot acht jaar konden zijn. Sommige van de dragers waren aan het eind van hun krachten. Ze zetten hun last neer en lieten zich ernaast op de grond vallen. Zoals het eruitzag wilden ze hier tot de volgende ochtend blijven liggen.

Humadi was met de vrouwen meegelopen. Nu kwam hij met een kalebas op Charlotte af, reikte haar het water aan en pakte wat overgebleven gierstkoekjes uit voor het geval ze honger had. Ze moest aan Klara en Schammi denken, van wie ze gisterenmorgen vroeg afscheid genomen had. Schammi had geen woord gezegd en haar alleen zwijgend en verwijtend aangekeken zodat ze al snel last van haar geweten kreeg. Haar belofte binnen enkele weken terug te komen en een cadeautje voor hem mee te nemen geloofde hij niet. Misschien was hij bang haar voor altijd te verliezen net zoals zijn ouders, broertjes en zusjes. Klara daarentegen, die in het begin zo ontzet over haar besluit was geweest, hield zich goed bij het afscheid.

Een pijnlijke steek in haar rechtervoet rukte haar los uit haar gedachten. Haastig trok ze haar benen tegen haar lichaam en sloeg met haar hand op de plek waar ze gebeten was.

'Mieren!' riep Dobner woedend. 'Verdomde beesten. Daar komen ze in grote drommen aan.'

Hij huppelde op en neer en sloeg vloekend op zijn dijbeen. De zwarte diertjes waren in zijn broek gekropen. Ook Charlotte sprong overeind en schudde haar wijde broekspijpen uit, stampte met haar voeten en zag toen pas dat de roodachtige bosbodem wemelde van de mieren. Er klonk gelach, vooral de Afrikaanse vrouwen vonden het grappig dat de witten uitgerekend in de buurt van een mierenhoop waren gaan zitten. Charlotte werd er niet boos om, ze kende de voorliefde van de zwarten voor onschuldig leedvermaak en moest zelf ook een beetje lachen. De drie Europeanen verhuisden naar een miervrije plek en dr. Meyerwald, die nergens last van had gehad, verklaarde dat het vast de met honing bestreken gierstkoekjes waren geweest die de mieren gelokt hadden.

Op dit moment verschenen enkele laatkomers op de rustplek. Twee dragers die onderweg gevallen waren en zich met verbonden knieën voortbewogen, begeleid door een paar vrouwen, een bewapende krijger en een witte in een licht tropenpak. De man keek zoekend om zich heen, ontdekte de drie Europeanen onder een palm en zette zijn tropenhelm af.

Charlottes adem stokte op het moment dat ze hem herkende. Hij zwaaide met de tropenhelm naar haar en baande zich een weg tussen de her en der verspreid liggende mensen naar hen toe.

'Christian Ohlsen,' zei hij en hij reikte haar twee verblufte reisgenoten de hand. 'Ik wil me graag bij de karavaan aansluiten. Natuurlijk alleen wanneer u daar niets op tegen heeft, mijne heren.'

Gloeiend heet scheen de middagzon over het rivierlandschap. Hoe verder ze zich van de kust verwijderden, hoe zeldzamer de door Arabische plantagebezitters aangeplante kokospalmen werden. Het pad werd nu alleen nog door laag struikgewas en verspreid staande acacia's omzoomd en deze boden slechts weinig beschutting tegen de felle zon. Daarentegen hadden ze nu vrij uitzicht op de groen wordende heuvels die zich rechts en links van de rivier verhieven. Na de regentijd gedijden daar gras en bosjes zodat ze een vruchtbare, lieflijke aanblik boden. Binnen enkele weken, als het water verdampt was, zouden ze echter geelbruin verkleuren. Aan de horizon kon je in de nevel de blauwige toppen van het Usambaragebergte onderscheiden.

De opgewonden vertrekstemming was allang vervlogen. De karavaan was ver uit elkaar gelopen, Arabieren vloekten, de krijgers in de voorhoede trokken duistere gezichten en zelfs de gesprekken onder de witten stierven weg.

Charlotte had daar sowieso niet aan deelgenomen. Zwijgend liep ze voor de drie mannen uit, woedend dat Christian haar zonder enige voorafgaande aankondiging voor een voldongen feit had geplaatst. Ze had niet om zijn gezelschap gevraagd, sterker nog, ze had hem niet eens van haar plannen op de hoogte gesteld. Hoe haalde hij het in zijn hoofd zich gewoon maar bij de karavaan aan te sluiten? En het was dubbel achterbaks want natuurlijk kon ze in het bijzijn van Dobner en Meyerwald geen scène maken. Dat ze haar echtgenoot niet bepaald met blijdschap begroet had, was die twee zeker opgevallen.

Hoe stelde hij zich het eigenlijk voor? Voor zover ze kon zien bestond zijn gehele bagage uit een bundel die hij op zijn rug droeg.

Een rieten matje stak eruit omhoog en de loop van een kort geweer dat hij wie weet wanneer had aangeschaft. Hij had geen tent, geen levensmiddelen, niet eens een veldbed.

Het pad liep weer dichter langs de rivier, waarvan de golven niet meer blauw, maar een viezig bruin leken. Op sommige plekken waren op de oevers hoge, door mangroves overwoekerde hellingen te zien en dan weer keek je op vlakke inhammen uit. Daar groeide het gras om donker gesteente heen, door de rivier aangespoelde afgestorven stammen en dode takken verbleekten in de zon.

'Daar zijn de knapen. Jammer dat we geen tijd hebben, ik had graag voor mezelf een leuke trofee geschoten.'

Charlotte keek wat beter en ontdekte tussen het drijfhout het grijze lijf van een krokodil. Het was een enorm beest, zeker drie meter lang, de rug gekloofd, de smalle muil een beetje geopend zodat je de puntige tanden kon zien.

'Het is hier een broedplaats voor malaria, net als het hele kustgebied,' hoorde ze de bioloog kletsen.

Dit keer had hij gelijk. Ze bevonden zich nog steeds in de buurt van de rivier, het pad was door het hoge water van de regentijd uitgesleten, bleke wortels kwamen tevoorschijn en daartussen lagen veel ondiepe bruinige plassen waarboven wolken van doorzichtige muggen zwermden. Iedereen, ook de dragers met hun zware last, probeerde dit weggedeelte zo snel mogelijk achter zich te laten.

'Boven in het Usambaragebergte heerst een voortreffelijk klimaat dat lijkt op dat van de Europese berggebieden,' hoorde ze Christians stem achter zich. 'Men noemt dit gebied ook wel het hart van Afrika.'

'En toch zijn in de missiepost daarboven twee artsen en een missionaris aan de koorts bezweken,' bracht Dobner ertegen in.

'Dat hebben ze van de kust meegenomen,' reageerde Meyerwald, die zich altijd en overal als deskundige voordeed. 'De lucht daarboven is in elk geval zo gezond dat ze er een hoogtesanatorium willen opzetten en de koffie gedijt er geweldig. Het teststation van de Oost-Afrikaanse maatschappij...'

Christians gezellige geklets met de beide reisgenoten stemde haar bitter. Hij wist heel goed dat ze hem niet in haar buurt wilde hebben, maar tegenover de twee mannen gedroeg hij zich alsof alles prima in orde was. Nu begreep ze ook waarom Klara bij het afscheid zo beheerst was geweest. Ze had van Christians voornemen geweten, het misschien zelfs wel samen met hem gepland.

Ze zouden nog weleens zien hoelang Christian deze moeilijke reis zou volhouden. Hij moest echt gek geworden zijn om zich bij een karavaan aan te sluiten. Had hij het in zijn koortsdromen niet over vreselijke gedaantes en angstaanjagende tronies gehad? Ze had tot nu toe geloofd dat hij een panische angst voor de Afrikaanse wildernis had.

'Nee, de zaak is van mijn vrouw,' hoorde ze hem zeggen. 'Ze heeft hem helemaal alleen opgebouwd en runt hem zelfstandig. Ik help alleen hier en daar een handje mee.'

'Ach, wat slim van u,' grapte Dobner. 'U laat uw vrouw het werk doen en geniet zelf van de mooie dingen van het leven, zit het zo?'

'Niet helemaal, beste meneer Dobner. Ik werk als leraar in de missiepost van Dar es Salaam.'

Charlotte klom over een boomwortel heen, blij dat ze een broek droeg waarmee ze dergelijke moeilijkheden gemakkelijk de baas kon. Ze vermeed het om te kijken. Christian moest niet denken dat hij door te slijmen en haar naar de mond te praten, haar goedkeuring terug zou krijgen. Zijn goede wil zou toch niet van lange duur zijn, bij de eerste de beste moeilijkheid zou hij weer in een van zijn sombere buien vervallen.

Ergens achter in de karavaan riep iemand '*mwame, mwame*'. Onder de dragers steeg gelach op, vreemde uitdrukkingen vlogen over en weer, ook de krijgers deden eraan mee. De dragers probeerden zich duidelijk met grappen en spitse woordenwisselingen over hun vermoeidheid heen te zetten. De boodschap dat ze algauw het nachtkamp zouden opslaan, gaf iedereen nieuwe krachten. Hoe uitgeput de dragers ook waren, nu hadden ze haast de rustplek te bereiken en hun last van hun schouders te laten glijden. Van uitrusten was echter nog geen sprake. Kreunend observeerde Charlotte hoe de ochtendlijke chaos weer opnieuw uitbrak. Bijlen werden uitgepakt en overal begon het te breken, barsten en kraken, takken werden afgehakt en met ongelooflijke snelheid tot gladde tentstokken bewerkt. Vrouwen en kinderen zwermden uit om brandhout te verzamelen, anderen groeven met stokken gaten in de grond waar ze water uit schepten.

'Is er voor ons helemaal niets te doen?' richtte Charlotte zich bezwaard tot dr. Meyerwald.

Hij lachte. Waar werden die Afrikanen anders voor betaald? Het vervelende was alleen dat het ze zo verdomd veel tijd kostte voordat de tenten overeind stonden en het eten klaar was, al had dat ook een voordeel. Hij kon zich nu wijden aan zijn onderzoekingen en Dobner moest gaan tekenen zolang het licht het toestond. Charlotte had intussen begrepen dat de jonge kunstschilder voor zijn tekeningen betaald werd door zijn vriend Meyerwald en dat ze later in het werk van de eerzuchtige bioloog werden opgenomen.

Christian was een eindje verderop op de grond gaan zitten en leek op te gaan in alles wat hij zag gebeuren in het kamp, in elk geval keek hij niet naar haar. Dat stelde haar tevreden. Ze ging nog een stukje verder aan de kant om toen ook te gaan zitten. Toen Humadi haar de kalebas met het restant water bracht, aarzelde ze een moment om vervolgens met lange teugen te drinken. Waarom maakte ze zich zorgen om Christian? Als hij geen water meegenomen had, was dat zijn eigen schuld. Voor het donker inviel hadden de Afrikanen niet alleen de tenten voor de Europeanen en zichzelf opgezet, ook de goederenbalen lagen op een ondergrond van houten stokken die ze tegen de vraatzuchtige termieten moest beschermen. De zwarte vrouwen hadden kleine vuurtjes gemaakt en bereidden het avondeten door een paar handen mais of gierstmeel in troebel water te gooien en daar een brij van te koken.

'Kom, mevrouw Ohlsen, we zullen de eerste nacht in de wildernis gepast vieren.'

Voor de witten waren een tafel en stoelen onder een afdak klaargezet, zelfs aan een tafellaken was gedacht en Dobner verwende zichzelf met een zacht kussen in zijn rug. De kok had kippen geslacht en het gebraden vlees met karwijzaad en kurkuma gekruid. Daarbij kregen ze lekkere koekjes van bananen en gierstmeel die knapperig gebakken waren in pindaolie. Het water dat de vrouwen uit de grond opgegraven hadden leek Charlotte niet erg betrouwbaar, al verdrong de thee de grondsmaak. Ten slotte vergastte dr. Meyerwald zijn reisgenoten op Ierse whisky, een stuk marsepein en dikke sigaren. Charlotte kon in elk geval vaststellen dat Christian geen druppel whisky aanraakte en in plaats daarvan thee dronk. Ze voelde zich niet op haar gemak in dit gezelschap en was veel liever alleen geweest om haar eerste nacht in de Afrikaanse wildernis met al haar zintuigen te ervaren. Om haar heen brandden nog de vuren, ergens werd op een snaarinstrument getokkeld, er was gezang te horen dat in niets leek op enige Europese melodie. Het waren liederen die over de ziel van Afrika vertelden en waar ze zo graag ongestoord naar had willen luisteren. Er was een zacht windje opgestoken dat verkoelend over haar huid gleed en de hitte van de dag wegnam.

Toen Dobner en Meyerwald eindelijk gingen slapen, bleef ze alleen met Christian achter. Voor de eerste keer die dag keek hij haar in de ogen en tot haar verrassing was zijn blik rustig. Hij leek geen slecht geweten te hebben en niet kwaad op haar te zijn. Ook deed hij geen pogingen haar gunstig te stemmen, zoals hij wekenlang had gedaan.

'Ik zal voor de tent gaan slapen.'

'Klets geen onzin,' reageerde ze boos.

'Goed dan, als je de schijn wilt ophouden, zal ik bij je in de tent overnachten,' zei hij met koele hoffelijkheid. 'En maak je geen zorgen, ik zal je niet aanraken.'

Ondanks de ongewone inspanning sliep ze slecht die nacht. De ene keer werd ze wakker van de kreet van een nachtvogel, dan weer wekte een kriebelende mier haar. Wat haar slaap echter het meest verstoorde, was Christian. Rusteloos draaide en keerde hij op zijn rieten mat, ging steeds weer zitten om iets van de overgebleven thee te drinken of kromp in elkaar door de beet van een insect. Hij deed zeker ook amper een oog dicht, al kon ze weinig medelijden voor hem opbrengen. In plaats daarvan begon ze over hem te piekeren en zich af te vragen of hij misschien echt veranderd was. Hij had niet één keer geprobeerd dichterbij te komen. Wat beoogde hij? Wilde hij haar terugwinnen? Haar beschermen? Of wilde hij alleen maar duidelijk maken dat hij zijn vrouw niet zonder toezicht met een karavaan liet vertrekken.

Tegen de ochtend bespeurde ze het vreemd holle gevoel dat een koortsaanval aankondigde en schrok. Ze mocht in geen geval ziek worden, helemaal niet nu Christian met de karavaan meereisde. Zachtjes deed ze de lamp aan, stond op van haar veldbed en scharrelde het kleine flesje met de kinine uit haar tas tevoorschijn. Ze nam een kleine dosis van het bittere witte poeder en spoelde het weg met een restje thee. Het was niet de eerste keer dat ze koorts kreeg en tot nu toe had de kinine goed geholpen. Je moest het alleen regelmatig gedurende meerdere dagen innemen. Toen de karavaan goed twee uur later het nachtkamp verliet, waren Charlottes angsten verdwenen, het holle gevoel was weg. Ze waren op weg naar Korogwe, een plaats aan de voet van het Usambaragebergte die bestond uit ongeveer twintig lemen hutten en een verlaten missiepost. Een tierige groep geiten graasde op de heuvels en de Arabieren stuurden er een paar mannen op uit om geitenvlees en bakbananen tegen wat ijzerdraad, een baan stof en rode kralen te ruilen.

Het Usambaragebergte verhief zich voor hen in wilde ongerepte schoonheid met zijn toppen half in de mist verscholen. Groen wordende berghellingen, rotsgesteente, dichte bossen waarin watervallen als witte linten naar beneden stortten, verschenen voor hun verbaasde ogen. Het pad volgde nu niet meer de Pangani maar een van zijn bronrivieren, de Mkomasi. De karavaanroute voerde echter niet beneden langs de rivier, ze gingen door de bergen, vlak langs Tamaranda en zo verder naar Masinde.

Elke dag bracht nieuwe ontdekkingen. Voor Charlotte leek Afrika een bloeiende tuin van Eden. Ze zagen de massieve lijven van de nijlpaarden in het bruine water liggen, adelaars cirkelden boven de bergen, hyena's lieten in de nacht hun vreemd hese lachen horen en heel soms was het onmiskenbaar een leeuw die brulde. Ze was allang gewend aan de dagelijkse vermoeienissen, accepteerde opgewekt de ochtend- en avondlijke rituelen van de Afrikanen en begreep niets van het ongeduld van haar Duitse reisgenoten. Waarom haasten? Dit was een gezegend land, zijn bewoners leefden in het nu. Ze lieten de uren als fijn zand door hun vingers glijden, beleefden elke minuut, elke seconde met zachte kalmte, niets ging verloren, alles keerde tot hen terug.

Op de vijfde dag bereikten ze de plaats Masinde, gelegen op een heuvel in het midden van een rotsachtige vallei en verscholen in het regenwoud. Hier bevond zich een post van de Duitse politietroepen, een massief, witgeverfd gebouw van leem met vier bastions, wat de karavaanleiders zeer wisten te waarderen want nog maar een paar jaar geleden hadden ze een hoge tol moeten betalen aan Semboja, stamhoofd van de Shamba. Er werd besloten een dag te pauzeren. Er waren wat koortsgevallen onder de dragers en Dobner had een doorn in zijn voet opgelopen, een ongewoon scherpe, grote stekel die door zijn schoenzool heen in de bal van zijn voet gedrongen was.

Charlotte bracht de tijd door te midden van de zwarte vrouwen en kinderen, iets wat dr. Meyerwald ten zeerste verbaasde en met een deels geamuseerde, deels bevreemde uitdrukking gadesloeg. Ook Christian, die Dobners voet had schoongemaakt en verbonden, zocht Charlotte vaak met zijn ogen, hij zweeg echter en ze kon niet aan zijn gezicht aflezen wat hij ervan vond.

Charlotte had de kinderen al snel voor zich gewonnen. Ze zong liedjes voor hen die ze ongelooflijk snel konden meezingen, verzon behendigheidsspelletjes met kleine steentjes en stokjes. Ze stelde vragen in het Swahili en ook al verstonden ze niet allemaal deze taal, ze begrepen toch wat de witte vrouw wilde weten. Met de vrouwen was het moeilijker. Ze kletsten en ruzieden wel onbevangen onder elkaar, maar het was Charlotte al opgevallen dat er onder hen vaste groepen waren die het contact met de andere vermeden. Ze schrokken er echter allemaal voor terug langere tijd met een witte vrouw te praten en als ze het al deden letten ze heel goed op wat ze zeiden en waarover ze beter niet konden praten.

'Waarom hebben de dragers gisteren gespuugd toen ze voorbij die grijze rots liepen?'

'Ze hebben gespuugd? Nee, nee, bibi Ohlsen, ze hebben niet gespuugd, dat heb je verkeerd gezien.'

'Mogelijk, maar ze hebben ook stenen opgeraapt en voor de rots neergegooid.'

'Stenen? Ja, misschien heeft iemand een steen opgeraapt en weer weggegooid omdat hij niet beviel.'

'Dat zal vast wel,' reageerde Charlotte geduldig, 'maar waarom hebben andere mannen twijgen afgebroken en voor de rots gelegd?'

'Twijgen? Ze zaten in de weg, daarom hebben zij ze afgebroken.'

'Nou begrijp ik het,' antwoordde Charlotte. 'Wat ben ik toch dom. Ik dacht dat de grijze rots graag twijgen en steentjes at en het fijn vond bespuugd te worden. Daarom heb ik ook naar hem gespuugd.'

De vrouwen giechelden, eentje boog zich voorover om een zwerm vliegen van de deegslierten te verdrijven, een andere legde de strengen op een platte steen die in de glinsterende as lag.

'Misschien dom van jou, bibi Ohlsen, misschien ook niet. Je hebt de *mzimu* tol betaald.'

'De mzimu?'

'De schimmen, de geesten van de doden.'
Eindelijk verwaardigde een van de oudere vrouwen zich het raadsel op te lossen. 'Bij de rots werd ooit een man gedood. Zijn schimmen zijn daar nog steeds. Ze willen tol hebben, anders sturen ze ziektes, wilde dieren of slechte mensen.'

'Zo zit dat dus. Nu heb ik het begrepen. En wat doen jullie als je toch koorts krijgt?'

'Dan geneest de medicijnman. Soms ook heksen. Maar de heksen zijn niet altijd in een goede bui, als ze boos zijn kunnen ze ook kwaad doen.'

Men had de zieke dragers met kinine behandeld. Er was echter ook een man die achterin met de leiders van de karavaan meeliep en over wiens opvallend kleurrijke hoofdtooi Charlotte zich al vaak verbaasd had. Nu zat hij bij de koortslijders, rookte hennep in dikke wolken en besprenkelde de mannen steeds opnieuw met een troebele vloeistof die in een schaal voor hem stond. Was het water?

'Ja, bibi. Water kan genezen. Hij betovert het. Hij bezoekt de geesten. Als hij dan in het water spuugt, betoveren de geesten het water.'

Alsof het zo gemakkelijk was, dacht Charlotte geamuseerd. Maar goed dat de dragers ook kinine ingenomen hadden.

De volgende dag bracht een opwindende afwisseling. De karavaan moest de Mkomasi oversteken om de Panganirivier weer te kunnen bereiken, waarvan ze de loop van nu af aan tot aan het Kilimanjarogebergte zouden volgen. De doorwaadbare plaats was bekend, die werd vaak door karavanen gebruikt en was, zoals de onvermoeibare Meyerwald verklaarde, volkomen ongevaarlijk. De rivier was hier inderdaad niet al te breed, hij golfde kalm voorbij, zodat ze niet bang hoefden te zijn door de stroming gegrepen en meegesleurd te worden. Toch beviel Charlotte de roodbruine kleur van het water niet erg. Je kon niet tot op de bodem kijken en wist dus niet waarop je je voeten neerzette. De vraag naar krokodillen lag op het puntje van haar tong, maar omdat niemand het erover had, zweeg zij ook.

Omdat Dobner nog steeds pijn aan zijn voet had, ging hij op een leunstoel zitten en liet zich door twee dragers naar de overkant brengen. Toen Humadi met een stoel voor Charlotte kwam aanslepen, wees ze die af. Ze was tenslotte noch ziek, noch gewond en kon prima op haar eigen voeten lopen.

Ze trok haar schoenen en sokken uit, haar broek zou in het heuphoge water helaas nat worden, daar was niets aan te doen. Langzaam liep ze het pad naar de rivier af en keek toe hoe de dragers hun last onder de strenge blik van hun aanvoerders en de Arabieren over de rivier droegen. Ze leken er lol in te hebben, maakten grapjes naar elkaar, zongen hun vreemd rauwe en toch melodieuze wisselzang en toen een van de krijgers midden in het water uitgleed en in de bruine vloed verdween, klonk rondom gelach van leedvermaak. De uitgegleden krijger had bij wijze van uitzondering geen zin om mee te lachen want samen met hem was zijn karabijn in het water gevallen en een geweer was onder de zwarten iets heel kostbaars. Dr. Meyerwald ging moedig voorop, zijn broek tot aan zijn dijen opgerold zodat je zijn zwart behaarde benen zag. Daarop volgde Charlotte. Haar hart klopte in haar keel. Het water was verbazingwekkend koud en de slikachtige bodem zorgde ervoor dat ze tot haar enkels in de modder zakte. Steeds weer stuitten haar voeten op iets hards. Een steen, een stuk hout, een schelp, ze had geen idee wat het was en wilde het ook niet weten. Christian bleef dicht achter haar, het geweer schietklaar in zijn handen. Had hij ooit al een schot gelost met het oude ding? En waarom liep hij zo vlak achter haar?

Ze was trots op zichzelf toen ze met een kletsnatte broek, maar verder ongedeerd op de andere oever aankwam. Opgelucht hurkte ze op de grond om haar sokken en schoenen weer aan te trekken. Opeens klonk er om haar heen een hard gejammer. In het midden van de rivier was het water omgewoeld, een van de vierkante goederenbalen was in de golven terechtgekomen. Ze zagen een zwart lichaam, een zwaaiende arm, een van angst vertrokken gezicht met wijdopen mond. Schoten geselden het water. Iemand pakte Charlotte bij de arm en trok haar weg van de waterkant. Het was Christian.

'Krokodil,' brulde Dobner. 'Mijn geweer! Breng me mijn geweer!' Zijn gebrul was totaal overbodig, er waren al meer dan genoeg mensen die blindelings in de rivier vuurden, met voorop dr. Meyerwald, al vloekend dat hij het wel geweten had. Dragers brachten zich in veiligheid naar beide zijden van de rivier, goederenbalen werden afgeworpen en belandden in het bruine water. De vrouwen die de andere oever al bereikt hadden gilden in heftige vertwijfeling, sommigen gooiden met stenen. Een van de vrouwen liep zelfs het water weer in en moest met geweld teruggetrokken worden. Waarschijnlijk was de ongelukkige in het midden van de rivier haar man.

Het slachtoffer verdween als had de Mkomasi hem opgeslokt. Sommigen beweerden later dat hij verder stroomafwaarts nog een keer boven was gekomen, maar vanwege de krokodillen had niemand zin langs de oever te lopen om het lichaam te bergen. Men vertelde over de grote hagedis die zich oprichtte in het ondiepe water, de man bij zijn bovenbeen greep en hem meesleurde. Geen van de witten had dit beest gezien, het moest er echter wel geweest zijn, wat anders had de arme knaap aangevallen?

Het duurde lang voordat de karavaanleiders de achtergebleven dragers konden overhalen om naar de andere kant te gaan. Krijgers, bewapend met speren en geweren, doorzochten de doorwaadbare plaats en het lukte hun de totaal doorweekte goederenbalen uit de rivier te trekken.

's Avonds waren de Afrikanen alweer goedgemutst. Ze praatten opgewonden na over het gebeuren en maakten daarbij grote gebaren.

De stemming bij de witte reizigers was eerder bedrukt. Dobner had nog steeds last van zijn voet en dr. Meyerwald was net als andere avonden op zoek gegaan naar onbekende insecten en had een bijzonder mooi exemplaar van een grote behaarde rupsensoort ontdekt. Het dier was echter niet bereid als onderzoeksobject voor de wetenschap te dienen en dus liep de bioloog enkele steken in de rug van zijn hand op.

'Dit is heel interessant,' merkte dr. Meyerwald op terwijl Charlotte bij het licht van de lamp zijn hand onderzocht. 'Waarschijnlijk bevat de beharing een gif waarmee de rups zich tegen zijn natuurlijke vijanden verweert. Helaas zijn een paar van die haartjes afgebroken en zitten nu in mijn huid. Kunt u ze verwijderen, mevrouw Ohlsen? Gebruik dit pincet maar.'

'Ik zal het proberen.'

De kleine steekwonden waren al behoorlijk opgezwollen, wat de operatie niet makkelijker maakte. Dr. Meyerwald bestreed de gevolgen van zijn verwonding met een glas whisky en vertelde over een leeuwenjacht op de savanne van het Duitse zuidwesten, waar hij drie van zulke knapen had neergelegd en daarbij zelfs twee dragers door een meesterschot van een zekere dood had gered. Zijn enthousiasme verdween echter al snel en hij verzocht zich terug te mogen trekken, de alcohol en de huidige gebeurtenissen hadden hem enigszins vermoeid. Charlotte zag ongerust dat zijn hand al wanstaltig opgezwollen en zo rood als een kreeft was.

Christian was zo fijngevoelig geweest om voor de tent te wachten tot Charlotte daarbinnen droge kleren had aangetrokken. Toen hij door de nauwe tentopening kroop en gelijk op zijn matje wilde gaan liggen, had ze het gevoel iets te moeten zeggen. Tot nu toe had hij zich heel netjes gedragen, het was laf van haar geweest niet tegen hem te praten.

'Je had gelijk om je geweer in de aanslag te houden toen we de rivier overstaken.'

Hij trok zijn jasje strak om zich heen en strekte zich uit op de biezen mat.

'Wie zal het zeggen? Waarschijnlijk is de arme kerel niet eens door een krokodil gedood maar door de kogels van die gekken die zonder iets te kunnen zien in het water schoten.'

'Hoe dan ook, hij is dood,' antwoordde ze bedrukt.

Ze doofde de lamp en ging liggen. Het veldbed was absoluut niet zacht, alleen op de grond was je ook nog aan allerlei insecten overgeleverd. Waarom had Christian dan ook geen fatsoenlijke uitrusting meegenomen?

'Misschien was hij vergeten bij de rots tol te betalen,' zei hij peinzend.

'Dat is toch dom bijgeloof!'

'O ja? Dobner heeft een doorn in zijn voet en dr. Meyerwald heeft een gezwollen hand opgelopen. Dan blijf alleen ik nog over.'

'Jij?'

Ze hoorde hem zacht lachen.

'Natuurlijk. Ik heb ook niet gespuugd.'

De volgende etappe lieten Dobner en dr. Meyerwald zich dragen. Ze schommelden in doeken, net als in een hangmat, tussen de Afrikaanse dragers, wat Charlotte best een aangename manier van vervoer toescheen. Beide heren waren echter in een slecht humeur en riepen de dragers steeds opnieuw boze bevelen toe. Dobner probeerde te tekenen, wat door het schommelen niet echt wilde lukken. Dr. Meyerwald klaagde dat hij niet zijn gebruikelijke notities in zijn dagboek kon maken omdat zijn rechterhand nog steeds dik was. Gedurende de nacht waren op zijn arm tot aan zijn schouder jeukende puisten ontstaan, ook had hij moeite met slikken en viel ademhalen hem zwaar.

Charlotte voelde zich goed. Ze nam nog steeds kleine doses kinine, al was de koorts niet teruggekomen. Met Christian ging het ogenschijnlijk uitstekend, al wist ze dat hij loog. 's Nachts had hij last van koude rillingen gehad, hij wilde het aangeboden medicijn echter niet aannemen.

'Je hebt de kinine zelf nodig, Charlotte. Ik ben gewend aan de koorts, het komt en het gaat. Morgen is het weer over.'

De laatste uitlopers van het Usambaragebergte gingen over in een vlak boomloos savannelandschap. Gnoes graasden aan de andere kant van de rivier. Slanke, pezige dieren waarbij het zwarte haar vanaf hun hoge schouders naar beneden viel. Een paar grijze kalveren maakten bokkensprongen. De kudde leek zich veilig te voelen. 'Dit is al Masailand,' merkte dr. Meyerwald op. 'Het verbaast me dat we de kereltjes nog niet hebben gezien.'

Hij hoestte en streek voorzichtig over zijn rechterarm, waar de ellendige puisten nog steeds ondraaglijk jeukten. Hij durfde zich echter niet te krabben, dat zou de ontsteking alleen maar erger maken.

Tegen de middag werd in de gloeiende zon de gebruikelijke rustpauze ingelast. Dit keer kampeerden ze dicht bij de rivieroever en Charlotte verbaasde zich over de ongewone voorzorgsmaatregelen die getroffen werden. De Afrikanen sleepten met doornig kreupelhout dat ze als een beschermende ring rond het kamp legden. De goederen hadden ze in het midden opgestapeld en werden door gewapende krijgers bewaakt. Pas daarna gingen ze zitten om uit te rusten, rivierwater te drinken en in de zon te dutten. Voor de witten werd theegezet, waarbij ze maiskoekjes en koude kip kregen.

De vijf Masaikrijgers waren al van verre te zien, slanke gedaantes, gewikkeld in oranjerode gewaden, hun lange speren met de bladvormige punten staken boven hen uit. Ze liepen in een rij, zonder haast, met de spaarzame bewegingen zo eigen aan bewoners van de wildernis, wetend hoe ze hun krachten moesten sparen om prooi of vijand op het juiste moment te kunnen verrassen.

'Nu wordt het leuk,' zei dr. Meyerwald. 'Berg in hemelsnaam je tekeningen op, Anton. En let op uw geweer, Ohlsen. De kerels zijn onberekenbaar.'

Wat stom, dacht Charlotte. Wat kunnen vijf van die dunne jongens ons nou aandoen?

Onder de zwarte dragers en krijgers was onrust ontstaan. Ze keken mismoedig naar de dichterbij komende Masai en uit de toon van hun gesprekken was op te maken dat ze de in het rood geklede knapen liever zagen gaan dan komen. De reden daarvoor begreep Charlotte vooralsnog niet. De vijf Masaikrijgers betraden het kamp met een vanzelfsprekendheid alsof het hun eigen bezit was. Charlotte kon haar ogen niet afhouden van de lange mannen die zich zo heel anders gedroegen dan alle Afrikanen die ze tot nu toe gezien had. Hun neuzen waren dun, hun gezichten regelmatig. Ze droegen het lange haar in talloze kleine vlechtjes waar linten en kralensnoeren doorheen gevlochten waren, alleen al voor deze hoofdtooi moesten ze uren nodig gehad hebben. Maar het was vooral hun lichaamshouding die hen onderscheidde van andere zwarten. Die was kaarsrecht en had iets hoogmoedigs. Ja, Charlotte kon zich goed voorstellen dat men een Masai niet in gevangenschap kon houden. Hij leefde volgens zijn eigen wetten of hij stierf. Je kon zo'n trots wezen niet temmen.

Het was duidelijk dat de krijgers niet voor de eerste keer een karavaan zagen, ze liepen doelbewust op de Arabieren af, bij wie zich inmiddels een Afrikaanse tolk had gevoegd. Ze wisselden een paar woorden en ontvingen een buideltje kralen als gastgeschenk dat een van hen onverschillig om zijn hals hing. Daarmee was het gesprek voorlopig beëindigd en de knappe Masai keken vrijmoedig om zich heen in het kamp. Eindelijk begreep Charlotte de mistroostigheid van de dragers. De Masai leken alles te mogen doen wat ze wilden en gedroegen zich brutaal en boosaardig als stoute jongetjes. Hier lichtten ze een doek op en doorboorden een blik met hun speer, daar maakten ze de verpakking van een goederenbaal open om nieuwsgierig de inhoud te bekijken. Ze hadden er zelfs lol in om hun speren in de gloeiende vuurtjes te houden en daar de Afrikaanse dragers mee te pesten. Wie zich niet snel in veiligheid bracht, hield er een brandwond aan over. De meesters van de steppe hielden zich slechts kort bezig met dergelijke spelletjes, want in dit karavaankamp was iets nog veel opwindenders te ontdekken.

Ze gristen Dobner zijn potlood uit de hand voor hij het in zijn jaszak kon laten glijden. Dr. Meyerwald vocht verwoed om zijn boek waarvoor hij boette met twee glimmende knopen van zijn jasje. Vervolgens gingen de Masai om Charlotte heen staan. Ze aarzelden, keken haar aan met smalle donkere ogen waarin nieuwsgierigheid en begeerte blonk. Eén legde voorzichtig een vinger op haar arm, een ander trok al aan de doek die ze over haar haar had gedaan.

'Kalm blijven,' zei dr. Meyerwald tegen Christian, die meende in te moeten grijpen. 'We mogen ze niet kwaad maken. Niet alleen om het ivoor, er zijn nog andere redenen.'

De Masai werden vrijmoediger. Kwamen nog dichter bij Charlotte staan, praatten onderling, lachten en verwonderden zich. Hadden ze nog nooit een witte vrouw gezien? Charlotte begon zich ongemakkelijk te voelen. Ze kon de vreemd scherpe geur ruiken die hun ingevette haar en glanzende huid uitwasemde. In hun schijnbaar zo slanke armen kwamen pezen en spieren tevoorschijn als ze hun speer even optilden. Een hand beroerde haar wang, volgde haar slaap en schoof onder de doek om haar haar te bevoelen.

'Nee,' zei ze boos en ze week naar achteren.

De Masai bleef onbeweeglijk staan, zijn hand nog in de lucht. Op hetzelfde ogenblik trok Christian Charlotte snel naar zich toe en legde bezitterig een arm om haar schouders. Een kort moment staarde de jonge Masaikrijger naar de witte man, zijn gezicht vertrok, was het spot of woede? Toen deed hij een stap terug en ook de anderen namen afstand van Charlotte. Hoe verschillend hun culturen ook waren, Christian was duidelijk haar man, haar bezitter, zijn aanspraak werd gerespecteerd.

De vijf Masai amuseerden zich nog een beetje door een doek van een zwarte krijger te stelen en over de doornbosjes te gooien en daarna gingen ze weg, gevolgd door de gedempte vloeken van de zwarte dragers.

'Dat waren *Moran*,' liet dr. Meyerwald zich horen, terwijl hij het moeizaam verdedigde boek aan zijn boy gaf om het in een van de afsluitbare kisten op te bergen. 'Moran zijn jonge krijgers die nog niet getrouwd zijn. Ze brengen hun tijd door met wapenoefeningen, rondhangen, onheil aanrichten en willen niets liever dan zich in een gevecht storten.'

'Het zijn brutale vlegels die je over de knie zou moeten leggen,' schold Dobner. 'Wat een ijdel, boosaardig gespuis.'

'Alleen maar tot aan hun trouwdag,' verzekerde dr. Meyerwald grijnzend. 'Als ze eenmaal vrouw en kinderen hebben, is het uit met de gouden vrijheid en gedragen ze zich fatsoenlijk.'

'Dat zou bij ons ook zo moeten zijn.'

'Natuurlijk,' antwoordde dr. Meyerwald gelijkmoedig. 'Waarom denk je dat ik nog steeds vrijgezel ben? Overigens waren deze vijf slechts de verspieders, de belangrijkste bestorming komt nog.'

Charlotte snapte het. Waarschijnlijk zou de hoofdman van de stam met zijn begeleiders naar het kamp komen of in elk geval boodschappers sturen. De Masai moesten goede jagers zijn en veel van 'het witte goud', zoals ivoor hier genoemd werd, opgeslagen hebben. Dan zou eindelijk de handel beginnen.

'Het hele dorp zal hierheen komen,' verklaarde dr. Meyerwald lachend. 'Tenslotte hebben wij een attractie te bieden die waarschijnlijk nog niemand van hen ooit gezien heeft: een witte vrouw.'

Hij kreeg gelijk. Niet veel later zagen ze de Masai in afzonderlijke groepen op hen af komen. Mannen, vrouwen, kinderen van alle mogelijke leeftijden. Ze droegen bijna allemaal gewaden en doeken van rode stof en veel kralenversieringen met daarbij brede, metalen, in elkaar gedraaide arm- en voetbanden die er zo zwaar en nauwsluitend uitzagen dat je je nauwelijks kon voorstellen hoe iemand zoiets om kon doen. Charlotte constateerde een beetje benauwd dat veel van de vrouwen hun borsten niet bedekt hadden en daar geen enkele schaamte bij voelden. Het was maar goed dat Klara er niet bij was, ze was waarschijnlijk flauwgevallen. Maar ook Charlotte ervoer deze ongedwongen naaktheid als ongemakkelijk. Heimelijk gluurde ze naar Dobner en Meyerwald en natuurlijk staarden die naar de Masaivrouwen. Waar Christian naar keek wilde ze niet weten. Eigenlijk waren deze vrouwen niet echt mooi, de meesten hadden hangborsten en hun hoofden waren kaalgeschoren. Om hun hals droegen ze brede, met kralen bestikte en geverfde kragen die bij het lopen op en neer wipten en hun lange oorbellen hinderden hen zeker bij hun werk.

De doornhaag hielp nauwelijks. Geen doek, geen kalebas, geen koffer was veilig voor de nieuwsgierige bezoekers. Maar het was Charlotte die hen het meest fascineerde. Ze schaarden zich in een dichte kluwen rond de witte vrouw, staarden haar aan, babbelden, wezen met hun vingers, giechelden, zetten grote ogen op, hielden hun kinderen in de hoogte zodat ze het beter konden zien. Ook al waagden de mannen het niet meer Charlotte aan te raken, de vrouwen kon het weinig schelen wiens echtgenote ze was. Ze trokken haar hoofddoek af en betastten haar haar, ze plukten aan haar wijde broek en staarden afkeurend naar haar schoenen die ze wel heel erg lelijk leken te vinden.

Voor een poosje verroerde Charlotte zich niet, onzeker over wat er zou gebeuren als ze zich tegen deze opdringerige belangstelling verzette. Er waren veel, goed bewapende Masaikrijgers in het kamp. Het was niet te overzien hoe door een onhandigheid, een domme kleinigheid, een gevecht kon ontstaan. Toen werd ze wakker uit haar verstarring. Als deze vrouwen dachten haar gewoon aan te mogen raken, dan wilde zij hetzelfde doen. Zachtjes liet ze haar vinger over de rood-wit bestikte halskraag van een van de vrouwen glijden, beroerde de lange oorhanger, het rode koord dat ze om haar kaalgeschoren hoofd gewonden had. Het was een heel jonge vrouw en ze bezat een vreemdsoortige schoonheid. Haar borsten waren nog klein en stevig, omwonden met een dun kralensnoer, en ze glimlachte toen ze Charlottes bewonderende blik gewaarwerd. Charlotte kon niet verstaan wat ze zei, het leken woorden die uit de ruige stoffige savanne en de gloeiende zon geboren waren. De Masaivrouw trok een van de bestikte leren banden van haar hoofd en rijkte Charlotte die aan.

Een cadeau? Ze aanvaardde de gift en bond die om haar pols om vervolgens de al afgetrokken witte zijden doek van haar schouders te halen en die de vrouw aan te bieden als wedergeschenk. Het werd aangenomen. De knappe Masaivrouw wikkelde de zijde om haar middel en knoopte de uiteinden aan elkaar.

Charlotte keek toe en verbaasde zich over de vanzelfsprekende gratie waarmee de jonge vrouw zich mooi maakte. Toen ontstond echter beroering onder de nieuwsgierigen, ze stootten heldere vragende geluiden uit, keerden zich van Charlotte af en liepen haastig weg. De reden was begrijpelijk. De Arabieren hadden bevel gegeven een van de goederenbalen open te maken.

'U hebt geluk gehad, mevrouw Ohlsen,' zei dr. Meyerwald grijnzend. 'Wanneer ieder van deze vrouwen een ruilhandeltje met u gesloten had, zat u nu met een lege koffer.'

Verderop bij de koopwaar heerste een hevig gedrang. Vooral de vrouwen hadden zich naar voren geduwd om de kralen en stoffen, het koperdraad en andere spullen te beoordelen.

'Zijn dat de ruilwaren voor het ivoor?'

'Zeker niet, eerst moet er tol betaald worden. Deze stam heeft de zeggenschap over het gebied waar we doorheen trekken opgeëist. Moet u zich voorstellen, het stamhoofd laat zijn vrouwen beslissen of de koopwaar geaccepteerd wordt of dat er nog meer uitgepakt moet worden.'

Ondertussen hielden enkele van de Arabieren zich bezig met de meegebrachte slagtand, krabden eraan, beklopten het ivoor, maten de omvang met een meetlint en je kon aan ze zien dat ze niet al te enthousiast waren over de kwaliteit.

Charlotte was koopvrouw genoeg om te weten dat dit hoorde

bij het zakendoen. Vermoedelijk zouden de mensen van Kamal Singh vooralsnog helemaal niets kopen, een beetje de prijzen peilen en alle mogelijkheden openlaten omdat ze nog andere ivoorverkopers, vooral de Dschagga bij de Kilimanjaro, zouden opzoeken.

Ze had zich niet vergist. Het stamhoofd was een oudere man, iets kleiner dan de krijgers die hem de hele tijd als schildwachten omringden. Toch was aan zijn gebaren en manier van praten te zien dat ook hij geen slechte handelaar was. De onderhandelingen bleven zoals al gedacht zonder resultaat. Het stamhoofd kon wachten, er waren veel karavanen en hij was niet bereid zijn schat aan ivoor goedkoop af te staan. Men nam vriendschappelijk afscheid en de bezoekers verlieten de een na de ander het kamp, niet zonder hun geschenken en het ivoor mee te nemen. Toen de laatste weg was moesten de versmade goederen weer ingepakt en vastgebonden worden, daarop gaf de karavaanleider het teken om op te breken.

Het tempo was sneller dan gebruikelijk, ze wilden nog vandaag de plaats Mikotcheni bereiken om daar in de buurt het nachtkamp op te slaan.

Charlotte stond verbaasd van zichzelf want ze voelde niet de minste uitputting. Steeds opnieuw spiedde ze tussen acacia's en hoog struikgewas door naar de welhaast eindeloos uitgestrekte savanne aan beide kanten van de rivier. E waren nog altijd eilandjes begroeid met grijsgroen gras, witte bloemen wuifden in de wind. Te midden van de dorre struiken breidden schermacacia's hun vlakke boomkruinen uit. En toen, toen ze er al niet meer in geloofde, ontdekte ze de slanke halzen die zich uitstrekten naar het gebladerte van een acacia, de schuin aflopende vorm van de rug, de behaarde schoft die als een bult uitpuilde.

'Giraffes!'

Christian bleef ook staan, kneep zijn ogen samen en beschermde ze met zijn hand.

'Het zijn er drie of vier,' riep ze. 'Nee, wacht, minstens vijf. Ik geloof dat ze een kleintje bij zich hebben.'

Onwillekeurig had ze in haar geestdrift de bekende, vertrouwde toon weer aangeslagen die er sinds weken niet meer tussen hen was geweest.

'Nu zie ik er ook één,' zei hij opgewonden. 'Het zijn gracieuze dieren.'

'Zijn ze niet prachtig? Ze wiegen naar voren en weer terug als ze lopen, alsof ze op een langzaam dansritme wegschrijden.'

'Je houdt van dit land, hè?' vroeg hij zacht en hij keek haar glimlachend aan. 'Je moet erg sterk zijn om ervan te kunnen houden.'

In zijn glimlach lagen tederheid en verdriet, het ontroerde haar en ze wilde hem net een vriendelijk antwoord geven toen voor hen de waarschuwende kreet '*Mgogoro*' weerklonk, wat een hindernis op het pad aankondigde. De karavaan kwam tot stilstand, verder naar voren klonken bijlslagen. Waarschijnlijk moest een omgevallen boom in kleinere stukken gehakt en van de weg geruimd worden.

De onderbreking doorsneed de vertrouwde stemming en Charlotte besefte geschrokken dat ze hard op weg was geweest al het eerder gebeurde te vergeten. Kon je een mens vergeven die zulke afschuwelijke dingen had gedaan?

Charlotte merkte dat Christian naast haar rilde.

Ze keek hem bezorgd aan. 'Je moet kinine innemen, Christian. Je had koorts afgelopen nacht.'

'Dank voor je zorgzaamheid,' antwoordde hij ironisch. 'Als het nodig is zal ik je raad opvolgen.'

Drie dagen later naderde de karavaan de plaats Klein-Arusha. Sedert de ochtend verhulden wolkensluiers de hemel zonder de zinderende hitte te verminderen die hun kelen deed uitdrogen en hun krachten ondermijnde. Zelfs het oevergewas van de Pangani, die hier Rufa genoemd werd, was schaars geworden, de weinige bosjes waren door rondlopende gnoes en antilopen stuk geknaagd, het gras op veel plaatsen door grotere dieren platgetrapt. Overal lagen verbleekte botten, schedels staarden haar gelijkmoedig uit lege oogkassen aan. Het waren overblijfselen van de eenmaal grote kuddes van de Masai, jaren geleden ten prooi gevallen aan de runderpest.

Tegen de middag, toen ze in een bocht van de rivier stilhielden om een rustpauze in te lassen, gebeurde het wonder. De wittige mist brak open en tegen de diepblauwe hemel tekende zich een enorme berg af als een geestverschijning.

Wat betekende de kleine tekening uit haar kindertijd in vergelijking met de magie van dit moment? Niets! Het was niet eens een flauwe afspiegeling. Het leek alsof iemand een gordijn had opengetrokken om hun een blik in een bovenaardse godenwereld te gunnen. Reusachtig zweefde het bergmassief boven de savanne, verhief zich donker uit de restanten van de wolkenflarden, steeg als een machtige kegel in de hemel omhoog, bekroond door witte sneeuw- en ijsvelden die over de rotshellingen naar beneden trokken en in smalle glanzende lijnen uitwaaierden.

'Indrukwekkend,' mompelde dr. Meyerwald. Hij was net als Dobner weer beter en stortte zijn kennis met gebruikelijke ijver over zijn reisgenoten uit. 'Nu begrijp je waarom de eerste berichten over de Kilimanjaro als hersenspinsels werden afgedaan. Hoe moet midden in de savanne een alpenmassief zoals dit ontstaan? Zonder twijfel van vulkanische oorsprong, kijk maar naar de regelmatige kegelvorm.'

'Hij lijkt zo dichtbij, net of je hem aan zou kunnen raken,' mompelde Dobner, die er volkomen betoverd bij stond. 'Wat een aantrekkingskracht. Je zou steeds maar verder willen gaan, elke hindernis overwinnen, zelfs de dood in de ogen kijken, alleen maar om daar te komen.'

Charlotte huiverde. Ze kende deze woorden, had ze met hete wangen en steeds meer opwinding gelezen, en toch begreep ze hun echte betekenis pas op dit moment.

'Als zou daarboven, waar de ijsvelden het donkere blauw van de hemel aanraken, een plek zijn waar alle wensen, alle verwachtingen in vervulling gaan,' fluisterde ze.

'De plek waar het geluk woont, bedoel je dat?'

Ze voelde hoe Christian zijn hand op haar schouder legde, voorzichtig en heel licht, als was hij bang haar aan het schrikken te maken. Ze verzette zich niet. Hij had deze gevaarlijke weg samen met haar afgelegd, stond nu naast haar en ervoer hetzelfde als zij. Waarom zou ze hem niet vergeven? Hij hield van haar.

Ook enkele dragers en hun begeleiders waren bij de onverwachte verschijning stil blijven staan. Sommigen die onder hun zware vracht amper hun hoofd omhoog konden doen, hadden hun last neergezet om het beter te kunnen zien, anderen gingen bedaard verder zodat de karavaan in wanorde geraakte. Je hoorde de boze kreten van de Arabieren, de trommels zetten weer in en de karavaanleiders spanden zich in om hun mensen weer in beweging te krijgen.

'Evollah, Evollah.'

Christian liep zwijgend naast Charlotte, alle twee keken ze steeds opnieuw in de verte naar het machtige bergmassief alsof ze vreesden dat een boze tovenaar het weer achter een sluier zou verbergen.

Klein-Arusha bewees zich als een gewone nederzetting van een inheemse stam. Lemen hutten met strogedekte daken stonden in een kring om een dorpsplein waar het centrum werd gevormd door een grote apenbroodboom. Een groep jonge krijgers, net zo versierd als de Masai, liep de karavaan tegemoet en opnieuw moesten de goederenbalen geopend en de tol betaald worden. Vervolgens brachten de zwarte inwoners bananen, eieren, pinda's en bonen en boden deze aan de wanjampara aan in ruil voor nog meer geschenken. Zoals gebruikelijk verwierven de Arabieren veel levensmiddelen die ze 's avonds aan de zwarte dragers en hun begeleiders en vooral aan de Duitsers doorverkochten.

Sinds een paar dagen sleepten ze ook houten tentpalen met zich mee, want in de Njikasavanne was alleen kreupelhout te vinden, het kostte al moeite het benodigde brandhout bij elkaar te krijgen. 's Nachts werd het kamp met een haag van doornige bosjes beschermd, ze lieten de vuren branden en zetten een wacht uit. Charlotte dacht eerst dat de voorzorgsmaatregelen genomen werden vanwege de opdringerige Masaikrijgers, maar werd algauw uit de droom geholpen. In de avondschemering bevonden zich veel dieren op de rivieroever. Ze hadden gnoes en impala's gezien, een keer een buffel en vooral zebra's. De schemering was echter ook de tijd voor de jagers. Door het zoemen van de cicaden heen was steeds uit de verte en soms schrikbarend dichtbij het brullen van de leeuwen te horen en af en toe de langgerekte doodskreet van hun prooi. De heersers van de savanne waren onderweg om hun maag te vullen, wie ook maar bij de rivier zijn dorst leste, deed het met gevaar voor eigen leven.

Deze avond was dr. Meyerwald samen met twee Arabieren en enkele Afrikanen stroomafwaarts gegaan en na een tijdje hoorde je het droge, harde knallen van hun geweren. Gejubel verspreidde zich onder de zwarte dragers, er zou vlees zijn, de bwana die vlinders ving had geluk bij de jacht gehad. Inderdaad sleepten de Afrikanen even later meerdere gnoes en een impala aan hen voorbij. Charlotte moest zich afwenden toen de dode dieren langs gedragen werden. Het was lachwekkend, dat wist ze. Men had ze gedood omdat de mensen hun vlees nodig hadden, net als de roofdieren daarbuiten op de savanne. Er waren jagers en slachtoffers in de wildernis, zo was de wereld nu eenmaal georganiseerd. En toch moest ze aan Kamal Singh denken, hij raakte nooit vlees aan omdat zijn religie het hem verbood.

De Afrikanen begroetten de terugkerende jagers met schrille trillende geluiden. De buit werd bliksemsnel in stukken gesneden en op de vuren geroosterd en zelfs Charlotte moest toegeven dat de opstijgende braadgeuren verleidelijk waren. De beste stukken werden natuurlijk voor de witten gereserveerd. De Afrikanen waren echter niet kieskeurig, alles, zelfs de ingewanden werden gekookt en helemaal opgegeten, alleen de botten bleven over. De gelukkige schutter Meyerwald had moeite gehad zijn trofee in veiligheid te brengen.

'De hoorns van de gnoes hebben ze, de duivel mag weten hoe, afgesneden en laten verdwijnen. Vervloekte zwarten. Het zijn allemaal dieven en bedriegers.'

Charlotte kreeg het gesprek slechts zijdelings mee, haar aandacht was volledig gericht op de Afrikanen die het feestmaal met trommels, liederen en dansen vierden. De melodieën waren eenvoudig, alsof ze uit het ogenblik geboren werden, terwijl ze toch oeroud moesten zijn, iedereen leek ze te kennen. Uit het eentonige, zich steeds herhalende gezang verhieven zich afzonderlijke stemmen, vonden bijval en antwoord, dan weer zwollen de tonen aan en klonken er lichte trillende geluiden. De ziel van de muziek was het ritme van de trommels, de stampende voeten, de op en neer springende lichamen. Ze droegen het ritme mee in elke spier van hun lijf, het scheen uit henzelf te komen en hun bewegingen waren van een vreemd beheerste soepelheid waar een Europeaan nooit toe in staat zou zijn. Hoe stijf daarentegen kwamen de dansmiddagen van de Duitse officieren met hun ingesnoerde vrouwen haar nu voor, waar ze bij gelegenheid pianogespeeld had.

Ook Dobner was stil, wat verder niemand opviel, hij praatte nooit veel. Terwijl zijn reisgenoot op sluipjacht was gegaan, had hij koortsachtig getekend. Hij leek echter niet erg tevreden met het resultaat te zijn want hij had alle vellen in het vuur gegooid en was daarna in een mistroostige stemming vervallen.

'Vervloekte kunstenaarsallures,' had dr. Meyerwald gesteund. 'Waarvoor betaal ik je, Anton?'

'Het is vlak en kitscherig. Geen magie. Geen geheimen. Mijn talent is niet toereikend...'

'Dat je geen Rembrandt bent, weet ik ook wel. Teken die berg gewoon zo goed als je kunt. Ik heb de afbeeldingen nodig.'

Later lag Charlotte in haar tent en staarde naar de schuine baan stof boven haar veldbed, waar de heldere maan doorheen scheen. De machtige berg was vlak voor de schemering inviel weer in de nevelen verdwenen. Of ze hem de volgende morgen weer te zien kregen was onzeker, vaak hield hij zich wekenlang in de wolken verborgen. Maar hij was er, ze voelde zijn aanwezigheid als een grootse kracht die haar deed beven en tegelijk met geluk vervulde. De karavaan zou een stuk over de hoogvlakte tot aan de voet van het bergmassief omhooggaan, maar niet verder dan de plaats Moshi, waar ze onder de bescherming van de Duitse troepen hun kamp zouden opslaan. Daar zouden ze inlichtingen inwinnen over de huidige situatie bij de Dschagga. De vele stammen waren vaak met elkaar in oorlog, waar een slimme handelsman, die niet lijf en leden wilde riskeren, rekening mee moest houden.

'Om daar boven op die sneeuwtop te staan moet wel iets geweldigs zijn,' onderbrak Christian haar gedachten.

Hij hoestte, dronk gretig een paar slokken water en liet zich terug op zijn bed vallen. Hij had vandaag kinine ingenomen, dus hij moest zich wel heel slecht voelen.

'Dat lukt alleen ervaren bergbeklimmers,' antwoordde ze. 'Ik denk niet dat ik het ga proberen.'

'Ik dacht dat je verlangde naar de plek waar je dromen vervuld worden.'

'Zeker.'

Ze zocht naar woorden, het was belangrijk dat hij haar begreep.

'Maar die plek is niet boven op de berg, Christian, en ook niet in de wolken waar ik als kind zo graag naar keek. Onze dromen zijn als een licht dat voor ons schijnt, zelfs als we dat licht nooit bereiken, hebben we het nodig om te leven.'

Hij lag een poosje stil en scheen diep na te denken.

'Je bedoelt dat een mens niet kan leven zonder hoop, is dat het? 'Ja, dat is het, Christian.'

Verrast hoorde ze hem zachtjes lachen.

'Daar ben ik blij om. Ik was al bang dat ik met je die berg beklimmen moest.'

Zijn vrolijkheid stak haar aan. Hoelang was het niet geleden dat ze samen om hetzelfde gelachen hadden? Pas toen ze hem weer hoorde hoesten, hield ze op met lachen.

'Was je echt meegegaan? Helemaal tot de top?'

'Twijfel je daaraan?'

Hij draaide zich op zijn zij en legde zijn gebogen arm onder zijn hoofd om haar aan te kunnen kijken.

'Jouw dromen zijn zo sterk, Charlotte, misschien zijn ze genoeg voor ons allebei.'

Diepe opluchting maakte zich van haar meester. Ze sliep rustig en werd pas wakker van het hinderlijke lawaai van de hanen die al uren voor zonsopgang begonnen te kraaien. Het kon niet lang meer duren voor het ochtend werd, in de tent was het schemerig, ze rook alleen nog geen vuur of de geur van de Afrikaanse henneppijpen. Misschien heerste er na de overvloedige maaltijd en het feest van gisteravond nog een algehele vermoeidheid en zouden ze wat later opbreken.

Iets streek buiten langs het tentdoek, een zachte, nauwelijks hoorbare beroering die ze alleen opmerkte doordat al haar zintuigen op scherp stonden. Haar hart sloeg ineens razendsnel zonder dat ze er een reden voor kon benoemen. Een windvlaag? Een van de medereizigers uit de naburige tent die zijn behoefte moest doen? Of Humadi die op het punt stond haar ochtendthee…

Een krabbend geluid vlak naast haar deed haar verstijven. Dat was geen mens. Een of ander dier was met haar tent bezig, wroette, snoof, wilde onder het met touwen vastgezette dekzeil komen. Een vreemd sterke lucht drong in haar neusgaten, de uitwaseming van een wild dier. Ontzet sprong Charlotte op van haar bed.

'Christian! Christian, er is iets buiten de tent.'

Hij bewoog zich niet, sliep vast en diep alsof hij verdoofd was.

Pas toen ze hard aan een schouder schudde, sloeg hij zijn ogen op.
'Wat... Wat is er?'
'Daar!'

Een machtige gele poot schoof onder het dekzeil door, hengelde met half uitgeslagen klauwen speels naar de gekruiste houten poten van het veldbed en raakte daarbij verward in een slip van het dunne laken waar Charlotte zich mee toegedekt had. Opeens klonken er meerdere schoten, de poot verdween en rukte het laken met zich mee.

'Simba! Simba!' brulde een stem die niet van een Arabier of een Afrikaan kon zijn.

Op hetzelfde moment kwam het kamp tot leven. Wild geschreeuw was te horen en naast hen riep dr. Meyerwald opgewonden om zijn geweer. Schoten knalden. Mannen brulden. Knuppels suisden door de lucht. Een pijl drong door het tentdoek en trof de blikken petroleumlamp.

'Die verdomde zwarte is in slaap gevallen en heeft het vuur uit laten gaan,' riep dr. Meyerwald buiten. 'Op die lui kun je niet vertrouwen. Een leeuw in het kamp!'

'Het was een leeuwin,' antwoordde de stem van de onbekende, 'en daarbij droeg ze een nachthemd.'

'U hebt nogal reden om grapjes te maken. Waarom hebt u het beest niet neergeschoten? U hebt het toch als eerste gezien?'

'Zeker, alleen hier tussen de tenten was het moeilijk haar te pakken te nemen zonder een mensenleven in gevaar te brengen, dus heb ik in de lucht geschoten om haar te verdrijven.'

Christian had na de eerste schrik zijn geweer gepakt en was daarmee de tent uit gegaan. Charlotte volgde hem naar buiten. Vlak voor haar stonden meerdere mannen die zich heftig gesticulerend met elkaar onderhielden: Arabieren, Afrikanen en daartussen ook twee witten. De één was onmiskenbaar dr. Meyerwald, de ander droeg een hoed met een brede rand en stond met zijn rug naar haar toe.

'Wat een nonchalance van die zwarten,' riep Meyerwald. 'Ik wilde net buiten mijn water weggooien, dat had nog slecht af kunnen lopen.'

De onbekende lachte en draaide daarbij zijn hoofd opzij. Zijn blik viel op Charlotte. Abrupt hield hij op met lachen en staarde haar aan, toen legde hij met een langzame beweging zijn hand op Meyerwalds schouder, schoof hem met dit vriendelijke gebaar opzij en kwam op Charlotte af.

'Mevrouw Ohlsen, wat een onverwachts weerzien.'

Ze had geen idee wie deze bebaarde persoon was die haar zo stralend aankeek en haar hand zo stevig drukte dat ze het bijna uitschreeuwde.

'Herinnert u het zich dan niet?' riep hij. 'We waren reisgenoten op de Bundesrath. Ik was zo brutaal uw nichtje vanaf de stoomboot in het kleine bootje te dragen...'

'Natuurlijk... Wat dom van mij. Het moet door de baard komen dat ik u niet direct herkend heb, meneer Von... Von... Wel, in elk geval kwam u uit Brandenburg.'

'Max von Roden. Tot uw dienst, mevrouw.'

Hij leek teleurgesteld te zijn dat ze zijn naam was vergeten, maakte desondanks een buiging en streek toen over de korte blonde beharing op zijn kin en wangen.

'Dan bent u het geweest die de leeuw bij mijn tent heeft weggejaagd,' ging ze haastig verder om haar onbeleefdheid goed te maken. 'Ik moet u bedanken, meneer Von Roden, wat een geluk dat u toevallig naar het kamp kwam...'

Nu herkende ze zijn glimlach weer. Ongedwongen en vol zelfvertrouwen, zonder opdringerig over te komen en dit keer zat er ook een beetje trots bij. 'Wel helemaal toevallig ben ik niet hier,' bekende hij. 'Gisteren vertelde een koerier me dat hij in Masinde een karavaan had gezien waar enkele Europeanen in meereisden. Dus ben ik 's nachts al weggereden.'

Juist, hij was iemand die snel beslissingen nam. Dat had hij eerder al bewezen door Klara zonder omhaal naar het bootje te dragen. Waarom hij midden in de nacht vertrokken was alleen om een paar Europeanen te zien, was haar niet helemaal duidelijk.

'De karavanen blijven meestal een paar dagen in Moshi om met de Dschagga te onderhandelen,' ging hij opgewekt verder en hij keek om naar dr. Meyerwald. 'Het zou me een oneindig plezier doen als ik u die dagen als mijn gasten zou mogen ontvangen. Mijn plantage is maar zo'n tien mijl van Moshi verwijderd. Sla het alstublieft niet af, ik heb maar zo zelden de gelegenheid landgenoten te verwelkomen en nieuwtjes uit te wisselen. Vooral in de Duitse taal...'

Charlotte twijfelde. Het was een aanlokkelijk aanbod. Een beetje comfort, in een echt bed slapen, een plantage zien. En toch beviel iets eraan haar niet. Misschien was het de overdreven gretigheid waarmee de uitnodiging was uitgesproken, de manier iemand volledig te overrompelen met zijn gastvrijheid. Onzeker hield ze haar mond terwijl dr. Meyerwald al enthousiast instemde en wegliep om zijn vriend Dobner het goede nieuws te vertellen.

'Doet u mij dat plezier, mevrouw Ohlsen?' vroeg Von Roden, die bij haar was blijven staan. Zijn stem klonk nu anders dan daarvoor, zachter, warmer. Hoe kon het haar eerder niet opgevallen zijn dat hij buitengewoon heldere felblauwe ogen had? Ze was bijna blij dat Christian op dit moment tussen de tenten opdook. Het korte geweer over zijn schouder, het verfrommelde laken voor zich uit dragend.

'De leeuwin is het in de bosjes verloren,' riep hij vrolijk. 'Er zijn een paar scheuren in gekomen maar dat kunnen we repareren.'

Hij begroette Max von Roden terughoudend en Charlotte herinnerde zich dat hij deze man al op de stoomboot niet erg had gemogen. Ook de uitnodiging stond hem niet aan. Charlotte had echter bedacht dat hij nog steeds koorts had en op de plantage een beetje zou kunnen herstellen, dus haalde ze hem over mee te gaan.

Na een snel ontbijt braken ze op. Max von Roden werd door drie

Afrikanen vergezeld, die nu net als hun bwana te voet gingen omdat de vier muildieren voor de gasten bestemd waren.

De weg slingerde zich door de savanne, het was niet steil en ze wonnen maar langzaam aan hoogte. De ochtend was nog koel, de mist werd al doorzichtig en rafelde uiteen waardoor het onderste gedeelte van het bergmassief zichtbaar werd, zonder zijn top te onthullen. Von Roden spoorde de muildieren aan met aanmoedigende kreten en door met zijn vingers te knippen. Hijzelf liep met lichte passen over het stoffige pad, rende naar voren, bleef even achter om dan weer zijn plaats aan het hoofd van de kleine stoet in te nemen. Het tempo was ongewoon hoog, nog maar heel af en toe hoorde ze het getrommel en de hoorns van de karavaan die zich achter hen voortbewoog.

Charlotte had eerst van het rijden genoten, vooral omdat zich weer eens bewees hoe praktisch het voor een vrouw was om een broek te dragen. Maar toen Von Roden zich fijntjes lachend tot Christian richtte en opmerkte dat hij hem alleen maar kon feliciteren met zo'n vrouw, kreeg ze een ongemakkelijk gevoel. 'Ze is niet alleen een schoonheid,' had hij gezegd, 'maar ook een uitgesproken verstandig persoon, beste Ohlsen. Voor zo'n reis moet een vrouw mannenkleren aandoen. Bij andere gelegenheden, en daar zijn we het vast over eens, zien we een mooie vrouw liever in vrouwelijker kleren.'

Christian had op deze opmerking alleen met een kort 'zeker' gereageerd terwijl Charlotte het compliment nogal pijnlijk vond. Eén blik op Von Rodens lachende gezicht nam haar verlegenheid echter weg. Er school niets dubbelzinnigs in zijn woorden, hij had gewoon openlijk gezegd wat hij dacht.

Nog steeds liep hun aanvoerder flink door, ook de drie Afrikanen konden goed lopen en Charlotte verbaasde zich over hun uithoudingsvermogen. Waren ze niet 's nachts vertrokken en pas in de ochtend bij Klein-Arusha aangekomen? Ze moesten toch moe zijn na zo'n lange reis en helemaal zonder slaap. Zelf voelde ze het al trekken in haar benen, ze was het rijden niet gewend. Afgunstig keek ze toe hoe Dobner en dr. Meyerwald geanimeerd met elkaar praatten als het pad het mogelijk maakte naast elkaar te rijden. Die twee waren op eerdere reizen vaak te paard onderweg geweest. Ze konden prima overweg met de koppige muildieren en dr. Meyerwald werd niet moe te benadrukken dat hij aan deze manier van voortbewegen, die in zwart Afrika helaas alleen in de hogere gebieden mogelijk was, verre de voorkeur gaf boven het reizen te voet. Ook Christians rijdier voegde zich zonder noemenswaardig verzet naar zijn leiding en Charlotte moest toegeven dat hij geen slecht figuur sloeg in het zadel. Haar eigen muildier was echter van het weerspannige soort. Steeds weer bleef het staan alsof het erop wachtte bevrijd te worden van zijn lastige berijdster en het dacht er niet aan om op haar boze kreten of het schoppen met haar hielen te reageren. Uiteindelijk, toen ze steeds verder achterbleef, schoot Max von Roden haar te hulp en greep het dier resoluut bij zijn halster.

'Je moet een beetje streng voor hem zijn. Hij heeft een eigen willetje, maar als hij zijn meester eenmaal geaccepteerd heeft is het een beestje met veel uithoudingsvermogen en is hij bijzonder slim.'

'Slim is hij zeker. Hij wil mij overhalen af te stijgen omdat het zonder berijdster lichter loopt.'

Von Roden lachte en trok het muildier vooruit om de afstand tot de anderen te verkleinen. Het beest draafde braaf aan zijn hand en haalde geen gekkigheid meer uit.

'Bent u vanmorgen erg geschrokken?'

'Nou, het was de eerste keer dat ik zo dicht bij een leeuw was, ze stond maar een paar centimeter van me vandaan, alleen het tentdoek zat ertussen. En toen zag ik haar poot die ze onder het zeil door stak.'

Geërgerd zag ze hoe hij bij deze beschrijving begon te lachen. Hij bemerkte haar wrevel en nam zijn hoed af om met zijn hand door het verwarde blonde haar te gaan en zette hem toen weer op zijn hoofd.

'Ik denk niet dat u echt in gevaar verkeerde, mevrouw Ohlsen. De roofdieren hebben momenteel meer dan genoeg te eten, pas tegen het einde van de droge tijd, als alle kuddes weggetrokken zijn, verandert dat. Waarschijnlijk was het een jong dier dat uit nieuwsgierigheid het kamp binnenkwam.'

'Nieuwsgierigheid?'

Hij klakte met zijn tong omdat het muildier de gelegenheid te baat nam om langzamer te gaan lopen.

'Ja, echt. Het had alleen gevaarlijk kunnen worden als iemand zijn tent uit gekomen was zonder van het ongevraagde bezoek af te weten. Dan had het katje misschien geloofd zich te moeten verdedigen.'

Het was eigenaardig hoe snel zijn zorgeloze manier van doen op haar oversprong. Geamuseerd keek ze op hem neer, hoe hij zijn gekreukte bruine hoed steeds weer naar achteren in zijn nek schoof om de ruiters en het pad niet uit het oog te verliezen.

'U bedoelt dat toen deze roofkat haar poot in mijn tent stak, ze alleen maar wilde... spelen?'

'Mogelijk.'

'Ach,' zei ze met gespeelde teleurstelling, 'en ik dacht nog wel dat u mijn leven had gered.'

'Wel, dat geloof wil ik u niet ontnemen. De gedachte bevalt me.'

Weer lachte ze. Daarna liep hij zwijgend naast haar, glimlachte voor zich heen en leek in gedachten verzonken. Het viel haar nu pas op hoe fors hij was. Een beetje grofgebouwd, maar onder zijn kleren bevonden zich vast aanzienlijke spieren. Een van die mannen die altijd op hun lichamelijke kracht vertrouwden, kwam daar zijn zelfvertrouwen uit voort? Gelijk daarna viel haar in dat hij door een familieruzie hier terechtgekomen was, blijkbaar beschikte hij ook over een grote portie koppigheid.

'Rijdt u altijd direct naar Klein-Arusha wanneer u hoort dat er

Europeanen met een karavaan meereizen? Ik bedoel, u hoefde alleen maar te wachten tot de karavaan Moshi had bereikt, dat was in elk geval dichterbij voor u geweest.'

Hij wachtte even met zijn antwoord, spiedde naar voren waar eindelijk wat groenigs te zien was dat rondom een kleine, door een smalle beek gevoede plas groeide. De berg wilde zich nog steeds niet helemaal laten zien, witte nevel zweefde boven de hoogvlakte, alleen heel onduidelijk waren een paar bomen te onderscheiden. De slanke stammen waren donker, hun kruinen vervaagden in de mist.

'Niet alle karavanen gaan via Moshi, maar dat was niet de reden. Ik ren in geen geval iedere Europeaan achterna die zich hier in de omgeving laat zien. In dit geval hoorde ik dat er een witte vrouw bij was... Ik had het krankzinnige idee dat het Johanna kon zijn...'

'Johanna is uw vrouw?'

Even kneep hij zijn ogen samen en een schaduw trok over zijn gezicht. Hij schudde zijn hoofd.

'Johanna von Klitzing, mijn verloofde. Ik had bericht van haar gehad en ben naar de kust gereden om haar in Dar es Salaam op te halen, maar ze was niet op de boot en ik ben er tot nu toe nog niet achter wat er gebeurd is.'

'Dat spijt me voor u.'

'Het zal wel snel duidelijk worden en u hoeft zich er geen zorgen om te maken,' zei hij en hij glimlachte naar haar. 'Het doet me in elk geval veel plezier u weer te zien. U en uw man. Nu ben ik heel blij dat u mijn gasten bent.'

Haar gevoel had haar dus niet bedrogen. Ondanks zijn verzekering hoe fijn hij het weerzien vond, had ze hem niet echt geloofd. Eigenlijk moest hij diep teleurgesteld zijn geweest dat hij in Klein-Arusha haar, Charlotte, had aangetroffen terwijl hij op een heel andere witte vrouw had gehoopt. Het was een wonder dat hij nog zo opgewekt was. Het irriteerde Charlotte dat ze niet naar haar intuïtie had geluisterd, die haar aangeraden had de uitnodiging af te slaan die enkel uit verlegenheid uitgesproken was.

Max von Roden had Charlotte en haar muildier intussen aan hun lot overgelaten en zijn plaats aan het hoofd van de groep weer ingenomen. Dit was wel een heel andere manier van vooruitkomen dan het rustige reizen met de karavaan, die vaak ver uit elkaar raakte en steeds weer stilhield omdat verstoringen of hindernissen oponthoud veroorzaakten. Von Roden gunde hun slechts af en toe een pauze, waarvoor hij waterpoelen uitzocht waar de dieren konden drinken en een beetje grazen om de groep reizigers dan weer snel aan te sporen om verder te reizen. 'Als we dit tempo aanhouden, zijn we vanavond op de plantage.' Tegen de middag dacht Charlotte haar benen niet meer te voelen en ze zag aan Christian dat het hem net zo verging.

In de buurt van de Duitse legerpost was een kleurrijke nederzetting ontstaan. Naast de lemen hutten van de inheemse bevolking met hun met stro gedekte daken stonden de typische, snel opgerichte, platte bouwsels waarin Grieken en Indiërs hun waren aanboden. Von Roden vond een rustplaats onder een breed uitgegroeide schermacacia en stuurde twee knechten naar de winkeltjes om thee en fruit in te slaan.

Christian leunde met zijn rug tegen de stam van de acacia en had zijn ogen dicht. Hij zag er uitgeput uit, maar toen ze zijn handen pakte voelden deze koel aan, hij leek geen koorts te hebben.

'Hoe is het met je?' vroeg ze hem zachtjes.

'Ik oefen me in dromen,' antwoordde hij en hij knipoogde naar haar. 'Helaas wil de Kilimanjaro zich niet laten zien, dus ik probeer het met de wolken.'

Ze moest lachen en wreef zijn handen tussen de hare zonder ze te kunnen verwarmen, ze voelde wel dat de aanraking hem goeddeed.

Het vertrek voor de laatste etappe viel iedereen zwaar. Zelfs Von Roden beweerde vermoeide benen te hebben, het was echter nog maar een klein eindje en op de plantage wachtten hun een overvloedige maaltijd en een zacht bed.

Een klein uur voor zonsondergang, na een inspannende rit over smalle paden bergopwaarts, bereikten ze de hoge witgeverfde poort die Von Roden bij de ingang van zijn bezit had laten oprichten. Daarop prijkte het kleurrijk geschilderde wapen van de familie Von Roden: drie rode eikenbladeren op een groen-witte ondergrond. Charlotte was zo uitgeput dat ze alleen nog maar wilde slapen. Zelfs voor de aanblik van de weelderige vegetatie, de zacht glooiende velden en de parkachtige tuin met een vijver in het midden kon ze geen enthousiasme meer opbrengen. Alleen het woonhuis, waar een brede, door acacia's omzoomde laan naartoe voerde, trok haar op magische wijze aan. Een doosvormig gebouw zonder versierselen waar achter de muren hopelijk een zacht bed op haar wachtte.

Zwarte bedienden kwamen hun al tegemoet lopen, begroetten hun bwana en zijn gasten met zichtbaar plezier en begeleidden hen tot aan het woonhuis. Charlotte moest op haar tanden bijten toen ze van haar muildier afsteeg. Haar bovenbenen deden gruwelijk pijn, waarschijnlijk zou ze de volgende ochtend geen stap kunnen verzetten. Ze was blij met de arm die Von Roden haar aanbood om haar over de drempel te helpen.

'U hebt er toch niets op tegen, Ohlsen?' vroeg hij Christian lachend. 'Het is de eerste keer dat een witte vrouw mijn huis betreedt en ik moet absoluut weten of deze hut genade vind in haar ogen.'

Christian was veel te moe om er iets tegen in te brengen. Langzaam en stijf sleepte hij zich achter dr. Meyerwald aan. Dobner kwam als laatste binnen, zo verstrooid dat hij zijn hoofd tegen de deurpost stootte.

'Wel, wat zegt u ervan?' riep Von Roden vol verwachting.

Het eerste wat Charlotte opviel was een piano. Een klein instrument gemaakt van gepolijst bruin hout, het toetsenbord ondersteund door ronde pilaartjes, in de metalen houders staken witte kaarsen. Daarna zag ze een leeuwenvel aan de muur hangen, een prachtige trofee met kop en klauwen waar iedere jager trots op kon zijn.

'Dat ziet er gezellig uit,' liet dr. Meyerwald zich horen. 'Gefeliciteerd, Von Roden. Net als thuis.'

Er werd koffie en zoete limonade aangeboden met daarbij koel water dat de dorstige reizigers gretig naar binnen klokten.

'Sadalla zal u nu laten zien waar u bent ondergebracht, daarna zullen we gezamenlijk de maaltijd gebruiken. De kok is al aan het werk. Als u mij nu wilt verontschuldigen, we zijn toe aan het uitgraven van de plantgaten voor de sisalzaailingen. Ik moet controleren of mijn medewerkers hun werk goed gedaan hebben.'

Aha, ze waren aan het planten en hij vertrouwde zijn arbeiders voor geen cent. Dat verklaarde waarom hij zo'n haast had gehad weer op de plantage terug te keren.

Charlotte had helemaal geen trek, veel liever was ze gelijk gaan slapen, maar ze kon de uitnodiging natuurlijk niet afslaan. De zwarte bediende die Von Roden Sadalla had genoemd, boog diep voor haar. Hij maakte de deur van een kleine zijkamer voor haar open en keek haar vol verwachting aan.

'Mooie kamer. Bwana Roden heeft alles zelf uitgezocht. Veel moeite gedaan zodat bibi tevreden is.'

Ze begreep de vergissing en besloot de zaak direct op te helderen voor er meer misverstanden ontstonden.

'Ik ben niet bibi Von Klitzing, Sadalla. Ik ben bibi Ohlsen. De bwana met de lichte tropenhelm en het kleine geweer is bwana Ohlsen, mijn echtgenoot, begrijp je?'

Onuitsprekelijke teleurstelling tekende zich af op zijn gezicht, hij had duidelijk aangenomen dat de nieuwe meesteres van het huis eindelijk was gearriveerd.

'Bibi Ohlsen,' mompelde hij en hij boog opnieuw, al was het deze keer wat minder diep. '*Karibu*. Welkom.'

Hij trok zich terug en probeerde de krakende deur zo zacht mogelijk dicht te doen. Ernaast in de woonkamer werd gefluisterd en omdat ze al behoorlijk goed Swahili verstond, begreep ze dat Sadalla het nieuws gelijk aan zijn collega's doorgaf. Zuchtend keek ze om zich heen en het onaangename gevoel niet de zo vurig verwachte te zijn, verdiepte zich. Von Roden had deze bescheiden kamer met veel zorg voor zijn toekomstige vrouw ingericht. Waarschijnlijk had het hem weken gekost om de toilettafel, de kast en de mooie stoelen te bemachtigen. Er stond een bedbank in de kamer met een dik opgevuld matras, waarschijnlijk ganzendons, dacht Charlotte. Erop waren dekens uitgespreid en ze liet zich er vanwege haar zere benen kreunend op neerzakken. Een poosje lag ze op haar rug, genietend van het aangename gevoel zich op dit comfortabele bed te kunnen uitstrekken, en ze sloot haar ogen. Niet in slaap vallen, het avondeten was algauw. Voordat ze aan tafel ging moest ze op zijn minst haar handen en gezicht wassen en haar haar doen. Voor dat doel stond er op de toilettafel een blikken schaal met water, daarnaast lag een handdoek en er was zelfs een kam en borstel van bruine schildpad...

'Chakula! Het eten is klaar, bibi Ohlsen. Snel komen alstublieft. De kok heeft heel erg zijn best gedaan.'

Ze werd wakker en had een ogenblik nodig om de slaap van zich af te schudden. Moeizaam kwam ze omhoog, het verdomde muildier innerlijk vervloekend, en ging voor de toilettafel zitten om zich een beetje op te knappen. Ze had kringen onder haar ogen, wat haar helemaal niet beviel, en ze voelde zich een beetje koortsig, wat vast door de inspanning van de lange reis kwam.

De geur van gebraden kip en geroosterde pinda's drong haar kamer binnen en ze hoorde hoe Von Roden en dr. Meyerwald over de Usambaraspoorlijn praatten, die vanaf Tanga tot aan het Victoriameer moest gaan lopen, maar vooralsnog niet erg opschoot.

'De maatschappij schijnt financieel aan de grond te zitten,' zei Von Roden. 'Dan moet het rijk ingrijpen. Ik weet zeker dat ik over een paar jaar mijn oogst via het spoor naar de kust kan vervoeren.'

'U lijkt mij een onverbeterlijke optimist te zijn, mijn beste Von Roden.'

Ze hoorde hem onbezorgd lachen. Toen ze de woonkamer binnenkwam sprong hij op om een stoel voor haar bij te trekken, daarop hief hij zijn glas en verklaarde hoe buitengewoon trots hij was zulke prettige gasten uit het thuisland bij zich te mogen verwelkomen. Christian had Charlotte met een zwak glimlachje begroet en bezorgd gevraagd of ze de rit goed had doorstaan.

'Ik ben een beetje moe en heb behoorlijke spierpijn...'

'Dat gaat weer over...' troostte hij haar.

Ook al was het eten uitstekend en kwamen er zelfs verse sla, wortelen en kool uit de tuin op tafel, de conversatie bleef beperkt tot Meyerwalds monologen, slechts af en toe onderbroken door Von Roden om een eigen ervaring toe te voegen. Charlotte kwam te weten dat hij een gepassioneerd jager was, een geërfde eigenschap van de familie, en dat hij de leeuw aan de muur vanzelfsprekend zelf gedood had en daarnaast nog heel veel andere dieren waarvan je de trofeeën kon bewonderen. Zijn hartstocht voor de jacht wekte niet echt haar sympathie, aarzelend keek ze naar Christian en zag in zijn gezicht dezelfde tegenzin. Het was irritant dat ze niet in dezelfde kamer overnachtten, ze had hem graag onder vier ogen verteld dat ze net zo lief de volgende ochtend al naar Moshi wilde rijden.

Christian stond als eerste op en verzocht zich terug te mogen trekken. Ook dr. Meyerwald verklaarde een flinke portie slaap nodig te hebben en Charlotte haastte zich van de gelegenheid gebruik te maken eveneens welterusten te zeggen. Het leek haast op een vlucht. Ze had bijna medelijden met Von Roden, die net een fles rode wijn had opengemaakt om zijn gasten in te schenken.

'Wel, dan maar tot morgen,' zei hij en hij deed de kurk weer op de fles. 'Tot die tijd blijft de wijn zeker goed.'

Hij sloeg nog een keer met zijn vlakke hand op de kurk en gaf de fles aan zijn zwarte boy.

'Ik hoop dat u tevreden bent met uw onderkomen, mevrouw Ohlsen.'

'Het is een hele mooie kamer, meneer Von Roden. Uw verloofde is te benijden.'

Ze stond al op de drempel om afscheid te nemen, maar zijn glimlach hield haar tegen. Blijkbaar was hij erg blij met deze lof.

'Ja, ik heb er een hoop moeite voor gedaan om ervoor te zorgen dat Johanna zich hier bij mij prettig zal voelen. Kijk eens naar de piano, het vervoer heeft me een vermogen gekost. Hij komt uit mijn ouderlijk huis, mijn moeder heeft erop gespeeld. Ik heb hem met de poststomer naar Tanga laten vervoeren. Daar is hij uit elkaar gehaald en in meerdere pakketten door zwarte dragers hiernaartoe gebracht.'

'En wie heeft hem weer in elkaar gezet?'

'Ik!' zei hij met onverholen trots. 'Dat heeft me een paar weken gekost. En ik heb hem gestemd zodat je er ook echt op kunt spelen.'

O jee, dacht ze. In het geval dat de dame muzikaal is, zal ze waarschijnlijk oorpijn krijgen.

Hij moest haar scepsis opgemerkt hebben want hij sprong overeind en klapte het deksel van het toetsenbord open. Zacht sloeg hij een paar akkoorden aan en tot haar grote verrassing klonken ze zuiver.

'Speelt u piano?' wilde hij weten. 'Ik heb het vroeger met veel hartstocht gedaan. Mijn vingers zijn nu echter stijf, komt door het werk, misschien ook door ouderdom.'

Hij lachte en ze vroeg zich af hoe oud hij was. Dertig? Veertig? Rond zijn ogen vertoonden zich ettelijke rimpeltjes, al konden die ook door wind en zon ontstaan zijn. Hij had iets wat haar aantrok. Meer dan haar lief was.

'Mij gaat het net zo,' bekende ze aarzelend. 'Ik speel nog maar af en toe.'

Ze beet op haar lippen. Had ze nu maar haar mond gehouden want hij liep al naar de kast en trok er een enorm muziekboek uit, gouden letters en een opgedrukte harp versierden de zwarte linnen omslag.

'Vierhandig?' vroeg hij geestdriftig. 'Zullen we het proberen? Maar een paar minuten, zolang de anderen nog niet ingeslapen zijn. Kom, doe me dat plezier. Ik speel de lage partij, dat is makkelijker voor mijn pootjes.'

Hij had al twee stoelen neergezet en haastte zich de kaarsenhouders te ontvouwen en de kaarsen aan te steken. Langzaam kwam ze dichterbij, ging op de haar aangewezen stoel zitten en begon door de muziek te bladeren terwijl de twee boys achter haar de tafel afruimden. Het was een volkomen onzinnig idee op dit late uur nog piano te spelen, maar een paar maten konden geen kwaad.

Het waren stukken voor orkest van verschillende componisten op vier handen ingesteld. Handels 'Halleluja', een deel uit 'Pastorale' van Beethoven, de ouverture van Mozarts 'Zauberflöte'.

'Dat is mooi,' besloot hij. 'Houdt u er ook van?'

Ze stemde in, al maakte het haar niet uit wat ze speelden, de hoofdzaak was dat hij zijn pleziertje kreeg. Met vurige ijver ging hij goed op zijn stoel zitten, zette de muziek nog wat beter neer en keek vervolgens zijn partner van opzij vol verwachting aan. Ze knikte hem toe om in te zetten. Bij het eerste akkoord gingen ze nog niet helemaal samen op en ze fronste haar wenkbrauwen omdat hij te luid speelde, daarop paste hij zich aan, liet haar de leiding nemen en het lukte verbazingwekkend goed.

'Het is alsof je op een wiebelende brug staat,' zei Max von Roden toen de laatste toon had geklonken. 'Overal om je heen zie je ongrijpbare schoonheid, grillige rotsen, watervallen, bloeiende takken. Alleen diep onder de brug raast de stroom met dodelijk geweld.'

Ze zweeg. Hoe oppervlakkig had ze hem beoordeeld. De vrolijke, flink aanpakkende kerel, die overal in leek te slagen waar hij aan begon, had een tweede, meer nadenkende aard.

'Het is al laat,' zei ze verlegen.

'Slaap lekker, mevrouw Ohlsen.'

's Nachts werd ze wakker door hevige koude rillingen. Geschrokken ging ze overeind zitten, stak de petroleumlamp aan en greep naar de waterkan die men voor haar klaargezet had. Haar hand trilde zo erg dat ze het meeste water naast het glas goot. Angst greep haar aan, want ze had de kinine roekeloos in haar reiskoffer gelaten en die bevond zich nu in Moshi bij de karavaan. Moest ze een van de bedienden wekken? Von Roden had zeker kinine in huis. Maar ze schrok ervoor terug midden in de nacht in een vreemd huis rond te lopen en besloot tot de ochtend te wachten.

Het rinkelende geluid van een bel wekte haar. Het lawaai was niet veel aangenamer dan het hinderlijke hanengekraai, erger zelfs, want de zwarte die het begin van de werkdag voor de plukkers inluidde, hanteerde de klepel zonder ophouden. In elk geval voelde ze zich koortsvrij, hoewel een beetje duizelig. Ook de hoofdpijn was weg. Misschien is het helemaal niet nodig om kinine in te nemen, dacht ze opgelucht. Zoals het er nu uitzag had ze de koortsaanval zonder het medicijn overwonnen. Ze ging voorzichtig overeind zitten en wilde haar benen al uit bed zwaaien toen ze plotseling hardop kreunde van de pijn. Ze was de spierpijn helemaal vergeten.

In de woonkamer ernaast zat Christian alleen aan de gedekte tafel en las in een oud tijdschrift. Geschrokken constateerde ze dat ze zich verslapen had. Haar bord was het enige wat nog niet gebruikt was.

'Hoe gaat het met de spierpijn?' informeerde hij en hij legde de krant opzij.

'Die maakt het uitstekend,' mompelde ze. 'Waar zijn de anderen? Mijn hemel, ik heb zo diep geslapen.'

Ook Christian zag er wat gehavend uit. Daarbij kwam dat tijdens de reis een stoppelige donkere baard was opgekomen en ook zijn haar moest nodig geknipt. Hij leek echter in een goede bui te zijn.

'Je hebt niet veel gemist. Dobner is in alle vroegte terug naar Moshi gevlucht en onze vriend Meyerwald heeft na het ontbijt besloten de wegloper achterna te reizen. Von Roden heeft hem zelfs twee zwarte begeleiders meegegeven die hem de weg wijzen en aansluitend de muildieren terug naar de plantage brengen.'

'O jee.'

Dit nieuws trof haar niet als onaangenaam. Eigenlijk was het heel prettig zonder Meyerwalds langdradige voordrachten aan tafel te zitten. Een zwarte bediende kwam binnen om haar koffie en verse maiskoekjes te brengen en ze merkte dat de geur genoeg was om haar misselijk te maken.

'Nee, dank je. Voor mij liever niet.'

Ze dronk wat koffie en knabbelde aan wat koude gierstcake, die haar ook niet smaakte maar in elk geval niet zo sterk naar pindaolie rook. De honingpot die Christian naar haar toe schoof, raakte ze niet aan.

'Voel je je niet lekker?'

'Ik ben nog een beetje slaperig.'

Ze wilde in geen geval dat hij zich zorgen om haar maakte. Deze vervelende misselijkheid zou vast snel overgaan, gewoonlijk kon ze eten wat ze wilde, ze was nooit ziek. Met de koffiekop in haar hand leunde ze in haar stoel achterover om naar het gezang van de plantagearbeiders te luisteren. Ze klonken anders dan de luide, opwekkende liederen van de karavaandragers, zachter, melodieuzer en soms meende ze overeenkomsten te horen met Duitse kerkgezangen.

'Iedereen wordt op een lijst genoteerd en dan trekken ze eropuit met houwelen en spades,' zei Christian zacht. 'Heb je gisteren gezien dat de koffiebomen vol gele bessen zitten? Het lijkt een goede oogst te worden.'

'Ik dacht dat hij alleen sisal wilde aanplanten.'

'De sisalplanten hebben meerdere jaren nodig voordat je ervan kunt oogsten, daarom verbouwt hij voorlopig ook koffie, net als zijn voorganger. De kokospalmen van de Arabieren heeft hij laten kappen...'

Charlotte dwong zichzelf om haar kopje leeg te drinken. Het was wel zeker, dacht ze, dat Christian deze plantage met gemengde gevoelens bekeek. Het was zijn droom geweest iets dergelijks te bezitten, die droom was echter in duigen gevallen.

'Wat vind je ervan als we vandaag tegen de middag vertrekken?' stelde hij voor.

Gisteren was ze nog hetzelfde van plan geweest, maar vandaag twijfelde ze. Ten eerste voelde ze zich nog slap en het vooruitzicht alweer een muilezel te moeten bestijgen was niet erg aanlokkelijk en ten tweede wilde ze Von Roden niet voor het hoofd stoten. Hun gezamenlijke pianospel van gisteren had hen dichter bij elkaar gebracht, ondanks zijn eigenaardigheden was hij toch een beminnelijk, aantrekkelijk mens.

'Of wil je vanavond beslist weer met meneer Von Roden vierhandig pianospelen?'

Christians toon was opgewekt, maar ze hoorde er duidelijk de jaloezie in. Ook al hield haar echtgenoot van muziek, hij was altijd te lui geweest om een instrument te leren bespelen. Von Roden moest hem ongetwijfeld een doorn in het oog zijn. De man bezat geld, een plantage, hij speelde piano, had een adellijke verloofde...

'Het heeft me veel plezier gedaan maar ik hoef het niet per se te herhalen. Als je wilt, rijden we vanmiddag weg, maar mijn spierpijn...'

'Die verdwijnt door het rijden het snelste. In Moshi zullen we onderdak vinden in de post van de Duitse beschermingstroepen. Daar kunnen we een beetje uitrusten. Waarom eet je niets, Charlotte? Je moet op krachten blijven, de rit bergafwaarts zal niet gemakkelijk zijn.'

Met tegenzin smeerde ze honing op de gierstcake en ze dwong zichzelf een paar hapjes te eten. Het koude kippenvlees en de bonen die haar gisteren zo goed gesmaakt hadden kwamen haar nu weerzinwekkend voor. Terwijl ze nog kauwde, hoorde ze Von Rodens krachtige stem die ergens in het huis opdrachten uitdeelde, vervolgens trok hij de deur open en wenste hun goedemorgen.

'Hebt u goed geslapen, mevrouw Ohlsen?'

'Veel te lang. Vergeef me alstublieft dat ik niet op tijd bij het ontbijt verschenen ben.'

Hij lachte en zei dat de vraag op geen enkele manier als verwijt bedoeld was. In zijn huis mocht iedere gast net zolang slapen als hij wilde. Als ze nu goed ontbeten hadden, wilde hij haar en haar man graag uitnodigen voor een korte rit over de plantage en…

'Dat is heel vriendelijk van u,' onderbrak Christian hem met koele beleefdheid. 'Mijn vrouw en ik willen nog voor de middag terug naar Moshi rijden. U moet begrijpen, mijn vrouw heeft een aandeel in de financiering van de karavaan en wil natuurlijk de onderhandelingen met de Dschagga volgen.'

Het teleurgestelde gezicht van Von Roden deed haar meer dan ze gedacht had. En het beviel haar niet dat Christian haar zogenaamde zakelijke interesses gebruikte om zijn eigen zin door te drijven. Nu zou Von Roden aannemen dat dit voortijdige vertrek haar idee geweest was.

Ze moest zich vermannen, misschien was het wel zo goed dat ze nu vertrokken. Ze wenste hem van harte dat zijn verloofde spoedig op de plantage zou aankomen. Het was vreemd dat ze niet op de poststomer had gezeten, hopelijk was ze niet ziek geworden.

Op het moment dat ze korte tijd later het huis verliet, bleef ze volkomen overweldigd staan. Waar had ze gisteren haar ogen gehad? Dit landschap was van een ongrijpbare betovering, een symfonie in lichte en donkere groentinten. De rechthoekige velden met nieuwe aanplant gedijen op de zacht glooiende heuvels, de onrijpe bessen van de koffiestruiken lichtten geel op, de sisalagaven blauwig zilver. Verder naar boven op de steilere hellingen hingen nog tere mistsluiers, daartussen waren lentegroene struiken te onderscheiden waarvan de brede bladeren gracieus in de lichte bries bewogen.

'Daarboven hebben de Dschagga hun bananenplantages,' hoorde ze Von Roden zeggen. 'Het zijn goede tuiniers en weten veel van het bevloeien van de aarde. Ik moet op goede voet met ze blijven, anders blokkeren ze mijn watertoevoer, die kereltjes.'

Hij lachte een beetje grimmig, al scheen hij zijn teleurstelling overwonnen te hebben. Toen Charlotte haar voet in de stijgbeugel zette, pakte hij haar zonder omhaal bij haar taille en tilde haar omhoog zodat ze moeiteloos kon opstijgen. Zijn aanbod om de gasten tot Moshi naar beneden te begeleiden wees Christian met besliste beleefdheid af. Hij zag duidelijk dat Von Roden tot over zijn oren in het werk zat en op zijn bezit dringend nodig was. Een bediende die de weg wist en de muildieren later terug naar de plantage kon brengen, was voldoende.

'Het is jammer dat mijn verloofde nog niet gearriveerd is,' zei Max von Roden toen hij Charlotte zijn hand ten afscheid reikte. 'Jullie hadden elkaar vast gemogen.'

'Kom ons in Dar es Salaam opzoeken, meneer Von Roden, dat zouden we fijn vinden.'

Hij beloofde hun de Inderstraat te bezoeken als hij Johanna in Dar es Salaam afhaalde. Het kon niet lang meer duren. Ze had hem vast en zeker al bericht gestuurd, de post in de kolonie was gewoon wat langzaam.

Christian spoorde zijn muildier aan en Charlottes rijdier volgde zonder aanmaning, zodat aan hun gesprek een abrupt einde kwam. Toen ze zich aan het einde van de acacialaan een laatste keer naar het huis omdraaide, stond Max von Roden nog op dezelfde plek en staarde hen na.

Nadat ze de witte poort en de plantage achter zich gelaten hadden, kronkelde het pad bergafwaarts en ze moest de bewegingen van het muildier met haar lichaam compenseren. Het kostte haar meer moeite dan ze had verwacht. Waarschijnlijk kwam het doordat ze nog steeds last van haar maag had.

'Bibi Ohlsen, kijk naar boven!' riep Juma, de zwarte bediende. 'De berg is in een goede bui, hij heeft de wolken verjaagd, hij wil zich aan ons laten zien.'

Gefascineerd keek ze naar de Kilimanjaro die midden in de hemel leek te zweven. De berg was nu nog duidelijker en groter dan eergisteren doordat ze zich nu dichter bij de top bevonden. Een zwerm vogels, vermoedelijk raven, waren ergens opgestegen en fladderde richting de bananenplantages, hun kleine zwarte lijfjes met de puntige vleugels streken langs de glanzende top en ze hoorde hun raspende geluid.

'Zie je nu je droom weer voor je?' vroeg Christian opgewekt. 'Ik zou haast geloven dat het mij nu ook lukt.'

Een golf van misselijkheid overviel haar waardoor ze niet kon antwoorden. Het geschreeuw van de vogels klonk haar afschrikwekkend hard in de oren.

'Wil je weten wat ik droom, Charlotte? Je zult misschien je hoofd schudden, maar ik zie een plantage voor me en ik weet dat die op zekere dag van ons zal zijn. Je hebt gelijk, zonder droom kan niemand leven.'

Haar muildier maakte een sprong zodat ze zich snel aan zijn manen vast moest grijpen. Vervolgens begon het stomme dier te draven en trok zich niets aan van haar vertwijfelde pogingen om hem langzamer te laten lopen. Ze hoorde Juma roepen dat ze de teugels moest aantrekken, maar die waren haar allang ontglipt. Met beide handen hield ze zich vast aan de manen van het beest. Was dat nog het pad? Takken sloegen tegen haar borst, schampten haar gezicht, rukten de doek van haar hoofd. Ze hoorde een geruis alsof er water in de buurt was en plotseling was ze omringd door bruine gedaantes. Bladvormige speerspitsen leken uit de bosjes omhoog te komen, wit- en roodbeschilderde gezichten, rollende ogen, armen strekten zich naar haar uit, grepen de omlaaghangende teugels van haar geschrokken muildier.

Een loodzwaar gewicht leek op haar te vallen. Ze kokhalsde, gaf over, voelde dat ze uit het zadel gleed en in de diepte stortte. Er kwam geen smak, alleen het gruwelijke gevoel in een bodemloze duisternis te glijden. Haar handen klauwden in het dorre gras, takjes, bruine aarde. De loden last die zich over haar heen gelegd had beroofde haar van haar adem, dwong haar steeds opnieuw over te geven.

'Charlotte!' riep een vertwijfelde stem uit de verte. Haar maag brandde als vuur dat zich razendsnel door haar hele lichaam verbreidde. Kreunend kromp ze in elkaar. 'Charlotte! Nee, laat me! Charlotte!' Maar Charlotte nam niets anders meer waar dan de helse pijn die haar buik als een bankschroef samenperste.

Max von Roden had zichzelf tot de orde moeten roepen, anders was hij nog een hele tijd blijven staan om de drie wegrijdende mensen na te staren. Wat was er mis met hem? Er was veel werk te doen. Boven bij de arbeiders werd gebouwd, daar moest hij de muren nameten met zijn schietlood want de Afrikanen bouwden graag scheef.

Terwijl hij zich naar de bouwplaats haastte, bedacht hij dat hij echt een witte voorman nodig had, beter nog twee, maar het was niet gemakkelijk goede mensen te vinden.

Hij hoefde zijn schietlood niet te gebruiken. Al met het blote oog was te zien dat de pas geplaatste lemen muren behoorlijk naar binnen helden. Er zat niets anders op dan ze af te breken en opnieuw op te bouwen.

Nadat ze gezamenlijk het werk van twee uur hadden neergehaald, hielp hij de zwarten nog een handje en bleef toen even kritisch toekijken. Weer kwam hem onverwachts het beeld van de drie ruiters voor ogen, de licht geklede vrouw in het midden, een goudkleurige doek over haar zwarte haar geslagen. Het stond haar goed, paste bij haar donkere ogen die soms glansden als gouden barnstenen. Gisteravond, toen ze samen pianogespeeld hadden, was hij volledig in de ban geraakt van die ogen. Ze kon ongelooflijk dromerig kijken als ze in de muziek verdiept was. Maar wanneer hij per ongeluk een verkeerde toets aansloeg of een inzet miste, verdween de zachte blik in haar uitdrukking en keek ze hem streng aan... Hij vroeg zich af of ze gelukkig was met haar man. Er leek een donkere wolk op Christian Ohlsen te drukken. Dat was hem op het schip al opgevallen en hij had haar bewonderd om hoe zachtmoedig en zorgzaam ze met hem omging. Ook gisteravond had ze...

'Bwana moet komen. Wortel zit in de grond. Groot en dik als buik van olifant, niemand kan hem uittrekken.'

'Zeg tegen Kapande dat hij een muildier voor me moet zadelen.'

Terwijl hij naar de stallen liep ergerde hij zich aan de arbeiders die in zulke gevallen graag berustten en beweerden dat het onmogelijk was op die plek een plantgat te graven. Toch liet het beeld hem niet los: Charlotte Ohlsen in mannenkleding, rijdend op een muilezel. Hij had zijn handen om haar taille gelegd en gevoeld dat ze een korset onder haar jasje droeg, wat niet zo vreemd was. Het was bepaald opwindend geweest om haar in de hoogte te tillen en haar lichaam te voelen, om wat voor reden dan ook. Misschien kwam het doordat hij zo lang geen vrouw meer in zijn armen had gehad. Hij gaf niets om de zwarte vrouwen, ook niet als tijdverdrijf, zoals veel witten de gewoonte hadden. Hij wilde Johanna trouw blijven, zoals ze elkaar, meer dan een jaar geleden, wederzijds beloofd hadden. Ze kenden elkaar al een eeuwigheid, hadden als kinderen al samen gespeeld.

Op de achtergrond was de Kilimanjaro uit de wolken tevoorschijn gekomen. Een geweldig gezicht, magisch en misschien de reden waarom hij zich uitgerekend hier gevestigd had.

'Bwana Roden! Bwana Roden!'

Hij schrok op uit zijn gedachten en zag een zwarte op een muildier die ongegeneerd over de pas ingezaaide velden reed. Hij wilde net een donderpreek beginnen toen hij Juma herkende.

'Bwana Roden, wees niet boos op Juma... Krijgers zijn met velen als halmen op de velden... niemand weet hoeveel... Speren snijden als messen... stoten in hart... Valt van muildier op de grond... staat niet meer op... Krijgers hebben rode en witte gezichten...

pijlen en bogen... vechten met bwana... Juma is bang. Muildier ook bang en loopt terug naar plantage ... Juma kan het niet tegenhouden.'

Max had genoeg ervaring met de inheemse bevolking om de kern uit het verwarde verhaal te kunnen halen.

'Wie is van het muildier gevallen? Toch niet...'

'Bibi Ohlsen valt van muildier... Juma kan bibi niet helpen. Krijgers staan om haar heen, hebben speren. Scherp geslepen...'

'Dschagga?'

Juma trok zijn schouders bij elkaar en bevestigde de vraag zachtjes. Er waren ook Dschagga op de plantage en hij was bang voor ze. Ze kwamen meestal maar voor een paar dagen om geld voor een mooie doek, een scherp mes of mooie sieraden te verdienen, daarna verdwenen ze weer. Juma had al vaak ruzie met ze gekregen en klappen gehad want de Dschagga verachtten de zwarten die op de plantage woonden.

'Laat me de plek zien waar het gebeurd is.'

Max liet hem staan en rende de paar meter tot de stal, droeg Kapande op nog drie muildieren te zadelen en twee begeleiders op te halen. Daarop stormde hij het huis in om zich te bewapenen. Wat er precies gebeurd was kon hij nog niet helemaal verklaren, maar omdat Juma alleen was teruggekomen en er geen spoor was van de Ohlsens, moest hun iets overkomen zijn.

Juma was behoorlijk geschrokken. Max kon aan hem zien dat hij veel liever op de plantage gebleven was. Hij kreeg pas weer een beetje moed toen hij naast zijn bwana en de drie anderen reed en stootte zijn hakken in de buik van het rijdier. Max maakte haast. Naast dat hij zichzelf verweet dat hij niet met hen mee was gegaan pijnigde hem een onbestemde angst. Charlotte was van haar rijdier gevallen, misschien had ze iets gebroken en lag ze nu hulpeloos en met pijn aan de kant van het pad.

'Hoe zit het met bwana Ohlsen?' vroeg hij aan Juma.

'Juma weet niet precies. Bwana Ohlsen heeft met krijgers gevochten. Is niet bang voor speren. En dan is muildier met Juma weggelopen...'

'Ja, ja, het muildier,' bromde Max boos.

Het pad op deze plek lag diep in de grond verzonken en was door hoge bosjes omzoomd. Bij een scherpe bocht deed het muildier van Max opeens een sprong opzij om de man die plotseling voor hen opdook niet omver te lopen. Christian Ohlsen zag er vreselijk uit. Er stroomde bloed uit een wond op zijn voorhoofd, zijn kleren waren gescheurd en zaten vol vlekken, de tropenhelm was verdwenen. Geschrokken stegen ze af om hem te helpen. Het was maar al te duidelijk dat hij zich met inzet van zijn laatste krachten had voortgesleept. Toen Max en Juma hem onder zijn armen grepen, zakte hij door zijn benen. Voorzichtig lieten ze hem op de grond glijden. 'Von Roden,' stamelde Christian als moest hij erover nadenken wie hij voor zich had. 'Ze is... ze hebben haar... ik kon het niet verhinderen.'

'Wat kon je wie niet verhinderen? Zeg op, man!' riep Max en hij greep hem bij de schouders.

Christian praatte gehaast en gespannen en moest tussendoor steeds weer naar lucht happen.

'De zwarte krijgers. Ze hebben haar meegenomen. Haar muildier is op hol geslagen en heeft haar afgeworpen. Ik hoorde haar kreunen en wilde naar haar toe, maar ze werd omringd door die kerels en toen ik mijn geweer aanlegde vielen ze met z'n allen over me heen. Dat verdomde geweer is niet afgegaan.'

'Wees maar blij, man,' bromde Max. 'Als u een van hen had neergeschoten, was dat uw doodsvonnis geweest.'

De Dschagga hadden Charlotte meegenomen. Dat was duidelijk en het was in elk geval heel slecht nieuws. Mijn hemel, wat zouden ze met haar doen? Hij verzette zich tegen de afschuwelijke beelden die in zijn hoofd opkwamen. Dergelijke dingen gebeurden vaker, maar toch niet uitgerekend met Charlotte?

'Waar zijn ze heen gegaan? Het pad naar beneden?'

Max had niet veel aan Christian. Hij was op de grond gegooid en had voor een poosje het bewustzijn verloren. Toen hij weer bijkwam waren de Dschagga verdwenen en ook Charlotte en de muildieren.

'Daarheen rijden en sporen vinden,' zei Kapande. 'Alleen geesten laten geen sporen na.'

Juma stond zijn rijdier aan Christian af en ging vrijwillig te voet. Hij zat vol wroeging, maar was ook dolblij tijdig ontkomen te zijn. Ohlsen had drie zetjes nodig om in het zadel te komen, uiteindelijk hielp Max hem omhoog terwijl Juma het onrustige muildier bij zijn halter hield.

'U hebt koorts, man. Dat heb ik gisteren al gemerkt. Hebt u kinine ingenomen?'

Christian veegde met zijn arm het bloed van zijn voorhoofd en gaf geen antwoord. In elk geval was de hoofdwond niet ernstig, constateerde Max met een scherpe blik. Een opengebarsten kneuzing door een klap. Waarschijnlijk was hij daardoor nog versuft.

Ze hoefden niet ver te rijden. Op de plek waar de overval had plaatsgevonden kruiste een bergbeek, waar op dit moment niet veel water doorheen stroomde, het pad. De Dschagga waren door de beekbedding naar beneden gelopen en hier op het pad gestuit.

'Daar, bwana.'

Juma had een okergele doek ontdekt die in de bosjes verstrikt was geraakt.

'Die is van haar. Ze heeft hem verloren toen het muildier op hol sloeg.'

Christian pakte de lap stof aan, hield die in zijn handen en bekeek hem met zo'n vertwijfelde blik dat Max medelijden met hem kreeg. Hij was niet erg op deze man gesteld, maar kon zijn bezorgdheid om Charlotte maar al te goed begrijpen.

'Dschagga hebben twijgen en takken afgesneden,' meldde Kapande.

Max had de verse breekpunten aan de gevolgen van het gevecht geweten, maar zag nu dat er kapmessen gebruikt waren.

'Ze hebben een draagbaar gemaakt, bwana. En toen zijn ze bergafwaarts gegaan. Misschien naar Moshi.'

'Moshi?' herhaalde Christian. 'Waarom naar Moshi? Kan hij dat aan de sporen zien?'

Het werd Max duidelijk dat Ohlsen blijkbaar amper Swahili verstond en hij besloot dat het beter was het geval van de draagbaar te verzwijgen. Het kon alleen maar betekenen dat Charlotte ernstig gewond was en noch rijden, noch lopen kon. Hemel, ze zou toch niet doodgaan?

'Ja, bergafwaarts naar Moshi. Het is mogelijk dat de Dschagga op weg waren naar de karavaan om hun ivoor aan te bieden,' zei hij bedachtzaam. 'Misschien hebben ze uw vrouw daar mee naartoe genomen.'

Het was een nogal vaag vermoeden, waar hij zelf niet echt in geloofde, al was het in geen geval onmogelijk. Het kon zijn dat de Dschagga op de dankbaarheid van de witte beschermingstroepen rekenden, die zich zeker in geschenken zou uitdrukken.

'Dan rijden we naar beneden.'

Christian leek weer op te leven. Hij spoorde zijn muildier aan, maar hing zo ver voorover in het zadel dat Max er niet omheen kon zich af te vragen hoe lang hij het op het dier zou uithouden.

'Luister, Ohlsen. Dat heeft zo geen zin. Rij terug naar de plantage, dat is niet zo ver, daar zullen ze u verzorgen. Wij zullen uw vrouw in Moshi vinden en bericht sturen.'

'Ik rij daarheen waar Charlotte is.'

En daarmee verdween hij achter de volgende bocht. Wat een koppige kerel, dacht Max. Maar zou hij niet hetzelfde doen in zo'n situatie? Wat je ook over deze Ohlsen kon zeggen, hij verafgoodde zijn vrouw.

De groep viel uit elkaar. Max moest op Kapande wachten die nog steeds naar sporen zocht. Juma stuurde hij liever terug naar de plantage. Zonder muildier zou hij hen alleen maar ophouden.

'Kapande! Kom, we moeten verder.'

Kapande hurkte in de beekbedding en leek met zijn vingers lijnen in de vochtige bodem te tekenen. 'Ja, bwana, maar we vinden bibi niet in Moshi. Ik zie hier voeten met de tenen naar boven. Twee mannen, drie, vier...'

Dat kon ook betekenen dat een paar van de Dschaggakrijgers zich afgescheiden hadden van de anderen om in de beekbedding weer naar boven te lopen. Vermoedelijk waren ze terug naar hun dorp gegaan.

'Waarom denk je dat we bibi Ohlsen niet in Moshi vinden, Kapande?'

'Hierom, bwana.'

Hij stak zijn vlakke hand uit naar Max. Daarop glinsterde een klein rond voorwerp, een paarlemoeren knoop, nog nat van het water. Dergelijke knopen zaten op haar jasje, dat herinnerde hij zich heel goed.

Max zoog de lucht scherp naar binnen om zijn schrik voor Kapande te verbergen. Ze hadden Charlotte naar hun dorp gebracht, dat was geen goed nieuws. Waarom? Wat waren ze met haar van plan?

Hij twijfelde even en besloot daarop Christian Ohlsen niet terug te roepen. Hij zou zijn twee zwarte bedienden achter hem aan sturen. Misschien redde Christian het tot aan Moshi en dan zou hij er verstandig aan doen zich te laten behandelen door de Duitse militaire arts. Deze beekbedding kon je alleen te voet bestijgen, wat betekende dat ze de muildieren achter moesten laten. Een kracht rovende en daarbij gevaarlijke onderneming. Max had geen idee met welke Dschaggastam hij te maken had en ook wist hij niet wat ze in hun schild voerden. Het enige goede aan de situatie was dat Kapande waarschijnlijk met hen kon communiceren, want hij had een Dschagga als vrouw.

De pijn had haar uitgehold, haar alle kracht ontnomen en pulseerde als een giftige hete stroom door haar aderen. Steeds opnieuw leek een machtige hand haar te grijpen en door elkaar te schudden. Ze voelde hoe haar tanden klapperden en verkrampte haar vingers als om een houvast te vinden. De koude rillingen deden echter met haar wat ze wilden, het was onmogelijk ertegen te vechten. Was dit de dood? Ze was er vlakbij, kon zijn koude aanwezigheid voelen. Gek genoeg was ze niet bang om te sterven. Het waren de beelden die haar angst aanjoegen. De zwartrode gemaskerde gezichten die zich voor haar koortsige blik vreemd verwrongen, uitrekten, hun brede muilen openden, haar met ronde, uitpuilende ogen aanstaarden. Ze bewogen zich in een wilde krijgsdans steeds dichter naar haar toe, raakten haar aan, sloegen naar haar, scheurden de roofdierkaken van elkaar en ze kon alleen aan hen ontkomen door haar ogen weer open te doen. Een vooroverhangende, rijkelijk bebladerde tak, een stukje hemel, een bruine gespierde rug die voor haar bewoog. Dit alles was vluchtig en toch kon ze zich er seconden aan vasthouden om aan de spoken van haar koortsdromen te ontkomen.

Ook geluiden hielpen. Eerst had ze alleen een soort geruis waargenomen als van een sterke stroom water, maar dat scheen uit haarzelf gekomen te zijn en nam nu geleidelijk aan af. Ze hoorde stemmen, maar ze kon echter geen woord verstaan. Een geluid van slagen en suizen leek van een kapmes afkomstig te zijn. Twijgen kraakten, water klokte. Een keer voelde ze koele druppels op haar huid als van een krachtige regen, ze zag een hand die een bos natte bladeren vasthield en haar daarmee besprenkelde.. Ze gaven haar water, ze dronk er dorstig van en gooide het dan gelijk weer eruit. Wanneer ze daarna haar ogen sloot, trok een krijsende draaikolk haar diep in een dreigende duisternis.

Langzaam dreef ze weer naar de oppervlakte van haar bewustzijn, het dreunen ging over in een zacht fluiten, de pijn kwam terug. Om haar heen was schemering waaruit zich glanzende zwarte gedaantes losmaakten, rookslierten dreven om hen heen. Nu rook ze ook de scherpe geur van vuren waarvan ze moest hoesten en waarbij het leek alsof er messen in haar lijf gestoken werden. Een zwart gezicht boog zich over haar heen, het was klein en mager, het oogwit doortrokken met rode adertjes, de pupillen glansden. Boven dit gezicht doemde een tweede, gevlekt gezicht op. De kop van een luipaard. Het was geen koortsdroom. Dit tweeslachtige wezen van mens en dier was een deel van de werkelijkheid. Vier ogen staarden haar aan, twee handen betastten haar buik, uit de menselijke mond kwamen murmelende woorden. De handen leken haar lichaam binnen te willen dringen, stuitten op haar korset en wandelden over haar armen naar haar polsen. Iemand kruiste haar armen voor haar borst, hield haar hoofd omhoog en goot een hete vloeistof naar binnen. Ze slikte wat van het walgelijke, rotte brouwsel door, kokhalsde, wilde overgeven maar iemand drukte haar terug op haar bed en een hand drukte haar mond dicht. Ze vocht, hoestte, slikte, hapte naar lucht en stikte bijna. Weer trokken ze haar omhoog en dwongen haar nog een slok van de stinkende brij te nemen. De kwelling hield niet op en ten slotte maakte het haar niet meer uit. Ze dronk het spul tot en met de laatste druppel in de hoop dat ze haar dan met rust zouden laten. Vreemd genoeg had haar maag hetzelfde besluit genomen, want hij hield op met rebelleren, zelfs de pijn nam af en toen ze eindelijk van haar afbleven, viel ze in een droomloze halfslaap.

'Hij wil weten of ze jouw bibi is.'

'Zeg tegen hem dat ze... de bibi van een vriend is.'

Charlotte hoorde de zinnen, maar kon ze niet goed plaatsen. Ze zwom in een zachte warme vloed, dreef willoos met de stroom mee en het gevoel was zo aangenaam dat ze in geen geval wilde dat het ophield.

'Hij vraagt waar je vriend is, waarom hij zelf niet komt.'

'Zeg tegen hem dat mijn vriend ziek is en ik daarom in zijn plaats kom.'

De stroom werd onrustig en het fijne gevoel van zachtjes wegglijden ebde weg. Kleine golven sloegen over haar buik, afgebroken twijgen dreven voorbij en stootten tegen haar lichaam. Het waren de vele stemmen die haar rust verstoorden, daarbuiten praatten meerdere mensen door elkaar, een onverstaanbaar geklets waarvan ze af en toe een zin verstond.

'Het stamhoofd zegt dat hij de witte vrouw wil houden als ze niet van jou is.'

Plotseling droogde de zachte vloed die haar gedragen had op en liet haar achter op het harde oevergrind. Het drong tot haar door dat men het mogelijkerwijs over haar had, de stemmen kwamen haar bekend voor.

'Zeg tegen hem dat haar man mijn gast en mijn broeder is. Ik handel in alles alsof ze mijn eigen bibi is.'

Dat was Von Roden die daarbuiten aan het onderhandelen was. Charlotte deed haar ogen open en probeerde in het schemerige licht iets te onderscheiden. Waar was ze? Haar maag brandde, haar hoofd deed pijn en als ze probeerde overeind te gaan zitten werd ze zo duizelig dat ze direct weer ging liggen.

'Het stamhoofd wil haar niet aan je geven, bwana.'

'Waarom niet? Wat wil hij met een witte bibi? Zijn de Dschaggavrouwen niet meer goed genoeg voor hem? Zijn ze lui of lelijk? Brengen ze geen zoons meer ter wereld?'

'Niet boos zijn, bwana, anders doden ze ons.'

'Vertaal wat ik gezegd heb, verdomme.'

Weer hoorde ze woorden in een onbekende taal en langzaam begon ze het te begrijpen. De val van het muildier, het vreselijke kokhalzen, de koorts, de gemaskerde geesten. Ze bevond zich in een eenvoudige ronde hut, er brandde een vuurtje waarvan de rook nu kaarsrecht omhoog naar het dak steeg en door een klein gat verdween. Een vrouw hurkte op enige afstand van haar op de grond en had haar rug naar haar toegekeerd. Ze had de lange bananenbladeren die voor de ingang hingen een beetje opzijgeschoven om naar buiten te kunnen gluren.

'Het stamhoofd zegt dat hij met zijn bibi tevreden is. Wil witte bibi toch houden. Als je vriend zijn bibi terug wil hebben, moet hij een prijs betalen.'

'Aha,' zei Von Roden in het Duits. 'Zo hangt de vlag erbij.'

Charlotte deed een tweede poging rechtop te gaan zitten, dit keer langzaam en voorzichtig. Even draaide alles om haar heen, toen werd het beter. Ze steunde op haar handen en merkte dat haar armen trilden, zo zwak waren ze. Nog nooit had ze zich zo hulpeloos gevoeld, ze kon niet eens zitten, hoe moest ze hier in hemelsnaam wegkomen?

'Het is niet verstandig dergelijke eisen te stellen,' hoorde ze Von Roden in het Swahili waarschuwen. 'De Duitse soldaten beneden in Moshi zullen komen om de witte bibi te bevrijden. Dan zal het stamhoofd misschien al zijn land en veel krijgers verliezen.'

'We zijn in een Dschaggadorp, Bwana. Veel speren op ons gericht.'

'Zeg het, Kapande.'

Het eindeloze gepraat ging maar door en Charlotte liet zich terugvallen omdat haar armen dienst weigerden. Hijgend lag ze op de harde grond en voelde de paniek in zich opwellen. Op hetzelfde moment werd ze zich ervan bewust dat haar kleren verdwenen waren. Ze hadden haar uitgekleed, ze had geeneens een hemd meer aan, alleen een stoffige rode lap stof bedekte haar lichaam.

'Het stamhoofd wil over de prijs onderhandelen.'

'Ik betaal geen prijs, verdomme. Ik eis de witte bibi terug die hij heeft ontvoerd. Waar is ze?'

Weer hoorde ze vreemde klanken. Dit keer kwam het antwoord sneller. Vermoedelijk speelde de vertaler zijn eigen spelletje.

'Hij zegt dat ze veel problemen met haar hebben gehad. Medicijnman is bij haar geweest. Bibi is ziek.'

'Ik wil haar zien!'

Dwaas genoeg schrok ze van Von Rodens strenge eis. Hij mocht haar in geen geval zo zien, helemaal smerig, met verward haar en

317

daarbij naakt, alleen door een kleine doek bedekt.

De lange bananenbladeren voor de uitgang van de hut ritselden en de vrouw week haastig achteruit toen een hand het bladergordijn opzijschoof. Licht viel naar binnen en verblindde Charlottes ogen, maar ze herkende Max von Roden die gebukt naar binnen kwam.

Haar naaktheid scheen hem niet op te vallen. Hij knielde naast haar neer en glimlachte haar bemoedigend toe.

'Wees niet bang, mevrouw Ohlsen. Ik haal u hieruit.'

Ze probeerde zijn glimlach te beantwoorden, al pakte het armzalig uit.

'Hebt u iets gebroken?' vroeg hij en hij liet nu toch zijn blik over haar lichaam dwalen.

'Ik geloof het niet... Het is eerder een koortsaanval... Waar is mijn man? Zit hij hier ook gevangen?'

'Gelukkig niet. Hij is naar beneden, naar Moshi gereden om naar u te zoeken.'

'Het spijt me vreselijk dat ik u zoveel last bezorg.'

Hij schudde zijn hoofd en legde kalmerend een hand op haar blote schouder. 'Praat geen onzin, het is allemaal mijn schuld, ik had met u mee moeten gaan. Maar vertrouw me, over een paar uur ligt u in een knus bed en kunt u bijkomen van de schrik.'

'Ik kan niet eens lopen.'

'Dat zal onze minste zorg zijn,' antwoordde hij opmonterend, en hij kwam overeind en ging weer naar buiten.

Direct daarna kropen twee vrouwen de hut in met een kalebas en een behoorlijk vieze, eveneens rode lap stof en gingen met haar bezig. Ze praatten tegen haar, gaven haar te drinken en hielpen haar overeind te komen. Charlotte was te zwak om zich te verweren, ze liet toe dat ze haar in de doek wikkelden en haar toen weer op de grond zetten. Ze voelde zich nog steeds niet lekker, alles draaide en het holle gevoel, de voorbode van koorts, kondigde zich opnieuw aan. Wat voerden die vrouwen met haar uit? Ze droegen hun haar kortgeschoren en leken Charlottes lange lokken maar vreemd te vinden. Ze pakten haar haar met hun handen beet en lachten, toen ging eentje weg en kwam terug met een pot lichtbruine prut waarmee ze Charlottes haar insmeerden en daarna kleine vlechtjes maakten. Ze liet hen begaan en dronk dorstig van het heldere bergwater. Wat voor duivels goedje hadden ze haar toch te drinken gegeven dat haar maag inderdaad tot rust was gekomen? Buiten werd levendig onderhandeld. Het was geen prettig gevoel dat zij de waar was waarover gemarchandeerd werd. 'Geen sprake van!' hoorde ze Von Roden woedend roepen. 'Het stamhoofd wil witte bibi niet teruggeven als je weigert, bwana.' O god, wat verlangden ze toch van hem? Geld? Geschenken? Wapens? Ja, natuurlijk. Ze wilden vast geweren en munitie hebben, die waren beter dan hun speren. Ze zou het Von Roden moeten vergoeden, als ze dat al kon. Het maakte ook niet uit, zolang ze maar snel uit deze verdomde stinkende hut wegkwam.

De twee vrouwen hadden al een deel van haar haar ingevlochten toen men het buiten eindelijk eens werd. Het bladergordijn werd opzijgeschoven en ze zag een beschilderde krijger, niet al te lang, maar met aanzienlijke spieren in armen en benen. Was hij het stamhoofd? Hij bekeek haar en leek niet helemaal tevreden met haar uiterlijk. Een van de vrouwen moest een geborduurde band die ze om haar hoofd had gewonden opofferen, de andere deed Charlotte een lange ketting om. Het was heel zeker een waardevol sieraad want het koperdraad was heel kunstig tot kleine, in elkaar grijpende schakeltjes gevlochten. Op het moment dat de vrouwen haar de hut uit leidden besloop haar het dwaze gevoel getooid te zijn als een bruid en ze vroeg zich af of ze zich mogelijk alles alleen maar inbeeldde.

Von Roden wachtte op haar met een onbeweeglijk gezicht, alleen zijn mondhoeken trokken een beetje toen hij een korte blik op haar wierp. De vrouwen lieten Charlotte los, die ogenblikkelijk in elkaar zakte. Snel sprong Von Roden naar haar toe om haar te ondersteunen.

'U kunt me toch niet de hele weg dragen...'

'Alleen tot aan het punt waarop het pad breder wordt, vanaf daar rijden we verder.'

Haar vertrek werd met triomfantelijk gejuich en jubelkreten begeleid zodat Charlotte zich benauwd afvroeg wat Von Roden wel voor haar betaald moest hebben. Ze had haar armen om zijn hals geslagen om het gewicht voor hem wat te verlichten terwijl hij snel het pad af rende en haar zachtjes verzekerde dat ze zich geen zorgen hoefde te maken, hij zou haar heus niet laten vallen.

Zo gauw de omstandigheden het toelieten, tilde hij haar voor zich op zijn muildier en hij fluisterde tijdens de ongemakkelijke rit steeds opnieuw in haar oor dat ze snel op de plantage zouden zijn. Ze reageerde nauwelijks. De koorts was weer gestegen en zijn arm, die hij stevig om haar middel geslagen hield, bezorgde haar helse pijn. De weg terug naar de plantage scheen haar een eeuwigheid te duren.

'Wacht! Zeg het nog niet tegen haar. Ze is nog te zwak.'

'Zoals u wilt.'

Charlotte deed haar ogen open en zag een kleurig gedessineerd gordijn waarachter zich blinkend de rechthoekige vorm van een raam aftekende. Ze had geen idee hoe ze in deze kamer terecht was gekomen, wist niet hoelang ze had geslapen. Het was in elk geval Johanna's kamer, de ruimte die Von Roden voor zijn verloofde had ingericht.

De deur ging met een ruk open en een in het wit geklede man kwam binnen. Hij droeg een uniformjasje met glimmende knopen en hield een tas in zijn hand. Een weelderige snor sierde zijn ronde gezicht, terwijl zijn donkerblonde haar al behoorlijk dun was.

'U bent al wakker? En ik was nog wel bang u uit uw slaap te moeten rukken.'

Onbekommerd trok hij een stoel bij haar bed, ging zitten en greep haar pols om haar hartslag te voelen. Hij stelde zich voor als dokter Brooker, momenteel gestationeerd in Moshi. Meneer Von Roden had hem laten halen omdat hij zich zorgen om haar maakte. Hij had beslist de indruk dat ze aan de beterende hand was. Haar polsslag was wat snel, had ze pijn? Voelde ze zich misselijk? Had ze diarree?

'Op het moment niet.'

Hij praatte zonder onderbreking terwijl hij een ooglid omhoogtrok, haar tong bekeek en overal op haar buik drukte, weliswaar zonder het hemd dat ze aanhad en nooit eerder had gezien, omhoog te doen. Ten slotte klapte hij zijn tas open en haalde tussen allerlei bruine flesjes, lavementen, bloedzuigers, messen en tangen een koortsthermometer tevoorschijn die hij in haar mond stak.

'Mijn hemel, uit de beschrijvingen op te maken was ik al bang een geval van cholera bij de hand te hebben. Wat hebt u gegeten voor u moest overgeven? Hebt u water uit een beek of poel gedronken? Nee? Nou, u hebt echt geluk gehad dat Von Roden zo'n vastberaden kerel is, anders had dat Dschaggastamhoofd u vast in zijn harem opgenomen.'

Hij pakte de thermometer, hield die in de hoogte en kneep zijn ogen samen om het peil in het kwikzilverbuisje nauwkeurig af te kunnen lezen.

'Dat ziet er goed uit, jongedame. Eigenlijk had ik wel in Moshi kunnen blijven.'

'De Dschagga hebben me een vloeistof te drinken gegeven, een geneesmiddel geloof ik. Daarna voelde ik me veel beter.'

'Ach wat. Von Roden heeft u kinine gegeven, waarschijnlijk heeft dat uiteindelijk gewerkt. En natuurlijk slaap. U moet goed eten, dan bent u in één, twee dagen weer beter. Maar voordat u zich onder de mensen begeeft, moet u wel iets aan uw haar doen. Op het moment ziet u eruit als een Dschagga.'

Hij lachte uitgebreid om zijn eigen grapje. Vermoedelijk hoorde deze vrolijkheid bij zijn beroep, je kon makkelijker met zieken omgaan als je ze aan het lachen maakte. In Charlottes geval wilde het hem niet echt lukken. Ze schrok toen ze aan haar haar voelde. De kleine vlechtjes bij haar slapen en op haar achterhoofd waren stijf, de droge leem brokkelde eruit, waarschijnlijk had ze het beddengoed daarmee geruïneerd.

'Over een paar dagen... zoals gezegd... U maakt goede vooruitgang. Het was me een genoegen. Als u naar Moshi afdaalt, sta ik natuurlijk tot uw beschikking. Hetzelfde geldt voor de officieren en de mensen van de missie. Onze Duitse landgenoten genieten overal krachtige ondersteuning.'

Hoelang lag ze hier eigenlijk al? Een dag? Langer? Naast het bed had men een omgedraaide kist als nachtkastje neergezet. Daarop stonden een kan limonade, meerdere bekers en twee bruine flesjes. Ze kon zich vaag herinneren dat een zwarte vrouw haar overeind had laten zitten om haar een drankje te geven. Met zachte, vaardige handen had ze de beker tegen haar mond gezet en daarbij zachtjes tegen haar gepraat als was ze een ziek kind. Had zij haar ook dit vreemde hemd aangedaan? Het was van wit katoen, had lange mouwen, een knoopsluiting en... het was een mannennachthemd!

In de naastgelegen ruimte praatten dokter Brooker en Von Roden met elkaar, maar ze spraken met gedempte stemmen zodat ze nauwelijks iets kon verstaan. Een onbehaaglijk gevoel bekroop haar. Had de dokter niet gezegd dat ze binnen een paar dagen weer helemaal gezond zou zijn? Waarom fluisterden ze dan alsof er een zwaar zieke in de kamer ernaast lag?

Een zwarte bediende met een dienblad in haar handen kwam de kamer binnen. Ze zag er betoverend uit: haar volslanke figuur was gehuld in een wijd blauwrood gedessineerd gewaad en een weelderige, ingewikkeld gedraaide tulband van dezelfde stof bedekte haar haar.

'Bibi Ohlsen heeft heldere ogen. Nu kan ze eten. Veel eten. Hamuna heeft lekkere kippensoep en groente voor je.'

Ze schoof de spullen op het nachtkastje aan de kant en zette een kom neer waaruit een verleidelijke geur opsteeg. Charlotte merkte dat ze trek had, een goed teken.

'Veel eten,' zei Hamuna tevreden terwijl Charlotte haar soep oplepelde. 'Ik breng je nog maiskoekjes en bananenmoes. En knollen uit Uleia die bwana Roden in tuin heeft geplant. Zijn goed, maar bakbananen beter voor Hamuna.'

'Heeft bwana Roden aardappels uit Europa geplant?'

'Aardappel.' Ze knikte. 'Groen kruid met giftige bessen, alleen knollen eten. Zijn lekker.'

Charlotte maakte de kom leeg, liet zich toen weer tegen het hoofdkussen vallen en deed haar ogen dicht. Het was fijn om in deze mooie kamer te liggen en verzorgd te worden, de dingen op hun beloop te laten, zich nergens zorgen over te hoeven maken. Hoelang was dat wel niet geleden? Sinds de dag dat Christians bedrijf failliet ging had ze altijd sterk moeten zijn, had de beslissingen en de verantwoordelijkheid voor Christian en Klara genomen, de winkel opgebouwd en geld verdiend. Klara, haar lieve kleine Klara. Plotseling overviel haar een intens gevoel van heimwee naar haar jongere nichtje en ze voelde dat de tranen over haar wangen rolden. Het moesten haar zenuwen zijn. Het ging vast en zeker goed met Klara. Ze runde de winkel met behulp van Kamal Singh en ze werd ook ondersteund door de missie, vooral door dominee Peter Siegel…

Er was iemand bij de deur, vermoedelijk Hamuna die de maiskoekjes kwam brengen. Charlotte veegde vlug haar tranen weg, haar vriendelijke verzorgster hoefde niet te zien dat ze gehuild had. Het was echter niet Hamuna die de kamer binnenkwam, maar Max von Roden.

Hij kwam ongewoon zorgelijk op haar over, bijna bedrukt, en opnieuw vroeg ze zich af of de overdreven goedgehumeurde arts iets voor haar verzwegen had. Was deze verbetering slechts van korte duur? Had ze een ongeneeslijke ziekte opgelopen? Toen hij haar blik gewaarwerd, veranderde Von Rodens gezichtsuitdrukking en hij lachte haar opbeurend toe, wat haar wantrouwen alleen maar bevestigde.

'Uitgeslapen?' vroeg hij schertsend en hij trok een stoel bij. 'De dokter zegt dat je algauw weer helemaal beter zult zijn. Dat is godzijdank een goed bericht. Ik heb me zorgen gemaakt.'

Als hij inderdaad tegen haar loog, dan ging het hem heel goed af. Dat had ze eigenlijk niet van hem verwacht, hij was haar altijd voorgekomen als iemand die zei wat hij dacht.

'Onkruid vergaat niet, zoals ze bij ons in Leer zeggen. Ik ben u oneindig dankbaar...'

'Daarvoor is geen reden, mevrouw Ohlsen. Het is allemaal gebeurd door mijn lichtzinnigheid. Ik had met u mee moeten rijden.'

'Hoe kunt u zoiets ook maar denken? Hoe had u kunnen weten dat de Dschagga ons zouden overvallen? Het was gewoon pech. Het noodlot zo u wilt.'

Hij haalde diep adem alsof hij zich van een nare gedachte moest bevrijden en lachte toen zwakjes.

'Ja, dat had natuurlijk niemand kunnen voorzien. En daarbij hebben die knapen ook nog twee muildieren gehouden, net als uw kleren. De vrouwen van het stamhoofd wilden ze niet teruggeven, ze waren helemaal verrukt van uw spullen.'

Ze bloosde bij de gedachte in welke toestand hij haar in de hut gezien had.

'Nou,' zei ze met een verlegen lachje. 'Ik hoop dat u niet al te veel voor me moest betalen.'

'Nou,' zei hij ook en hij schraapte zijn keel. 'De prijs was niet echt laag, maar ik zou voor u nog veel meer hebben betaald.'

'Ik zal het u natuurlijk vergoeden.'

'Daar is het laatste woord nog niet over gesproken,' weerde hij af.

'U hoeft mij niets te vergoeden, dat zou nog mooier zijn.'

'Ik sta erop.'

'Niets aan te doen. Ik heb het mezelf op de hals gehaald en ik zal het ook zelf oplossen. De hoofdzaak is dat u snel weer gezond bent.'

Hij had weer dat zelfbewuste opmonterende glimlachje op zijn lippen, dat wat gemaakt op haar overkwam. Probeerde hij haar daadwerkelijk te misleiden? Ze besloot de zaak tot op de bodem uit te zoeken. 'Het bevalt me niet zo van u te profiteren,' zei ze daarom verlegen. 'Vooral omdat ik morgen alweer een beroep op uw hulp moet doen. Ik wil naar Moshi afdalen. Ik voel me goed en wil in geen geval het vertrek van de karavaan missen. Zoals mijn man al zei, ook mijn geld zit in deze handel.'

Hij fronste zijn voorhoofd en maakte een afwerend gebaar.

'Laat dat maar uit uw hoofd, mevrouw Ohlsen. De karavaan is allang weg. De dokter heeft uw koffer meegebracht en ook wat andere persoonlijke dingen die u de komende dagen nodig hebt. Ik zal uw spullen gelijk laten brengen.'

'Dat was heel vriendelijk van dokter Brooker, ik wil u alleen in geen geval dagenlang tot last zijn. Vooral ook omdat mijn man beneden in Moshi op mij wacht en zich zeker zorgen om mij maakt.'

Hij sprong zo haastig overeind dat de stoel zou zijn omgevallen als hij niet met een snelle reflex de leuning had gepakt.

Met gedwongen kalmte zei hij: 'Ik haal nu uw bezittingen en Hamuna zal u helpen alles op orde te brengen. Al het andere zal zich uitwijzen. Gelooft u mij, u hebt nog enkele dagen zorg en veel rust nodig. U moet in geen geval morgen op een muildier klimmen.'

Nu wist ze het zeker. Er was een schaduw. Duister en dreigend breidde die zich uit in de kamer, versluierde de glanzende rechthoek zonlicht achter het gordijn, slokte het gezang van de arbeiders op de velden op.

'Wacht!'

Hij had de deurklink al in zijn hand, maar op haar kreet verstarde hij beweginloos als een betrapte dief.

'Ik ben geen klein kind, meneer Von Roden. Zeg me de waarheid, ik voel dat u iets voor me verbergt.'

Oneindig langzaam draaide hij zich naar haar om, de deurklink hulpzoekend omklemmend. In zijn blik lag diep medelijden. 'Uw man bereikte ternauwernood Moshi,' zei hij hees. 'Mijn mensen hebben hem meteen naar de militaire post gebracht, men kon echter niets meer voor hem doen.'

Ze begreep er niets van. Wilde het niet begrijpen. Over wie had hij het eigenlijk? Christian was in Moshi. Daar waren artsen die hem konden behandelen, daar was hij in veilige handen.

'Hij stierf nog dezelfde nacht,' hoorde ze Max von Rodens doffe stem zeggen. 'Dokter Brooker heeft me uitgelegd dat het de zwartwaterkoorts was. De malaria heeft zijn nieren geruïneerd. Hij moet het al een tijd bij zich gedragen hebben. Het is een wonder dat hij in zijn toestand de ontberingen van een karavaan aangegaan is.'

Ze kon niet helder denken. Christian had pas nog naast haar gereden, ze hadden samen naar de witte top opgekeken en hij had gezegd dat hij... Wat had hij gezegd? Dat hij nu weer een droom had. Een plantage. Hij had zo heel graag een plantage willen bezitten.

'Ik wil naar hem toe! Ik wil hem zien!' bracht ze uit. 'Ik geloof het niet als ik hem niet eerst gezien heb.'

Ineens knielde Von Roden naast haar bed en sloeg zijn armen om haar heen, hield haar dicht tegen zijn borst gedrukt alsof hij moest verhinderen dat ze iets heel raars zou gaan doen.

'Ik wilde het je nog niet vertellen,' mompelde hij. 'Niet voordat je weer helemaal beter was. Mijn god, ik weet hoe zwaar dit bericht voor je is. Ik ben nu eenmaal een slechte leugenaar en nu is het eruit. We zullen samen naar beneden gaan als het beter met je gaat.'

Ze was als versteend en merkte niet eens dat hij haar zacht heen en weer wiegde en over haar geklitte haren streek.

'Ik ga nu op weg. Niemand houdt me tegen... Ik moet... hem ten minste... nog één keer zien.'

'Natuurlijk,' zei hij zachtjes en hij drukte haar hoofd tegen zijn schouder. 'Dat begrijp ik. Dat begrijp ik heel goed. Het is alleen...

Ze hebben hem vanmorgen vroeg begraven. Het is te warm om daar al te lang mee te wachten.'

Als verdoofd verstijfde Charlotte tegen zijn borst. Christian was dood en al in Afrikaanse aarde begraven. Ze kon niet eens meer afscheid van hem nemen. In haar hart voelde ze een diepe, donkere pijn die zich langzaam door haar hele lichaam verspreidde.

'Laat me alleen, alstublieft,' mompelde ze uiteindelijk en ze maakte zich van hem los. 'Ik red me wel.'

De volgende ochtend verscheen ze met gewassen haren en volledig gekleed in de woonkamer waar Von Roden en dokter Brooker moeite deden hun gesprek bij het ontbijt zo zachtjes mogelijk te voeren. Beide mannen keken haar verrast aan. Dokter Brooker begroette haar uitbundig en beweerde dat vrouwen het echte sterke geslacht waren. Max von Rodens gezicht stond ernstig. Er was niet voor haar gedekt, wat onmiddellijk alsnog werd gedaan.

'Als u er niets op tegen heeft, zou ik graag samen met u naar Moshi reizen,' zei ze tegen dokter Brooker. 'U vertrekt toch zo meteen?'

Zijn opgewektheid nam wat af en hij wierp Von Roden een vragende blik toe. Daarop besloot hij een welwillend lachje op te zetten.

'Beste jongedame! Ik begrijp uw verdriet, maar uw man is nu eenmaal dood en begraven. Hij heeft er niets meer aan als u bij deze rit uw hals breekt. U bent nog te zwak.'

'U wijst mijn verzoek dus af?'

'Dat doe ik met tegenzin, als arts moet ik u echter aanraden...'

'Laat maar,' zei Von Roden kortaangebonden. 'Ik zal mevrouw Ohlsen zelf begeleiden en wanneer u wilt kunt u zich bij ons aansluiten.'

Dit beviel haar helemaal niet. Ze wilde niet dat hij om haar zijn werk liet liggen. Misschien was er nog een andere reden voor haar onbehagen, maar daar wilde ze niet over nadenken. Ze wilde sowieso niet nadenken, de nacht was al erg genoeg geweest. Ontelbare herinneringen waren naar boven gekomen, mooie en vreselijke, blije en ongelukkige. Christian was dood, jammerlijk gestorven in dit land waar zij hem zo hoopvol naartoe had gebracht. Verrast stelde ze vast dat ze zich heel goed hield op de muilezel. Misschien kwam het doordat ze haar aandacht helemaal op de rit richtte om maar niet te hoeven nadenken. Ze herkende de plek waar haar rijdier op hol was geslagen, de plek waar zij, door elkaar geschud door ziekte, gevallen was. Ze zag de afgekapte takken, de beekbedding waardoor ze haar omhooggedragen hadden. Max von Roden liet dokter Brooker en twee van zijn bediendes vooruitrijden en bleef zelf steeds vlak achter haar. Ze voelde zijn oplettende blik in haar rug, voelde dat hij bezorgd om haar was en haar te hulp zou schieten als ze een zwakteaanval kreeg. Ze voelde ook nog iets anders: een wederzijdse aantrekkingskracht die op die avond bij de piano Christians jaloezie gewekt had en waar ze nu verdrietig om was.

De aangename temperatuur van het plantagegebied was allang in drukkende hitte overgegaan, rood stof bedekte ruiters en muildieren tegen dat ze de militaire post in Moshi bereikten.

Kapitein Johannes en zijn officieren ontvingen de weduwe van de overleden Christian Ohlsen met alle hartelijkheid, helemaal zoals dokter Brooker voorspeld had. Men condoleerde haar op fijngevoelige wijze, betreurde het ten zeerste dat haar echtgenoot, zoals zovelen, als moedige pionier in de Duitse kolonie om het leven was gekomen. De kapitein vertelde terloops dat nog in het afgelopen jaar twee ongelukkige missionarissen van de missie uit Leipzig door de Dschagga bij de Meruberg in de rug aangevallen en vermoord waren. Ze had echt het grootste geluk gehad het er levend vanaf te hebben gebracht.

'Dit land vraagt bittere offers van ons allen.'

Charlotte huiverde bij deze opmerking. Ze informeerde naar het graf van haar man en kreeg te horen dat het zich in de buurt van de missiepost van Leipzig bevond. Men zou haar daarheen begeleiden, nadat ze gezamenlijk een hapje hadden gegeten. Haar reisgenoten, de heer Anton Dobner en de heer dr. Meyerwald waren ook aanwezig. Beiden hadden besloten de karavaan te verlaten om de jonge mevrouw Ohlsen bij te staan.

Ondanks haar ontroering over de solidariteit van haar metgezellen had Charlotte weinig zin in een uitgebreide gezamenlijke maaltijd. Haar zenuwen waren vooral niet opgewassen tegen de uitvoerige monologen van dr. Meyerwald.

'Kom,' zei Max von Roden, die gezien had hoe het haar te moede was. 'Ik ga met u mee, de missiepost is niet al te ver weg.'

Ze wierp hem een dankbare blik toe. Te voet verlieten ze de militaire post, volgden een pad door verdroogde velden, langs tamarinden en schermacacia's, waartussen hier en daar wat hutten stonden, snel in elkaar getimmerde schuurtjes van hout en met een golfplaten dak. De meeste waren winkeltjes die door Indiërs gerund werden.

De missiepost bleek een eenvoudig lemen gebouwtje te zijn waaraan je kon zien dat het een tijdelijk onderkomen was. Naast het huis was een tuin aangelegd waarin sla, wortels en koolplanten tegen de droogte vochten. Ook waren er wat bomen geplant. De missionaris was een slanke jonge man. Op het moment dat hij Charlotte en Von Roden in het oog kreeg kwam hij overeind om hun tegemoet te lopen en stelde zich voor als dominee Walter.

'Mevrouw Ohlsen, wees welkom. God de Heer heeft u een zware beproeving opgelegd. We voelen allen met u mee.'

'Mevrouw Ohlsen wil graag het graf van haar man bezoeken,' verklaarde Max von Roden.

'Natuurlijk. Het is vlakbij. Ik roep even dominee Von Lany erbij, zodat hij op de kinderen kan passen, dan ga ik met u mee.'

'Als het u hetzelfde is, zou ik graag alleen gaan. Vertelt u me gewoon waar het is.'

Hij knikte begrijpend en ook een beetje bedremmeld en wees

toen met zijn hand naar een brede schermacacia die slechts een paar honderd meter van de missiepost verwijderd tussen struikgewas en wat kleine bosjes groeide.

'Uw man is met de zegen van de kerk ter aarde besteld, mevrouw Ohlsen. Hij ligt naast onze twee jonge medebroeders Segebruck en Ovir, die het afgelopen jaar bij de Meruberg tot martelaars van hun geloof werden. Gods bedoelingen zijn ondoorgrondelijk. Ook de Afrikaanse aarde is Gods aarde. Ga in vrede met de Heer.'

Christians graf was een vers opgeworpen heuvel van roodachtige aarde waar de wind het droge stof omhoog liet waaien. Kleine stenen in de vorm van een kruis waren erbovenop gelegd. Om de heuvel heen groeiden zilvergrijze en donkergroene plukken gras. Distels staken hun ronde kopjes in de lucht en lieten te midden van de stekels kleine lilakleurige bloempjes zien.

Een tijdje stond ze daar zonder zich te bewegen, probeerde te bevatten dat daar onder de stoffige aarde het lichaam van Christian lag, stijf en zonder leven, een lijk. Plotseling voelde ze een windvlaag en keek omhoog. Als om de spot met haar te drijven vertoonde de machtige berg zich boven de misflarden van het regenwoud. Hij leek als een droomverschijning in de verte te zweven, mooier en helderder dan ooit tevoren glansde de besneeuwde top tegen de diepblauwe hemel. De plek van haar dromen, haar hoop en verlangen.

En eindelijk baande de pijn zich een weg door haar innerlijk en brak ze in tranen uit. Heftig huilend knielde ze voor de heuvel, groef haar vingers in de losse aarde als kon ze zich daaraan vasthouden, terwijl haar lichaam schokte door het snikken. Hij was niet altijd een goede echtgenoot geweest en toch had hij van haar gehouden, had haar om vergeving gesmeekt en was tot op het laatst niet van haar zijde geweken, hoewel de dodelijke ziekte al in hem woedde. Waarom had ze hem niet kunnen helpen? Waarom was ze zo hard voor hem geweest? Waarom had ze nooit van hem kunnen houden?

Ze wist niet hoelang ze daar al huilend geknield had gezeten, of het uren of minuten waren geweest. Op een zeker moment werd er een hand op haar schouder gelegd, zacht maar nadrukkelijk, en ze hoorde Max von Rodens zachte, ernstige stem.

'Genoeg zo, we gaan terug, alstublieft.'

Was hij haar achternagekomen? Of had hij de hele tijd in haar buurt gestaan? Ze liet zich door hem overeind helpen en wreef met haar armen over haar gezicht. 'De missionarissen houden deze middag een korte plechtigheid voor uw man. Tot dan moet u uitrusten. Ik breng u terug naar de missiepost zodat u iets kunt eten en even kunt gaan liggen.'

Ze schikte zich. Uitgeput maar rustiger liep ze naast hem terug naar de missiepost en vond het nu fijn dat hij zijn arm om haar schouders had gelegd. Ze had graag tegen hem aan geleund, maar dat durfde ze niet.

Kunstschilder Dobner en dr. Meyerwald hadden vol ongeduld op haar gewacht. Ze spraken hun oprechte deelneming uit, aten een hapje samen met haar en kondigden aan Charlotte op haar terugreis te willen begeleiden. Er was geen tijd om uit te rusten, want direct daarna bracht dokter Brooker haar Christians achtergebleven bezittingen: zijn rugzak met een paar kledingstukken, zijn waterfles, een leeg notitieboekje, een extra paar schoenen. Men had zijn trouwring laten zitten omdat zijn vingers opgezwollen waren en ze de ring niet met geweld van zijn vinger hadden willen trekken. Wel overhandigde de arts Charlotte een doek die Christian om zijn hals had gedragen. Het was die van haar. De gouden hoofddoek die ze had verloren toen haar muildier op hol sloeg.

Toen ze na de ceremonie terugkeerden naar de militaire post, nam Max von Roden haar even apart.

'Ik doe u een voorstel, Charlotte. Blijf met uw begeleiders nog twee weken als mijn gasten op de plantage, dan kunnen we daarna allemaal samen naar Dar es Salaam reizen. Tot dan kunt u wat herstellen en daarbij zal ik enkele muildieren meenemen. Dat zal voor u gemakkelijker zijn dan de hele weg te moeten lopen. Wat vindt u ervan?'

Ze vond het niks. Ze wilde morgen of op zijn laatst overmorgen vertrekken. Er moesten dingen geregeld worden, Klara zou haar nodig hebben en niet in de laatste plaats wilde ze zich eindelijk weer met haar winkel bezighouden.

'Ik voel me beter als ik wat te doen heb.'

Hij maakte een ongeduldige beweging met zijn arm, zoals hij wel vaker deed als iets hem niet zinde.

'Ik kan er heus voor zorgen dat u zich op mijn plantage niet verveelt. Wees nu verstandig, Charlotte, u bent nog niet helemaal gezond. Om morgen te vertrekken is gekkenwerk.'

'Ik heb het nu eenmaal in mijn hoofd gezet.'

Hij bleef abrupt staan en keek haar doordringend aan.

'Wat is er toch?' vroeg hij geërgerd. 'Wat hebt u tegen mij? Waarom wijst u al mijn uitnodigingen consequent af?'

Ze glimlachte naar hem. Ze had zich niet in hem vergist. Hij was een beminnelijke open man die niet goed kon veinzen. Hij zou haar bezwaren waarschijnlijk van de hand wijzen, maar dit keer wist zij het beter.

'U reist over twee weken naar Dar es Salaam? Is dat omdat u bericht van uw verloofde hebt gehad?'

Dat klopte, gaf hij toe. Gisteren al had dokter Brooker hem een brief overhandigd die lang onderweg was geweest en zelfs bijna verloren was gegaan. De post was inderdaad nog altijd een probleem in de kolonie. Niet zelden werden de zwarte postbodes overvallen of door wilde dieren gegrepen en soms lieten ze de post gewoon ergens liggen en gingen ervandoor.

'Johanna moest haar vertrek uitstellen omdat haar moeder ernstig ziek was. Een begrijpelijke reden en iets waar ik al rekening mee gehouden had, maar als je helemaal niets hoort, ga je de raarste dingen denken. Ja, ze komt begin september met de rijksstoomboot de *Admiraal* aan in Dar es Salaam.'

'Dat doet me plezier! Niemand heeft dit geluk meer verdiend dan u, meneer Von Roden.'

Hij glimlachte niet, keek haar alleen nadenkend aan en merkte toen op dat geluk geen gemakkelijke zaak was.

'Daar hebt u helemaal gelijk in.'

Twee dagen later ging ze met Dobner, dr. Meyerwald en enkele zwarte bedienden op weg terug naar Dar es Salaam.

IV

Augustus 1897

De koele zuidoostenwind had de zee opgezweept en liet het schip zo heftig schommelen dat Charlotte zich aan de reling vast moest houden. Voor haar ogen verdween de monding van Pangani, een brede, glinsterende blauwe baai, omzoomd door struikgewas en dichte kokosbeplanting die de huizen van de stad bijna volledig aan het oog onttrokken. De wind had de ochtendmist weggeblazen en trok aan de palmen. Een zwerm eenden vloog op van de oever, draaide een rondje boven de baai en liet zich toen op het kabbelende water neer. Charlotte genoot van dit laatste gedeelte van de thuisreis. Het was een moeilijke reis geweest die vaak het uiterste van haar krachten had gevergd. Max von Roden had helemaal gelijk gehad. Ze was nog zwak geweest en de lange dagmarsen putten haar uit. Toch had ze het tempo niet willen vertragen en het voorstel van haar reisgenoten om een rustdag in te lassen vastberaden afgewezen. Ze wilde deze reis zo snel mogelijk achter zich laten. Het was dezelfde route als op de heenweg, de oude karavaanweg, waar zoveel plekken haar aan Christian herinnerden. Hier, op deze rustplaats had hun tent gestaan waar ze samen in geslapen hadden, daar was de rots, die verdomde ellendige rots, waar zij gespuugd had en Christian niet. En toen de doorwaadbare plaats van de rivier, de herinnering aan de dood van de ongelukkige drager, Christian die met zijn lachwekkende geweer achter haar liep en haar later van de rivieroever wegtrok. Ze had nooit gedacht nog eens blij te zijn met de verhandelingen van dr. Meyerwald, maar in deze donkere tijden klampte ze zich vast aan alles wat haar van haar zwaarmoedigheid kon afleiden. In Pangani aangekomen hadden de kunstschilder en de bioloog hartelijk afscheid van haar genomen, haar alle goeds toegewenst en adressen uitgewisseld. Daarna had Dobner zich naar Tanga ingescheept, terwijl dr. Meyerwald voorbereidingen trof voor een verblijf op Zanzibar, waar hij zich aan de inheemse insectenwereld wilde wijden.

Het afscheid van de twee was Charlotte niet al te zwaar gevallen. Heel ondankbaar was ze eerder blij dit laatste gedeelte van de reis alleen af te kunnen leggen. Misschien was het de aanblik van de zee die de schaduwen van de afgelopen dagen van haar wegnam en nieuwe levensmoed liet opbloeien.

Toen ze tegen de middag Dar es Salaam bereikten, was het wolkendek aan de hemel opengebroken en de uitgestrekte havenbaai glinsterde in het licht van de zon als een zee van blauwe glasscherven. Een rijksstoomboot, de *Kaiser*, was in de haven voor anker gegaan, de passagiers leken al aan land te zijn want de roeibootjes die op het havengebouw afstevenden waren beladen met postzakken. Charlotte had geen haast om aan land te gaan en liet de zwarte vrouwen met hun manden, de zwaarbeladen dragers van de Indiërs en allerlei ander kleurrijk volk voorgaan en droeg zelf haar koffer terwijl ze langzaam over de aanlegsteiger naar het havengebouw toe liep. Niemand verwachtte haar, Klara had er geen idee van dat ze eerder van haar reis terugkeerde.

Bij het havengebouw overzag een Duitse beambte de opslag van goederen die als eerste de douane moesten passeren. Ze kende hem en groette vriendelijk toen ze voorbijliep.

Ze meed de Duitse wijk, sloeg links af naar de Kaiserstraat om achter de katholieke missiepost direct weer naar rechts te gaan. Enkele zwarte vrouwen, klanten van haar, die op de markt inkopen hadden gedaan kwamen haar tegemoet en ze bleef even bij hen staan. 'Jambo, hoe gaat het met je? Zijn je kinderen gezond?'

'Bibi Ohlsen is er weer! Heb je de grote berg gezien? Is hij echt met wit en zilver bedekt?'

'Bibi Klara zal heel blij zijn je terug te zien. Ze naait altijd maar en praat niet veel met ons.'

'Ik verheug me er ook op. Mijn nichtje was lang genoeg alleen, dat is niet goed voor haar.'

'O, bibi Klara is niet alleen. Ze krijgt veel bezoek. Bwana Siegel komt elke dag bij haar langs. Ze zitten en praten heel zachtjes met elkaar in het Duits. En bwana Siegel houdt de hand van bibi Klara vast.'

'Hij… houdt haar hand vast?'

De vrouwen begonnen te lachen en stootten elkaar aan, waarbij het gelach nog toenam.

'Je nichtje heeft geluk. Bwana Siegel heeft niet veel haar meer op zijn hoofd, maar veel wijsheid erin. Hij zal ooit een goede vader zijn.'

Waar had ze met haar ogen gezeten? Natuurlijk, Peter Siegel had zich van het begin af aan voor Klara geïnteresseerd. Hoe bezorgd was hij geweest toen ze koorts had. Hoe enthousiast had ze over hem gesproken. Mijn hemel, dacht ze, ik ben alleen maar met mezelf en mijn eigen zorgen bezig geweest, geen wonder dat Klara me niet in vertrouwen wilde nemen. Dat zal nu anders worden, alles zal anders worden. Ik begin helemaal opnieuw en ga alles beter doen.

In de Inderstraat was het rond het middaguur rustig. Sommige winkels hadden hun zonneschermen ver naar beneden getrokken en de deuren als beschutting tegen de wind omhooggeklapt. Andere zaken leken gesloten te zijn, waaronder die van Kamal Singh.

Klara zat zoals gewoonlijk achter haar naaimachine, een groene lap stof lag voor haar en bewoog zachtjes in de wind, ze naaide echter niet. Ze was volkomen verdiept in het gesprek dat ze voerde met een man in een licht linnen pak die naast haar op een stoel had plaatsgenomen en zijn strooien hoed in zijn handen draaide. Inderdaad, het was Peter Siegel.

Schammi zat gehurkt tussen de zakken met rijst en gedroogde

bonen en doezelde een beetje. Op het moment dat hij Charlotte met haar koffer in het oog kreeg kwam hij een beetje overeind en staarde haar aan alsof hij niet zeker wist of hij met een levend mens of een spook van doen had. Ineens sprong hij op en stormde op haar af, lachend of huilend, dat kon ze zo snel niet onderscheiden, en viel voor haar op zijn knieën.

'Bibi Charlotte... bibi Charlotte... Je bent teruggekomen.'

Geroerd door deze onstuimige ontvangst, boog ze zich naar hem toe en streek teder met haar vingers door zijn korte kroeshaar.

'Natuurlijk ben ik teruggekomen, Schammi. Had je dan gedacht dat ik voor eeuwig weg zou blijven? Je bent echt een kleine domkop.'

Voor de winkel was Klara van haar stoel opgestaan, de groene lap stof viel op de grond, maar daar gaf ze niet om.

'Charlotte! Godzijdank! Charlotte!'

De begroeting was innig. Klara omhelsde haar snikkend en scheen haar niet meer los te willen laten, terwijl Peter Siegel er met een blije glimlach, ofschoon enigszins geremd, naast stond.

'De Heer heeft u naar ons teruggeleid,' zei hij terwijl hij Charlotte een hand gaf. 'Ik verheug me heel erg u te zien, vooral omdat Klara nu eindelijk wat rustiger zal worden, ze heeft zich veel zorgen gemaakt.'

'Ach, nee,' riep Klara, die haar tranen met de achterkant van haar handen van haar wangen veegde. 'Ik wist toch dat Charlotte verstandig is. Ach, dat je er weer bent, Lotte.'

Schammi liep naar boven om koffie te zetten en iets te eten te halen. Ze wilden hun wederzien beneden in de winkel vieren zodat ze tegelijk de klanten konden bedienen. 'Ga toch zitten, Charlotte, wat ben je mager geworden. Waar is Christian? Ik hoop dat jullie je op deze reis weer met elkaar verzoend hebben. We hebben daar zo voor gebeden, Peter en ik...'

Ze haperde en werd rood omdat ze zich versproken had. Peter Siegel pakte haar hand en schraapte zijn keel.

'Er is veel gebeurd sinds uw vertrek, mevrouw Ohlsen,' begon hij vormelijk. 'Goede en minder goede dingen. Om met het goede nieuws te beginnen moet ik u bekennen dat Klara en ik ondertussen verloofd zijn.'

Charlotte was in de verste verte niet zo verrast als de twee gedacht hadden. Ze lachte om Klara's schuldbewuste gezicht en verklaarde zich volkomen te kunnen vinden in haar keuze. Ze dronken op de verloving met koffie en aten daarbij gebakken bananen en koude kip die Schammi met alle mogelijke kruiden, vooral peper, chilipeper, tamarinde en kurkuma, op smaak had gebracht.

'Ik heb lang geaarzeld, Charlotte,' bekende Klara, die nu straalde van geluk. 'Peter heeft me beloofd nog een tijdje te wachten met trouwen, want ik weet dat je mij in de winkel nodig hebt. Vooral nu we niet weten wat er gaat gebeuren.'

'Wat bedoel je?'

Haperend vertelde Klara dat Kamal Singh uit de stad was verdwenen. De Duitse autoriteiten hadden een groep mannen aangehouden die 's nachts goederen uit de karavaanhandel in boten aan het laden waren, om ze zonder tol te betalen naar Zanzibar te vervoeren. De knapen werden verhoord en uiteindelijk viel de naam van hun opdrachtgever: Kamal Singh. Nog dezelfde nacht stond de Duitse politie voor de deur en Klara moest de winkel openmaken.

Alle goederen die Kamal Singh in het achterste gedeelte van de ruimte had opgeslagen werden in beslag genomen en afgevoerd.

'Hij heeft allerlei spullen met behulp van zijn zonen tot in Indië en zelfs Europa verkocht,' legde Peter Siegel met gerechtvaardigde verontwaardiging uit. 'Alles langs de Duitse douane zonder aangifte te doen. Wat een ellendige oplichter. Jammer genoeg kon hij zich aan zijn gerechte straf onttrekken, waarschijnlijk heeft een van zijn medewerkers hem gewaarschuwd.'

Charlotte had het gevoel dat ze een klap in haar gezicht had gekregen. Christian, die zich zo vaak had vergist, had op dit punt gelijk gehad met zijn vermoeden en zij had hem daarom ook nog uitgelachen. Toch deelde ze Peter Siegels verontwaardiging niet. Zeker, Kamal Singh mocht dan een sluwe vos zijn en hij had haar gebruikt om zijn tolvrije goederen te verbergen, maar hij had haar ook veel geholpen. Klara keek zorgelijk. 'Er is sprake van dat beide huizen worden afgebroken. Het Duitse koloniale bestuur wil de oude gebouwen in de Inderstraat stuk voor stuk laten slopen en de straat opnieuw bebouwen omdat de Indiërs de handel domineren en te veel invloed in de stad hebben.'

'Wat? Dat kunnen ze toch niet doen? Wij zijn tenslotte Duitsers, ze kunnen niet het huis afbreken waar wij wonen en onze handel drijven.'

Peter Siegel stelde Charlotte gerust. Hij had zich tot de autoriteiten gewend en de zaak uitgelegd. Het was echter wel ingewikkeld omdat Charlotte en Christian het huurcontract met de Indiër hadden gesloten. 'Die is nu verdwenen en de koloniale regering houdt zijn eigendommen net zolang vast tot hij zijn schulden en de bijkomende boete aan de douane heeft betaald. Wat waarschijnlijk nooit zal gebeuren. Na een vastgestelde termijn gaan de percelen van de Indiër uiteindelijk in handen van de Duitse koloniale regering over. Zolang de zaak nog onzeker is, kan de winkel voorlopig openblijven.'

Charlotte leunde vermoeid met haar hoofd tegen de leuning van de leunstoel. Dus zo zag het nieuwe begin eruit. Klara zou gaan trouwen en zij zou de laatste zijn die haar nichtje daarvan wilde afhouden. Ze gunde haar het huwelijksgeluk waar de gehandicapte Klara nooit van had durven dromen. En dan zou ze natuurlijk bij haar echtgenoot wonen. In het beste geval hier in Dar es Salaam maar misschien ook ergens in het binnenland op een missiepost, want Peter Siegel kwam haar voor als een eerzuchtige geestelijke. De winkel en het kleine huis zou ze vroeg of laat verliezen en of de autoriteiten van plan waren haar een alternatief aan te bieden stond in de sterren geschreven. Hoe dan ook, ze was helemaal op zichzelf aangewezen.

'Vertel me nu eindelijk eens over je karavaanreis. Hebben jullie veel ivoor gekocht? Heb je de Kilimanjaro gezien? En waar blijft Christian, is hij nog in de haven?'

'Nee, Klara. Christian is dood.'

Charlotte had tegen dit moment, dat niet te vermijden was en om een uitgebreid verslag vroeg, opgezien. Ze was bang geweest door de opgerakelde beelden overweldigd te worden en opnieuw in wanhoop te verzinken. Gelukkig gebeurde het tegendeel. Ze begon haperend te vertellen, raakte in de war, moest de volgorde van de gebeurtenissen corrigeren, maar op een gegeven ogenblik voelde ze dat haar hart lichter werd. Ze beschreef elk detail, elke pijnlijke herinnering, vertelde onopgesmukt over haar spijt en gewetenswroeging en merkte tegelijkertijd hoe de bittere gevoelens in haar hart afnamen, hoe moediger ze ze uitsprak.

'God zij zijn ziel genadig,' zei Peter Siegel zacht en Klara, die zich heel goed kon voorstellen hoe Charlotte zich voelde, verbood haar met nadruk om zichzelf verwijten te maken.

'Je hebt ongelooflijk veel voor Christian gedaan. En je hebt hem vergeven, dat vooral. Ik weet hoezeer hij daarop gehoopt had, Charlotte.'

Ze sloten de winkel af en zaten tot middernacht samen in de woonkamer omdat Klara beslist nog deze avond een brief naar Leer wilde schrijven.

Ook Schammi had aandachtig naar Charlottes verslag geluisterd. 'Koorts is slecht,' had hij aansluitend bedrukt gemompeld. 'Komt in de nacht en steekt buik aan zodat ziel verbrandt tot as.'

Net als vroeger sliepen de twee vrouwen samen in een kamer. Ondanks alle vermoeidheid fluisterden ze zachtjes tegen elkaar en in de duisternis van de kleine kamer waande Charlotte zich weer thuis in Leer. Hoe vertrouwd was haar Klara's gefluister, haar zachte ademhaling, haar gewoonte zich voor het inslapen met een kleine zucht van welbehagen op haar zij te draaien.

'Denk je eraan terug naar Duitsland te gaan?' vroeg Klara zachtjes.

'Nee, jij dan?'

'Ik heb soms gewenst weer in Leer te zijn,' bekende ze, 'maar dat
is nu voorbij.'

Charlotte glimlachte bitter. Haar nichtje zou van nu af aan daar
gelukkig zijn waar Peter Siegel was. Dat was alleen maar natuurlijk, zo hoorde het, zo moest het zijn. Zelf zou ze echter niemand
aan haar zijde hebben, ook Klara zou haar verlaten. Het geluk. Wat
had Max von Roden ook alweer gezegd? Het geluk is geen gemakkelijke zaak.

'Slaap lekker.'

'Jij ook, Charlotte.'

Sneller dan ze verwacht had viel Charlotte in een doffe, droomloze slaap. Toen Klara aan haar schouder schudde, kostte het haar
moeite uit de diepe afgrond naar boven te komen, tot ze de harde
slagen hoorde. Hout versplinterde, een ketting rammelde, een
hond begon te blaffen, een tweede viel in, ergens krijste een aap
die in zijn slaap gestoord was.

'Het is beneden,' fluisterde Klara. 'God sta ons bij.'

'Weer zo'n verdomde leeuw,' mompelde Charlotte slaperig.
'Waarom doen de autoriteiten niets tegen die beesten?'

'Dat is geen leeuw.'

Beneden in de winkel klonk gerommel en gerinkel alsof iemand
het schap met de doeken en petroleumlampen had omgestoten.
Charlotte was ineens klaarwakker. Inbrekers. Ze wilden haar spullen stelen.

'Steek de lampen aan,' riep ze naar Klara terwijl ze zelf uit de
slaapkamer naar de woonkamer stormde. De maan was verscholen achter wolkenflarden, maar het was licht genoeg om buiten
gedaantes van mannen te herkennen die bundels en zakken uit de
winkel sleepten en op meerdere karren laadden.

'Dieven! Help! Dieven!' schreeuwde Charlotte en ze boog uit het venster. Niemand scheen haar te horen, in de omliggende huizen bleef alles donker.

'Waar is mijn koffer?'

'Wat wil je met je koffer?'

Het was Klara eindelijk gelukt een enkele lamp aan te steken, hoewel die nauwelijks wilde branden omdat ze de avond ervoor vergeten waren de petroleum aan te vullen. Bij haar hectische zoektocht struikelde Charlotte bijna over Schammi die angstig achter een stoel hurkte. Eindelijk vond ze haar koffer en rukte hem open. Christians hemd viel eruit, zijn broek, schoenen, het lege notitieboekje.

'Het zit er niet meer in, ze hebben het gestolen,' hijgde ze vertwijfeld.

'Wat in hemelsnaam?'

'Mijn revolver en de patronen, verdomde smerige karavaandieven.'

'Je wilde toch niet echt met een wapen op mensen schieten?'

Nee, dat had ze waarschijnlijk niet gekund, wel had ze de dieven met schoten in de lucht kunnen verjagen. In woeste vastbeslotenheid greep ze een stoel en schoof de grendel van de woonkamerdeur terug om de trap af te dalen naar de winkel.

'Ben je gek geworden?' jammerde Klara. 'Ze zullen je in elkaar slaan.'

'Denk je dat ik ze zomaar mijn spullen laat stelen,' schreeuwde Charlotte, maar Klara klampte zich uit alle macht aan haar vast.

'Blijf om Gods wil hier,' steunde ze. 'We mogen al blij zijn als ze niet naar boven komen.'

'Waarom zouden ze naar boven moeten komen? Laat me los! Klara!'

Boos probeerde Charlotte zich te bevrijden, maar haar nichtje, dat anders zo zwakjes was, hield haar met ijzeren kracht vast.

'Bibi niet vechten. Er zijn mensen beneden,' liet Schammi zich schuchter horen.

Inderdaad was er eindelijk beweging op straat, ze hoorden hees geschreeuw, lichten gingen aan, een harde mannenstem vloekte in het Swahili. Toen viel er een geweerschot.

Klara liet zich volkomen uitgeput op een stoel vallen terwijl Charlotte de lamp greep en nu toch de trap af rende, de winkel in. Daar was het vol met mensen. Buren, kennissen, ook anderen die ze nog nooit gezien had zwaaiden met lampen, knuppels en geweren in het rond. Ze ruzieden, jammerden en bekeken nieuwsgierig de chaos die de inbrekers achtergelaten hadden. Charlotte hoefde maar even om zich heen te kijken om te weten dat er weinig overgebleven was.

'De duivel zal ze halen. Ze zullen branden in de hel.'

'Vier zijn het geweest, twee hebben de karren getrokken.'

'Nee, vijf. Eén heb ik nog bij zijn hemd gegrepen en hij draaide zich om en stompte me in mijn gezicht.'

'Ze hebben de deuren verbrijzeld.'

'Alles hebben ze meegenomen, de hoerenzonen.'

Het lawaai had ook twee *askari* van de Duitse troepenmacht aangetrokken en de verwarring steeg toen ze wilden weten wie de dieven gezien had. De beschrijvingen waren fantasievol. Er was zelfs iemand die beweerde dat ze gezichten als luipaarden en voeten als olifanten gehad hadden. Het enige wat duidelijk werd was dat het zwarte Afrikanen waren geweest en er werd heftig geruzied over bij welke stam ze hoorden. Men leidde de twee politiemannen naar de plek waar de rakkers, naar men zei, tussen de gebouwen door geglipt en verdwenen waren. Helaas waren er door de slechte verlichting geen sporen te vinden.

'Schrijf alles op wat gestolen is en kom naar het stadhuis,' instrueerde de Soedanese askari Charlotte. 'Als we de dieven vinden, krijgen ze een vreselijke straf.'

Nadat de politieagenten waren vertrokken viel ook de menigte aan nieuwsgierigen uit elkaar. Men geeuwde en mompelde nog wat verwensingen aan het adres van de gewetenloze dieven. Een oude Indiër zei hoofdschuddend dat het een ramp was dat Kamal Singh niet meer in de stad verkeerde.

En Charlotte realiseerde zich op datzelfde moment dat het de invloed van Kamal Singh was geweest die haar tot dusverre voor dergelijke overvallen had behoed. Nu waren de draden die hij gesponnen had gebroken, de machtsverhoudingen in de Inderstraat waren veranderd. Het was heel goed mogelijk dat ze met de woede van diegenen te maken kreeg die Kamal Singh door de jaren heen had onderdrukt.

Misschien had Klara gelijk en moesten ze blij zijn dat de dieven niet naar boven waren gekomen. Hoe veilig de verstopplaats ook was waar Charlotte haar spaargeld bewaarde, een dief die niet voor bruut geweld terugschrok had haar kunnen dwingen het te verraden.

Pas tegen de morgen kropen ze terug in hun bedden, bevend van de kou en nog steeds vol angst dat de dieven terug zouden komen. Ook al had Charlotte de woonkamerdeur met de dekenkist gebarricadeerd, verstopte Schammi zich in de keuken omdat hij dacht dat niemand daar naar waardevolle dingen zou komen zoeken. Voor de eerste keer sinds ze in Dar es Salaam woonde hoopte ze dat een leeuwin door de straat kwam dwalen. Dan mocht ze gerust beneden in de winkel binnendringen want dan zou niemand de trap op durven komen om de deur naar de woonkamer open te breken.

De volgende dag ging Charlotte naar het stadhuis om de inbraak te beschrijven en een lijst van de gestolen goederen af te geven. Men gaf haar weinig hoop haar bezittingen ooit nog terug te zien. Helaas werd er vaak ingebroken, vooral in de handelswijk van de Indiërs en Arabieren en nog vaker in de buurten waar de Afrikanen woonden.

'Waarom zijn er geen nachtelijke patrouilles? We hebben een politiemacht en beschermingstroepen.'

'Vanzelfsprekend wordt de stad ook 's nachts bewaakt, mevrouw Ohlsen.'

'De wijken waar de Duitsers wonen, dat wil ik graag geloven. Hoe zit het met de overige buurten?'

Men legde uit dat de Indische en Arabische zakenlui zich gewoonlijk zelf tegen overvallen beschermden, er waren bewapende medewerkers en bewakers.

'Fijn, als je daarop kon vertrouwen...'

Intussen was dominee Peter Siegel voor zijn dagelijkse bezoek gearriveerd. Hij toonde zich erg geschrokken over de gebeurtenissen van die nacht, rammelde aarzelend aan de doorgebroken klapdeuren en liet toen zijn bezorgde blik naar de van lemen bakstenen gemaakte treden die omhoog naar het huis voerden dwalen.

'U kunt hier onmogelijk blijven, mevrouw Ohlsen. Twee onbeschermde vrouwen, blootgesteld aan het geweld van dergelijke roversbendes. Ik heb Klara aangeboden voorlopig naar ons missiehuis aan de Immanuelskaap te verhuizen, daar is ook plaats voor u. En Schammi wilde toch allang naar de missieschool om te leren lezen en schrijven.'

Charlotte ging op een krukje zitten dat de inbrekers hadden laten staan. De mooie leunstoel waar Christian altijd in had gezeten was haar liever geweest. Ze was aan het einde van haar krachten en vroeg zich verbitterd af hoe het noodlot zo boosaardig kon zijn. Het had haar haar man afgenomen, wilde ook Klara van haar scheiden en nu kwam het om het laatste wat haar was overgebleven te halen: haar winkel, haar kleine huis, de toevlucht die ze voor zichzelf gecreëerd had. 'Dank voor het aanbod,' zei ze afwerend. 'Als Klara in de missiepost wil trekken, kan ik dat goed begrijpen en ik zal Schammi ook niet tegenhouden. Ikzelf blijf op mijn plek.'

Berustend liet de missionaris zijn armen zakken en drong niet verder aan om een ruzie te voorkomen.

'Als Charlotte hier wil blijven, laat ik haar niet in de steek,' zei Klara zacht. 'Het spijt me, Peter.'

'Ik wil dat je gaat,' riep Charlotte nijdig, maar haar nichtje hield voet bij stuk.

'Nee!'

Klara, die altijd zo inschikkelijk was, kon op zeldzame momenten ongelooflijk koppig zijn. Ze had deze beslissing in gebed genomen, hij stond vast en niemand kon haar ervan afbrengen. Ook Schammi wilde bibi Charlotte in geen geval alleen laten. De missionaris zuchtte diep en de blik waarmee hij Charlotte aankeek was vol onuitgesproken verwijt.

'Ik zal op je wachten, Klara,' zei hij zacht toen hij afscheid nam. 'Ik heb alle begrip voor je trouw aan Charlotte, vergeet alleen niet dat je mij ook een belofte hebt gedaan.'

Charlotte had het ontmoedigende gevoel dat ze alle mensen van wie ze hield onrecht aandeed. En toch kon ze niet anders dan voor haar bestaan vechten. In de winkel van een Arabier kocht ze een geweer en munitie en liep daarmee naar het strand om te oefenen met schieten op oude blikjes. Ze keerde terug met een zere schouder maar vol goede moed. Ze gaf een Indische ambachtsman de opdracht om haar kapotte klapdeuren te vervangen, wat haar veel geld kostte. Gelukkig was het werk dat hij afleverde het waard. Van de rest van haar spaargeld kocht ze nieuwe goederen in, marchandeerde lang over de prijzen en constateerde dat Kamal Singh haar de koopwaar onder veel betere voorwaarden geleverd had. Een paar weken overleefden ze alleen door het geld dat Klara met haar naaiwerk verdiende. De klanten keerden aarzelend in de winkel terug. Ze gedroegen zich kieskeurig en beweerden in andere winkels minder te hoeven betalen voor lucifers, petroleum en rijst.

Condoleancebrieven arriveerden vanuit Duitsland en Engeland. Ettje deed verslag van de zware longontsteking van haar man die godzijdank overgegaan was. Met grootmoeder ging het goed en ze had de kleinkinderen in huis genomen toen zijzelf haar man moest verplegen. Paul had promotie gemaakt en was ondertussen verloofd. Hij wilde snel trouwen en met zijn vrouw in het huis van grootmoeder trekken. Dominee Harm Kramer en tante Edine spraken hun diepste deelneming uit en wensten hun sterkte en

Gods zegen. Menna sloot zich daar met enkele woorden bij aan. Ook Marie stuurde een lange brief waarin ze vertelde hoe het met de kinderen ging, over haar fantastische schoonouders, over bevriende adellijke families van wie Charlotte nog nooit gehoord had, en besloot met de opmerking dat een jonge vrouw niet voor de rest van haar leven een treurende weduwe hoefde te blijven. Een paar weken later bracht de post een plat pakket dat uit Caïro kwam. Het bevatte een boek en een brief van George. Hij leek niets over Christians dood gehoord te hebben want hij noemde hem niet. In plaats daarvan stuurde hij nieuwe manuscripten met het verzoek ze te corrigeren en zijn pas verschenen boek *Een Britse arts in het land van de farao's*, dat hij aan haar had opgedragen. Ze vond inderdaad een cursief geschreven voorwoord waarin de auteur zijn dank uitsprak aan Charlotte O. voor de zorgvuldige correcties en vooral voor haar betrokkenheid en aanmoediging zonder welke het boek er nooit gekomen zou zijn.

Hij was dus weer in Caïro. Wat vreemd dat Marie daar niets over geschreven had. Charlotte legde het boek ongelezen opzij. Ze schrok ervoor terug zich in George' schrijven te verdiepen. Ook de manuscripten bleven ongecorrigeerd, ze had andere zorgen.

Medio oktober verschenen de eerste wolken, zwaar van de regen, aan de horizon. Een grijs gebergte dat oprees uit de zee en de zon verduisterde, donker en dreigend, en toch hadden ze er smachtend naar uitgekeken. Het land was uitgedroogd, de roodachtige aardbodem gebarsten. In de vroege ochtend ontlaadde de spanning boven de baai zich met knetterende donderslagen, bliksemflitsen schoten als schitterende pijlen langs de hemel, lieten masten afbreken en velden oeroude palmen. En toen eindelijk stroomde de regen naar de aarde.

Charlotte had de winkel ondanks de regen geopend. Het was een jaar geleden dat ze hier stond en de vochtige geur haar bedwelmde. Het was toen dat zich een figuur uit de regen had losgemaakt, een man was in haar zaak naar haar toe gelopen en ze had heel even

geloofd dat God een wonder liet geschieden, dat het verleden om-
keerbaar was, dat verlangens vervuld konden worden.

'Mevrouw Ohlsen?'

Ze schrok. Ze had de mannen door de kletterende regen niet aan
horen komen. Het waren twee jonge Indiërs die zich met paraplu's
tegen de stromende regen beschermden zodat het water hun jasjes
van mooie saffraangele stof niet zou bederven.

'Wat kan ik voor u doen?'

Ze kwamen glimlachend de winkel binnen, klapten hun paraplu's in en keken om zich heen. Niet met de ogen van kopers die
zich voor bepaalde spullen interesseerden, maar met keurende,
nieuwsgierige blikken die Charlotte verdacht voorkwamen.

'We willen u een voorstel doen.'

De spreker was een goed uitziende man met een gladde kaneelkleurige huid en lichtbruine ogen, op zijn bovenlip zat een klein
zwart snorretje.

'Wat voor voorstel?'

Waarschijnlijk hadden ze verwacht uitgenodigd te worden om te
gaan zitten, misschien zelfs op thee en gebak onthaald te worden,
maar daar had Charlotte helemaal geen zin in. Haar duidelijk af-
wijzende houding beantwoordden ze met een nietszeggend glimlachje. Datzelfde lachje dat ze zo vaak bij Kamal Singh had gezien.

'Het zou toch jammer zijn als de koloniale regering dit huis zou
afbreken. Dat zou ons niet aanstaan en u zeker ook niet. Er bestaat
een mogelijkheid die ramp af te wenden...'

Ze wilden haar zover krijgen het huis te kopen. Ze was een Duitse, waarom zouden de autoriteiten er zich niet toe laten overhalen
een landgenote een dergelijke gunst te bewijzen?

'Hoe zou ik dat voor elkaar moeten krijgen? Ik heb toch helemaal niet genoeg geld.'

'Dat is geen probleem, mevrouw Ohlsen. We lenen het u.'

Ze hadden het over een heel gunstige rente, omdat het ook in
hun belang was dat het huis niet afgebroken zou worden. Men

werkte, om het zo maar eens te zeggen, hand in hand.

'Uw zaak zal goed lopen en zal onder onze bescherming staan, dat moet u niet buiten beschouwing laten.'

Charlotte had het spel door. Ze zouden haar het geld lenen en vervolgens haar winkel ruïneren zodat het huis zo snel mogelijk weer in Indische handen overging. Maar had ze een keus?

'Ik zal erover nadenken.'

De twee jonge mannen bogen licht, staken hun paraplu's weer op en stapten voorzichtig over de borrelende stroompjes die zich intussen op de grond gevormd hadden.

'Houdt u alstublieft in gedachten dat onze bescherming niet gratis is, mevrouw Ohlsen. Wanneer u ons teleurstelt, kan de prijs daarvoor heel hoog zijn...'

December 1897

De privéruimtes van het echtpaar Von Liebert in het gouvernementspaleis deden haast vergeten dat je je in de kolonie Duits Oost-Afrika bevond, want het meubilair kwam tot op het kleinste stuk uit Duitsland. Alleen de zwarte boy die plichtsgetrouw naast de voorhangen van wijnrood fluweel hurkte, paste niet bij het huiselijk Duitse tafereel.

'Neem wat van deze borstplaat,' zei mevrouw Von Liebert glimlachend en ze schoof de schaal naar Charlotte toe. 'Mijn moeder heeft ze me gestuurd, gemaakt volgens een oud familierecept. Eigenlijk worden ze bij ons pas tegen de kerstdagen gebakken, maar sinds we in Dar es Salaam wonen maakt ze de bonbons een paar weken eerder zodat ze op tijd voor het feest bij ons aankomen.'

'Eerlijk gezegd, beste mevrouw Ohlsen,' nam de gouverneursechtgenote de draad van het gesprek weer op, 'begrijp ik u niet helemaal. Waarom klampt u zich zo vast aan dat afschuwelijke huis in de Inderstraat? Dat is toch geen geschikte buurt voor een Duitse. Sowieso bezorgen de Indiërs in de stad mijn man veel problemen, ze zijn onvoorstelbaar handig in het zakendoen, bezitten overal grond en land en maken Duitse kooplui het leven moeilijk.'

Buiten kwam een harde regenbui naar beneden en de zwarte boy kreeg opdracht de luiken te sluiten zodat de ramen ontzien werden.

'Ze doen toch ook goede dingen voor de stad,' bracht Charlotte voorzichtig in. 'Denk bijvoorbeeld aan het ziekenhuis voor de inheemse bevolking dat Sewa Hadji gesticht heeft.'

'Ach, dat zijn uitzonderingen. Overigens is het een slechte zaak

353

dat een Indiër in onze kolonie zo'n groot vermogen kan verwerven. Men weet niet op welke manier die oosterlingen eraan komen. Als Duitsers kunnen we hen eenvoudigweg niet vertrouwen.'

Mevrouw Von Liebert was een flink stuk jonger dan haar echtgenoot, een elegante, donkerblonde vrouw met een ernstig gezicht en blauwe ogen die wilskracht verraadden. Haar glimlach was beleefd, hoewel ze geen moment vergat dat tussen haar en de weduwe Charlotte Ohlsen een enorm standsverschil bestond. Charlotte wist zeker dat die afstand in de ogen van de gouverneursvrouw nog een stuk groter zou zijn als ze van haar Indische grootmoeder had geweten.

Ze probeerde het nog eens. 'Juist daarom kan het toch alleen maar goed zijn wanneer een Duitse vrouw in de Inderstraat een voet aan de grond krijgt? Ik heb op het ogenblik niet het geld om het huis te kopen, maar ik kan een aanbetaling doen en de rest in maandelijkse bedragen aflossen. Als u een goed woordje voor me wilt doen?'

'Ik ben niet goed op de hoogte van de zaak, mevrouw Ohlsen. Ik kan me alleen voorstellen dat er nog andere Duitse kooplui zijn die interesse hebben...'

'Het gaat om mijn kostwinning, mevrouw Von Liebert.'

'Mag ik eerlijk zijn, beste mevrouw Ohlsen? Ik kan me niet voorstellen dat een aantrekkelijke vrouw zoals u, die daarbij ook nog eens over geweldige muzikale vaardigheden beschikt – nee, spreek me niet tegen, uw pianospel is iets heel bijzonders, ik heb daar een oor voor – dat een jonge Duitse zoals u per se een zaak in de Inderstraat wil voeren. Is het niet de hoogste bestemming voor het vrouwelijk geslacht echtgenote en moeder te zijn? Beste mevrouw Ohlsen, kijk om u heen, er zijn hier overal bekwame ijverige Duitse mannen die blij zouden zijn met een vrouw aan hun zijde.'

Dit had ze aan zien komen. Al sinds weken nodigden de Duitse vrouwen haar uit op verjaardagsfeestjes, lieten haar pianospelen, organiseerden kerstbijeenkomsten. Men had haar zelfs een onbeduidend baantje bij de Duitse posterijen aangeboden.

'Ik ben niet van plan direct weer te trouwen, mevrouw Von Liebert!'

'Natuurlijk niet onmiddellijk!' riep de gouverneursvrouw uit en ze pakte meelevend Charlottes hand. 'Ik weet toch op welke tragische wijze u uw man hebt verloren. Echter, als de situatie erom vraagt, denk ik dat we wel over wat traditionele gebruiken heen kunnen stappen. Niemand zou er aanstoot aan nemen wanneer u nog voor het einde van het rouwjaar weer zou trouwen.'

Charlotte probeerde nog één keer haar verzoek te benadrukken. Ze wilde het perceel samen met het huis kopen en de koopprijs maandelijks afbetalen. Zelfs terwijl ze stiekem bang was voor de akelige machinaties van de afpersers die beschermingsgeld van haar eisten.

Mevrouw Von Liebert, die haar vastbeslotenheid aanvoelde, knikte begrijpend en zei dat ze het er met haar man over zou hebben wanneer er gelegenheid voor was, hij had het momenteel erg druk.

'Ik hoop echt dat u snel een oplossing voor al uw zorgen vindt.'

De laatste zin was het teken dat ze afscheid moest nemen. De gouverneursechtgenote had nog andere verplichtingen en daarnaast leek de regen op te houden. Toen Charlotte via het portaal door de witgeverfde bogengalerij voor het gouvernementsgebouw liep, haalde ze diep adem.

Maandenlang had ze voor haar kleine winkel gevochten. Ze had ondanks slechte omzetten beschermingsgeld betaald uit angst nog een keer overvallen te worden. Op het aanbod van de twee Indiërs was ze echter niet ingegaan en sindsdien liep de zaak steeds slechter. Klanten die vroeger regelmatig bij haar inkochten, met wie ze gekletst en grapjes gemaakt had, meden haar winkel, om welke reden dan ook. Alleen door Klara's naaiwerk konden ze het hoofd boven water houden. Charlotte was zelf ook achter de naaimachine gaan zitten om haar nichtje te ondersteunen. Het was een moeizaam gezwoeg, het naaien lag haar helemaal niet, ze was veel te ongeduldig, haar naden waren scheef en ten overvloede prikte ze in haar vinger. De wind waaide vlagerig vanuit zee en droeg de laatste regendruppels het binnenland in terwijl de hemel boven de baai al openbrak. Charlottes lichte jurk was op de rug donker van de nattigheid, haar strooien hoed moest ze met beide handen vasthouden, anders was hij van haar hoofd gewaaid. Ze overwoog of ze langs het postkantoor zou gaan om daar te wachten. Die morgen was er een stoomboot uit Hamburg de haven binnengevaren. Aan de andere kant, waar hoopte ze eigenlijk op? Haar brief die ze naar Leer had gestuurd, waarin ze Paul er vriendelijk aan herinnerd had dat hij haar het geleende gedeelte van haar bruidsschat moest terugbetalen, zou vast voor niets zijn geweest. En ze geloofde er nauwelijks in dat mevrouw Von Liebert haar verzoek zou ondersteunen. De adellijke dame was van mening dat een vrouw moest trouwen en niet een zaak moest runnen. Daarmee was haar laatste hoop om haar kleine winkel nog te redden vervlogen. Een Duitse zakenman zou het geheel verwerven, het krakkemikkige gebouw afbreken en iets voor zichzelf bouwen.

De brief die ze naar Leer had gestuurd was meer dan drie maanden geleden verzonden en tot nu toe was er nog geen reactie. Misschien had ze beter aan haar grootmoeder dan aan Paul kunnen schrijven. De oude dame had het document dat haar grootvader ooit had opgesteld zeker nog ergens bewaard. Maar tot welk doel? Ze had slechts onvrede in de familie gebracht en uiteindelijk kon het geld, als ze het al kreeg, haar ook niet meer helpen.

Ze had geen zin om door de Duitse wijk te lopen en koos liever een smal pad dat de kokosplantage van de protestantse missie doorkruiste en naar het strand beneden leidde. De rijkspoststomer was in de buurt van de aanlegsteiger voor anker gegaan, omgeven door talrijke roeiboten en kleine zeilbootjes. Nu het weer gunstig was begon men kisten en grote pakketten uit te laden en naar de steiger te brengen.

Charlotte had geen haast en slenterde op haar gemak op het pad boven de oever langs, stapte over wortels heen en doorwaadde drassige plekken waarbij sokken en schoenen nu echt helemaal nat werden. Het interesseerde haar niet. Een baan bij de Duitse koloniale overheid, misschien zelfs bij de post, waarom niet? Ze zou met dat stompzinnige werk de kost kunnen verdienen en Klara zou eindelijk kunnen trouwen. Misschien moest ze de naaimachine meenemen en opdrachten aannemen. Sarah William was nog steeds een trouwe klant en ook voor andere mensen kon ze naaien en zo wat geld bij elkaar sparen. Over een paar jaar kon ze dan misschien weer een winkel huren en goederen inkopen. Niet hier in Dar es Salaam, beter in Tanga of Pangani of anders in het binnenland.

Ze zocht een geschikte plek uit om naar beneden, naar het strand te klauteren, waarbij haar natte jurk als extraatje wat roodgele vlekken opliep. Dat maakte nu ook niet meer uit, ze moest haar kleren toch al wassen. Ze trok haar schoenen en kousen uit en liep blootsvoets door de kleine golfjes die zacht over het witte strand rolden, voelde verrukt de kietelende koelte van het water en het fijne zand waar ze haar tenen in groef.

Een van de kleine zeilboten kwam op het strand af, liep vast en de drie inzittenden spanden zich in om het bootje op het zand te trekken. Nieuwsgierig keek ze toe en vroeg zich af of het vissers waren die van hun tocht terugkwamen. De mannen zagen er eigenlijk niet uit als vissers en hadden ook geen netten aan boord. Ze sloegen een paaltje in het zand waaraan ze de boot vastbonden zodat de vloed het niet weg zou trekken. Vervolgens leken ze de oever te willen beklimmen, bleven er echter vlak voor staan en staarden naar haar. Ze begon zich wat ongemakkelijk te voelen want er was niemand in de buurt behalve een paar zwarte kinderen. Het goed bewaakte munitiedepot van de Duitse beschermingstroepen bevond zich nog een heel stuk verderop.

Een van de drie mannen liep op haar af. Een slanke, pezige knaap, slechts gekleed in een korte broek en een wit openstaand overhemd. Zijn haar was golvend in plaats van kroezend en viel tot op zijn schouders. Had ze hem niet ooit ergens eerder gezien? 'Mevrouw Ohlsen?'

Hoe wist hij haar naam? Hij knipperde tegen het zonlicht in terwijl hij met zijn hand in een binnenzak van zijn overhemd rondtastte tot hij een opgevouwen stuk papier tevoorschijn haalde, er een korte blik op wierp en het toen naar haar uitstak.

'Wat is dat?'

'Aanpakken en lezen,' droeg hij haar knikkend op. 'Aan niemand laten zien. Goede vriend niet verraden.'

Hij leek niet af te willen wachten of ze zijn raad opvolgde en liep terug naar zijn twee begeleiders, zei iets tegen hen en daarna klommen ze alle drie tegen de steile oever op zoals ze blijkbaar al van plan waren geweest. Charlotte bleef besluiteloos staan, de boodschap in haar hand. De aanspoelende golfjes speelden rond haar enkels. Toen ze zich terugtrokken zogen ze de zanderige grond onder haar voeten vandaan. Ten slotte herpakte ze zich en vouwde het papier open.

Beste vriendin,

Ik heb u problemen bezorgd, dat was niet mijn bedoeling en ik smeek u mij te vergeven. Dar es Salaam is geen goede plaats meer om zaken te doen, maar er komen betere tijden. Verkoop alle goederen en het meubilair van uw winkel en vaar met de kuststomer naar Zanzibar. Vlak bij de haven vindt u een blauw huis, boven de voordeur is een palm geschilderd met daarnaast twee sterren. Daar vraagt u naar mij. Ik zal weer uw helper en beschermer zijn, net zoals ik dat in Dar es Salaam geweest ben.

Kamal Singh

Ze moest de korte tekst twee keer lezen om de betekenis tot zich door te laten dringen. Kamal Singh, ze had gedacht nooit meer iets van hem te horen. Was dit haar uitweg? Naar Zanzibar reizen en daar een zaak onder zijn bescherming openen? Op dat altijd groene eiland. Dat eiland van palmen, licht en geuren dat in haar herinnering zo met het rampzalige verlangen naar George verbonden was? Ze voelde hoe iets in haar zich tegen dit verleidelijke vooruitzicht verzette. Nee, het was niet de gedachte dat dat witte met palmen omzoomde strand haar zonder George leeg en eenzaam voorkwam. Dat nu iemand anders in zijn huis woonde waar zijn boeken waren ontstaan, aan het bureau zat waar hij zijn manuscripten schreef. George Johanssen kwam maar een heel klein plekje toe in haar leven, helemaal aan de rand. Hij was de echtgenoot van haar nicht Marie. Zo was het en zo bleef het.

Veel belangrijker was de vraag of dit dubieuze briefje daadwerkelijk van Kamal Singh afkomstig was en niet een geniepige list van de nieuwe machthebbers in de Inderstraat om haar definitief kwijt te raken. Stel dat ze inderdaad alles verkocht en met het beetje geld dat ze daaraan over zou houden naar Zanzibar voer om er daar achter te komen dat ze helemaal alleen en zonder hulp achterbleef. Wat dan?

Ze las de boodschap voor een derde keer en stopte het opgevouwen blad toen in haar mouw. Als het echt Kamal Singh was die deze regels geschreven had, kon ze hem dan vertrouwen? Had hij niet al een keer tegen haar gelogen? Aan de andere kant was hij altijd heel royaal geweest en ze had de indruk dat hij haar graag mocht, al kon ze zich daarin vergissen. En wat dan nog? Wat hield haar hier in Dar es Salaam? Niet eens Klara, die ging met Peter Siegel trouwen, en Schammi kon met haar mee naar Zanzibar gaan. Misschien was het verstandig eerst eens met de kuststomer daarheen te varen en achter de waarheid te komen voordat ze haar hele hebben en houwen verkocht. De oversteek was niet al te duur, dat kon ze zich nog wel veroorloven.

Ja, zo zou ze het aanpakken. Ineens voelde ze nieuwe kracht, zag hoop, een lichtje in de duisternis. Misschien was het een dwaallichtje, maar toch! Ze keek uit over de glinsterende blauwe baai, overwoog even om de kortere weg door de stad terug naar de Inderstraat te nemen en besloot toen dat het veel prettiger was om blootsvoets via het strand naar de haven te lopen, schoenen en sokken in de hand. Ze had er plezier in om door de vlakke branding te rennen zodat het water hoog opspatte en een wedstrijdje met de opkomende vloed te doen die steeds dichter bij de kade kwam. Hijgend maar tevreden liep ze de treden naar de kade op en ze wilde net op het lage muurtje gaan zitten om ten minste haar schoenen weer aan te doen toen ze een woedende stem hoorde.

'Ik moet tol betalen? Hoezo? Ik ben Duitser en die machines zijn van mij.'

Ze stopte. Die boze stem kende ze heel goed. Hij was hier in Dar es Salaam. Waarschijnlijk om een of ander gereedschap op te halen dat met de stoomboot uit Duitsland was gekomen.

'Dit is Brits fabricaat, ja, en? Daar zijn in Hamburg al invoerrechten voor betaald. Misschien moet u eens in de papieren kijken die u daar in uw hand heeft.'

Ze lachte bij zichzelf, liet zich op het muurtje vallen en deed zo snel mogelijk haar schoenen aan terwijl ze naar de volgende woede-uitbarsting luisterde. Hoe krachtig hij optrad, helemaal de adellijke landheer.

'Waarom ik geen Duits fabricaat gekocht heb? Dat zal ik u vertellen: omdat de Britse producten beter en hun geld waard zijn. En daarom ga ik dus niet dubbele invoerrechten betalen, verdomme.'

Wat heerlijk om te horen dat zelfs Max von Roden problemen met de Duitse bureaucratie kon hebben.

Daar kwam zijn gestalte bij de ingang van het douanekantoor tevoorschijn. De welbekende bruine hoed, de rijbroek, een licht linnen jasje. Hij knipperde tegen het zonlicht, draaide zich nog een keer om en kondigde grommend aan dat hij over een uur terug zou zijn om zijn kisten op te halen. Terwijl hij onder het afdak door liep zag hij Charlotte.

Ze zag dat hij even verstijfde, van verbijstering of vreugde was niet te onderscheiden. Nu sprong hij haastig de treden af alsof hij bang was dat ze ervandoor zou gaan.

'Charlotte... mevrouw Ohlsen. Ik was in de Inderstraat en heb naar u gezocht. Ik wilde er net naar teruggaan.'

Zijn handdruk was buitengewoon stevig, ook die kende ze en ze glimlachte.

'Het spijt me, ik was onderweg. Des te fijner dat we elkaar hier toevallig tegenkomen. Heeft Klara u tenminste koffie aangeboden?'

'We hebben even gepraat.'

Hij trok haar met een zachte armbeweging opzij, want uit het douanegebouw stroomde net een groep zwarte dragers naar buiten. Waarschijnlijk hadden de mannen hun loon ontvangen en wilden ze het geld nu snel op de markt gaan uitgeven.

'Uw nichtje heeft me verteld dat u problemen hebt,' ging hij verder. 'Hebt u iets kunnen bereiken in het gouvernementspaleis?'

Max von Roden behoorde tot diegenen die graag met de deur in huis vielen. Charlotte overwoog even om een uitvlucht te verzinnen, maar zijn blik was zo oprecht belangstellend dat ze besloot hem eerlijk antwoord te geven.

'Helaas niet. Alleen dat is niet zo erg, dan begin ik gewoon opnieuw. In Tanga of Bagamoyo of misschien Zanzibar. Er zal zich wel iets aandienen.'

'Zo zit het dus.'

Hij zweeg even zonder zijn blik af te wenden, wat haar een bijna pijnlijk gevoel gaf. Ze wilde al een ander onderwerp aansnijden toen hij vroeg: 'En hoe zit het met de Kilimanjaro? Hebt u geen zin om daarnaartoe te gaan?'

Wat een idee. Na alles wat ze had meegemaakt trok niets haar naar die omgeving terug. Noch de magische berg, noch Christians graf wilde ze in de nabije toekomst weerzien. Max von Roden leek het echter ernstig te menen met zijn voorstel, want hij keek haar vol verwachting aan.

'Een winkel in Moshi openen? Nee, in geen geval.'

'Niet om een winkel te openen, Charlotte. Om op mijn plantage te wonen. Ik wilde... Ik ben gekomen omdat ik...'

Hij stak hulpeloos zijn armen in de lucht, maakte een beweging alsof hij stikte en terwijl zij nog verward naar hem opkeek, stootte hij uit: 'Wilt u mijn vrouw worden, Charlotte?'

Ze was zo verbijsterd dat woorden haar tekortschoten. Had ze het goed gehoord? Verderop kletsten zwarte vrouwen met elkaar. Uit het douanegebouw kwam lawaai naar buiten, men leek een houten kist open te breken. Het was goed mogelijk dat ze hem door het rumoer verkeerd verstaan had. 'Kunt u die zin nog eens herhalen alstublieft?'

Een stortvloed aan verklaringen, verzekeringen, smeekbeden en zelfverwijten werd over haar uitgegoten. Wekenlang had hij erover gepiekerd hoe hij deze vraag moest stellen. Hij was nu eenmaal geen romanticus en zeker geen diplomaat. Natuurlijk had hij het helemaal verkeerd aangepakt en het was ook nog veel te vroeg, haar man was nog maar een paar maanden geleden gestorven. Maar daarna hadden zijn zorgen de overhand gekregen, iemand anders kon hem voor zijn en als dat gebeurde moest hij zichzelf voor altijd en eeuwig een verdomde idioot noemen.

Eindelijk onderbrak hij zijn spraakwaterval en liet haar aan het woord komen.

'Ik begrijp er helemaal niets van. U zei toch dat uw bruid met de poststomer uit Duitsland zou komen?'

Verward deed hij zijn hoed af en haalde zijn hand door zijn haar. 'Heb ik dat niet genoemd?' mompelde hij half hardop. 'Johanna was naar Dar es Salaam gekomen. Onder begeleiding van haar moeder en haar nieuwe bruidegom. Ze hebben de reis naar de kaap ondernomen en hier een verblijfplaats gezocht om de stad te bekijken en vooral om mij bij gelegenheid de situatie uit leggen.'

'Zo zit het dus.' Onwillekeurig had ze dezelfde woorden gebruikt als hij even daarvoor en ook zij zweeg daarna. Zo handelde men dus in adellijke kringen om een afgedankte verloofde 'de situatie uit te leggen'. Men veroorloofde zich een reis naar Kaap de Goede Hoop en gebruikte de gelegenheid om de bedrogen bruidegom de afgelasting van het huwelijk persoonlijk mede te delen, wat natuurlijk veel attenter was dan gewoon een brief te schrijven.

'Het is niet wat je denkt, Charlotte,' zei Max ongelukkig. 'Ik zou met Johanna zijn getrouwd omdat ik een man van mijn woord ben. Maar ik zweer je: vanaf de dag dat ik je op dat schip zag ben ik altijd aan je blijven denken. Toen je bij mij op de plantage was werd ik bijna wanhopig. Ik had wel kunnen schreeuwen, allerlei dingen willen doen waar ik geen recht toe had. Ik wilde... Dat moet je toch gemerkt hebben.'

'Wat moet ik gemerkt hebben?' vroeg ze lachend.

Het viel hem niet gemakkelijk, maar ze wilde het per se horen. Vandaag was de dag van wonderen, de dag dat het geluk binnen handbereik lag, een glanzend geluk waar ze niet meer op gehoopt en zeker niet meer op gerekend had.

'Dat... dat ik waanzinnig veel van je hou!'

Wat was het dat haar alle bezwaren overboord deed gooien? Ze was een zakenvrouw, wat moest ze op een plantage? Ze had zich geërgerd aan de morele principes van de gouverneursvrouw en nu deed ze precies wat mevrouw Von Liebert haar geadviseerd had. Ze had de machtige berg met zijn glanzende besneeuwde top nooit meer terug willen zien en nu ging ze aan zijn voet een nieuw bestaan opbouwen. Er was zoveel in te brengen tegen deze beslissing en toch was ze er vast van overtuigd het enige juiste te doen.

'Ik weet dat je je hart volgt, Charlotte,' had Klara gezegd, 'en daar heb je gelijk in. God zal jullie verbintenis zegenen.'

Charlotte was er nog niet zo zeker van of het alleen haar hart was dat ze volgde. Zeker, ze had zich altijd aangetrokken gevoeld tot Max von Roden, meer dan ze voor zichzelf had willen toegeven. Zijn ongegeneerde zelfvertrouwen en het vermogen het leven vastbesloten vast te grijpen. Zijn liefde voor muziek. En vooral zijn impulsieve karakter. Toen ze zijn aanzoek accepteerde, had hij met een jubelkreet zijn hoed in de lucht gegooid. Hij had haar gekust, midden tussen de vele mensen die bij de haven rondliepen, een ongelooflijk losbandige actie waarvoor je in Duitsland gevangen kon worden genomen. Juist daarom was het zo prachtig geweest, haar hart was op hol geslagen en ze had zijn kus beantwoord als een onnozel jong ding.

Ja, hij had haar hart veroverd. Maar er was nog meer dat haar tot hem aantrok. Het had iets met magie te maken, net als de aantrekkingskracht die de berg met zijn verre besneeuwde top op haar uitoefende. Een verwarrende, beangstigende mengeling van vrees en fascinatie. Max von Roden wekte in haar hetzelfde lichamelijke verlangen dat George in haar opgeroepen had.

Binnen een paar dagen veranderde haar leven totaal. Het was niet de eerste keer dat ze zo'n soort verandering meemaakte, maar deze keer gebeurde het ademloos en in sneltreinvaart. Hij had het voor elkaar gekregen dat ze al de daaropvolgende week konden trouwen, in de kolonie dacht men wat makkelijker over de termijn van ondertrouw. Klara en Peter Siegel zouden op dezelfde dag in het huwelijk treden, dat was Charlottes wens geweest en daar hadden ze graag gehoor aan gegeven. Het bleek dat Klara haar eigen trouwjurk al maanden eerder had genaaid en in een kist opgeborgen. Nu was ze ontroostbaar dat ze geen jurk voor Charlotte had gemaakt.

'Ach wat, ik neem je ook zonder jurk,' had Max vrolijk geroepen en zowel Klara als Charlotte had een kleur gekregen. Het huwelijksfeest in het gebouw van de evangelische missie aan de Immanuelskaap bruiste aan Charlotte voorbij als de scènes van een toneelstuk. Max die een smalle gouden ring met een rode steen aan haar vinger schoof. Schammi die niet wist of hij moest lachen of in tranen uitbarsten en dus beide afwisselend deed.

Bij het vallen van de nacht trokken Klara en haar echtgenoot zich terug in een kleine kamer die Peter Siegel tot dusverre alleen had bewoond. Voor Charlotte en Max was een logeerkamer klaargemaakt, het huis in de Inderstraat was ondertussen leeggeruimd. Haar kleine woning en de geliefde winkel waar ze zo hard voor gevochten had behoorden definitief tot het verleden.

Max legde een arm om haar schouders en trok haar mee naar buiten onder het afdak van het missiegebouw. Daar stonden ze even zonder iets te zeggen en luisterden naar de geluiden van de nacht. Hij aaide over haar wang en ze was zo gespannen dat de zachte aanraking haar deed beven.

'Luister, mijn lief,' zei hij teder. 'Ik weet hoe moeilijk het voor je was zo snel alweer te trouwen. Ik heb je overvallen met mijn ongeduld omdat ik niet kon wachten je mijn vrouw te maken. Nu wil ik echter niet aandringen. Je moet alle tijd van de wereld nemen om aan de nieuwe situatie te wennen. En aan mij.'

Ze zweeg verbijsterd, zo'n consideratie had ze niet verwacht. Moest ze zeggen dat het niet nodig was? Wat zou hij dan van haar denken? Dat ze een slechte echtgenote was geweest die haar man al een paar maanden na zijn dood was vergeten?

'Maar ik...'

Hij pakte haar nog wat steviger vast op een zachte, vriendschappelijke manier, de arm van een beschermer.

'Zeg niets, Charlotte, in goed drie weken zijn we op mijn plantage en als je dan klaar voor me bent zal ik heel gelukkig zijn.'

Wat was hij grootmoedig. Ze kon zich er niet toe brengen hem tegen te spreken.

'Dank je.'

'Ik slaap in de voorkamer,' zei hij. 'Slaap lekker, mijn engel.'

Hij trok haar in zijn armen en drukte een tedere kus op haar voorhoofd. Niet meer. Daarop liep hij haastig het huis weer binnen om in de voorkamer van twee stoelen een provisorisch bed te maken. Het afscheid van Klara was het moeilijkst, want het was zo goed als zeker dat ze elkaar heel lang niet zouden weerzien. Peter Siegel wilde voorlopig in Dar es Salaam blijven, al was het ook mogelijk dat de Berlijnse missie hem naar een andere plaats zou roepen, en aangezien hij een gehoorzame en ijverige afgezant van het evangelische geloof was, zou hij zich niet tegen een dergelijke opdracht verzetten. Eerst vocht hij nog een harde strijd om Schammi uit die hij onder zijn hoede op de Immanuelskaap wilde houden. Nog op de ochtend van vertrek maakte hij een wandeling met de jongen door de kokosplantage, herinnerde hem eraan dat hij een christen wilde worden, dat hij moest leren lezen en schrijven en dat hij zijn bibi Klara niet in de steek mocht laten. Schammi luisterde zwijgend naar hem en liep vervolgens naar het missiegebouw om huilend afscheid van Klara te nemen. Hij hield boven alles van bibi Klara, misschien zelfs wel een beetje meer dan van bibi Charlotte die was weggegaan en ook weer teruggekomen. Maar zijn hart behoorde toe aan bwana Roden. Hij was een grote bwana, een goede bwana, hem wilde hij volgen.

Max stippelde de route weloverwogen uit want het was geen geschikte tijd om te reizen. De regentijd aan de kust liep op zijn eind, in het binnenland waren de regens al eerder opgehouden maar er waren moerassen en snelstromende waterlopen ontstaan die op veel plaatsen een omweg noodzakelijk maakten. Hij had op de heenweg enkele muildieren mee naar Dar es Salaam genomen die de muskietenplaag tot dusver verbazingwekkend goed hadden doorstaan en een van hen stond Charlotte als rijdier ter beschikking. De andere werden als lastdieren voor tenten en levensmiddelen gebruikt. Zo'n dertig zwarte dragers vervoerden de pers voor de koffievruchten en twee andere apparaten die voor de vervaardiging van sisaldraad dienden en die Max 'Raspador-machines' noemde, schraapmesmachines.

Charlotte reed zwijgend naast hem, luisterde naar alles waarover hij vol enthousiasme vertelde en het viel haar op dat hij steeds 'mijn planten', 'mijn arbeiders', 'mijn plantage' zei.

'Ik kan je helpen de prijzen uit te onderhandelen,' merkte ze op.

'Daar ben ik goed in.' Hij knipoogde vermaakt naar haar en wilde al een opmerking maken toen hij besefte dat het haar ernst was en slikte de zin in.

'Dat weet ik intussen, schatje.'

Hij had in Dar es Salaam naast haar gezeten bij de verkoop van de goederen en inrichting van haar winkel en geen poging gedaan zich met de onderhandelingen te bemoeien. Later had hij grijnzend beweerd dat ze die arme mensen het vel over de oren had gehaald en dat op zo'n betoverende manier dat geen van hen het gemerkt had. In haar oren klonk deze lof niet echt als waardering, hij had zich blijkbaar geamuseerd met haar inspanningen.

Hij was de geboren leider. Max von Roden hield iedere deelnemer aan zijn karavaan in de gaten, spoorde mensen aan als ze dreigden langzamer te gaan en kon uit zijn vel springen als iemand iets deed wat hem niet beviel. Ze aten 's avonds zittend op de grond, hielden de schalen in hun handen en praatten terwijl ze rijst, bonen, eieren en gekruide sauzen aten die de Indische kok had klaargemaakt. Max zag er streng op toe een kleine afstand tussen hem en Charlotte te bewaren, maar het gebeurde steeds vaker dat hun gesprek doodliep en beiden zwijgend voor zich uit keken. Bijna alle dragers hadden een vrouw mee op reis genomen, sommige zelfs twee die ze afwisselend opzochten, en noch het zachte gezang van de bedienden, noch het gesnurk van enkele slapenden kon zekere tevreden geluiden overstemmen.

Ze maakte haar haar los om het opnieuw in te vlechten en voelde hoe hij elke beweging die ze maakte met zijn ogen verslond. Een vleermuis vloog zonder geluid te maken voorbij, zweefde met zijn zachte huidvleugels trefzeker door het duister. Af en toe dook een klein lichtje op, flakkerde hierheen en dan weer daarheen tot het weer verdween, een glimwormpje.

'Dat is vast beter zo.'

Hij wreef met zijn hand over zijn ongeschoren gezicht en trok zijn hoed nog wat dieper over zijn voorhoofd. Toch lukte het hem niet een andere kant op te kijken. Hij volgde alles wat ze deed, boog zich zelfs naar voren om haar een verdwaalde haarspeld aan te reiken, en zijn uitdrukking daarbij was meer dan gespannen. Wanneer hun vingers elkaar heel even beroerden, krompen ze allebei in elkaar.

'Wanneer we in de bergen zijn, zal ik je de Thorntonvallen bij Gonja laten zien, die vind je vast mooi. Je... houdt van watervallen, toch?'

In het Usambaragebergte had ze hem gesmeekt dichter naar een van die prachtige natuurverschijnselen te rijden, hij vond echter dat ze dan te ver van hun route zouden raken.

'Ik vind ze prachtig,' gaf ze toe. 'Dat wilde geraas, het geweld van het neerstortende water. En als de zon erop schijnt, zie je regenbogen.'

Ze vlocht haar haar in alle rust tot een losse vlecht, deed een bandje om het uiteinde en stopte de haarspelden in haar rokzak.

'Laten we gaan slapen,' besliste ze en ze rekte zich uit.

Ook deze beweging ontging hem niet en in het zwakke licht van het vuur kon ze onderscheiden dat hij gepijnigd zijn ogen samenkneep.

'Denk je dat we hier veilig zijn? Kan ik me gewoon uitkleden en een nachtpon...'

'Goedenacht,' zei hij hees en hij stortte zich zo haastig in zijn tent dat hij bijna de tentstokken omvergooide.

Teleurgesteld strekte ze zich uit op haar eenzame bed. Hij was iemand die zich aan zijn woord hield. Waarom zou ze hem dat kwalijk nemen als het haar in principe beviel? Het was sowieso prettig met hem te reizen. Ze voelde zich veilig in zijn nabijheid, kon erop vertrouwen dat hij het juiste deed. 's Nachts werd het kamp steeds door twee Afrikanen bewaakt, vooral vanwege de leeuwen en cheeta's die het op de muildieren voorzien hadden. De wachten wisselden en doordat ze slecht sliep had ze opgemerkt dat Max af en toe opstond om de wacht te controleren. Het verging hem vermoedelijk net zoals haar.

De natuur was overweldigend mooi. Niets herinnerde meer aan de troosteloze grijze steppe uit de droogteperiode als de hitte boven het verdorde landschap zinderde en de ogen van de reizigers ontstoken raakten door het roodachtige stof. De steppe aan de andere kant van de Panganirivier was veranderd in een gele bloemenzee waarin dichtbegroeide eilandjes dreven. De twijgen van de acacia's, ooit ranke silhouetten tegen de duifblauwe hemel, waren nu met groen loof en witte bloemen bedekt. Op veel plaatsen waren gladde meren ontstaan, vijvers waarin reigers, maraboes en ooievaars naar prooi zochten. Een keer zagen ze een groep flamingo's. Uit de verte zagen de vogels eruit als een zachtroze wolk die zich in het gras uitgespreid had.

'Er is nu wild in overvloed,' stelde Max met lichte spijt vast. 'Een feest voor de roofdieren, ook al moeten ook zij hun jongen voeden en overleven.'

'Je zou zeker graag gaan jagen?'

'Ik moet bekennen dat mijn vingers jeuken,' gaf hij grijnzend toe.

De beklimming van het Paregebergte bleek lastig. Ze moesten dicht struikgewas en diep uitgesleten waterstromen overwinnen en Charlotte werd op haar bokkige muildier hevig door elkaar geschud. Na een tijdje steeg ze af en ging te voet verder, dat was prettiger dan elk moment bang te moeten zijn uit het zadel te glijden.

Die avond sloegen ze hun kamp op naast een bergbeek waarvan het ijskoude water onstuimig naar het dal stroomde. Steile lichtgrijze rotsen verhieven zich aan beide zijden van de beek, slechts op enkele plaatsen groen overwoekerd. In de verte was een geruis te horen dat noch van de wind, noch van het snelstromende water afkomstig kon zijn.

Max zag er scherp op toe dat zijn machines veilig en droog werden gestald en draaide zich toen naar Charlotte om die samen met Schammi het veldbed en de koffer in de al opgezette tent droeg.

'Laat dat aan de zwarten over,' zei hij ontevreden. 'Het is niet goed wanneer de witte bibi zelf met haar koffer sleept.'

Ze begreep het niet. Tot nu toe was ze het niet uit de weg gegaan om zelf mee aan te pakken, hij deed dat tenslotte ook.

'Het is een kwestie van aanzien. De Afrikanen leiden de status van iemand graag aan dat soort kleinigheden af. Als je het spel niet meespeelt, worden ze er eerst onzeker door en vervolgens worden ze brutaal.'

'Ik snap het al,' antwoordde ze fijntjes glimlachend. 'Je staat trouwens in mijn tent, bwana Roden, en daar heb je niet eens mijn toestemming voor gevraagd. Dat is in Uleia niet gebruikelijk, toch?'

Zijn lichte ogen flitsten, al bleef hij ernstig. 'Nee, dat is in Europa niet gebruikelijk,' bevestigde hij toen.

'Je wilde me de waterval laten zien,' ging ze verder. 'Hij kan niet ver weg zijn, je kunt hem hier horen ruisen.'

'Wilde ik dat?'

'Eergisteravond wel, in elk geval.'

Ze gingen alleen, stapten door het hoge gras en sprongen over los gesteente. Er was geen pad, ze moesten zelf hun weg vinden waarbij Max gebruikmaakte van zijn lange gebogen kapmes. Als het al te moeilijk werd bleef hij staan om haar te helpen, dan voelde ze de zekere druk van zijn hand. Op haar opmerking dat het lastig was om met een lange jurk door de wildernis te lopen, reageerde hij niet.

Het geruis van het neervallende water werd sterker tot ze na een bocht in het dal eindelijk vrij zicht kregen op het wonderbaarlijke natuurverschijnsel. Vanaf grote hoogte stortte het water naar beneden, kwam schuimend op de rotsen terecht, verdeelde zich bergafwaarts in smalle en brede linten, maakte steeds nieuwe watervalletjes en verdween toen achter bomen en bosjes.

'Wil je dichterbij?'

'O ja! Mijn god, het is sprookjesachtig mooi.'
Ze liep zo snel vooruit, haar rokken opgetrokken, dat hij moeite had haar bij te houden. 'Voorzichtig, wacht nou! Charlotte!' Hij moest schreeuwen om boven het gebulder van het water uit te komen. Eindelijk had hij haar ingehaald en hield haar buiten adem vast om vervolgens met zijn kapmes de dichte bosjes opzij te slaan. Gehuld in schuimende nevels stortte de waterval zich hier in een rotsachtige poel, het licht van de avondzon brak uiteen op miljarden kleine druppels tot trillende veelkleurige regenbogen.

Ze waren allebei volledig buiten adem en Charlotte meende zijn snelle hartslag te kunnen horen. Of was het die van haarzelf?

'God zal me straffen,' riep hij in haar oor, 'maar ik kan niet langer wachten.'

Hij trok haar tegen zich aan, overrompelde haar met een vloed aan vertwijfelde liefkozingen, wist amper waar hij zijn handen moest laten en wilde het liefst haar jurk van haar lijf rukken. Uiteindelijk tilde hij haar in zijn armen en droeg haar een flink stuk door het hoge gras en struikgewas. Pas toen ze vlak bij het kamp waren zette hij haar weer op haar voeten.

'Het is in Uleia gebruikelijk om toestemming te vragen,' fluisterde hij. 'Zul je voor mij je tent openen als ik daarom vraag?'

'Probeer het maar, bwana Roden.'

Hij kwam na het invallen van de duisternis, nog voor het helemaal stil geworden was in het kamp, brandend van ongeduld. Het flakkerende licht van het kampvuur scheen door het tentdoek toen hij haar kleren uittrok. Zelfs haar hemd mocht ze niet aanhouden, zo verlangde hij ernaar haar naakte lichaam helemaal te bezitten, en hij vond elk verborgen plekje om met handen en lippen te beroeren. Ergens hadden twee vrouwen ruzie, een snaarinstrument weerklonk en een rauwe, schorre stem zong er een melodie bij. In de verte ruiste de waterval.

Die nacht ondervond Charlotte iets verbazingwekkends, iets waarvan ze tot nu toe geen idee had gehad. Ze maakte het voor de eerste keer mee dat een vrouw hetzelfde genot als een man kon ervaren en het verwarde haar erg omdat ze tot nu toe had aangenomen dat dergelijke gevoelens hoogstens bij hoertjes voorkwamen en nooit bij een getrouwde vrouw.

December 1898

De Dschaggavrouwen waren nauwelijks te zien tussen de grote bladeren van de bananenstruiken, al kon je ze horen kletsen en zingen terwijl ze het onkruid met houwelen en kapmessen indamden. Max von Roden hield van hun liederen, ze klonken anders dan die van de mannen die op zijn land werkten, plechtiger, een beetje melancholiek, en dan weer klonken lichte fluitende geluiden en hoorde je gelach. Deze vrouwen waren ijverige arbeidsters. Aan de andere kant van de heuvel hadden ze mais geplant die er ondanks de droogte goed bij stond en algauw geoogst kon worden. Het was jammer dat hij maar zo weinig Dschaggavrouwen in dienst had. Hun mannen lieten hen niet gaan, ze moesten de eigen velden bewerken waar hun mannen en broers geen vinger naar uitstaken.

Hij reed nog iets dichterbij en zette zijn muilezel toen vast om de beplanting beter te kunnen bekijken. Die strekte zich ver tegen de helling omhoog en omvatte zo'n drie hectare land. Zoals alle Dschaggavelden werden ze door uitgekiende irrigatiekanalen van water voorzien. Eigenlijk was het zijn land. Hij maakte officieel nog steeds aanspraak op het bezit, want het hoorde bij de plantage die de Arabieren hem eerder verkocht hadden. Toch had hij dit land voor onbepaalde tijd aan de Dschagga afgestaan en vroeg er ook geen pacht voor. Het was de prijs die hij ooit voor Charlotte had moeten betalen om haar uit haar gevangenschap te bevrijden.

Eerst was hij woedend geweest, had erover gedacht om de beschermingstroepen te hulp te roepen om zijn eigendom terug te halen, en vervolgens had hij zich bedacht. Het gevaar dat die knapen uit wraak het water van bovenaf zouden afsluiten was niet te onderschatten en hij had verdomd veel water nodig op de plantage. Niet alleen voor de planten, ook voor de koffieoogst en vooral voor het sisal dat in het komende jaar voor de eerste keer afgesneden en tot vezels verwerkt zou worden.

De Dschaggavrouwen hadden hem nu opgemerkt, kwamen tussen de bananenstruiken tevoorschijn en hielden hun handen boven hun ogen om hem beter te kunnen zien.

Hij lachte bij zichzelf toen hij de teugels van zijn muildier weer losmaakte. Charlotte zou nu naar de vrouwen toe gereden zijn om met hen te kletsen. Hij was er nog niet helemaal achter hoe ze zich voor hen verstaanbaar maakte. Ze mengde Swahili met nieuw opgestoken woorden uit de Dschaggataal, maakte gebruik van gebaren en mimiek en op een of andere manier lukte het. Ze had zelfs een paar kippen en geiten van hen gekocht, de stinkende beesten vermenigvuldigden zich nu op de plantage als konijnen. Als een van de geitjes zijn leven moest geven voor een lekker braadstuk liep Charlotte weg omdat ze niet kon aanzien hoe het geslacht werd.

Charlotte, zijn vrouw. Ze was een geschenk van het lot, het beste en grootste wat hij ooit ontvangen had. Hij moest er niet aan denken dat ze aan die dubieuze Indiër zou zijn toegevallen als hij niet het snelle besluit had genomen om naar de kust te rijden en haar tegen te houden. Maar zelfs als ze al vertrokken was, dan was hij haar gevolgd naar Zanzibar en had haar teruggehaald. Charlotte was de vrouw die voor hem bestemd was, dat had hij al aangevoeld toen hij haar voor het eerst zag.

Een beklemmend gevoel bekroop hem dat hem al sinds de ochtend achtervolgde, want ze hadden bij het ontbijt een beetje ruzie gehad. Ze was koppig, als ze zich eenmaal in een idee had vastgebeten kon je haar honderd keer uitleggen welke haken en ogen er aan de zaak zaten, ze kwam er telkens weer op terug. Deze keer had ze zich willen bemoeien met de verkoop van de koffieoogst. Goed, er waren verscheidene Duitse handelsmaatschappijen, maar tot nu toe had het prima uitgepakt met de Oost-Afrikaanse maatschappijen waar hij de mensen kende die er iets over te zeggen hadden, en hij meende een goede prijs voor zijn koffie te krijgen. Charlotte wilde echter hoog spel spelen, gelijktijdig met L&O Hansing en de Rijnlandse plantagehandelsmaatschappij onderhandelen om zo betere condities te bewerkstelligen. Hij was er sterk op tegen, want je kon je daarmee veel wrevel op de hals halen. Daar wilde Charlotte echter niets van horen. Zaken zijn zaken en wie de beste prijs betaalt krijgt de goederen. Hij was boos geworden, het ene woord leidde tot het andere en uiteindelijk was hij weggestormd en ook niet teruggekomen voor het middageten. Charlotte moest merken dat ze te ver was gegaan. Zelf leed hij er vreselijk onder als ze onenigheid hadden. Hij hield van haar, zou geen dag meer zonder haar willen, ook geen nacht, dat al helemaal niet. De hartstocht die ze in hem wekte was in de afgelopen tien maanden alleen maar sterker geworden. Het kwam voor dat hij haar 's ochtends vroeg voor het opstaan nog een keer nam omdat de tijd tot de avond hem veel te lang toescheen.

Hij reed naar zijn arbeiders toe en werd met het gebruikelijk 'Jambo, bwana' begroet. Hij stelde een paar vragen en kwam erachter dat gedurende de dag weer drie Afrikanen zich uit de voeten hadden gemaakt. Ze hadden blijkbaar iets beters te doen en niet eens hun loon opgehaald.

Plotseling welde het verlangen naar Charlotte hevig in hem op en hij voelde dat het tijd was om naar huis te gaan. Hij hoefde zijn muildier niet eens aan te sporen, bereidwillig draafde het voorwaarts. In de verte kwam het woonhuis al in zicht, omgeven door mooie eucalyptusbomen die hij zeker wilde behouden. Direct daarop ontwaarde hij de door acacia's omzoomde laan die naar het huis voerde. Achter de woning lag de moestuin waar Charlotte kool, sla, wortels en zelfs radijsjes kweekte en nog heel veel andere soorten groenten. Ze hadden ook appel- en perenbomen geplant. Hij had nooit kunnen geloven dat zijn hartstochtelijke zakenvrouw een zo geduldige tuinierster kon worden. Ze had op het grasveld voor de acacialaan meerdere bloembedden aangelegd die er prachtig uitzagen en hem veel plezier bezorgden. Ach, ze had zoveel talenten, ook in huis hield ze alles op orde en kwam ze dagelijks met nieuwe ideeën. Hij had een badkamer met een sproeikop naar haar aanwijzingen gebouwd en een verwarmbare wasketel geplaatst. Ze maakte jam van mango, banaan en vijgen die ze met tamarinde en citroengras kruidde. En ze had met enorme volharding haar voornemen doorgezet om de Afrikanen te leren lezen, schrijven en rekenen. Waarom was hij zo stijfkoppig geweest? Deed ze niet precies wat hij van haar gehoopt had? Ze mocht zich gerust in zijn zaken mengen, hij zou er wel voor zorgen dat het niet te gek werd. Af en toe had ze echt slimme ingevingen, dat moest hij haar nageven.

Hij gaf zijn rijdier de sporen en reed in de richting van de stallen, nam alleen een omweg om te controleren of de pers bij het waterbekken was schoongemaakt. Het was momenteel behoorlijk droog en als de resten van de koffievruchten in de machine achterbleven, kleefde het spul aan elkaar en had men de volgende dag de grootste moeite om de grote draaikop weer aan de gang te krijgen. Voor de stallen steeg hij af en liet zijn muildier aan twee knechten over. Hij dwong zichzelf nog snel een ronde te maken om naar de ossen en muildieren te kijken en foeterde een zwarte uit die de varkens en geiten had moeten opsluiten en dat blijkbaar vergeten was.

Terwijl hij naar het huis liep, versnelde zijn hartslag merkbaar. Hij verheugde zich erop die domme ruzie uit de weg te ruimen. Een hele dag zonder een gesprek met haar, zonder enige aanraking, was voor hem een verloren dag. Zorgvuldig zette hij in zijn hoofd zijn argumenten nog een keer op een rijtje, want hij wilde bij het vrede sluiten ook weer niet in het nadeel raken. Hij was niet iemand die vandaag zus en morgen zo dacht, dat was ook zeker niet Charlottes bedoeling. Maar hij was ook niet arrogant, hij kon zich herbezinnen, een gemeenschappelijk oplossing vinden, vooral met Charlotte, zijn vrouw, de belangrijkste persoon in zijn leven.

De acacia's waren al uitgebloeid, al hing er nog steeds een zwakke zoete geur in de lucht die hij diep opsnoof toen hij zich door de laan naar het huis haastte. Schammi hurkte naast de deur, wat ongebruikelijk was. Sinds hij op de plantage verbleef droeg hij een lang sneeuwwit gewaad met een bijpassend mutsje en hij hechtte er grote waarde aan de kostbare stof niet vies te maken.

Hij kwam overeind toen hij de bwana bij het begin van de laan zag, klopte zorgvuldig zijn gewaad af en liep op zijn meester toe.

'Jambo, Schammi,' begroette Max von Roden hem.

'Jambo, bwana.'

Hij maakte snel een buiging waarbij hij zijn gekromde armen tegen zijn borst drukte en praatte toen haastig verder. 'Er is bezoek, bwana. Dschagga zijn gekomen en hebben pombe, mais en eieren als geschenken meegenomen. Ze hebben ook stinkende koeienhuid meegebracht. Bibi Charlotte moet schnaps geven.'

Max was niet al te blij met deze visite, ook al was een bezoek van een stamhoofd met aanhang een goede zaak, want hij was op de vriendschap met de stammen aangewezen.

'Welke Dschagga?'

Schammi had zijn ontstemming aangevoeld, hij had een goed instinct voor de stemmingen van de witten. Het deed hem goed. Schammi kon de Dschagga niet uitstaan, voor hem waren ze net zo griezelig als de Masai.

'Het is Mandara, bwana. Zit in mooie kamer. Drinkt schnaps en eet lekkere samosa's die kok heeft klaargemaakt. Bibi Charlotte zal hem nog een duur rood kleed en zout en sigaretten geven. Hem en de anderen die meegekomen zijn.'

Schammi was de enige op de plantage die zijn mevrouw 'bibi Charlotte' noemde, alle anderen zeiden 'bibi Roden'. Hij maakte natuurlijk gebruik van zijn speciale status.

De woonkamer was doortrokken van de ranzige lucht van

rundervet waarmee de Dschagga hun haar invetten. De andere scherpe geuren kon Max niet thuisbrengen en dat wilde hij ook niet. Charlotte zat op een stoel haar best te doen om de waardige gastvrouw te spelen, iets verderop troonde ook het stamhoofd op een stoel, de andere gasten hadden op de grond plaatsgenomen. Mandara was een uitgemergelde oude man die desondanks heel wat zelfvertrouwen uitstraalde.

Er vond een uitgebreide begroeting plaats met woorden en gebaren, hoewel Max de zwarten geen hand gaf. Hij wist dat ze dat niet prettig vonden uit angst dat een boze geest via zijn arm bij hen zou binnendringen. Sadalla zette een stoel voor hem klaar en daarna moest hij een beker pombe en aansluitend een schnaps drinken om zijn gasten tevreden te stellen. Een snelle blik op Charlottes gezicht liet hem weten dat ze blij was met zijn thuiskomst, al viel haar glimlach wat zuiniger uit dan gewoonlijk. Wel zorgde ze ervoor dat hij rijkelijk bedeeld werd met kip, currysaus en gezoete gierst met kaneel, amandelen en vijgen, wat hij als een goed teken opvatte.

Hoffelijkheden werden uitgewisseld. Charlotte had Kapande laten halen omdat hij de taal van de Dschagga verstond. Daarbij sprak het stamhoofd een beetje Swahili dat hij zelfs met Duitse woordjes vermengde. Ze hadden het over de Masai die boven in Usambara een dorp hadden overvallen, en Mandara klaagde over de olifantenjacht. Het ivoor bracht de Dschagga niets dan ongeluk en strijd want iedereen wilde zo veel mogelijk olifanten doden om rijk te worden. Algauw zouden er geen olifanten meer overblijven bij de Kilimanjaro, misschien dat ze dan weer in vrede konden leven. Ook al verklaarde Max dat er altijd olifanten bij de Kilimanjaro zouden zijn, in stilte moest hij het stamhoofd gelijk geven. Hij was zelf een gepassioneerd jager, maar wat hier in Afrika op veel plekken plaatsvond had weinig te maken met het edele woudwerk. Het wild werd massaal afgeslacht, enkel omwille van de begeerde trofeeën. Ter afleiding vertelde hij over het luipaard dat onder zijn geiten had huisgehouden en de ogen van de Dschagga lichtten op. Het bezoek duurde voort en het werd Max duidelijk dat hij de gasten onderdak voor de nacht moest geven, het was intussen al donker geworden. Mandara was helemaal tevreden met het bijgebouw dat snel met biezen matten en dekens werd uitgerust, vooral omdat het een stevige deur van hout bezat.

Bij terugkeer in de woonkamer trof hij daar alleen nog Sadalla en Hamuna aan die de schalen, bekers en borden wegruimden en de stoelen weer op hun plaats zetten.

'Bibi Roden is in haar kamer,' zei Hamuna.

Max overweeg even of hij moest aankloppen en besloot toen dat dat onzin was, aangezien het niet zijn gewoonte was. Zacht opende hij de deur om haar tijd te geven zich op zijn binnenkomst in te stellen.

Ze had de kamer die hij ooit voor Johanna had ingericht naar eigen smaak veranderd, de meubels verplaatst, enkele tekeningen opgehangen die haar nichtje had gemaakt en een tafeltje laten vervaardigen dat ze als bureau gebruikte. Daar zat ze nu, gebogen over een brief, bij het licht van de lamp.

'Zijn ze tevreden?' vroeg ze over haar schouder zonder op te kijken. Hij begreep dat ze Mandara en zijn aanhang bedoelde.

'Ik denk het wel.'

'Er is post gekomen.'

Ze wees met een hoofdbeweging naar een stapel brieven die allemaal nog ongeopend waren. Het schrijven dat ze momenteel las leek aan het handschrift te zien van haar nicht Ettje uit Leer te komen. Hij zei er niets over, het nieuws uit het Oost-Friese stadje interesseerde hem op dit ogenblik totaal niet.

'Laten we praten, Charlotte.'

Eindelijk keek ze hem aan met haar donkere uitheemse ogen. De ogen van haar Indische grootmoeder waar een vonkje goud in glinsterde en dan weer uitdoofde.

'Ik ben driftig geworden, het spijt me.'

Met een bevrijdende zucht leunde ze achterover en schoof de brief van zich af.

'En is je woede nu bekoeld?' informeerde ze.

'Allang. Ik wilde direct bij thuiskomst met je praten, maar dat was onmogelijk.'

Ze glimlachte en strekte uitnodigend haar arm naar hem uit en hij boog zich over haar heen, kuste onstuimig haar haar en voorhoofd, trok haar omhoog, tegen zich aan, en omhelsde haar.

'We zullen het eens worden, mijn schat,' mompelde hij met zijn gezicht tegen haar schouder gedrukt. 'We proberen het dit jaar op jouw manier en kijken hoe dat uitpakt. Maar ik smeek je, laat de onderhandelingen aan mij over.'

'Dan zullen we het zo doen.'

Hij werd bedwelmd door de geur van haar huid, door het vooruitzicht het verleidelijke lichaam dat hij in zijn armen hield uit te kleden en te bezitten. Het vuur in haar te ontsteken, wat haar ertoe zou brengen duizend gekke dingen te doen waar hij haar in het begin van hun huwelijk nooit toe in staat had gedacht. Haar liefkozingen waren zo uitbundig dat hij af en toe met een zekere jaloezie aan haar eerste echtgenoot moest denken. Had hij haar al deze dingen geleerd? Het moest wel, want hij wist zeker dat ze haar man nooit had bedrogen.

'Nog belangrijk nieuws uit het vaderland?' vroeg hij na hun samenkomen, al bijna in slaap. Het was stom om nu zo'n vraag te stellen, waarschijnlijk was ze veel te moe om antwoord te geven.

'Ja,' mompelde ze, 'iets ergs. Mijn nicht heeft zich van haar echtgenoot laten scheiden.'

'Welke van je vele nichten, Ettje?'

'Niet Ettje, Marie.'

Hij kon zich niet goed herinneren wie Marie was, er was ook nog een Menna die een echtgenoot had. Desondanks voelde hij iets onbehaaglijks bij dit nieuws dat hem tot in zijn dromen achtervolgde.

Juni 1899

Charlotte liet haar boek zakken en leunde met haar hoofd tegen het zachte kussen. Het was prettig om hier onder het afdak te zitten, haar ogen dicht te doen en de herfstzoete geur van de koffiebloemen op te snuiven. Waar herinnerden die haar aan? Meidoorn? Sleedoorn? Jasmijn? Misschien aan alle drie tegelijk, en toch was het een op zichzelf staand, heel zacht aroma dat zich alleen in warme nachten tot een dieper zoet intensiveerde. Het was jammer dat de koffiebloei algauw voorbij zou zijn, want de bonen leken uit de verte met pluizige sneeuw bedekt te zijn, wat haar aan haar kindertijd deed herinneren.

Het lag vast aan de zwangerschap dat die lang vervlogen tijden haar weer te binnen schoten. Ze was al in de zesde maand.

Vanaf het pleintje links van de acacialaan was boos geroezemoes te horen en ze moest bij zichzelf een beetje lachen. Max moest weer een *shauri* houden, een soort rechtspraak waarbij de onderlinge onenigheden tussen het personeel geregeld werden. Hij deed het met veel toewijding en luisterde aandachtig naar de klachten en tegenwerpingen die naar voren werden gebracht. Vaak nam hij pas een besluit nadat hij het geval met haar besproken had. Het was niet gemakkelijk de meningsverschillen tussen de Afrikanen uit de wereld te helpen. Ze hadden hun eigen wetten in hun hoofd die vaak weinig met het rechtvaardigheidsgevoel van Europeanen van doen hadden. Maar de shauri behoorde tot de taken van bwana Roden, die ze als een soort stamhoofd zagen, en Max deed trouw zijn best om deze rol te vervullen. Ze glimlachte. De heren Von Roden in Brandenburg hadden vroeger vast en zeker ook rechtgesproken in hun dorpen.

Het geluk had zijn warme mantel over haar uitgespreid en ze bleef er stilletjes onder, nestelde zich in zijn plooien en voorvoelde tegelijk dat het niet altijd zo kon blijven.

Het tumult verderop verstomde, alleen Max was nu te horen die een scheidsrechterlijke uitspraak deed die met instemmend gemurmel ontvangen werd. Charlotte richtte zich een beetje op om te kijken of haar vermoeden klopte. Inderdaad, klager, beklaagde en toehoorders gingen druk pratend en lachend in kleine groepjes op weg naar hun onderkomens. De shauri was vooral voor de toeschouwers een prachtig spektakel waarbij iedereen graag zijn mening gaf. De houten vloer van de veranda kraakte onder Max' voetstappen toen hij tevreden grijnzend naar haar toe liep.

'Zo zie ik het graag, mijn schat. Gaat het goed met jullie beiden?'

'Natuurlijk, zie je dat niet?'

Hij fronste zijn voorhoofd en vond dat ze wat bleek om de neus zag. Vervolgens legde hij voor de zoveelste keer uit dat ze de rugleuning van haar stoel kon verstellen, ze zat veel te rechtop, zijn zoon moest zich wel beklemd voelen. Hij was erg trots op deze zelfgemaakte ligstoel. In het begin had hij telkens de rugleuning versteld als ze erop was gaan zitten om haar te laten zien dat ze uit vier verschillende posities kon kiezen. Ze liet het zich glimlachend welgevallen, af en toe gedroeg hij zich als een groot kind maar ook daar hield ze van.

'Ik wilde nog even snel door te tuin lopen en me dan om de was bekommeren.'

'Niets daarvan,' knorde hij. 'Je hebt vandaag al genoeg rondgelopen. Zo meteen wordt het eten opgediend en wanneer je zin hebt spelen we nog een paar stukken vierhandig voor we gaan slapen.'

Ze zuchtte en zei niets. Het was nagenoeg onmogelijk hem duidelijk te maken dat een zwangerschap geen ziekte was. De marktvrouwen in Leer hadden in deze toestand gewoon hun waren verkocht en de Afrikaanse vrouwen werkten hoogzwanger op hun akkers. Max was echter anders opgevoed. Bij hem thuis werd een zwangere vrouw met zorgen omringd en kreeg speciaal voedsel te eten. Ze vertoonde zich zo min mogelijk in het openbaar en paardrijden of andere lichamelijke activiteiten waren helemaal uit den boze. Sinds hij wist dat ze een kind droeg had hij niet meer met haar gevreeën, wat hem moeilijk genoeg viel. 's Nachts hield hij haar in zijn armen en vaak liet hij zijn hand over haar buik glijden waarin het nieuwe leven groeide. Hun gezamenlijke kind, de zoon waar hij zo op hoopte.

'En als het een meisje is?'

'Die nemen we ook. Dan wordt het de volgende keer een jongen.'

'Maar een vrouw kan toch ook een plantage leiden?'

'Dat denk je maar, mijn schat. Een plantage heeft een man nodig, de arbeiders hebben geen respect voor een vrouw.'

Hij schonk zich een glas limonade in en wierp een nieuwsgierige blik op het dichtgeklapte boek in Charlottes handen. Hij grijnsde een beetje spottend toen hij de titel ontcijferd had, hij had direct al gezegd dat ze er weinig plezier aan zou beleven. Hoezeer Max Klara ook waardeerde, hij kon niet nalaten kritisch op te merken dat ze onder de invloed van haar echtgenoot met elke brief vromer werd, waarbij het woord 'vroom' in zijn taalgebruik geen lof betekende. Hijzelf had wat reisverslagen en romans besteld voor Charlotte in Berlijn, waaronder ook het omstreden boek van Bertha von Suttner *Die Waffen nieder!*, dat Charlotte diep geschokt en tot tranen toe geroerd had. Wat nou ook weer niet Max' bedoeling was geweest, want hij vreesde serieus dat dergelijke opwinding het kind kon schaden. Dus had hij Mozarts pianoconcerten voor zijn vrouw aangevraagd en een abonnement genomen op de maandelijkse publicaties van Velhagen & Klasing.

'Ben je met het werk opgeschoten?' informeerde Charlotte nu.

'Ja, geweldig. We kunnen algauw grootscheeps in de sisalhandel stappen. De grond bij de voormalige kokosplantage is bijna goed, we hoeven alleen nog maar een paar bomen te rooien, dan kunnen we planten.'

Ze wist dat hij de huidige problemen wegpraatte om haar niet te verontrusten en daar werd ze niet eens boos om. De zwangerschap maakte haar toch al kalmer, spon haar in een cocon die dringende problemen bij haar weghield en haar het vaste vertrouwen gaf dat alles goed zou komen. De eerste sisaloogst was een mislukking geweest. De planten waren nog te jong, de vezels te zacht en gemakkelijk breekbaar. Daarbovenop was de koffieoogst minder uitgevallen dan verwacht, ook al omdat Max de oude koffiebomen had gerooid om sisal te planten. En jammer genoeg hadden zijn halfslachtige onderhandelingen over de koffieprijs niets opgeleverd, integendeel, ze hadden verliezen moeten incasseren. Max had zich toen zijn erfenis laten uitbetalen en behalve een kleine noodreserve alles in de plantage geïnvesteerd. Het kon dus krap worden in de komende jaren.

'Kijk daar,' riep hij en hij gebaarde met zijn glas in zijn hand naar het westen. 'Zijne majesteit vertoont zich om ons goedenacht te wensen.'

De Kilimanjaro was al dagen niet te zien geweest. Nu ineens dook zijn donkere kegel door de avondhemel op, zwom daar in de zachte oranjekleurige nevels als een verschijning die een geestenbezweerder tevoorschijn had getoverd. Witte mist steeg op uit het regenwoud, bleef hier en daar op de berghellingen hangen en schitterde bijna net zo fel als de sneeuw op de top van de berg.

'Een goed teken,' merkte Max op. 'Je zult zien dat de agaven goed wortel schieten en binnen een paar jaar zijn we zo rijk dat we kunnen aanbouwen. Een zaal met een concertvleugel voor jou, lieveling.'

'Bwana Roden! Bibi Roden! Er komen gasten.'

De zon was al onder, de avondhemel gloeide oranjerood zodat ruiter en muildieren zich als donkere silhouetten tegen de bloeiende acacia's aftekenden. Ze moesten behoorlijk uitgeput zijn, de dieren sjokten met gebogen kop vooruit en ook de ruiter scheen geen haast te hebben het veelbelovende nachtkwartier te bereiken.

Charlotte ging rechtop in haar stoel zitten en moest diep adembalen. Haar hart klopte plotseling zo hard dat ze het in haar hele lichaam voelde.

'Als je het mij vraagt is het een van die dwaze goudzoekers,' zei Max. 'Dat zijn vaak onderhoudende knapen.'

De ruiter hief zijn hoofd en keek speurend naar hen. Nu hij dichterbij kwam werden zijn contouren duidelijker en details zoals een lichte tropenhelm, een open jasje en een lichtbruine rijbroek werden zichtbaar. Een volle blonde baard bedekte wangen en kin en toch was er geen twijfel mogelijk. Ook al had ze hem nooit eerder in het zadel gezien, deze nonchalante, schijnbaar onbeholpen houding die het volgende ogenblik in opperste concentratie kon omslaan had ze maar één keer eerder bij een man gezien.

'Het is George,' zei Charlotte zacht. 'George Johanssen.'

'Wat?' riep Max. 'De dokter uit Londen? Met wie je als bakvis zo gedweept hebt? Dat is geweldig, dan zullen we ons vanavond zeker niet vervelen.'

Hij liet het na iets over de scheiding te zeggen, net zoals hij steeds had vermeden om tijdens haar zwangerschap over onaangename dingen te praten. Ze wachtten tot de gast een stuk dichterbij gereden was, toen sprong Max op om hem tegemoet te gaan. Ze kon niet precies horen wat er werd gezegd, zag wel hoe Max impulsief zijn hand uitstak en George de aangeboden rechterhand vastgreep. Direct daarna waren beiden omringd door Juma, Sadalla en Schammi die zich om de muildieren en de bagage bekommerden en George steeg af. Hij was een stuk langer dan Max en zag er naast hem nog magerder uit dan ze hem in haar herinnering had. Hij deed zijn hoed af en moest het blonde haar achter zijn oren strijken. Hij was waarschijnlijk al heel lang niet meer bij een kapper geweest.

Charlotte was opgestaan en wachtte de gast op bij de trap van de veranda. Het heftige kloppen van haar hart was gelukkig afgenomen en ze ontving George Johanssen met de glimlach van een goede vriendin.

'Je bent nog mooier geworden dan je in Dar es Salaam al was,' zei hij en hij beantwoordde haar glimlach. 'Laat me je feliciteren met deze sympathieke man naast me.'

'Nee, nee,' riep Max ertussendoor. 'Ik ben het die u moet feliciteren. Ik heb de meest fantastische vrouw in de wereld veroverd.'

'Dat geloof ik graag,' reageerde George.

Zijn grijze ogen rustten met zijn karakteristieke intensiteit op haar en natuurlijk zag hij dat ze zwanger was aan de hoge taille van haar jurk. Met een snel lachje redde ze zich uit haar verlegenheid.

'Jullie slaan allebei wartaal uit. Laten we naar binnen gaan. Hamuna zal je de logeerkamer laten zien en haast je een beetje, George, het eten is al opgediend.'

'Hoor ik daar de stem van je grootmoeder uit Leer doorklinken? Ik geloof dat je meer op haar lijkt dan ik aanvankelijk dacht.'

Max viel hem lachend bij. 'O ja, Charlotte is de meesteres van dit huis. Mijn bescheiden persoontje is het toegestaan om onder dit dak te wonen en me door haar te laten verzorgen.'

De stemming was te uitbundig om je er prettig bij te voelen. Charlotte had het idee dat er allerlei steken onder water in George' opmerkingen doorklonken, al wist ze dat dat zeker niet het geval was. Hij deed gewoon moeite om aardig te zijn en leek Max oprecht te mogen. Voor het avondeten had hij een licht pak aangetrokken en zelfs zijn baard wat gefatsoeneerd, zodat hij er nu veel beschaafder uitzag. Max schonk rode wijn in waarvan hij een behoorlijke voorraad had aangelegd en de gesprekken namen een zakelijke wending. Slechts af en toe veroorloofde George het zich om een ironische opmerking te maken, wat Max meestal niet eens doorhad en Charlotte des te meer.

Ze praatten over de plantage die Max trots als zijn levenswerk kenschetste. Hij hield zich in om te verwijzen naar de te verwachte erfgenaam om Charlotte niet in verlegenheid te brengen. George luisterde vol interesse, wilde van alles weten en Charlotte voelde aan dat hij er nieuwsgierig naar was wat Max von Roden ertoe gebracht had zijn vaderlandse landgoed te verlaten en bij de Kilimanjaro opnieuw te beginnen. Hij stelde de vraag evenwel niet rechtstreeks en loofde in plaats daarvan de rode wijn en de Indische kok, bewonderde Max' jachttrofeeën, waaronder het luipaardvel dat aan de muur boven de haard een plekje gekregen had.

'De leeuwenplaag in Dar es Salaam is intussen beteugeld,' vertelde George en hij keek daarbij Charlotte aan. 'Wie nu bij Wilhelm Schmidt een witbiertje drinkt, kan nog laat zonder zorgen huiswaarts gaan.'

'Klara schreef me erover, ze is in Dar es Salaam getrouwd en woont met haar man in de missiepost aan de Immanuelskaap.'

'Ik weet het,' reageerde hij rustig. 'We zijn elkaar af en toe tegengekomen. Ik werk sinds een half jaar in het ziekenhuis voor de inheemse bevolking dat de Indiër Sewa Hadji heeft gesticht.'

'O.'

Hij glimlachte en hielp haar door het pijnlijke moment heen door over zijn werk te vertellen, over zijn hoop op een vaccin tegen de malaria, nu men achter de veroorzaker, de anophelesmug, gekomen was. Er waren helaas nog steeds gevallen van pokken en cholera, op zichzelf staand gelukkig, maar daarom niet minder tragisch. Charlotte luisterde zwijgend en ergerde zich ondertussen over haar vrome nichtje dat George' aanwezigheid in Dar es Salaam in geen van haar brieven genoemd had. Wat verbeeldde ze zich eigenlijk? Was ze de bewaakster van haar deugdzaamheid? Geloofde Klara nou echt dat zij, Charlotte, nog naar George verlangde terwijl ze volkomen gelukkig getrouwd was?

'U wilt de Kilimanjaro beklimmen?' hoorde ze Max geestdriftig uitroepen.

'De berg van de boze geest, inderdaad. Ik ben benieuwd hoe hij ons daarboven zal ontvangen.'

'Koud en ijzig, man. Ik hoop dat u warme kleren bij u hebt. Daarnaast moet de lucht daarboven verdomd ijl zijn. Een paar maanden geleden hebben twee bergbeklimmers deze onderneming slechts ternauwernood overleefd.'

De twee mannen konden uitstekend met elkaar opschieten. Ze werden bezield door hetzelfde enthousiasme en Charlotte begreep dat Max maar al te graag deel had willen uitmaken van deze onderneming. Hij had echter te veel verantwoordelijkheidsgevoel om zich die vrijheid toe te staan. Het speet haar voor hem en tegelijk was ze er erg blij om, ze zou van angst om hem gestorven zijn. Terwijl ze de zoete compote van bananen en mango oplepelde, observeerde ze nadenkend George' gezicht. Zijn voorhoofd had horizontale groeven gekregen die nog dieper werden als hij kritisch keek. Ook de kleine lijntjes om zijn ogen hadden zich uitgebreid. Zijn blik bezat nog steeds dezelfde indringendheid, al was de jeugdige nieuwsgierigheid er allang uit verdwenen. Ernst lag erin en een begin van berusting. Ze bedacht dat hij in het ziekenhuis vast veel ellende te zien kreeg die hij niet kon verhelpen en ze vroeg zich af om welke reden hij terug naar Dar es Salaam was gekomen. Marie, had Ettje geschreven, was intussen hertrouwd, George' kinderen woonden bij hun moeder.

Ze is nog steeds dezelfde, dacht Charlotte met bitterheid. Marie neemt van het leven wat ze hebben wil. Eerst had ze George gewild en gekregen, nu had ze een ander aan de haak geslagen met wie ze het leven naar haar wensen kon leiden. En waarom ook niet? Marie en George hadden vermoedelijk nooit bij elkaar gepast.

'Zeker als je met de officieren van de beschermingstroepen praat, hebben ze een zeker respect voor deze rebel,' zei Max net. 'Mkwawa schijnt buitengewoon moedig te zijn en heeft daarbij grote invloed. We weten echter ook dat hij iedere zwarte die niet met hem wilde samenzweren, brutaal heeft laten vermoorden. Nee, we moeten in geen geval een held van hem maken.'

Ze waren ondertussen bij de opstandeling Mkwawa aangekomen. Een stamhoofd van de Wahehe die de Duitsers in het binnenland jarenlang had geteisterd. Acht jaar lang had hij de ongelukkige kolonel Zelewski met zijn askari-troepen neergeslagen, wat de opstand van de Wahehe een sterke impuls had gegeven. Het was een slepend gevecht geweest dat vele levens had gekost tot de Duitse beschermingstroepen uiteindelijk zegevierden onder de leiding van Tom von Prince. De ooit zo machtige Mkwawa werd opgejaagd als wild, ontkwam steeds opnieuw aan zijn achtervolgers tot hij een jaar geleden eindelijk gevonden werd. Er werd verteld dat hij zijn medestrijders van kant gemaakt en aansluitend zijn eigen leven genomen had.

'Rebel?' vroeg George en hij fronste ironisch zijn voorhoofd. 'Behoort dit land naar waarheid niet aan hen? De Afrikanen?'

Het was een gevoelig onderwerp en Charlotte wist maar al te goed dat Max deze dingen heel anders zag.

'Dit land is gigantisch groot, mijn vriend. Er is genoeg plaats voor iedereen.'

George draaide het glas rode wijn in zijn hand en leek met zichzelf te overleggen of het de moeite waard was een discussie te beginnen. Hij besloot van wel.

'Dat kan best zijn. Maar dan zou iedereen de ander en zijn levenswijze moeten respecteren. Wij behandelen de zwarte bevolking echter als minderwaardig, of zelfs als slaven. In het beste geval zien we hen als onwetende kinderen over wier lot we denken te mogen beslissen.'

'U lijkt een wereldverbeteraar te zijn,' zei Max grijnzend, waarmee hij naar Charlottes mening de spijker op de kop sloeg.

Charlotte voelde George' ogen op haar rusten, vragend en onzeker of hij de discussie maar beter kon afbreken. Vroeger was ze het met zijn opvattingen eens geweest, was er helemaal geestdriftig over geworden, zijn manuscripten waarin hij zijn ideeën uiteenzette hadden haar gefascineerd.

'Maar...' kwam ze tussenbeide. 'Misschien hebben de Afrikanen helemaal geen plantages nodig. De Dschagga verbouwen hun bananen en mais ook wel zonder ons en daar redden ze het mee.

Het is niet juist dat men ze steeds verder het regenwoud in drijft en hun land onder boeren en Duitsers uit Rusland verdeelt, die er plantages aanleggen.'

'Zeker, mijn schat,' zei Max zachtmoedig. 'Je moet alleen niet vergeten dat de Dschagga ook vroeger bepaald niet in het paradijs leefden. Eerder als in de middeleeuwen, voortdurend het gevaar lopend door vreemde stammen afgeslacht te worden. En daarbij komt nog dat de Arabische slavenhandelaren de mensen in dit land honderden jaren lang als vee gevangengehouden en verkwanseld hebben. En vaak waren het de Afrikaanse stamhoofden zelf die hun eigen mensen verkochten. Wij Duitsers hebben een eind aan die praktijken gemaakt en de slavernij verboden. Wij bieden de zwarten welstand en een veilig leven, daarvoor kunnen ze ons verdomd dankbaar zijn. Het is voor mij heel belangrijk dat mijn Afrikaanse arbeiders tevreden zijn. Op mijn plantage wordt niemand afgeranseld zoals bij de buren en er is ook geen *kiboko*, hoogstens wat harde woorden, en wanneer iemand te brutaal wordt, gebruik ik mijn vuisten. Uiteindelijk zijn we van hen afhankelijk. Maar zoals u het zich voorstelt, werkt het niet.'

Ze discussieerden tot diep in de nacht en tot Charlottes grote opluchting leken ze het beiden meer als een spel te beschouwen, een uitwisseling van gedachten, een sportief gevecht met de floret waarbij men de tegenstander niet echt verwondde, alleen zijn superioriteit bewijzen wilde.

George vertrok de volgende dag weer. Hij had met vrienden in Moshi afgesproken en wilde hen niet laten wachten.

'Ik ben heel blij dat je zo gelukkig bent,' zei hij bij het afscheid tegen haar. 'Dat heb je verdiend, Charlotte.'

Op dat moment herkende ze het verdriet in zijn ogen en ze hield zijn hand langer dan nodig was vast.

'Wees voorzichtig,' waarschuwde ze hem bezorgd. 'De klim is niet ongevaarlijk. Al velen die het geprobeerd hebben, zijn niet teruggekomen.'

Hij lachte en antwoordde vol ironie dat de boze geest daarboven niet veel kon beginnen met iemand als hij. Charlotte bleef onder het afdak van de veranda staan toen hij wegreed en plotseling kromp haar hart samen. Hij kwam haar oneindig eenzaam voor.

'Wat een sympathieke kerel,' zei Max. 'In veel dingen ben ik het niet met hem eens en toch heeft hij veel indruk op me gemaakt. Ik hoop dat hij gauw weer langskomt.'

'Ja, dat zou leuk zijn.'

Ze was er zeker van dat ze George Johanssen nooit meer terug zou zien.

September 1899

Charlotte gooide de kroppen sla in de mand en ondersteunde haar pijnlijke rug met beide handen terwijl ze uit haar gebukte houding overeind kwam. Zelfs in de schaduw van de fruitbomen was het ondraaglijk heet, er stond geen zuchtje wind, in de betrokken hemel hing de zon als een glanzende lichtgele bal.

'Buik is groot,' zei Hamuna grijnzend en ze beschreef met haar arm een wijde boog voor haar eigen buik. 'Grote buik en pijn in rug, *binti.*'

'Ach, Hamuna, jij met je voorspellingen,' steunde Charlotte en ze veegde het zweet van haar voorhoofd. 'Gisteren zei je nog dat het een *kyana* zou zijn omdat mijn voeten gezwollen waren.'

'Binti, kyana, dochter of zoon, allebei is mogelijk,' redde Hamuna zich er leep uit.

'Neem nog een paar maiskolven en citroenen mee. En witte kool. Binnenkort moeten we ze aan de varkens voeren als ik niet eindelijk leer zuurkool te maken.' Het was vreemd dat ze hier dezelfde groenten en fruit kon planten en oogsten die ook in de tuin van haar grootmoeder gestaan hadden. Vroeger had haar dit werk vreselijk saai geleken en nu kon ze er geen genoeg van krijgen. Ze liep wel tien keer per dag naar buiten om haar 'damesplantage', zoals Max de tuin noemde, te inspecteren en was blij met elk kruid en elk kooltje. Ze had net haar mand opgepakt en vocht tegen het brandend maagzuur dat haar elke keer plaagde als ze zich bukte toen ze Hamuna's verraste kreet hoorde.

'Kijk, bibi Roden! *Kongotti* zit in de boom.'

Er zat waarachtig een ooievaar in een eucalyptusboom. Hij had zich op een kale tak neergelaten en hurkte daar onzeker op zijn dunne poten, de lange rode snavel tegen zijn gebogen hals gedrukt.

Charlotte had nooit eerder een ooievaar op de plantage gezien en ze moest lachen omdat de knaap zo ernstig om zich heen keek alsof hij op iets wachtte.

'In mijn vaderland zegt men dat de ooievaar de kindjes brengt,' legde ze uit aan Hamuna.

'In Afrika brengt kongotti geen *kitoto*,' zei de bediende en ze gluurde wantrouwig omhoog naar de zwart-witte bezoeker. 'Misschien is hij speciaal voor bibi Roden gekomen. Het is beter als hij weer wegvliegt.'

Tegen de tijd dat Max thuiskwam voor het middageten had de ooievaar gezelschap gekregen. Wel dertig tot vijftig van zijn soortgenoten hadden de plantage als rustplaats uitgekozen. Ze hurkten als witte vlekken in de eucalyptusbomen, sommige waren naast de grote vijver geland en liepen op hun stelten over het grasveld. Andere zaten op het dak van het woonhuis, op de stal, zelfs op de acacia's langs de laan. Alleen op de hutten van de Afrikaanse arbeiders waagde geen enkele vogel plaats te nemen want daar werden ze weggejaagd.

'Wat een bijzondere invasie,' merkte Max grijnzend op. 'Het heeft vast iets te betekenen, Charlotte. Ik denk dat ik Juma en Mtangi naar Moshi moet sturen om dokter Brooker te verzoeken naar ons toe te komen.'

Hij had het hier al drie weken over terwijl Charlotte bleef volhouden dat er nog genoeg tijd was en ze konden het de dokter niet aandoen om helemaal voor niets de rit naar de plantage te maken.

'Vanwege de ooievaars?' giechelde Charlotte. 'Ach, Max, dat is toch onzin.'

Hij schepte een berg salade op zijn bord om de opbrengst van de damesplantage eer aan te doen, hoewel ze wist dat hij de gebraden geit veel lekkerder vond.

'Niet vanwege de ooievaars, mijn schat. Het kan elk moment

zover zijn, daarom. Dat moet jij toch voelen?'

Ze voelde helemaal niets en wist ook niet wat ze zou moeten voelen. Tenslotte was het haar eerste bevalling en noch grootmoeder, noch tante Fanny had zich over dergelijke details uitgelaten. Ze wist alleen dat het vreselijk veel pijn deed. Het moest in elk geval veel erger zijn dan indertijd de miskraam, maar daarvoor zou ze dan ook een kind ter wereld brengen. En als God het wilde was het een gezonde jongen.

'Dus ik stuur die twee nu direct weg, dan kan de dokter al morgenmiddag hier zijn,' besloot Max eigengereid.

'Als ze hem beneden op de post kunnen missen...'

'Drommels, dat moeten ze. Uiteindelijk gaat het hier om le...' Hij zweeg geschrokken en vervolgde toen: '... om moeder en kind. Om jou en onze zoon.'

'Of onze dochter.'

'Voor mijn part ook een dochter,' bromde hij geamuseerd. 'Als ze op jou lijkt kunnen we haar houden.'

Ze lachte en leunde achterover in haar stoel. Ze was een beetje misselijk, waarschijnlijk had ze te veel gegeten.

'Ik ga nog een rit maken, maar ben gauw weer terug,' zei hij toen hij opstond en zijn glas leegdronk. 'Niet te veel rondlopen, het is vast beter als je even gaat liggen.'

Ze gaf geen antwoord. Zijn doorlopende voorschriften werkten op haar zenuwen. Zeker, hij was bezorgd om haar, maar waarom dacht hij alles beter te weten? Als het aan hem had gelegen had ze de hele zwangerschap in bed of een leunstoel doorgebracht.

Haar maag voelde alweer beter en ze had er bijna spijt van niet nog een stuk zelfgemaakte geitenkaas te hebben genomen. Ze had geen zin om naar bed te gaan, ook al was ze een beetje slaperig. In plaats daarvan ging ze achter de piano zitten en speelde een inventie van Bach, die haar de laatste tijd steeds beter beviel.

Wat was er eigenlijk mis met haar ogen? Ze kon de noten nauwelijks onderscheiden. Waarom was het zo schemerig?

'*Nyenje! Nyenje!*' schreeuwde iemand buiten voor het huis. Was dat Kapande? Of Mtangi? Nee, die was vast met Juma naar Moshi gegaan.

Hamuna kwam de kamer binnenlopen, zwaaiend met haar armen. Haar kleurige ingewikkeld gedraaide hoofdtooi dreigde los te gaan. '*Nyenje*. De hele hemel zit vol. Kom snel, bibi Roden. Ze eten de tuin op.'

Sprinkhanen! Charlotte kwam geschrokken overeind, het pianokrukje viel om en sloeg tegen de houten vloer. Ze had van de grote zwermen gehoord die in korte tijd elk blad en elke stengel opaten. Tot dusver was het de plantage bespaard gebleven. Al onder het afdak bleef ze staan en moest zich aan een houten paal vasthouden. Ongelovig staarde ze naar het wemelende inferno. Net was alles rustig geweest, nog geen briesje, en nu brak het als een rood onweer over het land uit. Miljarden gevleugelde wezens zwermden in de hemel, schoten sissend als kleine grijsrode pijlen aan haar voorbij. Een ruisende knisperende vloedgolf die zich als een levend tapijt over de groene velden legde.

Verder naar boven bij de hutten van de arbeiders, heerste grote opwinding. Mannen, vrouwen en kinderen sprongen in hun tuintjes heen en weer en sloegen met doeken en twijgen op de vraatzuchtige insecten in om hun mais en gierst te redden. Ze hoorde Max' luide stem die zijn medewerkers bij elkaar dreef en naar de koffieplantage stuurde, vervolgens riep hij de vrouwen toe dat ze vuren moesten aansteken, de rook zou de beesten verdrijven.

Haar tuin! De koolplanten, de sla, de jonge appelboompjes, de mais... Ze haastte zich terug het huis in, trok een laken uit de kast en rende door de als een hagelstorm suizende insecten. In de tuin sprongen Schammi, Sadalla en Hamuna wild door elkaar en sloegen op de planten in. Zwermen sprinkhanen wervelden bij elke slag omhoog om meteen daarna op een andere plant neer te dalen. Charlotte stortte zich op een van de kleine appelbomen die dit jaar voor het eerst zijn kleine vruchten droeg en probeerde de gulzige eters te verdrijven. Het was hopeloos. Je kon letterlijk zien hoe de blaadjes verdwenen, de hongerige sprinkhanen kropen in hordes over de stam, hingen aan de takken en vraten, vraten, vraten. Als ze met het laken tegen het boompje sloeg, fladderden sommige van de insecten even omhoog, maar de meeste trokken zich niets aan van de aanval. Ze waren in de ban van hun vreetbui, alleen de direct getroffenen vielen op de grond en verspreidden een afschuwelijke stank. Opeens werd ze kotsmisselijk, ze struikelde ruggelings tegen het tuinhek en gaf over. Ogenblikkelijk daarna voelde ze hoe haar lijf verkrampte en de eerste pijngolf door haar buik en rug trok. De pijn was zo heftig dat ze in elkaar kromp en haar armen om haar lichaam sloeg.

'Hamuna!'

De zwarte bediende had haar kleurige hoofdtooi afgewikkeld om ermee naar de sprinkhanen te slaan. Het zwarte haar eronder was kortgeschoren en krullerig als het vel van een pasgeboren lammetje.

'Ga in het huis, bibi Roden. Niet hier blijven. We kunnen niets doen. Ga in het huis. Hamuna komt met je mee.'

Het klonk vreemd kalmerend te midden van al het geschreeuw en de vijandig rondzoemende insecten. Rook dreef naar hen toe, de zwarte vrouwen hadden Max' raad opgevolgd en vuren ontstoken. Het leek echter alsof de vraatzuchtige sprinkhanen zich weinig van de walm aantrokken.

Gearmd met Hamuna ging Charlotte de trap naar de veranda op en daar trok de pijn weg en kon ze weer ademhalen.

'Het is over, Hamuna. Ga terug naar de tuin, ik heb je nu niet nodig.'

'Ga in het huis, bibi Roden.'

'Ja, ja, ik ga een beetje uitrusten.'

'Je kunt morgen uitrusten. Kitoto is wakker. Niet uitrusten. Je moet hem helpen.'

Het kind wilde ter wereld komen. Uitgerekend in deze verschrikkelijke chaos, nu daarbuiten alles vernietigd werd wat ze zo liefdevol had gecreëerd, wilde het kind geboren worden. Ze kon er niets aan veranderen, de geboorte overweldigde haar net zo als de aanval van de sprinkhanen waar ze zo machteloos tegenover stond. Ze liet zich op een stoel zakken, omvatte haar buik met haar armen en begon hulpeloos te snikken.

'Buik wordt boos als je huilt.'

Hamuna had gelijk want de volgende wee kondigde zich alweer aan, trok aan haar rug en drukte haar lijf in elkaar als een ijzeren tang. Ze kreunde zachtjes terwijl de tranen nog over haar wangen liepen, ze wilde in geen geval schreeuwen, al was het alleen maar omdat ze zich schaamde voor Hamuna.

'Kitoto is sterk. Wees niet bang. Hamuna is hier.' Ze wreef over haar rug, wat de pijn inderdaad een beetje verlichtte. Daarbij kletste ze onophoudelijk, vertelde over een *malaika*, een geest die op een engel leek, die ze op het huis had zien zitten. Dat was een goed teken, een malaika beschermde de mensen en leidde hen op de weg naar God.

Charlotte snapte er niet veel van. Blijkbaar haalde Hamuna haar oude geloof en de preken van de missionarissen die af en toe op de plantage kwamen door elkaar. Een malaika, waarschijnlijk had ze een ooievaar op het dak zien zitten. Die verdomde ooievaars waren op de sprinkhanen af gekomen, vandaar hun massale verschijning eerder die dag. Maar waar ze nu hun buik volvraten, op de plantage was het niet. Er was er geen één meer te bekennen.

'Hamuna heeft vijf kitoto op wereld gezet. Eén binti gestorven aan koorts. Twee *mvulana* zijn met karavaan meegegaan. Hamuna heeft ze niet teruggezien. Eén mvulana is gestorven door slaag van Duitse bwana. Eén mvulana is met twee vrouwen getrouwd. Missionaris in Dar es Salaam heeft gezegd, hij mag niet veel vrouwen hebben.'

De weeën kwamen nu korter op elkaar en de pijn werd zo erg

dat Charlotte op haar tanden beet en krampachtig het tafelkleed vastgreep. Wanneer de golf wegebde, leunde ze hijgend achterover in haar stoel. Het was raar, maar in die rustperiodes had ze nergens last van, de boosaardige pijn was verdwenen alsof hij er nooit was geweest.

'Schammi moet mijn man op de hoogte stellen.'

'Laat bwana werken. Hij moet bananenstruiken beschermen. Nyenje eten geen koffiebladeren, wel bananenbladeren. Koffieboon heeft schaduw van bananen nodig.'

Charlotte hield niet vast aan haar wens. In principe had Hamuna gelijk. Max zou zich alleen maar verschrikkelijk opwinden en helpen kon hij toch niet. Ze wist zelf niet eens precies hoe je een kind ter wereld bracht. Gelukkig had Hamuna, die nu over de tegenslag van de Dschagga klaagde, vijf kinderen gekregen. Zij wist wat er moest gebeuren. Ze had haar ook verpleegd toen ze ziek was, het was goed dat Hamuna bij haar was.

'Dschagga hebben rook gemaakt tegen nyenje. Helpt niets. Nyenje zullen alle mais en bananen opeten. En alle gierst. Dschagga zullen hongerlijden. Zullen op plantage komen voor werk. Erg ongeluk van boze geest, *sheitani*.'

De wee kwam zo snel dat Charlotte toch een schreeuw uitstootte en zich kreunend aan de tafelrand vastklemde.

'Hoelang duurt het nog? Waarom komt dat kind niet eindelijk? Ik kan niet meer.'

'Duurt soms vele dagen. Soms hoest bibi alleen maar en kitoto valt uit buik. Soms doet veel pijn. Een andere keer bijna niet. Kitoto is altijd anders.'

'Hou op!'

Het duurde de hele nacht. Hamuna stuurde Sadalla naar de hutten van de Afrikanen om er twee oude vrouwen bij te halen. Ze spreidden een laag biezen matten op de grond van de slaapkamer uit voor Charlotte, haalden haar over daarop te gaan zitten en hingen amuletten om haar hals. Charlotte deed wat ze van haar vroegen, liet hen over haar armen, benen en rug wrijven, verzette zich niet als ze overal in haar buik drukten en haar besproeiden met een nevel van pombe. De voortdurend gemompelde en zeker niet christelijke bezweringen begreep ze sowieso niet. De helse pijn die haar lichaam in twee stukken wilde scheuren was het enige waar ze zich mee bezig kon houden.

Max rende als een waanzinnige in de woonkamer rond en klopte elke vijf minuten op de slaapkamerdeur om te vragen hoe het ervoor stond, al kon hij zichzelf er niet toe brengen binnen te komen. 'Ik kan niet aanzien hoe je lijdt,' steunde hij vertwijfeld. 'Helemaal omdat het mijn schuld is, ik heb je dit aangedaan. Grote god.'

Het kind werd geboren toen de ochtendmist boven de plantage de kleur aannam van rijpe sinaasappels. Er was geen vogel te horen, geen aap ging tekeer, tuinen, velden en bomen waren kaalgevreten. Alleen twee ooievaars scharrelden op hun gemak door de lege tuin en deden zich tegoed aan dode sprinkhanen.

Toen dokter Brooker op de plantage arriveerde, was er niet veel meer voor hem te doen. Charlotte lag uitgeput in haar bed, het kind sliep in een houten wiegje dat Max zonder medeweten van Charlotte voor zijn zoon had gemaakt.

'Een ongeluk komt zelden alleen,' zei de arts meevoelend. 'Een meisje, en een vervloekt sterk ding, had net zo goed een jongen kunnen zijn.'

'Wat kletst u voor onzin,' viel Max tegen hem uit. 'Een dochter is precies wat ik wilde.'

Juni 1900

Charlotte doopte haar pen weer in de inktpot en las de begonnen zin nog eens door om hem tot een goed einde te brengen. Ze had de brief aan haar grootmoeder liever in alle rust geschreven, maar het jachtgezelschap wilde zo meteen naar Moshi vertrekken en Max had beloofd haar brief daar bij het keizerlijk postkantoor af te geven. Daarbovenop stond Schammi naast haar bureau en ook al durfde hij bibi Charlotte niet te storen, ze wist heus wel dat hij iets op zijn hart had.

'Wat is er, Schammi?'

'Schammi is verdrietig. Bwana Roden heeft geen vertrouwen in Schammi. Schammi heeft altijd gedaan wat bwana Roden zei, is nooit ongehoorzaam geweest.'

'Als mijn man het zo beslist heeft, Schammi, dan heeft hij daar zijn redenen voor. En ik ben het helemaal met hem eens dat je nog te jong bent, het is beter als Juma de geweren draagt.'

Schammi's gezicht kreeg een zorgelijke uitdrukking. Hij was zeker een stuk langer dan Juma, die buiten dat als angsthaas bekendstond. Waarom behandelde iedereen hem nog steeds als een kind? Hij wist precies hoe hij met een geweer moest omgaan, tenslotte had hij bwana Roden vaak genoeg bij de jacht vergezeld.

'Maar als simba onze bwana aanvalt kan Schammi hem met het geweer...'

Luidkeels protestgehuil klonk van buiten het raam en gelijk daarop hoorden ze Hamuna's kalmerende gezang. De kleine huilebalk hield zich alleen even stil omdat ze adem moest halen en begon direct daarna opnieuw te brullen. Charlotte beëindigde haastig de regel, voegde er goede wensen en hartelijke groeten aan toe en de aankondiging dat ze met haar volgende brief een eerste foto van haar dochter Elisabeth zou bijsluiten.

'Ik vertrouw jou de brief toe, Schammi,' zei ze en ze stopte het schrijven in een envelop. 'Herinner bwana Roden eraan dat hij hem in Moshi naar de post brengt.'

Deze eervolle opdracht troostte Schammi een beetje, maar wat was een brief, hoe belangrijk ook, vergeleken met het voorrecht de reservegeweren van het jachtgezelschap te mogen dragen.

Buiten op het kleine grasveld naast de acacialaan schroefde barones Von Bleiwitz haar fotoapparaat van het statief en verpakte de afzonderlijke onderdelen in een houten krat. Hamuna hield de blèrende Elisabeth op de arm, wiegde haar heen en weer, wees met haar vinger in de lucht waar net een zwerm raven voorbijvloog, zong een kinderliedje... niets hielp.

Zo gauw de kleine Charlotte ontdekte, strekte ze haar armpjes naar haar mama uit en snikte nog een poosje tegen haar schouder.

'Ik heb een paar snoezige opnamen van uw dochter gemaakt,' dweepte de barones. 'Wat een betoverend kind.'

'Ik ben bang dat Hamuna haar zoveel stukjes mango heeft gegeven dat ze er buikpijn van heeft gekregen.'

'Ja, het was de enige manier om haar stil te houden.'

Elisabeth had zich intussen moe gehuild en sliep op Charlottes schouder. Het was geen wonder dat het kind zo over haar toeren was, ze miste de gebruikelijke regelmaat. Gisteravond, toen ze samen met de gasten aten, had Max zijn dochter op schoot genomen, haar lekkere hapjes toegestopt en haar op de pianotoetsen laten timmeren. Hij was helemaal weg van Elisabeth en betreurde het alleen af en toe dat ze totaal niet op Charlotte leek en helemaal naar zijn familie aardde. De kleine had blonde krullen en haar felblauwe ogen deden Charlotte denken aan haar overleden grootvader. Ook haar vader moest zulke ogen gehad hebben, alleen dat had ze Max niet verteld.

'Ik geloof dat ik me moet haasten,' zei Agnes von Bleiwitz. 'De dragers staan al klaar.'

Ze klapte het houten statief samen en liet het aan Schammi over om de dure uitrusting in meerdere hoezen van wasdoek te doen en over de dragers te verdelen. Max en Alexander von Bleiwitz hadden hun schietoefeningen beëindigd en kwamen via de acacialaan naar het huis. Ze liepen haastig door en Charlotte zag dat Alexander naar de boomtoppen wees die vol knoppen zaten. Vermoedelijk vertelde Max hem over de aanval van de sprinkhanen in het voorgaande jaar, waar de acacia's tot zijn opluchting goed uitgekomen waren.

'We zijn klaar, beste dames,' riep Max hun vrolijk toe. 'Als we vandaag tot Moshi en nog een stuk verder willen komen, moeten we nu vertrekken.'

Hij pakte de slapende Elisabeth uit Charlottes armen en toen de kleine begon te jengelen, tilde hij haar hoog in de lucht en draaide een rondje zodat haar witte jurkje fladderde. De kleine juichte, strekte zich uit en zwaaide met haar armen.

'Vlieg, mijn engeltje,' riep Max lachend. 'De volgende keer neem ik je mee op safari. Dan laat ik je de simba en de *twiga* met zijn lange hals zien en zul je de *tembo* kunnen bekijken, de grijze reuzen.'

'Daar zul je toch nog even mee moeten wachten,' zei Charlotte met een glimlach. 'Eerst moet ze leren praten en lopen, daar sta ik op.'

Max beëindigde de engelenvlucht en drukte twee tedere kussen op de door het mangosap kleverige wangen van zijn dochter en gaf haar daarop weer aan Hamuna om Charlotte naar zich toe te trekken. Met zijn armen om haar heen mompelde hij: 'Je bent dom, lieveling. Elisabeth wordt goed verzorgd, we hadden een paar heerlijke dagen en nachten op de savanne kunnen doorbrengen. Waarom verzet je je er altijd tegen? Ik beloof je geen enkel dier te schieten.'

'Dat kan ik niet van je vragen, mijn schat. Ik weet toch wat een geweldige jager je bent.'

Alexander von Bleiwitz mengde zich er ook in. 'Het is echt jam-

mer, mevrouw. U ontzegt uzelf een geweldige belevenis.'
'Een andere keer,' zei Charlotte ontwijkend. 'We kunnen de plantage tenslotte niet aan haar lot overlaten. Als we eerst eens een
goede witte voorman gevonden hebben, dan misschien...'
Max zuchtte. 'Dan vind je wel weer een nieuwe uitvlucht,' zei hij
en hij kuste haar ten afscheid op haar voorhoofd. Het was slechts
een toespeling op een kus, een vluchtige aanraking die ze nauwelijks voelde, heel anders dan anders wanneer ze afscheid namen.
Waarschijnlijk stoorde hem de aanwezigheid van het echtpaar Von
Bleiwitz, dat altijd heel afstandelijk met elkaar omging.

Elisabeth had nog even om haar papa gehuild en was nu door
Hamuna's zachte woordjes in slaap gevallen. Ze zag er in de armen van de zwarte verzorgster uit als een rozige goud gelokte ker-
stengel. Hamuna had zich een betrouwbare kindervrouw bewezen, ook al deed ze veel op de Afrikaanse manier en wilde ze niet
begrijpen dat een kind een regelmatig dagritme nodig had. Het
liefst had ze de kleine de hele dag met zich meegedragen, maar
Charlotte en Max stonden erop dat Elisabeth 's middags voor een
paar uur in haar bedje gelegd werd. Ze was de wieg die Max voor
haar had gemaakt allang ontgroeid en papa had met toewijding
een kinderbedje met houten spijlen in elkaar gezet.

'Willen kitoto in gevangenis stoppen,' had Hamuna hoofdschuddend opgemerkt.

Charlotte rukte zich los van de aanblik van het wegtrekkende
jachtgezelschap en richtte zich op het werk dat gedaan moest worden. De jagers zouden een goede week wegblijven, zolang was zij
de meesteres op de plantage en voor alles verantwoordelijk. Er
was buiten de routineklusjes niet zoveel te doen. De koffiebomen
bloeiden en er moest daar alleen af en toe gewied worden. De
nieuwe sisalplanten zou Max na zijn terugkeer aanpakken. Veel
belangrijker was de grote moestuin die het dit jaar heel goed deed,
alleen het ene appelboompje had de aanval van de sprinkhanen
niet doorstaan en was weggekwijnd.

Toch besloot Charlotte een rit over de plantage te gaan maken, als vervangster van haar man die daar elke morgen rondreed. Ze wilde vooral de sisalagaven bekijken waar Max een paar dagen geleden gele vlekken op ontdekt had en waarvan hij de oorzaak niet kon verklaren. Hopelijk was het geen ongedierte, of erger nog, een aantasting door schimmels, dat zou een einde aan hun verwachtingen maken. Het was de bedoeling dat de sisal binnen enkele jaren hun enige inkomstenbron zou vormen.

Ze liet zich door Sadalla en drie andere zwarte knechten begeleiden en nam een geweer mee. Ze vond dit zelf onnodig maar Max had het haar dringend verzocht nadat afgelopen december enkele Dschaggastammen Moshi hadden aangevallen. Dat nieuws was voor hen allemaal een behoorlijke schok geweest en nog erger was de daaropvolgende strafexpeditie van de beschermingstroepen. Vanaf de plantage hadden ze de rook van de brandende hutten kunnen zien en ook had men de net opnieuw ontkiemende aanplant van de Dschagga vertrapt en afgebrand. Max had deze maatregelen diep betreurd, maar uiteindelijk noodzakelijk gevonden. Opstand mondde steeds uit in moord en geweld en daartegen moesten de witte plantage-eigenaars en hun vrouwen en kinderen beschermd worden.

Charlotte nam eerst een kijkje bij de arbeidersnederzetting, bekeek een doorgeroest golfplaten dak en beloofde hulp te sturen. Vervolgens bewonderde ze drie bonte geitjes die die ochtend waren geboren. Ze praatte vooral in op het geweten van de vrouwen die hun kroost niet graag naar school stuurden omdat ze lezen, schrijven en rekenen als overvloedige, ja, zelfs gevaarlijke kunstjes beschouwden die alleen goed waren voor de witten en niet voor Afrikaanse kinderen. Ze ontving aarzelende beloftes, de vrouwen waren haar welgezind. Ze kwamen intussen vaak met hun kinderen naar het woonhuis om ze met zalf tegen wonden en zweren te laten behandelen. Charlotte wist echter uit ervaring dat ze niet op hun toezeggingen kon vertrouwen. Ze zouden de kinderen één of twee dagen sturen en daarna bleven ze weer thuis.

Terwijl ze langzaam tussen de aanplant door reed vergat ze haar ergernis en in plaats daarvan genoot ze van de aanblik van de bloeiende koffiebomen, rook hun bitterzoete geur en verheugde zich erover dat de bananenstruiken tussen de koffieboompjes weer weelderig omhoogschoten. De grote regentijd had dit jaar overvloedige nattigheid gebracht, wat de koffie goed had gedaan, de agaven echter een stuk minder, die hielden van heet en droog. Soms vroeg ze zich af of Max met de sisal op het juiste paard wedde, hij was echter overtuigd van de juistheid van zijn beslissing. Dit jaar zouden ze eindelijk de eerste oogst op de markt kunnen brengen. De vraag naar sisalvezels was groot. Als ze goede kwaliteit konden leveren, zouden hun financiën er binnenkort beter voorstaan. Max had in het afgelopen jaar geld moeten lenen om mais, zaden en gierst te kopen, anders hadden ze hun arbeiders, die door de sprinkhanenplaag al hun gewassen waren kwijtgeraakt, niet kunnen voeden. Er waren ook veel Dschagga op de plantage verschenen die om werk en eten vroegen. Ze vertelden dat hun vrouwen en kinderen hongerleden en dus probeerde Max zo veel mogelijk van hen in dienst te nemen, hun voorraden waren echter niet toereikend voor iedereen.

De zon brandde nu heet aan de hemel en ze was blij met het lichte briesje dat haar slapen verkoelde. Op schaduwrijke plekken kon je nog de laatste dauwdruppels op de bladeren van de koffiebomen zien. Wanneer er een zonnestraal op viel, fonkelden ze in de bonte kleuren van regenbogen. Charlotte schermde haar ogen af met haar hand en keek uit over de zacht oplopende velden die zich tot aan het regenwoud uitstrekten. Ook het land dat Max aan de Dschagga had moeten afstaan behoorde weer tot de plantage. Ze hadden het, in het kader van de strafexpeditie tegen de inheemse bevolking, teruggekregen.

Ze reed tot aan de rand van de sisalaanplant en steeg af om de bladeren van dichterbij te bekijken. Ook al onderzocht ze de agaven nauwkeurig aan alle kanten, ze vond niets behalve een paar bruine buitenbladeren die vlak bij de bodem verdorden, waarschijnlijk als gevolg van de vochtigheid in mei.

'Kijk, bibi Roden! *Uchawi*, de boze tovenaar, een geest, heeft tekens gemaakt op de bladeren.'

Daar waren ze! Gelige en lichtbruine vlekken. Sommige heel klein, andere liepen in elkaar over en leken zich met elkaar te verenigen. De oppervlakte van de bladeren was op deze plaatsen droog als leer en voelde ruw aan.

'Het was zeker geen geest, Sadalla, misschien een of ander schadelijk beest. Snij dit blad af, we nemen het mee.'

Misschien kwam het door de zon in combinatie met de dauwdruppels die nog aan de bladeren hingen? Maar de dauw liep eigenlijk heel snel van de vlezige bladeren af en bovendien hadden ze sinds de regentijd al een maand lang zon gehad. Charlotte zuchtte. Ze hadden zo gelukkig kunnen zijn. Ze hielden van elkaar, ze hadden een betoverend dochtertje dat goed gedijde, maar de zorgen om het bestaan hielden niet op.

Aangename geuren van uiteenlopende aard omgaven haar toen ze de trap naar de veranda op liep. De geur van de acacia's was overweldigend, zacht, vol wilde zoetheid en tegelijk kwamen haar vanuit de keuken de opwekkende aroma's van kaneel, vanille en nootmuskaat tegemoet. De kok had haar instructie onthouden om tijdens de afwezigheid van de bwana geen vlees te braden want als Max met het echtpaar Von Bleiwitz terugkeerde zouden er nog genoeg geitjes en biggetjes aan moeten geloven. Dus werden er samosa's met groentevulling geserveerd met daarbij allerlei kostelijk gekruide sauzen die de Indische kok steeds op een andere manier en toch elke keer weer heerlijk klaarmaakte.

De rest van de dag bracht Charlotte door in rusteloze bedrijvigheid. Ze organiseerde haar schooluren, groef in de tuin, speelde met Elisabeth op het grasveld, controleerde de voortgang van de bouw van het nieuwe gastenverblijf dat ook als woning voor een eventuele witte voorman moest dienen, stelde een lijst samen van dingen die bij de eerstvolgende gelegenheid in Moshi gekocht moesten worden… Ze schreef ook nog een brief aan Klara waarin ze haar verzocht te informeren naar de ervaringen van de agavenplanters daar ter plaatse.

's Avonds voelde ze zich weliswaar afgemat maar niet slaperig, zoals ze gehoopt had. Ze zag wel in dat ze alleen maar zo onrustig was omdat ze Max nu al oneindig miste. Het was belachelijk en toch verging het haar elke keer zo als hij de plantage voor een paar dagen verliet. Ze had het een keer aan hem bekend, waarna hij haar hartstochtelijk omhelsd en tegelijkertijd vreselijk uitgelachen had. Hij leek zelf niet onder een scheiding te lijden. Zoals hij zei voelde hij zich dicht bij haar, onafhankelijk van waar hij zich bevond, in gedachten was hij altijd bij haar.

Uit de badkamer klonk gespat en gejoel, Hamuna deed Elisabeth in bad. Daarna moest mama een stukje pianospelen, waar de kleine zwijgend en vol interesse naar luisterde. Ze wilde niet in haar bedje, wat Hamuna heel goed begreep, dus mocht ze op een zacht dekentje voor de haard rondkruipen waar ze na een tijdje in slaap viel.

Charlotte was rusteloos, zat in haar kamer achter het bureau en maakte een planning voor de komende dagen, waarin ze allerlei karweitjes wilde afwerken die Max vervelend vond.

Hamuna droeg de slapende Elisabeth naar haar bedje en ging toen naar haar eigen onderkomen. Ook Charlotte besloot te gaan slapen.

Later zei men tegen haar dat het onmogelijk was, de ruiters waren nog veel te ver weg. Charlotte wist echter zeker dat ze wakker geworden was van het snuiven van een paard. Ze wist niet waarom ze badend in het zweet omhoogkwam uit de kussens en de gordijnen opendeed. Er was geen reden voor, behalve het wilde, vertwijfelde fladderen van haar hart. Het was vroeg in de ochtend, de nevels die de berg verborgen hadden een rode gloed, een zwerm grijze vogels steeg op uit de eucalyptusbomen alsof ze ergens door gestoord waren.

Ze rende op blote voeten naar de voordeur, schoof met trillende handen de hendel terug en deed de deur open. De geur van de acacia's sloeg haar tegemoet, zwaar en bedwelmend als zoete honing. De bloemen lichtten helrood op en het leek of de laan in brand stond. Aan het einde van de weg wachtten twee mannen die een last tussen zich in droegen, naast hen het echtpaar Von Bleiwitz.

Als in trance daalde Charlotte de treden van de veranda af, eerst langzaam, tastend voetje voor voetje, geloofde nog dat ze zich in een boze droom bevond. Toen begon ze te rennen, op blote voeten met losse haren, in haar fladderende witte nachtpon.

'We hoopten dat hij het nog zou redden,' hoorde ze Alexander von Bleiwitz stamelen. 'Hij wilde op zijn plantage sterven.'

Max' lichaam was ongeschonden, alleen zijn gezicht had een harde trek, die hij tijdens zijn leven nooit gehad had.

'Een zwarte mamba. Lag in het hoge gras. Hij is erop getrapt. Ik heb het beest met drie schoten afgemaakt, maar het was al te laat.'

Ze hoorde zichzelf schreeuwen, wild en vreemd, het waren geluiden die nooit eerder uit haar keel waren gekomen. Ze voelde het verstijfde, al koude gezicht van haar man onder haar tastende handen, kuste zijn dode lippen, streek met haar vingers door zijn haar. Toen de mannen probeerden haar van de dode te scheiden, sloeg ze als een furie om zich heen.

'Mijn beste, je mag je niet zo laten gaan,' zei mevrouw Von Bleiwitz. 'Denk aan je kind.'

V

April 1905

Charlotte droeg de lamp zachtjes naar haar kamer en zette hem op haar bureau. Even bleef ze luisterend staan, behalve het geluid van de regen was er niets te horen. Elisabeth was eindelijk in slaap gevallen.

Het was vandaag betaaldag op de plantage geweest, die ze vanwege de regen onder het afdak had afgehandeld. Er waren ontevreden gezichten onder haar personeel geweest en velen hadden om een voorschot gevraagd om de nieuwe belasting te kunnen betalen. Sinds het begin van dit jaar was de betaling van vier roepies aan de koloniale regering niet meer per hut te voldoen maar voor iedere man die tot werken in staat was. Voor veel gezinnen viel de belasting daardoor dubbel of zelfs driemaal zo hoog uit. Voor de Dschagga was dat het ergst omdat men hun nu ook de olifantenjacht verboden had.

Ze begon de betaalde bedragen op te tellen en op te schrijven in de boekhoudmap, noteerde vervolgens enkele uitgaven voor rijst, kledingstoffen en conserven die ze in Moshi had gekocht plus twee boeken voor Elisabeth, kleurpotloden en papier. Ze keek nog een keer kritisch naar de cijfers voor ze het boek sloot en in de la legde.

Zoals elke avond voelde ze zich uitgeput en tegelijk veel te rusteloos om al naar bed te gaan. Even staarde ze in de lichtkring van de lamp, naar de insecten die er ronddwarrelden, vervolgens gleed haar blik naar de ingelijste foto's. Max als twintigjarige in Brandenburg naast zijn ouders. Max in een groep grootwildjagers die zich met een afgeschoten neushoorn lieten fotograferen. De laatste foto van haar man was op de dag van zijn dood genomen. Op de voorgrond zag je Elisabeth die op Hamuna's schoot heftig gesparteld had en daardoor onscherp was gebleven. Max stond op de achtergrond, wijdbeens met zijn handen op zijn heupen, achter zijn rechterschouder stak een geweerloop in de lucht, een dunne zwarte streep. Zijn gezicht was niet te onderscheiden al had hij vast en zeker gegrijnsd.

Ze pakte de brief die twee weken eerder was aangekomen, las hem nog een keer door en trok toen haar briefpapier uit de la om een antwoord te schrijven.

Mijn lieve Klara,

Wat een nieuws! En dat je zo lang hebt geaarzeld voor je dit nog toekomstige blijde gebeuren durfde aan te kondigen. Wat moet je bang geweest zijn toen zich problemen aandienden en je vreesde het kind te verliezen. Nu komt vast alles goed, ik weet zeker dat je hartenwens in vervulling gaat. Hier op de plantage gaat het zo zijn gangetje. Ik zet voort wat Max heeft opgebouwd en heb daar vrede mee. Zijn hart hing zozeer aan deze plek dat ik die nooit zou kunnen verlaten en vaak als ik voor moeilijke beslissingen sta, voel ik dat hij bij me is en me de weg wijst. Hoe onterecht waren mijn twijfels eerder, het is de sisal die de plantage heeft gered. Max had daar het volste vertrouwen in, helaas stond het noodlot niet toe dat hij deze vreugde nog zou meemaken. In de namiddag zagen we de bergtop heel duidelijk en waren blij met de majesteitelijke aanblik. Nu ik deze regels schrijf komt er een zware regenbui naar beneden, ik hoor hoe de druppels op het dak roffelen. Morgen ga ik met Elisabeth naar de velden om de eerste bloemen te plukken. Ze heeft er veel plezier in om boeketten en kransen te maken die we dan onder de eucalyptusbomen op Max' graf leggen. Hoe verdrietig was ik vaak als kind dat ik mijn ouders en Jonny zo vroeg verloren had, nu weet ik echter dat ik oneindig rijk was want ik had nog mijn herinneringen. Mijn dochter weet niet eens meer hoe haar vader eruitzag. Ze heeft niets anders dan onze verhalen en gelukkig heeft ze daar vele van. Ze is al heel verstandig en luistert oplettend wanneer ik over Max praat.

Zeg tegen Peter dat hij zich niet moet opwinden over de vreemde pelgrimstochten van de Afrikanen naar de Rufiji-rivier. Er zijn veel 'tovenaars' onder de inheemse bevolking, ik ben zelf ooit door een Dschaggamagiër behandeld en misschien dank ik mijn leven aan zijn drankje. De geruchten over het wonderwater, het maji-maji, zijn vast overdreven. Ik kan niet geloven dat het gezondheid, welstand en regen brengt, zoals hier beweerd wordt. En al helemaal niet dat het iemand onoverwinnelijk maakt. Toch denk ik dat vasthouden aan het oude Afrikaanse geloof voor de zwarten altijd nog beter is dan de toestand waarin al zovelen zijn terechtgekomen: namelijk dat ze nergens meer in geloven en geen wetten en regels meer erkennen. Ik denk vaak aan mijn arme Schammi die na Max' dood totaal overstuur was en is weggelopen. Ik heb tot nu toe niets van hem gehoord en kan alleen maar hopen dat het goed met hem gaat. Hij is immers een slim ventje en komt vast wel terecht.

Het is een lange brief geworden, lieve Klara. Elisabeth slaapt al een hele tijd. Ik moet je de boodschap overbrengen dat ze heel blij is met jouw tekeningen. Ze heeft net zolang gezeurd tot ik ze allemaal op de muur van de slaapkamer heb gehangen, zodat ze ze bij het inslapen kan bekijken. Ik sluit twee kleine tekeningen bij die ze voor 'tante Klara' gemaakt heeft. Ik heb de indruk dat ze naar jouw kant neigt. Ze schildert zo enthousiast dat ik amper genoeg papier te pakken kan krijgen. Helaas wil ze niets weten van pianospelen.

Ik omarm je van harte, jou en je ongeboren kind, en ook
Peter die algauw een gelukkige vader zal zijn.
Tot we elkaar weerzien.

Je nicht Charlotte

Ze las de brief nog een keer door en was er heel ontevreden over. Waarom deze melancholieke toon? Was ze niet van plan geweest Klara op te vrolijken, haar moed in te spreken? Het moest aan het late uur liggen, aan de stilte in het anders zo lawaaierige huis, misschien ook aan de ruisende regen. Op dat tijdstip overviel haar vaak een gevoel van eenzaamheid waar ze overdag nooit last van had. De regenbui hield op. Druppelend en kabbelend liep het water vanaf het dak naar beneden en verzamelde zich voor het huis in twee goten die Max vroeger had laten graven om het door het grasveld naar de vijver te leiden. Op het moment dat ze de gordijnen dicht wilde doen, ontdekte ze dat achter een raam van het beheerdershuisje nog licht brandde, wat haar een beetje over haar melancholie heen hielp. Ze was niet helemaal alleen, er waren nog andere mensen wakker op dit uur. Het was sowieso dwaas steeds weer toe te geven aan dergelijke stemmingen. Ze had, zo God wist, genoeg redenen om tevreden en dankbaar te zijn. Bijvoorbeeld voor de twee jonge Duitsers verderop in het beheerdershuis, die sedert vier jaar op de plantage werkten en zich als ijverige en betrouwbare mensen bewezen hadden. Hun komst moest een beschikking van het lot zijn geweest. In het vreselijke jaar, volgend op Max' dood, had ze op het punt gestaan het op te geven. De sisal zat vol gele vlekken, wat de kwaliteit verminderde, een schadelijk beest liet de koffiebessen bruin worden zodat ze geplukt en verbrand moesten worden. Het ergste was echter dat de zwarte arbeiders haar opdrachten slechts twijfelachtig en onwillig uitvoerden. Ze waren Max strenge manier van doen gewend en wilden niet geloven dat een bibi de plantage kon leiden.

Glimlachend keek ze toe hoe in het beheerdershuis de deur openging. De twee mannen hadden een hond die ze 's nachts in huis haalden. Jacob Göts en Wilhelm Guckes kwamen uit de omgeving van Kassel en hadden in Usambara op een koffieplantage gewerkt voor ze bij haar kwamen. Daar waren er blijkbaar moeilijkheden geweest met de plantage-eigenaar, een voormalig Duits officier, wat Charlotte eerst aanleiding tot wantrouwen had gegeven, maar wat gelukkig al snel ongegrond bleek. Jacob en Wilhelm accepteerden haar van begin af aan als bazin van de plantage, voegden zich naar haar instructies en deden het goed met de zwarte arbeiders. De twee waren sinds hun jeugd onafscheidelijke vrienden en geen van beiden leek aan trouwen te denken, ze hadden genoeg aan elkaar. Ze hadden het beheerdershuisje met veel liefde ingericht, zelf meubels gemaakt en zelfs kussens genaaid. Ook sliepen ze heel openlijk met elkaar in hetzelfde bed. Net zoals zij vroeger met Klara.

Klara! Ze trok snel de gordijnen dicht en keek weifelend naar het bureau. 'Tot we elkaar weerzien,' had ze onderaan de brief geschreven. Wat een stomme frase. Ze waren nu al zeven jaar van elkaar gescheiden en de hoop elkaar terug te zien was twee jaar geleden nog verder in het verschiet geraakt toen Peter de opdracht had gekregen om in het zuiden van de kolonie, in de buurt van Kilwa Kivinje, een nieuwe missiepost te vestigen. Klara had mooie prenten getekend en met het vruchtbare gebied en de vriendelijke Afrikanen gedweept. Charlotte wist echter heel goed dat Klara haar niet altijd de hele waarheid vertelde. Het leven was daar vast en zeker erg moeilijk voor een gehandicapte vrouw en nu was ze daarbij ook nog zwanger. Op haar drieëndertigste verwachtte ze haar eerste kind, en ze had zelfs al moeilijkheden ondervonden waarover ze niet in detail was getreden. Grote god, was er daar eigenlijk wel iemand die haar bij de geboorte terzijde kon staan? Een trouwe ziel zoals Hamuna?

Ze liet zich op haar stoel vallen, pakte de brief nog een keer, piekerde en schoof hem toen weer opzij. Nee, het was onmogelijk. Ze moest voor de plantage zorgen. In deze periode zouden ze een deel van de agaven afsnijden en verwerken. Ze had een dochtertje dat haar nodig had, een wervelwind die met de zwarte kinderen ravotte, bruin verbrand met twee lichtblonde vlechten die voortdurend losraakten. Een betoverende weerspannige blaag die schaamteloos misbruik maakte van het geduld van haar kindervrouw en dan weer vrijgevig al haar lekkers onder de zwarte vriendjes en vriendinnetjes verdeelde. Elisabeth was de belangrijkste persoon in Charlottes leven, haar enig kind, haar oogappel en Max' nalatenschap aan haar. In de bittere weken na zijn dood was een brief uit Brandenburg aangekomen. Max' broer en zijn schoonzus condoleerden haar diep aangedaan met de dood van haar echtgenoot en verzochten haar dringend de kleine dochter naar hun landgoed in Brandenburg te brengen. Het kind was uiteindelijk een Von Roden, na Max' dood kwam zijn broer de voogdijschap toe. Men wilde niet dat het meisje als een wilde in Afrika opgroeide, ze had recht op een opvoeding overeenkomstig haar stand. Charlotte had de brief nijdig verscheurd en in het vuur gegooid en ze wist zeker dat Max hetzelfde zou hebben gedaan. Niets op de wereld kon haar ertoe brengen haar eigen kind, Max' dochter, op te geven.

Vastbesloten pakte ze de lamp en ging naar haar slaapkamer. Sinds Elisabeth het traliebedje ontgroeid was, sliep ze naast haar, daar waar vroeger Max had gelegen. Ze waren hier allebei heel tevreden mee, vooral Elisabeth die vaak nachtmerries had en dan lekker tegen haar mama aan kon kruipen. En ook Charlotte vond het fijn de rustige ademhaling van haar kind te horen als ze 's avonds niet kon slapen en zich aan donkere gedachten overgaf.

Eenmaal uitgestrekt in bed, het licht uit, werd haar algauw duidelijk dat zelfs Elisabeths ontspannen slapende lichaampje haar zorgen niet op een afstand kon houden. Ze probeerde haar gedachten een andere richting op te sturen, dacht aan Marie die een paar maanden geleden een brief met een mooie foto van haar kinderen had gestuurd. Slechts zijdelings had ze vermeld dat George zich na een lange afwezigheid weer in Londen had gevestigd en in Whitechapel een artsenpraktijk had geopend. Ze onderhield echter geen contact met hem. Charlotte kende de wijk alleen omdat Marie hem af en toe in haar brieven noemde. Als je haar moest geloven dan kwamen er in Whitechapel alleen bedelaars en criminelen naar het spreekuur. Het was zeker een heel andere buurt dan waar George' vader zijn praktijk had gehad. Zou George al opnieuw getrouwd zijn en een gezin hebben gesticht? Sinds zijn bezoek aan de plantage had ze nooit meer iets van hem gehoord. Ze wenste hem toe dat hij na al zijn zwerfjaren eindelijk tot rust gekomen was. Ook zij had vrede gevonden. Ze was nu vijfendertig jaar oud en had in dit land twee echtgenoten begraven. Met de één had ze medelijden gehad en geloofd voor hem te moeten zorgen. Zijn ongelukkige einde had ze niet kunnen voorkomen, het drukte nog steeds op haar. Van de ander had ze gehouden en ze hield nog steeds van hem. De drie korte jaren met Max waren boordevol geluk geweest, meer dan andere mensen in hun hele leven gegeven was. Het lot had haar deze tijd geschonken en daarvoor was ze dankbaar. Meer kon en wilde ze niet vragen.

Ze had mensen die haar na stonden. Haar kind, Hamuna, Schammi die weggelopen was. Een paar buren met wie het contact echter niet al te nauw was. Natuurlijk de familie in Leer, al waren die ver weg. Niet alleen in afstand, hun levens verliepen langs verschillende wegen en vaak was het moeilijk elkaar te begrijpen. Ze had Klara...

Klara, haar kleine nicht. Was ze dan vergeten hoe ze tijdens haar eigen zwangerschap naar Klara had gehunkerd? Haar nichtje was alleen met haar man in een eenvoudig, eenzaam gelegen missiehuis. Wat als Peter Siegel haar niet op tijd naar Kilwa bracht? Wat als Klara deze bevalling niet overleefde?

Ze stak de lamp weer aan en liep op haar tenen naar haar bureau. Zorgvuldig doopte ze haar pen in de inkt en schreef een naschrift.

Nee, je kunt me niet van mijn plan afbrengen, je hoeft het niet eens te proberen want ik ben vastbesloten. Half juli vertrek ik vanuit hier. Het laatste stuk van Mombo naar Tanga kan ik gelukkig met de Usambaratrein afleggen en daarna neem ik de kuststomer tot Kilwa Kivinje. Voor de afstand tot Naliene huur ik een muilezel.

Zeven jaar lang hebben we elkaar niet gezien, er is intussen zoveel gebeurd. Ik verlang ernaar je weer te zien, Klara, en ik wil bij je zijn als je moeilijke uur dichterbij komt, wat tegelijk het gelukkigste van je leven zal zijn.

Charlotte

De trein kwam na meerdere uren en onder oorverdovend geknars van de remmen tot stilstand. Witte rook trok over het perron en alleen heel vaag kon je door het treinraam de vorm van een met stro gedekte barak onderscheiden waarvoor zich een aantal Afrikanen verzameld hadden.

'Tanga,' riep de witte planter vrolijk en hij schoof de verroeste tropenhelm terug van zijn voorhoofd. 'In slechts vijf uur, ons Usambaraspoor is echt een zegen.'

Charlotte stemde beleefd met hem in terwijl ze erin werkelijkheid helemaal niet zo zeker van was of ze in zijn enthousiasme kon delen. Ze voelde zich na de treinreis van Mombo naar Tanga veel uitgeputter dan na een hele dagreis langs de karavaanweg op de rug van een muildier.

Wat was er veel veranderd hier aan de kust. Waar vroeger nog kokos en suikerriet verbouwd werden, zag ze nu uitgestrekte sisalplantages. Ook katoen werd aangeplant en naar men zei beloofde de koloniale regering daarmee veel winst te gaan maken.

Juma, de angsthaas, was die ochtend bij de aanblik van de rook uitbrakende locomotief verschrikkelijk geschrokken en had, zo vertelde hij, de hele reis vlak bij de wagondeur gehurkt gezeten om in geval van nood snel naar buiten te kunnen springen. Ze had Kapande en Makwetu in Mombo met de muilezels terug naar de plantage gestuurd en alleen Juma mee naar Tanga genomen. Misschien was het beter geweest als ze de kalme Kapande als haar begeleider had uitgekozen.

'Lekker,' zei Juma nadat ze hem een gevulde pannenkoek en een mango had gegeven ter versterking. 'Maar thuis is hij nog lekkerder.'

'Jij hebt toch vroeger in Tanga gewoond, Juma?

'Dat was een zwaar leven. Alleen maar kisten op schepen sjouwen.'

Ze liepen langs het indrukwekkende witgeverfde stationsgebouw waarvoor een groep keurig geüniformeerde askari stond die hen nieuwsgierig opnamen. Het was eind juli, de grasvelden en plantsoenen om het gebouw heen waren al verdord, alleen de vlag van het Duitse keizerrijk op het dak wapperde monter in de zuidoostenwind. Charlotte ademde voor het eerst in lange tijd weer de ziltige flauwe geur van de zee in en de gevoelens die in haar opwelden brachten haar in de war. Nog steeds leek de adem van de oceaan haar van geheimzinnige verten te berichten, van verleidelijke droombeelden die achter de horizon op de golven dreven als betoverde slapende eilanden. Ze moest om zichzelf lachen, want de tijd van hoop en verlangen was voor haar voorbij. Ze was geen jong ding meer, droeg het haar strak naar achteren gekamd en streng opgestoken, de eerste rimpeltjes verschenen in de zachte huid rond haar ogen. De geur van de zee riep hoogstens een beetje heimwee naar de kleine stad in Oost-Friesland in haar op en ook dat had geen zin, de weg daarnaartoe was voor haar afgesloten.

De wind liet roodachtige stofwolken omhoogwervelen zodat ze haar ogen moest samenknijpen. Indische kooplui met volgeladen muildierkarren kwamen haar tegemoet, net als veel Afrikanen die zich in het Usambaragebergte als arbeider wilden verhuren.

Charlotte had haast om het postkantoor te bereiken. Het was iets wat ze snel achter de rug wilde hebben en ze hoopte dat het nieuwe wonder van de telefoon, dat intussen alle grotere kustplaatsen met elkaar verbond, haar daarbij een goede dienst kon bewijzen. De dag voor haar vertrek had de postbode post gebracht, waaronder een brief uit Dar es Salaam, en ze herkende tot haar grote verrassing het handschrift van George. Hij werkte sinds een paar weken weer in de kliniek voor de inheemse bevolking in Dar es Salaam en vroeg of hij in de komende maand op haar plantage kon verblijven. Hij wilde de bekende arts Robert Koch opzoeken die in Amani in het Usambaragebergte onderzoek deed naar de veroorzaker van de slaapziekte. Daarna had hij gepland om naar het Merugebergte te reizen om daar de Afrikanen tegen tyfus in te enten.

Hij was dus niet tot rust gekomen, had zijn pas geopende praktijk in Londen weer opgegeven om als vanouds rusteloos de wijde wereld in te trekken. Waarom uitgerekend Dar es Salaam? George leek pas kortgeleden gehoord te hebben dat Max niet meer leefde want hij begon zijn brief met indringende woorden om zijn medeleven te uiten. Hij was een vlotte schrijver, dat wist ze allang, maar deze keer schoot hij zijn doel voorbij. Ze ervoer zijn verdriet om Max als halfslachtig en zijn geplande bezoek als zeer ongepast. Ze zou hem per telefoon kort en bondig mededelen dat hij en zijn vrienden gerust een bezoek aan haar plantage mochten brengen, maar dat zijzelf er niet zou zijn.

Ze had nog nooit in haar leven een telefoongesprek gevoerd. De telefoon bij de post in Leer, een wanstaltige houten kast, was voor iedereen toegankelijk, maar dergelijke overbodige uitgaven waren in het budget van de familie Dirksen niet voorzien. Tenslotte had men het vroeger ook zonder deze moderne gekkigheid gered.

Een medewerker van de post bekommerde zich om Charlotte en leidde haar naar twee aan de muur opgehangen houten kasten met daaronder een plank om papieren en boeken op te leggen. Er stond een jonge Afrikaanse vrouw met een kind op haar rug gebonden, die druk in de hoorn kletste.

'Een gesprek naar het ziekenhuis voor Afrikanen in Dar es Salaam?' vroeg de ambtenaar, fijntjes glimlachend om haar onwetendheid. 'Ik zal u aankondigen.'

Niet te geloven, dacht ze. Die jonge zwarte vrouw gebruikt de telefoon volkomen op haar gemak, ze lacht en praat alsof haar gesprekspartner vlak naast haar staat. En daar kom ik aan als een onnozel dom schaap.

'Pakt u alstublieft de hoorn op, uw gesprek is er.' Ze stortte zich naar de vrije telefoonkast en kwam door haar opwinding bijna in botsing met de Afrikaanse die haar gesprek net beëindigd had. De hoorn leek op een rond blikken doosje dat door een snoer met de houten kast aan de muur verbonden was.

Ze hoorde iets ruisen, vervolgens klikte er iets twee keer en een vreemd krachtige stem zei iets wat ze niet kon verstaan.

'Wie is daar?' vroeg ze onzeker.

'Hier is dokter Johanssen. Wie wilt u spreken?'

Het was George. Wat klonk zijn stem raar. Niet alleen vlak en gespannen, hij klonk ook afwijzend.

'George! Ik ben het, Charlotte. Ik... ik ben in Tanga.' Er volgde een korte pauze en ze was bang dat de verbinding verbroken was.

'Charlotte? Niet te geloven! Wat fijn om van je te horen.'

Hij klonk nog steeds ongewoon maar ze merkte dat zijn manier van spreken veranderd was. Ja, dit was George, zijn innemende manier van doen of nog meer de charme waarmee hij vrouwelijke wezens graag bejegende. Verward moest ze vaststellen dat de herinnering aan de Plytenberg in haar opkwam. Mijn god, hoelang was dat geleden?

'Ik wilde je alleen maar zeggen... Ik ben een paar weken niet op de plantage... een zaak die niet verschoven kan worden... helaas... ik ben onderweg...'

Waarom praatte ze zo onsamenhangend? Het moest aan die houten kast liggen die haar vanaf de muur door zijn in metaal gevatte ronde ogen aangaapte.

'Charlotte,' zei George' vervormde stem. 'Ik weet nauwelijks wat ik zeggen moet. Ik heb pas hier in Dar es Salaam van de dood van je man gehoord. Eerst kon ik het niet geloven. Max was een eerlijk en oprecht mens, ik had hem heel hoog zitten en er zijn er niet veel van wie ik dat zeggen kan. Het spijt me oneindig voor jullie allebei.'

Het klikte en kraakte in het toestel zodat ze de blikken doos dicht tegen haar oor moest drukken om zijn woorden te verstaan.

'Dank voor je medeleven.'

'Ik meen het heel serieus, Charlotte. Ik heb je vroeger eens iets over het geluk verteld, dat je het grijpen moest voor het voorbijgaat. Het lijkt er echter op dat dit geschenk uit de hemel een vluchtige aangelegenheid is, dat zelden voor langere duur bij ons wil blijven. Ik weet dat deze woorden je weinig troost bieden en ik ben bang dat voor het verlies dat jij geleden hebt er nauwelijks echte troost bestaat. Alles wat ik je kan aanbieden, is mijn vriendschap. We kennen elkaar toch al zo lang, Charlotte, we moeten elkaar niet helemaal uit het oog verliezen.'

Ze was ontroerd en schaamde zich ineens dat ze hem zo verkeerd had ingeschat. Ze had hem graag gezegd hoe dankbaar ze voor zijn aanbod was en hoe graag Max hem ook gemogen had, ze kon echter geen woord over haar lippen krijgen. George sprak zo openhartig over zichzelf via dit technische wonder, hij praatte gewoon alsof ze oog in oog stonden. Het was voor haar daarentegen onmogelijk deze houten kast haar gevoelens toe te vertrouwen.

Haar zwijgen moest hem onzeker hebben gemaakt want hij begon vlug over iets anders.

'Blijf je lang in Tanga?'

'Ik reis vandaag nog door naar Kilwa Kivinje.'

'In het zuiden? Wil je soms je nicht Klara in Naliene opzoeken?'

Dat wist hij dus ook. Hij moest bij de missiepost in Dar es Salaam geïnformeerd hebben.

'Ja, ze verwacht een kind.'

'Klara is zwanger? Dat doet me plezier, ik geloof dat ze dat heel graag wilde. Wanneer is het zover?'

'Over twee weken misschien, of eerder.'

Achter haar hoorde ze mannenstemmen en toen ze zich omdraaide zag ze dat twee askari op een gesprek wachtten. Het maakte haar zenuwachtig.

'Je kunt Klara het beste naar Kilwa brengen,' vervolgde George. 'Bij de beschermingstroepen is een arts.'

'Dat zijn we van plan.'

'Als ik kon zou ik naar jullie toe komen. Helaas hebben we hier wat gevallen van tyfus waar ik me om moet bekommeren. Ik wens je een goede reis. Bel me op vanuit Kilwa zo gauw er nieuws is. Ik verheug me erop van je te horen. En... laten we contact houden...'

'Graag.'

Ze wachtte nog even en luisterde in de blikken doos. Er was alleen nog een luide klik en toen was de lijn dood. Hij moest de hoorn opgehangen hebben.

Hij is eenzaam, dacht ze met medelijden. Hij trekt van plaats naar plaats en heeft vast veel kennissen maar blijkbaar geen enkele vriend. Wat jammer dat hij niet naar Kilwa kan komen. George is een goede arts.

Twee uur later zat ze op de kuststomer naast haar koffer en keek toe hoe een jonge Afrikaanse haar baby de borst gaf. Ze schoof gewoon de kleurige doek die ze om haar lichaam gewikkeld had opzij en bood de kleine haar tepel. Charlotte leunde met haar hoofd tegen de reling en dacht vol verlangen aan haar eigen dochter, van wie ze zich steeds verder verwijderde. Elisabeth was in goede handen, stelde ze zichzelf gerust. Een paar weken maar, dan zien we elkaar terug.

Grijze wolken trokken zich samen boven Kilwa Kivinje toen de kuststomer in de haven aanlegde. Charlotte stond huiverend aan de reling en hield met een hand haar tropenhelm vast die anders van haar hoofd was gewaaid. Het was een aantrekkelijk landschap en toch stemde het haar zwaarmoedig. Misschien lag het aan het naderende onweer, een zeldzaamheid in de droge tijd, of misschien was het haar vermoeidheid want ze had twee nachten op het schip doorgebracht, zonder echt te slapen. Noch het met palmen begroeide strand, noch de witte vesting van de Duitse beschermingstroepen met de ervoor gelegen huisjes en havenactiviteiten konden haar enthousiasme oproepen. Ook de karig begroeide vlakke heuvelketen op de achtergrond liet haar onverschillig. Ze voelde een onverklaarbare weerzin tegen deze landstreek en wenste dat ze weer op zee was, waar spelende dolfijnen het schip zo gracieus begeleid hadden.

Het districtskantoor was niet bemand en ze redden het nog net om met droge voeten de vesting te bereiken, waar men hen zonder verdere vragen binnenliet. Nauwelijks waren ze over de binnenplaats naar het hoofdgebouw gelopen toen de eerste donderslagen boven hun hoofden kraakten en de regen neerkletterde op het rode stof.

Het bleek dat er slechts een paar witte officieren in de vesting aanwezig waren, onder wie de districtsambtenaar en stafarts dokter Lott. Charlotte haalde opgelucht adem, er was in elk geval een arts ter plaatse.

'U brengt regen mee,' zei dokter Lott opgewekt toen hij haar in zijn werkkamer begroette. 'Dat is een goed voorteken, mevrouw Von Roden. Hartelijk welkom.'

Hij was een blonde man met een rossige snor en door zijn lichte huid had hij voortdurend last van zonnebrand. Ook nu waren zijn kin en de omgeving van zijn adamsappel ontstoken. Zijn ietwat grove jovialiteit deed Charlotte denken aan dokter Brooker.

'Ik ben onderweg om mijn nicht Klara Siegel in de missiepost Naliene te bezoeken. Ze verwacht een dezer dagen een kind. Is ze misschien al in Kilwa?'

'Spijtig genoeg, mevrouw Von Roden, hebben we hier al heel

lang geen bevalling meer gehad. In plaats daarvan kan ik u voor vanavond een echte bisschop presenteren. Geen zorg, hij bijt niet, zelfs niet als u een protestantse bent.'

Het avondeten vond plaats in de officiersmess, een sober ingerichte ruimte met lichte muren, een plompe kast van donker hout en een lange witgedekte tafel. Ingelijste foto's completeerden de inrichting: een afbeelding van de Lüneburgerheide, een foto van de rijkspoststoomboot de Bürgemeister en de gebruikelijke foto van keizer Wilhelm II. Behalve dokter Lott waren alleen twee sergeants-majoors en een marconist verschenen. Een onderofficier lag ziek in bed en liet zich verontschuldigen. Daarvoor in de plaats zaten drie geestelijken mee aan tafel.

'Zijne excellentie, bisschop Cassian Spiss, mevrouw Von Roden uit de Kilimanjaroregio.'

Charlotte had eerst gedacht dat de aankondiging van een echte bisschop een grapje was geweest, maar nu werd ze uit de droom geholpen. Hij had zeven jaar geleden in de buurt van Songea een missiepost gevestigd en een kerk gebouwd. Daar had hij ook de talen van de inheemse bevolking geleerd en hun grammatica opgetekend. De taal van de uit Zuid-Afrika geïmmigreerde Wangoni en die van de Kigono, de oorspronkelijke bewoners van de omgeving van Songea.

'Velen denken dat de talen van de Afrikanen simpel zijn, dat is een wijdverbreid misverstand. Ik heb vastgesteld dat ze oneindig veel feiten en ook gemoedstoestanden kunnen benoemen waarvoor in het Duits vaak helemaal geen adequate vertaling bestaat. Jammer genoeg ontsluit deze wetenschap zich niet voor de Europeanen doordat ze geen moeite doen deze talen te leren en doordat ze de manier van denken van de Afrikanen niet begrijpen.'

Wat een wonder, de bisschop had al jaren geleden de publicaties van Heinrich Barth gelezen, die hij hoog aansloeg. Zijn eigen interesse in de Afrikaanse talen diende echter slechts één enkel doel: wie eropuit trekt om de inheemse bevolking van een vreemd land tot het christelijke geloof te bekeren moet begrijpen wat er in hun hoofd omgaat en in hun eigen woorden met hen kunnen praten. Alleen zo en niet anders kan Gods heilige boodschap in hun harten wortel schieten.

'Dan is uw gemeente bij het Niassameer vast heel groot.' Hij streek een beetje verlegen over zijn zwarte baard, alleen zijn glimlach verraadde hoe trots hij was op zijn succes.

De volgende morgen aan het ontbijt moest Charlotte een heftige discussie met dokter Lott uitvechten die haar beslist in Kilwa wilde houden.

'Waarom wilt u drie dagen lang door de wildernis trekken om vervolgens weer terug te komen? Blijf bij ons tot uw nicht en zwager arriveren. Zo is het toch afgesproken, nietwaar?'

'Ik weet het niet helemaal zeker, dokter. Het is mogelijk dat het kind al geboren is, of het neemt nog een of twee weken de tijd...'

Hoe verder ze het binnenland in reden, hoe drukkender werd de hitte, de koele zeewind ontbrak hier. Aan beide zijden van de weg strekten zich katoenplantages uit waarop halfhoge dorre bosjes met een grijsachtige kleur groeiden. Erbovenop kleefden de geopende zaaddozen als witte vlokjes. Tussen het struikgewas zag ze de plukkers met hun manden vol pluizige witte vezels. Op sommige plaatsen had men de katoen op grote doeken uitgespreid om te drogen, net vierkante sneeuwvelden waar zwarte vrouwen rondliepen om de zachte wollige pracht te keren.

Charlotte voelde een vreemde spanning, een diep onbehagen waarvan ze de reden pas begreep toen Juma hem uitsprak.

'Er wordt niet gepraat, bibi Roden. Ook geen gezang. Niet zoals bij ons als we koffie plukken.'

'Je hebt gelijk, Juma. Dat is vreemd.'

Hielden de katoenplukkers zich zo stil omdat overal opzichters stonden met stokken en zwepen gemaakt van de huid van nijlpaarden? Zij waren ook zwart maar net als de askari kwamen ze waarschijnlijk niet uit de buurt en werden voor hun werk goed betaald. Wat had Max er ook alweer over gezegd? Hij was er altijd vast van overtuigd geweest dat een planter zijn personeel weliswaar met vaste hand moest regeren, maar ze met de zweep tot werken te dwingen was voor hem iets onmogelijks geweest. Tenslotte waren ze op elkaar aangewezen.

In de nachten die ze op een kampeerplek in de openlucht doorbrachten, kreeg ze de indruk dat het zwijgen op haar zwarte begeleiders was overgeslagen. Ze hadden een provisorische tent van stokken en doeken voor hun witte bibi opgezet. Zelf sliepen de twee Afrikanen die dokter Lott met haar had meegestuurd op hun biezen matten, maar de gebruikelijke zachte gesprekken voor het slapengaan bleven uit. Juma lag voor de tent van zijn bazin, de beide anderen een stuk verderop.

'Waarom praten jullie niet met elkaar, Juma?'

'Willen niet met Juma praten. Willen alleen snel terugrijden met muildieren. Naar de kust. Heel bang.'

'Bang? Waarvoor?'

'Niet weten, niet zeggen.'

Dat verlichtte haar bedrukte stemming op geen enkele manier, ook niet als ze tegen zichzelf zei dat er vast een of ander Afrikaans geloof in geesten achter een dergelijke angst moest steken. Een reele reden kon ze niet bedenken. De nachten bleven rustig en in de grotere dorpen waren Duitse politieposten.

Op de middag van de derde reisdag bereikten ze eindelijk het missiehuis dat Peter Siegel, enkele kilometers van de plaats Naliene verwijderd, in het bos had gebouwd. Charlotte kende het al van Klara's tekeningen. Het was niet meer dan een langgerekt gebouw, gemaakt van twijgen en leem, met stro gedekt en omgeven door een paar bijgebouwtjes. En toch kwam het missiecomplex haar voor als een groene oase van hoop. Naast de hutten was een tuin met allerlei groenten en kruiden, mais, ananas en kleine fruitbomen aangelegd. Geiten en kippen liepen om het missiehuis heen en een enorme moerbeivijgenboom breidde over alles zijn twijgen uit. Hij moest oeroud zijn, zijn stam was in drieën gedeeld, de takken staken knoestig alle kanten uit, vol met zoete vruchten.

Bruine apen die in de boom rondsprongen kondigden de gasten met een luid gekrijs aan. Een jonge Afrikaanse verscheen bij de ingang tot het huis en staarde hen met geschrokken ogen aan om vervolgens weer te verdwijnen. Direct daarop hoorde ze een gil.

'Charlotte!'

Daar was Klara! Hemel, ze kon het nauwelijks geloven, ze was het echt. Kleiner dan in haar herinnering, het gezicht rood van opwinding, haar lichaam onder de witte jurk rond als een tonnetje.

'Je hebt ons daadwerkelijk gevonden. Mijn god, wat heb je ver gereisd. Ik ga bijna dood van blijdschap. Laat me je omhelzen. Trek je er niets van aan dat ik zo dik ben als een vaatje. Wat... heb... ik je... gemist.'

Ondanks haar misvormde lijf en het stijve been was ze Charlotte tegemoet gelopen en had zich in de uitgespreide armen van haar nicht geworpen. Ze trilde van geluk, praatte als een waterval en begon daarbij steeds heftiger te snikken. Ook Charlotte huilde terwijl ze Klara in haar armen hield. Wat was ze tenger, ze voelde bijna alleen de groteske buik, de rest van haar lichaam was mager, haar armen dun. Waarom had ze deze reis pas nu ondernomen? Ze had Klara toch in Dar es Salaam kunnen opzoeken? Ach, ze had zich heel zelfzuchtig in haar verdriet begraven, zich op de plantage opgesloten en brieven geschreven. Alsof iets schriftelijks de aanwezigheid van een geliefd persoon kon vervangen.

'God zegene je, Charlotte,' hoorde ze de stem van Peter Siegel. 'Welkom. Net nu we je zo nodig hebben, heeft God je bij ons gebracht.'

Ook hij was veranderd, leek opener, minder eerzuchtig en in plaats daarvan hartelijker geworden te zijn. Hij had nog minder haar dan eerder en bij zijn slapen werd het grijs, maar zijn tred was niet meer zo aarzelend als vroeger, zekerder. Hij had veel bereikt en toen Charlotte tegen hem zei dat de missiepost op haar over-kwam als een tuin van Eden, glimlachte hij trots.

'Het begin is gemaakt en het moet verdergaan. We gaan een kerk bouwen. Met een toren en een klok om de gelovigen op te roepen tot gebed.'

Eenmaal binnen in het missiehuis, gezeten op zelfgemaakte krukken aan een wankele tafel, kon hij niet ophouden over zijn werk te vertellen. Over zijn school, de bekeerde heidenen, de kerk die al in het komend jaar gebouwd zou worden. Weliswaar niet van steen maar van hout en leem. God de Heer had geen enorm gebouw nodig, zijn geest was overal, ook in het kleinste hutje. Klara hield Charlottes hand vast en wiep er af en toe een zin tussen die Peters verhalen bevestigde en hem in een glanzend licht plaatste. Charlotte luisterde geduldig, liet zich op verse geitenmelk en maisgebak onthalen en wisselde steeds blikken uit met Klara. Het was net als vroeger als ze aan tafel naar de volwassenen moesten luisteren en daarbij met hun ogen met elkaar communiceerden. Ja, ze begreep dat Klara van haar man hield en hem bewonderde. Het was fijn om te merken dat de twee gelukkig met elkaar waren. Maar Klara's blikken vertelden haar ook dat niet alles zo geweldig was als Peter het voorstelde. Ze zeiden het niet op een spottende manier, eerder met een lichte spijt en de onuitgesproken vraag om begrip.

'De Afrikanen zijn dus in hun dorpen?' vroeg Charlotte voor-zichtig. 'Ik bedoel alleen dat in Dar es Salaam ook veel van hen bij de missiepost wonen.'

'O, we leven hier met vijf Wangoni-families die zich onder de bescherming van de missiepost heel prettig voelen.'

Charlotte merkte Klara's zorgelijke blik op en begreep dat ergens iets niet klopte. Behalve de jonge Afrikaanse die aan tafel bedien-de had ze nog geen enkele zwarte gezien. Alleen Juma en de twee mannen uit Kilwa hurkten buiten onder de vijgenboom en leken eindelijk met elkaar te praten.

'Ze zijn gisteravond allemaal weggegaan,' zei Klara. 'Naar een ngoma, een magische ceremonie. We hebben de hele nacht hun trommels gehoord. Ze zullen wel veel pombe gedronken hebben want ze zijn nog steeds niet terug.'

Peter Siegel haastte zich te verzekeren dat hij niet veel op had met dergelijke vieringen omdat ze regelmatig uitliepen op alcoholgebruik en het roken van hasj. Het was echter niet mogelijk om het de Afrikanen van zijn missie te verbieden. Alleen Matumbe deed er nooit aan mee. Ze was jaren geleden verstoten door haar stam omdat ze met zes vingers aan elke hand geboren was. Inderdaad ontdekte Charlotte toen ze beter keek dat de zwarte vrouw aan elke hand twee pinken in plaats van één had. Een vreemde misvorming die ze tot dan toe handig verborgen had gehouden. Afgezien van dit gebrek was ze een mooie vrouw met expressieve ogen en lang haar dat zorgvuldig in dunne vlechtjes gevlochten was.

Bij het vallen van de avond dreef Matumbe de geiten en kippen in de stal, bond de muildieren vast en zorgde ervoor dat Juma en de twee begeleiders hun slaapgelegenheid in een van de kleine bijgebouwen konden betrekken. Peter Siegel bood Charlotte zijn eigen bed aan, hij zou zelf in de woonkamer slapen. Hij glimlachte naar Klara. Had ze hem over Leer verteld? Van de tijd dat ze met nicht Charlotte in hetzelfde bed sliep en de twee kletskousen het misnoegen van tante Fanny opriepen?

Wat maakte haar de armoedige inrichting van de kleine kamer uit? De kale wanden waar de leem vanaf brokkelde, de eenvoudige kist waar ze kleding en dergelijke in bewaarden. Was het thuis bij grootmoeder veel comfortabeler geweest? Een beetje, want er zat behang op de muren en er was een wankel dressoir. Verder was alles als toen: het was donker in de kamer, ze lagen dicht bij elkaar en fluisterden.

'Weet je nog dat je me ooit die opwindende liefdesgeschiedenissen verteld hebt? Die had je bij organist Pfeiffer stiekem gelezen.'

'Weet je nog dat we naar de zolder zijn gegaan? Die kleine kist met de tekening op de deksel ... De Kilimanjaro.'

'Toen we voor de winkel van Ohlsen stonden en naar de leeuw staarden...'

Het geluid van hoefgetrappel verstoorde hun gefluister, een muildier snoof buiten voor het huis, iemand mompelde zachte, kalmerende woorden.

'Zijn dat jullie missiekinderen? Waarom komen ze midden in de nacht terug?'

'Nee, ze hebben geen rijdieren, iemand moet weggereden zijn.'

De mooie herinneringen waarmee ze zich ingesponnen hadden waren opeens kapot en verdwenen. Iets was niet in orde. Ze hadden iets voor haar verzwegen om haar niet ongerust te maken.

'Blijf liggen, ik ga kijken.'

'Dat is niet nodig, Charlotte. Peter houdt zich er wel mee bezig.'

Charlotte stond op en trok een vest over haar nachtpon aan. In de woonkamer was het donker, het raam zonder glas was met een houten luik afgesloten. Toen ze de deur opendeed zag ze Peter Siegel in een lang wit nachthemd met een olielamp in de hand voor het missiehuis staan. Het schijnsel van de lamp liet in de gespleten stam van de vijgenboom vertrokken gezichten ontstaan alsof elke geest waarvoor de Afrikanen zo bang waren zich uit het hout losmaakte. Een aap die door het licht gewekt was, ging boos tekeer.

'Jouw zwarten zijn weggereden,' zei Peter verwonderd. 'Heb je enig idee wat ze in de donkere nacht weggejaagd heeft?'

'Ze wilden terug naar de kust omdat ze ergens bang voor zijn. Tenminste, dat heeft Juma me verteld.'

'Dan moeten ze hem met die onzin aangestoken hebben, want hij is met hen meegegaan.'

'Wat?'

Het was alsof ze een klap in haar gezicht had gekregen. Juma, de ellendige angsthaas. Hoe kon hij haar dat aandoen? Woonde hij niet al jaren op de plantage en was altijd goed behandeld? Ach, had ze nou maar de trouwe Kapande meegenomen. Of nog beter Sadalla, maar die had ze niet bij Elisabeth weg kunnen halen, het kind hing net zo aan hem als aan Hamuna.

Er was niets aan te doen. In het donker zouden ze Juma nooit kunnen vinden om hem over te halen om te keren. Ze gingen terug naar binnen, vergrendelden uit voorzorg de deur en gingen weer naar bed.

'Alles in orde, Klara. Het waren alleen mijn begeleiders die naar Kilwa teruggingen. Wat is er met je?'

Charlotte voelde hoe Klara's lichaam naast haar verkrampte.

'Niets,' fluisterde Klara, nog een beetje buiten adem. 'Je zei toch dat de dokter over een paar dagen komt?'

'Dat heeft dokter Lott me beloofd.'

'Nou, dan zal ik er in elk geval zolang mee wachten.'

'Je... je hebt... weeën?'

George Johanssen trok de deur achter zich dicht en liet zich aan de met papieren, dozen en allerlei instrumenten bedekte tafel neervallen. Het kleine kantoor was een eiland in het overvolle ziekenhuis, de enige plek waar het personeel zich even terug kon trekken om iets te eten, een kop koffie te drinken, even te kletsen voor ze zich weer in de strijd stortten. In de nooit ophoudende maalstroom van het lijden en het sterven die ze niet de baas konden worden, hoe hard ze ook vochten.

Er was geen twijfel mogelijk, hij had een paar uur slaap nodig. De platen en kaarten aan de muur, ja, zelfs de telefoon danste voor zijn ogen, een veeg teken. Waarschijnlijk zag hij daarom zijn werk ook zo somber in.

Er waren uiteindelijk ook successen, dat moest hij zichzelf steeds weer voorhouden. Hij had het inenten tegen tyfus ingevoerd, maar nu was het vaccin op en moest hij wachten tot een nieuwe levering binnenkwam. Nijdig dacht hij aan de artsen in het gouvernementsziekenhuis die niet bereid waren bij te springen en hun medicijnen voor de witte patiënten opspaarden. Dokter George Johanssen stond daar toch al slecht aangeschreven. Men had zijn publicatie over de medische verzorging van de inheemse bevolking in Afrika gelezen en hield hem voor een onruststoker en nestbevuiler.

'Wat jammer dat u uw talent zo verspilt, beste collega,' had men tegen hem gezegd. 'Uw boek over de beklimming van de Kilimanjaro is geweldig. Ook de publicatie over de Nijl hebben we enthousiast verslonden. Maar u bewijst het Duitse rijk en het koloniale gedachtegoed een slechte dienst als u doorgaat met die onzinnige dingen op papier te zetten...'

Hij had in Duitsland en ook in Engeland absoluut bijval voor zijn kritiek ontvangen. Maar behalve enkele goedbedoelde donaties, die hij onder verschillende ziekenhuizen verdeeld had, was het praktische succes klein geweest. De medische verzorging van de inheemse bevolking interesseerde de koloniale machthebbers alleen wanneer er grotere epidemieën uitbraken, dan maakten ze zich zorgen over de arbeidskrachten en hun eigen gezondheid. Vooral hier in Duits Oost-Afrika waaide intussen een andere wind. Men had er genoeg van dat de koloniën nog steeds geen winst opbrachten en greep nu naar methoden die in de Britse en Nederlandse koloniën allang gemeengoed waren. Met honderden tegelijk werden de Afrikanen naar de plantages gesleurd en gedwongen tot slavenarbeid. Wie weigerde werd aan de ketting gelegd, wie niet gehoorzaamde kreeg de zweep te voelen. Het was nog niet zo lang geleden dat het Duitse rijk zich erop beroemde de slavenhandel van de Arabieren in de koloniën afgeschaft te hebben en nu maakten ze zelf de Afrikanen tot slaven om op de wereldmarkt winst uit katoen, sisal en rubber te halen.

'Dokter moet eten.'

Shira had een bord met samosa's en curry uit de keuken gehaald en schoof de papieren op de tafel bij elkaar om hem de maaltijd voor te kunnen zetten.

Hij had net twee happen gegeten toen het lawaai in de gang opeens veel erger werd en hij haastte zich het kantoor uit om te kijken wat er aan de hand was. Een Afrikaanse verpleegster probeerde drie vrouwen te verhinderen om de kamer van de tyfuspatiënten binnen te dringen, maar de moeder van een zieke jongen liet zich niet wegsturen. George moest bemiddelen en de toestand uitleggen. Hij probeerde de vrouwen te kalmeren, deed beloftes die waarschijnlijk niet na te komen waren en moest op het eind toch streng worden.

Terug in het kantoor schoof hij het bord opzij en vroeg Shira hem een kop koffie in te schenken. De hand waarmee hij de beker naar zijn mond bracht trilde licht. Hij had sinds eergisteren nauwelijks geslapen en vannacht doorgewerkt, nu was het laat in de middag. Terwijl hij de zwarte koffie dronk viel zijn oog op de telefoon aan de muur en het kwam hem voor alsof het cyclopenoog van de houten kast hem boosaardig aanstaarde.

Waarom was Charlotte zo kortaf geweest? Hij was er al dagen onthutst van. Vijf jaar lang hadden ze elkaar niet gezien en toch, toen hij haar stem hoorde was het alsof de tijd was stil blijven staan. Wat voor een onzin had hij door de telefoon gesproken, geen wonder dat ze niet wist wat ze moest zeggen. Het geluk. Charlotte was niet iemand die het geluk achternaliep. Ze deed wat nodig was, moedig en betrouwbaar, ze volgde geen dromen, ze nam het leven zoals het kwam. Misschien had ze precies daardoor het talent om gelukkig te zijn. Max von Roden was de juiste man voor haar geweest, oprecht en eerlijk, iemand die zich een bereikbaar doel stelde, geen fantast en gelukszoeker zoals een zekere George Johanssen.

Hij had ooit op Zanzibar geprobeerd Charlotte te verleiden en hij schaamde zich diep wanneer hij eraan dacht. Hij had tegen zijn eigen geweten, tegen zijn vaste voornemen in gehandeld. Op die vervloekte dag had hij haar genegenheid voor de tweede keer en daarmee voorgoed vergooid. Uit pure lichtzinnigheid, uit domheid en de duivel mocht weten waaruit nog meer, waarschijnlijk omdat het hem gelukt was het sluimerende vuur in haar aan te wakkeren. Ze had hem als een losgeslagen verleider ervaren en verachtte hem sindsdien. Vandaar haar korte antwoorden. Misschien was deze indruk niet eens verkeerd, het was hem nog nooit gelukt een vrouw voor langere tijd gelukkig te maken. Hij dacht aan zijn bezoek aan de plantage zes jaar geleden, doorleefde nogmaals het pijnlijke gevoel dat er een ander gekomen was die nu bezat wat hij had verspeeld. Een aardige, fatsoenlijke kerel die misschien zijn vriend had kunnen zijn. Hij zich echter voorgenomen om, gezien hoe de zaken ervoor stonden, nooit meer daar naar terug te gaan.

Hij had twee jaar in Egypte doorgebracht, vervolgens in een kliniek in Zuid-Afrika gewerkt en was uiteindelijk naar Engeland gereisd omdat hij naar zijn kinderen verlangde. Het was een stom idee geweest. Marie had zich hevig verzet tegen een ontmoeting en hij had er ten slotte in berust om zijn kinderen de tweestrijd te besparen. Hij had ze een keer gezien, in Regent Street toen een auto hem voorbijreed en hij op de achterbank Marie herkende. Naast haar zat Berthe, gekleed als een jongedame, en tegenover hen Johannes die hij amper herkende. Hij wist zeker dat Marie hem ook gezien had, maar ze maakte geen enkele beweging en ook hij bleef stilstaan, zwijgend en roerloos, en keek de auto na tot hij in de verkeersdrukte verdween.

Hij had nu wel lang genoeg medelijden met zichzelf gehad. Hij zette de lege beker naast de koffiekan, zette het halflege bord opzij en begaf zich naar de opnameafdeling. Hij zou tot de avond doorwerken, in geen geval operaties uitvoeren, alleen diagnoses stellen en wonden behandelen. Daarna zou hij naar zijn kamers in de buurt van de Inderstraat gaan en een paar uur slapen. Hij werkte als vrijwilliger in het ziekenhuis en kreeg geen salaris. Daarvoor nam hij de vrijheid zijn werktijden naar eigen goeddunken in te delen.

Die nacht sliep hij als verdoofd zonder ook maar één keer wakker te worden. 's Ochtends dronk hij wat whisky, aangelengd met water, en zonk terug in het rijk der dromen. Pas in de middag stond hij op en instrueerde zijn zwarte boy hem waswater en schone kleren te brengen. Daarop begaf hij zich naar de Inderstraat om in een gaarkeuken een kleinigheid te eten. Bij zijn aankomst in Dar es Salaam was hij, waarom dan ook, allereerst naar de Inderstraat gelopen. Het huis waar Charlotte eerder haar winkel gerund had, was afgebroken. In plaats daarvan prijkte er een nieuw gebouw, een witte doos met grote ramen, een zadeldak en een belachelijke, door pilaren ondersteunde veranda. Er woonde een Duitse douanebeambte, had men hem verteld, het huis was echter het eigendom van Kamal Singh, de Indiër.

Bij een Ghanees verwierf hij een pasteitje, gevuld met kip, rijst en bonen en geurend naar citroengras. Het was scherp gekruid met chilipeper en joeg het bloed snel door zijn aderen. Nadat hij de laatste hap had genomen, voelde hij dat de versuftheid van het lange slapen eindelijk verdwenen was. Hij kreeg een idee, idioot, mogelijk zelfs allesbehalve goed en tegelijk onweerstaanbaar. Charlotte moest allang in Kilwa zijn aangekomen, waarschijnlijk waren ze ondertussen al doorgereisd naar Naliene. Het was echter ook mogelijk dat zij en Klara in Kilwa verbleven, het tijdstip van de bevalling scheen al aardig dichtbij. Hij had Charlotte niet ongerust willen maken, maar hij maakte zich een beetje zorgen om Klara. Ze was al over de dertig, niet jong meer en het was haar eerste kind. Zijn Franse collega Gaspard Rameau had stafarts dokter Lott een keer als 'een *boucher*' beschreven, een slager, wat niet veel goeds voorspelde. George had dokter Lott nog nooit ontmoet en wilde hem geen onrecht doen, temeer omdat er van Rameau geen betrouwbaar oordeel te verwachten was. Hij was overgevoelig en bekritiseerde andere collega's graag.

George liep naar het postkantoor. Hij voerde niet graag privégesprekken via de telefoon van het ziekenhuis.

'Een gesprek naar het districtskantoor Kilwa Kivinje.'

De jonge telegraafambtenaar haalde zijn schouders op.

'Het spijt me, op het moment is er een storing in de lijn.'

Dat was irritant maar verder niet ongebruikelijk, storingen kwamen vaak voor. Men had pas nog een paar mannetjesgiraffen moeten afschieten omdat ze steeds opnieuw de telegraafpalen omverhaalden. Ook neushoorns, blikseminslagen of steppebranden konden een bedreiging vormen voor de leidingen.

'Dan probeer ik het morgen weer.'

Hij was teleurgesteld, had gehoopt op een bericht van Charlotte of zelfs met haar te kunnen spreken. Hij werd zich er opeens van bewust hoezeer hij daarop gehoopt had en moest zichzelf tot de orde roepen. Welk twijfelachtig geluk liep hij nu weer na? Hij was uitgespeeld, er was niets meer te winnen. En toch...

'Ah, dokter Johanssen.'

De Duitse collega uit het gouvernementsziekenhuis had zijn arm in de lucht gestoken en stevende nu dwars door de ruimte op hem af. Hoe heette die man ook alweer? Dokter Wildermut of Meierhut. Het was om het even, het was de moeite niet waard de naam te onthouden.

'Nu heb je de poppen aan het dansen. Wat zegt u daarvan, hè?'

George was niet erg in een gesprek geïnteresseerd. Alleen uit beleefdheid bleef hij staan, vastbesloten de kritische opmerkingen die onvermijdelijk zouden volgen met ironie het hoofd te bieden.

'Goedendag, of eerder goedenavond,' groette hij.

'U kunt beter goedenacht zeggen. Hebt u het nog niet gehoord? Die verdomde zwarten zijn in opstand gekomen. Ze hebben een Duitse katoenplanter vermoord, meerdere opzichters zijn doodgeslagen. Als berserkers vallen ze daar in het zuiden de missie- en politieposten aan. Indiërs zijn doodgestoken, hun winkels in brand gezet...'

George staarde naar het rood aangelopen gezicht van de arts die met een witte zakdoek het zweet van zijn gezicht veegde en vervolgens met zijn vingers zijn donkerblonde snor opdraaide.

'In het zuiden, zegt u?'

'Waar bent u geweest, Johanssen? Gisteren kwam het nieuws uit

Kilwa Kivinje. In de buurt van Matumbi zijn de opzichters van een katoenplantage afgeslacht en sindsdien zijn de zwarten daar door het dolle heen. Dat komt ervan als je die kerels met fluwelen handschoenen aanpakt. Mensen zoals u, Johanssen, werken dergelijke brutaliteit in de hand. Ziet u het nu eindelijk in? De Afrikaan heeft geen medische verzorging nodig, de zweep heeft hij nodig en als dat niet helpt, een kogel door zijn kop.'

De man was zo opgewonden dat George de beledigingen niet eens serieus nam. In plaats daarvan werd hij zich er met ontzetting van bewust dat Naliene niet ver van Matumbi lag. Als Charlotte naar de missie gereden was, bevond ze zich nu midden in het gebied van de opstandelingen.

'Een vervloekte zaak. Net als in het zuidwesten, daar zijn ze ook brutaal geworden. Het is alsof die zwarten het met hun verdomde tamtam dwars over het continent met elkaar afgesproken hebben.'

'En hoe is het in Kilwa Kivinje? Is daar nog alles rustig?'

'Geen idee. De kabel is gebroken, waarschijnlijk hebben die klootzakken hem doorgesneden. Een of andere Afrikaanse kwakzalver heeft hun wijsgemaakt dat zijn maji-maji, dat wonderwater, onze geweerkogels doet afketsen. Nou, die zullen nog raar opkijken wanneer onze troepen daarbeneden bij hen aankomen.'

'Zijn ze al onderweg?'

'Voor een deel. Zeventig man zijn met de gouvernementsstomer naar Samanga gevaren en zestig man zijn van Lindi naar Kilwa verplaatst. Beneden in de haven ligt de Bussard, die zal nog eens honderdtwintig soldaten naar Kilwa brengen, alleen ze moeten eerst wachten tot ze allemaal gearriveerd zijn. Dit zal de Afrikanen duur komen te staan, mijn beste. En u, Johanssen, zult eindelijk inzien dat deze kerels domme, laffe moordenaars zijn die we met de zweep tot...'

George maakte een kleine ironische buiging en haastte zich weg zonder nog verder acht te slaan op de uitbarstingen van zijn collega. Een opstand. Steeds opnieuw was het in de koloniën tot rebellie gekomen. De inheemse Afrikanen tegen de witte veroveraars. Tot nu toe waren ze altijd meedogenloos neergeslagen en precies dat zou waarschijnlijk ook deze keer gebeuren. Maji-maji, het wonderwater dat ze immuun voor geweerkogels zou maken. Grote god, zouden ze echt met vast vertrouwen in de tovenaar de machinegeweren van de Duitse beschermingstroepen tegemoet lopen? In de baai van Dar es Salaam lagen meerdere grote schepen voor anker, waaronder ook de kruiser Bussard van de keizerlijke marine. Een kuststomer legde juist bij de steiger aan en George kon zien dat hij letterlijk overstroomde van mensen en bagage. Het waren overwegend Indiërs, te herkennen aan hun tulbanden, die waarschijnlijk voor de opstandige Afrikanen in het zuiden waren gevlucht. Indische kooplui hadden de inheemse bevolking jarenlang in financiële afhankelijkheid gehouden en nu richtte de furie van de rebellen zich ook tegen hen. Indiërs, Arabieren, Europeanen, eenieder die in handen viel van de woedende krijgers, zou met zijn leven betalen.

George voelde hoe de wind zijn haar door de war bracht. De marinestomer zou voor de afstand van Dar es Salaam naar Kilwa minder dan vierentwintig uur nodig hebben. De rampspoed was niet tegen te houden.

Klara schreeuwde niet. Ze wilde in geen geval dat iemand zich ongerust over haar zou maken. Dus kreunde ze ingehouden en wanneer de pijn te erg werd beet ze in een punt van het beddenlaken. 'Het komt wel goed met me. Maak je geen zorgen, Peter. De dokter zal er vast snel zijn.'

De weeën waren in het begin heel zwak geweest en direct weer opgehouden. Klara had zich twee dagen goed gevoeld, maar hoe Charlotte ook aandrong om met Peter en haar naar Kilwa te reizen, ze weigerde. Ze moest een voorgevoel gehad hebben want op de derde dag werden de weeën weer heftiger en ze haalden alle drie opgelucht adem dat ze niet onderweg in het oerwoud waren.

439

Het kind liet op zich wachten. Het drong langzamerhand tot Charlotte door dat het te lang duurde. Klara had niet veel kracht meer en om de een of andere reden wilde de geboorte niet doorzetten. Was Hamuna nu maar bij hen geweest. Matumbe wist niet veel over hoe je een kind op de wereld zette, al hielp ze waar ze kon en was ze trouw.

Soms hield de pijn voor een poosje op, dan viel Klara uitgeput in slaap en liet Charlotte haar aan de zorg van Matumbe over om naar Peter te gaan. Klara's echtgenoot was volkomen overstuur. De ene keer bad hij hardop, dan weer liep hij het oerwoud in en hoorde je hem naar iemand roepen. Als hij terugkwam vroeg hij hoopvol of het kind al geboren was en verzonk daarna in diepe droefgeestigheid.

Charlotte kon de kwelling algauw niet meer aanzien. Waarom kwam dokter Lott niet? Hij had het toch beloofd? O, die onbetrouwbare kletsmajoor. Als hij zich in Kilwa zo verveelde, had hij hier allang kunnen zijn.

'Je moet het kind helpen, Klara. Pers het eruit.'

'Persen? Hoe dan? Wat moet ik dan doen?'

'Mijn hemel, doe alsof je... last hebt van verstopping.'

'Grote god, Charlotte, zeg niet van die dingen.'

'Probeer het toch maar. Op zeker moment doe je het vanzelf als het zover is en dan wordt het kind snel geboren.'

Charlotte probeerde haar erbij te helpen en wreef met haar vuisten over Klara's buik, net zoals Hamuna ooit bij haar had gedaan. Tegen de avond hielden de weeën weer op en Klara lag stil en bleek op haar bed, hield haar handen gevouwen en bad. Charlotte wist zich geen raad meer.

'Matumbe, wat doen de oude vrouwen in jouw stam als een kind niet geboren wil worden? Zijn er speciale kruiden? Bouillon? Een of ander middeltje?'

'Matumbe weet niet. Ze hangen haar een buideltje met *dawa* om. Maken rook. Drukken op buik en trekken het kind eruit.'

'Wat voor een dawa?'

'Betovering van Mungu. Fetisj. Ingenaaid in leer.'

Charlotte zuchtte. Dat zou niet veel helpen.

'Waar zijn de Wangindo die bij de missie wonen? Waarom komen ze niet terug?'

'Matumbe weet niet. Ze lopen weg voor trommels.'

Er was inderdaad af en toe getrommel van de Afrikanen te horen, maar waarom zouden ze bang zijn voor hun eigen trommels? Het meisje sloeg wartaal uit, met haar was niet veel te beginnen. Waren ze nou toch maar naar Kilwa gereden. Zelfs als de weeën onderweg weer inzetten, hadden ze Klara op de een of andere manier naar de stad kunnen brengen en zou ze nu onder behandeling van een arts zijn.

'De Here God laat ons niet in de steek, hij zal deze ongeborene bijstaan,' mompelde Peter terwijl hij bij Klara's bed knielde.

'We moeten haar naar Kilwa brengen,' besloot Charlotte. 'Het is de enige mogelijkheid, Peter. Je moet een draagbaar voor haar maken en dan vertrekken we vannacht nog.'

Hij was blij iets te kunnen doen, al leek deze onderneming pure waanzin. Behalve Charlottes muildier was er in de missie nog een ezel, die moest de draagbaar trekken terwijl Peter op het muildier vooruit zou rijden om de arts in Kilwa te alarmeren. Dokter Lott kon hun dan tegemoet rijden, dat bespaarde tijd.

Het was al donker en Matumbe moest voor Peter en Charlotte de lamp halen om hen bij te lichten terwijl ze takken voor de draagbaar met een kapmes afhakten. Het zwarte meisje trilde van angst omdat ze bang was dat die twee de geesten van het nachtelijke woud in beroering zouden brengen.

'Er zijn geen geesten, Matumbe, geen sheitani. Hoe vaak heb ik je dat al niet verteld? God de Heer heerst over licht en duisternis, alle wezens komen van zijn hand en keren naar hem terug.'

Matumbe stootte een zachte kreet uit en liet de lamp vallen, het licht flakkerde en ging toen uit.

'Matumbe!'

Charlottes boze uitroep bleef onbeantwoord. Het was donker, slechts langzaam begonnen zich schaduwen af te tekenen. Vreemd gevormde takken, boomstammen, rare vormen die in de wind bewogen. Er was een zacht geritsel te horen. Iets streek langs Charlottes wang, vermoedelijk de tocht van een voorbijvliegende vleermuis. 'Bwana geen lawaai maken. Niet takken afhakken.' Dat was Matumbe niet. Iemand moest onhoorbaar dicht bij hen geslopen zijn.

'Bwunge,' hoorde ze Peters stem. 'Waarom kom je in de nacht? Waar zijn de anderen? Waarom verstoppen jullie je?'

Godzijdank, dat moest een van Peters beschermelingen zijn. Wat er verder werd gezegd kon Charlotte slechts gedeeltelijk verstaan, want Bwunge bediende zich van een vreemde mengeling aan uitdrukkingen uit de Wangonitaal, Swahili en Duits. Ze begreep alleen dat Peter probeerde de zwarte over te halen met zijn familie en de anderen naar de missie terug te keren. Hij stuitte echter op dovemansoren. Bwunge gaf geen antwoord meer en versmolt met de spookachtige schaduwen van het nachtelijke woud.

'Wat is er aan de hand?'

'Laten we naar binnen gaan, Charlotte.'

Ze vonden de lamp terug op de grond in het bos, maar de olie was weggelopen zodat hij maar kort brandde toen ze haar met een lucifer aanstaken. Matumbe hurkte in elkaar gedoken in een hoek van de woonkamer, de armen voor haar borst gekruist, de misvormde handen onder haar oksels verborgen. Klara lag stil op het bed in de slaapkamer, af en toe vertrok haar gezicht en verkrampten haar gevouwen handen.

'Het is volkomen onbegrijpelijk,' steunde Peter. 'Ik heb ze het christelijk geloof geleerd, hun de vergeving van hun zonden door het bloed van Christus verkondigd, ik heb sommigen van hen zelfs gedoopt en nu zijn ze allemaal naar hun stam teruggegaan en weer heiden geworden.'

Charlotte was niet erg onder de indruk. Wat jammerde hij nou over zijn schaapjes, het ging om Klara.

'Hoe dan ook, laten we de draagbaar afmaken en de ezel inspannen.'

Hij stond midden in de kamer, steunde met zijn handen op de tafel en staarde voor zich uit.

'Mijn God, waarvoor heb ik twee jaar gepredikt en gewerkt? Het was allemaal voor niets. Mungu, hun afgod, heeft zich eindelijk aan zijn volk vertoond. Hij heeft ze een dawa gegeven dat hen onschendbaar maakt, het maji-maji. In Mahenge hebben zich alle dappere krijgers verzameld. De Donde uit het zuiden, de Ngoni, de Ngindo en alle stammen in Sagara slaan de oorlogstrommels. Ze vechten tegen Uchawi, de boze geest. Ze houden de witten voor duivelsgebroed. Ze willen ons allemaal vermoorden.'

Charlottes adem stokte. Een opstand. Niet de eerste die ze in Afrika meemaakte, maar toen de Dschagga Moshi aanvielen had ze op een veilige plantage gezeten met Max aan haar zijde, ze waren bewapend en konden zich verdedigen. Nu bevond ze zich onbeschermd in het oerwoud en Klara had dringend medische hulp nodig.

'We moeten in de missie blijven,' vervolgde Peter en hij keek haar hulpeloos aan. 'Bwunge wil proberen ons te beschermen. Alle witten zijn ten dode opgeschreven, ook hun zwarte bedienden moeten sterven.'

Waren de twee Afrikanen uit Kilwa daarom zo overhaast gevlucht? Hadden ze zich aan de kust, in de veilige vesting van de beschermingstroepen, willen verschuilen? En de ontrouwe Juma was met hen meegereden zonder zijn bibi Roden te waarschuwen.

'Dat zal allemaal wel,' bracht Charlotte vertwijfeld uit. 'Klara moet naar Kilwa worden gebracht. We zullen het wel klaarspelen. Of ben je bang?'

'Als Bwunge de waarheid heeft gesproken, dan kunnen we onderweg gemakkelijk door de woedende krijgers gedood worden.'

'En als we hier blijven zal Klara sterven.'

Peter maakte een ongecontroleerde beweging met zijn armen, liet zich op een kruk vallen en sloeg zijn handen voor zijn gezicht.

'God zal ons helpen,' steunde hij. 'Zijn heilige engel...'

'Doe wat je wilt,' snauwde Charlotte. 'Ik breng Klara naar Kilwa, zo nodig alleen.'

'Nee, nee, ik ga met je mee.'

Wankelend kwam hij overeind, pakte het kapmes en de lamp om buiten de draagbaar voor zijn vrouw af te maken. Maar nog voor hij de deur kon opendoen, verstijfden ze.

Er was hoefgetrappel te horen. Iemand reed de tuin van de missie in, een muildier snoof omdat hij sterk ingetoomd werd. Met tegenwoordigheid van geest deed Charlotte de lamp uit en greep naar een kapmes. Ze zou Klara en haar ongeboren kind verdedigen, als het moest met haar leven.

'Hallo,' riep buiten een zachte stem. 'Missionaris Siegel?'

'De dokter,' mompelde Peter. 'God heeft ons verhoord.'

Hij stormde naar de deur en gooide hem wijd open.

'Dokter Lott. U bent door de hemel gezonden. Kom snel, mijn vrouw is...'

Eindelijk! Charlottes handen trilden zo erg dat ze meerdere lucifers nodig had voordat het zachte licht van de petroleumlamp de kamer verlichtte. Naast Peter zag ze een man die onmogelijk dokter Lott kon zijn.

'George?' stamelde ze.

Het was meer een gevoel dan zekerheid. Zijn gezicht was half bedekt door de diep over zijn voorhoofd getrokken tropenhelm, maar hij was het. Zijn lichte pak was rood van het stof en toen hij zijn helm afdeed zag ze dat zijn ogen ontstoken waren. Hij moest als een bezetene dag en nacht onderweg geweest zijn om hier aan te komen.

'Charlotte, gegroet. Wie had gedacht dat we elkaar zo snel zouden weerzien?' zei hij met een zwak lachje.

444

Ze was zo opgelucht dat ze hem het liefst om de hals gevallen was. Wat het ook was dat hem hier gebracht had, zijn aanwezigheid bracht onmiddellijk hoop en veiligheid in deze verschrikkelijke situatie. George was moedig en ervaren, hij was een man en hij was arts.

'Ga zitten, George... Mijn hemel, hoe is het je gelukt ons in de nacht te vinden? Rust uit. Matumbe, breng water, melk, iets te eten.'

Hij gooide zijn helm in een hoek en viel op een kruk neer. Hij wilde niets eten, alleen water om het stof van zijn gezicht en handen te wassen.

'Hoe ik jullie gevonden heb? Ik had een gids. Kom binnen, Juma.'

'Juma?'

Charlottes zwarte bediende zat voor de deur gehurkt omdat hij zich niet in het huis durfde te wagen. Nu kwam hij vlug binnen om aan de onbehaaglijke duisternis buiten te ontsnappen.

'Juma is weggelopen. Veel slechte gedachten. Bwana dokter wil weten waar is bibi Roden. Juma heeft hem weg gewezen. Wij veel gereden, dag en nacht. Geen *pumska*, geen rust. Bwana dokter steeds maar voortdrijven. Juma moet rijden, niet slapen.'

Zijn gezicht was grijs van het stof, hij hoestte en ging toen uitgeput in een hoek op de grond zitten. Charlotte was veel te opgelucht om hem nu een donderpreek te geven, dat kon wachten tot later.

'Hij kwam in Kilwa naar me toe omdat hij me herkende,' legde George uit. 'Toen ik naar jullie vroeg, was hij direct bereid me de weg te wijzen.'

'Eet wat, George, en rust uit. Ik wil je vragen om daarna naar Klara te kijken.'

Heeft ze weeën?'

'Al sinds twee dagen.'

'En dat zeg je me nu pas?'

Klara keek hem met wijd opengesperde ogen aan. Het lawaai had haar wakker gemaakt en haar gevoelige oren hadden allang begrepen wie er gearriveerd was. Ondanks haar zwakte vond ze het een beetje pijnlijk dat uitgerekend een bekende, eigenlijk een familielid, haar nu moest onderzoeken. Ze verbeet dapper haar schaamte toen George haar buik aftastte.

'Vertrouw je me, Klara?'

'Natuurlijk, George.'

'Luister. Je kind ligt met het hoofd naar boven, dus helemaal verkeerd om. Sinds wanneer zijn de weeën zwakker geworden?'

'Een paar uur geleden.'

Charlotte hield de lamp vast en kon onderscheiden dat Georges gezicht zich vertrok, wat niet veel goeds voorspelde, toch bleef zijn stem rustig.

'Ik zal proberen om je kindje te draaien, anders lukt het niet. Het zal niet prettig zijn, maar jij bent een dappere vrouw, Klara.'

'Dat ben ik helemaal niet, George, ik zal echter alles verdragen wat mijn kind helpt.'

Matumbe werd erbij geroepen, ze moesten met zijn tweeën Klara vasthouden terwijl dokter Johanssen aan het werk ging. Charlotte geloofde graag dat hij zo voorzichtig mogelijk was, maar wat hij daar deed was verschrikkelijk. Als ze niet de opdracht had gehad Klara in haar nood bij te staan, haar het zweet van het gezicht te vegen en haar gekwelde lichaam vast te houden, was ze vast flauwgevallen.

Het was kort voor het eerste ochtendgloren dat Klara's zoon werd geboren. Het was een stevige zuigeling, alleen zijn lichaam was levenloos, de huid bleek, bijna blauwig.

'Hou hem vast bij zijn voetjes en klop hem zachtjes op zijn rug. Pak een strootje en zuig de nattigheid uit zijn mond. Kom op nou, Charlotte.'

Ze gehoorzaamde met trillende handen, het kind bewoog echter niet en wilde niet huilen. George was met Klara bezig, onderzocht de nageboorte, wreef over haar slapen en armen en riep haar toe dat ze een zoon had, tot ze eindelijk bijkwam en haar ogen opsloeg.

'Een zoon? Ik wil hem zien.'

George streek over Klara's klamme voorhoofd, nog vochtig van het zweet, hield zijn hand even bij haar linkerslaap om vervolgens naar haar te glimlachen. Nog nooit had Charlotte hem zo teder gezien.

'Charlotte heeft je kleintje in haar armen. Ga slapen nu, rust uit. Alles is in orde, je hebt een zoon gebaard.'

Klara's hoofd zakte opzij, ze was veel te moe om aan te dringen. Ze pakte zijn hand en fluisterde: 'Dank je wel, George. Je kwam als een reddende engel. God zegene je.'

Charlotte had het kind in een doek gewikkeld en hield het tegen haar borst als kon ze hem met haar warmte het leven teruggeven.

'Leg hem hier neer.'

'Maar...'

'Doe wat ik zeg, Charlotte.'

George onderzocht de baby, deed alles wat mogelijk was, luisterde naar harttonen, alles tevergeefs.

'Het was te verwachten, de navelstreng zat om zijn hals gedraaid,' mompelde hij. 'Was ik maar eerder gekomen. Hemel, ik wilde gelijk naar Kilwa vertrekken toen je me opbelde. Ik heb het niet gedaan omdat... omdat ik dacht dat je het niet wilde. Het was onjuist, alles had anders kunnen uitpakken...'

Hij hield in en wendde zich af. In zijn verbittering had hij bijna dingen gezegd die Charlotte zouden kwetsen.

'Maar... hij ademt toch.'

'Je vergist je, Charlotte.'

De baby bewoog met zijn armpjes en zijn kleine gezichtje vertrok zich tot een gepijnigde grimas. Hij gaf geen geluid alleen zijn adem was waarneembaar, zwak en snel als de adem van een klein vogeltje.

'Hij leeft... Mijn god, hij leeft!'

George' handen waren oneindig zacht toen hij het kleine wezentje in de doek wikkelde en in Charlottes armen legde.

'Hou hem warm, je weet wel hoe dat moet. En vergeet de stomme dingen die ik net gezegd heb.'

Ze voelde het levende kind dicht tegen haar lichaam en plotseling loste alle spanning op in een overweldigend geluksgevoel. Ze had kunnen huilen en lachen, hem omhelzen en kussen, tegen zijn schouder leunen en snikken van geluk.

'Je bent een geweldige arts, George. Je hebt Klara en dit kind gered, daarvoor hou ik van je.'

Hij zei niets en keek haar op zijn bekende manier aan, indringend alsof hij haar voor het eerst zag. Daarop lachte hij zwakjes en draaide zich om, om het gordijn open te schuiven dat de woon- en slaapkamer van elkaar scheidde.

Peter Siegel was daar in hevige vertwijfeling blijven zitten, niet in staat het lijden van zijn vrouw aan te zien. Nu staarde hij uitdrukkingsloos naar het kind in Charlottes armen, loofde echter niet George maar de Here God in zijn goedheid. De baby lag roerloos in de doek. Gelukkig was de blauwige kleur uit zijn gezichtje weggetrokken, het was nu rozig en vooral, hij ademde. De missionaris die geen idee had hoe ternauwernood zijn zoon aan de dood ontsnapt was, zegende het kind meerdere keren. Vervolgens liep hij naar Klara, boog zich over de slapende vrouw en kuste haar voorhoofd.

'Ze is zo vreselijk bleek, gaat het wel goed met haar?'

'Het was een zware bevalling, Peter. Ze moet herstellen.'

George wilde bij Peter gaan slapen, die hem nu verzekerde geen oog dicht te kunnen doen van vreugde. Charlotte legde de baby in de kleine kist die Klara als kinderbedje had opgemaakt en kroop op Peters huwelijksbed. Ze keek nog een keer bezorgd naar de slapende Klara en doofde toen de lamp. Klara's ademhaling was verontrustend oppervlakkig. Charlotte nam zich voor wakker te blijven, vaak bij Klara te gaan kijken, haar water te drinken te geven en in geval van nood George te alarmeren. Terwijl ze erover piekerde waar Matumbe de waterkan had neergezet werd ze overmand door de slaap. Zonder overgang trok hij haar onder in een koele, droomloze schemering, bedekte alle zorgen met de zware doek van het vergeten en gaf haar verlossende rust.

Een schreeuw rukte haar terug in de werkelijkheid. Schel, vertwijfeld, het geluid van een mens in opperste doodsangst. Direct daarop klonken zware slagen, hout versplinterde, een groot voorwerp viel omver. Charlotte was een ogenblik als verlamd en begreep alleen één ding: het was Matumbe die daarbuiten gilde. Er bleef haar geen tijd om zelfs maar uit bed te komen. Het gordijn bolde op en werd naar beneden getrokken. Daglicht viel de schemerige ruimte binnen. Ze hadden daarnaast de deur ingetrapt en gelijk een stuk van de muur neergehaald. Spookgestalten met fel beschilderde gezichten drongen de kamer van de twee vrouwen binnen. Ze droegen speren en pijlen, hun lichamen waren met rode aarde gekleurd.

'Nee! Laat haar met rust. Ze heeft jullie nooit iets kwaads gedaan.'

Peters stem sloeg over. Zinloos praatte hij in het Duits in op de Afrikanen, smeekte, zwoer dat Gods toorn op hen zou neerdalen. Even zag Charlotte zijn lichte gedaante tussen de rode lichamen van de krijgers, hoe hij met uitgespreide armen probeerde de slaapkamer te beschermen. Het volgende moment zonk hij op de grond neer, door een klap of een speer neergeslagen. Hij had toch een geweer? Waarom had hij het niet gebruikt? Was de overval te onverwachts gekomen? In de woonkamer klonk lawaai, ze hoorde George' stem, hard en boos in het Swahili. 'Ze is een van jullie. Waarom willen jullie haar doden? Wat heeft ze gedaan?'

Charlotte wierp zich instinctief over Klara heen, meer kon ze niet doen. De beschilderde indringers gooiden kisten om, gristen er kleren en ondergoed uit, rukten de platen van de muren en scheurden ze kapot. Een van hen vond de baby en sleepte hem met kistje en al naar buiten. Voor het huis kakelden de kippen opgewonden, de geiten mekkerden en je kon de ezel onwillig horen snuiven. Ze leidden het vee van de missie uit de stallen.

'Mijn kind,' fluisterde Klara. 'Laat mij maar, Charlotte. Red mijn kind. Ik smeek het je.'

Handen grepen naar hen. Charlotte verzette zich, sloeg met haar armen, probeerde zich aan Klara vast te klampen. Toen ze haar echter aan haar hoofdhaar omhoogtrokken, was de pijn zo erg dat ze het opgaf.

'Ze is ziek!' riep ze in het Swahili. 'Ze heeft net een kind gekregen.'

Niemand sloeg acht op haar geschreeuw. Ze duwden haar, trokken aan haar kleren, sloegen op haar in. Wat wilden ze? Waarom staken ze geen speer in haar lichaam of sneden haar keel door? Ze wankelde, werd vooruitgeduwd, struikelde over een krukje en viel op de grond. Ze verzette zich woedend tegen de handen die haar vastgrepen en overeind wilden trekken.

'Ze steken het huis in brand,' brulde iemand in haar oor. 'Sta op, snel!'

Ze had niet door dat het George was die probeerde haar van de grond omhoog te trekken. Ze rook het vuur, zag nu de eerste vlammen, boven hen had het strooien dak al vlam gevat.

'Klara! Klara!'

Haar stem klonk als een waanzinnige. Met vertwijfelde inspanning wilde ze zich uit de beknelling bevrijden om zich in het brandende inferno te storten dat ooit een slaapkamer was geweest. Klara!

'Luister je dan niet, Charlotte,' hoestte hij. 'Klara is in veiligheid. Verdomme, ben je doof?'

Ze redden zich ternauwernood naar buiten in de tuin, stonden daar buiten adem, hoestten, hielden zich aan elkaar vast. Achter hen laaiden de vlammen hoog op, sisten, raasden, knisperden en vervolgens stortten de restanten van de houten dakconstructie in en stoven de rode vonken alle kanten op. Jubelkreten waren te horen, de krijgers hielden spottend hun speren in de lucht, sommigen dansten, anderen stonden stil en staarden in het vuur.

'Gedraag je rustig,' zei George. 'Ik weet niet wat ze van plan zijn, ik denk alleen niet dat ze ons willen vermoorden.'

'Hoe weet je dat?'

'Dan hadden ze het allang gedaan. Ze hebben Peter en Klara het huis uit gesleept.'

'Peter... Hoe is het met hem?'

Een donkere speerpunt raakte George' borst aan en hij zweeg. In het daglicht konden ze de aanvallers duidelijk zien. Het waren zo'n dertig mannen, bijna allemaal jong, gewikkeld in vieze doeken die het bovenlijf vrij hielden. Dierentanden en besneden botten versierden neuzen en oren. Charlotte kende de Dschagga, de trotse Masai uit het noorden. Toch had ze nooit eerder, niet eens gedurende haar gevangenschap bij de Dschagga, zo'n haat gevoeld, zo'n begeerte naar verwoesten, branden, misschien iets nog veel ergers.

Men leidde hen een stuk het bos in, waar ze Peter bewusteloos op de grond liggend vonden. Klara zat bij hem en hield haar kind tegen zich aan gedrukt. Niet ver van hen vandaan hurkte Juma, boos en trillend over zijn hele lichaam, uit een wond in zijn hals sijpelde bloed. Matumbe was nergens te bekennen.

Meerdere jonge krijgers bewaakten hen met uitgestoken speren. Blijkbaar hadden ze niet het voornemen de bewoners van de missie te ontzien, ook al leken ze er niets op tegen te hebben dat George zich om de gewonden bekommerde. Peter had een wond aan zijn hoofd, bloed was over zijn voorhoofd en slapen gelopen, het leek al wel een beetje op te drogen. Klara was ogenschijnlijk niet verwond, ze huilde zachtjes en antwoordde op geen enkele vraag.

'We moeten Juma verbinden.'

Charlotte aarzelde en begreep toen dat er geen verbandmiddelen waren. Ze ging zitten en scheurde een reep van haar onderrok die George zwijgend aannam.

'Rustig, Juma, het is helemaal niet erg. Doe je hoofd omhoog. Zo ja, heel goed. Het zal gauw ophouden met bloeden.'

Een eindje verder laaiden meer vuren op, je kon de rook zien en hoorde de trillende jubelkreten van de Wangindokrijgers. Ze hadden de bijgebouwen in brand gestoken. Waarschijnlijk zouden ze ook de tuin vertrappen en de omheining neerhalen. Het kleine paradijs dat Peter en Klara ongevraagd in het oerwoud gecreëerd hadden ging de weg van al het aardse. Mungu zegevierde over Christus aan het kruis. Vraatzuchtige vuurgeesten verslonden het huis van de christelijke god.

Peter kwam langzaam bij, verstrooid staarde hij naar de rookflarden alsof hij niet begreep waar ze vandaan kwamen en bewoog daarbij zijn lippen.

'Dat doen ze niet... God zal het niet toelaten... Ik heb hen gedoopt... Ik heb het evangelie aan hen gepredikt...'

De baby begon zachtjes te huilen en Charlotte moest ondanks de verschrikkelijke toestand glimlachen. Ze wisselde een blik met George en wist dat hij hetzelfde dacht. Het kind leefde, zijn hart sloeg krachtig, hij had voor de eerste keer een kreet geslaakt. Ze ondersteunde Klara die moeite had rechtop te gaan zitten en keek gefascineerd naar het rode gezichtje van de zuigeling, het vertrokken mondje, de kleine vuist die nu tussen de doeken zichtbaar was.

'Gaan ze ons vermoorden, Charlotte?' fluisterde Klara.

'Heel zeker niet.'

'Waarom hebben ze ons dit dan aangedaan?'

Klara keek naar de jonge krijgers en zei iets wat Charlotte niet kon verstaan. Onder de oorlogsbeschildering was het moeilijk uit te maken wat de mannen opvingen, maar een van hen maakte een kalebas los van zijn riem en gooide hem naast Klara op de grond. Er zat water in. Klara dronk dorstig een paar slokken en wilde hem aan Charlotte doorgeven. Net op dat moment keerden de overige Wangindokrijgers terug uit het oerwoud. Ze bewogen zich net zo geluidloos als de dieren van het bos en omsingelden de mensen die op de grond zaten. Charlotte voelde hoe ze door paniek gegrepen werd. Waarom hadden ze haar tot dusver nog niet gedood? Spaarde men haar voor andere dingen? Er waren vage berichten over gruwelijke martelingen en verminkingen die de Afrikanen hun vijanden toebrachten. Wat ze met de vrouwen deden werd steeds als 'erger dan de dood' beschreven.

De krijgers schenen het niet met elkaar eens te zijn. Het gepraat ging heen en weer, gonsde over de hoofden van de gevangenen. Er werd boos en volhardend over hun lot gestreden, alleen Peter en Klara konden er iets van verstaan. Charlotte durfde niet te informeren. Plotseling omsingelden meerdere jonge krijgers George, grepen hem onder de armen en trokken hem vanuit zijn zittende positie omhoog. Ze bonden zijn handen achter zijn rug. Hij verzette zich slechts zwakjes want met de op hem gerichte speren had elke weerstand hem alleen maar zware verwondingen of zelfs de dood opgeleverd. Het was zo makkelijk om een mens te doden. Je had geen geweer nodig, geen pistool, een stoot met de speer, een haal met een mes volstond. Charlotte was minder verstandig dan George. Toen ze haar omhoogtrokken en haar armen achter haar rug dwongen, schreeuwde ze woedend en maakte zich klein. Het hielp haar weinig, de mannen boeiden haar en deden daarbij een strop om haar hals die ze vastmaakten aan het touw dat ze om George' nek hadden geslagen.

'Wat moet dat? Waarom doen jullie dat?'

Klara praatte hevig vertwijfeld op de Wangindo in, maar niemand trok zich iets aan van haar smeekbeden. De mannen duwden hun twee gijzelaars naar voren, anderen trokken aan het touw dat ze om hun nek gedaan hadden en er bleef hen niets anders over dan te volgen.

De krijgers sleepten potten, borden en kleren met zich mee die ze in de missiegebouwen buit hadden gemaakt. Daarbij kwamen een heleboel geslachte kippen en geiten. De muildieren en de ezel dreven ze net als hun gijzelaars voor zich uit. Wat er van het missie-echtpaar en hun kind zou worden leek hen niet uit te maken. Ook de gewonde Juma interesseerde hen niet. Ze werden aan hun lot overgelaten.

'Het kan niet lang meer duren voordat de Duitse beschermingstroepen hier zijn,' riep George naar Klara. 'Ze zijn al in Kilwa aangekomen. Ze zullen jullie snel vinden.'

Het bos dempte het geluid en liet zijn stem zwak klinken. Charlotte hoopte uit alle macht dat Klara hem gehoord had. Ondanks hun bepakking gingen de Afrikanen snel vooruit, heel anders dan de zwarte karavaandragers die eerder bedaard doorliepen en blij waren met elke rustpauze. Ze liepen over kronkelpaadjes door licht struikgewas en droge savannes, alleen als ze een beekje tegenkwamen werd er halt gehouden om te drinken en de kalebassen bij te vullen. Het vertrek na dergelijke pauzes verliep snel en zonder rekening te houden met de uitgeputte gijzelaars die met geduw en bedreigingen tot verdergaan werden gedwongen. Het was hun verboden te praten, ook de Wangindo onderhielden zich niet met elkaar. Ze liepen haast zonder geluid te maken over de uitgedroogde steppe, zetten hun voeten instinctief zo neer dat zelfs het dorre gras niet ritselde.

Af en toe draaide George zich om naar Charlotte en heel even vonden hun ogen elkaar. 'Hou vol. We vinden wel een manier. Niet opgeven.'

Meestal moest hij daarvoor boeten met een harde klap tegen zijn schouder, maar daar trok hij zich niets van aan. Charlotte had vol schrik gezien dat hij gewond was. Er vertoonden zich rode vlekken op zijn lichte jasje, twee op zijn rechterbovenarm en één op zijn rug. Hij had geprobeerd Matumbe tegen de binnendringende krijgers te beschermen, had hij toen die verwondingen opgelopen? Wat was er van de jonge vrouw geworden? Hadden ze haar in het brandende huis achtergelaten? Ach, kon ze het George maar vragen.

Charlotte was algauw zo moe dat ze de hele situatie als onzinnig ervoer en geloofde elk moment uit een boze droom wakker te zullen worden. Onder de verzengende zon strompelde ze te midden van een horde krijgers ergens naartoe, geboeid, als vee met touwen aan elkaar vastgebonden, steeds weer voortgedreven, geduwd, geslagen. Gelukkig had ze zich niet uitgekleed toen ze ging slapen, ze was veel te moe geweest, maar ze had geen schoenen aan. Haar voeten waren allang kapotgegaan door de droge sprieten en bloedden. Ze voelde de pijn alleen tijdens de korte pauzes als ze ging zitten om een beetje uit te rusten. Niemand gaf hun water, ze moesten op hun buik gaan liggen en net als dieren uit de modderige beek drinken.

Tegen de avond voerde het pad bergopwaarts, ze moesten schaars begroeide heuvels beklimmen, stoffige paden liepen door smalle droge valleien. De Wangindo waren slanke mensen, sommigen hadden schrikwekkend dunne benen, maar geen enkele krijger vertoonde ook maar het geringste teken van vermoeidheid. Charlotte was volkomen uitgeput. Ze voelde dat George, door het touw met haar verbonden, probeerde het tempo te vertragen om haar de gelegenheid te geven een beetje uit te rusten. Maar als de bewakers hen voortduwden moest ook Charlotte vooruit. Met haar laatste krachten hield ze zich overeind. Ze wilde in geen geval op de grond zakken, niet alleen omdat ze de krijgers het niet gunde om haar zo zwak te zien, ook omdat ze niet wist wat ze in dat geval met haar zouden doen. Toen de zon onderging leken voor de rode hemel schaduwgedaantes te dansen. Mensen, bomen, giraffes, rondtollende antilopen, zwarte maskers met wijde, grijnzende muilen. Ze wankelde en vond houvast aan Georges schouder die naast haar was gesprongen om haar met zijn lichaam te ondersteunen.

'Het kan niet ver meer zijn,' fluisterde hij. 'Anders hadden ze allang een nachtkamp opgeslagen. Nog een paar passen, Charlotte, je kunt het.'

Eindelijk hadden hun bewakers het door. Ze maakten het touw om haar polsen los, bevrijdden haar van de strop om haar hals en gaven haar een kalebas die ze met haar verdoofde handen nauwelijks kon vasthouden en naar haar mond kon brengen. Het water was modderig en warm, toch dronk ze er gulzig van. Waarschijnlijk zou ze er ziek van worden, maar dat was beter dan door de dorst omkomen.

George had gelijk gehad. Na nog een klein stuk verder gelopen te hebben roken ze de geur van open vuren. Vrouwen en kinderen liepen hun tegemoet, praatten door elkaar, maakten schrille, trillende geluiden, voelden aan de pakken die de mannen bij zich droegen en keken schuw naar de twee gijzelaars. Het laatste stuk van de weg was als een triomftocht van zegevierende strijders die hun buit en de gevangengenomen vijand aan het versteld staande volk presenteerden. En dat was het natuurlijk ook.

In het midden van het dorp stond een tamarindeboom. Hij kwam Charlotte in het laatste avondrood voor als een vreemde, duistere reus die uit een dikke verdraaide stam omhoogrees. Onder zijn takken met het veerachtige gebladerte zaten twee grijsaards die nieuwsgierig naar de naderende krijgers keken. Ze waren naakt op een paar lappen om hun lendenen na.

Nu verdrongen opgeschoten jongelui en kinderen zich om de twee gevangenen, trokken aan hun haar en kleding, lachten, vroegen, betastten hen ongegeneerd terwijl de vrouwen om de potten, borden en kleren uit het missiehuis kibbelden. Charlotte stond er als versteend bij en wist ineens niet meer wat ze van alles moest denken. Ze waren buit, net als de potten en het geslachte vee dat nu door een paar vrouwen gevild en geplukt werd. Ze had nog steeds het gevoel in een boze droom gevangen te zijn.

En de waanzin ging verder. Een paar krijgers joegen de kinderen weg en sleurden de twee witten van het dorpsplein af naar een beetje afzijdig staande hut die duidelijk niet meer bewoond werd. Droge twijgen werden van buitenaf voor de ingang geplaatst en tot tralies gevlochten. Daarna verwijderden de mannen zich en bleven ze alleen achter.

George doorkruiste de hut met langzame passen en Charlotte begreep huiverend dat hij naar slangen uitkeek die zich graag in verlaten onderkomens ophielden. Toen hij eindelijk ging zitten, liet ze zich uitgeput naast hem neervallen.

'Kun je mijn handen losmaken?'

'Ik zal het proberen.'

De touwen waren van hennep gemaakt en strak aangetrokken. Ze brak bijna haar vinger bij het ontwarren van de knopen. Toen het haar eindelijk gelukt was, stak George langzaam zijn armen naar voren en wreef over zijn dove handen.

'Ze zullen ons zeker komen controleren,' fluisterde Charlotte.

'Mogelijk, ik vermoed eerder dat ze nu met hun maaltijd bezig zijn. En later gaan ze feestvieren.'

Ze durfde niet op de grond te gaan liggen in de donkere hut, in plaats daarvan trok ze haar knieën op en sloeg haar armen eromheen.

'Wat moeten we doen, George?'

'Wachten.'

'Tot ze ons vermoorden? Of verminken? Hoe kun je zo gelaten zijn?'

'Sst,' zei hij zachtjes en hij legde een arm om haar schouders. 'Ik ben helemaal niet gelaten, Charlotte, maar we moeten proberen rustig te blijven en ons verstand te gebruiken.'

'Ja,' mompelde ze.

Het was fijn zijn nabijheid te voelen, zijn arm die ze nog dichter tegen zich aan trok, zijn ongeschoren wang die tegen haar slaap kriebelde.

Hij begon weer te fluisteren. 'Het is me niet helemaal duidelijk wat ze van plan zijn. Er lijken twee partijen onder hen te zijn en ik vermoed dat sommige stamleden tot voorzichtigheid manen. Ze hebben weliswaar de missiepost afgebrand, maar niemand gedood.'

'En waarom hebben ze ons hiernaartoe gesleept? Om als gijzelaars te dienen?'

'Ik kan geen andere reden bedenken.'

Ze kon zijn gezicht amper onderscheiden en daar was ze blij om. Het was niet George waar ze vol vertrouwen tegenaan leunde, die over haar schouder wreef, met haar haar speelde. Het was een goede vriend, de enige en beste die ze had. Die in deze verschrikkelijk toestand aan haar zijde was, hetzelfde dodelijke gevaar in de ogen keek en toch probeerde haar troost en hoop te geven.

'Waarom hebben ze juist ons uitgezocht? Omdat we niet bij de missie horen?'

'Misschien,' antwoordde hij zachtjes en ze voelde zijn adem bij haar oor. 'Of misschien omdat we niet gewond zijn en kunnen lopen.'

'Jij bent wel gewond, George. Wat is er met je arm? Je rug? Laat me naar je verwondingen kijken.'

Een lachje trilde door zijn borstkas. Ongelooflijk, hij had het lef om te lachen, terwijl ze elk moment door een afgrijselijk lot konden worden getroffen.

'Ben ik de arts of jij?'

'Je kunt je eigen rug niet zien, dokter Johanssen.'

'Jij ook niet, het is te donker.'

Ze zuchtte, hij had helaas gelijk. Opnieuw werd ze door uitputting overvallen, ze deed haar ogen dicht en haar hoofd zonk op haar borst.

'Luister, Charlotte. De koloniale regering haalt alle beschikbare troepen naar het zuiden om de opstand, die ze al de maji-maji-opstand noemen, neer te slaan. Ze zullen met kanonnen en machinegeweren tegen pijlen en speren vechten en ik ben bang dat de uitkomst van dit bloedbad al bij voorbaat vaststaat. Ik voel me niet verbonden met de koloniale machthebbers en toch zal het er slecht voor ons uitzien als we tussen beide fronten terechtkomen.'

Ze snapte wat hij bedoelde. De Wangindo zouden niet aarzelen hun gijzelaars te doden wanneer de Duitse troepen dichterbij kwamen.

'We moeten zo snel mogelijk vluchten, Charlotte, maar we hebben veel geluk nodig. Als de vlucht mislukt krijgen we geen tweede kans.'

'Ik begrijp het.'

'Probeer te slapen, het is het enige verstandige wat je nu kunt doen.'

Hij trok haar dichter tegen zich aan en ze legde haar hoofd in zijn schoot.

'Wek me na een tijdje, dan zal ik waken en kun jij uitrusten.'

Hij streek zacht over haar haar en ze verschoof haar hoofd op zijn gespierde benen die niet echt een lekker kussentje waren.

'Maak je geen zorgen, ik zal ook uitrusten. Ik slaap alleen als een oude woudloper, met alle zintuigen op scherp.'

Iemand streek over haar wang. Ze deed haar ogen open en keek in George' gezicht, dat zich in het schemerige licht boven haar bevond.

'Kijk eens aan hoe goed je geslapen hebt. Je hebt zelfs gedroomd, hè?'

Zijn stem klonk teder en een beetje geamuseerd. Met een geschrokken beweging kwam ze overeind en de realiteit viel dof en zwaar over haar heen. Door de verstrengelde takken voor de ingang van de hut flakkerde het roodgele vuurschijnsel. Er werd op trommels geslagen, een vreemd wild, aanzwellend en dan weer afnemend ritme dat zelfs tot haar droom doorgedrongen was. Stemmen vielen in, donker gezang waaruit steeds weer schrille kreten opstegen die veelstemmig beantwoord werden.

'Ik ben bang dat de gematigde groep geen stand heeft kunnen houden. De jonge krijgers geloven in het toverwater van de Rufijirivier...'

Pas nu rook Charlotte de onaangename geur. Een kleine schaal stond dicht bij de ingang en ook al had George zijn halsdoek eroverheen gelegd, er zwermden allerlei insecten omheen.

'Ze hebben ons de restanten van hun maaltijd gebracht en ook iets te drinken. Hier.'

Hij reikte achter zich en gaf haar een kleine kalebas waar deze keer lekker fris water in zat. Het eten rook echter zo smerig dat Charlotte er ondanks haar honger niets van wilde eten.

'Probeer het. We hebben gisteren ook de hele dag niets gegeten en we zullen onze krachten nog nodig hebben.'

De schaal was van een halve kokosnoot gemaakt, de inhoud bestond uit een vettige vloeistof waarin donkere ondefinieerbare brokken zwommen. Het rook naar gember en ingewanden van geiten. Wat er verder nog in zat wilde ze liever niet weten.

'Blijf daar zitten en doe alsof je eet.'

'Ik kan dit spul niet wegkrijgen, George. Ik ben geen woudloper zoals jij en heb nog nooit sprinkhanen in de Sahara gegeten.'

'Je hoeft alleen maar te doen alsof. Ik wil intussen proberen een gat in de lemen muur te maken.'

Hij had een stevige stok uit de vertakte tralies losgemaakt en ging daarmee achter in de hut aan het werk. Charlotte begreep het nu. Terwijl hij probeerde een vluchtweg te maken, moest zij alles zo onopvallend mogelijk in de gaten houden. Plotseling versnelde haar pols van opwinding. Het was zover, ze zouden in actie komen, de enige kans benutten die ze hadden. En hopen dat het geluk met hen was.

Ze tuurde naar de voorbijtrekkende schaduwen die zich op het ritme van de trommels bewogen, op en neer sprongen met de armen strak tegen hun lichaam gedrukt en hun benen gesloten. Het roffelende ritme had ze in een soort trance gebracht, ze dansten zonder zich van zichzelf bewust te zijn, vulden zich met energie die zich in de gezamenlijke dans verveelvoudigde. Wat zou er gebeuren als het hoogtepunt van deze ceremonie voorbij was? Zouden ze dan in slaap vallen? Of was het mogelijk dat ze onder invloed van de opgezweepte vechtlustigheid een aanvang namen om hun gijzelaars terecht te stellen?

Door het tromgeroffel heen hoorde ze George' aanhoudende schrapen, af en toe hijgde hij van inspanning. Stof wolkte op en het rook naar droge geitenmest. Soms rolde er een brokje leem naar haar toe. De muren van de hut waren al heel lang niet meer gerepareerd en er waren scheuren en barsten in gekomen. George hoestte en ze hoorde hem vloeken.

'Wat is er? Moet ik je helpen?'

'Trek heel voorzichtig een stevige tak los. Deze is gebroken.'

Behoedzaam onderzocht ze de wirwar aan spijlen bij de ingang. Ze vond een geschikte tak die ze wel moest breken om hem eruit te kunnen halen. Gelukkig zouden de Afrikanen het door hun getrommel niet horen.

George werkte koortsachtig door. Charlotte hield haar adem in op het moment dat ze door de bres in de muur de sikkel van de maan kon zien, zo dun als een gebogen draadje. De nachthemel zou hun vlucht weinig verlichten, maar ook hun achtervolgers niet helpen. In elk geval was de maan hun bondgenoot.

'Wat zijn ze nu aan het doen?'

'Ze dansen nog steeds. Ik geloof dat het aantal dansers is verminderd.'

'Ik probeer het nu, Charlotte. Veel groter kan ik het gat niet krijgen, de houten stokken in de muur zitten dicht bij elkaar.'

Ze voelde hoe haar hart tegen het ritme van de trommels in hamerde. Als ze nu ontdekt werden, was alles voorbij. De bres was zo smal dat George er eerst met zijn benen doorheen ging en zich daarna moeizaam naar buiten wrong. Charlotte volgde hem zonder af te wachten wat er verder gebeurde. Als ze betrapt werden wilde ze in elk geval bij hem zijn. Eindelijk was het haar gelukt. George pakte haar hand en trok haar met zich mee. De donkere vormen van de hutten waren vaag in de schaduwen te onderscheiden toen ze erlangs slopen, zich inspannend om hun voeten zo zacht mogelijk neer te zetten. Charlotte voelde geen vermoeidheid meer, geen pijn. Alleen George' hand was belangrijk, zijn oriëntatievermogen waar ze op vertrouwde, het geluk dat ze nu meer dan ooit nodig hadden.

De heuvels waren kaal op een paar dorre struiken na die geen dekking gaven. Gebogen klommen ze vanuit de vallei naar boven, hoorden hun eigen ademhaling, zagen de flakkerende vuren, de dansende gedaantes, de enorme tamarinde tussen de hutten als een samengebalde donkere wolk. Op de ronde top van de heuvel gingen ze platliggen en kropen vooruit tot ze aan de andere kant waren.

Niets wees erop dat de Wangindo hun vlucht opgemerkt hadden. Maar zelfs als ze er pas na uren achter kwamen dat hun gijzelaars ervandoor waren, bleef het gegeven dat ze snelle lopers waren en de omgeving kenden. In het lichte struikgewas en op de uitgedroogde savanne was het moeilijk zich voor hen te verbergen.

Ze liepen zwijgend achter elkaar. George hield haar hand stevig vast zodat ze elkaar in de nachtelijke schemering niet zouden kwijtraken. Onder de zwarte sterrenhemel tekenden de heuvels zich schaduwachtig af, soms doemde de vreemde vorm van een schermacacia of een lichte rots voor hen op. Eén keer zelfs was daar opeens de enorme stam van een apenbroodboom, machtig als een geest, de knoestige kronkelige takken als verwarde wortels naar de donkere hemel uitgestoken. Steeds weer bleef George staan om te luisteren. Charlotte kende de stemmen van de nachtelijke savanne, het aanhoudende getjirp van de krekels, het vreemde lachen van de hyena's, de grommende, gonzende, snuivende geluiden, ook het brullen van de roofdieren die in de koelte van de nacht naar prooi zochten. Ze hadden geen enkele bescherming. Behalve de stok in George' hand hadden ze geen wapens tot hun beschikking. Onzichtbare wezens bewogen zich in hun nabijheid en keken hen met nachtscherpe ogen aan, halmen ritselden, droge stengels braken af. Soms hoorden ze het geluid van opgeschrikte hoeven op de vlucht. Toen ze op verse olifantenmest stuitten, veranderden ze van richting in de hoop de kudde te kunnen ontwijken.

462

De kust lag in het oosten. Als het hun zou lukken om Kilwa of een nabijgelegen plaats te bereiken, waren ze gered. Maar hoe moesten ze in de nacht de windrichtingen herkennen? Hoe moesten ze in de wirwar van kale heuvels en smalle valleigeulen een richting aanhouden?

Bij het verbleken van de eerste ster beklommen ze de vlakke top van een helling en George pakte haar bij de schouders. Triomfantelijk stak hij een arm uit.

'De rivier,' zei hij.

Ze staarde in de schemering en onderscheidde in de diepte van het grijze dal een onregelmatig donker lint dat zich door de uitgedroogde aarde slingerde als het lichaam van een lange slang. Schaduwen die ze eerst voor bosjes had aangezien, bewogen op de oevers. Het waren dieren die in het water stonden te drinken.

'Welke rivier is het?'

'Vermoedelijk de Mandandu. Zo niet, maakt het ook niet uit. Hij stroomt in elk geval naar de kust.'

'We hoeven dus alleen maar zijn loop te volgen.'

'Op zekere afstand, ja.'

Ze hoorden het gebrul van leeuwen, het doffe gehamer van vluchtende hoeven, toen de korte ellendige doodskreet van een stervende gnoe. Beneden bij de rivier heersten de jagers.

Ze stuitten op een groep kleine rotsen, gesteente vol kloven door de wind gevormd, die als een kudde slapende dieren uit de grond oprezen.

'Laten we hopen dat het niet de lievelingsplek van de leeuwen is,' mompelde George. 'Hier hebben we in elk geval een beetje dekking en in geval van nood een bescherming in de rug.'

Ze gingen dicht bij de rotsen zitten en verdeelden het laatste water uit de kalebas die George had meegenomen. In het oosten werd de hemel lichter, het grijze landschap van de savanne kleurde langzaam geelbruin. Nu zagen ze ook eenzame acacia's en platte rotsen. De kronkelende rivier tooide zich met blauwe waterplassen, bruine modder en bleekgroen struikgewas. Toen de opkomende zon over de uitgedroogde aarde vlamde, vielen Charlottes ogen dicht. Ze sliep half zittend, haar rug tegen een rots geleund, haar hoofd op George' schouder.

Hoelang had ze geslapen? De trekkende pijn in haar voeten had haar gewekt. In elkaar gekropen lag ze in de smalle schaduw van de rots, onder haar hoofd een kussen dat George' opgerolde jasje bleek te zijn. Behalve het zoemen van de insecten was er niets te horen.

'George?'

'Beweeg je niet.'

Hij hurkte vlak bij haar op de grond met zijn rug dicht tegen de rots gedrukt en wees met zijn vinger naar de rivier. Ze schrok. Een groot aantal zwarte krijgers hield rust bij een brede inham van de waterloop. Ze dronken en vulden hun kalebassen. Er was maar één enkele scherpe blik nodig om de aanwezigheid van de witten boven tussen de rotsen te verraden.

'Ze zijn niet op zoek naar ons,' fluisterde George. 'Het moet een andere stam zijn. Ngoni of Donde misschien.'

Charlotte bleef als verstijfd liggen en waagde het amper haar hoofd op te tillen. Alleen de schaduwen van de rotsen verborgen haar voor de ogen van deze krijgers. Haar donkere jurk zou niet opvallen, alleen George' opgerolde jasje was van een lichte stof, ook al was het intussen behoorlijk stoffig en vlekkerig.

Minuten strekten zich uit tot in het oneindige. Ze konden niets, helemaal niets doen. Elke beweging, elke poging tot vluchten zou hun aanwezigheid openbaren. Zwijgend keken ze naar de mannen, volgden hun doen en laten en hielden hun adem in terwijl ze naar hun eigen hartslag luisterden.

Een voor een verlieten de krijgers de oever van de rivier en trokken dicht in de buurt van de rotsen in een lange rij langs de heuvel naar het noorden. Ook nu hadden ze de twee witten gemakkelijk kunnen ontdekken, maar een helpende geest scheen George en

Charlotte voor hun ogen te verbergen. Er gebeurde niets.

Charlotte haalde diep adem om de spanning kwijt te raken. George veegde met zijn hand over zijn voorhoofd om een opdringerige vlieg weg te jagen.

Hij keek zorgelijk. 'We zullen nog wel meer van dergelijke groepen tegenkomen. Ze trekken in groten getale ten strijde. Deze hadden zelfs geweren.'

'Hoever is het nog naar de kust?'

'Misschien zo'n vijftig kilometer. Als we ons haasten zijn we morgenavond in Kilwa.'

Hij zei het met een lichte grijns waarin zich vertrouwen met zelfironie mengde. Ze bezaten noch wapens, noch levensmiddelen, een gemakkelijke buit voor roofdieren en vijandige Afrikanen. George had zijn rug bezeerd en Charlottes voeten zaten vol bloederige wonden. Vijftig kilometer, misschien meer.

'Trek je onderrok helemaal uit en scheur hem in repen.'

Ze draaide hem haar rug toe terwijl ze haar jurk omhoogdeed om de boord van haar onderrok los te maken. Ze hoefde zich voor hem niet te schamen, hij was tenslotte arts. Hij wilde haar verbinden, dat was iets heel normaals.

Hij deed zijn werk in stilte en met zachte handen en keek daarbij af en toe naar haar omhoog. Hij bleef ernstig.

'Ik kan je ook een stuk dragen.'

'Dat ontbrak er nog maar aan, George Johanssen.'

De eerste stap was hels en ze zag hoe zijn gezicht vertrok als voelde hij zelf de pijn. Daarna werd het gemakkelijker, er ontstond een soort doof gevoel en na een poosje liep ze naast George alsof ze nooit gewonde voeten had gehad.

Beneden bij de rivier vulde hij de kalebas voor haar, daarna gingen ze stroomafwaarts waarbij ze enige afstand van de oever aanhielden.

George hielp haar over moeilijke gedeeltes van het pad heen, stak zijn hand naar haar uit, maakte af en toe een grapje over haar prachtige schoenen die allang de kleur van het roodgele stof hadden aangenomen. Een vreemde, volkomen dwaze ongedwongenheid kwam over haar. Ze lachte om zijn gekkigheid, maakte grapjes over de stoppelige baard die hij intussen gekregen had en beweerde dat het hem goed stond. Waarom liep hij eigenlijk gladgeschoren rond? Vanwege de dames in Dar es Salaam? Hij kon ook met een snorretje indruk op hen maken.

'Op de grond!'

Hij trok haar in de dunne bosjes van de oever, hield zijn arm om haar heen en drukte haar vast tegen de aarde.

'Krijgers,' mompelde hij. 'Ze steken de rivier over en trekken dan waarschijnlijk naar het noordoosten. Je hoeft niet bang te zijn, ze zijn ver genoeg weg en hebben ons zeker niet gezien.'

Hij had de hele tijd de heuvels nauwlettend in de gaten gehouden. Ze hijgde van schrik en vond zichzelf ongelooflijk stom. Ze drukte zich tegen de grond en snoof de geur van het droge stof op. George lag dicht naast haar, ze voelde zijn snelle pols, hoorde zijn adem en ineens had ze het gevoel dat het altijd zo geweest was. Sinds alle eeuwigheid, lang voor ze op deze wereld was, had hij naast haar geademd, ze kende zijn hartslag, de geur van zijn warme lichaam, zijn handen, vroeger had ze ook zijn dromen gekend.

Ik krijg een zonnesteek, dacht ze geschrokken. Ik word gek. George is Maries echtgenoot. Tenminste dat was hij. Hij is met haar getrouwd omdat hij van haar hield.

'Ze zijn weg,' zei hij zacht. 'Ik hoop dat ik je geen pijn heb gedaan. Ze doken nogal plotseling op en ik had geen tijd meer om je te waarschuwen.'

'Natuurlijk. Ik heb... lopen dagdromen. Gelukkig heb jij opgelet.'

Ze had een scheur in haar jurk opgelopen, al was dat allang onbelangrijk geworden.

Ze liep achter hem en keek naar zijn rug. De verwondingen leken inderdaad niet heel diep te zijn, ze waren niet opnieuw gaan bloeden.

'Maak je geen zorgen, Charlotte. Geef me je hand, we gaan gewoon verder.'

Opeens voelde ze weer de pijn in haar voeten, de honger, de uitputting. De rivier maakte oneindig veel bochten, ze kwamen zo langzaam vooruit, overal loerden dodelijke gevaren, hoe moesten ze het ooit redden tot aan de kust? Ze staarde naar de verblekende botten van een buffel, de lange droogte had hem al jaren geleden het leven gekost, en moest zich vermannen om haar moedeloosheid voor George te verbergen.

'Nog een klein stukje, dan gaan we even rusten.'

'Voor mij hoeven we geen pauze te nemen, George, we kunnen beter verdergaan.'

Hij keek haar glimlachend met zijn indringende grijze ogen aan.

'Goed,' zei hij.

Rond twaalf uur hielden ze kort rust in de schaduw van een rots en George liep naar de rivier om de kalebas bij te vullen. Ze was duizelig van vermoeidheid en toch durfde ze terwijl hij bij het water knielde haar ogen niet te sluiten en bleef oplettend alle kanten uitkijken.

'Drink,' zei George en hij hield de gevulde kalebas bij haar mond. 'Het is niet ver meer, we hebben het langste stuk gehad.'

'Dank je.'

Ze dronk met gesloten ogen. Hij knielde nog steeds vlak naast haar toen ze de kalebas neerzette. Zacht veegde hij met zijn vinger een druppel water van haar kin.

'Weet je dat ik er vroeger alles voor over zou hebben gehad om met jou door de wildernis te mogen reizen?' vroeg ze zacht.

'Dat heb ik aangevoeld, Charlotte. Ik heb er zelfs serieus over nagedacht om je in Caïro uit te nodigen. Zou je zijn gekomen?'

'O, zeker, op stel en sprong. Ik weet alleen niet wat de gevolgen zouden zijn geweest.'

'Niets goeds,' antwoordde hij ernstig.

Ze vervolgden hun weg. Nog twee keer moesten ze zich verstoppen in de verdorde bosjes van de rivierbedding voor krijgslustige Afrikanen. Ze stevenden allemaal af op het noordoosten, mogelijk verzamelden ze zich op een bepaalde plek om de kustplaatsen van de koloniale overheersers aan te vallen. De zwarte strijders trokken haastig door het glooiende landschap, liepen over geheime paden die hen zonder omwegen naar hun bestemming voerden. Deze mensen waren hier thuis. Nooit eerder had Charlotte de betekenis van deze uitdrukking beter begrepen dan nu.

Tegen de avond liep het landschap aan beide zijden van de rivier meer omhoog, smalle beddingen liepen vanaf de heuvels naar de stroom beneden, ze voerden echter geen water met zich mee. Toch troffen ze steeds vaker acacia's en tamarinden waar aan de takken nog een beetje groen zat. In een inham van het dal ontdekten ze meerdere kleine verhogingen die ze eerst voor rood gesteente hielden, maar wat de overblijfselen van een verlaten dorp bleken te zijn. Ronde lemen hutten, gegroepeerd rond een tamarinde die ooit het middelpunt van de nederzetting was geweest. Geen van de hutten had nog een dak, de meeste muren waren in de regentijd losgekomen en weggespoeld. Alleen de grootste hut had nog enigszins standgehouden. Gebleekte houten stokken staken uit de brokkelige muren, de ingang was een breed gat dat door wind en hitte gestaag groter werd.

'Waarom zou het dorp verlaten zijn?'

'Daar kunnen vele redenen voor zijn. Een epidemie. Een overval door vijandelijke stammen. Misschien ook het uitblijven van de regentijd. Als de rivier helemaal opdroogt, is hier geen leven meer mogelijk.'

De nacht zou algauw vallen. Ze zochten het binnengedeelte van de ruïne af naar slangen en ander ongedierte. Vervolgens braken ze takken van de tamarinde af om de ingang provisorisch dicht te maken. Ze werkten zij aan zij, waren een samenspannende twee-eenheid tegenover de vijandige wildernis, vergaten niet één keer om de heuvels en de loop van de rivier in de gaten te houden. Ze legden de takken voor de ingang neer en Charlotte ging moe op de grond zitten en dronk wat water. De ondergaande zon scheen roestrood over de kale heuvels, liet de zwarte vormen van de tamarinde zich aftekenen, glinsterde geel en wit op de kalm stromende rivier.

'Dit huis heeft brokkelige muren en geen deur,' hoorde ze George opgewekt zeggen. 'De wind blaast stofwolken omhoog en de leeuwen zijn onze buren.'

Ze draaide glimlachend haar hoofd om en keek naar hem: zijn door de zon gebleekte haar, zijn kleding op veel plaatsen gescheurd, vlekkerig, vol stof. De inspanningen van de afgelopen dagen hadden zijn gezicht getekend, maar zijn spotlust was hem niet vergaan.

''s Nachts omgeeft ons het lied van de wildernis en de sterrenhemel is ons dak,' ging hij zachtjes verder. 'Wil je met mij dit huis binnengaan?'

'O, George, jij kunt ook nooit ophouden met grappen maken.'

'Ik meen het serieus, Charlotte.'

Een cirkel sloot zich. Zwijgend lagen ze naast elkaar, luisterden naar de geluiden van de nachtelijke savanne, de met elkaar verweven veelstemmige melodie van wat komt en is vergaan. Ze zagen de lichtjes aan de donkere hemelkoepel ontstaan, eerst bleek en dan steeds helderder tot het firmament op hen neerdaalde en hen omhulde. Pas toen trok George haar naar zich toe. Er waren geen herinneringen meer, geen teleurgestelde verwachtingen, geen vergissingen, geen twijfel. Er was alleen haar verlangen dat ze door de jaren heen nooit verloren was en dat deze nacht tussen leven en dood, in de schaduw van de door de maan beschenen tamarinde, vervuld werd.

Een eeuwigheid later rukte een harde hese stem hen uit de slaap. 'Geweren neer!'

Het was licht, ze hadden in de beschutting van de dakloze muren tot in de ochtend geslapen. Tussen de twijgen door zagen ze de gestalte van een witte officier van de beschermingstroepen.

'Lieve hemel, mevrouw Von Roden, we hadden bijna op u geschoten. We dachten dat het om een achterhoede van de Wangindo ging.'

Het was een van de twee sergeant-majoors uit Kilwa, begeleid door een groep askari. Hij grijnsde over zijn hele gezicht toen hij naast Charlotte een bebaarde, slanke man in gescheurde kleren ontdekte.

'Mijn god, wat zal uw zuster blij zijn. Of is het uw nicht? Onze mensen hebben haar met man en kind naar Kilwa gebracht en ze vroeg steeds weer naar u.'

Augustus 1905

Een koel avondwindje waaide vanaf de baai de kleine kamer binnen en bracht een stapel papieren op George' bureau in de war. Charlotte stond op om het raam dicht te doen en de lamp aan te steken. Ze zette het licht dicht bij hem op de tafel. Hij keek op en glimlachte dankbaar naar haar.

George was schrikbarend mager, ook de korte blonde baard kon zijn ingevallen wangen niet verbergen. Hij had drie weken lang koorts gehad, weigerde zich in de kliniek te laten behandelen en had in plaats daarvan hier op zijn bed de ziekte doorstaan. Charlotte was steeds bij hem gebleven. Terwijl hij beefde van de koorts had hij brieven gedicteerd die ze aan verscheidene vrienden in Duitsland moest sturen. Aanvallende boze rectificaties van artikelen over de opstand in Duits Oost-Afrika zoals ze in sommige kranten in Duitsland verschenen waren. Soms liepen zijn zinnen door elkaar en dan vroeg hij vertwijfeld om medicijnen. Kinine, broom, zelfs verdovende middelen moest ze hem brengen zodat zijn gedachten weer helder zouden worden. Ze gaf hem wat zij dacht dat goed was, schreef op wat hij had willen formuleren en als ze hem de voltooide brief voorlas, leek hij opgelucht.

Nu, amper genezen, zat hij urenlang aan zijn bureau, was onophoudelijk met zijn correspondentie bezig en maakte tussendoor aantekeningen voor een volgend boek dat hij aan zijn uitgever in Leipzig wilde sturen.

'Vergeef me, Charlotte, nog een paar dagen, dan zullen we tijd voor elkaar hebben, we hebben zoveel gemist.'

'Ik zou niet van je houden, George, als je iemand anders was dan wie je bent.'

Het land was uit zijn voegen geslagen en zou nooit meer worden wat het was geweest. Op het moment dat ze in Kilwa aankwamen lag de marine kruiser Bussard voor anker in de haven. De plaats en de vesting waren vol askari die willekeurig zwarten gevangennamen en ze meedogenloos in elkaar sloegen. Openbare afranselingen waren aan de orde van de dag. De witte koloniale overheersers bevonden zich in de greep van de angst en die angst maakte ze kortzichtig en wreed.

Een paar kilometer verder naar het noorden, in Mohoro, had men de zwarte aanvoerder en profeet Kinjikitile Ngwale, die zogenaamd over magische krachten beschikte en door *hongo*, een machtige geest, bezeten was, opgehangen. Hij was het die de opstand in het geheim bij de Rufijirivier had gepland en samen met zijn aanhangers het maji-maji, het toverwater dat immuun zou maken voor de Duitse wapens, over de hele kolonie had verdeeld. Niet alle Afrikaanse stammen hadden zich bij de opstand aangesloten. De Wahehe, de Dschagga en ook de Masai hadden de superieure wapens van de koloniale overheersers al eens gevoeld zodat hun de moed om opnieuw verzet te plegen ontbrak. Gedurende de twee weken dat Charlotte en George in Kilwa verbleven, leek de situatie volkomen onoverzichtelijk. Dagelijks kwamen er berichten binnen die de volgende dag onjuist bleken te zijn. Witte planters van wie men dacht dat ze vermoord waren, doken weer op. Verkenningspatrouilles die golden als vermist, verschenen opeens weer. Districtskantoren werden teruqveroverd en vielen een paar dagen later weer in handen van de rebellen. Eén treurig bericht werd medio augustus helaas uit betrouwbare bron bevestigd: bisschop Spiss en zijn vier reisgenoten waren ondanks alle waarschuwingen toch naar Liwale vertrokken en werden vermoord teruggevonden op de savanne. Dokter Lott had nog koeriers achter hem aan gestuurd om ze te alarmeren, maar de bisschop geloofde niet in een opstand, hij vertrouwde op Gods beschermende hand.

Te midden van al deze verschrikkingen beseften Charlotte en George des te duidelijker hoeveel geluk ze hadden gehad. Klara en Peter waren gezond en ook hun zoontje, die Samuel gedoopt was, maakte goede vorderingen. En ze hadden elkaar. George hield van haar en beweerde altijd al van haar gehouden te hebben, hoewel hij dat eerder niet duidelijk had ingezien.

'Ik heb veel fouten gemaakt in mijn leven, Charlotte. Ik heb je nodig om me de juiste weg te wijzen.'

Ze lachte hem uit en herinnerde hem eraan hoe zeker hij haar over de savanne geleid had. Hij had geen enkele keer de moed verloren. Terwijl zijzelf af en toe vertwijfeld raakte, had hij de kracht gehad om haar op te beuren.

'Nu kan ik het wel tegen je zeggen,' bekende hij grijnzend. 'Ik ben nog nooit in mijn leven zo bang geweest. Vooral om jou, maar vreemd genoeg ook om mijzelf. Om de liefde waar we zo lang op hebben moeten wachten.'

Peter was door de gebeurtenissen getekend. Hij zat zwijgzaam en schichtig naast Klara, nam af en toe zijn zoon in zijn armen, schudde zijn hoofd en soms huilde hij. George voerde lange gesprekken met hem. Later, toen ze in Dar es Salaam waren, vertelde hij Charlotte dat Peter Siegel aan alles twijfelde waar hij ooit in geloofd had. Alleen Klara en zijn zoon hielden hem staande. Als het erop aankwam wist hij niet meer wat hij met zijn leven moest beginnen.

Ze bleven twee weken in Kilwa, daarna was Klara genoeg aangesterkt om met de gouvernementsstoomboot naar Dar es Salaam te kunnen reizen, waar het echtpaar voorlopig op de missiepost aan de Immanuelskaap wilde blijven.

Charlotte en George betrokken Georges kamers in de Inderstraat om een paar dagen uit te rusten en met elkaar samen te zijn. Het waren gelukkige uren waarin ze noch de onrust in het achterland, noch de opgewonden burgerwacht van de inwoners opmerkten, een beschermende koepel om zich heen trokken en alleen voor elkaar bestonden. Hun gesprekken sprongen van verleden naar toekomst zonder aan het heden te raken. In de nachten omgaf de hartstocht van hun lichamen hen als een ondoordringbare haag die hen met genadige blindheid sloeg.

Ze kwamen pas weer tot bezinning toen in Dar es Salaam de grote overwinning bij Mahenge werd bejubeld. Met duizenden tegelijk waren de opstandige Afrikanen tegen de Duitse machinegeweren op gelopen, hadden in de kogelregen, al stervende, kalebassen vol water tegen de *boma* gegooid, maar het maji-maji bleek waardeloos, het geloof van de naïeve zwarten was verbrijzeld.

'Ze zullen hier net zo tekeergaan als in het zuidwesten,' kreunde George. 'Uitgebrande dorpen, verwoeste oogsten, duizenden mensen zullen verhongeren, zelfs vrouwen en kinderen zullen niet gespaard worden.'

Hij had al koorts terwijl hij de eerste brieven naar Duitsland schreef. Er leek nog hoop te zijn. In de Rijksdag werd gestreden, de krachten die zich sterk maakten voor een andere, humanere koloniale politiek hadden ondersteuning nodig en vooral correcte berichten. In de kolonie nam men echter besluiten vanuit militaristisch gezichtspunt en dat betekende niets anders dan de volkomen onderwerping van de Afrikanen. Geen zwarte mocht het ooit nog wagen een hand tegen zijn witte overheerser op te heffen.

George hield zijn belofte. Nadat hij alles had gedaan wat in zijn vermogen lag om de loop der dingen te veranderen, stelde hij Charlotte voor om samen naar haar plantage terug te keren.

'Je bent al lang genoeg van je dochter gescheiden. Laten we daar gezamenlijk gaan leven, ik weet hoe je aan dit land en de mensen hangt.'

Charlotte had heimelijk op deze beslissing gehoopt. Hogerop in de Kilimanjaroregio was alles godzijdank rustig gebleven. Ze had vanuit Dar es Salaam brieven met Jacob en Wilhelm uitgewisseld, ook tekeningen van Elisabeth zaten bij hun correspondentie.

Charlotte wilde George een thuis geven, een plek waar hij uit kon rusten. Waarom niet de plantage? Ze hadden hun liefde, groeiden elke dag dichter naar elkaar toe en vaak geloofde Charlotte dat het vreemde gevoel dat haar op de savanne had overvallen en waarvan ze toen dacht dat het een vlaag van waanzin was, niets dan de diepste waarheid inhield. Ze had hem altijd gekend. Hij was een deel van haar dat ze sinds onmetelijke tijden, nog ver voordat ze geboren was, verloren had en dat nu bij haar teruggekomen was. Voor de eerste keer in haar leven speelde geld geen rol. George beschikte na de dood van zijn moeder over veel geld. Een deel ervan had hij voor zijn kinderen in aandelen belegd, met de rest financierde hij zijn reizen en levensonderhoud. De inkomsten van zijn boeken gingen uitsluitend naar maatschappelijke doelen, hij had het geld niet nodig. Misschien was hij ook daardoor zo'n rusteloos mens, hij had nooit voor zijn bestaan hoeven werken.

Ze was van hoop vervuld toen ze met de kuststomer naar Tanga voeren om het eerste gedeelte van de reis met de Usambaratrein tot Korogwe af te leggen. Vandaar gingen ze met ingehuurde begeleiders te voet verder, een route die ze al zo vaak genomen had en die toch in elk jaargetijde anders en nieuw leek. Het was begin oktober, aan de kust had de regentijd al ingezet, terwijl aan de andere kant van het Usambaragebergte, in het land van de Masai, de gebarsten droge aarde nog steeds op de eerste verlossende onweerswolken wachtte.

Onder het geweld van donder en bliksem reden ze door de houten toegangspoort het Von Roden-bezit op en Charlotte zei lachend dat alleen koningen een dergelijke ontvangst ten deel viel. Vervolgens moesten ze zich haasten want de regen plensde uit alle macht op hen neer en toen ze voor het huis van hun muildieren afstegen waren ze tot op hun hemd doorweekt.

Er stond Charlotte een bittere teleurstelling te wachten. Ze had gedacht dat haar dochtertje haar luid snikkend in de armen zou vallen. Elisabeth verborg zich echter achter de kleurige rok van

Hamuna en was ondanks alle smeekbeden en tedere aandrang niet bereid haar moeder te begroeten. Vanuit haar verstopplek keek ze met boos samengeknepen ogen naar haar moeder als was ze een vreemde. Toen Hamuna haar ten slotte met zacht geweld naar voren duwde, trok ze zich los en rende door de regen naar het opzichtershuis.

'Je moet een beetje geduld hebben,' troostte George Charlotte. 'Ze is boos op je omdat je zo lang bent weggeweest. Morgen zal ze er anders over denken.'

Elisabeth dook bij het avondeten weer op. In haar lange nachtpon stond ze in de deuropening, haar hand wriemelend met een vlecht, en keek schuw naar Charlotte. Het was echter George aan wie ze deze avond al haar aandacht gaf. Ze wilde naast hem zitten en stelde hem nieuwsgierige vragen die hij met de vriendelijkheid hem eigen beantwoordde en ten slotte wilde ze bij hem op schoot zitten. Charlotte was gekwetst en opgelucht tegelijk. Natuurlijk wist George het hart van haar kind te winnen, het ging hem gemakkelijk af, in dergelijke dingen was hij altijd al goed geweest. Het was fijn als die twee goed met elkaar konden opschieten, want George zou voor Elisabeth van nu af aan de plaats van een vader innemen.

's Nachts sliep ze zoals gewoonlijk bij haar dochter, terwijl George in de kamer ernaast ondergebracht was. Pas in de ochtend kroop Elisabeth tegen Charlotte aan en huilden ze allebei smartelijke tranen van verzoening.

'Je mag nooit meer weggaan.'
'Ik beloof het je.'
'Vast en zeker?'
'Voor altijd en eeuwig.'

De dagen schenen vreedzaam, in elk geval wat het werk op de plantage betrof. George bemoeide zich er niet veel mee, hij liet de leiding van de plantage over aan Charlotte en haar twee opzichters. Hij maakte tochten te paard in de buurt, praatte met de arbeiders, bood zijn medische hulp aan en maakte uitstapjes naar de Dschagga. Hij observeerde Charlotte wanneer ze de zwarte kinderen lesgaf, maar zei er niets over. Als ze shauri hield, luisterde hij aandachtig en vroeg later wat dit of dat woord betekende, want hij probeerde de taal van de Dschagga te leren. Hij speelde vaak met Elisabeth, leerde haar paardrijden en tekende met haar. Soms zag Charlotte ze samen, de slanke, lange man en de beweeglijke kleine meid in lichte kleren, over het grasveld naar de eucalyptusbomen gaan om een tijdje bij Max' graf door te brengen.

's Avonds begroef hij zich in Charlottes boeken. De *Deutsch-Ostafrikanische Zeitung* en de *Pflanzer* die de post bezorgde keek hij slechts even in om ze dan walgend opzij te leggen. Hij schreef brieven naar Engeland en Duitsland, kreeg echter zelden antwoord en dat verbitterde hem. Steeds vaker bracht hij 's avonds het gesprek op het hier en nu en Charlotte voelde zorgelijk dat hij op haar plantage altijd een vreemde zou blijven.

'Ik weet hoe je je best doet om rechtvaardig en vrijgevig te zijn, Charlotte. En toch is het onmogelijk. Je hebt een hek om je heen gezet en probeert een paradijs te stichten. Maar om ons heen leven de mensen aan wie dit land eens toebehoorde en ze leven in armoede omdat men ze uit de vruchtbare gebieden verjaagd heeft.'

'Ik geef ze toch werk? Ze krijgen hun loon en ik zorg voor ze.'

'Ja, alsof het je kinderen zijn.'

'Wat is daar erg aan?'

'Niets,' bromde hij ontevreden. 'Alleen dat hun eigen kinderen lezen en schrijven leren en daarmee hun wortels verliezen.'

'Er zijn ontwikkelingen die je niet tegen kunt houden, George.'

'Veroveraars doen sinds mensheugenis hetzelfde. Ze eigenen zich het land toe dat ze willen hebben en dringen de inwoners hun cultuur op, zo nodig met geweld.'

De gesprekken draaiden in een kringetje. Hij kon urenlang onder het afdak van de veranda zitten en naar de met sneeuw bedekte top van de machtige berg kijken. Hij hield van het zachte ruisen van de wind in de eucalyptusbomen, stond 's ochtends met haar voor het huis om de nevel over de aanplant te zien opstijgen. Ze reden omhoog het regenwoud in, zochten naar sporen van olifanten, staken hand in hand snelstromende beken over en vonden steeds nieuwe watervallen. Maar hoezeer de wilde schoonheid van dit land hem ook fascineerde, hij bleef een vreemde. Alleen ter wille van haar verbleef hij op de plantage waar hij in principe geen bezigheden had en slechts haar gast was.

Tegen nieuwjaar brak het nieuws door dat veel opstandige stammen zich aan de Duitsers hadden onderworpen. Hun lot verbeterde er niet door. Men had hun bronnen afgesloten en alle levensmiddelen weggehaald, de akkers verwoest, de dorpen afgebrand. Ze waren tot een langzame dood veroordeeld.

Charlotte huiverde ervan. Was dit werkelijk nog het land waar ze meer dan tien jaar geleden met zoveel hoopvolle verwachtingen naartoe gereisd was? Ze had, net als haar tweede man, geloofd dat hier plaats voor iedereen was. Zwarten en witten, Indiërs, Ghanezen, Arabieren. Zoals het er nu uitzag was er juist voor de in Afrika geboren mensen geen plaats meer in hun vaderland. Het enige wat hen overbleef was onderwerping of de dood.

Ze verborg haar ontzetting. 's Nachts kon ze niet slapen, lag met open ogen op haar bed, luisterde naar Elisabeths rustige ademhaling, zo vol vertrouwen, en wist zich geen raad meer. Op een vroege januarimorgen hield ze het in de bedompte kamer niet meer uit. Ze trok een jas aan over haar nachthemd en liep over het bedauwde grasveld naar de eucalyptusbomen. Een lichte nevel steeg vanaf de planten omhoog naar de mist van het regenwoud. Het oppervlak van de grote vijver was nog dof, alleen verderop aan de sinaasappelboompjes glinsterden de dauwdruppels. Dit was haar land. Max had haar geleerd ervan te houden, ze had zijn droom, die ook de hare was geworden, beschermd. En toch...

Instinctief keek ze achterom naar het huis en zag George langzaam door de acacialaan op haar af komen. Hij had haar gezocht en wist waar ze te vinden zou zijn.

'Je moet het niet doen, Charlotte. Niet ter wille van mij.'

'Ik wil het.'

Zonder iets te zeggen trok hij haar naar zich toe en hield haar lange tijd vast alsof hij haar met deze omhelzing om vergiffenis wilde vragen. Pas toen ze hem zachte woordjes toefluisterde begon hij haar te kussen, teder en tegelijk vol begeerte, net of het de eerste keer was.

Op de dag van hun vertrek trouwden ze in de missiekerk van Moshi. Het was maart en de regens waren begonnen. Elisabeth was helemaal opgewonden, want Charlotte had tegen haar gezegd dat ze nu eindelijk de kleine stad zou leren kennen waar ze zo vaak over verteld had.

'En wanneer gaan we dan weer naar huis?'

Charlotte liet de plantage voorlopig over aan Jacob en Wilhelm. Beiden hadden geen geld om het bezit te kopen. Ze zouden wel zien. Wat Max had opgebouwd was de erfenis van Elisabeth en Charlotte was niet bereid die erfenis weg te geven. Er zou wel een koper komen.

Begin april stonden ze op het passagiersdek van de rijkspoststoomboot Markgraf en zagen hoe de baai van Dar es Salaam langzaam uit het zicht verdween. Elisabeth hing als een klit aan de reling, bevend van enthousiasme over het trillen en stampen van de grote machine en de aanblik van de door nevels omhulde kokospalmen op de punt van de Immanuelskaap. Daar stonden Peter en Klara om ze nog eenmaal te groeten voordat ze voor lange tijd van elkaar gescheiden zouden zijn.

'Heb je er spijt van?' vroeg George en hij streek zacht over haar schouder.

Ze moest denken aan de openbare afranseling van een Afrikaan die ze kort voor hun afreis in Dar es Salaam hadden gezien. Zwijgend schudde ze haar hoofd.

'Nee, George. We zullen een plek vinden waar we samen gelukkig kunnen zijn. In Duitsland of Engeland, dat maakt me niet uit, zolang jij maar bij me bent.'

Hij haalde diep adem en keek haar van opzij met zijn indringende grijze ogen aan.

'Ik hou van je, Charlotte.'

Ze glimlachte en keek terug naar de glanzende blauwe baai in de verte, de palmen die bewogen in de wind, de kleine bootjes van de Afrikanen die als lichte veertjes over het glinsterende water dreven. Het land achter de stad hulde zich in geheimzinnig groen, donker en doortrokken van smalle waterlopen, vol moerassen en plassen waarin talloze flamingo's stonden als roze wolken, pelikanen vlogen over het water. Afrika was als een eeuwige melodie, wild en mooi, barstend van het leven, wrang en zoet tegelijk, lokkend en vol diep, hulpeloos verdriet. Dit lied zou haar nooit meer loslaten, want het leefde in haar binnenste. Waar ze ook heen zou reizen, deze melodie ging met haar mee.